深入解析 Windows Vista SP1
(第 2 版)

(美) Paul McFedries 著

姜玲玲 译

清华大学出版社

北 京

北京市版权局著作权合同登记号 图字：01-2008-5919

本书封面贴有清华大学出版社防伪标签，无标签者不得销售。
版权所有，侵权必究。侵权举报电话：010-62782989   13701121933

图书在版编目(CIP)数据

深入解析 Windows Vista SP1(第2版)/(美)麦克菲费德里斯(McFedries，P.)著；姜玲玲译.
—北京：清华大学出版社，2009.12
书名原文：Microsoft Windows Vista Unleashed, Second Edition
ISBN 978-7-302-21156-3

I. 深… II. ①麦… ②姜…   III. 窗口软件，Windows Vista   IV. TP316.7

中国版本图书馆 CIP 数据核字(2009)第 1777346 号

责任编辑：王　军　韩宏志
装帧设计：孔祥丰
责任校对：成凤进
责任印制：王秀菊
出版发行：清华大学出版社   地　　址：北京清华大学学研大厦 A 座
　　　　　http://www.tup.com.cn   邮　　编：100084
　　社　　总　　机：010-62770175   邮　　购：010-62786544
　　投稿与读者服务：010-62776969，c-service@tup.tsinghua.edu.cn
　　质　量　反　馈：010-62772015，zhiliang@tup.tsinghua.edu.cn
印　刷　者：清华大学印刷厂
装　订　者：三河市李旗庄少明装订厂
经　　销：全国新华书店
开　　本：185×260 印　张：45.75 字　数：1113 千字
版　　次：2009 年 12 月第 1 版   印　　次：2009 年 12 月第 1 次印刷
定　　价：98.00 元

本书如存在文字不清、漏印、缺页、倒页、脱页等印装质量问题，请与清华大学出版社出版部联系调换。联系电话：(010)62770177 转 3103   产品编号：029687-01

前　　言

我们永远不会停下探索的脚步，任何探索工作的终点只会是下一程的新的起点，并且我们一开始就要找准前进的方向。

——T. S. Eliot

《深入解析 Windows Vista》的第 1 版和第 2 版旨在介绍 Windows Vista 的各种优缺点。特别是将详尽介绍 Windows Vista 的中高级功能，即不会介绍基本功能(如拖动鼠标)，而是会介绍较为复杂的操作，例如，使用注册表、维护和检修系统故障、网络连接和浏览 Internet。

本书尝试让读者亲自实践相应的主题，而不会长篇累牍地讨论理论知识。然而，许多情况下，只有掌握了牢固的理论基础知识，才能够充分使用 Windows Vista 的强大功能并真正理解所执行的操作。这些情况下，本书将提供实践操作所需的理论和背景知识。介绍过理论和背景知识之后，本书将专注于介绍实质性的问题。

读者对象

我并不确定小说家、诗人及类似的作家是否在写书时都非常在意自己的书适于哪些读者阅读，但知道想要编写有用的、通俗易懂的科技书籍的作家确实十分关注此事项。下面是我所设想的一些读者对象：

- **IT 专家**：这些勇于开拓的人必须决定是否改为使用 Vista，解决部署问题，并且支持新的 Vista 桌面。本书通篇都包含与这些工作和 Vista 相关的信息。
- **高级用户**：这些精英用户通过吸收知识获得力量。本书通过详尽介绍 Windows Vista 中的新增内容和改进内容，扩充了 Windows 高级用户的实际知识。

- **商业用户**：如果你的公司正在考虑使用 Vista 或已经改为使用 Vista，你需要了解自己、你的同事和你的员工遇到的情况，也需要了解 Vista 采取哪些措施来提高生产效率和简化办公室工作。你将在本书中学到所有这些内容和其他更多的内容。
- **外出的人**：如果你在出差，则可能想要知道 Vista 在远程计算工作台方面的新功能。是否能够比以前更好地同步数据、连接网络和管理电源？Vista 中是否有其他新的笔记本功能？本书中将介绍这些内容。
- **小型公司的经营者**：如果你是小型或家庭公司的拥有者，则可能需要知道 Vista 是否可以带来良好的投资回报？是否允许更方便地建立和维护网络？装有 Vista 的计算机是否更为稳定？雇员是否能够更轻松地开展协作？所有这些问题的答案都是肯定的，本书中将阐释原因。
- **多媒体用户**：如果你使用计算机收听音乐或电台、看电视、处理数码照片、编辑数字电影，或者刻录 CD 和 DVD，则你会对 Vista 提供的影响所有这些活动的一些新功能非常感兴趣。

同样，为了将章节编排得井井有条，我对于读者了解和不了解的方面做了一些假设：

- 假设读者了解基本计算机概念，例如，文件和文件夹。
- 假设读者熟悉基本 Windows 技能：鼠标操作、对话框设置和下拉菜单操作等。
- 假设读者可以操作连接到计算机的外围设备，例如，键盘和打印机。
- 假设读者已经使用 Windows 一段时间，并且已经熟悉了相关概念，例如，工具栏、滚动栏和窗口。
- 假设读者愿意开动脑筋而且求知欲强。

编排方式

为了帮助你查找所需的信息，本书根据相关的任务划分为 7 个部分，下面概述每一部分的内容。

第 I 部分：Windows Vista 的日常基本操作

第 I 部分介绍了基本的、日常的 Windows 操作并揭示它们的内部原理，通过这些来提高你的工作效率。第 1 章介绍 Vista 的新增内容，第 2 章介绍启动 Windows Vista 的多种方法，第 3 章介绍如何使用 Windows Vista 操作文件和文件夹，第 4 章介绍最有效地使用文件类型，第 5 章介绍安装和运行应用程序，第 6 章介绍用户帐户的使用方式，第 7 章介绍数字媒体的处理方式，第 8 章介绍联系人、日历和传真的使用方式，第 9 章则介绍 Vista 的移动计算工具。

第II部分：重要的 Windows Vista 高级工具

第II部分中的章节通过详细介绍以下 4 个重要的 Vista 高级工具来迅速加深你对 Windows Vista 的了解：控制面板和组策略(第 10 章)、注册表(第 11 章)和 Windows Script Host(第 12 章)。

第III部分：Windows Vista 的定制和优化

第III部分深入介绍高级的 Windows 操作：自定义界面(第 13 章)、调整性能(第 14 章)、维护 Windows Vista(第 15 章)、排除故障(第 16 章)和使用设备(第 17 章)。

第IV部分：Windows Vista 中的 Internet 功能

第IV部分介绍如何使用 Windows Vista 的 Internet 功能。讨论如何最有效地使用大量 Internet 服务，包括 Web(第 18 章)、电子邮件(第 19 章)和新闻组(第 20 章)。第 21 章详尽地介绍了 Windows Vista 附带的 Internet 安全和隐私功能。

第V部分：Windows Vista 中的网络连接

作为本书主体部分的收官章节，第V部分深入介绍了 Windows Vista 的网络连接功能。你将学习如何建立小型网络(第 22 章)、如何访问和使用网络(第 23 章)以及如何从远程位置访问网络(第 24 章)。

第VI部分：附录

为了增进你对 Windows Vista 的了解，第VI部分提供了几个包含额外信息的附录。你将看到完整的 Windows Vista 快捷键列表(附录 A)、使用 Windows Vista 命令提示符的详细描述(附录 B)以及批处理文件简介(附录 C)。

第 2 版中的新增内容

《深入解析 Windows Vista SP1(第 2 版)》介绍了 Windows Vista Service Pack 1 中的新功能，其中大多数新功能都是在底层所做的调整，用于改进 Windows Vista 的性能、可靠性、安全性、应用程序兼容性和驱动程序支持。本书将在适当的位置讨论这些新功能，并且讨论 Vista SP1 的界面变动(例如，在第 15 章 "维护 Windows Vista 系统" 中讨论了允许你选择对哪些磁盘执行碎片整理的新 "磁盘碎片整理" 功能)。

目　　录

第 I 部分

Windows Vista 的

日常基本操作

第 1 章

Windows Vista 概述

令人难以置信的是，Microsoft在发布了它第一个版本的MS-DOS之后，时隔25年才推出了Windows Vista(于2007年发布)，Microsoft发布Windows Vista的时间也与其发布最早的Windows版本(1985年最终发布该版本时几乎没有听到赞誉声)的时间相隔了23年之久。与1985年发布的版本相比，于1987年发布的Windows 2.0的前景好了一些，但是它确实没有在PC市场掀起多大的波澜。直到1990年发布Windows 3.0后，Windows才盛行起来，并且开始完全统治桌上型电脑市场。随着1995年8月24日Windows 95的发布，Windows为世人所熟悉，成为计算机世界中的超级明星，虽然也有人憎恨它，但大多数人都将它视为宠儿。

同样令人难以置信的一幕是，人们在1995年8月23日的晚间在计算机商店门外排队，希望成为首批在午夜购买到Windows 95的一员。人们究竟为何要那样做？难道他们疯了不成？也许少数人是有些疯狂，但是大多数人只是被Microsoft的营销攻势所打动并对它寄予了厚望，并且他们所依据的一个简单事实是，Windows 95遥遥领先于以前任何版本的操作系统。

相比而言，1995年那个狂热的夏季夜晚结束后，Windows操作系统突然平静了下来——甚至令一些人感到有些沉闷。1995年之后发布了多种新的版本——面向普通用户的Windows 98和Windows Me，以及面向企业用户的Windows NT 4和Windows 2000，然后又推出了适用于各种层次用户的Windows XP——但是每种版本的发布明显都缺乏轰动效应。的确如此，没有一个版本能产生Windows 95般的广告(和宣传)效应，而且此后这些版本也不够惊世骇俗。虽然，Windows 98

(特别是发布的第 2 版)非常可靠(至今仍被很多用户使用)，但是 Windows 2000 是一款多年来深受人们喜爱的商业操作系统(Operating System, OS)，而 XP 仍是最优秀的 Windows 操作系统，但是人们再也没有激情在午夜排队购买这些产品了。

随着 Windows Vista 的发布，这种情况是否会发生改变呢？客观地讲，没有人会因为它的名称而兴奋不已，名称最终会变得毫无意义(在 2001 年，大多数人认为 Microsoft 绞尽脑汁确定的 XP 名称——源于单词 eXPerience——是自 Microsoft BOB 以来最愚蠢的名称，但是在一两个月内所有人都习惯了这个名称并且有关名称(尽管不太好)的争论也迅速消失了。使人们谈论 Vista 的原因不在于它的名称，而在于这样一个简单的事实：人们终于看到 Microsoft 推出了一些令人感兴趣的操作系统技术。Vista 的界面美观，承诺使人们的日常计算更加轻松并包含一些引人注目的体系结构上的改进。我怀疑 Microsoft 公司以外很少有人会鼓吹 Vista 是迄今最伟大的操作系统，但是在经过数个月钻研 Vista 的内部细节之后，我确信 Vista 的确存在一些激动人心的地方。现在，随着 Service Pack 1(SP1)的发布，Windows Vista 在性能、可靠性、安全性和兼容性方面进行了改进，许多用户一直期待对这些方面进行改进。本章后面将详细讨论 SP1(请查看 "Service Pack 1 中的新增内容")。

本章将概述 Windows Vista 操作系统。首先简要回顾 Longhorn/Vista 的发展历程，然后快速浏览 Windows Vista 的新功能和有趣的功能。

1.1　Windows Vista 的开发

在 2000 年，微软公司的董事长兼软件总设计师比尔·盖茨宣布，即将发布的 Whistler 操作系统(后来重新命名为 Windows XP)的后继版本——将是一款新型的操作系统，其代号为 Blackcomb。但是一年以后，就在发布 XP 的几个月以前，微软宣布对计划做出改动：Blackcomb 发布的时间将比预期晚得多，而在 XP 和 Blackcomb 之间，很可能在 2003 年左右将会推出一款代号为 Longhorn 的操作系统，该操作系统较前一版仅有少量更新。

> **注意：**
>
> Microsoft 长期以来使用代号来预先发布其产品的各个版本。对于 Windows 操作系统而言，此惯例开始于 Windows 3.1，它使用代号 Janus。第一个临时绰号无论从哪方面看(也就是说在微软之外广为人知)都很知名，其代号是 Chicago，它是 Windows 95 的代号。从此以后，出现了很多如此知名的代号，指代 Windows 98 的 Memphis，指代 Windows NT 4.0 的 Cairo，指代 Windows Me 的 Millennium 以及指代 Windows XP 的 Whistler。
>
> 为什么使用代号 *Longhorn*？据说，比尔·盖茨特别钟情于 British Columbia(不列颠哥伦比亚省)的 Whistler-Blackcomb 滑雪胜地(它的名字包含了前面提到的两个 Windows 代号，因此显而易见的是 Microsoft 公司的某个重要人物喜欢这个地方)。位于 Whistler 山脚下的 Carleton Lodge 内有一个供滑雪后休息的酒吧叫作 *Longhorn Saloon*(长角牛酒吧)。我

听说那里的汉堡非常可口。

Bink.nu 网站 http://old.bink.nu/mscodes.htm 提供了一个令人难忘的详尽的 Microsoft 代号清单。

但是，Microsoft 对 Longhorn 的态度不久开始发生变化。直到 2003 年中期召开 Windows 硬件工程大会(Windows Hardware Engineering Conference，WinHEC)时，Microsoft 还将 Longhorn 视为一款庞大、重要的可能决定公司前进方向的产品。Windows XP 仍不断推出新的版本来保持更新，包括 Windows XP Service Pack 2 以及新版本的 Windows XP Tablet PC Edition(平板电脑版)和 Windows XP Media Center Edition(媒体中心版)。与此同时，Longhorn 逐渐开始添加最初打算为 Blackcomb 设计的新功能。到 2004 年夏天，Microsoft 意识到 Longhorn 已经演变成下一个重要的 Windows 操作系统。因此，微软公司重新制定了完整的 Longhorn 开发过程并在一定程度上从头开始启动整个项目。当然这就推迟了 Longhorn 的发布，发布日期一推再推：最先是到 2005 年，然后是到 2006 年初，最后推迟到 2006 年末和 2007 年初。

但是并不仅仅是因为重新制定的开发过程延期了 Longhorn 的发布。在研讨会、演示会以及与硬件供货商、开发人员和客户的见面会上，微软极尽溢美之辞来描述这款崭新的操作系统及其功能。这已经变成一项志向远大的重要项目并要求投入与此相称的庞大资源，其中最重要的就是时间，以便使承诺变为现实。遗憾的是，时间正是 Microsoft 缺乏的一项资源。尽管 XP 是一款卓越的操作系统并不断维持更新，但它和 Vista 之间的时间差距是史无前例的。

步入 2006 年后，Microsoft 认识到必须竭尽全力尽快完成 Longhorn。微软暂时将在 Windows XP Service Pack 2 和 Longhorn 之间发布一款中间过渡版本(这个临时版本的代号是 Oasis(绿洲)，但一些幽默的人将其称为 Shorthorn(短角牛))。

1.1.1　Vista 问世

当微软于 2005 年 7 月 22 日宣布会将新操作系统称为 Windows Vista 时，代号 Longhorn 终于完成了它的使命。为什么取名 *Vista*? 按照一位微软发言人的说法，这是因为此新款操作系统"可以为用户提供透明服务并专注于对用户而言至关重要的事务"，并且它"向用户提供一种体验世界的感觉"。这些在我看来就像是许多意在打动人心的营销行话，但是不可否认的是，Vista 的确提供了一些新的功能，允许用户以前所未有的新方式(也就是说，对 Windows 操作系统是完全新颖的)查看文档。

在此只举一个例子，可以从"开始"菜单运行本地搜索。结果窗口会显示一个包含搜索项的所有文件的列表——文档、电子邮件消息、联系人、收藏夹、音乐文件和图像等。然后可以将结果另存为一个搜索文件夹。在下一次打开此搜索文件夹的时候，Vista 不仅能够显示原来搜索的文件，而且还能显示包含搜索项的新建文件。

> **注意:**
>
> 自从发布 Windows 3.x 和 NT 4.0 以来,Windows 版本号并不是非常重要。但是,所有 Windows 版本确实都有一个版本号。例如,Windows XP 的版本号是 5.1,而 Windows Vista 的版本号是 6.0,这仅仅是为了记录。如果已经安装了 Vista,可以亲自查看其版本:按下 Windows Logo(徽标)+R 组合键(或选择"开始"|"所有程序"|"附件"|"运行");输入 **winver**;并单击"确定"按钮。

1.1.2 Windows Vista 不具备的功能

但是,所有这些新奇的技术中究竟哪些技术暂时无法进入 Windows 领域?是的,的确不存在纳入所有这些功能并在 2007 年初发布 Vista 的办法。Microsoft 迫不得已开始从 Vista 中舍弃了一些功能。

首先要放入回收站中的一个大部件是 Windows 未来存储服务(Windows Future Storage,WinFS),这是一种运行在 NTFS 之上的基于 SQL Server 的文件系统,允许更方便地浏览和查找文件。WinFS 预期在 Windows Vista 之后单独发布,但是正如你将在本书中看到的那样,WinFS 的一部分功能确实已融入到 Vista 中(请参阅第 4 章"精通文件类型")。

微软还从 Vista 中删掉了 Windows PowerShell(代号 Monad,并且也称为 Windows Command Shell 或 Microsoft Command Shell),这是一种基于.NET 的命令行脚本语言。

Microsoft 还从 Vista 中分离出一些重要的技术,意味着将单独开发并为 Vista 发布这些技术,或向后移植以便可以运行在 Windows XP 和 Windows Server 2003 上。正在向后移植的两个重要技术是:

- 一种新的图形体系结构和应用编程接口,其代号是 Avalon 并且现在称之为 Windows 表示基础(Windows Presentation Foundation,WPF)。
- 一种用于构建、配置和部署网络分布式服务的编程新平台,代号为 Indigo 并且现在称之为 Windows 通信基础(Windows Communications Foundation,WCF)。

这两种情况下,并不意味着在安装了 WPF 和 WCF 以后,Windows XP 和 Windows Server 2003 就突然变得像 Windows Vista 一样。相反,这意味着老版本的操作系统将能够运行任何使用 WPF 和 WCF 代码的应用程序。这样就为开发人员提供了更大的动力来构建利用这些技术的应用程序,因为相对于仅允许在安装 Vista 的计算机上运行 WPF 和 WCF,这种做法能够扩大用户群。

最后,还有几个 Vista 工具同样也会成为下一级的 XP 工具。这意味着可以获得这些工具的 XP 下载版本(但它们不具备在 Vista 版本中包含的一些功能):

- Internet Explorer(IE 浏览器)7——XP 版本不提供 Protected Mode(保护模式)或 Parental Controls(家长控制,参看本章后面的"安全性增强"和"Internet Explorer 7")。

- Windows Defender——在 XP 上扫描速度更慢一些，因为 XP 不像 Vista 那样跟踪文件的变化(参看本章后面的“事务 NTFS”)。
- Media Player 11——XP 版本不能播放另一台 PC 或设备上的内容，它不能查看 Vista Media Library 中的内容，它没有和 Windows 外壳程序集成在一起，并且它不具备 Vista 拥有的高级 DVD 播放功能。

删除某些功能、向后移植某些功能以及提供下级工具的结果是，Vista 的发布并不完全像曾经鼓吹的那样激动人心。尽管如此，Vista 仍有大量值得去花时间掌握的新功能。

1.2　Windows Vista 系统要求

个人计算受两个客观存在的且不相关的定律所支配：

- **摩尔定律(Moore's Law)**——处理能力每 18 个月增长一倍(由 Intel 公司的创始人之一 Gordon Moore 提出)。
- **帕金森的数据定律(Parkinson's Law of Data)**——数据总会不断膨胀来填满可用的存储空间(源自最初的帕金森定律：工作会自动膨胀占满所有可用的时间)。

这两个观察结果有助于解释为何当我们使用的计算机变得日益强大时，我们完成日常任务看起来并未真正(像计算机速率增加那样)快很多。与处理能力和内存的飞速发展相对应的是新兴程序不断增加的复杂性和资源需求。因此，现在使用的计算机的处理能力可能是一年前使用的计算机的两倍，但是当前使用的应用程序的大小以及所要求的资源也是过去的两倍。

Windows 能够巧妙地应对这种情况。微软每次发布新的旗舰操作系统时，对硬件的要求变得愈加苛刻并且要求计算机的处理能力有所增强。Windows Vista 也不例外，尽管 Microsoft 付出了大量时间和精力来设法使 Vista 适应尽可能低的系统配置，但是如果不希望花费很多时间等待令人厌烦的沙漏图标，那么仍需要功能相当强大的计算机。值得欣慰的是，Windows Vista 的硬件需求并不像很多人想象的那样苛刻。实际上，在过去一两年内购买的大部分中档或更高配置的系统都完全有能力运行 Vista。

下面几节扼要叙述了为了安装和使用 Windows Vista 需要满足的系统要求。需要注意的是，在此给出了 Microsoft 规定的最低要求以及我认为若想更轻松自如地使用 Vista 所需要的一系列合理的要求。

1.2.1　处理器要求

Vista 台式机的最低要求：800MHz 的现代处理器

为了获得令人满意的 Vista 性能，至少需要中档的处理器，即指运行主频为 2.0～2.5GHz 的 Intel Pentium Dual Core 或 Core 2 Duo 或 AMD Athlon 64 X2 处理器。当然如果愿意花钱的话，主频越高越好。将主频提高到 3.0GHz 或 3.2GHz 可能要多花费几百美元，但是性能的改善并不是很明显。最好是将这些钱投资购买额外的内存(后面会讨论此问题)或购买四核处理器，例如 Intel 的 Core 2 Quad。

注意：

双核是什么意思？它是指在单个芯片上组合了两个单独的处理器的一个 CPU，每个处理器具有自己的高速缓存(高速缓存是一个处理器用来存储常用数据位的板上存储区域，高速缓存越大，性能越高)。这将允许操作系统同时执行两个任务而不会降低系统性能。例如，可以在前台使用一个处理器来运行文字处理软件或电子表格程序，同时在后台利用另一个处理器来执行间谍软件或检查病毒。现有的双核处理器包括 Intel Core 2 Duo 系列和 AMD Athlon 64 X2 系列。Intel 也制造了四核芯片，此类芯片在单个芯片内带有 4 个处理器。

当前所有的处理器都是 64 位的处理器，但是为了最有效地利用这些处理器，必须运行 64 位版本的 Vista。但是要注意，尽管这些 64 位的计算机可以运行 32 位应用程序而不会影响计算机性能，但这些程序并不能利用更宽的总线获得更快的运行速率。为了提升应用程序的运行速度，必须等待出现能在 64 位计算机上运行的 64 位版本的应用程序。

1.2.2 内存要求

Vista 最低要求：512MB

可以在只有 512MB RAM(内存)的系统上运行 Vista。我认为对于大多数人而言，1GB 内存实际上是更符合日常工作需要的最低要求，这也正是 Microsoft 为 "Windows Vista Premium Ready" 系统推荐的内存大小。如果经常要同时运行很多程序，或者要使用处理数字照片或播放音乐的程序，则考虑增加到 1.5GB 内存。如果从事的工作要大量用到像数据库这样的大型文件，或者要使用处理数字视频的程序，则推荐配置 2GB 内存。如果你是一位游戏玩家，则可以考虑使用 3GB 的内存。

注意：

大多数 Windows Vista 的版本都是 32 位操作系统。"32 位"意味着这些系统可以寻址最多 4GB 内存(2 的 32 次幂是 4294967296 字节，等同于 4GB)。然而，如果在主板上安装 4GB 的内存，然后检查系统内存量，就可能只会看到 3 198MB(3.12GB)。问题出在了哪里？问题是一些设备需要大量系统内存进行运作。例如，显卡上的内存必须映射为系统内存中的某个区域。为了允许这种映射，32 位的 Windows 在 4GB 的地址空间中留出一定的数据块供设备使用。这意味着程序可用的最大内存量将始终是 3.12GB，如果有许多需要系统内存的设备，或者有许多需要内存的设备(一些显卡就属于这种设备)，那么可用的内存量甚至更少。因此，如果经济条件允许的话，应该尽可能为系统添加 3GB 的内存，但是不要添加到 4GB，因为系统的性能并不会因此得到改善。

但是需要注意，如果选择 64 位处理器，则应该认真考虑升级系统内存。业界普遍认为由于 64 位计算机处理的数据块尺寸是 32 位计算机的两倍，需要两倍的内存来充分利用 64 位计算机的优势。因此，如果通常在 32 位计算机上配置 1GB 内存，则为 64 位计算机选择配置 2GB 内存。

最后，需要考虑内存的速度。早期的 DDR(双倍数据速率)内存芯片的工作频率一般在 100(PC-1600)～200MHz(PC-3200)之间，而更新的 DDR2 芯片工作频率在 200(PC2-3200)～533MHz (PC2-8500)之间。即将上市的 DDR3 芯片的工作频率将在 400～9330MHz 之间，这将极大提升运行速度并将显著提高 Vista 的性能(当然，你的计算机的主板必须带有可以插入 DDR3 内存模块的内存插槽，在 2007 末编写本书时，这种内存插槽并不常见)。

注意:

内存模块编号，如 PC-3200 和 PC2-8500，表明内存的理论带宽。例如，PC-3200 意指理论带宽为 3200MBps。为了计算理论带宽，首先将芯片基本速率乘以 2 来获得有效时钟速率(现代处理器是双倍频的，意味着可以在每个时钟脉冲周期的开始和结束传输数据)。然后，将有效时钟速率乘以 8(因为内存通道的宽度是 64 字节，并且每个字节包含 8 位)。100MHz 芯片的有效时钟速率为 200MHz，因此其理论带宽为 1600MBps，于是将其称作 PC-1600 内存。

1.2.3　存储空间要求

Vista 的最小硬盘空闲空间：15GB

磁盘空间要求依赖于所要安装的 Vista 版本，但是预计安装这款新的操作系统至少需要 15GB 的可用空间。操作系统可能还会使用几 G 字节的容量来存储诸如页交换文件、系统还原(System Restore)检查点、Internet Explorer 临时文件和回收站(Recycle Bin)，因此 Vista 将至少要求 20GB 的存储空间。当然，目前并不是操作系统占用了硬盘上的大部分磁盘空间，而是大部分人日常工作和学习中用到的大量多媒体文件。几兆字节的数字照片和电子表格，甚至几 G 字节的数据库文件和数字视频文件都司空见惯。幸运的是，目前硬盘存储器非常便宜，大多数磁盘的价格低于——往往远低于——每 1G 字节 50 美分，而网上零售商通常以每 1G 字节 25 美分的价格销售硬盘。

还要注意到，硬盘的类型将会影响性能。对于台式系统，转速为 5 400RPM 的旧式 IDE 驱动器将会是一个明显的性能瓶颈。驱动器转速提高到 7200RPM 将显著改善性能，如果不在意花费更多的钱，那么选择 10 000RPM 的驱动器更好。此外，还应考虑从过时的并行 IDE 技术升级到新的串行高级技术附件(Serial Advanced Technology Attachment，SATA)驱动器，后者至少在理论上速度更快，特别是如果购买 SATA/300 硬盘，则数据传输率可达到 300MBps。寻找一款带有 8MB 或更大高速缓存和本地命令队列(Native Command Queuing，NCQ)的 SATA 驱动器。

注意:

本地命令队列(Native Command Queuing，NCQ)是一种硬盘技术，目标是解决长期存在的硬盘性能问题。对硬盘数据的请求存储在内存控制器中并由硬盘的板上控制器按次序处理。遗憾的是，当控制器处理的多个请求的数据存储在彼此远离的区域中时，这种方式会极大降低硬盘性能。例如，假定请求 1 的数据存储靠近磁盘的开头，请求 2 的数据靠近磁盘的结尾，而请求 3 的数据又靠近磁盘的开头。在典型的硬盘中，读/写磁头必须从磁盘开头移动到结尾然后再回到开头，按照接收到的次序来处理每个请求。若借助于 NCQ，控制器可以对请求重新排序以便首先执行彼此靠近的请求 1 和请求 3，然后才执行距离较远的请求 2。

但是对于膝上型电脑用户则是一个遗憾，大多数移动硬盘的转速属于 5 400RPM 等级，有些硬盘甚至比此速率还要低。当然可以花费更多的钱来购买 7200RPM 的驱动器，但是在多数情况下，可以看到这种硬盘升级获得的性能改善并不值得支付额外的费用。

最后，还应该记住 Windows Vista 的一个新特性是能够将数据烧录到可记录的 DVD 中。为了利用这个功能，系统需要一个 DVD 刻录机，最好是能够支持 DVD-RW 和 DVD+RW 磁盘格式的刻录机(也就是 DVD±RW 驱动器)。

1.2.4　图形要求

Vista 最小显存(图形存储器)：32MB

在第 13 章"定制 Windows Vista 界面"中将会了解更多有关 Vista 的图形基础知识。但是目前要注意到微软对图形要求采取一种相当谨慎的路线。Vista 的界面是图形密集型的，但是它足够智能，可根据所在 PC 的处理能力采用密集程度较低的界面。Vista 是否抑制可视的修饰物件依赖于是否具有单独的 AGP 或 PCI Express 图形适配器(相对于集成的主板图形芯片)、显卡的图形处理单元(GPU)的性能以及显卡在板上有多少显存：

- 如果 Vista 检测到低端显卡，它默认采用 Windows 经典主题，提供类似于 Windows 2000 的界面。
- 如果 Vista 检测到中档性能的显卡，它使用新的 Aero 主题，但是没有 Glass 效果(如透明性)。
- 如果 Vista 检测到高端显卡，它默认使用完整的 Aero Glass 界面。

为了获得精美的 Aero Glass 外观以及新的三维和动画效果，系统应该具有支持 DirectX 9 或 10、Pixel shader 2.0(在硬件配置上而不是软件仿真)和每像素 32 位的图形处理器，并且随附的设备驱动程序支持新的 Windows Vista 显示驱动模型(Windows Vista Display Driver Model，WDDM)。如果购买一个新的显卡，就在包装盒上查找 Windows

Vista Capable 或 Windows Vista Premium Ready 图标。如果只需要升级现有显卡的驱动程序，则在驱动器名称或描述中查找"WDDM"。

所需要的板上内存量依赖于计划采用的分辨率(下面假定使用的是单显示器，如果使用双显示器，则内存量要增加一倍)：

- 如果采用基本的 800×600 或 1024×768 的分辨率，32MB 内存就足够了。
- 如果希望系统支持 1280×1024 的分辨率，至少需要 64MB 内存。
- 如果希望系统支持 1920×1200 的分辨率，至少需要 128MB 内存。

提示：

显存与系统内存相似：不可能有太多的显存，根据所能用到的显存量来购买显卡总是一个明智的投资。Microsoft Vista 的一个 FAQ(常见问题解答)总结得最为精辟："你有能力支付的最大显存就是适合你的显存"。

在 Vista 最终发布以前，还不清楚集成的图形处理芯片是否支持完整的 Aero Glass 界面，尽管曾经有报道声称一些集成图形处理硬件(如 Intel 945 和 ATI Radeon XPress X200)能够处理 Aero Glass。

1.2.5　各种 Vista 功能的硬件要求

Windows Vista 是一个庞大的蔓延开来的程序，它能够做很多事情，因此有一个可能需要的包含多种设备的长清单也就不足为奇了。具体清单取决于用户期望利用系统完成什么任务。表 1-1 提供了扼要的说明。

表 1-1　执行各种 Windows Vista 任务所需的设备

任　务	需要的设备
使用 Internet	对于拨号连接：一个调制解调器(modem)，最好是能够支持 56Kbps 连接的调制解调器。 对于宽带连接：一条电缆或 DSL 调制解调器和一个用于提供安全的路由器
网络连接	对于有线连接：一个网络适配器，最好是能够支持千兆以太网(Gigabyte Ethernet，1Gbps)连接，一台网络交换机或集线器和网络电缆。 对于无线连接：一个支持 IEEE 802.11b 或 g 的无线适配器和一个无线接入点
手写	带有数字笔的平板 PC 或图形书写板
照片编辑	一个用于连接数字照相机的 USB 插槽。如果希望从存储卡传输图像，需要合适的存储卡读卡器
文档扫描	一个文档扫描仪或一台拥有扫描功能的一体化打印机
传真	一个包含传真功能的调制解调器

（续表）

任　　务	需要的设备
抓取和刻录 CD (光盘)	为了抓取 CD：一个 CD 或 DVD 驱动器 为了刻录 CD：一个可记录的 CD 驱动器
刻录 DVD	一个可记录的 DVD 驱动器
视频编辑	一个内置或外置的视频捕获设备或一个 IEEE 1394 (FireWire)端口
视频会议	一台网络摄影机或具有网络摄影模式的数字照相机
听数字音频文件	一个声卡或集成的音频设备以及一个扬声器或耳机。为了获得最佳的音效，使用带有扬声器的低音喇叭
收听无线电广播	一个无线电调谐卡
观看电视	一个电视调谐卡(最好支持视频捕获)，如果从较远的地方观看电视，配备一个遥控器很有用

1.3　Windows Vista 版本

很多年以来，Windows 市场分为两个阵营：所谓的"普通用户"版——Windows 95、98 和 Me——目标是个人或家庭办公用户，和"企业"版——Windows NT 和 2000——定位在企业市场。随着 Windows XP 的发布，Microsoft 将这两大阵营合并为单个代码库。但是，这并不意味着此操作系统不再需要多个版本。实际上，XP 最终提供了 6 个主要版本：Starter(起始版，针对北美以外新兴市场中使用低成本 PC 的用户)、Home(家庭版，用于个人)、Professional(专业版，企业用户和 SOHO 人群)、Professional x64(用于高端用户的 64 位版本)、Media Center(媒体中心版，针对多媒体用户)和 Tablet PC(平板电脑版，针对平板电脑用户并支持数字笔)。很多人被如此多的 XP 版本搞糊涂了，那些不熟悉不同版本之间细微差别的人的确感到头疼。

考虑到广泛存在的混乱情形，你可能认为 Microsoft 将借助 Windows Vista 来简化这种情况。毕竟可以看到这样一个事实，很多人之所以不升级到 XP 仅仅是因为他们不能确定应该购买哪个版本的 XP。因此，没有人会因为你认为 Vista 道路不会像 XP 道路那样弯曲而责怪你。

但是最终 Vista 发布了与 XP 相同数量的版本——总共 6 个版本——尽管 Vista 版本的配置完全不同于 XP 版本。首先，家庭市场包含两个版本：

- Windows Vista Home Basic——此版本用于北美和其他发达国家，它代表最简单的 Vista 版本。Home Basic Edition(家庭基本版)针对在家里使用计算机的个人，他们希望获得安全性而不需要复杂的配置。Home Basic 包括 Windows Defender，带有反垃圾邮件攻能的 Windows Mail，带有防钓鱼特性和保护模式的 Internet

Explorer 7，改良的 Windows 防火墙，经修改的安全中心和 Vista 增强的家长控制功能。它的功能还包括 Windows Media Player 11、Windows Movie Maker、Windows 照片库、Windows 日历、Windows 边栏、Window 搜索、游戏资源管理器，针对笔记本用户的对移动中心的不完全支持和基本的网络连接功能(有线和无线网络)。但是，Home Basic 不支持新的 Aero 外壳。

- **Windows Vista Home Premium(家庭高级版)**——这个版本包括 Home Basic 的所有功能加上 Aero 外壳和 Media Center，支持 Tablet PC、Windows Collaboration、Windows DVD Maker、预订的备份和高级网络连接功能(如临时对等网络和多计算机家长控制)。此版本针对网络连接的家庭、多媒体爱好者和笔记本电脑用户。

企业市场也包括两个版本：

- **Windows Vista Business(商务版)**——此版本类似于 Windows XP Professional 并且包括与 XP Pro 相同的企业功能：支持域、多种网络协议、脱机文件、远程桌面、文件和文件夹加密、漫游用户配置文件和组。Vista Business 版本还提供 Aero 外壳、Internet Information Server、Windows Fax and Scan，支持 Tablet PC 和完整的 Mobility Center。但是此版本不提供 Media Center、Movie Maker 和 DVD Maker。简而言之，它是一款面向商务人士的实用操作系统。

- **Windows Vista Enterprise(企业版)**——此版本最适合用于企业台式电脑。它包括 Vista Business 版本包含的所有功能，加上其他功能，诸如 Windows BitLocker(为敏感数据提供驱动器加密)、Virtual PC Express、多语言用户界面(Multilanguage User Interface，MUI)和基于 UNIX 应用程序的子系统(Subsystem for UNIX-Based Applications，SUA)。它还允许 IT 人员使用单个磁盘映像以不同的语言部署操作系统。但是，注意只有获得企业协议(Enterprise Agreement，EA)和软件保证(Software Assurance，SA)批量许可证的客户才能使用 Enterprise 版本(当然，还可以直接购买接下来将要讨论的 Ultimate 版本)。

填平家庭版和企业版之间缝隙的是一款包含上述所有功能的版本：

- **Windows Vista Ultimate(终极版)**——此版本包含 Home Premium 和 Enterprise 版本的所有功能。它还提供增强的游戏性能，选取在线订阅服务、自定义主体和增强型支持。

下面是 Vista 的第 6 种版本：

- **Windows Vista Starter**——这是一款仅用于新兴市场的 Vista 删减版本。此版本为低端 PC 设计，适合运行在配备速度较慢的 CPU 和较少内存的计算机上。这意味着 Starter 版本不支持诸如 Aero 外壳、网络连接、图像编辑和 DVD 刻录等功能。如同 XP Starter 版本一样，Vista Starter 版本的显示分辨率限制在 800×600 并且允许用户同时打开的程序或窗口不超过 3 个。

除了上述这些版本外，还有与所有这些版本等效的原始设备制造商(OEM)版本以及 64 位版本(但是不包括 Starter 版本)。最后，Microsoft 还发布了特殊版本的 Vista——Home 版本和 Professional 版本——它们是为欧洲市场定制的，以便遵守该地区的反托拉斯的法律，这意味着这些版本不提供微软的媒体特性，包括 Media Player 和 Media Center。

1.4　Windows 随时升级

Microsoft 正将 Windows Vista 构建为一个模块化的操作系统。这意味着每个版本的 Vista 都建立在一个子集之上——有时将其称为 MinWin——它包含操作系统的核心功能。Microsoft 宣称此基本系统包含大约 95%的 Vista 功能。为了创建本章前面讨论过的任何一种 Vista 版本，Microsoft 只在此基本系统上添加适当的模块(或 SKU)。这种做法同样适用于语言包。基本操作系统没有特定于语言的代码(通俗地讲，就是与语言无关)，甚至都没有英语。因此，只能在基本系统上应用需要的语言。

> **注意:**
>
> SKU——库存单位(stock keeping unit)的简称，读作 skew——是一个零售业术语，指分配给商品的专用代码，以便于零售商接收、标识和盘点其库存。它还有更广泛的含义，即指"一件单独的产品"，这正是 Microsoft 对于 Vista 组件所使用的含义。

将多个 Vista SKU 置于单个磁盘映像上的最大好处之一在于磁盘上包含上一节中列出的所有模块。因此，只需通过添加适当的模块就可以方便地升级到更高版本的 Vista。这正是 Microsoft 在 Home Basic、Home Premium 和 Business 版本中新添加的 Windows Anytime Upgrade 功能采用的升级方式。例如，如果当前运行的是 Windows Vista 的 Home Basic 版本，可以使用 Windows Anytime Upgrade 升级到 Home Premium 乃至 Ultimate 版本。类似地，Vista Business 用户也可以升级到 Vista Ultimate。但需要注意 2008 年 2 月 20 日开始，Microsoft 不再通过 Windows Anytime Upgrade 执行相同磁盘的升级。相反，使用该功能可以订购包含新版本 Windows Vista 的 DVD。

图 1-1 显示了用于 Home Basic 用户的 Windows Anytime Upgrade 窗口(选择"开始" | "控制面板" | "系统和维护" | Windows Anytime Upgrade。

单击任意一个升级链接都将转至另一个说明升级过程的窗口。单击"开始升级过程"按钮可转到"Windows Anytime Upgrade"站点，如图 1-2 所示。

图 1-1　Windows Vista Home Basic 用户能够升级到 Home Premium 或 Ultimate

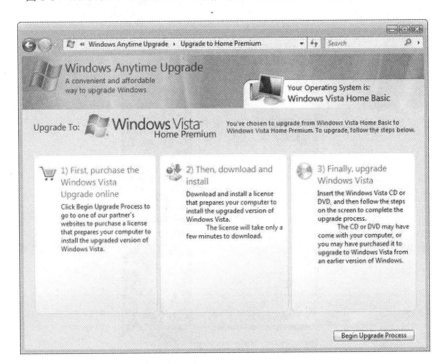

图 1-2　单击升级链接可以转到此页面，从这里可以开始升级过程

1.5　新的界面特性

第 7 章将详细介绍 Vista 界面有哪些新特性。此处仅概述期望的新特性：

- **"开始"球体**——"开始"按钮自 Windows 95 起就存在于计算环境中，已被附有 Windows 图标的球体替代，如图 1-3 所示。

图 1-3 Windows Vista 使用一个球体替代"开始"按钮

- **"开始"菜单**——如图 1-4 所示，Windows Vista "开始"菜单具有新的外观。在"开始"菜单的左上方仍嵌有 Internet 和"电子邮件"图标(尽管"电子邮件"图标现在指向 Windows Mail，Vista 用它替代 Outlook Express)，并且重新配置了菜单右边指向 Windows 特性的链接集合。此外，菜单顶部的图标根据哪个链接最为重要而变化。新的"开始"菜单还集成了一个搜索框，本节稍后将会对此予以讨论。

查看 "定制'开始'菜单以更方便地启动程序和文档"。

注意:

还可以注意到已经更改了很多 Windows 特性的名称。特别要指出的是，Windows Vista 不再将单词"我的"添加到个人文件夹上(例如，"我的文档"现在就是"文档")。

图 1-4 Windows Vista 重新调整后的"开始"菜单

- **桌面**——桌面本身并没有多大变化，尽管新的高分辨率图标要比以前版本的图标漂亮很多。与桌面相关的一个重要变化是新的定制界面—— 称为 Desktop Background(桌面背景)——它比老的对话框控件要精美很多，另外它还提供了更多式样的墙纸，有些墙纸极具视觉冲击力。图 1-5 显示了控制面板的"桌面背景"窗口。

图 1-5　可以在控制面板的"桌面背景"窗口中方便地定制桌面墙纸、色彩和其他内容

- **Aero Glass**——这是 Vista 的窗口、控件和其他元素的新外观。Glass 部分意指对于图形处理能力较强的系统而言，Vista 窗口标题栏和边框将具有透明效果。

- **Window 缩略图**——它们是缩小版的窗口和文档。对于能够支持的文件类型，这些缩略图是"实时显示的"，意味着它们反映窗口或文档的当前内容。例如，在"文件夹"窗口中，Excel 工作簿的图标显示第一个工作表，而 Word 文档的图标会显示文档的第一页。与此类似，Windows Media Player 缩略图显示实际播放的内容，如连续的视频。

- **Flip 和 Flip 3D**——当按住 Alt 键不放并按下 Tab 键时，Vista 显示的不是每个打开窗口的图标，而是每个窗口的缩略图。每次按下 Tab 键，Vista 跳转到下一个窗口(这也是此新功能名称 Flip 的由来)。还可以按下 Windows Logo+Tab 在 3D 堆栈中组织已打开的窗口。按下箭头或滚动鼠标滑轮都可以从一个窗口跳转到另一个窗口(此功能称为 Flip 3D)。

- **任务栏缩略图**——实况显示的缩略图思想还扩展到了任务栏。如果将鼠标放置在任务栏按钮上，Vista 会显示与此按钮相关联的窗口的实况缩略图，如图 1-6 所示。

图 1-6　将鼠标指针停靠在某个任务栏按钮上时，Vista 会显示相关窗口的缩略图

- **文件夹窗口**——Windows Vista 对文件夹窗口做了相当大的改动，如图 1-7 所示。隐藏了文件夹的"地址"转而采用分级的"面包屑型"文件夹路径，任务窗格现在变成了地址栏下面的一个长条，并且隐藏了经典(现在可以这样称呼它们)菜单(可以通过按下 Alt 来显示它们)。每个窗口可以分割成多达 5 个部分：除了文件夹内容以外，还可以在窗口左边显示导航窗格，在窗口右边显示预览窗格，在窗口上面显示搜索窗格并在下面显示详情窗格。

- **即时搜索**——Vista 提供的新的 Windows 搜索引擎(Windows Search Engine，WSE)有希望成为替换以前 Windows 版本的搜索功能的更为强大的备选方案。部分原因在于 WSE 支持通过标记、注释和文档元数据进行搜索(参看本章后面的"支持文档元数据"一节)。尽管如此，在 Vista 中最大并且潜在最有用的搜索革新可能当属出现在"开始"菜单底部(参看图 1-4)和每个文件夹窗口内(参看图 1-7)的即时搜索框。即时搜索框允许用户即输即搜，这意味着即使在即时搜索框中输入单个字符，Vista 也会自动开始搜索所有程序、文档、Internet Explorer 收藏夹、电子邮件和联系人(在使用"开始"菜单的即时搜索框的情况下)或当前文件夹中的所有文件(在使用文件夹窗口的即时搜索框的情况下)。此外，在 Windows Media Player、Windows Mail、Windows 照片库内以及其他很多地方也有动态生成的即时搜索框。

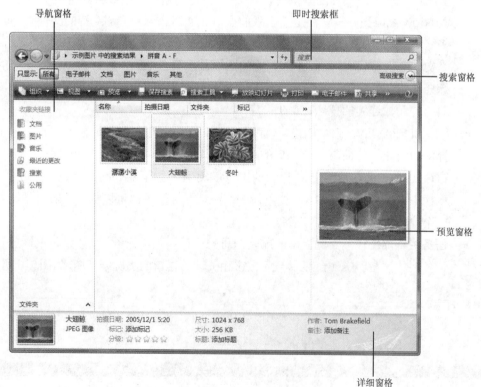

图 1-7　Windows Vista 中的文件夹窗口已做了重大调整

查看"使用即时搜索执行即输即搜"。

文件夹窗口带有一个新型搜索窗格，可以用来执行更复杂的搜索，包括搜索文档类型、修改日期和大小。

- Windows 边栏——Windows 边栏是一个出现在 Vista 桌面右侧的窗格。可以使用一种称为小配件(gadget)的新技术来填充边栏，这些小配件是迷你型应用程序，可以显示当地天气状况、股票报价、当前时间和 RSS 新闻馈送等。

1.6　Vista 内部的新功能

尽管在早期使用者测试中 Windows Vista 界面吸引了人们的大部分注意力，但实际上，Vista 在内部实现上也提供了大量全新和改良的特性，下面几小节将会对此予以说明。

1.6.1　支持文档元数据

元数据是一种描述数据的数据。例如，如果计算机上存放了一些数字照片，可以使用元数据来描述每个图像：拍照的人、使用的照相机和描述图像自身的标记等等。Windows Vista 提供对文档元数据的内置支持，允许添加和编辑诸如"标题"、"注释"、"标记"、"作者"和"等级"(1~5 颗星)功能。

查看"元数据和 Windows Explorer 属性系统"。

使用 Windows Vista，不仅可以更简便地编辑元数据(例如，可以单击文件夹窗口的"预览"窗格中的"编辑"链接)，而且可以充分利用元数据来方便日常生活。

- 搜索——Windows 搜索服务可以编制元数据索引，因此你可以使用任何元数据属性作为查询对象来搜索文档。

查看"使用 Windows 搜索引擎执行桌面搜索"。

- 分组——此功能是指根据特定属性中的值来组织文件夹的内容。在 Windows XP 中也能实现此功能，但是 Windows Vista 对 XP 作了改进，添加了允许快速选择一个组中的所有文件和折叠一个组而仅显示其标题的技术。

查看"分组文件"。

- 堆叠——此功能类似于分组，因为它也是基于属性的值来组织文件夹的内容。区别在于文件堆栈作为一种子文件夹出现在文件夹中。

查看"堆叠文件"。

- **筛选**——此功能是指更改文件夹视图以便仅显示具有一个或多个特定属性值的文件。例如，可以筛选文件夹的文件以便只显示那些 Type 属性是 Email 或 Music 的文件。

查看"筛选文件"。

1.6.2   性能改善

当我告诉人们已经发布了新版本的 Windows 时，他们会询问的第一个问题必定是："此版本是否比他们当前使用的 Windows 版本速度更快？"每个人都希望 Windows 运行得更快，但是这主要是因为大多数人运行的计算机系统多年来只安装了同一个操作系统。计算领域的一个痛苦事实是即使得到最精心的保养，系统的运行速度也会随着时间的推移逐渐变慢。在这样的系统上，显著提升性能的唯一确定可行的方法是擦除硬盘并重新安装一个最新的操作系统。

Windows Vista 安装程序本质上做的就是这种工作(当然在安装过程中还会保存和恢复文件及设置)。因此，上述问题的最简短的问答是"是的，Vista 将比现在使用的操作系统更快速"。但是，性能提升不仅源于重新安装操作系统，而且因为微软调整了 Windows 代码来获得更快的速度。

- **启动速度更快**——Microsoft 对 Vista 启动代码做了优化并实现了异步启动脚本和应用程序启动。这意味着 Vista 不需因为等待初始化脚本完成例行事务而延缓启动。它只需完成自己的启动任务，同时脚本程序自身在后台适时地运行。

查看"更快速的启动"。

- **休眠模式**——实际上，通过利用新的休眠模式可以将 Vista 的启动时间压缩为几秒钟，该休眠模式结合了 XP Hibernate(冬眠)和 Standby(待机)模式的最佳功能。类似于 Hibernate，休眠模式保留所有打开的文档、窗口和程序，并且彻底关闭计算机。但是，它又像 Standby 一样，只需几秒钟的时间就可进入休眠模式，并且从休眠模式重新恢复系统运行也仅需几秒钟。

查看"休眠模式：两种世界中的最佳方法"。

- **SuperFetch(超级预取)**——该技术跟踪过去一段时间内使用的程序和数据来创建一种描述磁盘使用情况的配置文件。利用此配置文件，SuperFetch 可以有根有据地推测将需要使用的数据。类似于 XP 的 Prefetcher，它可以提前将这些数据加载到内存中以提高系统性能。SuperFetch 还可以同 Vista 新增加的 ReadyBoost 技术一起使用，ReadyBoost 使用 USB 2.0 闪存作为 SuperFetch 高速缓存的存储器。借助于这种方式，可以释放 SuperFetch 原本使用的内存，从而进一步提高系统的性能。

查看"使用 ReadyBoost 的 SuperFetch：更快速的读取"。

- **重启管理器**——此特性允许更加智能地修补和更新安装程序。现在，在安装补丁程序时，往往必须重启计算机(因为不能关闭与修补的程序相关的所有进程)。重启管理器跟踪所有运行的进程，并且在大多数情况下可以关闭一个应用程序的所有进程，因此无需重启计算机即可安装补丁程序。

查看"重启管理器"。

1.6.3　稳定性改善

人们对新版本的 Windows 总会询问的另一件事情是"系统崩溃次数是否会减少？微软已经历了将近 25 年的时间来完善 Windows，它为什么不能开发一种无故障的操作系统呢？"。我必须把不好的消息告诉那些失落的提问者，他们所寻求的操作系统几乎是不可能存在的。Windows 过于庞大和复杂，软件排列和硬件组合的数量实在太多，无法在所有安装中完全确保系统稳定性。

这并不意味着 Microsoft 不努力使 Windows 更加稳定，下面列出了 Vista 所做的一些改进：

- **I/O 取消**——Windows 经常出问题是因为一些程序崩溃并且使操作系统随同它一起崩溃。通常造成这一情况的原因是程序向某种服务、资源或另一个程序发出了输入/输出(I/O)请求，但是该进程却不可用；这将导致程序阻塞，需要重启来恢复。为防止出现这种情况，Vista 实现了一种称为 I/O 取消的改进型技术，它可以检查程序因等待 I/O 请求而被阻塞的情况，发现这种情况后会取消相应请求来帮助程序从困境中恢复。

查看"I/O 取消"。

- **可靠性监视器**——这个新特性跟踪系统的总体稳定性和可靠性事件，这些事件或者是可能影响稳定性的系统变化，或者是出现的可能指示不稳定性的事件。可靠性事件包括 Windows 更新，软件安装和卸载，设备驱动程序安装、更新、回滚和卸载，设备驱动程序出现问题以及 Windows 发生故障。可靠性监视器绘制这些变化和随着时间推移系统稳定性的变动情况，以便你可以按照图表方式查看是否存在影响系统稳定性的变化。

查看"可靠性监视器"。

- **服务恢复**——很多 Windows 服务都是关键型任务，如果它们失效，通常总是意味着恢复系统的唯一途径是关机并重启计算机。但是，使用 Windows Vista，每种服务都有相应的恢复策略，不仅允许 Vista 重新启动服务，而且可以重新设置依赖于失效服务的任何其他服务或进程。

查看"服务恢复"。

- **启动修复工具**——对启动问题进行故障修复并不是一件轻松的事情，但是借助于 Vista 的新型启动修复工具(Startup Repair Tool，SRT)可能再也不需要执行这种繁琐的任务了，该工具设计用来自动修复很多常见的启动问题。当出现启动故障时，Vista 立即开始运行 SRT，然后该程序分析启动日志并执行一系列诊断测试来确定导致启动故障的原因。

查看"启动修复工具"。

- **新的诊断工具**——Windows Vista 提供了一些新型且得到改良的诊断工具，这些工具包括磁盘诊断(Disk Diagnostics，它监视大多数现代硬盘生成的自动监视、分析和报告技术(SMART)数据、Windows 内存诊断器(Windows Memory Diagnostics，它和 Microsoft 联机崩溃分析(Microsoft Online Crash Analysis)一起工作来确定程序崩溃是否是由物理内存缺陷引起的)、内存泄漏诊断(Memory Leak Diagnosis，它搜寻并修复内存使用数量不断增加的程序)、Windows 资源耗尽检测和解决(RADAR，监视虚拟内存并在资源不足时发出警告，此外还可以识别使用虚拟内存最多的程序或进程并且在警告消息中列出这些资源掠夺者)、网络诊断器(Network Diagnostics，它分析网络连接的各个方面，然后修复出现的问题或向用户提供解决问题的简要说明)和 Windows 诊断控制台(Windows Diagnostic Console，它允许用户监视性能指标)。

查看"更多的诊断工具"。

1.6.4　安全性增强

关于 Windows XP 新的安全缺陷的报告就像胃肠蠕动那样频繁，所有人都希望 Vista 有比 XP 光彩得多的安全跟踪记录。尽管现在仍言之过早——并且邪恶的黑客异常狡猾——但 Microsoft 的 Vista 看起来确实是沿着正确的方向前进：

- **用户帐户控制**——这种新的并且饱受争议的特性确保每个 Vista 用户仅使用有限的权限进行操作，即使是那些属于 Administrators 组的帐户(不包括 Administrator 帐户本身)的权限也是有限的。换句话说，每个用户作为"最小特权用户"进行操作，这意味着用户仅有日常工作所需要的最小权限，这同样意味着任何获得系统使用权的恶意用户或程序也只能拥有有限的权限，因而限制了他们造成的破坏程度。这种做法的缺点是(也是引起争论的缘由)，即使执行常规的任务(如删除某些文件)，用户也会经常受到请求用户批准或索要证书的安全对话框的干扰。

查看"用户帐户控制：更智能的用户权限"。

- **Windows 防火墙**——此功能现在是双向的，意味着它不仅能阻止未授权的输入流量，而且可以阻挡未授权的输出流量。例如，如果计算机上植入了一个 Trojan(特洛伊)木马程序，它可能企图向外部网发送数据，但防火墙的输出保护将会防止这种情况。

查看"Windows 防火墙：双向保护"。

- Windows Defender——这是 Windows Vista 的防间谍软件程序。Spyware(间谍软件)是这样一种程序,它秘密监视用户计算机的活动或窃取用户计算机上的机密数据,然后通过用户的因特网连接将获取的信息发送到某个人或公司。Windows Defender 可以防止间谍软件植入计算机系统并实时监视系统来搜寻间谍软件活动的迹象。

查看"使用 Windows Defender 阻止间谍软件"。

- Internet Explorer 保护模式——这种新的 Internet Explorer 运行模式构建在"用户帐户控制"功能之上。保护模式意味着 Internet Explorer 以足够浏览 Web 的权限级别运行,但是它也仅能如此而已。在这种模式下,Internet Explorer 不能安装软件,不能修改用户的文件或设置,不能向 Startup 文件夹添加快捷方式,甚至不能更改它自己的默认主页和搜索引擎的设置。其设计目的是为了阻止间谍软件和其他恶意程序试图通过 Web 浏览器获得系统的访问权。

查看"保护模式:减少 Internet Explorer 的权限"。

- 钓鱼过滤器(Phishing Filter)——Phishing(网络钓鱼)是指通过复制现有的 Web 页面来欺骗用户提交私人信息、财务或口令数据。Internet Explorer 新提供的 Phishing Filter 可以在用户浏览已知的钓鱼网站时予以报警,或者警告用户当前的网页看似在进行钓鱼欺骗。

查看"使用钓鱼过滤器阻止钓鱼网站"。

- 垃圾邮件过滤器(Junk Mail Filter)——Windows Mail(Vista 用它来替代 Outlook Express)提供了一个反垃圾邮件过滤器,它基于 Microsoft Outlook 中的垃圾邮件过滤器。Junk Mail Filter 使用一种复杂的算法扫描收到的信息来发现垃圾邮件迹象。如果找到任何垃圾邮件,则将它们隔离到一个单独的 Junk Mail 文件夹中。

查看"使用 Windows Mail 的垃圾邮件过滤器阻止垃圾邮件"。

- Windows Service Hardening(服务硬化)——设计这种新技术(除了其他措施以外)使用较低的权限级别运行所有的服务,取消得到许可但不需要的服务并对服务施加限制来严格控制它们在系统上所能执行的操作,以此来限制不可靠的服务对系统带来的危害。

- 安全启动(Secure Startup)——此技术对整个系统驱动器加密来防止心怀恶意的用户访问机密的数据。Secure Startup 的工作原理是将加密和解密系统驱动器上的扇区的密钥存储在可信平台模块(Trusted Platform Module,TPM)1.2 芯片上,这种芯片是很多新型计算机上提供的一个硬件组件。

- 网络访问保护(Network Access Protection,NAP)——此服务对计算机实施体检,包括它安装的安全补丁、下载的病毒签名和安全设置。如果任何安全项目不完全是最新的或在网络指导原则之内,那么 NAP 强制服务(运行在支持此特性的服务器上)不允许计算机登录上网,或者将计算机的访问范围限定在受限的网络区域。

- **家长控制**——此功能允许家长对分配给孩子的用户帐户施加限制。借助于"控制面板"中新的"用户控制"窗口，可以允许或禁止特定的网站，设置常规的站点限制(例如，Kids Websites Only)，阻止内容分类(如 Pornography(色情文学)、Mature Content(成人内容)和 Bomb Making(炸弹制造))，阻止文件下载，设置使用计算机的时间期限，允许或禁止游戏，基于等级和内容来限制游戏以及允许或禁止特定的程序。

查看"使用家长控制限制计算机使用"。

1.6.5　Windows 表示基础

Windows 表示基础(Windows Presentation Foundation，WPF)是 Vista 的新图形子系统，它负责 Vista 软件包中所有的界面变化。WPF 实现的一种新的图形模型能够充分利用现今强大的图形处理单元。采用 WPF，所有输出都通过强大的 Direct3D 层(因此 CPU 不必处理任何图形)，而且这种输出还是基于全矢量的，因而 WPF 可以生成分辨率极高的完全缩放的图像。

1.6.6　桌面窗口管理器

桌面窗口管理器(Desktop Window Manager，DWM)是一种可以控制屏幕显示的新技术。在 Vista 操作系统上，应用程序将它们的图形绘制到一个屏幕之外的缓冲区中，然后 DWM 将缓冲区的内容合成到屏幕上。

1.6.7　改善的图形

WPF 和 DWM 的结合意味着 Vista 的图形是迄今最完美的 Windows 图形。在屏幕上快速移动程序和文档窗口时，这些窗口不再有撕裂感，应用于各种动作(如最小化窗口)的动画更加丰富和逼真，图标的放大和缩小不会损失质量，并将透明效果应用于窗口标题栏和边框。

1.6.8　事务 NTFS

Windows Vista 文件系统实现了一种称为 Transactional NTFS(或简称 TxF)的新技术。TxF 将事务(处理)数据库的思想应用到文件系统，这意味着如果你的数据遭受某种意外破坏——可能是系统崩溃、程序崩溃、重写某个重要的文件，甚至只是轻率地编辑了文件——Vista 允许将文件回滚到以前的版本。它在很多方面类似于 System Restore 特性，不同之处在于它不是为整个系统提供服务的，而是为各个文件、文件夹和卷提供服务的。

查看"影像副本和事务 NTFS"。

1.6.9　XML 文件规范

Windows Vista 支持一种新的 Microsoft 文档格式,即 XML 文件规范(或简写为 XPS)。这是一种 XML 模式,设计用于创建现有文档的高保真副本文档。换句话说,以 XPS 形式发布和在 XPS 阅读器中打开的文档看起来应该与它们在原始的应用程序中的表现形式一样。Microsoft 在 Windows Vista 中集成了一个 XPS 阅读器,因此任何 Vista 用户将自动可以阅读 XPS 文档(此阅读器在 Internet Explorer 内运行)。

微软还特许免费使用 XPS 专利,因此开发人员可以将 XPS 阅读和发布特性集成到他们的产品中而不需支付费用。这意味着可以容易地从各种应用程序中发布 XPS 文档。

1.7　新增及改进的程序和工具

所有新版本的 Windows 都提供了少量全新的程序和工具,并对很多现有的特性进行了革新、调整或轻微修饰。Windows Vista 也不例外,前面已经讨论了这样一些工具和特性(包括 Windows 边栏、Windows Defender 和可靠性监视器(Reliability Monitor)),下面几小节将概述 Vista 提供的其他新型及改进的程序和工具的主要特点。

1.7.1　欢迎中心

启动 Windows Vista 时,可以自动看到新的"欢迎中心"窗口,如图 1-8 所示。此窗口告知所用的 Vista 版本和激活状态,并且提供一些有关个人计算机的基本情况(包括处理器、内存、计算机名称,等等)。此外还有几个任务链接,如安装设备,设置用户帐户,从旧计算机转移文件以及查看有关计算机的更多详情。

图 1-8　每次启动 Vista 时会自动弹出新的"欢迎中心"窗口

1.7.2　控制面板

　　Windows XP 对控制面板做了很大改动，它包含一个将图标分为 10 大类别的分类视图，如外观和主题、打印机和其他硬件以及网络和 Internet 连接。这种视图适合于初级用户，因为他们不用再面对默认 XP 安装提供的 30 多个控制面板图标而不知所措。当然，高级用户并不喜欢分类视图，因为它需要多次单击鼠标才能找到想要的图标。值得庆幸的是，Microsoft 可以使用户方便地在分类视图和经典视图之间切换，经典视图是老式的排列所有图标的控制面板窗口的新名称。

　　查看"操作控制面板"。

　　Microsoft 再次尝试在 Windows Vista 中重新配置控制面板。这样做可能是因为 Vista 中控制面板图标的绝对数量急剧增加，默认的安装会在系统上添加超过 50 个图标。即使对高级用户来说图标数量也显得过多，因此显然需要重新对这些图标进行某种编组。令人欣慰的是，Microsoft 并不只是提供一组除新手外都会忽略的新的控制面板分类。它确实还是对图标进行分类，但是做出了很多改动：

- Vista 中提供了比 XP 中更多的分类，总共有 11 项(包括笔记本计算机安装中出现的"移动 PC"类别)，因此相比而言分类更为细致，考虑到 XP 中的多个类别——用户帐户、添加或删除程序和安全中心——实际上是启动功能的图标，你更能体会到其中的意味。

- 这些分类添加了指向具体特性的链接，如图 1-9 所示。例如，除了单击"硬件和声音"类别来查看控制面板所有与硬件和声音相关的图标外，还可以单击"打印机"或"鼠标"直接转到那些功能。

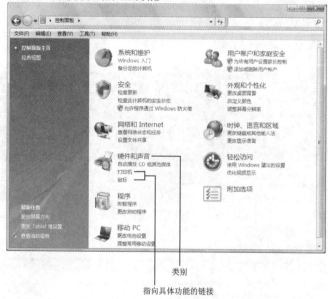

图 1-9　Vista 控制面板添加了指向具体功能的链接的图标类别

- 一些图标可以在多个类别中交叉引用，从而可以更方便地找到它们。例如，可以在"硬件和声音"类别和"移动 PC"类别中找到"高级选项"图标。另外，Windows 防火墙图标出现在"安全"类别以及"网络和 Internet"类别中。
- 打开一个类别时，"控制面板"左窗格会显示一个包括所有类别的列表，如图 1-10 所示。如此一来，如果发现选错了类别或者希望操作一个不同的类别，则不需要重新返回到控制面板主窗口。

最近的任务

图 1-10　浏览某个类别时，"控制面板"左窗格中会显示
一个包含所有类别的列表以便你访问其他类别

- 控制面板记忆每个 Windows 会话中最近执行的大多数任务，如图 1-10 所示。这样做的目的是便于重新运行那些常用的任务。

显然，Vista 的"控制面板"要比它的前辈 XP 更胜一筹。它不仅便于初学者操作，而且有经验的用户也可以大大减少单击鼠标的次数。但是，我猜测大多数高级用户仍会使用"经典"视图，并且为了提高操作速度还会将"控制面板"设置为"开始"菜单的一个子菜单。

1.7.3　Internet Explorer 7

几年来一直没有看到 Microsoft 推出新的 Web 浏览器，因此期望 Internet Explorer 7 将具备丰富的新特性。遗憾的是，事实并非如此。Internet Explorer 7 最重要的新特性是前面提到的安全性增强(钓鱼过滤器和保护模式)。除了这些安全性增强和稍经修改的界面外，还增加了重要的新特性，但数量不多，如下：

● **分页浏览**——像 Firefox、Opera、Safari 和其他很多浏览器一样，Internet Explorer 终于添加了分页浏览，每个打开的页面出现在单个 Internet Explorer 窗口内它自己的选项卡中。Internet Explorer 使用一种稍微改善了选项卡操作的称为快速选项卡(Quick Tabs)的新特性，它显示每个选项卡页面的实况缩略图，如图 1-11 所示。

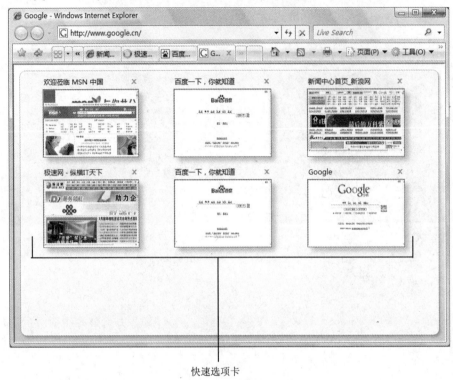

快速选项卡

图 1-11　Internet Explorer 7 最终添加了分页浏览，但是使用快速选项卡
完善了此特性，快速选项卡可以提供选项卡页面的实况缩略图

查看“使用选项卡”。

● **支持 RSS 馈送**——RSS(Real Simple Syndication)正逐渐成为网站首选的方法以便使读者总是能够获得最新的不断变化的内容。Internet Explorer 7 可以识别某个网站何时提供一个或多个 RSS 馈送并允许用户查看馈送的内容。此外，还可以订阅馈送以便让 Internet Explorer 7 提醒你何时可以查看新的内容。订阅的馈送出现在新的隶属于“收藏夹中心”的 Feeds 文件夹中，“收藏夹中心”是一个还包括“收藏夹”和“历史”文件夹的窗格。

查看“使用 RSS 馈送”。

● **清除浏览历史记录**——这个新特性提供了一种便捷的方法来清除与以往的 Web 浏览相关的数据：临时 Internet 文件、cookie、历史记录、保存的表单数据和记录的口令。可以删除上述任何一种选定的数据，或者单击清除所有数据。

查看"删除浏览器历史记录"。

- **多个主页**——Internet Explorer 7 允许指定最多 8 个主页。当启动 Internet Explorer 或单击"主页"按钮时，Internet Explorer 将每个主页加载到它自己的选项卡中。如果在每次浏览会话的开始总是打开同样的几个网站，这就是一个很有用的新功能。

查看"改变主页"。

警告：

当然，多主页浏览提供的便捷性是要付出代价的。要浏览的主页越多，Internet Explorer 的启动时间也越长。

- **管理插件**——如果已经安装了某个添加新特性的插件程序，如 Internet Explorer 上的一个工具栏，那么可以使用新的"管理插件"对话框来查看所有插件。此外，还可以使用它来启用或禁用插件并可以删除安装的 ActiveX 控件。

查看"管理插件"。

1.7.4　Windows Mail

Windows Mail 是 Outlook Express 的新名称，微软更改其名称的原因在于一些人把它和 Microsoft Outlook 混为一谈。遗憾的是，Windows Mail 所带来的新变化几乎仅限于它的名称，除此之外，只有 3 个值得一提的新功能：

- **垃圾邮件过滤器**——借用了 Microsoft Outlook 卓越的垃圾邮件过滤器，此功能能够很好地检测收到的垃圾邮件并将它转移到新的垃圾邮件文件夹。
- **搜索框**——像 Vista "开始"菜单和"文件夹"窗口一样，Windows Mail 的右上角带有一个搜索框。可以使用搜索框在当前的文件夹中对邮件的收件人(To)、抄送(Cc)、主题和消息正文字段执行即输即搜操作。
- **Microsoft 帮助组**——Windows Mail 带有 Microsoft 的 msnews.microsoft.com 新闻服务器的一个预配置的帐户，该服务器驻留了超过 2 000 个 microsoft. public.*新闻组。如果拥有一个 Microsoft Passport ID(如 Hotmail 地址)，可以登录并将新闻组帖子设定为"有用"或"无用"。

1.7.5　Windows 日历

Windows 正慢慢发展成一个完善的计算系统，具体体现在它包含有普通需求的用户想要的任何内容。它很早就提供了文字处理器、文本编辑器、图形编辑器、Web 浏览器、Email 客户程序、媒体播放器和备份程序。那么还缺少什么呢？在安全方面，必须具有双向防火墙和反间谍软件工具，Vista 提供了这两类工具。此外，我们要有某种跟踪约会和任务列表的手段，因此需要一种日历应用程序。Vista 目前也提供了这样一种日历程序，称为 Windows 日历。实际上作为操作系统免费赠送的程序而言它确实不错，具有漂亮、清爽的界面(参看图 1-12)，并且能够完成日历应该完成的所有基本任务：

- 创建约会，包括一次性和循环性的约会
- 安排全天的活动
- 调度任务，并且能够设置优先标记和完成标记
- 设置约会和任务提示
- 按日、周和月查看约会
- 使用 iCal 标准发布和预订日历
- 导入日历(.ics)文件
- 创建多个日历

查看"使用 Windows 日历调度"。

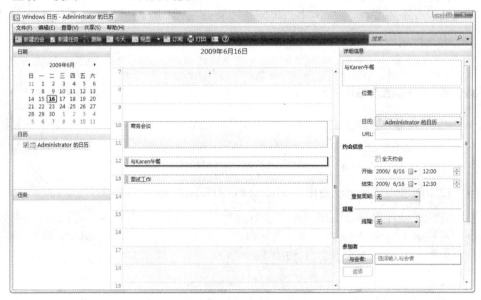

图 1-12　Windows 日历是一种功能较为强大的日历程序

1.7.6　Media Player

Vista 配备了 Windows Media Player 11(WMP 11)，这是一款包含很多新特性的做了较大更新的软件：

查看"在 Windows Media Player 11 中方便地听歌"。

- **更清爽的界面**——整个界面比以前的版本更简洁一些。
- **唱片封面**——如果下载或扫描了唱片封面，它可以始终显现在 WMP 11 的界面上，这比以前的版本要漂亮很多，过去的版本很少会出现唱片封面。
- **媒体分组和堆栈**——前面在介绍文件夹窗口时提到的分组和堆栈技术同样适用于 WMP 库。例如，对于播放音乐而言，WMP 基于媒体元数据提供了多种视图，

包括根据"唱片集艺术家"属性值以及随后按照"唱片集"属性值对歌曲分组的
歌曲视图和使用"流派"属性值来堆叠唱片的流派视图。可以为各类媒体(Music(音
乐)、Pictures(图片)、Video(视频)、Recorded TV(录制的电视节目)或 Other Media(其
他媒体))选用不同的视图。

- **高级标签编辑器**——通过从因特网下载相关的信息可以方便地应用媒体元数据，
  但是大多数 WMP 元数据是可编辑的。WMP 中的一项革新是 Advanced Tag
  Editor，它为某个特定媒体文件的很多可用的元数据提供了一种前端编辑工具。

- **即时搜索**——WMP 11 窗口的右上角有一个允许执行即输即搜操作的"即时搜索"
  框。在此框中输入文本后，WMP 搜索文件名和元数据来查找匹配的媒体文件，
  并将搜索结果显示在 WMP 窗口中。

- **与媒体设备同步**——在 WMP 11 中可以较为容易地将 Library 中的对象与媒体设
  备同步。当插入一个与 WMP 兼容的媒体设备时，WMP 可以识别它并在 Sync 选
  项卡中自动显示该设备、它的总容量以及可用的空间。此外，WMP 11 执行双向
  同步，这意味着不仅可以从计算机向媒体设备同步文件，而且还可以从媒体设备
  向计算机同步文件。

- **翻录更容易**——在 WMP 11 中可以更为方便地从音频 CD 抓取文件，因为该程序
  允许更方便地设置翻录。例如，如果下拉"翻录"选项卡列表，可以选择 Format
  来显示文件格式列表，包括各种 Windows Media Audio 格式(规则的、可变比特
  速率的和无损的)、MP3 和 WMP 11 中新增加的 WAV。还可以下拉"翻录"菜
  单并选择"比特率"来选择抓取媒体的速率。

- **刻录选项**——在 MVP 11 中可以更为灵活地将音乐或其他媒体刻录到光盘中。一
  方面，WMP 支持将媒体刻录到 DVD 光盘。另一方面，WMP 11 在它的"选项"
  对话框中提供了一个新的"刻录"选项卡，可以使用它来选择刻录速度、调整音
  频 CD 的音量、为数据光盘选择文件列表格式以及设置文件质量。

- **URGE 支持**——WMP 11 自动下载并安装 URGE 商店，它是 Microsoft 与 MTV
  协作创办的在线音乐商店。

- **媒体库共享**——此特性允许和其他网络用户共享自己的 WMP Library，就像共享
  文件夹或打印机一样。

- **DVD 播放**——在 WMP 11 中播放 DVD 时，一个"DVD"按钮将添加到播放控
  件上。单击此按钮显示 DVD 菜单，该菜单提供的 DVD 相关的命令要比以前版
  本的播放器丰富得多。新增的受欢迎的 DVD 特性包括能够选择声音和语言轨道
  (如果有)、显示字幕(如果有)以及捕获画面。

1.7.7 Media Center

Windows Vista 并没有像 Windows XP 那些提供单独的 Media Center 版本。相反，Vista
将 Media Center(媒体中心)集成在 Home Premium 和 Ultimate 版中。下面简要总结 Microsoft

对 Vista 的 Media Center 版本所做的改动：

- **界面改进**——Microsoft 调整了 Media Center 界面使其更容易操作。顶级任务(如电视、音乐等)看起来更像一个列表而不像 XP Media Center 中的菜单选择。当选择某个顶级任务时，Vista Media Center 加粗任务文本并在下面显示可用的二级任务。当选择某个二级任务时，Media Center 显示一个图形及其任务文本来说明此任务的作用。当显示的任务从屏幕的中心移开时(或上或下、或左或右)，它们逐渐变得淡化。这样做使得用户的注意力集中在屏幕中心正在操作的任务上。

- **新式菜单结构**——Vista Media Center 提供了很多顶级任务，包括 Pictures + Videos(操作图片和视频库)、Movies(操作 DVD 电影)、TV(操作 TV 调谐器)、Music(操作音乐和无线电广播)、Spotlight(访问在线媒体并运行在计算机上安装的其他 Media Center 程序)、Tools(使用 Media Center 工具)和 Tasks(运行其他 Media Center 特性)。

- **显示来电通知**——可以设置 Media Center 为所有来电显示通知或仅为带有主叫 ID 的来电显示通知。

- **无线网络连接**——可以使用 Media Center 将计算机连接到现有的无线网络上。

- **家长控制**——可以设置家长控制功能来限制通过 Media Center 可以查看的内容。

- **程序优化**——Vista Media Center 提供的一个优化特性用以确保最大化系统的性能。在每天凌晨 4 点自动进行优化，但是你可以为自己的优化设置时间进度。

1.7.8 Windows 图片库

Windows 图片库是一个新的程序，它能够从照相机、扫描仪、可移动媒体、网络或 Web 上导入图像和视频。然后可以查看图像、添加如标题和标签之类的元数据、评定图像等级，甚至采用普通的调整来改善图片外观。此外，还可以将选定的图像刻录到 DVD 光盘上。

查看"使用 Windows 图片库"。

1.7.9 DVD 刻录和创作

Windows Vista 在很多地方提供了 DVD 刻录功能，包括 Windows 图片库、Windows Media Player、Media Center 和 Windows Movie Maker。Vista 还提供了 Windows DVD Maker，此程序允许用户创作实际的 DVD 光盘，完成典型 DVD 光盘界面的菜单、章节和其他元素。

1.7.10　针对每个应用程序的音量控制

Windows Vista 实现了一种称为针对每个应用程序的音量控制(per-application volume control)的新技术。这意味着 Vista 为每个运行的当前正在产生音频输出的程序和进程提供一个音量控制滑动块。图 1-13 给出了当在通知区域中双击"音量"图标时出现的新型"音量"窗口。左边的滑动块控制扬声器音量，因此可以使用它作为系统级的音量控制。窗口的其余部分包含应用程序混音器——用于各个程序的滑动块和静音按钮。

查看"按照每个应用程序进行音量控制"。

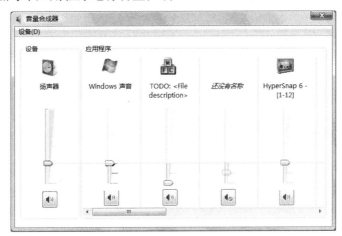

图 1-13　Windows Vista 使用针对每个应用程序的音量控件，
以便为每个输出音频的程序设置音量级别

1.7.11　录音机

Vista 的 Sound Recorder(录音机)是全新的程序，它改善了原先的程序，可以提供无限制的录音时间并能够录制成 Windows Media Audio(Windows 媒体音频)文件格式(以前的版本限定录制一分钟的 WAV 音频)。

查看"录音机"。

1.7.12　Windows Easy Transfer

Windows Transfer(传输器)是 XP Files and Settings Transfer Wizard(文件和设置传输器向导)的替代工具。它的工作方式在很大程度上与 XP 向导相同，但是 Windows Easy Transfer(简易传输器)支持范围更广的传输媒体，包括 Flash 驱动器。

1.7.13　Windows 备份

Windows Vista 的新备份程序——现在称为 Windows 备份——对先前的程序做了很大改进：

- 可以备份到可写的光盘、USB Flash 驱动器或其他可移动媒体。
- 可以备份到网络共享区。
- 当安装程序时，备份完全是自动执行的，备份到具有足够的空间以容纳文件的资源上(如硬盘或空间足够大的网络共享区)时，尤其如此。
- 可以创建系统映像备份——微软称之为 CompletePC 备份——用以保存计算机的确切状态，因此允许在计算机损坏或遭窃时完全还原原有的系统。

查看"备份文件"。

1.7.14　Game Explorer

Game Explorer 是一种特殊的外壳文件夹，为游戏玩家和游戏开发人员提供了多种新特性：

- 一个容纳所有已安装游戏的存储库。
- 执行游戏相关的任务，如启动游戏、链接到开发人员的网站以及设置家长控制。
- 支持游戏元数据，如游戏的发行人、版本号以及上次玩游戏的时间。Game Explorer 还支持来自包括娱乐软件分级委员会(Entertainment Software Rating Board，ESRB) 在内的各种组织的等级评定。
- 自动更新游戏。借助于新的"游戏更新"特性，Vista 自动使用户知道是否有已安装游戏的补丁或更新的版本。

Game Explorer 最初包括 Vista 操作系统自带的 8 个游戏，这些游戏包括对经典的受人喜爱的 Windows 游戏的更新(空当接龙、红心大战、扫雷游戏、单人纸牌游戏、蜘蛛纸牌和弹球游戏)和几个新增加的游戏(国际象棋、麻将和小丑乐园)。

1.7.15　移动中心

使用新的"Windows 移动中心"可以方便地概览笔记本电脑上各种移动特性的状况。正如在图 1-14 中看到的那样，移动中心允许用户查看和控制 Tablet PC 的亮度、音量、电池状态、无线网络连接和屏幕方向、外部显示器以及脱机文件的当前同步状态。

查看"使用 Windows 移动中心监控笔记本"。

1.7.16　网络和共享中心

网络和共享中心是一种新型的 Vista 网络连接控制中心，它可以显示网络连接的当前状态并允许用户快速执行所有最常见的网络连接任务：连接到网络、浏览网络、部署网络(包括新型的即席连接，即两个或多个邻近计算机之间的临时性网络连接)和诊断网络问题。

查看"显示网络和共享中心"。

图 1-14 新的移动中心提供了针对笔记本电脑相关特性的信息选择和控制

1.7.17 网络映射

网络和共享中心只显示了新的网络映射特性的一部分信息，网络映射可以形象地显示计算机连接的所有情况：网络连接(有线或无线)、ad hoc(即席)连接、Internet 连接等。此外，网络映射还能够形象显示连接状态，因此可以很容易地发现问题。Windows Vista 带有一个更加完善的网络映射版本，它的一个应用如图 1-15 所示。

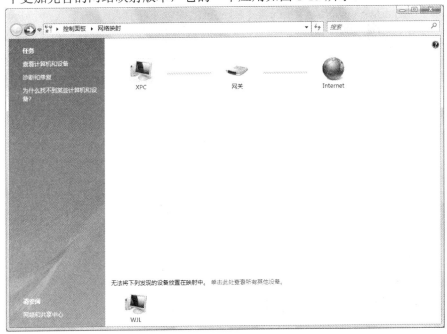

图 1-15 完整版本的网络映射

查看"查看网络映射"。

1.7.18 Windows 会议室

Vista 使用一款全新的称为 Windows 会议室的程序来替代 NetMeeting。像 NetMeeting 一样，可以使用 Windows 会议室向任意数量的远程用户展示一个本地程序或文档，并且可以和远程用户协作处理文档。Windows 会议室利用了多种 Vista 的新技术，包括对等网络连接、分布式文件系统复制器和 People Near Me。最后一种技术给出用户所在的同一网络上可选择参加协作的人员列表。它的思想是用户启动一个协作会话，然后邀请 People Near Me 列表中的一个或多个人加入会话。然后可以开始进行演示，这涉及到一个参与者在其计算机上执行某种行动，同时其他参与者在他们的会话窗口内观看到这些行动的结果。例如，你可以演示一个程序的工作过程，协作处理文档或共享计算机桌面，这将允许远程用户观看到你在计算机上执行的所有操作。

查看"使用 Windows 会议室协作"。

1.8 Service Pack 1 的新增功能

随着 Windows Vista 发布以来，Microsoft 已经提供了许多更新，可以通过 Windows Update 特性下载这些更新。Microsoft 定期发布各种更新和补丁，以处理程序故障、安全性问题、设备驱动程序支持、操作系统性能和应用程序兼容性。这些更新和补丁累积起来就带来了 Windows Vista Service Pack 1 的发布，该版本包括从最初发布 Windows Vista 以来发出的所有更新，并且包括自己的其他一些更新。这些更新主要关注 3 个领域：

- 安全性：SP1 中有许多安全性增强，包括第三方安全程序与 Windows 安全中心通信的更安全方法，以及对远程桌面协议(Remote Desktop Protocol)文件进行数字签名的功能。
- 性能：SP1 从多处入手提升了 Vista 的运行速度，包括减少 Vista 从冬眠模式恢复的时间、复制文件的时间、从压缩文件夹中提取文件的时间。SP1 也使 Internet Explorer 和笔记本计算机更高效地使用 CPU。
- 可靠性：SP1 也包括一些可靠性改进措施，以使 Vista 在如下情况中更为稳定：进入休眠模式和从休眠模式恢复、使用打印机驱动程序、配置网络、在笔记本电脑上使用外部显示器以及使用一些新式的显卡。
- 管理：在 SP1 中，管理 Windows Vista 的某些方面将更为容易。例如，你现在可以选择磁盘碎片整理程序对哪个磁盘进行操作，并且可以选择除了 C:之外的其他磁盘进行 BitLocker 文件加密。

- 新兴的硬件：SP1 也添加了对许多前沿技术和标准的支持，包括 Direct3D 10.1、exFAT 文件系统安全数字(Secure Digital)内存访问以及安全套接字隧道协议(Secure Socket Tunneling Protocol)。

如你所见，大部分 SP1 调整都是实质性的改动。自 Vista 发布以来，人们主要抱怨的方面就是 Vista 的安全性、性能和可靠性，SP1 正是对这些方面进行了必要的更新。

1.9　相关内容

本章概述了 Windows Vista 中的一些新特性和引人注目的地方，从中你可以看到有很多需要深入探讨的地方。这正是本书其余部分要做的事情，接下来我将带你走入 Windows Vista 并说明如何充分利用它的功能，包括新功能和旧功能。

第 2 章

定制 Windows Vista 的
启动以及排除启动故障

如果已经将Windows Vista可靠地安装在计算机上，现在就可以开始使用它了，首先要经历的过程无疑是"启动"过程。乍一看，用一章的篇幅来介绍这样一个主题似乎显得小题大做。不管怎样，Windows Vista启动过程终究给这种傻瓜式的操作赋予了新的含义：打开系统，等一会儿，Windows Vista就会乖顺地开始工作。这还有什么需要说明的吗？

你对此可能会感到惊讶。典型的启动过程例行出现只是因为Windows Vista采用一整套默认的启动选项。通过更改这些默认选项，可以控制启动过程并使Windows Vista按照希望的方式启动。本章将从头到尾介绍完整的启动过程，并说明可以用来定制启动的选项以及在出现问题的情况下可以用来诊断错误的选项。

2.1 启动过程，从开机到启动

为了更好地帮助了解Windows Vista启动选项，让我们仔细观察每次启动计算机时所出现的情况。尽管计算机在启动过程中执行许多操作，但是大多数操作只对有经验的计算机玩家(wirehead)和其他硬件高手有吸引力(泛泛地讲，wirehead是指精通PC硬件方面的专家)。作为普通用户，我们没必要如此详细地了解启动过程，因此，可以将整个过程简化为如下12个步骤：

本章主要内容

- ▶ 启动过程，从开机到启动
- ▶ 使用启动配置数据来定制启动
- ▶ 使用高级选项菜单来定制启动
- ▶ 有用的Windows Vista登录策略
- ▶ 排除Windows Vista的启动故障

(1) 当打开计算机开关(或者在计算机正运行的情况下按下"重启"按钮)，系统进行各种硬件检查。系统的微处理器执行 ROM BIOS 代码，该代码所要执行的一项任务是加电自检(Power-On Self Test，POST)。POST 检查并测试内存、端口和基本设备，如视频适配器、键盘和磁盘驱动器(可以听到软磁盘马达短暂地抖动并且看到驱动器指示灯点亮)。如果系统装有即插即用(PnP)BIOS，BIOS 还将逐一列出并测试系统中符合 PnP 标准的设备。如果成功完成 POST，可以听到"嘀"的一声。

(2) 接下来 BIOS 代码定位主启动记录(Master Boot Record，MBR)，这是系统硬盘上的第一个 512 字节的扇区。MBR 由一个用以定位并运行内核操作系统文件的小程序和一个包含系统上各种分区的数据的分区表组成。此时，BIOS 代码将执行权交给 MBR 的启动代码。

(3) 在安装了软驱的计算机上(现今这样的计算机越来越少了)，启动代码查找驱动器 A 上的启动扇区(驱动器指示灯再次点亮)。如果启动盘在此驱动器上，系统将启动至 A:\提示符；如果此驱动器上有一个非启动磁盘，启动代码则显示如下的消息：

```
Non-system disk or disk error
Replace and press any key when ready
```

如果此驱动器中没有磁盘，现今大多数系统接下来将检查 CD 或 DVD 驱动器中有无可启动磁盘。如果仍然找不到启动盘，那么启动代码将注意力转向硬盘并使用分区表来查找活动(也就是可启动的)分区及它的启动扇区(该分区中的第一个扇区)。

(4) 找到启动扇区后，MBR 代码将其当作一个程序来运行启动扇区。Windows Vista 启动扇区运行一个称为 Windows 启动管理器(Windows Boot Manager，BOOTMGR)的程序。

(5) Windows 启动管理器从实际模式(处理器只能访问第一个 640KB 内存的单任务模式)切换到保护模式(一种处理器能够访问所有内存单元的多任务模式)。

(6) Windows 启动管理器读取启动配置数据(Boot Configuration Data，BCD)并显示 Windows 启动管理器菜单(假定系统可以启动到两个或多个操作系统，参看下面要介绍的"使用启动配置数据来定制启动")。还需要注意的是，此时可以调用"高级选项"菜单来定制启动，参看本章后面的"使用高级选项菜单来定制启动"一节。

(7) Windows 启动管理器查询 BIOS 以获取有关系统硬件(包括系统总线、磁盘驱动器和端口等)的信息，然后将数据存储在 Windows Vista 注册表，具体是存储在 HKEY_LOCAL_MACHINE\HARDWARE 键中。

注意：

在本章多个地方会提到 Windows Vista 注册表。如果对注册表不熟悉，请参看第 11 章"了解 Windows Vista 的注册表"。

(8) 接下来会出现 Windows 启动消息和进度条。进度条跟踪 Vista 在启动时需要的设备驱动程序的加载过程，进度条随着驱动程序的不断加载前移。

(9) Windows 启动管理器加载 Windows 内核——NTOSKRNL.EXE——由它负责处理操

作系统其余部分的加载。

(10) Windows 内核启动会话管理器——SMSS.EXE——它初始化系统环境变量并通过运行 WINLOGON.EXE 来启动 Windows 登录过程。

(11) 如果系统有多个用户帐户或者有一个受密码保护的用户帐户，Windows Vista 显示欢迎屏幕，提示选取一个用户或输入密码。

(12) 随后检测新的即插即用设备并处理 Run Registry 键和 Startup 文件夹的内容。

Windows Vista 还提供了几种用于自定义启动的途径：

- 当完成 POST 时调用 Windows Vista 的"开始"菜单
- 编辑 BCD 来更改默认的启动选项
- 向 Windows Vista Run Registry 键添加程序或文档
- 向 Windows Vista Startup 文件夹添加程序或文档

下面几小节将介绍这些技术。

2.2　使用启动配置数据来定制启动

如果除了 Windows Vista 以外系统还能够启动到其他的一个或多个操作系统上，或者系统可以启动到多个 Windows Vista 的安装上，那么将可以在启动过程中看到一个类似下面形式的菜单：

```
选择要启动的操作系统或工具：
(使用箭头键突出显示你的选择。)

    早期版本的 Windows
    Microsoft Windows Vista

若要为此选择指定高级选项，请按 F8
自动启动突出显示的选择之前剩余的秒数 30

工具：
    Windows 内存诊断
```

如果此时什么都不做，Windows Vista 将会在 30 秒后自动启动。否则，可以选择想要的操作系统然后按下 Enter 键来启动相应的系统(为了在操作系统菜单和工具菜单之间进行切换，请按下 Tab 键)。此菜单的具体内容由启动配置数据决定，这是一个新的数据存储区，用于替换以前版本的 Windows 中使用的 BOOT.INI 文件。BOOT.INI 仍存在，但仅用于在多启动安装中加载传统的操作系统。为什么会出现这种变化？主要有以下 3 个原因：

- 拥有两个不同类型的启动信息存储区没有意义：一个用于基于 BIOS 的系统，而另一个用于基于 EFI 的系统。BCD 为这两种类型的操作系统创建了一个公共存储区。
- 支持启动应用程序的必要性。启动应用程序是指在 Windows 启动管理器创建的启动环境中运行的任何进程。主要的启动应用程序类型有 Windows Vista 分区、Windows

的传统安装和启动工具，如出现在 Windows 启动管理器菜单中的 Windows 内存诊断。从这个意义上讲，Windows 启动管理器是一种微型的操作系统，它可以显示一个界面(Windows 启动管理器菜单)以便允许用户选择希望运行的应用程序。

- 使启动选项脚本化的必要性。BCD 通过 Windows 管理规范(Management Instrumentation，WMI)提供程序提供一个脚本界面，从而允许创建用于修改 BCD 各个方面的脚本。

Windows Vista 提供了如下 4 种方法来修改 BCD 存储(区)中的部分或全部数据：

- 启动和恢复特性
- 系统配置实用程序
- BCDEDIT 命令行实用程序
- BCD WMI 提供程序

注意：

本章不讨论 BCD WMI 提供程序。要想了解更多信息，请访问 Web 站点：

msdn2.microsoft.com/en-us/library/aa362677.aspx

2.2.1 使用"启动和故障恢复"来修改 BCD

可以使用"启动和故障恢复"对话框来修改一组有限的 BCD 选项：默认的操作系统、显示 Windows 启动管理器菜单的最长时间以及随后显示 Windows Vista 启动恢复选项的最长时间。下面给出要遵循的步骤：

(1) 选择"开始"，右击"计算机"，然后单击"属性"，Vista 会显示"控制面板"的"系统"窗口。

(2) 单击"高级系统设置"。

(3) 如果看到"用户帐户控制"对话框，单击"继续"按钮或输入管理员密码并单击"提交"按钮，然后会出现"系统属性"对话框。

提示：

一种更快的打开"系统属性"对话框的方法是按下 Windows Logo+R 组合键(或选择"开始" | "所有程序" | "附件" | "运行")，输入 systempropertiesadvanced 并单击"确定"按钮。

(4) 在"高级"选项卡中，单击"启动和故障恢复"组中的"设置"按钮，Vista 会显示"启动和故障恢复"对话框，如图 2-1 所示。

图 2-1　使用"启动和故障恢复"对话框来修改启动配置数据的一些内容

(5) 使用"默认操作系统"下拉列表选取启动时 Windows 启动管理器默认突出显示的操作系统(换句话说，如果不在 Windows 启动管理器菜单中做出选择的话，就是自动运行的操作系统)。

(6) 使用"显示操作系统列表的时间"右边的微调框来设置 Windows 启动管理器启动默认操作系统所需等待的时间。如果不希望 Windows 启动管理器自动选择一个操作系统，则可以选择取消"显示操作系统列表的时间"复选框。

(7) 如果 Windows Vista 没有正常关机，Windows 启动管理器在启动时会显示一个"恢复选项"菜单。如果希望在一定时间间隔后自动选定默认选项，那么选中"在需要时显示恢复选项的时间"复选框并使用相关联的微调框来设置时间间隔。

(8) 在所有打开的对框中单击"确定"按钮以便使新的设置生效。

2.2.2　使用系统配置实用程序来更改 BCD

为了更精细地控制 BCD 存储，可以使用系统配置实用程序来更改数据。为了启动此程序，请遵循如下步骤：

(1) 按下 Windows Logo+R 组合键(或选择"开始"|"所有程序"|"附件"|"运行")以打开"运行"对话框。

(2) 输入 msconfig，然后单击"确定"按钮。

　　(3) 如果看到"用户帐户控制"对话框，单击"继续"按钮或输入管理员密码并单击"提交"按钮。然后将会出现"系统配置"窗口。

　　(4) 选择"启动"选项卡，如图 2-2 所示。

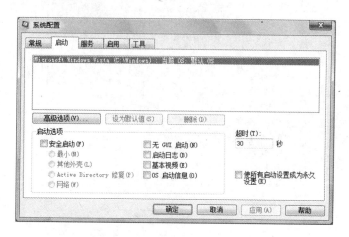

图 2-2　在系统配置实用程序中，使用"启动"选项卡来修改 BCD 存储

　　靠近选项卡顶部的大方框中显示当前计算机上的 Vista 安装。在 Vista 安装旁边可以看到当前正在运行的操作系统以及默认的操作系统。在此选项卡中主要可以执行 4 个任务：

● 单击"设为默认值"按钮将突出显示的 Vista 安装设置为 Windows 启动管理器菜单的默认安装。

● 使用"超时"文本框设置在选择默认的操作系统之前 Windows 启动管理器等待的最长时间。

● 使用"启动选项"组中的复选框为当前突出显示的 Vista 安装设置如下启动选项：

安全启动：最小	以安全模式启动 Windows Vista 仅使用最少的一组设备驱动程序。如果 Windows Vista 不能启动，设备或程序引起 Windows Vista 崩溃，或者在 Windows Vista 正常运行时不能卸载某个程序时，使用此(开关)选项。
安全启动：其他外壳	在安全模式下启动 Windows Vista，而且绕过 Windows Vista GUI 改为启动至命令提示符。如果能够从命令提示符运行需要修复其中存在问题的程序或者不能加载 Windows Vista GUI，请使用此选项。

2

安全启动: Active Directory 修复	以安全模式启动 Windows Vista 并且恢复一个 Active Directory 服务的备份(此选项仅适用于域控制器)。
安全启动: 网络	以安全模式启动 Windows Vista,而且还包含网络驱动程序。如果需要修复其中存在问题的驱动程序或程序(存在于共享的网络资源上),需要访问电子邮件或其他基于网络的通信以获取技术支持,或者当计算机正在运行一个共享的 Windows Vista 安装时,使用此选项。
无 GUI 启动	指示 Windows Vista 在启动过程中不加载通常用于显示进度的 VGA 显示。如果当切换显示进度条的视频模式时,Windows Vista 挂起或者进度条的显示错乱,使用此选项。
启动日志	启动 Vista 并将启动过程记录到%SystemRoot%文件夹中一个名为 ntbtlog.txt 的文本文件中。浏览到此文件的末尾可以看到一条告知哪个设备驱动程序失败的消息。此时很可能需要重新安装或回滚驱动程序(参看第 17 章"最有效使用设备管理器")。如果 Windows Vista 启动挂起,需要详细记录启动过程或者怀疑(在使用一个其他的"开始"菜单项后)某个驱动程序导致 Windows Vista 启动失败时,使用此选项。

基本视频	使用标准的 VGA 模式启动 Vista: 256 色且分辨率为 640×480。此模式适用于发现并解决视频显示驱动程序出现的问题。如果不能使用任何一种安全模式选项启动 Windows Vista; 或者近来安装了新的显卡并且屏幕显示错乱,驱动程序不能满足过高的分辨率或颜色深度设置; 或者在无法加载 Windows Vista GUI 的情况下,使用此选项。在加载了 Windows Vista 后,可以重新安装或回滚驱

动程序，或者可以将显示设置调整到驱动程序能够处理的数值。

OS 启动信息　　　　在加载时显示每个驱动程序的路径和存储位置、操作系统版本号和内部版本号、处理器的数量、系统内存和进程类型。

● 单击"高级选项"按钮以显示"启动高级选项"对话框，如图 2-3 所示。可以设置如下选项：

图 2-3　在"启动"选项卡中，单击"高级选项"后显示的对话框

处理器数　　　　　在一个多处理器系统中，指出 Windows Vista 能够使用的处理器的最大数量。如果怀疑使用多处理器引起某个程序挂起，则选定此复选框。

最大内存　　　　　指出 Windows Vista 能够使用的最大内存量，单位是兆字节。当怀疑某个有缺陷的内存芯片可能引起启动问题时选择此项。

PCI 锁定　　　　　选定此复选框指示 Vista 在启动过程中不要为 PCI 设备动态地分配硬件资源。在 POST 期间适当锁定由 BIOS 分配的资源。如果安装一个 PCI 设备引起系统在启动中挂起，则使用此选项。

检测 HAL　　　　　选定此复选框将强制 Vista 在启动时检查计算机的硬件抽象层(HAL)。HAL 是一个位于计算机的硬件和操作系统内核之间的软件层，它的任务是隐藏硬件的差别以便内核可以运行在各种硬件上。如果强制 Vista 检查 HAL，在启动时它可以使用 HAL 与计算机的硬件进行交互。如果硬件引起启动问题并直接处理的话，可以使用此选项。

| 调试 | 远程调试 Windows Vista 内核。此选项通过计算机的一个端口将调试信息发送到远程计算机上。如果使用此选项，可以使用"调试端口"列表来指定一个串行端口、IEEE 1394 端口或 USB 端口。如果使用串行端口，可以通过"波特率"下拉列表指定调试信息的传输速率；如果使用 IEEE 1394 连接，选中"通道"复选框并指定通道值；如果使用 USB 端口，在"USB 目标名"文本框中输入设备名称。 |

2

2.2.3　使用 BCDEDIT 来定制启动选项

系统配置实用程序允许方便地修改 BCD 存储项，但是不允许访问整个 BCD 存储区。例如，启动选项卡没有列出系统中任何传统的启动项，并且没有提供重命名启动项或更改在 Windows 启动管理器菜单中显示的启动项次序的选项。为了完成这些任务，确切地讲是完成任何可能的 BCD 任务，需要使用 BCDEDIT 命令行工具。

需要注意的是，BCDEDIT 是一个仅供管理员(Administrator)使用的工具，因此必须在管理员帐户(不仅仅是 Administrators 组中的任意一个帐户)下运行它。完成此操作最简单的方法是在运行命令提示符时提升你的权限，具体的步骤如下：

(1) 选择"开始"|"所有程序"|"附件"。

(2) 右击"命令提示符"，然后单击"以管理员身份运行"，将会出现"用户帐户控制"对话框。

(3) 单击"继续"按钮或输入管理员密码并单击"提交"按钮，然后会出现"命令提示符"窗口。

可以参看第 6 章"发挥用户帐户的最大效用"来了解更多有关在 Windows Vista 中提升权限的内容。

表 2-1 总结了操作 BCDEDIT 可以使用的一些选项。

表 2-1　BCDEDIT 命令行工具可用的选项

(开关)选项	说　明
/bootdebug	打开或关闭启动应用程序的启动调试
/bootems	打开或关闭启动应用程序的 Emergency Management Services
/bootsequence	为启动管理器设置一次性启动序列
/copy	建立一个条目的副本
/create	创建一个新的条目
/createstore	创建一个新的且为空的 BCD 存储区
/dbgsettings	设置全局调试器环境
/debug	为一个操作系统条目启动内核调试

(续表)

(开关)选项	说　　明
/default	设置默认条目
/delete	删除一个条目
/deletevalue	删除一个条目值
/displayorder	设置启动管理器显示操作系统项目的顺序
/ems	为一个操作系统条目启用或禁用 Emergency Management Services
/emssettings	设置全局 Emergency Management Services 环境
/enum	列出 BCD 存储(区)中的条目
/export	将 BCD 存储的内容导出到一个文件中
/import	从一个使用/export 开关创建的备份文件中恢复 BCD 存储
/set	为一个条目设置选项值
/store	指定要使用的 BCD 存储
/timeout	设置启动管理器超时值
/toolsdisplayorder	设置启动管理器显示工具菜单的顺序
/types	显示/set 和/deletevalue 命令要求的数据类型
/v	完整显示所有条目标识符，而不是使用众所周知的标识符

为了帮助理解 BCDEDIT 的工作方式，下面查看一下当使用/enum 开关运行 BCDEDIT 时显示的输出：

```
Windows Boot Manager
--------------------
Identifier:              {bootmgr}
Type:                    10100002
Device:                  partition=C:
Description:             Windows Boot Manager
Inherit options:         {globalsettings}
Boot debugger:           No
Default:                 {current}
Display order:           {ntldr}
                         {current}
                         {a8ef3a39-a0a4-11da-bedf-97d9bf80e36c}
Tools display order:     {memdiag}
Timeout:                 30

Windows Legacy OS Loader
------------------------
Identifier:              {ntldr}
Type:                    10300006
Device:                  partition=C:
```

```
Path:                          \ntldr
Description:                   Earlier version of Windows
Boot debugger:                 No

Windows Boot Loader
-------------------
Identifier:                    {current}
Type:                          10200003
Device:                        partition=C:
Path:                          \Windows\system32\winload.exe
Description:                   Microsoft Windows Vista
Locale:                        en-US
Inherit options:               {bootloadersettings}
Boot debugger:                 Yes
Windows device:                partition=D:
Windows root:                  \Windows
Resume application:            {c105ff07-b93e-11da-82e5-ae629af91d6e}
No Execute policy:             OptIn
Kernel debugger:               No
EMS enabled in OS:             No

Windows Boot Loader
-------------------
Identifier:                    {a8ef3a39-a0a4-11da-bedf-97d9bf80e36c}
Type:                          10200003
Device:                        partition=G:
Path:                           \Windows\system32\winload.exe
Description:                   Microsoft Windows Vista
Locale:                        en-US
Inherit options:               {bootloadersettings}
Boot debugger:                 No
Windows device:                partition=G:
Windows root:                  \Windows
Resume application:            {a8ef3a3a-a0a4-11da-bedf-97d9bf80e36c}
No Execute policy:             OptIn
No integrity checks:           Yes
Kernel debugger:               No
EMS enabled in OS:             No
```

2

　　正如所看到的那样，此 BCD 存储包含 4 个条目：一个针对 Windows 启动管理器，一个针对传统的 Windows 安装(在分区 C:上)，其他两个针对 Vista 安装(在我的文字处理计算机上是分区 D：和 G：)。需要注意的是，每个条目均有一个标识符设置，并且这些 ID 对每个条目而言是唯一的。所有的 ID 实际上是 32 位的全局唯一标识符(GUID)，如前面针对第 2 个 Windows Boot Loader 条目给出的标识符：

```
a8ef3a39-a0a4-11da-bedf-97d9bf80e36c
```

　　其他条目同样有 GUID，但是 BCDEDIT 默认使用一个众所周知的标识符集合，其中

包括如下标识符(输入 bcdedit id /?可查看完整的列表):

```
bootmgr   Windows 启动管理器项目
ntldr     使用传统操作系统加载器来启动以前版本的 Windows 的一个项目
current   对应于当前运行的操作系统的项目
default   对应于 Windows 启动管理器默认的操作系统的项目
memdiag   Windows 内存诊断项目
```

如果想查看每个条目完整的 GUID, 可以添加/v (详细的)开关:

```
bcdedit /enum /v
```

遍历所有 BCDEDIT 开关选项将需要翻滚几十屏, 因此在此仅提供几个示例以便使用户体验这个强大的实用程序的操作方式。

1. 制作 BCD 存储的备份副本

在对 BCD 存储执行任何操作之前, 应该制作一个备份副本。制作备份副本后, 如果在更改 BCD 中某些内容时犯下错误, 则总是可以恢复备份副本使系统还原到其原始的状态。

可以使用/export 开关创建一个备份副本。例如, 下面的命令将 BCD 存储备份到驱动器 C 的根文件夹下名为 bcd_backup 的文件中:

```
bcdedit /export c:\bcd_backup
```

如果需要恢复此备份, 则使用/import 开关项, 如下例所示:

```
bcdedit /import c:\bcd_backup
```

2. 重命名条目

Windows 启动管理器分配给启动应用程序的名称仍有很多期待完善的地方。例如, 对于一个传统的操作系统条目而言, 默认的 Legacy(pre-longhorn)Microsoft Windows Operating System 名称过长, 特别是不便于描述。采用如 Windows XP Pro 或 Windows 2000 这样简单的名称更加有效。同样地, 所有的 Vista 安装都采用相同的名称: Microsoft Windows, 将会令人十分困惑。取名为 Vista Home Premium 和 Vista Ultimate 更加容易理解。

为了用 BCDEDIT 重命名一个条目, 使用如下语法:

```
bcdedit /set {id} description "name"
```

在这里, 使用条目标识符(GUID 或可用的众所周知的标识符)来替换 id, 并用希望使用的新名称来替换 "name"。例如, 下面的命令使用 Windows XP Pro 替代传统操作系统条目的当前名称(ntldr):

```
bcdedit /set {ntldr} description "Windows XP Pro"
```

> **提示：**
>
> GUID 是包含 32 个字符的值，因此手工录入它们既费时又容易出错。为了避免出现这种情况，首先运行 bcdedit /enum 命令来列举 BCD 条目，然后向上翻滚屏幕直到看到想使用的条目的 GUID。下拉"系统"菜单(单击窗口的左上角或按下 Alt+Spacebar(空格键))，选择"编辑" | "标记"，可在 GUID 上单击并拖动鼠标以选择它，然后按下 Enter 键来复制它。首先输入 BCDEDIT 命令，当到达需要用到标识符的地方时再次下拉"系统"菜单并选择"编辑" | "粘贴"。

3. 更改条目的顺序

如果希望启动管理器菜单条目按照不同的顺序出现，可以使用 BCDEDIT 的 /displayorder 开关项来更改顺序。在最简单的情况下，可能希望将一个条目移动到菜单的起头或结尾处。若要将一个条目移至起头，在命令中包括/addfirst 开关项，这里给出一个示例：

```
bcdedit /displayorder {a8ef3a39-a0a4-11da-bedf-97d9bf80e36c} /addfirst
```

为了将一个条目移至菜单的结尾处，则在命令中包括/addlast 开关项，如下面的例子所示：

```
bcdedit /displayorder {current} /addfirst
```

为了设置完整的顺序，在命令中按照希望的顺序输入每个标识符，并用空格分隔：

```
bcdedit /displayorder {current} {a8ef3a39-a0a4-11da-bedf-97d9bf80e36c}
{ntldr}
```

2.3　使用高级选项菜单来定制启动

在启动过程中出现 Windows 启动管理器菜单时，当突出显示某个 Windows Vista 安装时会看到如下消息：

若要为此选择指定高级选项，请按 F8 键

如果按下 F8 键，则会看到"高级启动选项"菜单，如下所示：

```
          高级启动选项
选择以下内容的高级选项: Microsoft Windows Vista
(使用箭头键来突出显示所作的选择。)


     安全模式
     网络安全模式
     带命令提示符的安全模式
```

启用启动日志
启用低分辨率视频(640×480)
最近一次的正确配置(高级)
目录服务还原模式
调试模式
禁用系统失败时自动重新启动
禁用驱动程序签名强制

正常启动 Windows

提示：

如果在启动时系统不能自动显示 Windows 启动管理器菜单，那么可以手动显示它。在启动计算机后等待直到 POST 完成，然后按下 F8 键显示 Windows 启动管理器菜单。如果计算机被设置成"快速启动"，可能并不能很明显注意到 POST 何时结束。在这种情况下，只需打开计算机并反复按下 F8 键直到看到 Windows 启动管理器菜单。但是要注意的是，如果系统接收了两个单独按下的 F8 键，则可能直接到达"高级启动选项"菜单。

"正常启动 Windows"选项按照常规方式加载 Windows Vista。可以使用其他选项来控制其余的启动过程：

- 安全模式——如果使用 Windows Vista 遇到问题——例如，如果损坏的或错误的视频驱动程序使得计算机无法正常显示或者 Windows Vista 不能启动——则可以使用"安全模式"选项运行缩减的 Windows Vista 版本，只包括 Vista 要求加载的最少一组设备驱动程序。可以重新安装或回滚损坏的设备驱动程序，然后正常加载 Vista。从安全模式启动后在 Welcome 屏幕上显示管理员帐户，这是排查问题时需要使用的帐户。当 Windows Vista 最终加载后，通过在桌面的 4 个角显示"安全模式"来提醒用户正处于安全模式(此外，会显示与安全模式相关的信息和链接的 Windows 帮助和支持)。

注意：

如果很想知道在安全模式启动过程中加载了哪些驱动程序，请参看下面注册表键中的子键：

HKEY_LOCAL_MACHINE\SYSTEM\CurrentControlSet\Control\SafeBoot\Minimal\

- 网络安全模式——该选项等同于普通的安全模式，唯一的区别是在启动时还加载 Windows Vista 的网络驱动程序。此选项允许用户登录到自己的网络上，如果需要访问网络来加载设备驱动程序、运行故障诊断实用程序或发送技术支持请求，这是一种便捷的方式。如果通过网络上的一个网关进行网络连接，则该选项还允许用户访问 Internet。如果需要下载驱动程序或者获得在线技术支持，此选项很有用。

2

- 带命令提示符的安全模式——该选项等同于普通的安全模式，唯一的区别在于它不加载 Windows Vista GUI。相反，它运行 CMD.EXE 来加载命令提示符会话。
- 启用启动日志——该选项等同于正常启动选项，不同之处是 Windows Vista 将启动过程记录到位于系统根目录下的一个名为 ntbtlog.txt 的文本文件中。
- 启用低分辨率视频(640×480)——该选项按照分辨率 640×480 且颜色质量为 256 色的视频显示设置来加载 Windows Vista。如果在启动 Vista 时视频输出发生错乱，则可以使用此选项。例如，如果显卡无法处理显示设置所配置的分辨率，则可以在低分辨率模式下启动，然后切换到显卡所支持的某个设置。
- 最近一次的正确配置——该选项使用最近一次成功启动采用的硬件配置来启动 Windows Vista。
- 目录服务还原模式——在安全模式下启动 Windows Vista 并且恢复 Active Directory 服务的一个备份(此选项只适用于域控制器)。
- 调试模式——允许远程调试 Windows Vista 内核。
- 禁用系统失败时自动重新启动——防止在系统崩溃时 Windows Vista 自动重启。如果希望防止系统重启以便能够阅读错误消息或推断出其他有助于诊断问题的信息，则选择此选项。
- 禁用驱动程序签名强制——防止 Windows Vista 检查设置驱动程序是否具有数字签名。如果无法加载某个驱动程序而引起系统问题，那么选择此选项以确保 Windows Vista 加载一个未签名的驱动程序。

若想了解有关上述这些选项的更多信息，查看本章后面标题为“使用各种高级启动选项的时机”一节。

2.4　有用的 Windows Vista 登录策略

安装 Windows Vista 时，安装程序要求为使用此计算机的一个或多个用户提供用户名和可选的密码。最初登录 Windows Vista 的方式依赖于安装操作系统时所执行的操作：

- 如果没有为新用户名指定密码并且计算机不属于网络域，Windows Vista 自动以此用户名登录。
- 如果指定了密码、计算机属于某个域或者相继创建了多个用户名，Windows Vista 将显示并列出用户的欢迎屏幕(图 2-4 给出了一个示例)。单击希望使用的用户名，输入密码(如果此帐户设置了密码)，然后按下 Enter 键进入系统。

默认的登录方式适合于大多数用户，但是可采用多种方法更改 Windows Vista 的登录方式。本节的其余部分将给出几个更改 Windows Vista 登录方式的提示和技巧。

图 2-4　如果你的工作组或独立计算机设置了密码或多个用户，或者你的
计算机属于某个网络域，将可以看到 Windows Vista 欢迎屏幕

2.4.1　在启动时需要按下 Ctrl+Alt+Delete 组合键

使用密码保护 Windows Vista 用户帐户(见第 6 章)尽管是一个很好的主意，但是并不十分安全。电脑黑客是一帮聪明绝顶的人，其中一些高手想出了一种突破用户帐户密码系统的方法。他们的诡计就是安装一种病毒或特洛伊木马(Trojan horse)程序——通常借助于感染病毒的电子邮件消息或恶意的 Web 站点——当启动计算机时加载自己，然后它们会显示一个虚假的 Windows Vista 欢迎屏幕。当在此对话框中输入用户名和密码时，这类程序会记录录入的信息，因此破坏系统安全性。

为了防范这种狡猾的计谋，Windows Vista 允许对系统进行必要的配置，使得在能够登录进入系统之前必须按下 Ctrl+Alt+Delete 组合键。这种组合键能够确保出现真实可信的欢迎屏幕。

为了在用户登录系统之前要求他们必须按下 Ctrl+Alt+Delete 组合键，遵循如下这些步骤：

(1) 按下 Windows Logo+R 组合键以显示"运行"对话框。

(2) 输入 control userpasswords2，然后单击"确定"按钮。

(3) 如果看到"用户帐户控制"对话框，单击"继续"按钮或输入管理员密码并单击"提交"按钮，则会出现"用户帐户"对话框。

(4) 显示"高级"选项卡。

(5) 选中"需要用户按下 Ctrl+Alt+Delete"复选框。

(6) 单击"确定"按钮。

2.4.2　登录到一个域

在以前的 Windows 版本中，当登录某个域时总是采用经典的 Windows 登录，即必须按下 Ctrl+Alt+Delete 组合键，然后在"登录 Windows"对话框中输入用户名和密码(此外，还可选择指定一个不同的域)。但是，经典的 Windows 登录不同于 Windows Vista。上一节说明了要求在登录之前按下 Ctrl+Alt+Delete 组合键的方式。为了在 Windows Vista 中登录一个域，必须将域指定为用户名的一部分。这里有两种选择：

- NetBIOSName\UserName——在此用域的 NetBIOS 名称替换 NetBIOSName 并用网络用户名(如 logophilia\paulm)替代 UserName。

- UserName@Domain —— 在此用域名替换 Domain 并用网络用户名(如 paulm@logophilia.com)替代 UserName。

参看第 6 章来了解在 Windows Vista 中创建新用户帐户的方法。

2.4.3　访问管理员帐户

Windows Vista 的一个令人迷惑的地方是在安装完成后，管理员帐户似乎不存在。这是因为出于安全的需要，Windows Vista 不允许普通用户使用集所有权力于一身的管理员帐户。在第 6 章将会对这样做的原因予以解释。我认为 Windows Vista 是不允许轻易使用此帐户的。欢迎屏幕没有提供一个选择管理员的选项，并且在 Vista 主界面上也没有允许使用此帐户登录的选项。

这样做很可能是为了使大多数用户更加安全，但是对于那些可能有时需要使用管理员帐户的用户而言有些麻烦。例如，像 Windows Automated Installation Kit 这样的工具要求使用管理员帐户。幸运的是，有两种解决方法，它们都涉及编辑 Registry(注册表，参看第 11 章)，因此首先要打开注册表编辑器(单击"开始"，在搜索框中输入 reg，然后单击出现在搜索结果中的 Registry Editor 程序)，然后定位到下面的键：

```
HKLM\SOFTWARE\Microsoft\Windows NT\CurrentVersion\Winlogon
```

现在有两种选择：

- 为管理员设置自动登录——详细说明请参看下一节。

- 在欢迎屏幕中包含管理员帐户——按照以下步骤进行设置：

(1) 选择 Winlogon 子键。

(2) 选择"编辑"|"新建"|"项"命令，输入 SpecialAccounts，按下 Enter 键。

(3) 选中 SpecialAccounts 键，选择"编辑"|"新建"|"项"命令，输入 UserList，然后按

下 Enter 键。

(4) 选中 UserList 键, 选择"编辑"|"新建"|"DWORD(32 位)值"命令, 输入 Administrator, 按下 Enter 键。

(5) 按下 Enter 键以打开管理员设置, 将"数值数据"文本框中的值改为 1, 然后单击"确定"按钮。

2.4.4　设置自动登录

如果你使用一台其他人无权使用(或者可以由你信任的人使用)的独立计算机, 则可以在启动时不必输入用户名和密码来节省一些时间。在这种情况下, 完成此操作最简单的方法是仅以单个不带密码的用户帐户来安装 Windows Vista, 这意味着 Windows Vista 在启动时自动以该用户登录。如果具有多个用户帐户(例如为了测试起见)或者希望自动登录到管理员帐户, 需要把 Windows Vista 设置成自动登录。

> **警告:**
>
> 对于笔记本计算机而言设置自动登录通常并不是一个好主意, 因为它们容易丢失或遭偷窃。通过在适当的地方保留登录提示界面, 拾到或偷盗笔记本的人至少难以成功登录, 因此可以保护你的数据安全。

打开注册表编辑器并找到如下的注册表键:

```
HKLM\Software\Microsoft\Windows NT\CurrentVersion\Winlogon\
```

然后需要执行如下 3 项操作:

(1) 双击 AutoAdminLogon 设置并将其值更改为 1。

(2) 双击 DefaultUseName 设置并将其值更改为希望自动登录到的用户名。

(3) 创建一个名为 DefaultPassword 的 String 设置并将其值更改为在步骤(2)中指定用户的密码。需要注意的是密码是以普通文本出现的, 因此任何人都能够阅读或甚至更改它。

> **提示:**
>
> 在 Windows Vista 启动时通过按下 Shift 键可以临时挂起自动登录。

2.4.5　禁用"自动登录忽略"功能

正如在上一节的提示栏中说明的那样, 可以按下 Shift 键以忽略自动登录。但是在一些情况下并不希望启用此功能。例如, 可能将计算机设置供一个特定用户使用并且希望只有此用户能够登录系统。在这种情况下, 不希望用户忽略自动登录。

为了防止使用 Shift 键取消自动登录, 再一次打开注册表编辑器并定位到如下键:

```
HKLM\Software\Microsoft\Windows NT\CurrentVersion\Winlogon\
```

创建一个名为 IgnoreShiftOverride 的新的 String 值并将其值设为 1。

2.5　排除 Windows Vista 的启动故障

计算机是经常让人感到沮丧的怪物，但是计算机领域内很少有事情像操作系统不能工作那样令人垂头丧气、咬牙切齿。为了帮助用户消除身心上遭受的痛苦，本节概述了几种常见的启动问题及其解决办法。

2.5.1　使用各种高级启动选项的时机

前面介绍了 Windows Vista 在其"高级选项"菜单上包含一些有用的选项。但是应该在什么情况下使用每个选项呢？由于各个选项提供的功能存在一些重叠，因此没有严格的规则，但是可以制定一些一般性的指导原则。

如果下面某项条件成立，则应该使用"安全模式"选项：

- Windows Vista 在自检结束后无法启动。
- Windows Vista 已停止运转了较长一段时间。
- 无法在本地打印机上进行打印。
- 视频显示变形并且可能难以辨认。
- 计算机反复停止运行。
- 计算机运行速度突然变慢，如果不重新启动，将无法恢复正常。
- 需要测试某个间歇性错误状态。

如果以下某项条件成立，则应该使用"网络安全模式"选项：

- Windows Vista 使用其他安全模式选项未能启动。
- 需要修复问题的驱动程序保存在共享网络资源上。
- 需要通过电子邮件或其他基于网络的通信手段来获得技术支持。
- 需要通过网络网关设备接入因特网以下载设备驱动程序或访问在线技术支持网站。
- 计算机正在运行共享的 Windows Vista 安装。

如果下面某项条件成立，应该使用"带命令提示符的安全模式"选项：

- Windows Vista 使用其他安全模式选项不能启动。
- 必须从命令提示符运行需要修复问题的程序。
- 无法加载 Windows Vista GUI。

在如下情况下应该使用"启用启动日志"选项：

- 在切换到保护(Protected)模式后 Windows Vista 启动挂起。
- 需要对启动过程进行详细记录。

- 怀疑(在使用了其他某个开始菜单选项后)某个保护模式下的驱动程序造成 Windows Vista 启动失败。

在使用此选项启动(或试图启动)Windows Vista 后，最后在%SystemRoot%文件夹中得到一个名为 ntbtlog.txt 的文件。这是一个文本文件，因此能够使用任意一种文本编辑器来查看它。例如，能够启动到命令提示符(使用"带命令提示符的安全模式"选项)，然后使用"记事本"来查看此文件。翻阅到文件的结尾，可以看到一条告知哪个设备驱动程序失效的消息。这种情况下很可能需要重新安装或回滚驱动程序。

以下情况下应该使用"启用 VGA 模式"选项：

- Windows Vista 使用任何一种安全模式选项均不能启动。
- 最近安装了一种新的显卡设备驱动程序并且屏幕出现错乱，或者驱动程序不能支持过高的分辨率或颜色深度设置。
- 无法加载 Windows Vista GUI。

加载了 Windows Vista 后，可以重新安装或回滚驱动程序，或者可以将显示设置调整为驱动程序能够处理的值。

在如下情况下使用"最近一次的正确配置"选项：

- 怀疑问题与硬件有关，但是不能找出引起问题的驱动程序。
- 没有时间尝试执行其他更细致的检查。

"目录服务还原模式"选项只适用于域控制器，因此应该不会用到它。

如果在启动过程中接收到一个停机错误并且远程技术支持专家要求你发送调试数据，则使用"调试模式"选项。

2.5.2 Windows Vista 不能以安全模式启动时应该执行哪些操作

如果 Windows Vista 难以排除故障，甚至采用安全模式都无法启动，那么系统很可能遇到了以下某种问题：

- 系统感染了病毒，需要运行杀毒程序来清洁系统。
- 系统的 CMOS 设置不正确。运行计算机的 CMOS 设置程序以查看是否需要更改某些设置或者是否需要更换 CMOS 电池。
- 系统存在硬件冲突。可以参看第 17 章来了解硬件故障排查过程。
- SCSI 设备存在问题。这种情况下，在 SCSI BIOS 初始化过程中系统可能挂起。尝试从 SCSI 链中去除设备直到系统能够正常启动。

2.5.3 使用系统故障恢复选项来恢复系统

如果系统仍不能启动，也不是完全无药可救。Windows Vista 提供了一个称为系统故障恢复选项的新功能，这是 Vista 安装光盘上可用的一组工具。其思想是利用光盘启动计算机，然后选择想要使用的恢复工具。为了试验这种方法，首先遵循如下这些步骤：

(1) 插入 Windows Vista 光盘并重启计算机。

(2) 当提示从光盘启动时，按下要求的键(在大多数情况下可以按下任意键)。在 Windows Vista 安装程序启动并加载少量文件后，可以看到 Windows 安装屏幕。

注意：

如果系统不能从 Windows Vista 光盘启动，需要调整系统的 BIOS 设置以便允许从光盘启动。重启计算机，查找一个提示按下某个键或组合键以进入系统 BIOS 的启动消息并修改设置(可能叫做 Setup 或其他类似的名称)。找到启动选项，启用基于光盘的启动或确保从光盘启动的选项排在从硬盘启动的选项之前。

(3) 单击"下一步"。

(4) 单击 "系统故障恢复选项"，Windows Vista 提示你选择一种键盘布局。

(5) 选择希望使用的布局并单击"下一步"按钮。如果系统有多个操作系统，则会看到操作系统列表。

(6) 单击你的 Windows Vista 操作系统（通常简称为 Microsoft Windows），单击"下一步"按钮，随后出现"系统故障恢复选项"对话框。

系统故障恢复选项提供了如下 5 种工具来帮助系统恢复到正常状态：

- 启动修复——此工具检查系统中可能妨碍系统启动的问题。如果找到任何问题，它尝试自动修复它。

- 系统还原——此工具运行系统还原以便能够将系统还原到一个保护点(参看第 16 章 "在出现问题后进行诊断和恢复"的"使用系统还原进行恢复"一节)。

- 完整的 PC 还原——此工具使用完整的 PC 系统映像备份来还原系统，第 15 章"维护 Windows Vista 系统"将介绍如何创建该备份。

- Windows 内存诊断工具——此工具检查计算机内存芯片的故障，这可能是造成系统不能启动的原因。单击此选项，然后单击"现在就重启并检查问题"。如果在芯片中找到问题，则需要将计算机拿到商店并更换有问题的芯片。

- 命令提示符——此工具提供 Windows Vista 命令提示符，以便可以运行命令行实用程序，如 CHKDSK。参看附录 B "使用 Windows Vista 命令提示符"来了解命令提示符会话的细节。

2.5.4　使用系统配置实用程序排除启动故障

如果 Windows Vista 不能启动，诊断启动问题通常需要尝试各种高级启动选项。这样做几乎总是一件费时和繁琐的事情。

然而，假如 Windows Vista 可以启动，但在启动过程中出现了问题该怎么办？或者如果希望尝试几种不同的配置以查看能否消除启动项目或改善 Windows Vista 的整体性能，那么这时该怎么办？对于这些情况，不必不辞劳苦地手工试验不同的启动配置，相反，可以利用 Windows Vista 的系统配置实用程序。正如在本章前面介绍过的那样，它提供了一种图形化的前端界面，能够精确地控制 Windows Vista 的启动方式。

启动系统配置实用程序并显示"常规"选项卡，它包含如下 3 个启动选项(参看图 2-5)：

- 正常启动——此选项正常加载 Windows Vista。
- 诊断启动——此选项只加载启动 Vista 所需的那些设备驱动程序和系统服务。它等价于不选取与"有选择的启动"选项(下面会对此予以讨论)有关的所有复选框。
- 有选择的启动——当启用此选项时，下面的复选框变得有效。使用这些复选框来选择应该处理启动的哪些部分。

图 2-5 使用系统配置实用程序的"常规"选项卡来诊断 Windows Vista 的启动问题

对于有选择的启动，可使用如下两类操作来控制 Windows Vista 处理选项的方式：

- 加载系统服务——此类别是指启动时 Windows Vista 加载的系统服务。"服务"选项卡中列出了 Windows Vista 加载的具体服务。

注意：

服务(service)是指为操作系统或安装的程序执行特定的低级支持功能的程序或进程。例如，Windows Vista 的自动更新功能就是一个服务。

注意：

"服务"选项卡中包含一个"状态"列。当选择"有选择的启动"选项时，只加载此列中含有"正在运行"的那些服务。

- 加载启动项——此类别是指 Windows Vista 启动组中的各项以及注册表中列出的启动项。对于后者，设置存储在如下某个键中：

```
HKEY_CURRENT_USER\SOFTWARE\Microsoft\Windows\CurrentVersion\Run
HKEY_LOCAL_MACHINE\SOFTWARE\Microsoft\Windows\CurrentVersion\Run
```

"启动"选项卡中列出了从启动组或注册表中加载的具体项。

为了控制这些启动项，系统配置实用程序提供了两种选择：

● 为了防止 Windows Vista 加载某个特定类别中的所有项，选中"常规"选项卡中的"有选择的启动"复选框，然后取消选取不希望加载的类别对应的复选框。例如，为了禁用"启动"选项卡中的所有项，不要选中"加载启动项"复选框。

● 为了防止 Windows Vista 仅加载某个类别中特定的项，显示该类别的选项卡，然后取消选取启动时不希望加载的项旁边的复选框。

这里给出一个使用系统配置实用程序诊断启动问题可以遵循的基本过程(假定可以通过使用前面介绍的某种安全启动模式启动 Windows Vista)：

(1) 在系统配置实用程序中，选取"诊断启动"选项，然后重启计算机。如果重启过程中没有出现问题，则判定问题的原因在于系统服务或启动项。

(2) 在系统配置实用程序中，选取"有选择的启动"选项。

(3) 选取"加载系统服务"，取消选取"加载启动项"，然后重新启动计算机。

(4) 取消选取"加载系统服务"，选取"加载启动项"，然后重新启动计算机。

(5) 在步骤(3)或步骤(4)重启计算机的过程中会再次出现问题。发生此情况时，可以确定在重启计算机前选取的特定项是造成问题的根源。显示造成问题的项所在的选项卡，例如，如果在选取了"加载启动项"复选框后重新出现了问题，则显示"启动"选项卡。

(6) 单击"禁用所有选项"按钮来取消所有复选框的选中状态。

(7) 选中其中一个复选框以启用某个项，然后重启计算机。

(8) 对其他每个复选框重复步骤(7)，直到再次出现问题。此情况发生时，则可以判定在重启计算机之前启用的哪个项是造成问题的根源。

通过二分法来排查故障

如果要测试大量复选框(如在"服务"选项卡中)，一次选取一个复选框并重启计算机很快会使人感到极度厌烦。一种更快捷的方法是首先选取前一半复选框并重启计算机。然后会出现下面两种情况之一：

● 问题没有再次出现——这意味着某个没有选取的复选框代表的项是造成问题的根源。取消选中所有已选的复选框，选取另一半复选框，然后重启计算机。

● 问题再次出现——这意味着某个选取的复选框是引起问题的根源。在这些复选框中仅选取其中一半复选框并重启计算机。

不断采用二分法选取复选框，直到查找出引发问题的项。

(9) 在系统配置实用程序的"常规"选项卡中，选取"正常启动"选项。

(10) 修正或解决出现的问题：

- 如果问题是某个系统服务，则可以禁用此服务。在"控制面板"中，单击"系统和维护"|"管理工具"|"服务"。双击有问题的服务以打开它的属性页。在"启动类型"列表中，选择"禁用"，然后单击"确定"按钮。
- 如果问题是某个启动项，从启动组中删除该项目或从注册表中适当的 Run 键中删除该项。如果该项是一个程序，考虑卸载或重新安装该程序。

2.5.5　如果仍无法启动 Windows Vista 还能做些什么

如果用尽了所有办法，Windows Vista 也不能启动，此时还并不是无计可施，仍可尝试另外两种方法：

- 系统还原——此功能允许将系统还原到以前的一个设置(并且估计是能够运行的设置)。若要了解如何使用系统还原，请参看第 16 章中"使用系统还原恢复系统"一节。
- 完整的 PC 还原——此功能允许从备份副本中还原完整的系统。若想了解详细信息，请参看第 16 章中"使用系统映像备份进行恢复"一节。

2.6　相关内容

在此列出本书中介绍的与启动相关的其他一些章节：
- 第 5 章中标题为"在启动时运行应用程序和脚本"一节。
- 第 14 章中标题为"优化启动"一节。
- 第 16 章中标题为"使用最近一次的正确配置来进行启动"一节。
- 参阅附录 B "使用 Windows Vista 命令提示符"来了解更多有关命令提示符会话的信息。

第 3 章

探索高级文件和
文件夹技巧

Windows Vista操作系统理应最终实现微软长期追求的在文件系统上取得重大突破的梦想。Windows Vista原打算包含Windows未来存储系统(Windows Future Storage，WinFS)，一种运行在NTFS之上的文件存储子系统。WinFS不仅使用SQL Server相关的技术为各种类型的数据(包括文档、图像和电子邮件等)创建高级索引，而且通过利用XML的强大功能为数据创建元数据模式。元数据是描述数据的信息。例如，可以实现一个Tags属性。如果随后将标记Budget2009应用到与下一年的预算相关的所有数据，如Excel工作簿、Word文档、PowerPoint演示文稿、Access数据库和Outlook电子邮件等，那么WinFS不仅可以编制所有这些内容的索引，而且可以基于公共的标记元数据将它们关联在一起。

WinFS的确是文件系统的圣杯，但遗憾的是，微软为了能够在合理的时间范围内推出Vista，被迫放弃了在Vista中支持WinFS。但是微软并非放弃了WinFS，微软的一个小组仍在继续开发此技术，但是直到2007年末编写本书时，仍然完全不清楚微软将在何时以何种方式交付WinFS。但是，WinFS看起来将成为各种数据库相关开发平台(包括SQL Server和ADO.NET)的一部分。

与此同时，用户将会满意微软在NTFS文件系统的Vista实现上所作的变动。正如在本章中将会了解到的那样，Vista将很多类似WinFS的功能添加到NTFS上，包括一些对元数据和高级搜索的支持。

总的来说，Vista 的文件存储方式与传统的驱动器和目录存储模型有很大的不同，后者是自 MS-DOS 1.0 推出以来长期在 PC 市场上使用的唯一存储模型。在过去 20 多年里，我们一直把文件看作是驻留在某个目录(如磁盘 0 的分区 C:的 Data 目录/文件夹)中。这种基于位置的存储模型的运行效率在硬盘容量为 100MB 的时代还算不错，但是现在 100GB 的硬盘随处可见，主流 TB(1000GB)驱动器也即将面市。当然，我们会用数据填充这些巨大容量的磁盘(参看第 14 章"调节 Windows Vista 的性能"有关帕金森的数据定律的讨论)，因此，今天不论身在何处，我们处理的数据量是 10 年前的 1000～10 000 倍。

但是要考虑的不仅仅是要处理的数据量的增加，而且要考虑到数据存储场所的数量也在不断增加。假如有一个软驱、两个硬盘(每个硬盘上有几个分区)、两个光驱和一个存储卡读卡器，系统很容易用到 15 个驱动器卷标。一个充分使用的系统在这些驱动器上分布的文件夹可能超过 10 000 个。此外，还有大量的数据存储在数百个电子邮件文件夹、RSS 反馈、地址簿和日历中。由于这些文件数量巨大，显然希望提供一种新的存储方式来替换基于位置的文件存储。Vista 是向这种新的存储机制迈出的第一步。本章将带你预览 Vista 提供的新功能。

除了解 Vista 的新特性之外，无论是希望精通 Windows Vista 还是仅仅想更快且更高效地完成工作，全面了解使用文件和文件夹的技巧都是十分必要的。或许应该说详尽地了解某些技术是必要的。之所以这样说是因为像 Windows Vista 的其余部分一样，Windows 资源管理器(文件管理辅助程序)提供了多种用于完成大多数任务的方法，但是这些方法并非都特别有效。因此本章的另一个目的是不但要说明如何执行文件管理操作，而且还要说明完成这些操作的最佳方法。

3.1　浏览 Vista 的新文件夹窗口

Microsoft 花费了大量时间重新考虑文件的存储并且在查看、定位和使用文件夹方面对 Vista 做了一些重大改动。本章随后将会讨论许多这样的革新。但是目前我们将浏览一下 Vista 的文件夹窗口提供的新界面特性。图 3-1 给出了多种文件夹窗口中的一个典型示例，"文档"窗口(以前是"我的文档"，单击"开始"|"文档"就可打开安装的操作系统的这个窗口)。

3.1.1　文件夹导航

Vista 的一项最基本并且可能影响深远的革新是取消——或者从技术的角度而言是隐藏了——陈旧的定位计算机内容的驱动器和文件夹路径方法。可以遍历整个 Vista 而不必查看或输入反斜杠。相反，Vista 实现了驱动器和文件夹的层次结构，可以上下浏览乃至跨越游览。正如在图 3-1 中看到的那样，地址栏不显示任何驱动器盘符或反斜杠，相反可看到一个到达当前文件夹的分级路径。图 3-1 中的路径包含 3 个由右箭头分割的项。

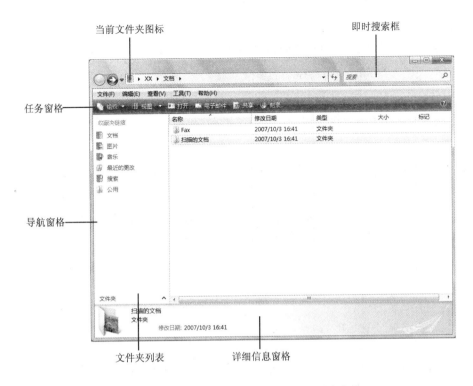

图 3-1　Vista 文件夹窗口的设计发生了重大变化

- 当前文件夹图标——此图标代表当前文件夹。稍后将会了解到可以使用此图标来定位计算机驱动器、网络、控制面板和用户文件夹等。
- XX——它代表样例层次结构的第二层。在这个示例中，该层次表示与名为 XX 的用户帐户相关的所有文件夹和文件。
- 文档——它代表样例层次结构的第三层。在这个示例中，该层次表示存储在用户 XX 的"文档"文件夹中的所有文件夹和文件。

提示：

如果留恋老式的查看文件夹的路径名方式，在 Vista 中仍可以看到驱动器盘符和反斜杠。右击路径并单击"编辑地址"或者按下 Alt+D 组合键均可达到目的。若要返回分级路径，按下 Esc 键即可。

这是一种合理且直观的查看层次结构的方法，是对以前版本的 Windows 的极大改善。但是，它真正的价值在于地址栏的导航特性，并且可以从很多人给这个新的地址栏所取的绰号中获得这些功能的提示：面包屑栏。

面包屑(Breadcrumbing)指的是这样一种导航特性，它可以显示一个用户访问过的所有地方的列表或用户采用的路径。该术语源于《奇幻森林历险记》童话，书中的人物抛洒面包屑以帮助他们找到走出森林的路。这也是网站上经常采用的一个功能，它将网站的内容用层次结构或一系列网页来组织。

Vista 将面包屑导航引入到 Windows，它不仅使用地址栏显示用户到达当前文件夹所采用的分级路径，而且为面包屑路径添加了交互性：

- 通过单击地址栏中的文件夹名称可以导航返回到层次结构的任何部分。例如，在图 3-1 所示的路径中，通过单击路径最左边的"桌面"图标可以立即跳转到层次结构的顶层。

- 通过单击希望操作的层次右边的向右箭头可以侧向导航到任意层次的任何部分。例如在图 3-2 中，看到单击 XX 右箭头将显示 XX 文件夹中其他可导航的项目列表，如"下载"、"音乐"和"图片"。单击此列表中的某个项目可以打开相应的文件夹。

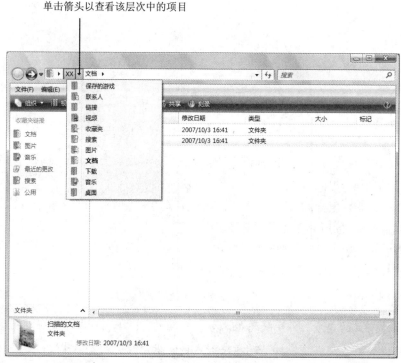

图 3-2　面包屑导航：在地址栏中，单击文件夹的箭头可查看该文件夹中可导航的项列表

3.1.2　即时搜索

Windows Vista 中文件夹窗口界面的另一个主要变化是即时搜索框，它出现在所有文件夹窗口中地址栏的右边。在 Vista 中搜索无处不在，本章后面将会更为详细地对此予以说明(参考"使用 Windows 搜索引擎的桌面搜索")。但是对于文件夹窗口，即时搜索框提供了一种在当前文件夹内快速搜索文件的方法。现今大多数用户都有包含数百个乃至上千个

文档的文件夹，为了在 Vista 中缩小这些文件夹的搜索范围，只需键入文件名的全称或一部分，Vista 会筛选文件夹的内容而仅显示匹配的文件，如图 3-3 所示。Vista 还会找出其含有的元数据(如作者或标记)与搜索条件匹配的那些文件。

在即时搜索框中输入文本…

…Vista 仅显示匹配的文件

图 3-3　借助即时搜索，Vista 仅显示其名称或元数据与搜索文本匹配的那些文件

即时搜索是在文件夹界面上添加的一个很好的特性，但是并不能显著提高生产效率，因为它并不能对文件内容进行搜索，但这却是大多数用户查找所需文件的方式。当然，当我们习惯了向所有文档添加标记和其他元数据时，这种情况可能会发生变化。

3.1.3　任务窗格

任务窗格正好位于地址栏之下。此窗格包含与任务相关的按钮，并且它的配置取决于正在查看的文件夹类型。例如，在图片文件夹中，有一些与图像相关的按钮，如"刻录"和"放映幻灯片"(参看图 3-4)。但是，所有文件夹窗口都包含如下两个按钮：

详细信息窗格

图 3-4　详细信息窗格显示与选定的文件或文件夹相关的信息

- 组织——单击此按钮下拉一个菜单，允许执行基本文件操作任务(如重命名、移动、复制和删除文件)。它还包含一个可以显示一个命令子菜单的"布局"命令，允许通过切换详细信息面板、预览窗格和导航窗格(在接下来的 3 个小节讨论它们)以及搜索窗格(本章后面将讨论)和经典的菜单栏(参看下面的"提示"侧边栏)来配置文件夹窗口的布局。

- 视图——单击此按钮下拉一个滑动块，允许更改文件夹视图(参看本章后面的"更改视图"一节)。

提示：

是的，仍然可以使用经典的菜单(现在可以这样称呼它们)。如果只是希望偶尔使用它们，按下 Alt 可显示菜单栏(再次按下 Alt 可隐藏菜单栏)。如果希望在屏幕上将此菜单保留在激活的 Windows 资源管理器窗口内，则单击"组织"|"布局"|"菜单栏"(重复此命令可隐藏经典菜单)。 如果希望此菜单默认出现在所有的 Windows 资源管理器窗口内，单击"组织"|"文件夹选项"，显示"查看"选项卡并选中"始终显示经典菜单"复选框。

3.1.4　详细信息窗格

详细信息窗格位于文件夹窗口的底部，它提供有关当前文件夹(如果没有选择文件)、当前选定的文件或文件夹，或者当前选择的多个对象的信息。如果选择了一个文档(参看图

3-4)，详细信息窗格将显示如下信息：

- 文档缩略图——相比于 XP，Vista 的文档缩略图提供了更丰富的信息。这里给出一些示例：
  - 图像——缩略图显示缩小形式的图像。
  - 视频——缩略图显示视频的第一帧。
  - Word 文档——缩略图显示文档的第一页。
  - PowerPoint 演示文稿——缩略图显示第一张幻灯片。
  - Excel 工作簿——缩略图显示第一张工作表。
- 文档的元数据——包括标题、等级、标记以及此文档类型特有的元数据，如音乐文件的流派和数字照片的相机类型。其中一些数据是可编辑的。

详细信息窗格的尺寸也是可配置的，可以使用如下两种方法来调节其尺寸：

- 单击并向上或向下拖动详细信息面板的上边缘。
- 右击详细信息窗格的空白部分，单击"大小"，然后单击"小"、"中"或"大"。

3.1.5　预览窗格

预览窗格还提供了选定对象的另一种缩略图(到如今应该清楚 Vista 在缩略图上做了重大改进)。像详细信息窗格中的缩略图一样，预览窗格显示支持此特性的文件类型的实际内容，包括图像、视频、文本文件和 Office 文档。图 3-5 的预览窗格显示一个图像文件的预览效果。为了显示预览窗格，选择"组织" | "布局" | "预览窗格"。

图 3-5　预览窗格显示了选定文件的缩略图形式

3.1.6 导航窗格

导航窗格显示在每个文件夹窗口的左侧,其中的"收藏夹链接"区域提供了访问少量常用文件夹的链接。最上面的 3 个图标——文档、图片和音乐——是指向这些文件夹的链接。导航窗格中其他两个链接是与搜索相关的特殊文件夹,本章后面将会对此予以详细讨论(参看"保存搜索"一节)。在此仅对两个文件夹代表的内容作一总结:

- 最近的更改——在过去 30 天内创建或修改的用户文件夹中的项。
- 搜索——搜索文件夹的一个集合,包括最近的更改、重要的电子邮件和收藏的音乐。此外,保存的任何搜索也出现在此文件夹中。

> **提示:**
>
> 收藏夹链接区域是完全可定制的。例如,通过单击并拖动一个文件夹并将它放在收藏夹链接区域内,就可以添加一个访问自己喜爱的文件夹的链接。还可以重命名链接(右击一个链接,然后单击"重命名")并删除不使用的链接(右击一个链接并单击"删除链接")。

> **提示:**
>
> 文件夹列表出现了什么情况呢?它仍然存在,不过默认不可见。但是,可以方便地查看它:单击导航窗格底部的"文件夹"。

3.1.7 活动文件夹图标

你曾经想知道文件夹中的内容吗?在以前的 Windows 版本中,了解文件夹内容的唯一方法是打开文件夹并查看其中的文件。但是使用 Vista,完全没有必要执行这额外的步骤。这是因为 Vista 引入了一种称为"活动图标"的新特性;每个文件夹图标是一个打开的文件夹,并且填充的不是普通的"文档",而是实际的文件夹内容。例如,如果有一个用于存储 PowerPoint 演示文稿的文件夹,该文件夹的图标将显示多个这样的演示文稿文件中的第一张幻灯片。图 3-6 给出了一个示例。

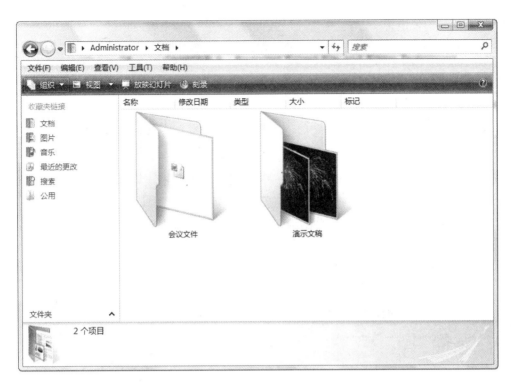

图 3-6　由于引入了"活动图标"，文件夹图标将填充文件夹的实际内容

3.2　基本的文件和文件夹操作：专业技巧

至此已经熟悉了 Windows Vista 中文件夹的新特性，该是将它们用于实际工作的时候了。下面几小节将介绍几种基本的文件和文件夹操作：选择、移动和复制以及重命名。

3.2.1　使用复选框选择文件

在本章中，将了解 Windows 文件系统出现的很多重要变化：元数据、Windows 搜索引擎、分组、堆叠、筛选、搜索文件夹、先前版本和事务 NTFS。所有这些都是相当复杂并且有用的革新。但是，有时它只是较小的递增变化，以便可以更方便、更高效地使用新的操作系统。在本小节，将会了解 Vista 中我喜欢的许多很有用的小技巧之一：一种影响文件选择方式的变化。

当需要选择多个不相邻的对象时，最简单的方法是按下 Ctrl 键并单击希望选取的每个项。但是当使用此技巧选取较多文件时，很可能会意外地选取一个或多个不想要的文件。尽管取消选取这些额外的文件并不是什么困难的事情，但却是一件让我(和其他很多用户)感到厌烦并且降低工作效率的事情。

Windows Vista 引入了一种新的文件选取技巧，确保可以消除意外的文件选择，此技巧称为"使用复选框选择文件"。可以通过执行如下这些步骤来激活它：

(1) 选择"组织"|"文件夹和搜索选项"打开"文件夹和搜索选项"对话框(通过选择"开始"|"控制面板"|"外观和个性化"|"文件夹选项"也可以打开此对话框)。

(2) 单击"查看"选项卡。

(3) 选中"使用复选框以选择项"复选框。

(4) 单击"确定"按钮。

正如在图 3-7 中看到的那样，当启用此特性后，资源管理器在文件夹内容的左边创建一列。当指向一个文件或文件夹时会在此列中出现一个复选框，可以通过选中该复选框来选取一个项。不必按下 Ctrl 或根本不必使用键盘，而只需选中希望选取的文件和文件夹的复选框。奖励技巧：还可以通过单击出现在"名称"列的复选框快速选择文件夹中的所有项。

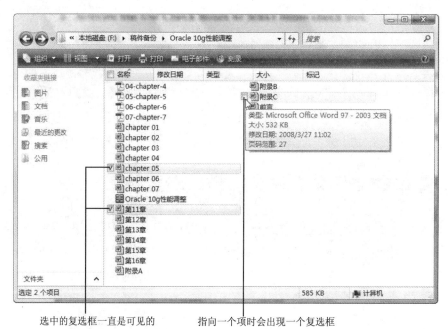

选中的复选框一直是可见的　　　　指向一个项时会出现一个复选框

图 3-7　在 Windows Vista 中，可以使用复选框来选取文件和文件夹

了解磁盘上的容量

Windows 资源管理器详细信息窗格显示了已选取的对象数量和选取的对象的总大小。但是，它不考虑选定的子文件夹内部可能包含的任何对象。为了包含子文件夹，右击选择的对象，然后单击"属性"。Windows Vista 统计所有的文件，计算其总大小和磁盘上占用的空间总量，然后显示在出现的属性页上。

"大小"和"占用空间"值之间有什么区别？Windows Vista 将文件存储在硬盘空间上称为簇的离散的存储块中，簇具有固定的大小。此大小依赖文件系统和分区的大小，但是典型尺寸是 4KB。要记住的一件重要的事情是 Windows Vista 总是使用完整的簇来存储整个文件或文件的一部分。举例来说，假定有两个文件，一个文件大小为 2KB，另一个文件大小为 5KB。2KB 的文件将存储在一个完整的 4KB 簇中，而 5KB 文件的前 4KB 会占用一个完整的簇，其余的 1KB 也将存储在它自己的 4KB 簇中。因此，这些文件的总大小是 7KB，但是它们在硬盘上将占用 12KB。

3.2.2　解决文件传输冲突

当把一个文件移动或复制到目的文件夹中时，有时会出现此文件夹中已含有一个相同名称的文件的情况。在以前版本的 Windows 中，会看到一个对话框询问是否希望替换现有的文件，可以视情况适当地单击"是"或"否"。令人遗憾的是，Windows 没有提供更多的信息来帮助用户做出选择。与以前版本的 Windows 不同，Windows Vista 通过显示 Copy File 对话框对此做了进一步的改进。图 3-8 给出了一个 Copy File 对话框的示例。

图 3-8　如果在目的文件夹中已存在一个同名文件则会出现此对话框

此对话框提供了更加丰富的信息：你会看到这两个文件的缩略图，了解到文件最后一次修改的日期和时间、文件扩展名(因此可以推断其类型)和文件大小。此外，还可以获得解决冲突的 3 种选择：

- Copy this file　　　　　　　　　正在复制(或移动)的文件将替换原有的文件。

- Keep this original file   不复制(或移动)文件，因此原有的文件仍保留在目的文件夹中。

- Copy using another name   仍保留原有的文件，同时将正在复制或移动的文件放在此文件夹中(在相应文件名的末尾加上(2))

    如果 Windows Vista 检测到多个冲突(如图 3-8 所示)，还可以单击"skip"按钮以避免复制或移动文件。如果希望采用相同的方式解决每个文件出现的冲突，务必选中"Do this for the next 1 conflicts"复选框来节省时间。

3.2.3 高级拖放技巧

    在操作 Windows 的过程中都会使用拖放技巧。为了使拖放操作更加简便有效，这里给出几点要记住的提示：

- "圈套"多个文件   如果希望选择的对象出现在文件夹列表内的一个区段中，可以通过拖动一个方框圈住这些对象来选择它们。此操作称为圈套对象。

- 拖滚   大多数拖放操作涉及从内容区域中拖动一个对象并将它投放到文件夹列表中的一个文件夹上(务必要首先显示文件夹列表)。如果在文件夹列表中看不到目标文件夹，将光标拖动到文件夹列表的底部，Windows 资源管理器将会向上翻滚文件夹列表。为了向下翻滚文件夹列表，则将对象拖动到文件夹列表的顶部。

- 拖动并打开   如果目标是一个未打开的文件夹分支内的一个子文件夹，则拖动对象并在此未打开的文件夹上悬停光标。一两秒钟过后，Windows 资源管理器将会打开此文件夹分支。

- 窗口间拖动   可以将一个对象拖动到窗口的外面并将它放置到一个不同的位置上，如桌面。

提示：

    不能将一个对象拖放到一个正在运行的程序的任务栏图标上，但是可以做另一件事情。将鼠标拖动到适当的任务栏按钮上并等待 1 或 2 秒钟，随后 Windows 会将应用程序的窗口带至前台，然后可以将要拖放的对象放到窗口内。

- 在资源管理器之间拖动　　Windows Vista 允许打开两个或多个 Windows 资源管理器的副本。如果必须使用多次拖放操作才能把一些对象送到特定的目的地，则可另外打开一个 Windows 资源管理器的副本，并在这个新的窗口中显示目的地，然后可以从第一个窗口中将对象拖出并投放到第二个窗口中。

- 取消拖放　　为了取消拖放操作，按下 Esc 或单击鼠标右键。如果正在用鼠标右键拖放，则单击鼠标左键来取消拖放。

3.2.4　利用"发送到"命令

对于某些目的地，Windows Vista 提供了更为容易地复制或移动文件或文件夹的方法："发送到"命令。为了使用此命令，选择想要操作的对象，然后运用如下一种技巧：

- 显示经典菜单，选择"文件"|"发送到"
- 右击选定的对象，然后在快捷菜单中单击"发送到"

无论采用哪种方法，都可以看到一个包含可能目的地的子菜单，如图 3-9 所示。需要注意的是此菜单中的项目(除了磁盘驱动器以外)都取自包含每个项目的快捷文件的文件夹：

```
%UserProfile%\appdata\roaming\Microsoft\Windows\SendTo
```

图 3-9　"发送到"命令提供了一个包含可能目的地的菜单

这意味着可以通过在 SendTo 文件夹中添加、重命名和删除快捷文件来定制"发送到"菜单。

> **注意:**
>
> 用户配置文件夹如下:
>
> %SystemDrive%\Users\User
>
> 其中,%SystemDrive%是指安装 Vista 的驱动器(如 C:),User 是个人的用户名。Windows Vista 将当前用户的配置文件夹存储在%UserProfile%环境变量中。

单击希望发送到的目的地,然后 Windows Vista 会将对象发送到那里。在此发送(send)是什么意思呢?我认为投放(drop)是一个更好的词,因为"发送到"命令的作用就像拖放操作的投放部分。因此,"发送到"遵循与拖放操作相同的规则:

- 如果"发送到"目的地位于一个不同的磁盘驱动器上,则复制对象。
- 如果"发送到"目的地位于相同的磁盘驱动器上,则移动对象。

> **提示:**
>
> 如同拖放操作一样,可以强制执行"发送到"命令来复制或移动某个对象。为了强制移动,当选择"发送到"命令时按下 Shift 键。为了强制复制,当选择"发送到"命令时按下 Ctrl 键。为了强制快捷操作,当选择"发送到"命令时按下 Shift 和 Ctrl 键。

3.2.5 回收站: 删除及恢复文件和文件夹

在我和 Windows 用户的交谈中,我注意到近年来有一个有趣的趋势日益明显:人们不再像过去那样频繁地删除文件。我认为出现这种情况的原因在于现今提供了容量巨大的硬盘。即使入门级的系统也配备了 200GB 的硬盘。容量达 500GB 和 750GB 的硬盘已不再令人感到吃惊了。除非有人在处理数字视频文件,否则即使高级用户也不会很快耗尽这些巨大容量的硬盘。因此,为何还要费事删除任何文件呢?

尽管删除不需要的文件和文件夹总是一个好想法(它会使系统导航更顺畅,并加速磁盘碎片整理等),但是避免删除文件确实会带来一个好处:永远不会意外删除重要的文件。

如果仅仅为了防止意外删除文件,Windows Vista 的回收站能够帮助用户实现它。Windows Vista 桌面的"回收站"图标实际上是一个存在于每个硬盘分区上名为 Recycled 的隐藏文件夹集的前端显示。它的思想是当删除一个文件或文件夹时,Windows Vista 实际上并没有从系统中清除此对象。相反,该对象被转移到同一驱动器上的 Recycled 文件夹中。如果无意删除了某个对象,可以去回收站并将此对象还原到原来的位置。但是需要注意的是,回收站只能容纳一定的数据。当它被填满时,它会永久性地删除最陈旧的对象以便为更新的对象腾出空间。

提示:

如果确信不需要某个对象,则可以通过醒目显示它并按下 Shift+Delete 组合键以便永久性地从系统中删除它(也就是说,绕过回收站)。

务必要记住,在以下情况时 Windows Vista 会绕过回收站并永久性地删除对象:

- 从软盘或任何可移动驱动器中删除对象。
- 从 DOS 提示符删除对象。
- 从网络驱动器中删除对象。

1. 设置一些回收站选项

可以通过设置回收站的几个属性来控制它的工作方式。为了查看这些属性,右击桌面的回收站图标,然后单击"属性"。Windows Vista 会显示属性页,如图 3-10 所示。

图 3-10   使用此属性页按照喜好来配置回收站

下面简要说明它提供的各种控制:

- 回收站位置——选择希望配置的回收站:为用户文件夹提供的回收站或为公共文件夹(计算机上的所有用户共享的文件夹)提供的回收站。
- 自定义大小——输入回收站的容量。容量越大,回收站占用的磁盘空间越大,但也可保存更多的文件。
- 不要将文件移动到回收站中——如果启用此选项,所有的删除是永久性的。
- 显示删除确认对话框——如果在删除对象时不希望 Windows Vista 要求予以确认,则取消选取此复选框。

提示:

可以随时清空回收站,方法是右击桌面的回收站图标,然后单击"清空回收站"。此外,也可以使用 Windows Vista 的磁盘清理实用程序来清除回收站的内容。

- 全局设置——单击此按钮可以在每个驱动器上为所有用户配置回收站。注意，只有拥有管理员凭证才可以执行该任务。

单击"确定"按钮使新设置生效。

2. 恢复文件或文件夹

如果意外删错了文件或文件夹，可以通过使用如下的方法将它恢复到正确的位置：

(1) 打开桌面的回收站图标或打开 Windows 资源管理器中的任何一个 Recycled 文件夹。

(2) 选择要恢复的对象。

(3) 在任务栏中单击"还原该项"(也可以右击文件，然后单击"还原")。

注意：

如果删除文件或文件夹是在 Windows 资源管理器中执行的最后一个操作，可以通过选择"编辑" | "撤消删除"命令(或按下 Ctrl+Z 组合键)来恢复删除的对象。还要注意的是，Windows Vista 允许撤消最近 10 个动作。

3.2.6　使用"打开"和"另存为"对话框来维护文件

Windows Vista 的一个隐藏得最深的秘密是可以在两个标准的 Windows Vista 对话框内完成很多种文件维护任务：

打开　　　　在大多数应用程序中，通过选择"文件" | "打开"命令或按下 Ctrl+O 组合键可以显示此对话框。

另存为　　　通常通过选择"文件" | "另存为"来显示此对话框。或者如果操作的是一个新的未保存的文件，则可以通过选择"文件" | "保存"或按下 Ctrl+S 组合键来显示此对话框。

下面介绍可以在这两个对话框内使用的 3 种技巧：

- 为了对某个特殊的文件或文件夹进行维护，右击对象来显示一个快捷菜单，就像图 3-11 中显示的那样。
- 为了创建一个新对象，右击文件列表的空白区域，然后单击"新建"可看到新建菜单。
- 为了在当前文件夹内创建一个新的文件夹，单击"新建文件夹"按钮。

图 3-11　可以直接在"打开"和"另存为"对话框中执行大多数基本的文件和文件夹维护任务

3.3　元数据和 Windows 资源管理器属性系统

　　如果文件位置变得不那么重要，那么可以使用什么来取代它作为文件组织的基础呢？内容看起来像是一个不错的选择，毕竟它是文档中真正重要的东西。例如，假定你正在 Penske 帐户上进行操作，很可能出现的一种情况是系统上所有与 Penske 相关的文档实际上在它们内部的某个地方都含有单词 Penske。如果希望查找一个 Penske 文档，为文档内容编制索引的文件系统的确能提供帮助，因为这样只需要使用单词 Penske 执行内容搜索即可。

　　但是，如果一个备忘录或另一个文档同样适合于在 Penske 帐户下使用，但是该文档没有在任何地方使用单词 Penske，那么将会怎么样呢？这正是纯粹的基于内容的文件管理方式不能处理的情况，因为没有办法将这种新文档与 Penske 文档关联起来。你固然可以编辑新文档以在某处增加单词 Penske，但是这有点麻烦，并且在某些情况下可能没有此文件的写权限。如果能够以某种方式识别所有含有"Penske-ness"的文档则更好——也就是说，这些文档直接或间接与 Penske 帐户相关联。

　　这听起来好像是元数据的任务，并且对元数据而言确实是合适的，因为现今元数据非常流行，尤其是在 Web 上。在诸如 Flickr.com 和 del.icio.us 网站上，上网浏览的用户通过将描述性关键字(称为标记)应用于他们碰到的对象来对网上找到的数据进行分类。**社交软件**(social software)——允许用户在线共享信息和协作的软件——使其他用户也可以使用这些标记，于是他们可以利用所有此类标记来搜索需要的信息。例如在 del.icio.us 网站上，用户可以对感兴趣的网页添加书签并向每个站点分配标记，并且随后可以搜索这些标记。

此操作称为**社交书签**(social bookmarking)。当然，元数据在 Windows 领域内并不是什么新事物，主要体现在以下几种情况：

- 数字照片文件常常带有它们自己的元数据，用于描述诸如相机类型和图像尺寸这样的事物，并且一些成像软件允许将标记应用到图片上。

- 在 Windows Media Player 中，可以下载用各种元数据属性存储的唱片集和曲目信息：艺术家、唱片集标题、曲目标题和流派，在此只列举这样几个例子。

- 最近几个版本的 Microsoft Office 通过 "文件" | "属性" 命令来支持元数据(在 Office 2007 中，选择 "Office" | "准备" | "属性" 命令)。

- 对于所有文件类型，Windows XP 在每个文件的属性页中显示一个 "概要" 选项卡，它允许设置诸如作者、注释和标记这样的元数据属性。

Vista 的不同之处在于元数据是操作系统更为完整的一部分。使用新的 Windows 搜索引擎，可以对一些或所有这些属性执行搜索(参看本章后面的 "使用 Windows 搜索引擎的桌面搜索")。此外，还可以使用它们来创建虚拟文件夹、文件堆叠和文件筛选器(参看本章后面的 "使用元数据进行分组、堆叠和筛选" 一节)。

正如前面了解到的那样，Windows 资源管理器在详细信息窗格中显示文档的一些元数据(参看图 3-4)。为了编辑文档的元数据，Vista 向用户提供了两种方法：

- 在详细信息窗格中，单击希望编辑的属性。Vista 显示一个可以在其中输入或编辑属性值的文本框。完成操作后单击 "保存"。

- 右击文档并单击 "属性" 以显示属性页，然后单击 "详细信息" 选项卡。正如在图 3-12 中看到的那样，此选项卡显示了一个属性及值的列表。为了编辑某个属性，在属性右边值列的内部单击。

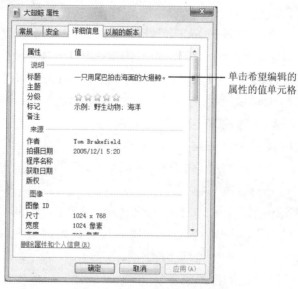

图 3-12　可以在文档的属性页中编辑文档的所有可配置的元数据

> **注意:**
>
> 默认情况下，在大多数文件夹窗口中，Vista 在 Windows 资源管理器的详细信息窗格中显示 "标记" 和 "作者" 属性(诸如音乐、图片和视频这样的特殊文件夹在详细信息窗格中显示其他属性)。为了显示和关闭一个属性列，右击该列标题，然后单击此属性。单击 "其他" 可查看可用属性的完整列表。

　　将元数据置于操作系统的核心是一项受用户欢迎的革新措施。由于新增了基于这种元数据进行分类、分组、堆叠、筛选和创建搜索文件夹的功能，所以几乎没有人会怀疑这种增强的文件系统的价值。

　　还有一件值得庆幸的事情是可以容易地为各个文件添加元数据，但是人们是否会习惯向他们创建的每个新文档添加元数据呢？时间会给出结果，但是不可否认的是，迄今为止元数据并未得到充分利用。我认为必须让人们相信，现在花费少量时间添加元数据，那么今后将会为他们节省更多时间，因为元数据使得文档更容易查找和管理。此外，如果软件供应商能够使用户更为方便地向文档添加元数据，那么也有助于改善这种情况。必须切换到 Windows 资源管理器来添加或编辑元数据并不是一种能够提高工作效率的做法，所以我希望 Vista 支持的程序能够提供元数据友好的界面，并当用户保存新的文档时提示添加属性。

> **注意:**
>
> 最新的 Microsoft Word 版本提供了一个特性，(在启用此特性时)会提示用户输入文档元数据。在 Word 2003 或更早版本的 Word 中，选择 "工具" | "选项"，然后显示 "保存" 选项卡并选中 "提示文档属性" 复选框。现在当保存了新文档后，Word 会自动显示 "属性" 对话框。在 Word 2007 中，"另存为" 对话框自动包括作者、标记、标题、主题、作者和公司属性。如果也需要查看 "属性" 对话框，需要注意到已经从 Word 2007 界面中删除 "提示文档属性" 复选框。然而，仍然可以通过宏访问该选项:

```
Sub PromptForPropertiesInWord()
    Application.Options.SavePropertiesPrompt = True
End Sub
```

　　一个更棘手的问题是向现有的文档应用元数据。我就有成千上万个文档，你很可能也有如此众多的文档。谁会有时间或动力为上千个已有的文件设置那么少数几个属性值呢？当然，没有人会这样做，并且我猜测大多数人都会忽略现有的绝大多数文件(毕竟95%的文件我们都不会再使用)并转而考虑将来使用元数据。

3.4　使用 Windows 搜索引擎的桌面搜索

　　在 Windows XP 中搜索计算机并不是令人头疼的事情，但也没有人钟情于它。首先，

Microsoft 做出了令人费解的决定，即发布 XP 时默认关闭索引服务。没有索引服务，XP 中的搜索功能近似无用，若要启用此功能要求在"搜索伴侣"中执行多次相对含糊的单击。即使运行索引服务，完成包括整个分区的搜索，可能会花费(令人心烦的)较长的时间。

Microsoft 在 Vista 中的目标是使搜索成为一种真正有用的工具，它能够快速提供完整的搜索结果。Microsoft 是否成功实现了此目标呢？答案是肯定的，在很大程度上它达到了目标。默认启动 Windows 搜索引擎(Windows Search Engine，WSE)服务，它本身就是对 XP 的极大改进。一个缺点是 Vista 仍会花费(不合理的)过长的时间来完成搜索(假如搜索整个驱动器 C：)。但是，这是因为 Windows 搜索引擎并不为整个驱动器编制索引。相反，它只是为用户配置文件、脱机文件(网络文件的本地副本，参看第 22 章)、"开始"菜单中的项和电子邮件编制索引。如果搜索一个这些类型的文件，Vista 能够非常快地完成搜索。

需要注意的是，通过选择"开始" | "控制面板" | "系统和维护" | "索引选项"，可以控制 WSE 会编制索引的内容并强制重建索引。这样做会显示一个对话框，如图 3-13 所示。在定制搜索引擎时，有两种选择：

图 3-13　使用控制面板的"索引和搜索"选项来控制 Windows 搜索引擎

- 修改——单击此按钮可显示"索引位置"对话框，它允许更改索引中包含的位置。选中希望包含的每个驱动器或文件夹的复选框。
- 高级——单击此按钮可显示"高级选项"对话框，它允许为加密的文件编制索引，更改索引位置，指定希望在索引中包含的或排除的文件类型(扩展名)。此外，还可以单击"重建"来重新创建索引。

警告：

即使为相对较少量的数据编制索引，Windows 搜索引擎也会花费较长的时间。如果要求 WSE 为几十吉字节的数据编制索引，则等到白天完成工作后彻夜运行编制索引的操作。

3.4.1　使用即时搜索的即输即搜

Vista 的搜索界面与 XP 的简单但容易让人遗忘的搜索伴侣也有很大不同。最明显的

——并且对简单的搜索而言，无疑是最有用的——革新是 Vista 的"开始"菜单上的即时搜索框。如图 3-14 所示，当在即时搜索框中输入字符时，"开始"菜单使用一个新的显示如下搜索链接的列表来替代固定的且最近用过的程序列表：

- 名称包含输入字符的"程序"列表
- 内容或元数据包含输入字符的"文件"(文档)列表
- 内容或元数据包括输入字符的其他数据，如联系人、电子邮件和 Internet Explorer 的"收藏夹和历史记录"列表
- "查看所有结果"链接
- "搜索 Internet"链接

如果看到想要的程序或文件，单击就可以打开它。否则，可以单击"搜索计算机"查看与用户配置文件匹配的完整的文件列表。如果希望从 Web 中搜索文本，可以单击"搜索 Internet"链接。

图 3-14　使用"开始"菜单的"即时搜索"框进行即输即搜

还可以通过使用每个资源管理器窗口中出现的即时搜索框在任何一个文件夹中执行这些即输即搜操作。当输入(字符)时，资源管理器显示当前文件夹中那些名称或元数据与搜索文本匹配的文件，如图 3-15 所示。

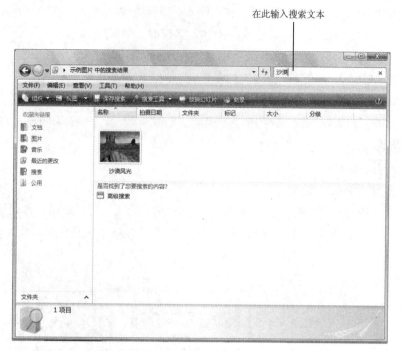

图 3-15　使用资源管理器窗口的"即时搜索"框进行即输即搜

提示：

在文件夹窗口中，可以通过按下 Ctrl+E 组合键来打开即时搜索框。

3.4.2　高级搜索

即输即搜方便快捷，但是它们往往返回过多的搜索结果，因为它们在文档的元数据和内容中查找搜索文本。但是，为了在一个包含为数十至数百 GB 数据并且具有数千个文件的硬盘上找到希望搜索的内容，则需要采用一种更加高级的方法。Windows Vista 对此亦能提供帮助。

在任何文件夹窗口中，选择"组织"|"布局"|"搜索窗格"(或者运行搜索，然后选择"搜索工具"|"搜索窗格")来添加搜索窗格，然后单击"高级搜索"显示搜索控件，如图 3-16 所示。

图 3-16　使用搜索窗格来执行更高级的搜索

Vista 假定用户希望按照文件类型来进行搜索，因此单击一个显示的类型：所有(匹配任何文件类型)、电子邮件、文档、图片、音乐或其他。

为了修改 Vista 搜索的位置，下拉"位置"列表并单击一个位置(例如，单击"索引位置"以便在"搜索"索引中包含的所有文件夹内进行搜索)。另外，还可以单击"选择搜索位置"以显示"选择搜索位置"对话框，如图 3-17 所示。对话框的底部显示了搜索中包含的位置。可以采用如下 3 种方法来修改这些位置：

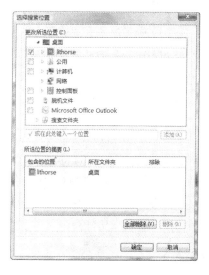

图 3-17　使用"选择搜索位置"对话框来配置在搜索中包含的文件夹

- 为了添加一个文件夹，选中"更改所选位置"列表中该文件夹旁边的复选框。

- 为了添加任何路径，在"或在此处键入一个位置"文本框中输入路径，然后单击"添加"按钮。
- 为了删除一个文件夹，在"更改所选位置"列表中取消选中该文件夹旁边的复选框，或在"所选位置的摘要"中单击文件夹，然后单击"删除"按钮。

最后，可以添加元数据筛选器用以指定希望 Vista 在其中查找以及如何查找的属性。在"高级搜索"窗格中，使用"日期"、"大小"、"名称"、"标记"和"作者"控件中的一些或全部来输入想要的搜索标准。

设置了搜索标准后，可以通过单击"搜索"按钮或按下 Enter 键来执行搜索。图 3-18 显示了一些搜索结果示例。

图 3-18　某个搜索的结果

3.4.3　保存搜索

在花费了那么多的时间准确完成搜索以后，如果以后必须重复整个过程来执行相同的搜索，那真是一件令人头痛的事情。幸运的是，Windows Vista 对此提供了帮助，它允许保存搜索并在任何时候重新运行它们。运行某个搜索后，通过单击任务窗格中的"保存搜索"按钮来保存它。在出现的"另存为"对话框中，为搜索输入一个名称并单击"保存"按钮。

Vista 十分恰当地将搜索保存在"搜索"文件夹中。为了重新运行一个搜索，在导航窗格中单击"搜索"文件夹，然后双击相应的搜索。

3.5　使用元数据进行分组、堆叠和筛选

前面提到过人们可能不情愿将元数据应用于他们的文档，除非他们确信应用元数据值得付出短期的辛劳。Windows 程序编程人员似乎了解这种情况，因为他们在 Windows 资源管理器内构建了 3 种新的文件管理技术，文件采用的元数据越多，这 3 种技术则越强大和越有用。这些技术是分组、堆叠和筛选。

3.5.1　对文件分组

对文件分组是指按照某个特定属性的值来组织文件夹的内容。虽然在 Windows XP 中能够执行此操作，但是可以看到 Windows Vista 实现了两种新技术使得分组特性更加有用。

Vista 所做的第一件优于 XP 的事情是能够始终显示属性标题，而 XP 仅在详细信息视图中显示它们。这意味着无论使用哪种视图都可以分组文件(以及堆叠和筛选它们，下面两节将予以介绍)。

在 Vista 版本的 Windows 资源管理器中，每个属性标题都有一个包含"分组"命令的下拉列表。单击此命令可以按照此属性中的值对文件分组。图 3-19 显示了按照"类型"属性中的值分组的图片文件夹。

如图 3-19 所示，Vista 通过采用两项新技术增强了分组功能：

- 通过单击组标题可以选择一个组中的所有文件。
- 通过单击组标题右边的向上箭头可以折叠该组(也就是说只显示组标题)。另外，可以通过右击任何组标题并随后单击"折叠所有分组"来折叠所有的组。

图 3-19　Windows Vista 允许基于属性中的值来分组和操作文件

3.5.2 堆叠文件

堆叠文件类似于对文件分组，因为它也是基于属性的值来组织文件夹的内容。二者的区别在于文件堆叠是作为一种子文件夹出现在文件夹中的。通过下拉与某个属性标题相关的列表并单击堆叠命令，可以根据该属性的值来堆叠文件。例如，图 3-20 给出了根据"大小"属性中的值堆叠的图片文件夹。

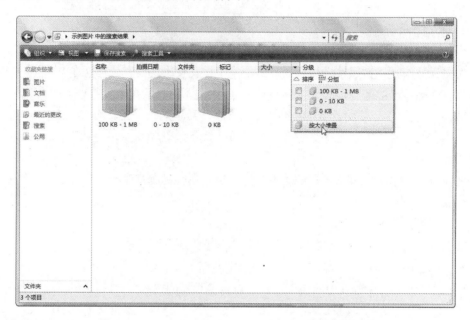

图 3-20　根据"大小"属性中的值堆叠的图片文件夹

3.5.3 筛选文件

筛选文件意味着更改文件夹视图以便只显示具有一个或多个指定属性值的文件。例如，返回到前面的"类型"属性示例，在此可以筛选文件夹中的文件以便仅显示那些类型是 JPEG 图像或文件夹的文件。

当下拉与某个属性标题相关的列表时，可以看到每个离散属性值对应的项目以及每个属性值的复选框。要筛选文件，选中希望查看的属性值的复选框。例如，在图 3-21 中选中了"类型"属性中"位图图像"和"TIFF 图像"值旁边的复选框，此时在文件夹中只显示这两种类型的文件。

选中复选框来筛选文件

图 3-21　可以筛选文件夹以便仅显示具有指定属性值的那些文件

3.6　影像副本和事务 NTFS

　　长期以来高端数据库支持事务(处理)的思想，即作为一个整体(单元)对一组数据进行更改——插入、删除和更新等，意味着或者执行所有更改或者什么都不做。例如，考虑一个财务数据库系统需要完成的一件事——将指定数量的货币从一个帐户转移到另一个帐户。此操作涉及两个分离的步骤(在此对其简化)：从一个帐户借出指定数量的钱并将相同数量的钱贷给另一个帐户。如果数据库系统不把这两个步骤作为单个事务来处理，则会遇到问题。例如，如果系统成功地从第一个帐户借出了钱，但由于某种原因而不能将钱贷给第二个帐户，系统将会处于一种收支不平衡的状态。通过将这两个步骤作为单个事务来处理，除非成功完成了这两个步骤，否则系统不会做任何更改。如果不能把钱贷给第二个帐户，则将事务回滚到开始状态，意味着撤销从第一个帐户中借出钱并且系统还原到一种稳定状态。

　　所有这些操作与 Vista 文件系统有什么关系呢？实际上它们是直接相关的，因为 Vista 实现了一种有趣的新技术，称为事务型 NTFS(Transactional NTFS)，或简称 TxF。TxF 在文件系统上应用了与事务数据库相同的思想。简单地说，如果数据遭遇了某种灾难性事故，譬如可能是系统崩溃、 程序崩溃、覆盖了某个重要的文件，甚至只是轻率编辑了某个文件，Vista 允许将文件回滚到一个以前的版本。它有点类似于系统还原，区别在于它并不是服务于整个系统，而是用于各个文件、文件夹和(磁盘)卷。

　　Windows Vista 还原以前版本的文件和文件夹的能力源自两个新的过程：

- 每次启动计算机时，Windows Vista 创建存储 Vista 的卷的影像副本。影像副本实质上是在某个特定时刻卷的内容的快照。
- 创建了影像副本后，Vista 使用事务 NTFS 截获对文件系统的所有操作。Vista 维护一个详细记录这些操作的日志，以便确切了解卷中哪些文件和文件夹发生了变化。

这两个过程共同允许 Vista 存储以前版本的文件和文件夹，这里把"以前"的版本定义为在影像副本创建后发生变化的对象的一个版本。

例如，假如连续三个上午重启系统，并且每天对某个特定的文件做出更改。这意味着最后会得到该文件的 3 个以前的版本：今天的、昨天的和前天的版本。

还原到以前版本的卷、文件夹或文件

Windows Vista 提供了 3 种不同的使用以前版本的情景：

- 如果发生系统崩溃，可能会对大部分卷造成很大的破坏。假定仍能够启动 Windows Vista，然后可能会通过还原到卷的一个以前的版本来恢复数据(尽管这样做意味着很可能丢失从那时起创建的任何新文档)。但是要注意的是，这意味着自从创建相关的影像副本以来发生变化的每个文件都将还原到以前的版本，因此务必慎重地使用此技术。
- 如果由于系统崩溃或程序崩溃而破坏了一个文件夹，则能够通过还原到一个以前的版本来恢复此文件夹。
- 如果由于系统崩溃或程序损坏了一个文件，或者意外地重写或错误地编辑了一个文件，则可以通过还原到一个以前的版本来恢复此文件。

为了还原到以前的版本，打开希望操作的对象的属性页，然后显示"以前的版本"选项卡。图 3-22 给出了一个卷的"以前的版本"选项卡，而图 3-23 显示了一个文件的"以前的版本"选项卡。

图 3-22　卷的"以前的版本"选项卡　　　　图 3-23　文件的"以前的版本"选项卡

单击一个版本可激活如下 3 种命令按钮：

- "打开"——单击此按钮以查看以前版本的卷或文件夹的内容，或者可打开以前版本的文件。如果不确定需要哪个以前的版本，可以使用此按钮。

- "复制"——单击此按钮可以制作卷、文件夹或文件以前版本的一个副本。如果不确定是否希望还原所有的对象，可以使用此按钮。通过制作副本，可以仅还原部分对象(比如某个卷或文件夹中的少数几个文件或某个文件的一部分)。

- "还原"——单击此按钮将对卷、文件夹或文件所作的更改回滚到以前的版本。

3.7　定制 Windows 资源管理器

本章最后将说明定制 Windows 资源管理器界面的各种方法。多年以来你很可能在使用 Windows 资源管理器花费了大量时间,因此按照你的喜好来定制它将使你更有效地使用它。

3.7.1　更改视图

依据文件夹的类型,可以使用 5 种或 6 种不同的方式查看 Windows 资源管理器的内容区域中的图标。为了查看这些视图的列表,可以下拉任务窗格中的"视图"按钮或单击经典菜单中的"视图"。图标尺寸有 4 种选择:特大图标、大图标、中等图标和小图标。此外,还具有其他两种选择:

平铺	按列显示图标,每个图标显示其文件名、文件类型和大小。
详细信息	显示图标的一个垂直列表,其中每个图标显示所有可显示的属性列中的数据(如名称、修改日期、作者、类型和标记)。

注意:

为了更改文件夹类型,右击文件夹,单击"属性",然后显示"自定义"选项卡。在"将此文件夹类型用作模板"列表中,选择希望的类型:文档、图片和视频、音乐或电子邮件。

3.7.2　查看更多的属性

资源管理器的详细信息视图(单击"视图",然后选择"详细信息")是高级用户的首选,因为它显示有关每个对象的最丰富的信息,并提供了很大的灵活性。例如,下面是一些在详细信息视图下操作时可以使用的技巧:

- 通过向左或向右拖动列标题可以更改属性列的顺序。
- 通过单击列标题可以对某一列进行排序。

- 通过将鼠标指针放在列标题的右边缘(指针变成双向箭头)并向左或向右拖动鼠标指针,可以调整列的宽度。
- 通过双击列标题的右边缘可以将列的宽度调整为与最宽的数据一样宽。

提示:

为了调整所有列以便使它们正好与其最宽的数据一样宽,可以右击任何列标题,然后单击"将所有列调整为合适的大小"。

另外,详细信息视图提供了丰富的信息,因为它不仅能显示每个文件的名称,而且还根据文件夹的类型显示其他的属性:

- 文档:名称、修改日期、作者、类型和标记
- 图片和视频:名称、获得日期、标记和等级
- 音乐:名称、艺术家、唱片标题、年代、流派、长度和等级
- 联系人:姓名、全名、电子邮件、办公电话和家庭电话

这些属性无疑都是有用的,但是资源管理器还能显示更多的文件属性。实际上,总共有接近 300 个属性,并且它们包括很多有用的信息,如图片文件的尺寸、音乐文件的比特速率和视频文件的帧速率。为了查看这些属性及其他更多属性,可以有两种选择:

- 为了查看当前文件夹类型最常用的属性,可右击任何列标题,然后单击希望添加的属性。
- 为了查看完整的属性列表,可右击任何列标题,然后单击"其他"。出现的"选择详细信息"对话框(参看图 3-24)允许选中希望查看的属性的复选框并允许重新安排列的顺序。

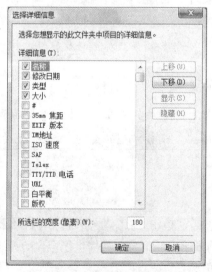

图 3-24   使用"选择详细信息"对话框在 Windows 资源管理器中添加或删除属性列

3.7.3　在全屏模式下运行资源管理器

如果希望采用尽可能大的屏幕区域来显示每个文件夹的内容，可以通过按下 F11 键将 Windows 资源管理器置于全屏模式(还可以按住 Ctrl 键并单击"最大化"按钮。如果已经最大化了资源管理器，首先必须单击"还原"按钮)。此模式将占据整个屏幕并且隐藏标题栏、菜单栏、状态栏、地址栏和搜索栏。为了使用地址栏或搜索栏，将鼠标指针移动到屏幕的顶部。为了还原窗口，再次按下 F11 键或显示地址栏和搜索栏，然后单击"全屏"按钮。

3.7.4　探索视图选项

Windows 资源管理器提供了大量要求用户熟悉的定制选项。为了查看这些选项，可以有两种选择：

- 在 Windows 资源管理器中，选择"组织"|"文件夹和搜索选项"。
- 选择"开始"|"设置"|"控制面板"|"外观和个性化"|"文件夹选项"。

采用任何一种方法都可以非常准确地在"文件夹选项"对话框的"查看"选项卡上找到视图选项，如图 3-25 所示。

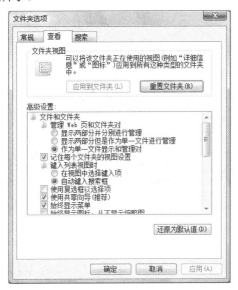

图 3-25　"查看"选项卡中包含很多用于定制 Windows 资源管理器的选项

"文件夹视图"组仅包含"重置文件夹"按钮，它可以将所有 Windows Vista 文件夹还原到它们默认的配置。

下面给出"高级设置"列表中各种项的完整清单：

- 始终显示经典菜单——选中此复选框将始终在 Windows 资源管理器中显示经典的菜单栏。

- 始终显示图标，从不显示缩略图——选中此复选框将阻止 Windows 资源管理器显示缩略图。
- 自动搜索网络打印机——选中此复选框时，Windows Vista 检查网络并在网络窗口中显示所有共享打印机。如果网络中有许多共享打印机，则可能希望取消该设置
- 以缩略图形式显示文件图标——选中此复选框时，Windows 资源管理器将文件类型图标添加到每个文件缩略图的右下角。这通常是一种好的做法，因为附加的图标使用户一眼就能够识别出文件类型。但是，如果发现图标妨碍了缩略图，则取消此设置。
- 在文件夹提示中显示文件大小信息——当激活此设置并且将鼠标指针悬浮在一个文件夹图标上时，Windows 资源管理器会计算此文件夹中文件和子文件夹的大小并在一个弹出窗口中显示此大小。此信息是有用的，但是如果发现系统耗费过长的时间来计算文件大小，则应该考虑取消此设置。

> **注意:**
>
> 如果激活了文件夹提示设置中的"显示文件大小信息"，还必须激活"文件夹和桌面项"设置中的"显示提示信息"，后面将对此予以说明。

- 在导航窗格中显示简单文件夹视图——如果取消此设置，资源管理器在文件夹栏中显示连接文件夹和子文件夹的虚线。如果不愿意看到这些线条，则激活此设置。
- 在标题栏中显示完整路径——激活此设置将把当前文件夹的完整路径名放置在 Windows 资源管理器标题栏中。完整的路径名包括驱动器、上级文件夹的名称和当前文件夹的名称。需要注意的是，此选项只适用于经典文件夹，通过单击常规窗格中的"使用 Windows 经典文件夹"选项可以启用这种文件夹。
- 隐藏文件和文件夹——Windows Vista 默认会隐藏某些类型的文件。这种做法对新手而言是有意义的，因为他们可能会意外删除或重命名重要的文件。但是对于那些需要使用这些文件的更富有经验的用户而言，这种做法并不合适。可以使用下面这些选项指示 Windows 资源管理器显示哪些文件:
  - 不显示隐藏的文件和文件夹——启用此选项将避免显示设置了隐藏属性的对象。
  - 显示隐藏的文件和文件夹——启用此选项则显示隐藏的文件。

> **注意:**
>
> 通过激活文件的"隐藏"属性可以从视图中隐藏文件。可以直接使用此属性，方法是右击某个可视的文件，单击"属性"，然后打开或关闭"隐藏"设置。

- 隐藏已知文件类型的扩展名——当阅读第 4 章"精通文件类型"时，会了解到文件扩展名是 Windows Vista 一种至关重要的概念。这是因为文件扩展名定义了文件类型并自动将文件和某种应用程序相关联。Microsoft 认为无论是否重要，文件扩展名

概念对于新用户而言都太难理解。因此为了便于使用，Windows 资源管理器默认不显示文件扩展名。为了消除这种限制，可以取消此设置。

警告：

如果选择不显示文件扩展名，需要注意的是在重命名文件时将不能编辑扩展名。例如，如果有一个名为 Index.txt 的文本文件，它将隐藏文件扩展名而仅显示为 Index。如果将文件名编辑为 Index.htm，那么实际上 Windows Vista 会将此文件重命名为 Index.htm.txt! 为了重命名文件扩展名，必须显示它们。

- 隐藏受保护的操作系统文件——此设置默认启用，并且它指示 Windows Vista 会隐藏已经激活了"系统"属性的文件。通常这不会引起问题，因为很少会使用 Windows 系统文件。但是，如果确实需要查看某个此类文件，则要取消此设置。当 Windows Vista 询问是否确定这样做时，单击"是"。
- 在单独的进程中打开文件夹窗口——启用此设置指示 Windows Vista 在内存中为打开的每个文件夹创建一个新的线程。这使得 Windows 资源管理器更加稳定，不会因为一个线程出现问题而破坏其他线程。但是，这也意味着 Windows 资源管理器需要占用更多的系统资源和内存量。因此只有当系统具有足够的资源和内存时才启用此选项。
- 记住每个文件夹的视图设置——启动此设置以便使 Windows 记录为每个文件夹设定的视图选项。下次显示某个文件夹时，Windows 资源管理器将会记住视图选项并使用它们来显示此文件夹。
- 在登录时还原上一个文件夹窗口——如果启用此设置，在退出系统时 Windows Vista 会记录打开了哪些文件夹。当下次登录系统时，Vista 会再次显示这些文件夹。如果整天打开一两个特定的文件夹窗口，那么这是一个很有用的选项，省得每次启动 Windows Vista 都必须重新打开这些文件夹。
- 显示驱动器号——如果取消选中此复选框，当打开某个驱动器时 Windows 资源管理器会隐藏 Computer 文件夹和地址栏中的驱动器号。

注意：

如果隐藏驱动器号，Windows 资源管理器会显示诸如"本地磁盘-未标记的卷 1"这样的驱动器名。这没有多少用处，因此考虑重命名驱动器。右击驱动器，然后单击"重命名"。需要注意的是，只有输入管理员证书才能执行此操作。

- 用彩色显示加密或压缩的 NTFS 文件——当启用此设置时，Windows 资源管理器用绿色字体显示加密文件的名称并用蓝色字体显示压缩文件的名称。这是一种可用来区分这些文件和常规文件的方法。但是如果希望以一种颜色查看所有文件，可以停用此设置。需要注意的是这种方法仅适用于 NTFS 分区上的文件，因为只有 NTFS 支持文件加密和压缩。

- 鼠标指向文件夹和桌面项时显示提示信息——当把鼠标指向一些图标时，它们显示一个弹出横幅。例如，默认的桌面图标显示一个描述每个图标的弹出横幅。用此设置可以打开或关闭这些弹出横幅。

- 在预览窗格中显示预览句柄——选中此复选框时，Windows 资源管理器在预览窗格中显示用于预览某些类型的文件的控件。例如，在预览窗格中显示一个视频文件时，Windows 资源管理器显示播放控件，如播放、暂停和停止。

- 使用复选框以选择项——本章前面讨论过此设置(请参看"使用复选框选择文件"一节)。

- 使用共享向导——启用此复选框时，可以与同一计算机的其他用户共享文件。若想了解详情，参看第 6 章"发挥用户帐户的最大效用"中的"和其他用户共享文件"一节。取消此设置则禁止本地文件共享。

- 键入列表视图时——当打开文件夹并开始键入时，这些选项决定了 Windows 资源管理器的行为：

  - 自动键入搜索框——启用此选项允许键入出现在搜索框中。

  - 在视图中选择键入项——启用此选项跳转到文件夹中第一个名称以键入的字母开头的项目。

3.7.5 移动用户文件夹

默认情况下，所有的用户文件夹都是%USERPROFILE%文件夹的子文件夹，它通常采用如下的形式(其中 User 是用户名)：

```
C:\Users\User
```

这并非一个很适当的位置，因为它意味着你的文档和 Windows Vista 都位于同一个硬盘分区上。如果必须擦除此分区来重新安装 Windows Vista 或其他某些操作系统，则需要首先备份文档。 同样，可能在系统上包含另一个具有大量空闲磁盘空间的分区，因此很可能希望将文档存储在那个分区上。考虑到这些原因和其他的原因，移动用户文件夹的位置是适当的做法。下面给出具体的操作方式：

> **提示：**
>
> 一种理想的设置是将 Windows Vista 和程序放在一个硬盘上并将文档(也就是用户文件夹)放置在另一个单独的硬盘上(注意，此处说的是两个单独的驱动器，而不是同一驱动器上的两个分区。通过这种设置，如果系统驱动器产生问题，数据将完好无损)。按照这种方式，即使必须擦除系统分区也能保证文档的安全。

(1) 创建一个希望在其中存放用户文件夹的文件夹。

(2) 在 Windows 资源管理器或 Vista 的"开始"菜单中，右击希望移动的用户文件夹，然后单击"属性"，此时会出现文件夹的属性页。

(3) 在"位置"选项卡中，使用文本框来录入希望在其中存储文档的驱动器和文件夹(或单击"移动"以便使用对话框来选择文件夹)。

(4) 单击"确定"。如果资源管理器询问是否希望创建新文件夹以及随后询问是否将文档移动到这个新的位置，则在这两种情况下都单击"是"。

3.8　相关内容

这里列出本书中其他一些包含与本章内容相关的信息的章节：

- 若想深入了解文件类型，请参看第 4 章"精通文件类型"。
- 若想了解文件维护，请参看第 15 章"维护 Windows Vista 系统"中标题为"删除不需要的文件"、"对磁盘进行磁盘碎片整理"以及"备份文件"三个小节。
- 若想学习访问网络文件夹和文件的方式，请参看第 23 章"访问和使用网络"。
- 若想在网络上共享文件夹和文件，请参看第 23 章中的"使用网络共享资源"一节。

第 4 章

精通文件类型

令人奇怪的是，Microsoft 官方文件只对很多有用的和强大的 Windows Vista 功能轻描淡写了一番，甚至只字不提。无论是 Windows Vista 启动选项，分组策略还是注册表(这里仅列举本书中讨论的 3 种功能)，Microsoft 更愿意让好奇的用户自己搞清楚这些功能(当然需要依靠他们喜爱的计算机图书的作者的帮助)。

本章的主题就是一个重要的示例。毫不夸张地讲，可以将**文件类型**的思想描述为 Windows Vista 文件系统最基础的要素。Microsoft 不仅很少提供有关使用文件类型的文档和工具，而且似乎刻意掩饰完整的文件类型概念。通常的原因是为了使本来就感到眼花缭乱的初学者不再受到 Windows Vista 内部细节的干扰，但是具有讽刺意味的是，这种做法给初学者带来一系列全新的问题并给有经验的用户带来了更多的麻烦。

本章将公开讨论文件类型。首先介绍文件类型的基础知识，然后会说明使用文件类型来操作 Windows Vista 文件系统的大量十分有用的技巧。

4.1 了解文件类型

为了最有效地学习本章的内容，需要了解一些有关文件类型是什么以及 Windows Vista 如何确定和使用文件类型的背景知识。下面两节讲解学习本章其余的内容所必需的知识。

4.1.1　文件类型和文件扩展名

　　Microsoft 极力强加给计算机用户的一个虚构事实是我们生活在一个"以文档为中心"的世界里。也就是说，人们只关心他们创建的文档，而不关心用来创建这些文档的应用程序。这纯粹是骗人的假话。事实是应用程序使用起来难度依然很大，并且在应用程序之间共享文档依然问题重重。换句话说，只有全面掌握了应用程序才能创建文档，而且只有使用兼容的应用程序才能共享文档。

　　令人遗憾的是，我们不得不接受 Microsoft 钟情于文档这一事实以及这种情愫引发的各种问题。一个典型的示例是 Microsoft 隐藏文件扩展名。正如在第 3 章"探索高级文件和文件夹技巧"中了解到的那样，Windows Vista 默认不显示文件扩展名。这里只列举这种所谓的以文档为中心的决策带来的几个问题：

- 文档混淆——如果有一个文件夹内的多个文档使用相同的基本名称，那么往往难以区分这些文件。例如，图 4-1 显示了一个文件夹含有多个名为 Project 的不同文件。Windows Vista 不切实际地希望用户仅仅通过查看其图标来区分不同的文件。更糟糕的是，如果文件是图像，Vista 显示一个图像的缩略图而不是图标。结果是在图 4-1 中无法一眼看出哪个图像是 GIF、哪个图像是 JPEG，等等。

图 4-1　关闭扩展名后，往往难以区分不同的文件

- 不能重新命名扩展名——如果有一个名为 index.txt 的文件并且希望把它重命名为 index.html，在关闭文件扩展名的情况下无法完成此操作。如果尝试这样做，最后只能是得到一个名为 index.html.txt 的文件。

- 无法采用选定的扩展名来保存文档——同样，在关闭文件扩展名的情况下 Windows Vista 强制采用与应用程序相关的默认扩展名来保存文件。例如，如果正在使用记事本，那么保存的每个文件必须采用 txt 扩展名。假如创建自己的 Web 页面，则无法使用典型的 Web 页面扩展名(如.htm、.html 或.asp 等)来重命名这些文本文件。

提示：

有一种方法可以解决无法采用选定的扩展名来保存文档的问题。在"另存为"对话框中，使用"保存类型"列表来选择"所有文件"选项(如果存在的话)。然后可以在"文件名"文本框输入带有喜欢使用的扩展名的文件名。

可以通过打开文件扩展名来解决所有这些问题。为什么缺少文件扩展名就会引起如此大的麻烦呢？因为文件扩展名唯一并完全决定文档的文件类型。换句话说，如果 Windows Vista 发现一个文件带有.txt 扩展名，则断定该文件使用"文本文档"文件类型。同样的，带有.bmp 扩展名的文件将使用"位图图像"文件类型。

注意：

这里给出如何打开文件扩展名的提示。可以选择 Windows 资源管理器的"组织"|"文件夹选项"命令，显示"查看"选项卡并取消选中"隐藏已知文件类型的扩展名"复选框。

文件类型又可确定与扩展名相关的应用程序。如果某个文件带有.txt 扩展名，Windows Vista 会将此扩展名与记事本相关联，因此始终使用记事本打开该文件。除了扩展名外，文件本身其他地方都不能决定文件类型，因此至少从用户的角度看，Windows Vista 文件系统依赖于不起眼的文件扩展名。

这种确定文件类型的方法无疑是一种拙劣的设计决策。例如，存在由于初级用户不小心重命名了文件的扩展名而使某个文件无效的风险。有趣的是，Microsoft 似乎已经认识到这种风险并在 Vista 中加入了一种微妙的行为变化：当打开文件扩展名并且激活"重命名"命令时(单击文件并随后按下 F2)，Vista 在整个文件名周围显示常规的文本框，但是它只选定文件的基本名称(圆点左边的部分)，如图 4-2 所示。按下任何字符会删除基本名称，但不会改动扩展名。

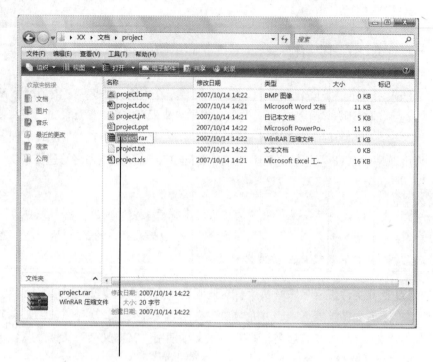

Vista 只选定文件的基本名称

图 4-2　当在打开扩展名的情况下使用"重命名"命令时，Windows Vista 仅选定文件的基本名称

正如本章中说明的那样，尽管文件扩展名带来一些缺点，但是通过它们可以提供一些更为强大的操作和控制 Windows Vista 文件系统的方法。

4.1.2　文件类型和注册表

正如你预料到的那样，Windows Vista 了解的有关文件类型的所有情况都定义在注册表中(参看第 11 章"开始了解 Windows Vista 注册表"来学习有关认识和使用注册表的详细信息)。本章使用注册表来操作文件类型，这是贯穿全章的做法，因此让我们了解一下它的操作方法。打开注册表编辑器(按下 Windows Logo+R——或选择"开始"|"所有程序"|"附件"|"运行"——输入 regedit，单击"确定"按钮并输入证书)，并查看 HKEY_CLASSES_ROOT 键。需要注意的是它包括两个部分：

- HKEY_CLASSES_ROOT 的前半部分包含许多文件扩展名子键(如.bmp 和.txt)。在基本的 Windows Vista 安装中这样的子键多达 400 个以上，对于一个安装了很多应用程序的系统而言，子键的数量很容易达到上述数量的 2～3 倍。

- HKEY_CLASSES_ROOT 的后半部分列出了与已注册的扩展名关联的各种文件类型。当一个扩展名与某个特定的文件类型相关联时，就称向 Windows Vista 注册了该扩展名。

> **注意：**
>
> HKEY_CLASSES_ROOT 还将有关 ActiveX 控件的信息存储在它的 CLSID 子键中。此外，很多这样的控件也在 HKEY_CLASSES_ROOT 的后半部分中含有对应的子键。

要了解所有这些子键的含义，请查看图 4-3。这里选择了 .txt 键，它将 txtfile 作为它的默认值。

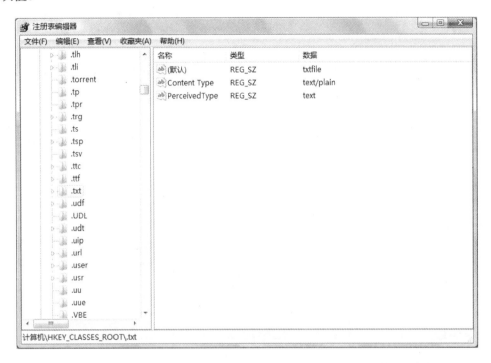

图 4-3　HKEY_CLASSES_ROOT 键的前半部分包含所有已注册的文件扩展名的子键

默认值是一个指针，它指向 HKEY_CLASSES_ROOT 的后半部分中扩展名的相关文件类型子键。图 4-4 显示了与 .txt 扩展名相关的 txtfile 子键。下面给出一些有关这种文件类型子键的注意事项：

- 默认值是文件类型的描述(在这个示例中是文本文档)。
- DefaultIcon 子键定义了任何使用此类型的文件显示的图标。
- shell 子键决定可以使用此文件类型执行的操作。这些操作随文件类型而异，但是打开和打印是通用的操作。打开操作确定与文件类型相关的应用程序，例如"文本文档"文件类型的打开操作如下所示：

```
%SystemRoot%\system32\NOTEPAD.EXE %1
```

> **注意:**
>
> 此命令结尾处的%1是一个占位符,指向正打开的文档(如果有的话)。例如,如果双击一个名为 memo.txt 的文件,则用 memo.txt 来替代%1 占位符,它指示 Windows 运行记事本来打开此文件。

图 4-4 HKEY_CLASSES_ROOT 的后半部分包含与每个扩展名相关联的文件类型数据

4.2 使用现有的文件类型

在本节中,将会学习如何使用 Windows Vista 现有的文件类型。本节将会介绍如何更改文件类型描述信息,修改文件类型的操作,将扩展名和另一种文件类型相关联以及解除一种文件类型和扩展名的关联。需要注意的是,以前版本的 Windows 有一个友好的前端来执行这些类型的操作:"文件夹选项"对话框中的"文件类型"选项卡。可惜在 Windows Vista 中找不到这个选项卡,因此必须直接使用注册表来执行如下一些操作。

4.2.1 设置默认的操作

对于很多文件类型而言,当双击这些文件类型的文档时,它们都具有 Windows Vista 默认执行的操作。通过右击某个文档并查看以粗体形式出现的命令的快捷菜单,可以看到默认的操作。可以编辑注册表来更改文件类型的默认操作。为何希望执行这种操作呢?下面给出一些示例:

- 对于 HTML 文档(扩展名为.htm 或.html),默认的操作是运行 Internet Explorer 中文档的"打开"命令。如果手工编写 HTML 网页的代码,可能希望默认操作是"编辑"以便能够快速地将文档加载到文本编辑器中。
- 对于图像,默认的操作是在图库阅读器中打开图像的"预览"。再次指出,如果经常用到图像(创建图像、剪切图像、转换图像,等等),则更愿意将"编辑"作为默认操作。

- 对于 Windows Scripting Host(脚本宿主)文件类型，如 VBScript Script File(扩展名是.vbs)和 JScript Script File (扩展名是.js)，默认的操作是运行脚本的"打开"命令。但是，这些脚本可能包含恶意的代码，因此通过把这些文件类型的默认操作更改为"编辑"，则可以增强系统的安全性。

为了更改文件类型的默认操作，需遵循如下步骤：

(1) 打开注册表编辑器。

(2) 定位到与希望操作的文件类型相关联的键。

(3) 打开该键并单击 Shell 分支。

(4) 双击默认值以打开"编辑字符串"对话框。

(5) 输入希望成为默认操作的操作名称。例如，如果希望将"编辑"作为默认操作，则输入 Edit。

(6) 单击"确定"按钮。

图 4-5 显示了将 Shell 分支的默认设置更改为"Edit"的 VBSFile 文件类型(VBScript Script File)。

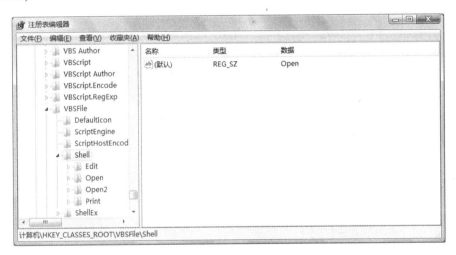

图 4-5　为了改变文件类型的默认操作，改变 Shell 分支的默认设置值

提示：

当希望在包含两个窗格的资源管理器视图中打开一个文件夹时，必须右击此文件夹，然后单击资源管理器。为了使后一种操作成为文件夹的默认操作，可以编辑文件夹文件类型，在"操作"列表中选择"资源管理器"，然后单击"设为默认值"。

4.2.2　创建新的文件类型操作

完全不必局限于 Windows Vista 已为某个文件类型定义的那些操作，可以根据需要添加想要的各种新操作。例如，如果操作 HTML 文档，可以原样保留默认的"编辑"操作(此操作在"记事本"中打开文件进行编辑)，并且可以创建一个新操作——例如叫做"Open in HTML Editor"——它可以在已安装的 HTML 编辑器中打开文件。当右击 HTML 文件时，菜单将同时显示两种命令："编辑"(用于"记事本")和"Open in HTML Editor"(用于其他编辑器，注意为了简单起见，这里假定在安装 HTML 编辑器时没有把"编辑"操作更改为指向它自身)。

要为某个现有的文件类型创建新操作，需遵循如下这些步骤：

(1) 打开注册表编辑器。

(2) 定位到与希望操作的文件类型相关联的键。

(3) 打开该键并单击 Shell 分支。

(4) 选择"编辑"|"新建"|"项"，输入新操作的名称，并按下Enter键。

(5) 选择"编辑"|"新建"|"项"，输入 command 并按下 Enter 键。

(6) 在 command 分支中，双击默认值以打开"编辑字符串"对话框。

(7) 输入希望用于此操作的应用程序的完整路径名。这里给出一些要记住的注意事项：

● 如果可执行文件的路径名包含一个空格，务必确保将路径包围在引号中，就像下面这样：

```
"C:\Program Files\My Program\program.exe"
```

● 如果正使用文档的文件名中有空格，在路径名后添加%1 参数：

```
"C:\Program Files\My Program\program.exe" "%1"
```

%1 部分指示应用程序加载指定的文件(如单击的文件名)，并且引号确保包含多个单词的文件名不会出现问题。

● 如果正在添加"打印"操作，确保在应用程序的路径名后包含/p 开关项，就像下面这样：

```
"C:\Program Files\My Program\program.exe" /p
```

提示：

可以为新操作定义一个加速键。单击含有操作名的分支，然后双击默认值。在"编辑字符串"对话框中，输入操作名并在一个字母前加上一个与(&)符号。该字母将作为菜单加速键。例如，输入 Open in &HTML Editor 将把 H 键定义为加速键。当右击此类型的一个文件时，可以按下 H 键在快捷菜单中选择此命令。

(8) 单击"确定"按钮。

4.2.3　示例：在当前文件夹中打开命令提示符

在 Windows 资源管理器中工作时，偶尔会发现需要在命令提示符下完成一些操作。例如，当前文件夹可能含有多个需要重命名的文件——这是一个在命令行会话内最易完成的任务。选择"开始"|"所有程序"|"附件"|"命令提示符"以便在 %USERPROFILE%文件夹中启动会话，因此必须使用一个或多个 CD 命令到达希望在其中操作的文件夹。

一种更简便的方法是为"文件夹"文件类型创建一个新操作，它可以启动命令提示符并自动显示当前的 Windows 资源管理器文件夹。要完成此操作，需遵循如下这些步骤：

(1) 打开注册表编辑器。

(2) 定位到 Folder 键。

(3) 打开该键并单击 Shell 分支。

(4) 选择"编辑"|"新建"|"项"，输入 Open with Command Prompt，并按下 Enter 键。

(5) 选择"编辑"|"新建"|"项"，输入 command，并按下 Enter 键。

(6) 在 command 分支中，双击默认值以打开"编辑字符串"对话框。

(7) 输入如下内容：

```
cmd.exe /k cd "%L"
```

注意：

cmd.exe 文件是命令提示符的可执行文件。/k 开关项指示 Windows Vista 在完成 CD(更改目录)命令后继续打开命令提示符窗口。%L 占位符代表当前文件夹的完整路径名。

(8) 单击"确定"按钮。

图 4-6 显示了两个窗口。顶部的窗口是注册表编辑器，显示将新的 Open with Command Prompt 操作添加到 Folder\shell 键中；在底部的窗口中，右击了一个文件夹，请注意新操作出现在快捷菜单中的方式。

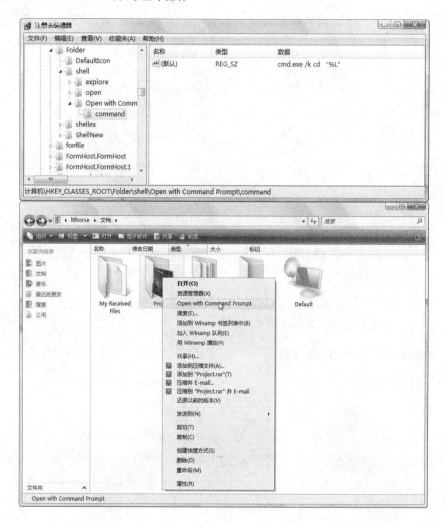

图 4-6　在将新的操作添加到文件类型的 shell 键后，该操作出现在文件类型的快捷菜单中

4.2.4　隐藏文件类型的扩展名

　　快捷方式是这样一个文件，它指向另一个对象：文档、文件夹、驱动器、打印机等。快捷方式采用.lnk 扩展名，它与 lnkfile 文件类型相关联。奇怪的是，如果打开文件扩展名，在查看快捷方式文件时仍无法看到.lnk 扩展名。推测起来可能是 Windows Vista 隐藏了扩展名，因为假定用户不会把快捷方式看作是实际的文件，而只是指向文件的指针。这样做对我们而言没有问题，但是 Vista 是如何实现始终隐藏快捷方式的文件扩展名这一技巧的呢？

　　奥秘就在于注册表的 lnkfile (快捷方式)键有一个名为 NeverShowExt 的空字符串设置。当 Vista 采用这种设置时，它始终隐藏文件类型的扩展名。

你可能想将这种设置用于另一种文件类型。例如，如果计算机上有多个用户，可能希望打开文件扩展名，但要隐藏某个重要的文件类型的扩展名以防止用户更改它。遵循如下这些步骤可以始终隐藏某个文件类型的扩展名：

(1) 打开注册表编辑器。

(2) 定位到希望操作的文件类型的键。

(3) 选择"编辑"|"新建"|"字符串值"。

(4) 输入 NeverShowExt 并按下 Enter 键。

4.2.5　把扩展名与一个不同的应用程序相关联

很多情况下都可能希望重新设置 Windows Vista 的默认关联方式，并采用一种不同的程序来打开扩展名。例如，可能更愿意用"写字板"替代"记事本"来打开文本文件。同样的，可能希望用"记事本"或其他某种文本编辑器而不是"Internet Explorer"来打开 HTML 文件。

这些情况下，需要将扩展名与希望使用的应用程序相关联，而不是采用 Windows 默认的关联。在 Windows Vista 中，可以使用"打开方式"对话框来更改关联的应用程序，Vista 提供了很多不同的方法来显示此对话框：

右击　　　　　采用这种方法时，右击任何带有扩展名的文件，然后单击"打开方式"。如果此文件类型已有多个与其相关联的程序，则可以看到一个包含这些程序的菜单。这种情况下，单击菜单中出现的"选择默认程序"命令。

任务窗格　　　单击某个文件时，Windows 资源管理器的任务窗格显示一个按钮用来表示该文件类型的默认操作。例如，如果单击一个图像，在任务窗格中会出现一个"预览"按钮；如果单击一个音频文件，则可以在任务窗格中看到一个"播放"按钮。大多数情况下，这种默认的操作按钮也作为下拉列表。显示此列表并单击"选择默认程序"。

设置关联　　　选择"开始"|"默认程序"|"将文件类型或协议与程序关联"。这将显示"设置关联"窗口，如图 4-7 所示，它显示了一个文件扩展名列表。单击希望操作的文件类型，然后单击"更改程序"。

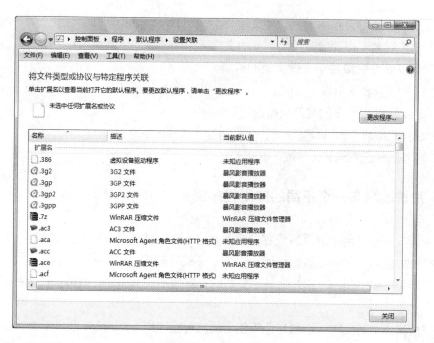

图 4-7　使用"设置关联"对话框来更改与任何显示的文件扩展名相关联的应用程序

无论采用哪种方法，最后都会得到一个"打开方式"对话框，如图 4-8 所示。此后，请遵循如下这些步骤：

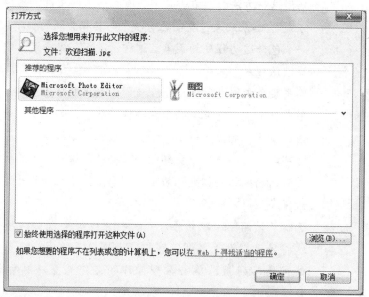

图 4-8　使用"打开方式"对话框将一个文件类型与另一个不同的应用程序相关联

(1) 选择希望与此文件类型相关联的程序(如果看不到程序，单击"浏览"，使用新的"打开方式"对话框来选择程序的可执行文件，然后单击"打开"按钮)。

(2) 确保选中"始终使用选择的程序打开这种文件"复选框(如果通过"设置关联"窗

口打开"打开方式"对话框，则此复选框始终处于选中状态)。

(3) 单击"确定"按钮。

4.2.6 将一个应用程序与多种文件类型相关联

很多应用程序能够使用多种文件类型。例如，Media Player 可以播放的文件类型超过
30 种，包括 Windows Media Audio (.wma)、MP3 (.mp3)、CD 音轨(.cda)和 AVI (.avi)。Windows
Vista 提供了一个新的"设置默认程序"窗口，允许指定将哪些文件类型与某个特定的应用
程序相关联。下面列出使用它的方法：

(1) 选择"开始" | "默认程序"以显示"默认程序"窗口。

(2) 选择"设置默认程序"以显示"设置默认程序"窗口。

(3) 使用"程序"列表来选择希望使用的应用程序。

(4) 现在有两种选择：

● 如果希望程序与其能够处理的所有文件类型相关联，则单击"将此程序设为默认值"
  按钮。

● 如果希望程序仅与它能处理的一些文件类型相关联，单击"选择此程序的默认值"
  按钮以显示"设置程序关联"窗口。选中希望与程序关联的每个文件类型的复选框，
  然后单击"保存"按钮。

(5) 单击"确定"按钮。

4.3 创建新的文件类型

Windows Vista 带有一个很长的已注册文件类型的列表，但是它并不能考虑到在使用计
算机的工作过程中遇到的每一种扩展名。对于很少见到的扩展名，最好使用"打开方式"
对话框。但是，如果经常用到某个未注册的扩展名，应该通过为它创建一种新的文件类型
来注册该扩展名。

> **提示：**
>
> 比较特殊的是文本文件，它们似乎可能带有各种非标准的(也就是未注册的)扩展名。
> 并不需要不断地为这些扩展名设置文件类型或者使用"打开方式"对话框，而可以在
> %UserProfile\SendTo 文件夹中为记事本创建一个快捷方式。采用这种方式，可以通过右击
> 任何文本文件并随后选择"发送到" | "记事本"来打开它。

我们经常使用的"打开方式"对话框为未注册的扩展名提供了一种非常迅速(但不够正
规)的创建简单文件类型的方法：

(1) 在 Windows 资源管理器中，选择想要操作的文件。

(2) 单击"打开"(对于未注册的文件类型，Windows Vista 不显示"打开方式"命令)。

Vista 显示一个对话框用以告知用户不能打开文件。

(3) 启用"从已安装程序列表中选择程序"选项，然后单击"确定"，将会出现"打开方式"对话框。

(4) 选择希望用来打开文件的应用程序或单击"浏览"按钮，从打开的对话框中选择程序。

(5) 使用"输入你对该类型文件的描述"文本框为此新文件类型输入相应的描述信息。

(6) 确保选中"始终使用选择的程序打开这种文件"复选框。

(7) 单击"确定"。

此方法创建了一个具有如下属性的新文件类型：

- Windows Vista 创建文件类型的操作数量依赖于选择的应用程序。如果能够使用此应用程序显示并编辑文件，则 Windows Vista 创建"打开"和"编辑"操作；如果只能使用此应用程序显示文件，Windows Vista 仅创建"打开"操作。

- 与文件相关联的图标和关联的应用程序使用的图标相同。

- 在注册表中，可以在 HKEY_CLASSES_ROOT 中看到扩展名并且相关联的文件类型名是 ext_auto_file，其中 ext 是文件的扩展名。

4.4　将两个或多个扩展名与单个文件类型相关联

创建新文件类型面临的一个问题是往往不得不从头做起。例如，假定希望设置一个使用.1st 扩展名的新文件类型。这些文件通常是提供预安装操作指南的文本文件(如 readme.1st)，因此很可能想把它们与记事本相关联。但是，这意味着需要重复操作一部分或全部现有的"文本文档"文件类型。为了避免出现这种情况，可以指示 Windows Vista 将另一个扩展名与现有的文件类型相关联。下面给出要遵循的步骤：

(1) 打开注册表编辑器。

(2) 选择 HKEY_CLASSES_ROOT 键。

(3) 选择"编辑"|"新建"|"项"。

(4) 输入新的文件类型使用的文件扩展名(如.lst)，并按下 Enter 键。

(5) 在新文件扩展名键中，双击默认值。

(6) 输入希望与新文件类型关联的现有文件类型键的名称。例如，如果希望新文件类型与"文本文档"(.txt)文件类型相关联，则输入 txtfile。

(7) 单击"确定"按钮。

4.5　定制"新建"菜单

Windows Vista 最便捷的一个功能是"新建"菜单，它允许创建一个新文件而不需在应用程序内进行操作。在 Windows 资源管理器(或在桌面上)中，右击文件夹的空白部分，然后选择"新建"。在出现的子菜单中，可以看到创建各种文件类型的新文档的项，包括文件夹、快捷方式、位图(bmp)图像，WordPad(写字板)文档、文本文档、压缩文件夹和其他可能的项，具体的项取决于系统配置和安装的应用程序。

何种机制决定文件类型是否出现在"新建"菜单上呢？当然是注册表。为了了解其工作方式，启动注册表编辑器并打开 HKEY_CLASSES_ROOT 键。正如看到的那样，大多数扩展名子键只有一个默认设置，它或者为空(如果扩展名与注册的文件类型没有关联)，或者是一个指向扩展名相关联的文件类型的字符串。

但是，很多这样的扩展名键也有子键，并且需要特别指出的是，少量扩展名有一个名为 ShellNew 的子键。例如，打开.bmp 键将看到它有一个名为 ShellNew 的子键。这个子键正是决定某个文件类型是否出现在"新建"菜单上的关键。具体而言，如果向 Windows Vista 注册了扩展名并且它有一个 ShellNew 子键，"新建"菜单将为相关的文件类型创建一个命令。

ShellNew 子键总是包含一个设置用以决定 Windows Vista 创建新文件的方式。可以采用如下 4 种设置:

空文件　　　　此设置的值总是设定为空字符串("")，指示 Windows Vista 创建一个相关联类型的空文件。在出现在默认"新建"菜单上的文件类型中，3 个使用 NullFile 设置: 文本文档(.txt)、位图图像 (.bmp)和快捷方式 (.lnk)。

目录　　　　　此设置指示 Windows Vista 创建一个文件夹。"新建"菜单的 Briefcase(公文包，参看注册表中的 Briefcase\ShellNew 键)命令使用此设置。

命令　　　　　此设置指示 Windows Vista 通过执行一个特定的命令来创建新文件。此命令通常使用少量参数调用可执行文件。"新建"菜单的两个命令使用此设置:

● Contact(联系人)—— .contact\ShellNew 键含有 Command 设置的如下值:

```
"%ProgramFiles%\Windows Mail\Wab.exe" /CreateContact "%1"
```

● Journal Document(期刊文档)——在.jnt\jntfile\ShellNew 键中，可以看到 Command 设置的如下值:

```
"%ProgramFiles%\Windows Journal\Journal.exe" /n 0
```

数据　　　　　此设置包含一个值，当 Windows Vista 创建新文件时它将此值复制到新文件中。"新建"菜单的多信息文本格式(.rtf) 和压缩文件夹(.zip)命令使用此设置。

4.5.1 向"新建"菜单添加文件类型

为了使"新建"菜单更便于使用，可以为定期使用的文档添加新的文件类型。对于已向 Windows Vista 注册的任何文件类型，遵循一个简单的包括 3 个步骤的过程：

(1) 在 HKEY_CLASSES_ROOT 中向适当的扩展名键添加一个 ShellNew 子键。

(2) 添加上一节讨论的 4 种设置("空文件"、"目录"、"命令"或"数据")中的一种设置。

(3) 为设置输入值。

大多数情况下，最简便的方法是使用"空文件"创建一个空文件。

4.5.2 从"新建"菜单中删除文件类型

很多 Windows Vista 应用程序(如 Microsoft Office)喜欢将它们的文件类型添加到"新建"菜单中。如果发现"新建"菜单过于拥挤，可以删除一些命令使菜单变得易于管理。为此，需要在注册表中找到适当的扩展名并删除它的 ShellNew 子键。

> **警告：**
>
> 不应永久删除 ShellNew 子键，而应采取一种更为谨慎的做法，即简单地重命名键(例如，将其重命名为 ShellNewOld)。这样做仍可以防止 Windows Vista 向"新建"菜单添加项目，但是这也意味着仅需通过还原原始的键名来还原项目。但是需要注意的是，一些第三方注册表清理程序标记这些重命名的键以便于删除或还原。更好用的程序，如 Registry Mechanic (www.pctools.com)，允许指定程序应该忽略的键。

4.6 定制 Windows Vista 的"打开方式"列表

本章迄今为止已经多次用到"打开方式"对话框，这的确是一个很有用的对话框，但是通过定制它可以令其更加有用。本章的其余部分将介绍各种"打开方式"定制方式。

4.6.1 使用一个非关联的应用程序打开文档

从本章前面讲过的内容中可以了解到双击某个文档时 Windows Vista 经历的过程：

(1) 在 HKEY_CLASSES_ROOT 中查找该文档的扩展名。

(2) 查看默认值以获取文件类型子键的名称。

(3) 在 HKEY_CLASSES_ROOT 中查找文件类型子键。

(4) 在 shell\open\command 子键中获取默认值以进入相关联应用程序的命令行。

(5) 运行此应用程序并打开文档。

如果希望忽略此过程并让 Windows Vista 使用一个非关联的应用程序打开文档的话(也就是说使用一个与此文档不关联的应用程序),应该如何做呢?例如,假如希望用"写字板"打开一个文本文件该如何做呢?

一种可能采用的方法是运行非关联的应用程序并从应用程序打开文档。为此,必须运行"文件"|"打开"命令(或任何类似的命令),并在"打开"对话框的"文件类型"列表中选择"所有文件"。

这样做是可行的,但是不如从 Windows 资源管理器中直接运行文件那样方便。下面给出解决此问题的方法:

(1) 在 Windows 资源管理器中,选择希望操作的文档。

(2) 选择"文件"|"打开方式"(也可以右击文档,然后在快捷方式菜单中单击"打开方式")。

(3) 下一步依赖于操作的具体文件:

- 对于大多数文件,Windows Vista 可直接进入"打开方式"对话框,这种情况下跳转到步骤(4)。
- 对于系统文件而言,Windows 询问是否确定希望打开此文件。这种情况下,单击"打开方式"。
- 对于某些文件类型,Windows Vista 显示建议的程序的子菜单。这种情况下,如果看到希望替代的程序,可以选择它。否则,选择"选择默认程序"。

(4) 选择希望在其中打开文档的非关联的应用程序(如果没有列出想要使用的应用程序,则单击"浏览"按钮,然后从出现的对话框中选择程序的可执行文件)。

(5) 为了防止 Windows Vista 将文件类型更改为非关联的应用程序,确保取消选中"始终使用选择的程序打开这种文件"复选框。

(6) 单击"确定"按钮以便用选定的应用程序打开文档。

注意 Windows Vista 记录在"打开方式"对话框中选择的非关联的应用程序。当下次选择此文件类型的"打开方式"命令时,Windows Vista 显示一个同时含有前面选择的非相关联程序和关联程序的菜单。

4.6.2 "打开方式"功能的工作原理

在学习更高级的"打开方式"定制内容之前,需要了解 Windows Vista 编译 "打开方式"列表上显示的应用程序列表的方式:

- Windows Vista 检查 HKEY_CLASSES_ROOT\.ext(其中,.ext 是定义文件类型的扩展名)。如果它发现 OpenWith 子键,在该子键下列出的应用程序将被添加到"打开方式"菜单中,并且它们出现在"打开方式"对话框中的"推荐程序"区域中。
- Windows Vista 检查 HKEY_CLASSES_ROOT\.ext 以查看文件类型是否具有 PerceivedType 设置。如果有这种设置,则意味着该文件类型也具有相关联的感知类型。这是一种范围更广泛的类型，它将相关的文件类型组合到单个类别中。例如，图像感知类型包括的文件类型有 BMP、GIF 和 JPEG，而文本感知类型包括的文件类型有 TXT、HTM 和 XML。

Windows Vista 然后检查如下内容：

```
HKEY_CLASSES_ROOT\SystemFileAssociations\PerceivedType\OpenWithList
```

在此，PerceivedType 是文件类型的 PerceivedType 设置的值。把在 OpenWithList 键下列出的应用程序键添加到文件类型的"打开方式"菜单和对话框中。

- Windows Vista 检查 HKEY_CLASSES_ROOT\Applications，它包含按照应用程序可执行文件命名的子键。如果一个应用程序子键含有一个\shell\ open\command 子键，并且如果该子键的默认值设定为应用程序的可执行文件的路径名，则将该应用程序添加到"打开方式"对话框中。

- Windows Vista 检查如下键：

```
HKEY_CURRENT_USER\Software\Microsoft\Windows\CurrentVersion\Explorer
\FileExts\.ext\OpenWithList
```

其中，ext 是文件类型的扩展名。此键包含当前用户用于通过"打开方式"打开文件类型的每个应用程序的设置。这些设置命名为 a、b、c 等等，并且有一个 MRUList 设置使得可按照应用程序的使用顺序列出这些字母。同时，将这些应用程序添加到文件类型的"打开方式"菜单中。

4.6.3 从文件类型的"打开方式"菜单中删除应用程序

当使用"打开方式"对话框选择一个可替换的应用程序来打开某个特定的文件类型时，该应用程序出现在文件类型的"打开方式"菜单上(也就是当选择"文件"|"打开方式"命令时出现的菜单)。为了从此菜单中删除应用程序，打开如下的注册表键(其中，ext 是文件类型的扩展名)：

```
HKEY_CURRENT_USER\Software\Microsoft\Windows\CurrentVersion\Explorer\Fi
leExts\.ext\OpenWithList
```

删除希望从菜单中去除的应用程序的设置。此外，编辑 MRUList 设置以去掉刚才删除的应用程序的字母。例如，如果删除的应用程序设置命名为 b，则从 MRUList 设置中去掉字母 b。

4.6.4 从"打开方式"列表中删除程序

并不仅仅是定制单个文件类型的"打开方式"菜单，可能需要为所有文件类型定制"打开方式"对话框。为了防止某个程序出现在"打开方式"列表中，打开注册表编辑器并定

位到如下键:

HKEY_CLASSES_ROOT/Applications

在此会发现大量子键, 其中每个子键代表在系统中安装的一个应用程序。这些子键的名称是每个应用程序的可执行文件的名称(如对"记事本"而言就是 notepad.exe)。为了防止 Windows Vista 在"打开方式"列表中显示某个应用程序, 醒目显示该应用程序的子键, 并创建一个名为 NoOpenWith 的新字符串值(不必为此设置赋值)。若为了在"打开方式"列表中还原应用程序, 则删除 NoOpenWith 设置。

注意:

NoOpenWith 设置不适用于打开某个特定文件类型的默认应用程序。例如, 如果向 notepad.exe 子键添加 NoOpenWith, "记事本"仍会出现在文本文档的"打开方式"列表中, 但是不会出现在其他文件类型(如 HTML 文件)的"打开方式"列表中。

4.6.5　将程序添加到"打开方式"列表中

还可以把一个应用程序添加到所有文件类型的"打开方式"对话框中。再次指出, 需要定位到如下的注册表键:

HKEY_CLASSES_ROOT/Applications

显示按应用程序的可执行文件命名的子键(如果子键不存在, 则创建它)。现在添加 \shell\open\command 子键并将默认值设定为应用程序的可执行文件的路径名。

4.6.6　禁用"打开方式"复选框

"打开方式"对话框允许通过激活"始终使用选择的程序打开这种文件"复选框来更改与某个文件类型的"打开"操作相关联的应用程序。如果和其他人共享使用计算机, 可能不希望他们有意或无意地更改这种关联。这种情况下, 可以通过调整如下的注册表键来禁用此对话框。

HKEY_CLASSES_ROOT\Unknown\shell\opendlg\command

此键的默认值如下:

%SystemRoot%\system32\rundll32.exe %SystemRoot%\system32\shell32.dll,
➥OpenAs_RunDLL %1

为了在"打开方式"对话框中禁用此复选框, 在默认值的末尾添加 **%2**:

%SystemRoot%\system32\rundll32.exe %SystemRoot%\system32\shell32.dll,
➥OpenAs_RunDLL %1 %2

4.7　相关内容

这里列出在本书中可以找到相关信息的其他一些章节：

- 为了初步了解 Vista 文件技巧，可参看第 3 章"探索高级文件和文件夹技巧"。
- 若想了解有关写入到注册表的应用程序设置的更多信息，请参看第 5 章中的"应用程序和注册表"一节。
- 若想获悉有关了解和使用注册表的详情，请参看第 11 章"了解 Windows Vista 的注册表"。
- 若想了解如何创建 VBScript 脚本，请参看第 12 章"Windows Script Host 编程"。

第 5 章

安装和运行应用程序

很少有用户只在计算机上安装Windows而不做其他事情
(无疑是没有收益的)。毕竟Windows本身启动后并不能做多少
事情。为了充分发挥购买来的计算机的价值，必须运行一两
个应用程序。作为操作系统，Windows有责任帮助用户方便
地运行程序。无论是将程序加载到内存中、管理应用程序资
源还是打印它们的文档，Windows都要在后台做大量的事情。
此外，Windows Vista还提供了一些工具和技术，在它们的帮
助下，你可以使应用程序更快地、更可靠地运行。在本章中，
将会学习如何安全地安装应用程序，如何启动应用程序以及
如何解决程序不兼容问题。

5.1 实施安全安装

除了硬件故障和用户过失(IT人士称其为椅子和键盘之间
的问题，即PEBCAK——Problem Exists Between Chair And
Keyboard)外，大多数计算机问题是由错误安装了程序或安装
了不能很好适应系统的程序造成的。安装可能意外更改配置
文件，或者程序把关键的系统文件换成了旧版本的文件，或
者程序根本不能在你配置的计算机上运行(或未做过相应的
测试)。不管出于什么原因，通过了解涉及用户帐户的安装过
程并在安装新的软件包之前采取少量预防措施，可以最大限
度地减少这类问题的发生。

5.1.1　用户帐户控制及安装程序

在 Windows Vista 中，一些看似像安装程序一样简单的事情却一点也不简单。面对的最大障碍是 Windows Vista 安全模型，具体是指用户帐户控制(User Account Control)功能，它简直是不允许任何人安装程序。更具体地讲，它完全不允许任何人运行未知的程序，并且新应用程序的安装程序被定义为是未知的。为何采取这种极端的措施？简单而言是因为 Windows Vista 希望使你能够完全控制在系统上安装和不安装哪些程序，尤其是后者。很多间谍软件(spyware)程序和其他恶意软件(malware)秘密进行安装，在系统发生崩溃或出现其他灾难性事故前，用户不会在系统上发现它们。Windows Vista 不会出现这种情况，至少不会未经你允许便出现这种情况，因为它通过拦截所有安装企图来防止秘密安装。

因此，除非使用内在的管理员帐户来运行 Windows Vista，否则在运行某个安装程序时，Windows Vista 会显示一个类似于图 5-1 的"用户帐户控制"对话框。如果开始安装程序，则单击"允许"(或在一些情况下选择"继续"；如果以标准用户的身份运行 Vista，则键入管理员密码并单击"提交")；否则，单击"取消"。

图 5-1　试图运行一个未知的程序(如安装程序)
时，会出现"用户帐户控制"对话框

5.1.2　通过预安装核对表清单来运行

对于那些喜欢使用计算机工作的人而言，很少有事情像新软件包那样具有诱惑力。他们往往立即撕开包装盒、取出源盘并不加思索地运行安装程序。当匆忙进行安装后并且系统开始表现得不稳定时，才发现这种方法往往得不偿失。造成这种情况的原因通常是因为应用程序的安装程序改动了一个或多个重要的配置文件并且使系统在安装过程中难以适应这种变化。了解随意安装带来的危害确实是痛苦的过程。

为了避免产生这种后果，应该总是三思而后行。更确切地说，在双击此 setup.exe 文件之前应该采取几个简单的安全措施。下面几小节将介绍在安装任何程序之前要核查的一系列事项。

1. 检查 Vista 兼容性

对程序进行检查以了解该程序是否与 Windows Vista 相兼容。那些证明能够与 Windows Vista 兼容的程序能够进行最简便且最安全的安装。参看本章后面的"了解应用程序兼容性"一节来了解如何断定一个程序是否与 Windows Vista 相兼容。

2. 设置还原点

从错误的安装中恢复系统最为快捷的方法是将系统恢复到运行安装程序之前的状况。完成此操作唯一的方法就是正好在运行安装程序之前设置一个系统还原点。参看第 15 章"维护 Windows Vista 系统"中题为"设置系统还原点"一节。

3. 阅读 Readme.txt 和其他文档

尽管很容易忽略此事，但实际上应该仔细阅读程序提供的所有与安装相关的文档。这包括手册中适当的安装资料、从光盘上找到的 Readme text 文件以及其他任何看似有用的内容。花费少量的时间查看这些资源，可以收集到如下信息：

- 在系统上需要执行的任何事项前的准备工作
- 在安装过程中预期出现的情况
- 完成安装需要用到的信息(如产品序列号)
- 安装程序给系统或数据文件(如果正在进行更新)带来的变化
- 在手册出版后生效的程序和/或文档变化

4. 对下载的文件进行查毒

如果你从因特网上下载了正在安装的应用程序，或者如果朋友或同事通过电子邮件附件的形式发送给你安装文件，应该使用一个优秀的(并且是最新的)病毒检查程序来扫描文件。

尽管当前大多数病毒通过因特网入侵系统，但并非所有病毒都是如此。因此，在其他一些情况下谨慎一点是值得的。如果出现以下情况则应该在安装之前检查病毒：

- 直接从不知名的开发者那里定购了程序。
- 当从经销商那里购买软件时包装已被打开(购买打开过的软件包并不是好的做法)。
- 朋友或同事提供的在软盘或可记录光盘上存放的程序。

5. 了解对数据文件的影响

几乎没有软件开发人员希望疏远安装软件的用户群，因此他们通常在其软件升级中强调向上兼容性。也就是说，新版本的软件差不多总是能够读取并使用旧版本创建的文档。然而出于对升级的兴趣，经常会发现程序最新版本使用的数据文件格式与以前版本的数据文件格式不同，并且这种新格式很少向下兼容。确切地说，旧版本的软件通常不能处理由新版本软件创建的数据文件。因此，面临如下两种选择：

- 继续采用旧的文件格式来操作现有的文档，因此可能失去新格式带来的任何好处。
- 如果更新文件，但又决定卸载升级程序，则面临着使这些文件与旧版本程序不兼容的风险。

一种可能用于解决这种两难局面的方法是在安装升级程序之前创建所有数据文件的备份副本。按照这种方法，如果升级引起问题或损坏了某些数据，那么总是能够还原完好的文档副本。如果已使用升级程序对某些文档做了更改，但是希望卸载升级程序，大多数程序有一个"另存为"命令，允许以旧的文件格式保存文档。

6. 使用"添加或删除程序"功能

单击"开始"|"控制面板"|"程序"|"安装的程序"以显示安装的程序窗口，如图 5-2 所示。Windows Vista 使用此窗口来替换原有的"添加或删除程序"窗口，并且它作为安装程序的一种一站式操作空间。在此窗口中看到的项目来自于如下注册表键：

```
HKLM\SOFTWARE\Microsoft\Windows\CurrentVersion\Uninstall
```

如图 5-2 的顶部窗口中显示的那样，每个安装的应用程序(和很多安装的 Windows 组件一样)均在 Uninstall 键中有一个子键。此子键提供了在安装的程序窗口中看到的数据，包括程序名称(源于 DisplayName 设置)、发布者(Publisher 设置)、安装日期(InstallDate 设置)、大小(EstimatedSize 设置)、支持链接(HelpLink 设置)和文件版本(DisplayVersion 设置)。

单击某个安装的程序以激活"任务"窗格上的如下 3 个选项：

删除　　　　　　单击此按钮(或更改/删除)以卸载程序。需要注意的是安装程序列表中的每个可卸载的项在程序的Uninstall子键中均有一个对应的UninstallString设置(参看图5-2)。

更改　　　　　　单击此按钮(或更改/删除)可修改程序的安装。依据具体的程序，更改它的安装意味着添加或删除程序组或更改设置。

修复　　　　　　单击此按钮以便修复程序的安装，这通常意味着重新安装文件或修复受损的文件。

图 5-2　可通过添加或删除程序卸载的选项具有对应的注册表项

提示：

卸载程序后，可能发现它仍出现在安装的程序列表中。为了改正此问题，打开注册表编辑器，显示 Uninstall 键，并查找表示此程序的子键(如果不确定，单击子键然后查看 DisplayName 设置)。删除该子键，卸载的程序会从列表中消失。

7. 保存重要文件夹的目录清单

我推荐的另一种安全安装技术是比较某些文件夹在安装前后的内容。Windows 程序喜欢将所有文件添加到%SystemRoot% 和%SystemRoot%\System32 文件夹中。为了排查问题，比较文件夹在安装前后的内容有助于了解安装了哪些文件。

为了说明此情况，将两个文件夹的目录清单写入文本文件中。下面两个命令提示符语句使用 DIR 命令产生%SystemRoot% 和%SystemRoot%\System32 文件夹的按字母顺序排列的目录清单，并将这些清单重定向写到(使用 ">" 运算符)文本文件中：

```
dir %SystemRoot% /a-d /on /-p > c:\windir.txt
```

```
dir %SystemRoot%\system32 /a-d /on /-p > c:\sysdir.txt
```

注意:

将文件写入到根目录需要拥有管理员权限。为了作为管理员打开命令提示符,选择"开始"|"所有程序"|"附件",右击命令提示符,单击"以管理员身份运行",然后输入证书。参阅附录 B "使用 Windows Vista 命令提示符"。

当完成安装时,运行如下命令将新的清单保存到另一组文本文件中:

```
dir %SystemRoot% /a-d /on /-p > c:\windir2.txt
dir %SystemRoot%\system32 /a-d /on /-p > c:\sysdir2.txt
```

最后得到的文本文件较长,因此比较安装前后的清单是一件耗时的工作。为了方便完成此工作,使用 FC(File Compare,文件比较)命令。下面是此命令处理文本文件的简化语法:

```
FC /L filename1 filename2
```

```
/L         以 ASCII 文本的形式比较文件
filename1   希望比较的第一个文件
filename2   希望比较的第二个文件
```

注意:

FC 命令还能比较二进制文件、显示行号以及执行不区分大小写的比较等操作。若要了解详尽的语法,在命令提示符中输入命令 fc /?。

例如,运行下面的命令比较前面创建的两个文件: sysdir.txt 和 sysdir2.txt:

```
fc /l c:\sysdir.txt c:\sysdir2.txt > fc-sys.txt
```

此语句将 FC 命令的输出重定向到一个名为 fc-sys.txt 的文件中。下面的示例给出当在"记事本"中打开此文件时在文件中看到的数据形式:

```
Comparing files C:\sysdir.txt and C:\sysdir2.txt
***** C:\sysdir.txt
09/04/2006 07:00 AM           657,920 WMVXENCD.DLL
09/04/2006 07:00 AM           272,384 WOW32.DLL
***** C:\SYSDIR2.TXT
09/04/2006 07:00 AM           657,920 WMVXENCD.DLL
11/22/2006 08:56 PM           913,560 wodFtpDLX.ocx
09/04/2006 07:00 AM           272,384 WOW32.DLL
*****
```

在这个示例中,可以看到在 WMVXENCD.DLL 和 WOW32.DLL 之间添加了一个名为 wodFtpDLX.ocx 的文件。

提示：

FC 命令的用处不仅仅是比较目录清单，你还可以导出安装前后的注册表键，然后使用 FC 比较得到的注册文件(.reg)。参看第 11 章 "开始了解 Windows Vista 注册表"。

提示：

大多数高级文字处理软件都具有允许比较两个文档(或该程序支持的任何文件类型)的功能。例如，在 Word 2003 中，打开安装后的文件，选择 "工具" | "比较并合并文档"，然后使用 "比较并合并文档" 对话框来打开安装前的文件。Word 将会检查这两个文档，然后使用修订标记插入改动的内容。

8. 控制安装

一些安装程序赋予术语 "大脑死亡" 新的含义。插入源程序光盘，运行 Setup.exe (或类似的程序)，程序接下来将会强行安装到硬盘上而不需要经过很多繁琐的步骤。值得欣慰的是，大多数安装程序要考虑得更周到一些。它们通常对将出现的情况发出某种事前警告，并且在安装过程中提示输入信息。可以利用这种新提供的措施在一定程度上对安装施加控制。在此给出要注意的两件事情：

- 明智地选择文件夹——大多数安装程序企图在默认的文件夹中安装它们的文件。不要不加思索地采用这种方式，要考虑希望程序驻留的位置。就我个人而言，喜欢使用 Program Files 文件夹来存放所有应用程序。如果有多个硬盘或分区，可能希望使用空闲空间量最大的硬盘或分区。如果安装程序允许选择数据目录，可能愿意采用一个单独的文件夹以便更方便地备份数据。

提示：

大多数安装程序试图将程序的文件复制到%SystemDrive%\Program Files(在此，%SystemDrive%是 Vista 的安装分区)的一个子文件夹。通过编辑注册表可以更改这个默认的安装文件夹。首先显示如下键：

```
HKLM\SOFTWARE\Microsoft\Windows\CurrentVersion\
```

ProgramFilesDir 设置保存默认的安装路径，将此设置更改为愿意使用的路径(例如，具有最大空闲磁盘空间的驱动器上的一个路径)。

- 使用自定义(Custom)安装选项——最出色的程序提供可选的安装选项。在可能的情况下选择自定义选项(如果有)。这允许用户最大限度地控制安装的组件，包括安装的位置和方式。

5.1.3　安装应用程序

浏览过核对表后，已经做好了安装程序的准备。在此归纳一下在 Windows Vista 上

安装程序时可以使用的各种方法:

- 自动播放(AutoPlay)安装——如果程序存放在支持自动播放的 CD 或 DVD 上，很可能在将光盘插入到光驱后安装程序将会自动运行。为了防止安装程序自动运行，在插入光盘的同时按下 Shift 键。

提示:

为了不用每次插入安装光盘时都按下 Shift 键，可以配置 Vista 不再运行光盘的自动播放程序。请遵循本章后面的"控制程序的自动运行行为"一节中列出的步骤，并务必要选择"软件和游戏"设置的"不采取行动"选项。

- 运行 setup.exe——对大多数应用程序而言，安装程序取名为 setup.exe(有时叫 install.exe)。使用 Windows 资源管理器找到安装程序，然后双击它。作为可选的方法，选择"开始" | "运行"，输入 setup.exe 文件的路径(如 e:\setup)，并单击"确定"按钮。
- 解压下载的文件——如果从因特网上下载应用程序，接收到的文件将是.exe 文件或.zip 文件。无论是哪种文件，始终应该把文件存放在一个空文件夹中，以便在需要时提取文件。然后，执行以下一种操作:
  - 如果它是.exe 文件，双击它，在大多数情况下，安装程序将会启动。在其他情况下，程序会提取它的文件，并且随后可以启动 setup.exe(或其他类似的文件)。
  - 如果它是.zip 文件，双击它，Windows Vista 将会打开一个新压缩的文件夹以显示.zip 文件的内容。如果看到一个安装程序，则双击它。但是，很可能看不到安装程序。相反，应用程序已准备就绪，所要做的事情就是将文件提取到一个文件夹中并从那里运行应用程序。
- 从.inf 文件进行安装——一些应用程序通过某个信息文件(.inf)进行安装。为了安装这些程序，右击文件，然后单击快捷菜单中出现的"安装"选项。

5.2 应用程序和注册表

正如将在第 11 章中看到的那样，注册表可能是 Windows Vista 最重要的组件，因为它存储着 Windows 需要的数千条设置。此外，注册表对于应用程序而言也是很重要的，因为大多数 Windows 应用程序使用注册表来存储配置数据和其他设置。

安装应用程序时，通常需要对注册表执行 6 种不同的更改:

- 程序设置
- 用户设置
- 文件类型
- 应用程序特有的路径

- 共享的 DLL
- 卸载设置

5.2.1　程序设置

程序设置在总体上与应用程序相关，包括应用程序的安装位置、序列号等。程序设置位于 HKEY_LOCAL_MACHINE\Software 的一个新子键中：

```
HKLM\Software\Company\Product\Version
```

此处，**Company** 是程序供应商的名称，**Product** 是软件的名称，而 **Version** 是程序的版本号。这里给出一个 **Office 2007** 的示例：

```
HKLM\Software\Microsoft\Office\12.0
```

5.2.2　用户设置

用户设置是用户特有的项目，如用户名，以及用户的首选项和用户已选定的选项，等等。用户设置存放在 HKEY_CURRENT_USER\Software 的一个子键中：

```
HKCU\Software\Company\Product
```

5.2.3　文件类型

文件类型是指程序的文档使用的文件扩展名。这些扩展名与程序的可执行文件相关联，因此双击某个文档将加载程序并显示该文档。扩展名和文件类型作为子键存储在 HKEY_CLASSES_ROOT 内。若想了解详细情况，请参阅第 4 章 "精通文件类型"。

如果应用程序支持 OLE(对象链接和嵌入)，它将有一个唯一的类 ID(作为一个子键存储在 HKEY_CLASSES_ROOT\CLSID 内)。

5.2.4　应用程序特有的路径

在计算机领域中，路径是操作系统获得某个特定的文件必须遍历的一个文件夹列表。Windows Vista 针对路径采用一种变化的形式，称为应用程序特有的路径。其思想是如果在 "运行" 对话框(按下 Windows Logo+R 组合键)中仅输入程序的可执行文件的基本名称，Windows Vista 将会找到该程序并运行它。例如，"写字板" 的可执行文件是 Wordpad.exe，因此可在 "运行" 对话框输入 wordpad，单击 "确定" 按钮，将会打开 "写字板"。

Windows 能够找到程序是因为应用程序的可执行文件与存放该文件的文件夹的特定路径相关联。这些应用程序特定的路径设置在如下键中：

```
HKLM\Software\Microsoft\Windows\CurrentVersion\App Paths
```

每个支持此功能的应用程序将添加一个子键，该子键使用应用程序可执行文件的名称(例如 Wordpad.exe)。在该子键内，默认设置值是可执行文件的完整路径名(驱动器、文件夹和文件名)。还要注意的是，很多应用程序也创建一个路径设置，用于为应用程序指定默认文件夹。

5.3 启动应用程序

启动程序是操作系统最基本的任务之一，因此 Windows Vista 提供了众多的方法来执行此任务也就不足为奇了：

- 使用"开始"菜单——单击"开始"按钮打开"开始"菜单。如果程序是频繁使用的，它应该出现在最常使用的(most frequently used，MFU)应用程序列表中，单击它的图标。否则，单击"所有程序"，然后打开菜单直到看到程序图标，最后单击此图标。
- 双击可执行文件——使用 Windows 资源管理器找到应用程序的可执行文件，然后双击该文件。
- 双击快捷方式——如果某个快捷方式指向程序的可执行文件，那么双击该快捷方式将启动此程序。
- 双击某个文档——如果能够使用应用程序创建文档，双击某个这样的文档应该会启动此应用程序并自动加载该文档(如果文档是最近使用的 15 个文档之一，则可以选择"开始"|"我最近的文档"，然后在出现的子菜单中单击该文档)。
- 使用"打开方式"命令——如果双击某个文档后在一个错误的应用程序中打开了该文件，则右击该文件，然后单击"打开方式"。若想了解打开方式命令的详情，请参考第 4 章中标题为"定制 Windows Vista 的打开方式列表"一节。

- 插入一张 CD 或 DVD 光盘——大多数 CD 和 DVD 支持 Windows Vista 的自动播放特性,当插入光盘时能够自动启动默认的程序。由光盘根文件夹中 Autorun.inf 文件的内容来决定自动启动的程序。在"记事本"中打开此文件并在[AutoRun]部分查找 open 值(还可以参阅本章后面的"控制程序的自动运行行为"一节)。
- 使用"运行"对话框——选择"开始"|"所有程序"|"附件"|"运行"(或按下 Windows Logo+R 组合键)以便显示"运行"对话框。然后使用"打开"文本框指定应用程序(指定完程序后单击"确定"按钮)。

提示:

Windows Vista 中最烦人的一个界面变化是将"运行"命令隐藏在"附件"菜单中。如果经常使用"运行"命令,可能希望将它还原到"开始"主菜单上合适的地方。这里给出还原的方法:右击"开始"按钮,单击"属性",然后单击"自定义"。在"开始"菜单项列表中,向下滚动到"运行命令"复选框并选中它。单击"确定"按钮即可。

- 如果应用程序存放在%SystemRoot%或%SystemRoot%\System32 文件夹中,或者在一个列为 PATH 环境变量一部分的文件夹中,或者它在注册表中有一个应用程序特有的路径(如本章前面介绍过的那样),则只需输入可执行文件的基本名称。
- 对于其他所有应用程序,输入可执行文件的完整路径名(驱动器、文件夹和文件名)。
- 还可以输入一个文档的完整路径名。如果希望用于打开文档的应用程序不同于和文档的文件类型相关联的应用程序,在文档路径名之前输入应用程序的路径名(使用一个空格分隔这两个路径)。
- 使用任务调度程序(Task Scheduler)——可以使用任务调度程序在某个特定的日期和时间或定期自动运行程序。选择"开始"|"控制面板"|"系统和维护"|"预定的自动和定期的任务"(还可以参看本章后面的"使用任务调用程序"一节)。

除了这些方法以外,还可以控制自动运行行为,设置程序以便在启动时自动运行它,使用"以管理员身份运行"命令,并创建你自己的应用程序特有的路径。接下来的 3 个小节将会详细讨论这些方法。为了了解如何从命令提示符或一个批处理文件中启动程序,参看附录 B 中标题为"从命令提示符中启动应用程序"一节。

5.3.1　控制程序的自动运行行为

如果愿意在插入程序的 CD 或 DVD 光盘时对出现的情况进行一定的控制,可以修改程序的默认自动运行行为。请遵循如下这些步骤:

(1) 单击"开始"|"默认程序"以显示"默认程序"窗口。

(2) 单击"更改自动播放设置",Windows Vista 显示"自动播放"窗口,如图 5-3 所示。

(3) 在"软件和游戏"列表中单击希望的自动播放行为。

(4) 单击"保存"按钮。

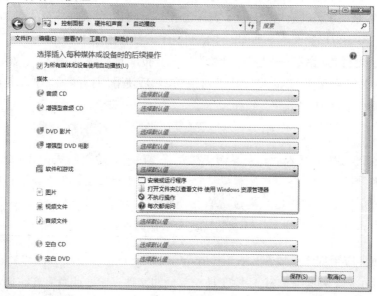

图 5-3 使用"自动播放"窗口来设置当插入软件 CD 或 DVD 时 Windows Vista 将默认执行的操作

5.3.2 在启动时运行应用程序和脚本

如果有一个或多个每天都要使用的程序，或者每当 Windows Vista 启动后就要使用的程序，可以通过让 Windows Vista 在启动时自动运行这些程序而不用自己费事地手工运行这些程序。类似地，还可以让 Windows Vista 在启动时自动启动脚本或批处理文件。可以使用 Startup 文件夹、注册表和组策略管理单元来设置程序或脚本在启动时自动运行。

1. 使用"Startup"文件夹

"Startup"文件夹是一个常规的文件夹，但是它在 Windows Vista 中具有特殊的地位：通过将对应项的快捷方式添加到"Startup"文件夹中，可以在启动时自动运行程序或脚本(向"Startup"文件夹添加快捷方式属于定制"开始"菜单的工作，第 13 章"自定义 Windows Vista 的界面"将会更为详细地对此予以讨论)。需要注意的是，在 Windows Vista 界面中，"Startup"文件夹出现在两个地方：

- "开始"菜单(单击"开始" | "所有程序" | "启动")
- 在 Windows 资源管理器中以如下子文件夹形式出现：

`\user\AppData\Roaming\Microsoft\Windows\Start Menu\Programs\Startup`

其中，user 是系统定义的用户名称。当用户登录进入系统时，将会自动运行在此文件夹中放置的快捷方式。

2. 使用注册表

"Startup"文件夹方法有两个缺陷：用户可以轻易地从他们自己的"Startup"文件夹中删除快捷方式，并且用户通过在加载 Windows Vista 时按下 Shift 键来忽略"启动"项。为了避免这两个问题，可以使用注册表编辑器来定义"启动"选项。假定作为要工作的用户登录进入系统，注册表提供如下两个键：

- HKCU\Software\Microsoft\Windows\CurrentVersion\Run——用户每次登录进入系统时自动运行此键中的值。
- HKCU\Software\Microsoft\Windows\CurrentVersion\RunOnce——只在用户下一次登录进入系统时才运行此键中的值，然后从键中删除这些值(注册表中可能没有此键，在这种情况下需要亲自添加此键)。

如果希望无论哪个用户登录系统都在启动时运行某项，则使用如下键：

- HKLM\Software\Microsoft\Windows\CurrentVersion\Run——任何用户每次登录系统时都自动运行此键中的值。
- HKLM\Software\Microsoft\Windows\CurrentVersion\RunOnce——只在任何用户下一次登录进入系统时才运行此键中的值，然后从键中删除这些值。不要将此键与 RunOnceEx 键相混淆。RunOnceEx 是 RunOnce 的一种扩充版本，开发人员使用它来创建更可靠的启动项，包括诸如错误处理和改善性能等特性。

为了创建一个启动项，向适当的键添加一个字符串值，给它取你喜欢的任何名称，然后将其值设定为希望在启动时运行的可执行文件或脚本文件的完整路径名。

3. 使用组策略

如果不愿意直接编辑注册表，或者如果想要在用户和注册表之间放入 GUI，则可以使用 Vista 专业版(Pro)的组策略管理单元(参看第 10 章"使用控制面板和组策略"来了解有关使用此管理单元的详情)。但是要注意的是，组策略不能直接操作 HKLM 和 HKCU

巢中的 Run 键。相反，将它们视为旧键(legacy key)，这意味着通常是旧程序使用它们。这些新的键(确切地说自 Windows 2000 以来的新键)如下：

```
HKLM\Software\Microsoft\Windows\CurrentVersion\policies\Explorer\Run
HKCU\Software\Microsoft\Windows\CurrentVersion\Policies\Explorer\Run
```

默认情况下这些键不出现在 Windows Vista 中。正如在下一节中讨论的那样，只有在组策略编辑器中指定启动程序后才能看到它们。作为选择，还可以使用注册表编辑器亲自添加这些键。

注意：

启动项按照如下顺序运行：

```
HKLM\Software\Microsoft\Windows\CurrentVersion\RunOnce
HKLM\Software\Microsoft\Windows\CurrentVersion\policies\Explorer\Run
HKLM\Software\Microsoft\Windows\CurrentVersion\Run
HKCU\Software\Microsoft\Windows\CurrentVersion\Run
HKCU\Software\Microsoft\Windows\CurrentVersion\Policies\Explorer\Run
HKCU\Software\Microsoft\Windows\CurrentVersion\RunOnce
Startup 文件夹(所有用户)
Startup 文件夹(当前用户)
```

向 Run 键添加程序　正如提到过的那样，可以通过注册表编辑器向这些键添加值或者使用组策略管理单元。为了在 Windows Vista Professional 中打开组策略窗口，选择"开始"|"运行"，输入 gpedit.msc，然后单击"确定"按钮。在组策略窗口中，有两种选择：

- 为了操作所有用户的启动程序，选择"计算机配置"|"管理模板"|"系统"|"登录"。这里的项将会影响 HKLM(所有用户)注册表巢中的注册表键。
- 为了操作当前用户的启动程序，选择"用户配置"|"管理模板"|"系统"|"登录"。这里的项将会影响 HKCU(当前用户)巢中的注册表键。

无论采用哪种方法至少都可以看到如下 3 项：

- 在用户登录时运行这些程序——采用此项添加或删除启动程序(使用注册表中的 \Policies\Explorer\Run 键)。为了添加一个程序，双击该项，选择已启用选项，然后单击"显示"按钮。在"显示内容"对话框中，单击"添加"按钮，输入希望在启动时运行的程序或脚本的完整路径名，然后单击"确定"按钮。
- 不处理只运行一次列表——使用此项来启动或停止 Windows Vista 对 RunOnce 注册表键的处理(在上一节讨论过此键)。双击此项目，然后选中已启用选项以便使此策略生效。也就是说，在启动时不启动在 RunOnce 键中列出的程序。
- 不处理旧的运行列表——使用此项来启动或停止 Windows Vista 对旧的 Run 键的处理。双击此项，然后选中已启用选项以便使此策略生效。也就是说，在启动时不启动在旧的 Run 键中列出的程序。

指定启动和登录脚本　还可以使用组策略管理单元来指定在启动时运行的脚本文

件。可以在两个地方指定脚本文件：

- "计算机配置"|"Windows 设置"|"脚本(启动/关机)"——使用启动项目来指定计算机每次启动(并且在用户登录之前)时运行的一个或多个脚本文件。需要注意的是，如果指定了两个或多个脚本，Windows Vista 会同步地运行它们。确切地说，Windows Vista 运行第一个脚本，等待它完成后再运行第二个脚本，接着等待第二个脚本运行完毕，依此类推。
- "用户配置"|"Windows 设置"|"脚本(登录/注销)"——使用登录项目指定任何用户每次登录时运行的一个或多个脚本。这些登录脚本将同步运行。

最后，需要注意的是 Windows Vista 具有规定这些脚本运行方式的策略。例如，通过选择"计算机配置"|"管理模板"|"系统"|"脚本"可以看到启动脚本策略。其中，有 3 个选项会影响启动脚本：

- 同步运行登录脚本——如果启用此项，Windows Vista 将会一次运行一个登录脚本。
- 非同步运行启动脚本——如果启用此项，Windows Vista 将会同时运行启动脚本。
- 显示启动脚本的运行状态——如果启用此项，Windows Vista 将会使用户在命令窗口中看到启动脚本命令。

对于登录脚本，在"用户配置"|"管理模板"|"系统"|"脚本"部分中存在一组类似的策略。

警告：

理应在向用户显示 Windows Vista 界面之前执行登录脚本。但是，Windows Vista 改进的登录方式会在执行完所有脚本之前显示界面，因此造成了冲突。Windows Vista 异步地运行计算机登录脚本和用户登录脚本，从而大大加快了登录速度，因为脚本无需等待另外的脚本运行完毕。

为了防止出现这种情况，选择"计算机配置"|"管理模板"|"系统"|"登录"并启用"计算机启动和登录时总是等待网络"设置。

4. 使用任务调度程序

还可以采用另一种方法来设置在启动时运行程序或脚本，即使用任务调度程序。下面给出要遵循的步骤：

(1) 选择"开始"|"控制面板"|"系统和维护"|"预定的自动和定期的任务"。

(2) 单击"创建任务"按钮。

(3) 在"常规"选项卡中，使用"名称"文本框输入任务的名称。

(4) 在"触发器"选项卡中，单击"新建"按钮以显示"新触发器"对话框。

(5) 在"开始任务"列表中，单击如下一个任务，然后单击"确定"按钮：

- 在登录时(At Log On)——选择此选项只在登录到 Windows Vista 时运行程序。

- 在启动时(At Startup)——选择此选项时，无论哪个用户登录系统都在计算机启动时运行程序。

(6) 在"动作"选项卡中，单击"新建"按钮以便显示"新动作"对话框。

(7) 在动作列表中，选择"开始程序"。

(8) 使用程序/脚本文本框以输入程序或脚本的路径。

(9) 单击"确定"按钮。

(10) 单击"确定"按钮。

5.3.3　以管理员帐户运行程序

正如本章前面介绍的那样，Windows Vista 的用户帐户控制功能要求用户尝试运行某些程序时必须提供证书。但是，情况并非总是如此。例如，如果启动一个命令提示符会话并试图将 DIR 命令的输出重定向到根目录的一个文件中(如前面介绍的那样)，该命令将会失败并且提示一个访问拒绝错误。Vista 并不提示你需提供证书，而只是中止此操作。

为了解决这个问题，右击希望运行的程序，然后单击"以管理员身份运行"。输入证书然后 Windows Vista 将以管理员帐户的权限启动程序，从而允许完成希望的任何操作。

> **提示:**
>
> 某些情况下，或许能够执行一些设置以便总是能够以管理员帐户运行某个程序。创建可执行文件的快捷方式，右击快捷方式，然后单击"属性"。在"兼容性"选项卡中，选中"以管理员身份运行此程序"复选框。然后单击"确定"按钮。

在此值得注意的是，如果需要作为特定的用户来运行某个程序，可使用 RUNAS 命令行工具。在命令提示符上使用 RUNAS 来指定用户名，然后 Windows Vista 会提示输入用户的密码。这里给出基本的语法(输入 RUNAS /?来了解切换项的完整列表):

```
RUNAS /user:domain\user program
```

/user:domain\user	希望以其名义运行程序的用户名。用计算机名(对于独立计算机或工作组计算机而言)或域名来替换 domain。
program	应用程序的完整路径名和文件名。如果应用程序位于当前文件夹、%SystemRoot%文件夹、%SystemRoot%\System32 文件夹或 PATH 变量中的一个文件夹内，则仅需要使用文件的基本名称。

5.3.4　创建应用程序特有的路径

前面讨论过应用程序特有的路径，它允许用户只需在"运行"对话框或命令提示符中输入其可执行文件的名称，就能够运行几乎所有的 32 位应用程序，而不需要拼写出完整的路径名。这种无需路径的执行很方便，但是它不适用于如下两种情况：

- 16 位应用程序——这些老式程序不会将其可执行文件的路径存储在注册表中。
- 文档——除非一个文档位于当前文件夹，否则不能仅通过在"运行"对话框或在命令提示符中输入其文件名来加载此文档。

为了解决这两个问题，并处理很少遇到的 32 位应用程序不能创建它自己的应用程序特有路径的情况，可以编辑注册表来添加可执行文件的路径(应用程序特有的路径)或文档的路径(文档特有的路径)。

在注册表编辑器中，打开如下键：

```
HKLM\Software\Microsoft\Windows\CurrentVersion\App Paths
```

App Paths 键含有每个安装的 32 位应用程序的子键，每个这样的子键具有如下一种或两种设置：

- 默认值——该设置拼写出到应用程序的可执行文件的路径。所有 App Paths 子键均有此设置。
- 路径——该设置指定包含应用程序需要的文件的一个或多个文件夹。应用程序首先在与它的执行文件所在的同一个文件夹中查找文件。如果不能在那里找到它需要的文件，它会检查路径设置中列出的文件夹。并不是所有 App Paths 子键均使用此设置。

为了创建一个应用程序特有的路径，选择 App Paths 键，创建一个新的子键，并给它指定应用程序可执行文件的名称。例如，如果程序的可执行文件名是 OLDAPP.EXE，则将新子键取名为 OLDAPP.EXE。对于这个新的子键，将 Default 设置更改为可执行文件的完整路径名。

提示：

不必为新的 App Paths 子键指定可执行文件的名称，可以使用喜欢的任何名称，只要它以.exe 结尾并且与现有的子键名称不冲突即可。

为何必须以.exe 结尾呢？除非指定别的方式，Windows Vista 假定在运行对话框或命令提示符中输入的任何内容都以.exe 结尾。因此，通过以.exe 作为子键的结尾，仅需要输入子键的基本名称。例如，如果将新子键命名为 OLDAPP.EXE，通过在"运行"对话框或命令提示符中输入 oldapp 就可运行程序。

可以采用同样的方式创建文档特有的路径(但是必须向 Windows Vista 注册文档的文件类型)。但是在这种情况下，默认设置采用文档的完整路径名。再次指出，如果希望仅通过输入其基本名称来加载文档，要确保新的 App Paths 子键使用.exe 扩展名。

5.3.5　使用 Windows Defender 控制启动程序

　　Windows Defender 是 Vista 的反间谍软件程序，将会在第 21 章 "实现 Windows Vista 的 Internet 安全和保密功能" 中详细说明它的功能，此处只提及 Windows Defender 提供了一个称为 "软件资源管理器" 的功能，允许查看 4 类程序的信息：启动程序、当前运行的程序、网络连接程序和 Winsock 服务提供者。对于启动程序而言，可以使用 "软件资源管理器" 暂时禁止在启动时运行程序，或者可以从程序驻留的任何启动位置(启动文件夹、注册表键等等)中完全删除它。在此给出要遵循的步骤：

　　(1) 选择 "开始" | "所有程序" | "Windows Defender"。

　　(2) 单击 "工具"。

　　(3) 单击 "软件资源管理器"，然后在出现 "用户帐户控制" 对话框时输入证书。

　　(4) 在 "软件资源管理器" 窗口中，确保在 "类别" 列表中选择 "启动程序"。Windows Defender 显示在启动时运行的一个程序列表，如图 5-4 所示。

图 5-4　使用 Windows Defender 的 "软件资源管理器"，可以显示并控制启动程序

　　(5) 单击希望操作的程序，"软件资源管理器" 在窗口的右边显示程序的详情。

　　(6) 为了暂时防止在启动时运行程序，单击 "禁用" 按钮。如果永不希望在启动时运行程序，则单击 "删除" 按钮。

　　(7) 当 Windows Defender 要求予以确认时，单击 "是" 按钮。

5.4　了解应用程序兼容性

大多数新的软件程序证明是与 Windows Vista 兼容的，意味着能够安装并运行它们而不会给任何 Windows Vista 系统带来灾难。但是那些在发布 Windows Vista 之前编写的老程序会怎么样呢？它们可能会带来一些问题，因为 Windows Vista 基于 Windows 2000 的代码，而后者又基于 Windows NT，与这些操作系统兼容的程序很可能(尽管不能确定)与 Windows Vista 兼容。但是真正的问题在于那些为 Windows 9x 和 Windows Me 编写的程序。Windows Vista——即使 Windows Vista Home——使用与老式的 Windows 用户版本完全不同的代码库，因此不可避免会出现一些老程序在 Windows Vista 下运行时不稳定或者根本不能运行的情况。

为什么会出现这种不兼容性呢？一个常见的原因是老式应用程序的编程人员将某些数据硬连接到程序的代码中。例如，安装程序往往会轮询操作系统来得到它的版本号。如果一个应用程序是为 Windows 95 设计的，编程人员可能做了某种设置使得该应用程序当且仅当操作系统返回 Windows 95 版本号时才能安装。程序可能会在任何更新的 Windows 版本下正常运行，但是这种过于简单僵化的版本检查使它不能安装在 Windows 95 以外的任何版本的 Windows 系统上。

另一个引起不兼容性的原因是对 API(应用编程接口)函数的调用返回了预料不到的结果。例如，老程序的编程人员很可能假定总是将 FAT(File Allocation Table，文件分配表)文件系统作为标准，因此当在安装程序之前检查空闲磁盘空间时，它们期望收到的数字小于或等于 2GB(一个 FAT 分区的最大容量)。但是，FAT32 和 NTFS(NT 文件系统)分区则可能远大于 2GB，因此调用返回分区上空闲磁盘空间量的 API 函数可能会返回一个使内存缓冲区溢出并使安装程序崩溃的数字。

诸如此类的问题可能使用户感到在 Windows Vista 下运行老程序会引发灾难。庆幸的是情况通常并非如此，因为 Windows Vista 编程人员十分巧妙地进行了一些处理：因为很多这样的应用程序的不兼容性是可预测的，这使得 Windows Vista 有能力考虑这些不兼容性，并因此允许很多老程序不经修改就可在 Windows Vista 下运行。在 Windows Vista 中，**应用程序兼容性**是这样一组概念和技术，它们允许操作系统调整其设置或行为来补偿传统程序的缺陷。本节将说明如何使用 Windows Vista 的应用程序兼容性工具。

警告:

尽管应用程序兼容性能够奇妙地使老程序在 Vista 下获得新生，但这并不意味着所有老程序都将受益。如果历史指明了方向，无论 Vista 系统中提供了何种兼容性，一些程序都无法在 Vista 下运行。在这样一些情况下，通过安装生产商开发的补丁或许能够运行程序，因此可以访问程序的网站以查看是否存在使程序能够在 Vista 上运行的更新。

5.4.1 确定一个程序是否与 Windows Vista 兼容

一种确定某个应用程序是否与 Windows Vista 兼容的方法就是找到并安装它。如果程序与 Windows Vista 不兼容，则可以看到一个类似于图 5-5 的对话框。

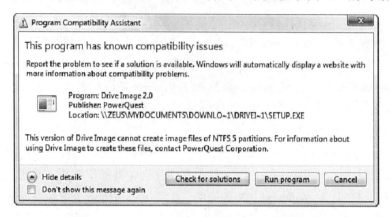

图 5-5 如果试图安装一个与 Windows Vista 不兼容的程序，将看到这样的一个对话框

此时可以单击"Run Program"按钮(在其他一些对话框中此按钮名为"继续")，但是这是一种危险的策略，因为无法确定程序与 Windows Vista 交互的方式。当涉及磁盘实用程序、备份软件、反病毒程序和其他要求对系统实施低级控制的软件时，这种方法的风险最大。Windows Vista 极不可能会允许运行这些程序，但是应该可以总是将这些产品升级为 Windows Vista 兼容的版本。一种更安全的做法是单击"Cancel"来终止安装，然后访问供应商的网站或 Windows 更新网站以查看是否存在 Windows Vista 友好的更新(通过单击"详细信息"按钮往往可以获得公司的网站地址)。

注意:

这些对话框中的信息源于何处呢？在%SystemRoot%\AppPatch 文件夹中，Windows Vista 含有各种系统数据库(.sdb)文件，它们包含类似于图 5-5 中所示的缺少兼容的修补程序(在本节后面予以讨论)的所有已知应用程序的消息。系统数据库文件不是文本文件，因此使用记事本或写字板打开它们将无法阅读任何这样的存储消息。

一个更好的方法是事先搞清楚程序是否与 Windows Vista 兼容。完成此操作的最容易方法是查找包装盒上的 Designed for Windows Vista 徽标。对于老程序而言，访问厂商的网站来查看该公司是否告知能够在 Windows Vista 下运行此程序或是否存在升级的程序。作为选择，微软提供了一个网页，允许通过搜索程序或厂商的名称来找出兼容性信息:

    http://www.microsoft.com/windows/catalog/

　　如果正在向 Windows Vista 升级并且希望知道安装的软件是否兼容该怎么办呢？查明情况最容易的方法就是使用 Windows Vista DVD 上提供的 Upgrade Advisor(升级顾问)工具。插入 Windows Vista DVD，并且当出现"安装 Windows"屏幕时，单击"联机检查兼容性"。当到达升级顾问页面时，单击"下载 Windows Vista 升级顾问"链接，然后单击"下载"按钮。安装该程序之后，浏览 Advisor 的对话框直到看到有关系统兼容性的报告。此报告将会列出不支持 Windows Vista 的软件并可能列出在完成 Windows Vista 安装后需要重新安装的软件。

5.4.2　了解兼容模式

　　为了能够帮助用户在 Windows Vista 下运行程序，尤其是那些能够在以前版本的 Windows 上正常运行的程序，Windows Vista 提供了一种新的方法，即使用**兼容层**来运行应用程序。这意味着 Windows Vista 通过执行如下一种或两种操作来运行程序：

- 在兼容模式下运行程序——这样做需要模仿以前版本的 Windows 的行为。Windows Vista 能够模仿 Windows 95、Windows 98、Windows Me、带有 Service Pack 5 的 Windows NT 4.0 和 Windows 2000，以及两个对 Windows Vista 而言较新的版本：带有 Service Pack 1 的 Windows 2003 和带有 Service Pack 2 的 Windows XP。
- 暂时更改系统的视觉显示以便与程序兼容——在此可以采取 5 种手段：将颜色质量设为 256 色，将屏幕分辨率更改为 640×480，禁用 Windows Vista 的视觉主题，禁用桌面合成和禁止在高 DPI 设置上缩放显示。需要注意的是，最后两个设置是 Windows Vista 新增的功能。

注意：

Windows Vista 和 Microsoft 常常交替使用术语"兼容层"和"兼容模式"，这依赖于具体使用的兼容工具。一些情况下，将模仿以前版本的 Windows 称为**操作系统模式**。

　　这些是 Windows Vista 支持的主要兼容层。正如稍后将看到的那样，Windows Vista 还能对这些及其他兼容设置提供精细的控制。但是目前为了设置兼容层，右击程序的可执行文件或文件的快捷方式，单击"属性"，然后在出现的属性页中显示"兼容性"选项卡。为了设置兼容模式，选中"用兼容模式运行这个程序"复选框(参看图 5-6)，然后使用列表来选择程序需要的 Windows 版本。还可以使用显示"设置"组中的复选框来调整当使用程序时 Windows Vista 将切换到的显示方式。

图 5-6 在可执行文件的属性页中，使用"兼容性"选项卡来设置程序的兼容层

5.4.3 编写兼容层脚本

如果有一个批处理文件需要运行临时兼容层内的一个或多个程序，那么该怎么办呢？在启动程序前可以通过在批处理文件中使用如下命令来处理此情况：

```
SET __COMPAT_LAYER=[!]layer1 [layer2 ...]
```

其中，layer1 和 layer2 是表示兼容层的代码，表 5-1 列出了可使用的 16 个代码：

表 5-1 当编写兼容性层脚本时可使用的代码

代 码	兼 容 性 层
Win95	Windows 95
Win98	Windows 98 / Windows Me
Win2000	Windows 2000
NTSP5	Windows NT 4.0 SP 5
WinXPSp2	Windows XP (Service Pack 2)
WinSrv03Sp1	Windows Server 2003 (Service Pack 1)
256Color	256 色
640x480	640×480 屏幕分辨率
DisableThemes	禁用视觉主题
DisableDWM	禁用桌面合成

（续表）

代　　码	兼 容 性 层
HighDpiAware	禁止在高 DIP 设置上缩放显示
RunAsAdmin	以管理员身份运行此程序
International	该层处理双字节字符集引起的不兼容性
LUA	受限用户访问(Limited User Access)——该层为无权访问受限区域(如 HKML 键)的用户把一些注册表和文件操作重定向到不受限制的区域
LUACleanup	受限用户访问清除(Limited User Access Cleanup)——该层删除使用 LUA 重定向的注册表设置和文件
ProfilesSetup	配置文件设置支持(Profile Setup Support)——该层用于仅为当前用户安装的老程序,确保针对所有用户安装程序

如果已经使用上一节中介绍的技术向程序应用了一个或多个层,那么可以通过在它的关键字前加上!符号来指示 Windows Vista 不要使用一个这样的层。此外,为了关闭兼容性层,可以运行不带任何参数的命令,如下这样:

```
SET __COMPAT_LAYER=
```

例如,下面的命令将兼容性层设置为 Windows 95 和 256 色,运行一个程序,然后删除此层:

```
SET __COMPAT_LAYER=Win95 256Color
D:\Legacy\oldapp.exe
SET __COMPAT_LAYER=
```

注意:

SET __COMPAT_LAYER 创建的兼容层还适用于受影响的应用程序产生的任何进程。例如,如果为 Setup.exe 设置了 Windows 95 层,那么相同的层也适用于 Setup.exe 调用的其他任何可执行程序。可以在网页 http://support.microsoft.com/default.aspx?scid=kb;en-us;286705 上找到更多有关 SET __COMPAT_LAYER 命令及其参数的信息。

注意:

当使用兼容层执行某个程序时,Windows Vista 创建一个程序能够正常运行的环境。例如,在 Win95 层运行的程序实际上认为操作系统是 Windows 95。Windows Vista 完成此操作不仅要在程序调用 GetVersion 或 GetVersionEx API 函数时返回 Windows 95 版本号,而且还要修补 Windows 95 和 Windows Vista 之间的其他不兼容之处。例如,Windows 95 程序期望在%SystemRoot%文件夹中有如 Calculator(计算器)和 Solitaire(单人纸牌游戏)这样的组件,但是在 Windows Vista 中这些组件在%SystemRoot%\System32\文件夹中。

Win95 层截获这些文件调用并将它们重路由到适当的位置。

Win95 层包含许多这样的修复,它们是 Microsoft 维护的一个大型的非兼容数据库的一部分。在编写这本书时,已经识别了数百非兼容之处,并且今后可能还会发现其他非兼容性。为了获悉所有这些修补并因此能够对与任何传统程序的兼容性问题进行精细控制,需要使用应用程序兼容性工具包(Application Compatibility Toolkit,ACT)。从 Microsoft 网页 go.microsoft.com/fwlink/?LinkID=36665 上下载并安装最新版本的 ACT(在编写此书时版本 5.0 正处于 beta 测试阶段)。

5.5 相关内容

这里列出本书中的其他一些章节,在这些章节里可以找到与本章内容相关的信息:

- 若要了解更多的启动选项,请参看第 2 章"定制并诊断 Windows Vista 的启动错误"。
- 可以使用打开方式列表,以便用一个不同的程序来打开文档。若要了解详细情况,请参看第 4 章中的"定制 Windows Vista 的'打开方式'列表"一节。
- 若要了解有关组策略的更多信息,请参看第 10 章中的"使用 Windows Vista 实现组策略"一节。
- 若想全面了解注册表的内部工作机理,请参看第 11 章"了解 Windows Vista 的注册表"。
- 要了解如何使用脚本来运行程序,参看第 12 章中的"WshShell 对象编程"一节。
- 要尽量提高程序性能,参看第 14 章中的"优化应用程序"一节。
- 要了解有关 Windows Defender 的详细情况,请参看第 21 章中的"使用 Windows Defender 阻止间谍软件"一节。
- 要了解如何从命令提示符运行程序,参看附录 B 中的"从命令提示符中启动应用程序"一节。

第 6 章

发挥用户帐户的
最大效用

你是否在办公室或在家时与其他人共享计算机呢？那么无疑你会非常了解有关人类心理的一个不可否认的事实：人是具有自己思想的个体！一个人喜欢使用黑色和紫色配色方案的Windows；而另一个人却讨厌的新 Aero 界面；还有人喜欢在Windows 桌面上放置大量的快捷方式；当然每个人都会使用不同的应用程序组合。你如何能够满足所有这些各种各样的风格并防止人们相互冲突呢？

事实要比你可能想到的简单很多。Windows Vista 允许为每个使用计算机的人设置不同的用户帐户。**用户帐户**是指一个唯一标识使用系统的个人的用户名(和可选的密码)。用户帐户允许 Windows Vista 控制用户的权限；确切地说就是用户对系统资源的使用权(**许可权**)和用户运行系统任务的能力(**权利**)。独立计算机和工作组计算机使用计算机上维护的本地用户帐户，而域计算机使用在域控制器上维护的全局用户帐户。本章将说明本地用户帐户。

6.1 了解安全组

Windows Vista 用户帐户的安全主要是(并且也最容易)通过将每个用户分配到一个特定的安全组来加以解决。例如，内置的管理员帐户和在 Windows Vista 安装过程中创建的用户帐户都属于管理员(Administrators)组。每个安全组用一组特定的许可权和其他权利来定义，并且添加到一个组中的任何用户自动

获得该组的许可权和其他权利。主要有以下两个安全组:

- 管理员(Administrators)——该组中的成员对计算机拥有完全的控制权,这意味着他们能够访问所有的文件夹和文件,安装和卸载程序(包括老式程序)及设备,创建、修改和删除用户帐户,安装 Windows 更新、服务包和补丁程序,使用安全模式,修补 Windows,拥有对象的所有权,等等。

- 用户(Users)——该组中的成员(也称为标准用户)仅能够访问他们自己的文件夹和计算机共享文件夹中的文件,更改他们帐户的密码和图片,并运行和安装不需要管理级权限的程序。

除了这些组以外,Windows Vista 还定义了多达 11 种其他较少使用的组。需要注意的是,分配到这些组的权限自动分配给管理员组中的成员。这意味着如果具有一个管理员帐户,为了执行其他组特有的任务,并不需要成为其他任何组的成员。下面列出了这些组:

- 备份操作员(Backup Operators)——该组的成员能够访问备份程序并使用它来备份和还原文件夹和文件,而不用考虑在这些对象上设置了什么权限。

- 加密操作员(Cryptographic Operators)——该组的成员能够执行加密任务。

- 分布式 COM 用户(Distributed COM Users)——该组的成员能够启动、激活并使用分布式 COM(DCOM)对象。

- 事件日志阅读者——该组的成员能够访问和阅读 Windows Vista 的事件日志。

- 来宾(Guests)——该组的成员拥有与用户组的成员相同的权限。例外是默认的来宾帐户(不允许更改它的帐户密码)。

- IIS_USRS——该组的成员可以使用在 Vista 计算机上安装的因特网信息服务器(Internet Information Server)网站。

- 网络配置操作员——该组的成员拥有一部分管理级别的权限,从而允许他们安装和配置网络连接功能。

- 性能日志用户(Performance Log Users)——该组中的成员能够使用 Windows 性能诊断控制管理单元在本地和远程监视性能计数器、日志和警报。

- 性能监视器用户——该组中的成员只能使用 Windows 性能诊断控制管理单元在本地和远程监视性能计数器。

- 高级用户(Power Users)——该组中的成员(也称为**标准用户**)拥有一部分管理员组的权限。高级用户不能备份或还原文件、替换系统文件、取得文件的所有权以及安装或删除设备驱动程序。此外,高级用户不能安装明确要求用户是管理员组中的成员的应用程序。

- 远程桌面用户(Remote Desktop Users)——该组中的成员可以使用远程桌面功能从某个远程位置登录到计算机。

- 复制者(Replicator)——该组中的成员能够跨域复制文件。

　　此外，还给每个用户分配一个用户配置文件(user profile)，其中包含用户的所有文件夹和文件以及用户的 Windows 设置。文件夹和文件存放在\%SystemDrive%\ Users\user 中，其中 user 是用户名；对于当前用户，由%UserProfile%变量指定此文件夹。这个存储区域包含大量子文件夹，这些子文件夹保存用户的文档文件夹(文档、图片和音乐等)、桌面图标和子文件夹(桌面)、IE 浏览器收藏夹(Favorites)、联系人(Contacts)和保存的搜索(Searches)，等等。

　　隐藏的%UserProfile%\AppData 文件夹内含有很多包含用户的应用程序数据的用户文件夹。一些用户文件夹位于%UserProfile%\AppData\Local 内，而另一些位于%UserProfile%\AppData\Roaming(大概因为使用它们都需要一个**漫游配置文件**——一种基于网络的用户配置文件，允许用户登录到任何计算机并查看配置文件数据)。表 6-1 列出了其中一些较重要的应用程序数据子文件夹。

表 6-1　一些隐藏的用户配置文件夹

内　　容	位　　置
Internet Explorer 缓存	\Local\Microsoft\Windows\Temporary Internet Files
Internet Explorer 历史	\Local\Microsoft\Windows\History
Internet Explorer Cookies	\Roaming\Microsoft\Windows\Cookies
所有程序(All Programs)	\Roaming\Microsoft\Windows\Start menu\Programs
最近的项(Recent Items)	\Roaming\Microsoft\Windows\Recent
发送到(Send To)	\Roaming\Microsoft\Windows\SendTo
开始菜单(Start Menu)	\Roaming\Microsoft\Windows\Start Menu
启动(Startup)	\Roaming\Microsoft\Windows\Start Menu\Programs\Startup

6.2　用户帐户控制：更加灵巧的用户权限

　　新版本的 Windows 中大多数(实际上我很想说是绝大多数)与安全相关的问题都可归结为一个根本的原因：大多数用户使用管理员级别权限来运行 Windows。管理员可以对 Windows 计算机执行任意操作，包括安装程序、添加设备、更新驱动程序、安装更新和补丁、更改注册表设置、运行管理工具并创建和修改用户帐户。这确实很方便，但是会引起一个大问题：任何嵌入到系统中的恶意软件也能够使用管理权限进行操作，因而允许程序对计算机以及与计算机连接的几乎任何事物施加破坏。

　　Windows XP 通过创建一个称为**受限用户**的第二层帐户级别来设法解决此问题，该帐户只具有非常基本的权限。遗憾的是，这种解决方案中存在以下 3 个缺陷：

- 在安装过程中 XP 提示创建一个或多个用户帐户，但是它并不强制创建一个帐户。如果忽略此操作，则在管理员帐户下启动 XP。

- 即使选择创建用户，安装程序并不提供用于设置帐户安全级别的选项。因此，在 XP 的安装过程中创建的任何帐户将自动添加到管理员组。
- 如果创建了一个受限的用户帐户，很可能不会长期保留它，因为 XP 过度约束这种帐户，使得用户只能利用它完成一些最基本的计算机任务。用这种帐户甚至不能安装大多数程序，因为它们通常需要%SystemRoot%文件夹和注册表的写权限，而受限的用户缺乏这种权限。

Windows Vista 再次试图解决这个问题。新的解决方案称为用户帐户控制(User Account Control，UAC)，并且它采用一种称为**最小权限用户**的原则。这种原则背后的思想是创建一个不超过其需要权限的帐户级别。再次指出，不允许这种帐户编辑注册表和执行其他管理任务。但是，这些用户能够执行其他的日常任务：

- 安装程序和更新
- 添加打印机驱动程序
- 更改无线安全选项(如添加 WEP 或 WPA 密钥)

在 Windows Vista 中，最小权限用户概念是以一种称为标准用户的新帐户类型的形式出现的。这意味着 Vista 有如下 3 种基本的帐户级别：

- 管理员帐户——这种内置的帐户可以对计算机执行任何操作。
- 管理员组——该组的成员(除了管理员帐户以外)作为标准用户操作，但是在需要时仅通过单击对话框中的一个按钮(参看下一节)就能够提升其权限。
- 标准用户组——这些是权限最小的用户，尽管他们也能够在需要的时候提升其权限。但是，他们只有拥有管理员密码才能完成此操作。

6.2.1　提升权限

提升权限的思想是 Vista 的新安全模型的核心。在 Windows Vista 中，可以使用"运行方式"命令作为一个不同的用户(也就是说具有较高权限的用户)来运行任务。在 Vista 中，通常不需要这样做，因为 Vista 会提示用户自动升级。

如果你是管理员组的一个成员，可以使用标准用户的权限来进行操作以获得额外的安全性。当试图执行一个要求管理权限的任务时，Vista 通过显示一个类似于图 6-1 中所示的"用户帐户控制"对话框来提示你予以同意。单击"继续"按钮以便允许执行任务。如果出乎意料地出现此对话框，可能有一个恶意软件程序正试图执行一些要求管理员权限的任务；通过单击"取消"按钮可以阻止此任务。

图 6-1　当管理员启动一个需要管理权限的任务时，
Windows Vista 显示此对话框来要求其予以准许

如果正以标准用户进行操作并试图运行一个需要管理权限的任务，Vista 采用一种额外级别的保护。确切地说，不是仅提示你予以同意，而是提示输入管理员的证书，如图 6-2 所示。如果系统有多个管理员帐户，每个帐户都显示在此对话框中。输入显示的任何管理员帐户的密码，然后单击"确定"按钮。再次指出，如果出乎意料地出现此对话框，很可能是恶意软件，因此应该单击"取消"按钮以防止执行该任务。

图 6-2　当标准用户运行需要管理权限的任务时，Windows
Vista 显示此对话框以便要求输入管理证书

还需要注意的是在这两种情况下，Windows Vista 都会切换到安全桌面(Secure Desktop)模式，这意味着不能利用 Vista 做其他任何事情，直到你予以准许、提供证书或取消此操作。Vista 通过暗化屏幕上除用户帐户控制对话框以外的其他所有部分来指示已切换到了安全桌面。

注意:
用户帐户控制表面上看似非常明智，但是微软并非总是以明智的方式实现它。例如，有时在执行诸如文件删除或重命名等简单任务过程中以及当更改系统日期或时间时提示你升级权限。这在某些情况下有悖于用户帐户控制，就这一点我表示理解。但是，所有抱怨用户帐户控制的人们都是 Alpha Geeks，按照定义他们是指那些更改设置、安装驱动程序以及通常极度使用 Vista 的人。当然，在这些情况下你将要处理很多用户帐户控制对话框。但是，普通用户，甚至一般的高级用户，不会如此频繁地更改系统，因此我认为用户帐户控制的问题远没有它的批评者所讲的那样严重。

正如在第 5 章"安装和运行应用程序"中"使用管理员帐户运行程序"一节中了解到的那样，可以针对任何单独的程序提升用户的权限。通过右击程序文件或快捷方式，然后单击"作为管理员运行"即可完成此操作。

6.2.2 文件和注册表虚拟化

你可能想知道"如果标准用户能够安装程序"那么 Windows Vista 到底有多安全。难道这不意味着也能安装恶意软件吗？答案是否定的，因为 Vista 为安全安装实现了一种新的模型。在 Vista 中需要管理权限以便能够写入到%SystemRoot%文件夹(通常是 C:\Windows)、%ProgramFiles%文件夹(通常是 C:\Program Files)和注册表。对于标准用户 Vista 采用两种方式处理此情况：

- 在程序安装过程中，Vista 首先提示用户输入证书(也就是说，Vista 显示如前面图 6-1 和 6-2 中所示的一个 Windows 安全(Windows Security)对话框。如果提供了证书，Vista 允许安装程序写入到%SystemRoot%、%ProgramFiles%和注册表中。

- 如果用户不能提供证书，Vista 使用一种称为**文件和注册表虚拟化**的技术，它将创建虚拟的 %SystemRoot% 和 %ProgramFiles% 文件夹以及虚拟的 HKEY_LOCAL_MACHINE 注册表键，所有这些都和用户的文件一起存储。这允许安装程序继续执行而不会危害实际的系统文件。

6.2.3 用户帐户控制策略

通过使用组策略可以在一定程度上定制用户帐户控制。在本地安全设置(Local Security Settings)管理单元(按下 Windows Logo+R 复合键，键入 secpol.msc，单击"确定"按钮，然后提供证书)中，打开"安全设置"|"本地策略"|"安全选项"分支。在此将会发现 9 个与用户帐户控制相关的策略(如图 6-3 所示)：

- **用户帐户控制：内置管理员帐户的管理批准模式**——此策略控制管理员帐户是否归入用户帐户控制。如果启用此策略，像管理员组中的其他任何帐户一样来对待管理员帐户，并且当 Windows Vista 要求批准其行动时必须单击"同意"对话框中的"继续"按钮。

- **用户帐户控制: 管理批准模式下管理员提升提示的行为**——该策略控制当管理员要求提升权限时出现的提示。默认的设置是"同意提示",在此用户可单击"继续"或"取消"按钮。此外,还可以选择"证书提示(Prompt for Credentials)"来强制用户输入其密码。如果选择"没有提示(No Prompt)",管理员不能提升他们的权限。

- **用户帐户控制: 标准用户提升提示的行为**——该策略控制当标准用户要求提升权限时出现的提示。默认的设置是"证书提示",强制用户键入管理员密码。此外,还可以选择"没有提示"以防止标准用户提升其权限。

- **用户帐户控制: 检测应用程序安装并提示升级**——使用该策略以便在安装程序时允许或禁止自动权限提升。

- **用户帐户控制: 仅提升在安全位置安装的 UIAccess 应用程序**——使用该策略允许或禁止 Vista 是否允许提升可存取性应用程序,仅当这些应用程序安装在安全位置(如%ProgramFiles%文件夹)时需要使用另一个窗口的用户界面。

- **用户帐户控制: 仅提升得到签名并确认的可执行程序**——使用该策略允许或禁止 Vista 检查要求提升权限的任何程序的安全签名。

- **用户帐户控制: 在管理批准模式下运行所有管理员**——使用该策略来允许或禁止作为标准用户的运行管理员(不包括管理员帐户)。

- **用户帐户控制: 当提示提升时切换到安全桌面**——使用该策略来允许或禁止 Vista 当出现提示提升时切换到安全桌面。

- **用户帐户控制: 虚拟化到每个用户位置的文件和注册表写失败**——使用该策略来允许或禁止标准用户的文件和注册表虚拟化。

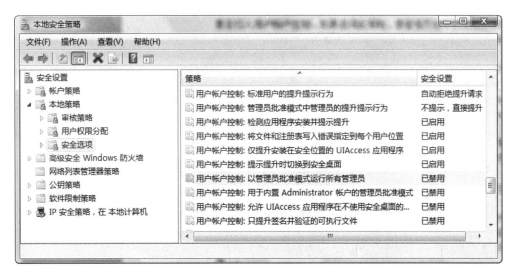

图 6-3　与用户帐户控制相关的 Vista 策略

本章的其余部分说明 Windows Vista 提供的用于创建、修改和删除本地用户帐户的各种方法。

6.3 创建和管理用户帐户

Windows Vista 提供了大量操作用户帐户的方法。最直接的方式是采用控制面板的"管理帐户"窗口(选择"开始"|"控制面板"|"添加或删除用户帐户",然后输入证书)。通过遵循如下这些步骤来创建一个新的用户帐户:

(1) 单击"创建一个新帐户",出现"创建新帐户"窗口。

(2) 输入帐户的名称,名称最多只有 20 个字符并且必须在系统上是唯一的。

(3) 选中"管理员"(将用户添加到管理员组)或"标准用户"(将用户添加到用户组)。

(4) 单击"创建帐户"按钮。

为了更改现有的帐户,可以有两种选择:

- 为了修改你自己的帐户,单击"转到主用户帐户页面"以打开"用户帐户"窗口。需要注意的是,你看到的链接与下面列出的链接稍有不同。

- 为了修改另一个用户的帐户,单击"管理员帐户"窗口中的帐户。

后一种技巧打开"更改帐户"窗口,如图 6-4 所示,它包括以下的部分或全部任务:

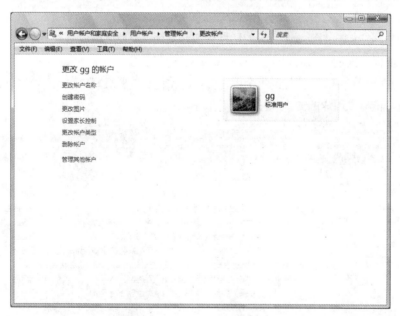

图 6-4   在管理帐户窗口中,单击一个帐户以查看这个用于更改用户帐户的任务列表

- 更改帐户名称——单击此链接以更改帐户的用户名。在"重命名帐户"窗口中,输入新的名称并单击"更改名称"按钮。

- 创建密码——只有在用户还没有帐户密码的情况下才能看到此任务。单击此链接以打开"创建密码"窗口,两次输入密码,并输入密码提示,然后单击"更改密码"按钮。

注意:

当提到本地计算机安全时，高强度的密码是其第一道防线。在为一个帐户设置密码之前，查看本章后面的"创建并执行强密码"一节。

警告:

密码提示是在输入错误密码的情况下 Vista 在欢迎屏幕中显示的文本(参看本章后面"恢复遗忘的密码"一节)。由于此提示对于任何试图登录计算机的人都是可见的，因此使提示尽可能模糊但在你忘记密码时对你仍是有用的。

- 更改密码——如果用户已经有了密码，单击此链接以更改密码。在"更改密码"窗口中，两次输入密码，并输入密码提示，然后单击"更改密码"。
- 删除密码——如果用户已经有了密码，单击此链接以删除密码。在"删除密码"窗口中，单击"删除密码"按钮。
- 更改图片——单击此链接以便更改 Vista 分配给每个帐户的随机图片。在"选择图片"窗口中，单击一个显示的图像，然后单击"更改图片"或单击"浏览更多图片按钮"以便使用"打开"对话框从图片(Pictures)文件夹(或任何喜欢的文件夹)中挑选一个图片。
- 设置家长控制——单击此链接以便向用户应用家长控制。参看本章后面的"使用家长控制来限制计算机的使用"一节。
- 更改帐户类型——单击此链接以打开"更改帐户类型"窗口。单击标准用户或管理员，然后单击"更改帐户类型"按钮。
- 删除帐户——单击此链接以便删除用户帐户。在"删除帐户"窗口中，单击"删除文件"或"保留文件"(删除或保存用户的文档)，然后单击"删除帐户"。

6.4　使用"用户帐户"对话框

控制面板的"用户帐户"窗口有一个较大的缺陷：它仅提供管理员和标准用户帐户类型。如果希望将一个用户分配到其他一个组，则必须使用"用户帐户"对话框。通过遵循如下步骤可以完成此操作：

(1) 按下 Windows Logo+R 组合键(或者选择"开始"|"所有程序"|"附件"|"运行")以显示"运行"对话框。

(2) 在"打开"文本框中，输入 control userpasswords2。

(3) 单击"确定"按钮。

(4) 输入用户帐户控制证书。Windows Vista 显示"用户帐户"对话框，如图 6-5 所示。

图 6-5   "用户帐户"对话框允许将用户分配到任何 Windows Vista 安全组

为了启用用户列表，确保选中"要使用本机，用户必须输入用户名和密码"复选框。

6.4.1   添加新用户

为了通过"用户帐户"对话框添加一个新用户，请遵循如下这些步骤：

(1) 单击"添加"按钮以启动添加新用户向导。

(2) 输入新用户的用户名(不超过 20 个字符，并且必须是唯一的)。此外，还可以输入用户的全名和描述信息，但这些是可选的。然后，单击"下一步"按钮。

(3) 输入用户的密码并在"确认密码"文本框中再次输入它，然后，单击"下一步"。

(4) 选中指定用户安全组的选项：标准用户(用户组)、管理员(管理员组)或其他。选中后一个选项将用户指派到 14 个默认 Windows Vista 组的任何一个组。

(5) 单击"完成"按钮。

6.4.2   执行其他用户任务

下面是一个可以在用户帐户对话框中执行的其他任务清单：

- **删除一个用户**——选择该用户并单击"删除"。当 Vista 要求予以确认时，单击"是"按钮。

- **更改用户的名称或组**——选择用户并单击"属性"以显示用户的"属性"页。使用"常规"选项卡来更改用户名；使用"组成员"选项卡将用户分配到不同的组。需要注意的是，使用此方法只能将用户分配到单个组中。如果需要将用户分配到多个组中，请参看下一节的"使用本地用户和组管理单元"。

- **更改用户的密码**——选择用户并单击"重新设置密码"。在"新密码"和"确认新密码"文本框中输入密码，并单击"确定"按钮。

6.5　使用本地用户和组管理单元

用于处理用户的最强大的 Windows Vista 工具是本地用户和组 MMC 管理单元。为了加载此管理单元，Vista 提供了 3 种方法：

- 在"用户帐户"对话框(参看上一节)中，显示"高级"选项卡，然后单击"高级"按钮。
- 按下 Windows Logo+R 组合键(或选择"开始"|"所有程序"|"附件"|"运行")，输入 lusrmgr.msc，并单击"确定"按钮。
- 选择"开始"，右击"计算机"，然后单击"管理"。在计算机管理窗口中，选择"系统工具"|"本地用户和组"。

无论采用哪种方法，都要输入证书，然后选择用户分支以查看系统上的一个用户列表，如图 6-6 所示。

图 6-6　用户分支列出系统的所有用户并允许添加、修改和删除用户

在此，可以执行如下的任务：

- 添加新用户——确保没有选择用户，然后选择"操作"|"新用户"。在"新用户"对话框中，输入用户名、密码和确认密码(在本章后面会讨论此对话框中与密码相关的复选框，参看"用户帐户密码选项")。单击"创建"按钮。

- 更改帐户的名称——右击用户，然后单击"重命名"。

- 更改用户的密码——右击用户，然后单击"设置密码"。

- 将用户添加到组——双击用户以打开用户的属性页。在"隶属于"选项卡中，单击"添加"并使用"输入对象名称来选择"文本框来输入组名称。如果不能确定组名称，单击"高级"按钮以打开"选择组"对话框，单击"立即查找"按钮以列出所有组，选择组，然后单击"确定"按钮。单击"确定"按钮以关闭属性页。

注意:

另一种将用户添加到组中的方法是在本地用户和组管理单元中选择组分支。右击希望操作的组，然后单击"添加到组"。现在可单击"添加"，在"输入对象名称来选择"文本框中输入用户名，然后单击"确定"按钮。

- 从组中删除用户——双击用户以打开用户的属性页。在"隶属于"选项卡中，选择希望从中删除用户的组，然后单击"删除"按钮。单击"确定"以关闭属性页。

- 更改用户的配置文件——双击用户以打开用户的属性页。使用配置文件选项卡来更改配置文件路径、登录脚本和主文件夹(激活"本地路径"选项以指定本地文件夹，或激活"连接"选项来指定共享网络文件夹)。

- 禁用帐户——双击用户以打开用户的属性页。在"常规"选项卡中，激活"帐户已停用"复选框。

- 删除用户——右击用户，然后单击"删除"按钮。当 Vista 要求予以确认时，单击"是"按钮。

6.6　设置帐户策略

Windows Vista 专业版提供了多种影响用户帐户的策略。共有 3 种帐户策略：安全选项、用户权限和帐户锁定策略。下面 3 节将介绍这些策略。

6.6.1　设置帐户安全策略期

为了查看这些策略，可以有两种选择：

- 打开组策略编辑器(按下 Windows Logo+R 组合键，输入 gpedit.msc，并单击"确定"按钮)，然后选择"计算机配置"|"Windows 设置"|"安全设置"|"本地策略"|"安全选项"，如图 6-7 所示。

- 启动本地安全设置管理单元(按下 Windows Logo+R 组合键，输入 secpol.msc，并单击"确定")，并选择"安全设置"|"本地策略"|"安全选项"。

帐户组含有 5 种策略:

- 管理员帐户状态——使用此策略启用或禁用管理员帐户。如果认为其他某个人可能以管理员身份登录系统，那么该策略是有用的(一个较缓和的解决方案是更改管理员密码或重命名管理员帐户)。

> **注意:**
> 在安全模式启动过程中总是使用管理员帐户，即使禁用该帐户，也同样如此。

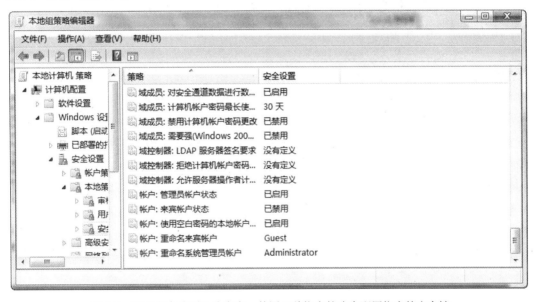

图 6-7　在"安全选项"分支中，使用 5 种帐户策略来配置帐户的安全性

- 来宾帐户状态——使用此选项启用或禁用来宾帐户。
- 使用空白密码的本地帐户只允许进行控制台登录——当启用此选项时，Windows Vista 允许用户使用空白密码仅通过欢迎屏幕就可以直接登录进入系统。这些用户不能通过 RunAs 命令或通过网络远程登录系统。该策略修改如下的注册表设置:

```
HKLM\SYSTEM\CurrentControlSet\Control\Lsa\limitblankpassworduse
```

- 重命名管理员帐户——使用此选项更改管理员帐户的名称。
- 重命名来宾帐户——使用此选项更改来宾帐户的名称。

> **警告：**
>
> 　　管理员帐户可以使用 Windows Vista 的所有功能，因此需要注意的最后一件事情是一些恶意用户使用管理员访问方式控制系统。幸运的是，Vista 默认情况下禁用管理员帐户。然而，现在有必要花几分钟时间来确保在 Vista 计算机上禁用管理员帐户。打开本地用户和组管理单元（如前所述），双击管理员帐户以打开"管理员属性"对话框，然后确保激活"禁用帐户"复选框。

> **注意：**
>
> 　　黑帽（black-hat）黑客已经开始涉足数字领域，因为他们知道每台 Windows Vista 计算机都带有一个称为管理员的帐户。如果已经禁用管理员帐户，则几乎可以肯定不需要有任何担心。然而，你可以彻底防止恶意入侵者的攻击，方法是消除他们知道的一部分信息：帐户的名称。通过将帐户名称从管理员改为完全无法预料的名称，就可以为 Windows Vista 添加额外的安全层。来宾帐户也有一个显而易见和众所周知的名称，因此如果启用来宾帐户，则务必要重命名该帐户。

6.6.2　设置用户权利策略

　　Windows Vista 含有一个与用户权利相关的很长的策略清单。为了查看这些策略，可以有两种选择：

- 在组策略编辑器中，选择"计算机配置"|"Windows 设置"|"安全设置"|"本地策略"|"用户权限分配"，如图 6-8 所示。

图 6-8　在"用户权限分配"分支中，使用策略来配置分配给用户或组的权限

● 在本地安全策略管理单元中，选择"安全设置"|"本地策略"|"用户权限分配"。

每种策略是一种特定任务或操作，如备份文件和目录、拒绝本地登录和关闭系统。对于每种任务或操作，安全设置列显示能够执行任务或向其应用操作的用户和组。为了更改设置，双击"策略"。单击"添加用户或组"以便向该策略添加对象；或通过选择它并单击"删除"按钮以便从该策略中删除对象。

6.6.3　设置帐户锁定策略

最后 Windows Vista 还提供了少量策略，这些策略可以决定何时**锁定帐户**，这意味着用户不能登录系统。当用户经过规定数量的尝试后无法登录系统时将会锁定帐户。这是一个很好的安全功能，因为它防止非授权的用户尝试大量不同的密码。使用下面任意一种方法来查看这些策略：

● 在组策略编辑器中，选择"计算机配置"|"Windows 设置"|"安全设置"|"帐户策略"|"帐户锁定策略"，如图 6-9 所示。

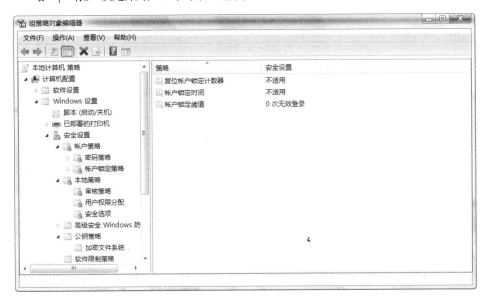

图 6-9　在"帐户锁定策略"分支中，使用策略来配置何时从系统中锁定帐户

● 在本地安全策略管理单元中，选择"安全设置"|"帐户策略"|"帐户锁定策略"。

可以采用以下 3 种策略：

● 帐户锁定时间——该策略设置锁定帐户的时间，单位是分钟。需要注意的是，为了更改此策略，必须将帐户锁定阈值(下面对此予以描述)设定为非零数值。

● 帐户锁定阈值——该策略设置在锁定帐户之前用户能够尝试登录系统的最大次数。需要注意的是，在将此设置更改为非零数值后，Windows Vista 将会把其他两个策略设置为 30 分钟。

- 复位帐户锁定计数器——该策略设置在一定的时间量(单位是分钟)之后，将跟踪无效登录次数的计数器复位至零。

6.7 从命令行操作用户和组

通过利用 NET USER 和 NET LOCALGROUP 命令，可以使用脚本来处理用户和组的日常事务。这些命令允许添加用户、更改密码、修改帐户、添加用户到组以及从组中删除用户。需要注意的是，必须在管理员帐户下运行这些命令，因此首先遵循如下这些步骤以打开一个命令提示符会话：

(1) 选择"开始"|"所有程序"|"附件"。

(2) 右击命令提示符，然后单击"以管理员身份运行"选项。

(3) 输入用户帐户控制证书。

6.7.1 NET USER 命令

可以使用 NET USER 命令来添加用户、设置帐户密码、禁用帐户、设置帐户选项(如允许用户登录系统的日期时间)和删除帐户。对于本地用户，NET USER 命令具有如下语法：

```
NET USER [username [password | * | /RANDOM] [/ADD] [/DELETE] [options]]
```

username	希望添加或操作的用户名。如果运行仅带有一个现有用户名的 NET USER 命令，该命令显示用户的帐户数据。
password	希望分配给用户的密码。如果使用*，Windows Vista 会提示输入密码；如果使用/RANDOM 开关项，Windows Vista 会分配一个随机的密码(包含 8 个字符，由随机混合的字母、数字和符号组成)，然后在控制台上显示密码。
/ADD	创建一个新的用户帐户。
/DELETE	删除指定的用户帐户。
options	这些是能够附加到命令上的可选的开关项：

/ACTIVE:{YES | NO}	指定是激活还是禁用帐户。
/EXPIRES:{date | NEVER}	帐户过期的日期(按照系统的简单日期格式来表示)。
/HOMEDIR:path	用户的主文件夹，它应该是 %SystemDrive%\Users 内的一个子文件夹(确保存在该文件夹)。
/PASSWORDCHG: {YES | NO}	指定是否允许用户更改其密码。

/PASSWORDREQ: {YES | NO}	指定是否要求用户使用密码。
/PROFILEPATH:path	包含用户配置文件的文件夹。
/SCRIPTPATH:path	包含用户的登录脚本的文件夹。
/TIMES:{times | ALL}	指定允许用户登录到系统的时间。使用单独的日期或日期范围(例如 Sa 或 M-F)。对于时间，使用 24 小时表示法或带有 am(上午)或 pm(下午)的 12 小时表示法。使用逗号分割日期和时间，并使用分号分割日期/时间组合。下面给出一些示例: M-F,9am-5pm M,W,F,08:00-13:00 Sa,12pm-6pm;Su,1pm-5pm

警告:

如果使用/RANDOM 开关项来创建随机密码，务必将新密码记录下来，以便能够将它通知给新用户。

还需要注意的是，如果执行不带任何参数的 NET USER 命令，它将显示一个本地用户帐户的列表。

提示:

如果希望当用户的登录时间到期时强制其注销，打开"组策略编辑器"并选择"计算机配置" | "Windows 设置" | "安全设置" | "本地策略" | "安全选项"。在网络安全类别中，启用"在超过登录时间后强制注销策略"。

6.7.2　NET LOCALGROUP 命令

可以使用 NET LOCALGROUP 命令向指定的安全组添加用户以及从中删除用户。NET LOCALGROUP 具有如下语法:

```
NET LOCALGROUP [group name1 [name2 ...] {/ADD | /DELETE}
```

- group　　　　　　　　这是希望使用的安全组的名称。
- name1 [name2 ...]　　希望添加或删除的一个或多个用户名，用户名由空格分隔。
- /ADD　　　　　　　　将一个或多个用户添加到组中。
- /DELETE　　　　　　从组中删除一个或多个用户。

6.8　创建并执行强密码

Windows Vista 有时给人留下密码并不是特别重要的印象。毕竟在安装过程中为指定的用户帐户提供了管理级别的权限，并且密码是可选的。这种安装是危险的，因为它意味着任何人都能够启动计算机并自动获得管理权限，并且标准用户能够提升其权限而不需要密码。但是，通过为所有本地用户提供密码可以很容易地补救这些问题。本节说明一些创建强密码的方法，并介绍 Windows Vista 与密码相关的选项和策略。

6.8.1　创建强密码

理想情况下，为用户创建密码时，希望选取一个能够提供最大程度的安全保护且不必牺牲便利性的密码。要记住密码的全部意义在于选取一个没有人能够猜测到的密码，下面给出一些选择密码时的指导原则：

> **提示：**
> 考虑将类似于希望使用的密码(但并不相同)提交到联机密码复杂性检验程序。我使用微软的检验程序(www.microsoft.com/athome/security/privacy/password_ checker.mspx)，但是用 Google 搜索 "password complexity checker(密码复杂性检验程序)" 也可以找到其他许多检验程序。

- **使用长度至少为8个字符的密码**——更短的密码容易被那些仅通过尝试每种字母组合的程序所破解。字母表的 26 个字母可以组合成大约 1200 万个不同的 5 字母单词组合，对于一个快速的程序而言这并不是很繁重的任务。但是如果将密码增加到 8 个字母的组合，组合的总数量将上升到 2000 亿，即使最快的计算机进行处理也要花费很长一段时间。正如很多专家所推荐的那样，如果使用 12 个字母的密码，那么组合的数量将是超乎想象的 90,000 万亿！
- **不要过于明显**——因为忘记密码会带来很多不便，因此很多人使用有意义的单词或数字以便容易记住他们的密码。遗憾的是，这意味着他们往往使用过于明显的密码，如他们的名字、某个家庭成员或同事的名字、他们的生日或社会安全号码，甚至他们的系统用户名。这么明显的密码只会自讨苦吃。
- **不使用单个单词**——很多解密高手通过使用仅尝试字典中每个单词的字典程序来侵入帐户。因此尽管 xiphoid 是一个人们很难猜到的生僻单词，但是好的字典程序也将能在数秒钟之内计算出此单词。在密码中使用两个或多个单词(或**密码短语**，这是多个单词构成的密码的叫法)仍是容易记忆的，并且强力攻击程序破解它要花费较长的时间。

- **使用拼写错误的单词**——错误拼写单词是一种简单的愚弄字典程序的手段(当然要确保最后得到的字母排列不拼写为其他某个单词)。
- **混合使用大写和小写字母**——Windows Vista 的密码是区分大小写的，这意味着如果密码是 YUMMY ZIMA，那么尝试 yummy zima 是没有用的。通过混合大小字母确实能够增加密码的探测难度。类似于 yuMmY zIMa 的密码几乎是难以推测出的。
- **在密码中添加数字**——通过向密码添加少量数字可以在字母和数字混合中得到更多的排列和组合。
- **包含少量标点符号和记号**——为了获得更多的变化，加入一个或多个标点符号或特殊记号，如%或#。
- **尝试使用首字母缩拼词**——一种获取随机且容易记忆的密码的最好方法是从喜爱的引用语、谚语或图书标题中创建**首字母缩拼词**。例如，如果刚刚阅读了 The Seven Habits of Highly Effective People，则可以使用密码 T7HoHEP。
- **不要写下你的密码**——在费尽周折创建一个牢不可破的密码后，不要将它写在一个可粘贴的便签上并随后将它贴在键盘或显示器上而造成密码泄露！即使将密码写在一张纸上然后将这张纸扔掉也是危险的。据了解，决心实施破坏的计算机窃贼会检查公司扔掉的垃圾来查找密码(商业界将此称为垃圾搜寻)。此外，不用使用密码本身作为 Windows Vista 密码提示。
- **不要把密码告诉任何人**——如果已经想出了一个特别巧妙的密码，不要突然变得愚蠢起来而告诉别人密码。密码应该随同那些不希望任何人知道的荒废青春的事情一起铭记在你的头脑中。
- **定期更改密码**——如果经常更换密码(如大约一个月一次)，即使某个攻击者能够获得帐户，至少他也只能使用相对较短的一段时间。

6.8.2　用户帐户密码选项

每个用户帐户都有很多与密码相关的选项。为了查看这些选项，打开本地用户和组管理单元(在本章前面介绍过)，双击希望操作的用户。在出现的属性页中有三个与密码相关的复选框：

- **用户下次登录时须更改密码**——如果选中此复选框，用户下一次登录时将会看到一个含有要求他更改密码的消息的对话框。当用户单击"确定"时，出现"更改密码"对话框，然后用户可输入其新密码。
- **用户不能更改密码**——选中此复选框以防止用户更改密码。
- **密码永不过期**——如果取消选取此复选框，用户的密码将会过期。过期日期由"密码最长存留期"策略决定，下一节将对此进行讨论。

6.8.3 利用 Windows Vista 的密码策略

Windows Vista 维护一小组与密码相关的有用策略,用于控制诸如密码何时过期以及密码的最小长度之类的设置。可以采用两种方法来查看这些策略:

- 在"组策略编辑器"中,选择"计算机配置"|"Windows 设置"|"安全设置"|"帐户策略"|"密码策略",如图 6-10 所示。

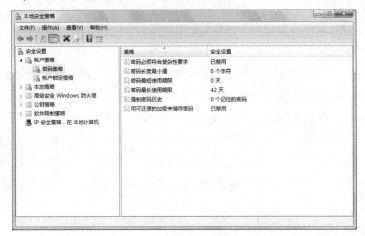

图 6-10 在"密码策略"分支中,使用策略来强制执行强密码和其他保护措施

- 在本地安全策略管理单元中,选择"安全设置"|"帐户策略"|"密码策略"。

共有以下 6 种可选的策略:

- **强制密码历史**——该策略决定 Windows Vista 为每个用户存储的旧密码的数量。该策略用于防止用户重用旧密码。例如,如果将该值设为 10,那么用户不能重用密码,直到他至少使用了 10 个其他密码。输入一个介于 0~24 之间的数字。
- **密码最长使用期限**——此策略设置密码过期需经过的天数。此策略仅适用已经禁用"密码永不过期"属性的用户帐户(参考上一节)。输入一个介于 1~999 之间的数字。
- **密码最短使用期限**——此策略设置在用户能够更改密码之前它必须有效的天数。输入一个介于 1~998(但要小于密码最长存留期数值)之间的数字。
- **密码长度最小值**——此策略设置密码的最小字符数量。输入一个介于 0~14 之间的数字(其中,0 表示不需要密码)。
- **密码必须符合复杂性要求**——如果启用此策略,Windows Vista 将检查每个新密码并且只有当密码满足如下标准时才接受它:它不包含全部或部分用户名;它的长度至少是 6 个字符;并且它含有以下 4 类字符中的 3 类字符:大写字母、小写字母、数字(0~9)和非字母数字的符号(如$和#)。

- **使用可还原的加密来存储密码**——启用此策略指示 Windows Vista 使用可还原的加密来存储用户密码。一些应用程序要求这样做，但是这种情况很少见，并且应该永远不启用此策略，因为它会使密码变得不够安全。

警告:

可还原的加密意味着使用特定的代码作为种子值来加密数据，并且通过应用相同的代码可以解密这些数据。遗憾的是，已经破解了这种加密，并且能够在网上方便地找到破解可还原加密的程序。这意味着有权使用系统的计算机黑客能够轻易地破译存储的密码并查看所有的密码。因此，应该永不启用"使用可还原的加密来存储密码"策略。

6.8.4　恢复忘记的密码

日常生活中很少有事情像忘记密码一样令人灰心丧气。为了避免这种令人头疼的事情，Windows Vista 提供了两项目前可以采取的预防措施，以防止用户忘记密码。

第一项预防措施叫做密码提示(前面讨论过它，请参看"创建和管理用户帐户")，它是一个单词、短语或其他有助于记忆密码的其他记忆装置。为了在欢迎屏幕中查看提示，输入任何密码并按下回车键。当 Vista 告知密码不正确时，单击"确定"按钮。Vista 重新显示"密码"文本框并且在其下面含有密码提示。

可以采取的第二项预防措施是密码复位磁盘。这是一个允许复位帐户上的密码而不需要知道旧密码的软盘。为了创建密码复位磁盘，请遵循如下这些步骤:

(1) 作为希望为其创建磁盘的用户登录系统。

(2) 选择"开始"|"控制面板"|"用户帐户和家庭安全"|"用户帐户"。

(3) 在"任务"窗格中，单击"创建密码复位磁盘"，这样将会启动一个"忘记密码向导"。

(4) 浏览向导的对话框(要注意的是需要准备一个空白的已格式化的软盘)。

密码复位磁盘包含名为 Userkey.psw 的单个文件，它是密码的一种加密的备份版本。务必确保将该磁盘存放在安全的位置。为了安全起见，不要给磁盘贴标签。如果需要使用该磁盘，请遵循如下这些步骤:

(1) 正常启动 Windows Vista。

(2) 当到达欢迎屏幕时，保持"密码"框为空并按下回车键。然后，Windows Vista 将会告知密码不正确。

(3) 单击"确定"按钮。

(4) 单击"复位密码"链接。

(5) 在最初的"密码复位向导"对话框中，单击"下一步"按钮。

(6) 插入密码复位磁盘，并单击"下一步"按钮。

(7) 输入新密码(输入两次)，输入密码提示，并单击"下一步"按钮。

(8) 单击"完成"按钮。

6.9　与其他用户共享文件

Vista Home Basic(Vista 家庭基本版)　每个用户都有自己的配置文件，在一定程度上是指他自己的用户文件夹，并且 Vista 要求，一个用户只有提供管理员级别的证书才能处理另一个用户的文件夹。如果希望与其他用户共享文件夹，Vista 提供了两种方法："公用"文件夹和"共享"文件夹。后者等同于网络共享，因此可以参看第 23 章的"使用网络共享资源"一节。

遗憾的是，出于某些原因 Vista 并不能使用户轻易访问"公用"文件夹。唯一的途径是打开任何一个文件夹窗口，单击地址栏的顶级下拉式列表(如图 6-11 所示)，然后单击"公用"。

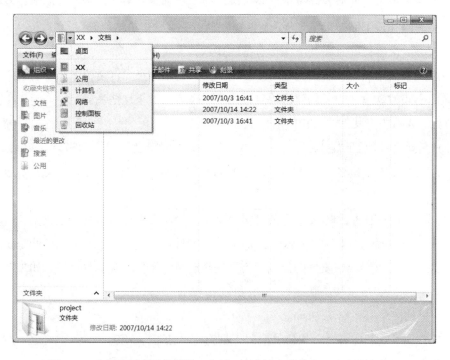

图 6-11　为了使用难以找到的"公用"文件夹，在任何一个文件夹窗口
中，下拉地址栏的顶级项目列表，然后单击"公用"选项

图 6-12 显示了"公用"文件夹及其子文件夹。为了与其他用户共享文件，从原始的文件夹中复制(或剪切)它并将其粘贴到一个"公用"子文件夹中。

图 6-12 将文件复制或移动到一个"公用"子文件夹中以便和其他用户共享文件

6.10 使用家长控制来限制计算机的使用

如果让孩子共享使用你的计算机，或者如果安装一台供孩子使用的计算机，明智的做法是对他们能够访问的内容和程序采取防范措施。就本地而言，这种做法可以采取的形式包括阻止访问某些程序(如财务软件)、使用等级设置来控制他们能够玩的游戏并设定使用计算机的时间限制。如果计算机可以访问因特网，还可能希望允许(阻止)特定的站点，拦截某些类型的内容并防止文件下载。

Vista Home Basic   **Vista Home Premium**   **Vista Ultimate Edition**

所有这些操作听起来难以执行，但是 Windows Vista 的新家长控制特性使得操作变得稍微容易一些，它提供一个容易使用的界面，允许设置前面提到的所有选项和其他更多选项(可以在 Windows Vista 的 Home Basic(家庭基本版)、Home Premium(家庭高级版)和 Ultimate Edition(终极版)中使用"家长控制"功能)。

在开始使用此功能之前，确保为每个使用计算机的孩子创建一个标准用户帐户。当完成此操作后，通过选择"开始"|"控制面板"|"设置家长控制"可以看到家长控制。输入证书以进入"家长控制"窗口，然后单击希望操作的用户以进入"用户控制"窗口。

6.10.1 启用家长控制和活动报告

在此应该启用两个选项(参考图 6-13):

图 6-13 "用户控制"页面允许为选定的用户设置 Web 站点、时间、游戏和程序限制

- **家长控制**——单击"启用,强制当前设置"。这样做将启用设置区域内的 Windows Vista Web 过滤器、时间限制、游戏和阻止特定的程序链接。
- **活动报告**——单击"启用,收集有关计算机使用情况的信息"。这样做指示 Vista 跟踪系统事件,如阻止的登录尝试和企图对用户帐户、系统日期和时间以及系统设置的更改。

"用户控制"窗口提供了在为此用户设置控制时可使用的 4 种链接:

- **Windows Vista Web 筛选器**——单击此链接以显示 Web 限制页面。在此可以允许或阻止特定的网站、设置通用的站点限制(高、中等、无或自定义),并阻止文件下载。如果选择自定义 Web 限制级别,那么还可以拦截特定类别的内容(如色情文学、成人内容和炸弹制造)。

提示:

为了使操作更为容易,可以导入允许或禁止的站点列表。首先,创建一个新的文本文件并将其扩展名更改为 Web Allow Block List(例如 MyURLs.Web Allow Block List)。打开此文件并在开始处添加如下文本:

```
<WebAddresses>
</WebAddresses>
```

在这两行之间,使用如下的格式为每个站点添加一个新行:

```
<URL AllowBlock="n">address</URL>
```

对于希望允许访问的站点用 1 替换 n，对于希望阻止的站点用 2 替换 n，并用站点的 URL 来替换 address。下面给出一个示例：

```
<WebAddresses>
<URL AllowBlock="1">http://www.goodcleanfun.com</URL>
<URL AllowBlock="1">http://www.wholesomestuff.com</URL>
<URL AllowBlock="2">http://www.smut.com</URL>
<URL AllowBlock="2">http://www.depravity.com</URL>
</WebAddresses>
```

注意：

如果当接近限定的时间时用户仍登录在系统内，则会在通知区域中显示一个图标以便让用户知道此情况。如果当限定时间到达时用户仍登录在系统内，那么立即注销用户并且用户不能重新登录系统直到已超过限定的时间。幸运的是，Vista 足够友好，能够在用户重新登录后还原他的程序和文档。

- **时间限制**——单击此链接以显示时间限制页面，该页面显示一个栅格，其中每个方格代表一星期中每天的一个小时，如图 6-14 所示。单击方格以便禁止在选定的时间内使用计算机。

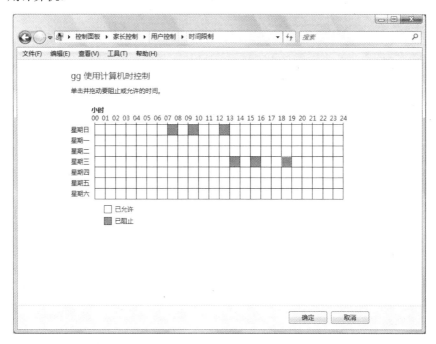

图 6-14   使用时间限制页面上的栅格以便禁止在特定的时间使用计算机

- **游戏**——单击此链接以显示游戏控制页面。在此页面可以允许或禁止所有游戏、根据等级和内容限制游戏以及禁止或允许特定的游戏。在下一节将介绍它的工作机理。

- **允许和阻止特定程序**——单击此链接以显示应用程序限制页面,该页面显示一个计算机上的程序列表。选中"用户只能使用我允许的程序"选项,然后单击希望允许用户使用的程序对应的复选框。

6.10.2　示例:针对游戏设置家长控制

如果你有小孩的话,他们很可能有计算机——或者是他们自己的,或者是和家庭其他成员共用的,并且他们很可能会在计算机上玩游戏。当有人监督他们时不会出现什么问题,但是在小孩使用计算机的时候家长很少有时间和精力始终陪伴着他们,并且孩子越大,越不希望父母呆在其身边干涉他的自由。换句话说,除了年纪很小的用户以外,每个孩子都会花一些时间在计算机上玩游戏而不会有人监督。

为了不用担心你的 8 岁大的孩子玩侠盗车手或某种此类不适合的游戏,可以利用游戏控制功能,该功能允许使用等级和内容描述符来控制游戏。

在设置这些控制之前,应该选择希望使用的分级系统。返回到"家长控制"窗口,然后单击"选择游戏分级系统"链接以显示游戏等级系统窗口,如图 6-15 所示。选择想使用的等级系统,然后单击"确定"返回到"家长控制"窗口。

图 6-15　使用"游戏分级系统"窗口来选择希望用于家长控制的分级系统

单击希望操作的用户以便显示"用户控制"窗口。选中"启用，强制当前设置"选项(如果还没有这样做的话)，然后单击"游戏"(链接)以显示"游戏控制"窗口，如图 6-16 所示。

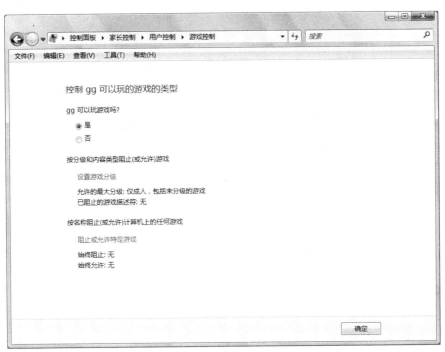

图 6-16　使用"游戏控制"窗口为选定的用户设置游戏限制

接下来的 3 部分内容介绍可以用于控制游戏操作的 3 种方法。

1. 关闭游戏

如果你的孩子太小而不能玩任何游戏，或者如果希望他们花费时间使用计算机从事更有建设性的事务，则可以完全关掉游戏操作。在"UserName 可以玩游戏吗？"区域中，选择"否"以防止名为 UserName 的用户从游戏资源管理器中运行任何游戏。如果改为选择"是"，则可以使用下面两小节中介绍的技术来控制用户能够操作的游戏。

2. 通过分级和描述符来控制游戏

并不是要关闭所有游戏操作，很可能是不希望某个用户玩某些类型的游戏。完成此任务最简单的方法是使用游戏分级和内容描述符。在"游戏控制"窗口中，单击"设置游戏分级"以显示"游戏限制"窗口，如图 6-17 所示。

图 6-17　使用"游戏限制"窗口通过分级和内容描述符来控制游戏操作

单击表示允许用户操作的最高等级的分级选项。例如，如果使用 ESRB 分级系统并选择青少年选项，用户将能够玩那些评定为"儿童"、"所有人"、"10 岁以上的所有人"和"青少年"的游戏，但是用户不能玩那些评定分级为"成人"或"仅成人"的游戏。

还可以通过选择"阻止未分级的游戏"选项来防止用户玩未分级的游戏。

另外，还可以基于内容描述符禁止游戏。如果在"游戏限制"窗口中向下翻滚，可以看到完整的内容描述符集合，每个内容描述符都有它自己的复选框。对于每个选中的复选框，用户将不能运行含有该内容描述符的任何游戏，即使这些游戏在允许的分级范围内，也同样如此。

3. 阻止和允许特定的游戏

可能希望通过覆盖根据分级和内容描述符设置的限制来精细调节游戏控制。例如，可能激活了"阻止未分级的游戏"选项，但是计算机系统上有一个想要允许孩子们玩的未分级的游戏。类似地，可能有一个 Vista 根据分级和描述符而允许的游戏，但是你认为禁用该游戏更加合适。

在"游戏控制"窗口中，单击"阻止或允许特定游戏"以显示"游戏覆盖"窗口，如图 6-18 所示。图中的表格显示了安装的游戏的名称和分级，并给出了当前的控制状态——可以玩或不可以玩。为了允许用户玩某个特定的游戏，单击"始终允许"；为了阻止用户玩特定的游戏，单击"始终阻止"。

图 6-18　使用"游戏覆盖"窗口来允许或禁止特定的游戏

6.11　安全地共享计算机

如果你是唯一使用计算机的人,不必过于担心用户配置文件的安全性——确切地说是指你的文件和 Windows Vista 设置的安全性。但是,如果和其他人共用计算机,无论是在家里还是在办公室,都需要执行某种安全设置以确保每个用户拥有他自己的 Windows,而不能(有意或无意)随便干扰其他任何人的工作。这里给出一个当和别人共享计算机时需要执行的安全防范措施列表(本章前面已经讨论过这些技术,特别提到的除外)。

- 为每个用户创建一个帐户——每一个使用计算机的人,即使他只是偶尔使用,都应该拥有自己的帐户(如果用户很少使用计算机或仅用一次,则激活来宾帐户并让他使用此帐户。在用户结束会话后应该禁用来宾帐户)。

- 删除不用的帐户——如果为不再需要使用该计算机的用户建立了帐户,则应该删除这些帐户。

- 限制管理员的数量——管理员组中的成员只需通过在用户帐户控制对话框中单击"提交",就能够在 Windows Vista 中执行任何操作。应该使这些强大的帐户保持在最小的数量。理想情况下,系统应该仅有一个管理员帐户(除了内置的管理员帐户以外)。

- 重命名管理员帐户——重命名管理员帐户可以确保其他用户不能确定计算机的顶级用户的名称。

- 将所有其他帐户放到用户(标准用户)组中——大多数用户使用为用户组分配的许可权和权限可以执行几乎所有的日常事务,因此应该为其他所有帐户使用该组。

- 在所有帐户上采用强密码——为每个帐户都提供强密码，以便使用户无法通过使用空密码或简单的密码登录系统而访问另一个帐户。
- 为每个帐户设置一个屏幕保护程序，并确保此屏幕保护程序能够重新回到欢迎屏幕——为了完成此操作，右击桌面，单击"个性化"，然后单击"屏幕保护程序"。在屏幕保护程序中选择一项，然后选中"在恢复时显示欢迎屏幕"复选框。
- 锁定计算机——当离开计算机任意一段时间时，都要锁定计算机。选择"开始"|"锁定"或按下 Windows Logo+L 组合键。这样做将会显示欢迎屏幕，并且其他人在不输入密码的情况下不能使用你的计算机。
- 使用磁盘配额——为了防止用户占用过多的硬盘空间(想一下 MP3 下载)，为每个用户设置磁盘限额。为了启用磁盘限额，选择"开始"|"计算机"，右击一个硬盘，然后单击"属性"以显示该磁盘的属性页。显示"配额"选项卡，单击"显示配额设置"，输入证书，然后激活"启用配额管理"复选框。

6.12 相关内容

这里列出书中其他一些章节，以便你了解与用户帐户及本章其他内容相关的信息：

- 若想了解一些登录提示和技巧，请参看第 2 章中的"有用的 Windows Vista 登录策略"一节。
- 若想了解更多有关在管理员帐户下运行程序的信息，请参看第 5 章中的"以管理员帐户运行程序"一节。
- 有关组策略的详情，请参看第 10 章中的"使用 Windows Vista 实现组策略"一节。
- 若想了解如何使用注册表，参看第 11 章"了解 Windows Vista 的注册表"。
- 若想获得有关在一个单独的用户帐户内共享 Windows 邮件的信息，请参看第 19 章中的"操作身份"一节。
- 若需要了解为那些希望在对等网络上与其共享资源的人建立用户帐户的详情，请参看第 23 章中的"使用网络共享资源"一节。

第 7 章

使用数字媒体

英语是一个名副其实的生产新单词和短语的工厂。各个领域中善于造词的大师们通过组合单词、在现有的单词上附加一点语素及凭空创建新词源源不断地添加新的词语。其中的一些新单词会在流行文化圈中激起共鸣并经历所谓的"从时髦到落伍"综合症。换句话说，这些词语一夜之间广泛用于各地的鸡尾酒会和日常闲聊中，无数专栏作家和社论家也都使用它。但是一旦它们变得流行起来，就会出现相反的情况。以至于"如果我再一次听到单词 x 我会尖叫"之类的夸张说法也开始出现，密歇根州州立苏必利尔湖大学将与此类似的应从语言中剔除的单词包含在它的年度短语列表中。

单词 multimedia 几年前也经历了这种从活跃到沉寂的历程。由于相信媒体丰富的交互式应用程序和游戏的发展前景一片光明，技术人员和非技术人员迅速使 multimedia 成为他们最喜欢使用的时髦单词。但是多媒体(multimedia)一词广为使用的情况并没有维持多久。

造成这种情况的部分原因在于当多媒体在 20 世纪 90 年代早期首次成为一项重要技术时，一般的计算机能力还不够强大以处理对系统提出的额外要求。不仅如此，而且 Windows 系统对多媒体的支持较少并且未全心投入。现今出售的典型个人计算机有足够的能力来处理基本的多媒体业务，并且 Windows Vista 具有大量灵巧的新功能，允许开发人员和终端用户将多媒体无缝集成到他们的工作中。现在单词 multimedia 或多或少被短语"数字媒体"所替代并不是十分重要，因为真正重要的事情在于人们可以开始认真考虑更为实际的问题了，即创建激动人心的媒体功能更强大的文档。

Windows Vista 的基本数字媒体功能非常容易掌握, 但是还有大量应该了解的隐含的及晦涩的功能, 本章将会介绍这些功能。

7.1 设置自动播放默认操作

自动播放特性指的是在将可移动媒体插入到计算机的插槽中时自动运行程序。自从 Windows 95 以来已经提供了光盘的自动播放功能, 并且 Windows XP 增加了对大多数类型的可移动媒体的自动播放支持, 包括 DVD、闪驱和存储卡。

近年来自动播放变得更为精致, 以至于在插入可移动媒体时 XP 会提供多种选择, 并且这些选择依赖于媒体的内容。例如, 对于音乐文件自动播放可以在 Windows Media Player 中播放或翻录文件, 或者只是打开文件夹窗口以便查看文件。对于图片, 自动播放可以启动扫描仪和照相机向导, 启动幻灯放映, 运行照片打印向导或观看图像。此外, 许多第三方程序能够集成自动播放功能并向自动播放菜单添加它们自己的操作(例如, 使用一个不同的程序播放音乐文件或在一个图像编辑程序中编辑图片)。

但是, 定制自动播放决不是那么容易。当出现自动播放窗口时可以始终选择一个默认的操作, 但是如果希望更改默认的操作那么该怎么办呢? 在 XP 中, 可以通过打开一个驱动器的属性页, 然后显示"自动播放"选项卡来配置自动播放功能。接下来可以使用下拉列表来选择内容类型, 单击默认的操作, 然后单击"应用"按钮。在这里对于所有不同的内容类型必须重复此过程, 包括音乐文件、图片、视频文件、混合内容、音乐 CD、DVD 电影和空白 CD。最后, 必须对系统上的其他所有可移动驱动器执行所有上述步骤。毫无疑问, 用户希望能够更方便地进行操作, Microsoft 在 Windows Vista 中已经极大简化了自动播放默认操作的定制。

在开始了解定制功能之前, 应该指出 Windows Vista 还完善了自动播放窗口。图 7-1 显示了这样一个例子。正如看到的那样, Vista 的自动播放窗口将选项划分成两个部分: 上半部分包含媒体上的主要内容类型特有的操作, 而下半部分——常规选项包含与内容无关的操作。

为了定制自动播放默认操作, 有如下两种选择:

- 如果已经插入一些媒体并且自动播放窗口出现在屏幕上, 单击以下链接在"控制面板"上设置"自动播放"默认值。
- 选择"开始" | "控制面板", 然后在"硬件和声音"窗口中, 单击"自动播放 CD 或其他媒体"链接(也可以选择"开始", 在搜索框中输入 autoplay, 然后单击出现在搜索结果中的"自动播放"图标)。

图 7-1　Vista 改善了"自动播放"窗口并将建议的操作划分成内容相关和内容不相关的两部分

　　无论采用哪种方法，最后都会得到如图 7-2 所示的"自动播放"窗口。此页面列出了多种不同的内容类型，从音频 CD 到超级视频 CD，乃至 HD DVD 和蓝光光盘。每种内容类型都有它自己的下拉列表，并且可以使用此列表来选择每种内容类型的默认操作。

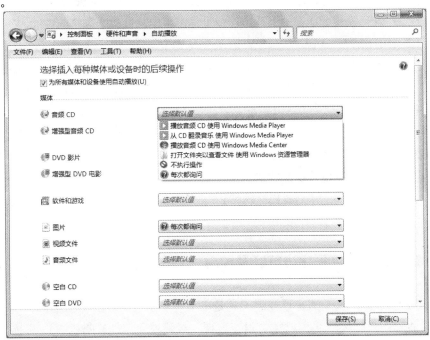

图 7-2　使用新的"自动播放"页面来设置 14 种不同内容类型的默认操作

7.2 Windows Vista 中的数字音频

坦率地说，尽管这些年来有所改善，但 Windows 作为音频播放和编辑平台的声誉长期以来还是不太好。例如，在 Windows 3.1(16 位)和 Windows 95(32 位)中看到的早期音频基础设施(常称为**音频堆栈**)每次仅支持一个音频流，而 Windows 98 通过使用 Windows 驱动程序模型(Windows Driver Model)体系结构已允许播放多个流。但是，Windows 音频始终存在如下 3 个主要问题：

- 用于控制音频以及诊断音频问题的界面较差——诸如音量控制、录音机和控制面板的声音和音频设备图标等工具都具有难以操作的界面和受限的功能，并且显然不适合处理用户面临的日常音频任务。

- 重放和录音质量较差—— Windows 音频堆栈始终只能算得上良好。也就是说，Windows 中构建的音频——尤其是重放只是为了向普通用户提供适当级别的质量。但是，Windows 默认的音频远远没有达到高保真音响爱好者和专业音频用户的要求，因此这些用户花费大量时间解决内在的音频限制(或完全放弃 Windows 而改用 Mac 操作系统)。

- 从音频故障是造成系统不稳定的一项主要原因的角度看，Windows 音频有较差的可靠性——这里的问题在于大量音频堆栈代码是在敏感的 Windows 内核模式下运行的，在这种模式下错误的驱动程序或进程都可能降低整个系统的性能。

为了解决这些问题，Vista 音频组彻底从头开始重新编写了音频堆栈。这对于普通用户和高保真音响爱好者而言都是好消息，因为这意味着 Vista 音频体验应该仍是迄今极佳的。完全改造音频基础设施将冒很大的风险，其目标是解决上述的三个问题。

- 用于控制音量、记录声音以及设置声音和音频设备属性的新工具(在接下来的三小节中将讨论)提供一个得到极大改善的用户界面，适合于常见的用户任务和查找并排除音频问题。

- 新的音频堆栈提供了更高的声音质量。

- 大多数音频代码已从内核模式转移到用户模式，这样能够极大减少音频引起的系统不稳定性。

7.2.1 针对每个应用程序进行音量控制

以前版本的 Windows 的音量控制工具是不良音频系统设计的很好示例。当打开音量控制时，将给用户提供一系列以主音量、波形、线路输入、CD 唱机、合成器、辅助等标注的音量滑块。对于普通用户而言，大多数此类标签根本没有意义，甚至会吓住用户。辅助滑块究竟用来控制什么？线路输入用来处理什么？多数人会忽略除主音量以外的所有滑块而仅使用主音量滑块来控制播放音量。但是，主音量滑块自身也存在问题。

例如，假定你正在等待一封重要的电子邮件，因此设置电子邮件客户端在收到电子邮件消息时发出某种声音。进一步假定你还在使用 Windows Media Player 在后台播放音乐。假如你接到一个电话，你希望调低音乐音量，或改成静音。在以前版本的 Windows 中，使音乐播放改成静音也意味着静音其他系统改成静音，包括电子邮件程序的语音报警。因此，当你在接听电话的时候，很可能会错过一直在等待的那个重要邮件。

Windows Vista 解决这类问题的方法称为**每个应用程序音量控制**。这意味着 Vista 为每一个运行的相关程序和进程都提供一个音量控制滑块，它们是专用的声音应用程序(如 Windows Media Player 或媒体中心)，或是当前正产生音频输出的程序或进程。在我们的示例中，可以分别控制 Windows Media Player 和 Windows Mail 的音量。当接听电话时，可以调低或 Windows Media Player 的声音或改成静音，同时保持 Windows Mail 的音量不变，因此能大大减少错过接收邮件的机会。

图 7-3 显示了当单击通知区域中的"音量"图标并随后单击混音器时会出现的新音量窗口。左边的滑块控制扬声器音量，因此将它用作一个系统级的音量控制。窗口的其余部分包含**应用程序混音器**——它包括用于正在使用音频的各种程序的滑块和静音按钮，以及每个程序的名称和图标。

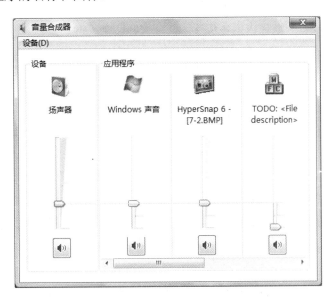

图 7-3 Windows Vista 使用每个应用程序音量控制
以便为每个输出音频的程序设置音量级别

> **注意：**
> 只要应用程序在当前 Windows 会话中初次使用音频，音量混音器工具就会添加该程序，并且在混音器中保留该程序直到该程序退出。

在老式的音量控制工具中，当调整主音量滑块时，其他音量滑块保持不变。在 Vista

音量混音器工具中，当移动扬声器音量滑块时，程序滑块也随同它一起移动。这是一个很好的做法，但更好的是扬声器音量滑块保持每个程序的相对音量级别。因此，如果将扬声器音量调整到当前音量级别的一半附近时，应用程序混音器中的滑块也会调整到大约为当前各自音量级别的一半。

音量混音器还记忆会话之间的应用程序设置。例如，如果将单人纸牌游戏改成静音，那么在下次启动该程序时它仍保持静音。

新的音量控制还支持计量，即在每个滑块上图形化显示当前的音频输出(如图 7-3 所示)。这种计量是作为一个绿色的楔形物出现的，声音信号越强它变得越高和越宽。这对于诊断音频问题是非常有用的，因为它能告知某个特定的应用程序是否确实在产生音频输出。如果该程序没有发出声音，但是在程序的音量滑块中看到计量显示，那么问题不是该程序造成的(例如，调低了扬声器的音量或拔掉了电源插头)。

> **注意:**
>
> 很多笔记本式计算机带有音量控制，允许在物理上调大或调小计算机扬声器的音量。Microsoft 也在讨论将这种物理的音量控制集成到音量混音器程序中，以便如果在物理上调低声音，那么也会相应调节扬声器的音量滑块。在我编写这本书时微软还没有实现这种很有用的功能，但是可能会出现在稍后版本的 Windows Vista 中。

7.2.2 录音机

录音机附件程序首次出现在 Windows 95 中，并从那时到现在一直被 Windows 操作系统所保留。遗憾的是，XP 中的录音机在本质上与原始版本的录音机程序相同，这意味着程序令人厌烦的限制并没有得到改变，具体表现在:

- 只能以 WAV 文件格式保存录音。
- 最多只能录制 1 分钟声音。

Windows Vista 带有一款全新版本的录音机，它可以摆脱这些限制。例如，可以使用 Windows 媒体音频(Windows Media Audio，WMA)格式来保存录音，并且对录音的长度(除了可用的硬盘空间外)没有限制。

没有录音限制看似可能比较危险(较长的 WAV 文件会占据大量空间)，但是新款录音机按照 96Kbps 的比特速率捕获 WMA 音频，或者说 1 分钟录音需要 700KB 空间。与使用老式的录音机的一分钟 CD 品质的录音相比大大减少了空间占用量，后者可轻易产生 10MB 的文件。

图 7-4 显示了新的"录音机"窗口(选择"开始"|"所有程序"|"附件"|"录音机")。单击"开始录制"按钮以便开始录制声音；当完成录音时单击"停止录音"按钮。录音机显示"另存为"对话框，以便选择文件存储位置、名称和格式。

图 7-4　Windows Vista 版本的录音机

7.2.3　音频设备和声音主题

Windows Vista 用"声音"对话框(选择"开始"|"控制面板"|"硬件和声音"|"声音")来替代控制面板的"声音和音频设备"图标，如图 7-5 所示。

图 7-5　在"控制面板"中打开声音图标以便控制系统的音频属性

"播放"和"录制"选项卡显示了系统上的播放和录音设备。要注意的第一件事情是：现在采用一种绿色复选标记图标的形式，以便在视觉上提示用于播放和录制的默认设备，如图 7-5 所示。复选标记意味着该设备对于所有使用而言是默认的设备。但是，也可以将某个设备指定为默认设备。如图 7-5 中所示的那样，可以右击设备，然后单击"设置为默认设备"选项。

Windows Vista 还为每种设备实现了更加广泛的属性集合。双击某个设备显示类似于图 7-6 中所示的属性页。看到的属性依赖于具体的设备。这里总结一下当打开默认的播放设备时看到的选项卡(但是要注意并非所有音频播放设备都支持所有这些选项卡)：

- 常规——更改设备的名称和图标以及驱动程序揭示的任何插孔信息。

- 级别——设置音量级别。
- 高级——设置默认的播放格式和等待时间以及允许应用程序独占控制设备的选项。

图 7-6　音频设备配置选项卡允许定制个人计算机的音频设备的工作方式

7.3　使用 Windows 照片库

在过去几年中，数码相机已成为包括新手和专业人士在内的所有人首选的摄影工具。这种情况并不奇怪：数字化为摄影师提供了极大的自由度，他们可以随意拍摄照片而不必担心支付处理成本或用完胶卷。如果说这种自由照相存在缺点的话，那么缺点就是大多数人最后会得到占据过多硬盘空间的大量照片。结果导致不断发展的第三方程序市场，这些程序用于导入、查看和管理所有这些数字图像。

数字图像管理看似应该属于操作系统所承担的一种任务。尽管 Windows 具有诸如 Windows 图片和传真阅读器这样的程序，但是从没有提供一种专门用于执行全方位图像管理任务的程序，从导入和查看图像到组织和刻录图像。

Windows Vista 通过引入一种称为 Windows 照片库(Windows Photo Gallery，WPG)的新程序彻底改变了这种情况。该程序可以从照相机、扫描仪、可移动媒体、网络或 Web 上导入图像和视频。然后可以查看图像、添加诸如标题和标记这样的元数据、给图像分级、搜索图像，甚至应用普通的定影手段来改善照片的外观。此外，还可以将选定的图像刻录到 DVD 上。

可以通过选择"开始"|"所有程序"|"Windows 照片库"来启动该程序。随后 WPG 立即开始搜集硬盘上的图片。此外，还可以通过手工使用如下文件菜单命令来导入图像：

- 将文件夹添加到图库中——此命令显示"将文件夹添加到图库中"对话框，允许用户从特定的文件夹中导入图像。
- 从照相机或扫描仪导入——此命令启动"扫描仪和照相机向导"，它将逐步地引导用户完成从数码相机、文件扫描仪或可移动媒体中导入图像的过程。

7.3.1　对图像进行分组

默认情况下，WPG 按照日期来对图像分组。但是，通过使用"视图"|"分组命令"可以更改此设置，该命令允许按照许多元数据属性来进行分组，包括拍摄日期、文件大小、图像尺寸和照相机等。然后，可以选择"视图"|"目录"来查看将用户带到各个组的链接。例如，图 7-7 显示了按照文件大小分组的图像并且目录中给出了到各个组(最大尺寸、较大尺寸、中等尺寸等)的链接。

图 7-7　Vista 的新型 Windows 照片库程序允许导入、查看、组织和刻录
图像及视频，并可以通过元数据对文件分组，如图中所示

7.3.2 图像元数据和标记

另外，还可以为每个图像创建自己的元数据。WPG 允许用户更改许多属性，包括标题、拍摄日期、分级和标记。标记属性允许向图像添加一个或多个描述性关键字——标记，类似于在诸如 Flickr(www.flickr.com)之类的图片共享网站上所作的那样。在 WPG 中，单击希望操作的图像，显示"信息"窗格(单击"信息"或"标记"|"创建新标记")，单击"添加标记"，输入标记，并按 Enter 键。图 7-8 显示了一幅添加了多个标记的图像。需要注意的是创建的标记也出现在标记列表中，从而允许根据选择的标记来筛选图像(还可以基于拍摄日期和分级属性及新近导入和文件夹来筛选图像)。

图 7-8 可以向每个图像应用描述性标记

7.3.3 使用即时搜索来搜寻图像

和很多其他 Vista 窗口一样，WPG 提供了一个集成的支持即输即搜的即时搜索框。在即时搜索框中输入文本后，WPG 搜索文件名称和所有元数据(包括你添加的标记)以便找到匹配的图像，然后在 WPG 窗口中显示搜索结果。图 7-9 给出了这样一个示例。

即时搜索框

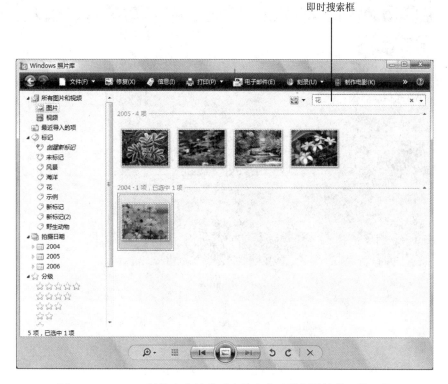

图 7-9　Windows 照片库支持基于文件名和元数据属性的即输即搜

7.3.4　编辑图像

WPG 还提供了一组有限的用于修改图像的工具。单击希望操作的图像，然后单击"修复"以便将图像显示在窗口中，如图 7-10 所示。在此可以使用滑块来调整图像的亮度、对比度、色温和色调(还可以单击"自动调整"以便让 WPG 为用户调整图像)。在所有的 WPG 窗口中，还可以旋转图像，如图 7-10 中指出的那样。

7.3.5　更多工具

WPG 还支持如下功能：

- 要想预览任何图像，双击该图像。WPG 将展开图像以占据大部分 WPG 窗口。
- 要想观看幻灯放映，单击"播放幻灯放映"按钮(如图 7-10 所示)或按下 F11 键。

需要注意的是 Vista 幻灯放映引擎提供了 12 种不同的放映模式。在幻灯放映过程中，移动鼠标来显示控件，然后单击主题以选择喜欢的放映模式。

7

放映幻灯　　顺时针旋转

逆时针旋转

图 7-10　单击"修复"以调整诸如亮度、对比度和色度之类的图像质量

● 要将一个图像设置为桌面背景，右击该图像，然后单击"设置为背景"。
● 要将图像刻录到磁盘上，单击"刻录"，然后单击"数据磁盘"或"视频 DVD"。

7.4 Windows Media Player 11 中的简易收听

　　Windows Media Player (WMP)是计算机的一站式媒体工作室，它支持播放数字音乐、音频 CD、数字视频、DVD 电影、因特网无线电广播和录制的电视节目，支持从光盘上翻录音乐、将文件录制到磁盘，与外部音频设备保持同步以及其他一些功能。 Vista 发布了此款主流程序的一个新版本——Windows Media Player 11，它在几个方面对 WMP 10做了较好的改善。

　　当运行 WMP 11 时注意到的第一项改善是：整体界面比以前的版本更为简洁(如图7-11 所示)。在窗口四周仍然散布着很多较小的难以辨认的图标，但在整洁的外观界面上这些只是小的瑕疵。

图 7-11　Windows Media Player 11 提供了一个比其老版本更简单和整洁的界面

7.4.1　定位媒体库

WMP 11 界面变得远比老版本简洁的一个原因在于一次只能在媒体库中查看一种类别。默认情况下，WMP 在启动时显示音乐类别。但是可以使用如下任何一种技术将其更改为一种别的类别(音乐、图片、视频、录制的电视或其他媒体)：

- 单击"选择类别"列表(如图 7-12 中指出的那样)，然后单击想要的类别。
- 下拉"媒体库"选项卡列表(如图 7-12 所示)，然后单击想要的类别。

"选择类别"列表旁的路径信息显示了当前类别、文件夹和视图的名称，如图 7-12 中指出的那样。

7.4.2　唱片封面和 WMP 界面

注意，WMP 11 界面的另一个变化是它的图形化特征要远比旧版本的程序显著得多。如果已经下载或扫描了唱片封面，它就会出现在整个 WMP 11 界面上。例如，如果选择了艺术家视图，艺术家堆栈则使用唱片封面，如图 7-13 所示。即使切换到一个不够明确的视图，如流派，WMP 也将唱片封面用作堆叠图标的一部分。

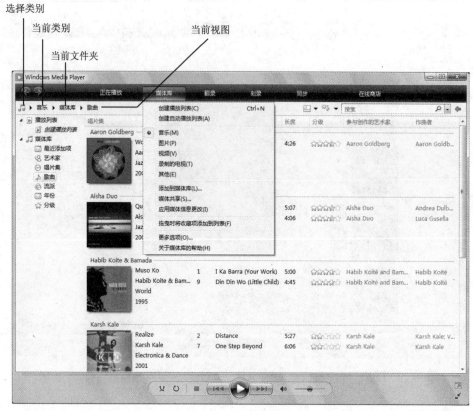

图 7-12　可以使用"选择类别"列表或"媒体库"列表来定位到一个不同的类别

7.4.3　分组和堆叠媒体

默认情况下，WMP 在"音乐"类别的"歌曲"视图中打开，它按照唱片集艺术家属性中的值及唱片集的属性值对歌曲进行分组。WMP 还提供了其他几个基于媒体元数据的"音乐"视图：

- **艺术家**——使用唱片集艺术家属性中的值来堆叠唱片集(参看图 7-13)。
- **唱片集**——使用唱片集属性中的值按照字母顺序来分组唱片集。
- **流派**——使用流派属性中的值来堆叠唱片集(如图 7-14 所示)。
- **年代**——使用发布日期属性中的值以 10 年为限来分组唱片集。
- **分级**——使用分级属性中的值来堆叠唱片集。

当然，对每种类别可以得到一组不同的视图。例如，可以在"视频"类别中按照演员、流派和分级来观看视图项，而在"录制的电视"类别内可以按照系列、流派、演员和分级来观看视图项。在每种类别中，通过单击"媒体库"文件夹(或者通过下拉路径数据中的"媒体库"列表)可以查看更多的视图，如图 7-15 所示。

图 7-13 唱片封面显示在整个 Windows Media Player 界面

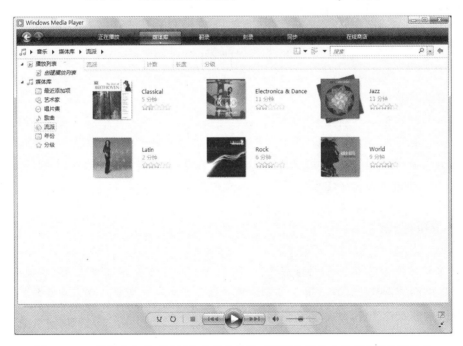

图 7-14 "媒体库"的"流派"文件夹按照"流派"属性中的值来堆叠唱片集

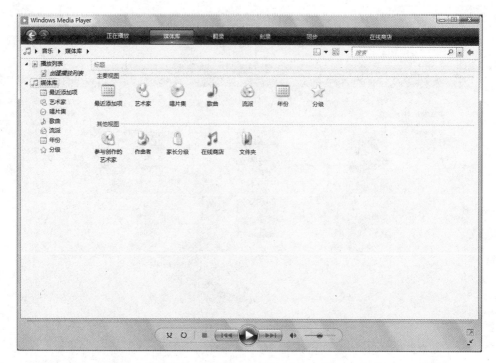

图 7-15　单击当前类别的"媒体库"文件夹以便查看可用视图的完整列表

7.4.4　媒体元数据和标记

最好通过从因特网上下载相关的信息来处理 Windows Media Player 中的元数据。但是，大部分 WMP 元数据是可编辑的，并且可以通过右击元数据然后单击"编辑"来做出希望的任何改动。

WMP 11 中的一项新颖的革新是高级标记编辑器，它为特定的媒体文件的许多可用的元数据提供了一个处理前端。右击希望标记的文件，然后单击"高级标记编辑器"以显示如图 7-16 中所示的对话框。可以添加与曲目和艺术家相关的元数据，并且还可以添加网站、歌词(甚至与音乐同步的歌词)、图片和备注。

7.4.5　即时搜索

阅读本书到此刻，你不会因为获悉 WMP 11 带有一个支持即输即搜功能的集成的"即时搜索"框而感到惊讶。在"即时搜索"框中输入文本后，WMP 搜索文件名和元数据以查找匹配的媒体文件，然后将结果显示在 WMP 窗口中。图 7-17 给出了这样一个示例。

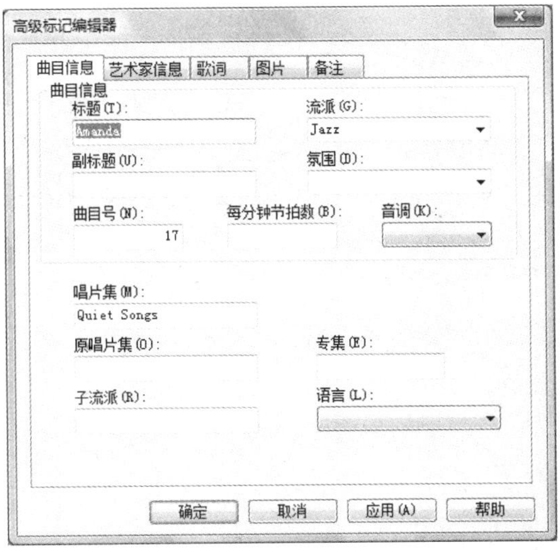

图 7-16　使用"高级标记编辑器"来编辑媒体文件的元数据

图 7-17　Windows Media Player 支持基于文件名和元数据属性的即输即搜

7.4.6　与媒体设备同步

在 WMP 11 中可以较容易地实现媒体库中的项与某个媒体设备的同步。当插入一个
WMP 兼容的媒体设备时，WMP 识别它并自动在"同步"选项卡的"列表"窗格中显示该设
备、它的总容量及其可用的空间，如图 7-18 所示。

设备信息

同步列表

图 7-18 当插入一个媒体设备时，有关设备的信息出现在"同步"选项卡的"列表"窗格中

要创建项列表以添加到设备上，需在"内容"窗格中显示唱片集、歌曲或任何内容，单击并拖动项，然后将它拖放放到"同步列表"中。当将项拖放到"同步列表"中时，WMP 自动更新设备中可用的存储空间。当准备好添加项时，单击"开始同步"。WMP 切换到设备的"同步状态"文件夹以显示同步进度。

提示：

在开始同步之前可以预先混洗(preshuffle)媒体文件。下拉"同步列表"按钮并单击"现在混洗列表"。

WMP 11 支持双向同步，这意味着不仅能够将 PC 上的文件与媒体设备同步，而且能够将媒体设备上的文件与 PC 同步。如果将购买的音乐直接存放到设备上或将媒体上载到一个使用不同应用程序的设备上，利用这种特性都是很方便的。

为了从媒体设备向 PC 机同步，在媒体设备上打开视图，找到希望同步的文件，然后单击并将它们拖动到同步列表中。作为可选的方法，只需单击"开始同步"就可以将设备上的所有内容与 WMP 进行同步。

7.4.7　媒体共享

完全按照用户喜欢的方式来设置和定制 WMP 媒体库将会花费相当多的时间。但是当这样做的时候，非常愿意使用 WMP——以至于很可能会忍不住在家庭中的其他计算机上重复你的工作。遗憾的是，以前版本的 WMP 没有提供完成此任务的简便方法。就基本操作而言，必须将原始 PC 上的媒体文件复制到另一台 PC，然后在另一台计算机上从头开始构建媒体库。

通过引入一个称为"媒体共享"的受欢迎的新功能，WMP 11 完全扭转了这种局面。此功能允许将 WMP 媒体库共享给其他网络用户或设备，就像共享文件夹或打印机那样。

为了开始使用媒体共享功能，WMP 提供了两种选择：

● 下拉任何选项卡菜单并选择"更多选项"，显示"媒体库"选项卡，然后单击"配置媒体共享"。

● 在任何类别中右击"媒体库"文件夹，然后单击"媒体共享"。

无论采用哪种方法，都可以在屏幕上看到"媒体库共享"对话框。选中"共享我的媒体库"复选框，单击"确定"按钮，然后在看到提示时输入证书。

当计算机或设备连接到 WMP 所在的网络时，Media Player 识别到它们并显示弹出的消息，如图 7-19 所示的那样。单击此消息然后单击"允许"(希望计算机或设备共享你的媒体)或"拒绝"(不希望共享媒体)。

图 7-19　当 Media Player 检测到新计算机或设备连接到网络时会显示这种消息

为了控制媒体共享，再次显示"媒体共享"对话框。这一次，可以看到如图 7-20 中所示的配置。中间的大方框列出 Media Player 检测到的网络计算机和设备。在所有情况下，单击一个图标，然后单击"Allow"或"Deny"按钮。如果允许一个项，还可以单击"Customize"按钮以便根据三个标准来精确指定希望共享的内容：媒体类型、星级和家长控制等级。另外，还可以仅使用默认的共享设置，可以通过单击"媒体共享"对话框中的"设置"按钮来进行配置。

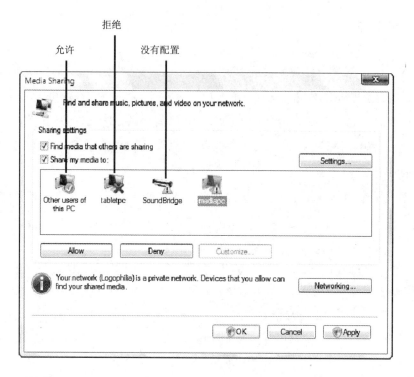

图 7-20 使用 Media Sharing 对话框以便允许或拒绝其他网络设备使用 Media Player 媒体库

7.5 使用 Windows Media Player 的技巧

除了前面几小节讨论的新功能以外，Windows Media Player 仍执行我们认为与该程序相关联的大多数任务，包括播放媒体(毫无疑问)、从音频 CD 中翻录音乐、将曲目刻录到可记录的设备上等。下面几小节介绍一些技巧和提示，希望能够帮助你更充分地使用此强大的程序。

7.5.1 播放媒体文件

Windows Vista 提供了很多间接的通过 Windows Media Player 播放媒体文件的方法。下面对此进行总结：

- 打开 Windows 资源管理器，找到希望播放的媒体文件，然后双击该文件。

注意：

为了控制与 Windows Media Player 相关联的媒体文件类型，选择"开始"|"默认程序"。在"默认程序"窗口中，单击"设置你的默认程序"，单击 Windows Media Player，然后单击"选择此程序的默认类型"。选中"希望用 Windows Media Player 自动打开的文

件类型"复选框。如果不希望 Windows Media Player 处理某种特定的文件类型，则不选中该复选框。

- 在 CD 或 DVD 光驱中插入音频 CD 或在 DVD 光驱中插入 DVD 光盘。
- 如果有存储卡读卡器，则插入存储卡，如 CompactFlash(紧凑闪存)卡或 MultiMedia(多媒体)卡。如果 Windows Vista 询问你希望如何处理此存储卡，则选择"使用 Windows Media Player 播放"。如果不希望每次插入存储卡时都要处理此对话框，选中"始终执行选择的行动"复选框。然后单击"确定"。
- 从因特网上下载媒体。
- 还可以通过按下 Alt 键，下拉"文件"菜单并选择"打开"(运行计算机上或源自某个网络位置的媒体文件)或"打开 URL"(运行因特网上的媒体文件)，以便直接从 Media Player 打开媒体文件。

提示:

现今的很多键盘都是媒体增强型的，这意味着它们提供了额外的按键用于执行诸如播放、暂停和停止媒体、调整音量及更改曲目等数字媒体功能。此外，这里还给出了在播放媒体文件时可以使用的少量 Windows Media Player 的快捷键:

Alt+Enter	切换到全屏模式
Ctrl+P	播放或暂停当前的媒体
Ctrl+S	停止当前媒体
Ctrl+B	转到上一个曲目
Ctrl+Shift+B	重新退到媒体的开头
Ctrl+F	转到下一个曲目
Ctrl+Shift+F	快速前进到媒体的结尾
Ctrl+H	切换到无序播放
Ctrl+T	切换到重复播放
Ctrl+1	切换到完整模式
Ctrl+2	切换到外观模式
Alt+1	按照 50%的比例显示视频大小
Alt+2	按照 100%的比例显示视频大小
Alt+3	按照 200%的比例显示视频大小
F7	静音
F8	降低音量
F9	提高音量

7

7.5.2　设置 Windows Media Player 的播放选项

Windows Media Player 提供了多个选项可用于控制播放的各个方面。为了查看这些选项，按下 Alt 键，然后选择"工具"|"选项"。如图 7-21 所示的"播放机"选项卡包含如下的设置：

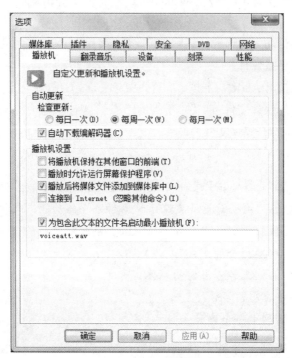

图 7-21　使用"播放机"选项卡来配置 Windows Media Player 的播放选项

● 检查更新——使用这些选项来确定 Windows Media Player 检查更新版本程序的频率。

提示：

为了防止 Windows Media Player 显示"存在可用的更新"消息，在如下的注册表键中创建一个名为 AskMeAgain 的字符串设置，并将它的值设为 No：

```
HKLM\SOFTWARE\Microsoft\MediaPlayer\PlayerUpgrade
```

此外，还可以防止 Windows Media Player 在检测到存在更新版本的程序时自动更新自身。创建如下的注册表键，添加一个叫做 DisableAutoUpdate 的 DWORD 值，然后将它的值设为 1：

```
HKLM\SOFTWARE\Policies\Microsoft\WindowsMediaPlayer
```

- 自动下载编解码器——当选中此复选框时，Media Player 自动尝试为它不能识别的任何文件类型下载并安装编解码器。如果喜欢在进行下载之前得到提示，那么取消选中此复选框。可以使用组策略编辑器来禁用此复选框(参看第 10 章 "使用控制面板和组策略")。选择"用户配置"|"管理模板"|"Windows 组件"|Windows Media Player|"播放并启用防止编解码器下载策略"。
- 将播放机保持在其他窗口的前端——当选中此复选框时，Windows Media Player 停留在其他窗口的上面。如果希望能够在操作另一个程序的同时使用 Windows Media Player 的播放控件，此选项是很有用的。

提示：

除非有一个较大的以高分辨率运行的屏幕，否则总是在前端的 Windows Media Player 窗口很可能会妨碍工作。一种较好的解决方法是在 Windows Vista 任务栏上显示 Windows Media Player 播放控件。为了实现此操作，右击任务栏的任何空白部分，然后选择"工具栏"|Windows Media Player。最小化 Windows Media Player 窗口，然后 Windows Media Player 工具栏会出现在任务栏上。

- 播放时允许运行屏幕保护程序——当选中此复选框时，在系统空闲了指定的时间量后允许运行 Windows Vista 屏幕保护程序。如果正在观看流式视频内容或 DVD 电影，则不选中此复选框以防止启动屏幕保护程序。
- 播放后将媒体文件添加到媒体库中——当选中此复选框时，Windows Media Player 将播放的媒体文件添加到媒体库中。例如，如果播放一个下载的 MP3 文件，Windows Media Player 会将它添加到媒体库中。需要注意的是，默认情况下 Windows Media Player 不将可移动媒体和网络共享文件夹中的媒体文件添加到媒体库中(参看下面的设置)。
- 连接到 Internet——当选中此复选框时，在选择一个要求接入因特网的功能(如 Guide(windowsmedia.com)或 MSN Music(music.msn.com))时，Windows Media Player 始终连接到因特网。即使激活了"文件"菜单的"脱机工作"命令也会保持此连接。
- 在切换到不同的用户时停止播放——当选中此复选框时，在切换到不同的用户帐户时 Media Player 停止播放。
- 为包含此文本的文件名启动最小播放机——当选中此复选框时，Media Player 在遇到包含指定文本的文件时启动最小播放机。例如，如果发送播客或通过电子邮件发送语音邮件，那么很可能不希望启动完整的 Media Player 程序来收听这些文件。为了使用最小播放机收听它们，输入始终出现在文件名中的文本。

7.5.3　从音频 CD 上复制音乐

Windows Media Player 提供了一种受欢迎的功能，即可以从音频 CD 上将曲目复制(俗

称"翻录")到计算机的硬盘上。尽管此过程看起来很直观，但是在开始复制之前需要考虑多个选项。这些选项包括用于保存翻录的曲目的文件夹位置、曲目文件名的结构、使用的文件格式和希望复制曲目所采用的品质(比特速率)。可以在"选项"对话框(按下 Alt 键，然后选择"工具"|"选项"即可)的"翻录音乐"选项卡上控制所有这些设置。

1. 选择存储位置和文件名结构

"翻录音乐到此位置"栏显示将用于存储复制曲目的文件夹名称。默认情况下，此存储位置是%USERPROFILE%\Music。为了指定一个不同的文件夹(例如，一个具有很多空闲空间的分区上的文件夹)，单击"更改"按钮并使用"浏览文件夹"对话框来选择新文件夹。

Windows Media Player 为每个复制曲目产生的默认文件名使用如下结构：

```
Track_Number Song_Title.ext
```

在此，Track_Number 是 CD 上歌曲的曲目号，Song_Title 是歌曲的名称，而 ext 是录音格式使用的扩展名(如 WMA 或 MP3)。Windows Media Player 还可以在文件名中包含如艺术家名、唱片集名、音乐流派和录音比特率之类的额外数据。为了控制名称包含上述哪些详细信息，在"翻录音乐"选项卡上单击"文件名"按钮以显示"文件名选项"对话框，如图 7-22 所示。激活想要包含在文件名中的详细信息旁的复选框，并使用"上移"和"下移"按钮来确定详细信息的顺序。最后，使用"分隔符"列表来选择使用哪种字符来分隔每条详细信息。

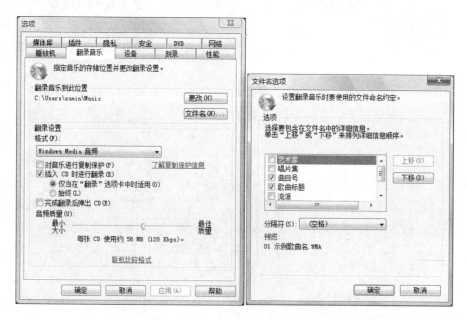

图 7-22　使用"文件名选项"对话框来指定希望在分配给每个翻录的音频 CD 曲目的文件名中包含的详细信息

2. 选择录音文件格式

在版本 10 之前，Windows Media Player 仅支持单一的文件格式：Windows 媒体音频 (Windows Media Audio，WMA)。这是一种非常好的音乐格式，它可以提供具有高压缩率的高品质的录音。如果打算仅收听自己的计算机上或在定制的 CD 上的曲目，使用 WMA 格式就足够了。但是，如果有一个可能无法识别 WMA 文件的 MP3 播放器或其他设备(尽管大多数设备能够识别，除非你是数百万拥有 iPod 的一员)，需要使用 MP3 录音格式。

Windows Media Player 10 可以直接提供 MP3 编码支持，而现在 Media Player 11 支持如下版本：

- Windows 媒体音频(WMA)——这是 Windows Media Player 的默认音频文件格式。WMA 通过消除人耳通常察觉不到的声音来压缩数字音频。这将带来高品质的音频文件，而它只是未压缩音频文件大小的一小部分。

- Windows 媒体音频专业版(Windows Media Audio Pro，WMA Pro)——此版本的 WMA 能够创建小于常规 WMA 的音乐文件并可以更适合在没有太多空间的移动设备上播放。

- Windows 媒体音频(可变比特率)——这种版本的 WMA 要智能一些，体现在它根据音频数据而改变压缩量：如果数据较为复杂，它使用较低的压缩以保持较高的声音质量；如果数据不太复杂，则加大压缩。

- Windows 媒体音频无损——这种版本的 WMA 一点也不压缩音频曲目。这种做法提供了尽可能高的音频质量，但占据的空间要大得多(最大每张 CD 约 400MB)。

- MP3——这是一种因特网上流行的格式。像 WMA 一样，MP3 在不牺牲音质的情况下压缩音频文件以便使其更小。MP3 文件的大小通常是 WMA 文件的两倍，但是更多的数字音频播放器支持 MP3(尽管现今这样的播放器不是很多)。

- WAV——这是一种与所有版本的 Windows(甚至可以追溯到 Windows 3.0)兼容的未压缩的音频文件格式。

在"翻录音乐"选项卡上采用"格式"列表来选择希望使用的编码器。需要注意的是，如果选择任何 Windows 媒体音频格式，都能够启用"对音乐进行复制保护"复选框。下面说明此复选框如何影响音乐复制：

- 如果激活"对音乐进行复制保护"复选框，Media Player 向每个曲目应用许可证，以便防止将曲目复制到其他计算机或任何符合 SDMI((Secure Digital Music Initiative，安全数字音乐计划)，参看 www.sdmi.org 网站以了解更多的信息)标准的便携式设备上。但是要注意允许将曲目复制到可写的光盘上。

- 如果不采用对音乐进行复制保护，那么对复制曲目的方式和位置将没有限制。只要是为个人使用而复制曲目，则不选取此复选框是最方便可行的方式。

3. 指定录音质量

音频 CD 上的曲目使用 CD 曲目格式(扩展名是.cda)，表示原始(未压缩)的音频数据。不能直接使用这些文件，因为 Windows Vista 不支持 CDA 格式，并且这些文件往往很大(通常是数十兆字节，具体大小取决于曲目)。因此，需要将曲目转换成 Windows Vista 支持的格式(如 WMA)。此转换总是包含将曲目压缩为更易管理的大小。但是，由于压缩过程是通过删除文件中额外的数据来执行的(也就是说它是有损压缩)，因此在文件大小和音乐质量之间需要进行折衷。确切地说，压缩率越高，得到的文件越小，但是音质也越差。反过来，压缩率越低，得到的文件越大，而音质也越好。一般而言，处理这种折衷的方式取决于拥有的存储文件硬盘空间大小和你的耳朵对声音质量的敏感程度。

录音质量通常以每秒千比特(Kbps，也就是比特率)来衡量，该值越高则可得到越高的音质和越大的文件，如表 7-1 所示。为了指定录音质量，使用"翻录音乐"选项卡上的音频质量滑块。向右移动滑块可以得到更高质量的录音，而向左移动录音质量会降低。

表 7-1　翻录比特率和耗费的磁盘空间

Kbps	KB/分钟	MB/小时
32	240	14
48	360	21
64	480	28
96	720	42
128	960	56
160	1 200	70
192	1 440	84

提示：

为了节省一些时间，Media Player 11 提供了更快捷地选择格式和音频质量的方法。将鼠标移向"翻录音乐"选项卡，将会看到一个方向向下的箭头。单击该箭头都可以显示一个菜单，然后选择"格式"(选择某种音频文件格式)或"比特率"(选择音频质量)。

4. 从音频 CD 上复制曲目

在做出了录音选择后，准备开始翻录曲目。下面给出要遵循的步骤：

(1) 插入音频 CD。

(2) 在 Windows Media Player 任务栏上单击"翻录", Windows Media Player 显示一个可用的曲目列表。为了获得曲目名, 连接到因特网, 然后单击"查看唱片集信息"。

(3) 选取想要复制的曲目旁边的复选框。

(4) 单击"开始翻录"。

提示:

通过在插入唱片之前选择"翻录"选项卡还可以省去上面的一个步骤。这样在插入唱片后, Media Player 开始自动翻录曲目。如果存在不希望翻录的曲目, 则不选中它旁边的复选框(注意, 即使 Media Player 已经翻录或正在翻录曲目, 这样做也是有效的)。

7.5.4 将曲目复制到一个可录制的 CD 或设备上

7

Windows Media Player 还可以执行相反的任务: 将媒体文件从计算机上复制到可记录的 CD 或便携设备上。

1. 创建一个播放列表

如果从播放列表(一个定制的音乐文件集合)来进行操作, 大多数人会发现这很方便。下面给出创建新的播放列表的方式:

(1) 在 Windows Media Player 任务栏上单击"媒体库"。

(2) 单击"播放列表" | "创建播放列表"。Windows Media Player 将添加新的播放列表。

(3) 为播放列表输入名称并按下回车键。Media Player 将在窗口右边显示"播放列表"窗格。

(4) 对于想要包含在新播放列表中的每首歌曲, 将它从"媒体库"中拖入到"播放列表"窗格中。

(5) 单击"保存播放列表"。

在创建了播放列表后, 可以通过在媒体库的播放列表分支中醒目显示它并随后右击曲目来编辑此列表。

2. 录制到 CD 或设备上

下面给出将音乐文件刻录到可记录 CD 或便携设备上的步骤:

(1) 插入可记录的CD或连接上便携式设备。

(2) 在 Windows Media Player 任务栏上单击"刻录"。在窗口的右边出现"刻录列表"。

(3) 对希望刻录的每个播放列表或歌曲, 将它从"媒体库"拖入到"刻录列表"窗格中。

(4) 单击"开始刻录"。

7.6　相关内容

这里列出书中一些包含与本章内容相关的信息的章节：

- 若要了解组策略，请参看第 10 章"使用控制面板和组策略"。
- 若要了解硬件和设备驱动程序，请参看第 17 章"最有效地使用设备管理器"。
- 若要了解配置网络的详细情况，请参看第 22 章"建立小型网络"。

第 8 章

Vista 的商业工具：
联系人、日历和传真

Windows Vista 在市场化方面经常强调其操作系统的"娱乐"功能：新的图形工具、Vista 的游戏功能、Media Player 和 Media Center 等。这么做很有意义，因为 Microsoft 想要销售更多的 Vista，而家庭用户是主要的零售市场。然而，Windows Vista 还有其更"商业"的一面。这包含了重要的商业必备功能，如网络、安全以及备份，但是其还包含了一些商业应用程序，对于那些负担不起价值几百美元的 Microsoft Office 的小商店来说，这些应用程序很有用。除了简单但功能强大的文字处理程序"写字板"、蛮不错的电子邮件客户端 Windows Mail(见第 19 章"与 Windows Mail 进行通信")以外，Vista 还有其他 3 个对小型业务类型有用的程序："Windows 联系人"、"Windows 日历"和"Windows 传真和扫描"。本章将会详细介绍这 3 个程序的内容。而且你将会看到，有了 Vista，Windows 在成为独立系统方面又迈进了一大步，如果你的要求不是那么高，则几乎不需要任何第三方软件。

8.1 管理联系人

无论是客户、同事或供应商，联系这些人都是大多数人的工作的重要内容。如果经常要查找人员信息，即他们的电话号码、住址、电子邮件和网址等，则这是一件很费时的事情。将这些任务精简的过程称为联系人管理(contact management)——能够为你节省很多时间并能让你的工作更加有效。

　　Windows Vista 将其联系人管理的功能称为 "Windows 联系人"。在以前版本的 Windows 中，联系人数据存储在 "地址簿" 中，它是一个简单的.wab 文件。当然，单独的文件会被破坏，如果这发生在 "地址簿" 上，除非有最近的备份，否则你的联系人数据会丢失。Vista 通过将 "联系人" 实现为保存在你的帐户文件夹(它的位置是 %UserProfile%\联系人)中的一个子文件夹的方式免除了这种危险。如图 8-1 所示，在 "联系人" 文件夹中，Vista 将每个联系人存储在单独的文件中，这种文件使用新的 "联系人文件" (.contact)文件类型。

图 8-1　Windows Vista 新的 "联系人" 文件夹

　　"联系人" 文件夹为你处理日益扩大的同事、客户、朋友以及家庭成员网络提供了相当大的灵活性。当然，可以使用 "联系人" 存储普通的信息，例如电话号码和地址，但是其还有 30 多个预定义的字段，可以用来保存其他的个人细节信息：他们的生日和纪念日、他们配偶和孩子的姓名，甚至是他们的网页地址。"联系人" 还能减少执行许多任务所需的大量步骤。例如，如果你想要给 "联系人" 文件夹中的某个人发送电子邮件，则无需启动 Windows Mail、创建电子邮件和添加联系人，而是可以通过直接从 "联系人" 文件夹中创建电子邮件来完成所有这些操作。

　　你可能通常会将这种详细的材料与更为健壮的程序(例如 Microsoft Outlook)关联起来。我并不是说 "联系人" 等同于 Outlook，两者完全不同。Outlook 拥有许多优秀的功能，例如会议请求、任务分配和 Microsoft Exchange 集成。另一方面，类似于大多数 Windows Vista

自带的应用程序，"联系人"是"足够好的"程序：如果不希望花很多钱购买 Outlooks，或者不需要 Outlook 的高端功能，Vista 的"联系人"文件夹就足以处理日常的大多数联系人管理任务。

下面的章节将会介绍"联系人"文件夹以及添加和编辑联系人、创建联系人组、导入和导出联系人数据以及给联系人发送电子邮件和通过电话进行联系的方法。在开始介绍之前，注意 Vista 提供了以下 6 种方式显示"联系人"文件夹：

- 选择"开始" | "所有程序" | "Windows 联系人"。
- 选择"开始"菜单，单击用户名，然后双击"联系人"图标。
- 按下 Windows Logo+R 组合键(或选择"开始" | "所有程序" | "附件" | "运行")以打开"运行"对话框，输入 wab，然后单击"确定"按钮。
- 在 Windows Mail 中，选择"工具" | "Windows 联系人"(还可以按下 Ctrl+Shift+C 组合键或单击工具栏中的"联系人"按钮)。
- 在"Windows 日历"中，选择"查看" | "联系人"。
- 在"Windows 传真和扫描"中，选择"工具" | "联系人"。

8.1.1　创建新的联系人

稍后你将看到，Vista 会在联系人文件夹中创建一个简单的文件：根据你的用户帐户而创建的"联系人"文件(参见本章后面的"填入你自己的联系人数据")。为了让"联系人"文件夹有用，应该用你自己的联系人填充该文件夹。Vista 提供了 4 种方法完成该操作：从电子邮件创建联系人、重新创建一个联系人、从其他程序或文件格式导入联系人以及创建联系人组。下面 4 小节将分别讨论这些方法的细节内容。

1. 从 Windows Mail 的邮件中创建联系人

如果在 Windows Mail 中有一封邮件来自需要保存在"联系人"文件夹的人员，则可以使用邮件创建简单的联系人数据，在其中只存储发件人的姓名和电子邮件地址。在 Windows Mail 中，右击发件人的邮件，然后单击"添加发件人到联系人"。Windows Mail 将立即为该发件人创建一个新的"联系人"文件。

> **注意:**
> Windows Mail 的默认配置相当麻烦：你回复的每个人都将自动被添加到"联系人"文件夹中，但我们与发送电子邮件的那些人很可能只有一点联系，因此，将这些陌生人放入到"联系人"文件夹中很浪费空间，会让操作变慢。通过选择"工具" | "选项"，显示"发送"选项卡，然后取消"自动将我的回复对象添加到我的联系人列表"复选框能够阻止该操作。

> **提示：**
>
> 一些人会在他们的电子邮件中自动包含称为 vCard(.vcf)的联系人数据，将其作为某种电子名片(参见本章后面的"将你的联系数据作为电子名片发送")。如果接收到这样的邮件，则可以添加这个人和他们的联系人数据到"联系人"中。单击 vCard 图标，然后单击"打开"以显示联系人数据。在"摘要"选项卡中，单击"设为我的联系人"为该对象创建新的"联系人"文件。

2. 重新创建联系人

如果需要手动完成联系人创建操作，则可以按照以下步骤进行操作：

(1) 在"联系人"文件夹中，单击"新建联系人"(还可以右击该文件夹并单击"新建" | "联系人")。Vista 将显示空白的联系人属性表。

(2) 在"姓名和电子邮件"选项卡中，至少填入联系人的姓和名。

(3) 使用"全名"列表选择想要显示联系人全名的方式："名姓"(例如，Paul McFedries)；"姓名"(McFedries Paul)；或者"姓，名"(McFedries，Paul)。

(4) 输入联系人的电子邮件地址，然后单击"添加"按钮。

(5) 如果联系人有其他电子邮件地址，则重复步骤(4)。

(6) 使用"住宅"、"工作"、"家庭"和"附注"选项卡添加其他联系人数据。

(7) 单击"确定"按钮。

3. 导入联系人

如果有大量的联系人，通过手动逐个添加联系人并不是个好主意。幸运的是，如果联系人数据的格式合适(接下来就介绍更多相关内容)，Vista 能够通过一次操作导入这些数据。什么样的格式是"合适的"呢？幸运的是，shVista 支持 4 种常用的联系人格式：

- CSV——这是"逗号分隔的值"的格式，它包含的文本文件中每个联系人有独立的一行，而且联系人的每个数据都由逗号分隔。在大多数情况下，CSV 文件的第一行会列出字段名称，以逗号隔开。

- LDIF——这是"轻量级目录访问协议(Lightweight Directory Access Protocol，LDAP)数据交换格式"。如果联系人在 LDAP 服务器上，而且你有客户端服务器能够访问该服务器，则客户端应该有一个将联系人导出到 LDIF 文件的功能。

- vCard——这是 vCard 格式，其中每个联系人的数据存储在.vcf 文件中。vCard 经常被用作电子名片。许多联系人管理程序能够将联系人数据作为 vCard 文件集合进行导出。

- WAB——这是"Windows 地址簿文件"格式，这种格式由 Outlook Express 使用。

提示：

如果需要导入来自于 Outlook 的"联系人"功能的项，就需要首先将 Outlook 数据导出为 CSV 格式。在 Outlook 中，选择"联系人"文件夹，然后选择"文件"|"导入和导出"|"导出为文件"，然后单击"下一步"按钮；选择"逗号分隔的值(Windows)"，单击"下一步"按钮；单击"联系人"文件，然后单击"下一步"按钮；选择文件位置和文件名，然后单击"下一步"按钮；最后单击"完成"按钮。

如果你的联系人数据是其中一种格式，则可以按照以下步骤将数据导入到"Windows 联系人"中：

(1) 在"Windows 联系人"中，单击"导入"以显示"导入 Windows 联系人"对话框，如图 8-2 所示。

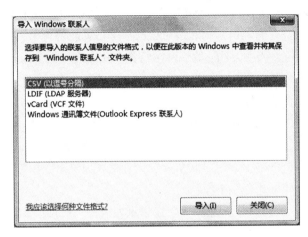

图 8-2　使用"导入 Windows 联系人"对话框选择一种联系人文件格式

(2) 选择想要使用的联系人文件格式。

(3) 选择"导入"。Vista 将会提示你指定想要导入的文件。

(4) 下面进行的操作取决于所使用的文件格式：

● 对于 LDIF、vCard 和 WAB，选择文件，然后单击"打开"按钮，跳到步骤(6)。

● 对于 CSV，输入文件路径和文件名(或单击"浏览"选择文件)，然后单击"下一步"按钮，进入步骤(5)。

(5) 在"CSV 导入"对话框中，选中想要映射的每个字段旁边的复选框，然后单击"完成"按钮。

注意：

在"CSV 导入"对话框中，"文本域"字段说明了 CSV 文件中的字段名称，"联系人域"字段说明了 Vista 将用来创建联系人的相应字段。如果字段映射不正确，则单击字段，然后单击"更改映射"。使用"更改映射"对话框以选择正确的联系人字段(或者取消"导入该域"跳过)，然后单击"确定"按钮。

(6) 在最后的对话框中，单击"关闭"按钮。

4. 创建联系人组

你可能已经知道，如果需要向 2 个或多个人发送电子邮件，则需要向邮件窗口的"收件人"、"抄送"或"密件抄送"字段(使用分号或逗号分隔每个地址)中添加每个人的地址。然而，当你发现需要一次又一次地发送给同一组人时该怎么办呢？这可能是你办公室的团队、从事同一个项目的一群人或是分享趣事的朋友群。在第 19 章将看到，如果在"Windows 联系人"中有每个收件人的数据，则通过几次鼠标单击就能将每个人添加到邮件中。这对 2、3 个人的情况来说没有问题，但是如果组内包含十几个人或更多人，即使使用方便的"联系人"列表的方法也会显得很慢。另外，你可能会漏掉某个人，而且如果漏掉的是公司的高层人员，那就会变得非常糟糕。

更好地包含整个组的电子邮件的方法是创建"**联系人组**"：包含 2 个或更多联系人的"联系人"文件。当创建电子邮件并指定收件人为联系人组时，Windows Mail 会将邮件发送给组中的每个对象。组的成员可以是其他"联系人"或者是只为该组而添加的对象。

可以按照以下步骤创建联系人组：

(1) 在"联系人"文件夹中，选择"新建联系人组"，打开联系人组的属性表。

(2) 输入组名。

(3) 使用以下 3 种方法之一向组中添加成员(图 8-3 显示了一个已添加过某些成员的组)：

● 为了添加已有的联系人，单击"添加到联系人组"按钮以显示"将成员添加到联系人组"对话框。按下 Ctrl 键并单击想要添加的每个联系人。完成该操作后，单击"添加"按钮。

● 为了添加新的联系人，单击"新建联系人"按钮。使用出现的属性表输入联系人的信息，然后单击"确定"按钮。Vista 将会为该对象创建新的联系人文件并将其添加到联系人组中。

● 为了添加成员，不用创建联系人，只需输入联系人名称和电子邮件地址，然后单击"仅创建组"按钮即可。

(4) 显示"联系人组详细信息"选项卡。

(5) 大多数情况下，不需要为联系人组填入如地址和电话号码这样的数据。然而，如果可行，则可能会在"附注"字段中添加文本或者会指定网站地址。

(6) 单击"确定"按钮。

图 8-3　"联系人组"的属性表提供了将成员添加到组中的多种方法

8.1.2　与联系人通信

　　"联系人"文件夹通常是你可以用来根据需要引用联系人数据的库。然而，"联系人"文件夹同样也是与联系人通信的有效快捷的方法(不使用 Windows Mail)。"联系人"文件夹提供了 3 种与联系人通信的方式：

- 给联系人发送电子邮件——选择联系人，然后单击任务栏中的"电子邮件"按钮或"预览"窗格中联系人电子邮件的链接(还可以右击联系人，然后选择"操作"|"发送电子邮件")。Vista 将会显示地址为联系人的"新建邮件"窗口。

> **注意：**
>
> 　　如果联系人有多个电子邮件地址，单击任务栏的"电子邮件"按钮将会给你指定为"首选项"的地址发送邮件。为了修改"首选项"地址，打开联系人的属性表(选择联系人，然后单击"编辑"按钮)，选择想要使用的地址，然后单击"设为首选项"按钮。为了给非首选项地址发送邮件，可以单击"预览"窗格中的地址链接或右击联系人，选择"操作"|"发送电子邮件"，然后选择想要使用的地址。

- 呼叫联系人——右击联系人，然后单击"操作"|"呼叫此联系人"以打开"新建呼叫"对话框，如图 8-4 所示。在"电话号码"下拉列表中选择想要呼叫的号码，然后单击"呼叫"按钮。

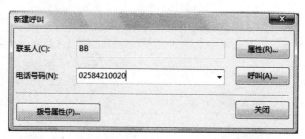

图 8-4   使用 "新建呼叫" 对话框初始化呼叫联系人

- 访问联系人的网站——如果为联系人指定了工作或住宅的网站，则可以通过选择联系人，单击 "预览" 窗格中的网站链接来访问该站点。或者可以打开联系人的属性表，显示包含网站地址(工作或住宅)的选项卡，然后单击 "转到" 按钮。

8.1.3 处理联系人

如果需要更改已有的联系人，则必须打开联系人的属性表，Vista 提供 3 种这样操作的方式：

- 选择联系人，然后单击任务栏的 "编辑" 按钮。
- 选择联系人，然后单击 "预览" 窗格内的联系人图片。
- 双击联系人。

下面几个小节的内容将会介绍一些处理联系人的更有用的方法。

> **提示：**
>
> Vista 默认根据 "名" 字段中的值对 "联系人" 文件夹进行排序，"名" 字段对应于每个联系人属性表中的 "全名" 字段。如果对于每个联系人，在 "全名" 字段中选择了 "姓, 名" 或 "姓名" 格式，则 "联系人" 列表将根据 "姓" 进行排序。然而，如果你在 "全名" 字段中选择了 "名姓" 格式，或者混用了这几种格式，则联系人文件夹不会进行正常的排序。为了解决这个问题，右击字段标头，然后单击 "姓" 则将 "姓" 字段添加到文件夹中。单击 "姓" 标头可以根据姓对所有联系人进行排序。

1. 更改联系人的图片

Vista 会默认地为每个新的联系人提供一张通用的图片。如果你有联系人的图片，则可以使用该图片替换通用的图片。按照以下步骤操作：

(1) 打开联系人的属性表。

(2) 在 "姓名和电子邮件" 选项卡中，单击联系人的图片，然后单击 "更改图片"，打开 "为联系人选择图片" 对话框。

(3) 选择想要使用的图片并单击 "设置" 按钮。Vista 会将该图片添加到属性表中，如图 8-5 所示。

图 8-5　可以使用联系人的图片替换通用的联系人图片

2. 填入你自己的联系人数据

前面提过，Vista 会自动为你的用户名创建一个联系人。这是一个简单的联系人文件，只会在"名"字段中包含你的用户名并且将用户帐户图片作为联系人的图片。后面的章节将会介绍可以将自己的联系人数据作为电子名片发送给其他人。当然，在发送前，需要填入想要其他人能够看到的联系人数据：

(1) 打开你的联系人的属性表。

(2) 填入想要在电子名片中包含的数据。

(3) 单击"确定"按钮。

(4) 右击"联系人文件"。

(5) 如果在快捷方式菜单中看到"是我"，则意味着 Vista 已经知道此联系人包含着你的数据，所以可以退出快捷方式菜单。否则，单击"设为我的联系人"将告诉 Vista 该联系人数据包含你的数据。

> **提示：**
>
> 即使不想以电子邮件的方式发送你的联系人数据，将电子邮件的地址添加到联系人数据中仍然很有用。这样，可以在电子邮件或联系人组中轻松地包含你的地址。

3. 将联系人数据作为电子名片发送

前面介绍过，如果收到作为附件的电子名片(.vcf)文件，则很容易能将这个人的数据添

加到 "联系人" 列表中。因此，许多人设置联系人文件，然后将数据作为电子名片发送。

> **提示：**
>
> 一些公司的邮件服务器会阻止通过附件包括.vcf文件的邮件(包括传入和发出的邮件)。咨询邮件管理员以了解是否允许发送电子名片。如果可以发送，要求接收方确认接收名片是不错的想法。

如果只是偶尔这么做，可以右击联系人文件，然后单击 "发送联系人"。打开的 "新邮件" 窗口会把你的联系人数据作为.vcf附件。

如果需要在所有发出的邮件中包括电子名片，遵循以下步骤，在 Windows Mail 中进行设置：

(1) 在 Windows Mail 中，选择 "工具" | "选项" 以显示 "选项" 对话框。

(2) 显示 "撰写" 选项卡。

(3) 在 "名片" 部分中，选中 "邮件" 复选框。

(4) 在 "邮件" 复选框旁边的下拉列表中选择你的联系人文件(注意，在选择联系人后，可以单击 "编辑" 按钮打开其属性表并进行修改)。

(5) 单击 "确定" 按钮。

现在每个发送的邮件都会将你的联系人数据作为.vcf文件附件(虽然在使用邮件窗口并不能看到此附件)。如果不想让 Windows Mail 为某个特定邮件发送名片，则可以下拉 "插入" 菜单，单击 "我的名片" 命令以取消启用。

8.2　使用 Windows 日历来安排日程

Windows 正逐渐地演化为一个完整的计算机系统，因为它包含了每个有着简单需求的用户想要的所有内容。它有字处理器、文本编辑器、图片编辑器、Web 浏览器、电子邮件客户端、媒体播放器以及备份程序。没漏掉什么内容吧？在安全方面，Vista 有着双向的防火墙和反间谍软件工具。同样，我们所有人都需要某种方式的跟踪约会和任务的列表，所以这里需要一个日历应用程序；Vista 现在就有这样一个应用程序，称为 "Windows 日历"，其作为操作系统的免费服务并不差。它有着美观干净的界面，能完成日历程序能够完成的所有基本任务：

- 创建一次或多次重复约会
- 创建全天事件
- 能够设置优先级标志和已完成标志来计划任务
- 设置约会和任务提醒
- 根据天、周或月查看约会
- 使用 iCal 标准发送和订阅日历

- 导入"日历"(.ics)文件
- 创建多个日历

为了启动"日历"，可以使用以下任何一种方法：

- 选择"开始"|"所有程序"|"Windows 日历"
- 按下 Windows Logo+R 组合键(或选择"开始"|"所有程序"|"附件"|"运行")打开 "运行"对话框，输入 wincal，单击"确定"按钮。
- 在 Windows Mail 中，选择"工具"|"Windows 日历"，或按下 Ctrl+Shift+L 组合键。

图 8-6 显示了一个空的"日历"窗口。

图 8-6　使用"Windows 日历"跟踪约会、全天事件和任务等

可以看到，"日历"类似于日程规划程序或桌面日历。其分为如下 5 个部分：

- 日期——该区域每次显示一个月的时间(通常是当前这个月)。使用"日期"区域可以 更改"事件"区域显示的日期。已经为约会或会议做过计划的日期以粗体字显示。注 意，今天的日期周围总是有一个红色正方形围绕。
- 事件——这部分"日历"窗口每次显示一天的时间，以小时为时间间隔(每一小时又分 为半小时部分)。计划的约会和会议都会出现在该区域中。
- 详细信息——使用该区域添加、编辑、查看约会和任务。
- 日历——该区域显示日历列表。大多数人只使用一个日历，但是你可能想要分离不同 的日历，如工作或个人使用。
- 任务——该区域列出已设置的任务。

8.2.1 导航日期

"日历"始终显示的是今天的日期。然而,如果想要使用不同的日期,则"日期"区域将满足你的需要。只需单击日期,"日历"将会在"事件"区域显示日期。如果所需的月份没有出现在"日期导航器"中,单击月份旁边的向左箭头可以每次后退一个月。同样地,可以单击向右箭头每次前移一个月。

对于更大的移动,可以使用箭头间的文本导航到不同的月、年或十年。箭头间的文本是一系列的链接,能够让你在日期上进行增减,按照以下步骤操作:

(1) 单击起始年月文本以显示今年的月份列表,链接文本将更改为今年。

(2) 单击想要进入的月份。如果不是今年的月份,则可以单击左箭头或右箭头以减少或增加年份,或者单击"年"文本以查看当前十年内的年列表。链接文本更改为当前的十年。

(3) 单击想要进入的年份。如果年份不在当前十年内,则可以单击左箭头或右箭头以减少或增加十年,或者单击"年-年"文本以查看当前世纪中的十年列表。

(4) 单击包含所需年份的那十年。

(5) 单击包含所需月份的那一年。

(6) 单击月份。

这里还将介绍更改日期的其他两种方法:

- 为了移动到今天,选择"查看"|"今日"或单击"今天"按钮。
- 为了移动到特定的日期,选择"查看"|"转到日期"(或按下 Ctrl+G 组合键)以显示"转到日期"对话框。在"日期"文本框中输入所需的日期,或者使用下拉框显示日历并单击日期。还可以使用"显示方式"选择不同的视图(参见下一节的内容)。单击"确定"按钮显示日期。

8.2.2 更改日历视图

"日历"默认会在"事件"区域中使用"天"视图,其中显示了某一天的约会和会议。然而,"日历"相当灵活而且有多种可以使用的视图。以下是完整的列表:

- 天——选择"查看"|"天"(或按下 Ctrl+Shift+1 组合键)。
- 工作周——显示当前一周的星期一到星期五。选择"查看"|"工作周"(或按下 Ctrl+Shift+2 组合键)。
- 周——显示当前一周的周日到周六。选择"查看"|"周"(或按下 Ctrl+Shift+3 组合键)。
- 月——显示当前月。选择"查看"|"月"(或按下 Ctrl+Shift+4 组合键)。

> **提示：**
>
> "日历"默认使用"星期天"作为一周的开始，"星期一"作为工作周的开始。为了更改这些默认值，选择"文件"|"选项"。在"选项"对话框中，使用"一周的第一天"和"工作周的开始"列表指定首选日期，单击"确定"按钮。

8.2.3　计划约会

"日历"能够通过创建以下 3 种类型的项跟踪日常生活：

- 约会——这是最常用的"日历"项，它是指你留出一段时间给某项活动。典型的约会包含午餐约会、看门诊或牙医，或者会议。还可以创建一定时间间隔的重复约会(例如每周或每月)。
- 全天事件——这是指需要 1 天或多天的任何活动。示例包括会议、展览会以及假期。在"日历"中，事件不会占据时间块，相反只会在受影响的日期上显示为旗帜。还可以计划重复周期的事件。
- 任务——这是指想要完成的特定事务、活动或项目。譬如付帐单、完成报告以及学习一门语言。任务通常有一个开始日期和结束日期，可以设置"日历"提醒任务到期。

下面几个小节将介绍创建约会、全天事件和任务的方式。

1. 创建约会

为了设置基本的约会，按照以下步骤进行操作：

(1) 导航到约会发生的日期。

(2) 选择"文件"|"新建约会"(还可以按下 Ctrl+N 组合键或单击"新建约会"按钮)。"日历"将会创建新的约会并在"详细信息"区域中显示，如图 8-7 所示。

图 8-7　当创建新约会时，"详细信息"区域将会显示用来配置约会的控件

> **注意:**
>
> "日历"将会在包含当前时间的时间块中创建新约会。例如，如果此时是下午 3:15，则"日历"会创建新的从 3:00 到 4:00 一小时的约会。为了在指定时间创建约会，右击"事件"区域中的时间，然后单击"新建约会"。

> **提示:**
>
> "日历"会默认创建一小时的新约会。如果你的大部分约会使用其他长度的时间，则可以配置"日历"使用不同的时间长度。选择"文件"|"选项"显示"选项"对话框。在"约会"组中，使用"默认长度"列表选择所需长度(15 分钟、30 分钟、1 小时或 2 小时)。

(3) 单击标题("新建约会"是默认值)，然后输入描述约会的新标题。

(4) 使用"位置"文本框指定约会的地点(例如，房间号或地址)。

(5) 如果有多个日历(参见本章后面的"使用多个日历")，则可以在"日历"下拉列表中选择想要为新约会而使用的日历。

(6) 如果约会在 Web 或 Intranet 上有相关的页面(例如 SharePoint 站点)，则在 URL 文本框中输入该网址。

(7) 使用两个"开始"控件设置约会开始的日期和时间。使用左边的控件更改日期，使用右边的控件更改时间。

(8) 使用两个"结束"控件设置约会结束的日期和时间。使用左边的控件更改日期，使用右边的控件更改时间。

> **提示:**
>
> 还可以使用鼠标设置约会的开始和结束时间。为了更改开始时间，单击并拖动"事件"区域中约会的顶部边缘；为了更改结束时间，单击并拖动约会的底部边缘。

(9) 使用"便笺"框输入有关约会的其他信息：更详细的描述信息、谈话要点、一些笑话等。

以上步骤可以创建简单的约会。在下面几个小节中将会介绍更高级的约会功能，具体地讲，是重复周期型、提醒型和参加型。

2. 创建重复周期的约会

如果有定期发生的约会(假设每周或每月)，则将这些约会输入为单独的约会很浪费时间。幸运的是，你无需这样操作，因为"日历"可以计划重复的约会。例如，如果创建每周的约会，"日历"将会在每周的同一天和同一个时间段内自动填入约会。

为了计划重复的约会，按照以下步骤操作：

(1) 创建新的约会或单击已有的约会。

(2) 使用"重复周期"列表选择以下重复周期的模式："每天"、"每周"、"每月"、"每年"。还可以选择"高级"弹出"重复周期"对话框，如图 8-8 所示。

图 8-8　使用"重复周期"对话框为约会设置自定义的重复周期间隔

(3) 如果使用"重复周期"对话框，在"重复间隔"文本框中输入一个值并在旁边的列表中选择时间间隔(天、周、月或年)。

(4) 如果选择"周"或"月"，"日历"将会向对话框添加控件以进一步明确选择：

●　对于"周"间隔，"日历"会显示 7 个按钮，每个按钮代表一周中的某一天。单击计划约会发生在哪一天的对应按钮。

●　对于"月"间隔，"日历"会显示一些选项按钮，选项的内容取决于初始约会的日期。图 8-8 显示了"月"间隔的选项。

(5) 选择以下选项设置重复周期的限制：

●　永久——选择该选项可以无限次计划约会。

●　次数——选择该选项计划约会发生指定的次数。使用文本框输入所需次数。

●　直到——选择该选项指定最后约会的日期。如果指定的日期在发生约会之后(例如，如果计划约会在每周的星期二，但是你指定的日期为星期五)，则"日历"最远将约会安排到与指定日期最接近的那个日期。

(6) 单击"确定"按钮。

3. 添加提醒

如果想要"日历"提醒你约会的时间即将到来，则按照以下步骤进行操作：

(1) 创建新的约会或单击已有的约会。

(2) 使用"提醒"列表指定在约会前多久显示提醒。还可以单击"约会"让提醒在指定的日期和时间显示。

当提醒时间到达时，程序将会显示与图 8-9 相似的对话框。有以下 4 种方法处理提醒：

●　暂停——单击该按钮让"日历"每 5 分钟(或者是在"单击暂停按钮，在下列时间后再次提醒"列表中选择的任何时间)显示一次提醒。

●　解除——单击该按钮将永久关闭提醒。

●　全部解除——单击该按钮将永久关闭所有提醒。

●　查看项目——单击该按钮会在"详细信息"区域中显示项目。

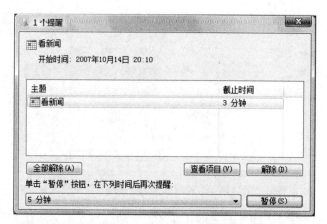

图 8-9 如果使用提醒设置约会，则当提醒时间达到时会显示这样一个对话框

提示：

"日历"默认不会为新约会设置提醒。如果要为大多数约会设置提醒，则可以配置"日历"使用默认的提醒时间间隔。选择"文件"|"选项"以显示"选项"对话框。在"约会"组中，使用"默认提醒"列表选择在创建新约会时默认出现在"详细信息"区域中的分钟数、小时数、天数或周数。

4. 邀请与会者

如果想要其他人参加你的约会，"日历"可以给他们发送电子邮件的邀请。以下是操作步骤：

(1) 创建新的约会或单击已有的约会。

(2) 可以通过以下方法指定与会者。

- 对于不在"联系人"列表中的那些人，使用"与会者"文本框输入每个人的电子邮件地址，每次输完后按下回车键。
- 对于在"联系人"列表中的那些人，单击"与会者"按钮以显示"联系人"列表。对于想要邀请的每个人，单击这个人的名字，然后单击"收件人"。当完成操作后，单击"确定"按钮。

(3) 单击"邀请"按钮，"日历"将会创建新的电子邮件发送给与会者。其"主题"行是："邀请：Appointment"，这里的 Appointment 是指约会标题。附件是 iCalendar(.ics)格式的文件，其中包含约会的详细信息。

(4) 如有必要，添加邮件文本，然后单击"发送"按钮。

如果收件人使用支持 iCalendar 格式的日历程序，则他们可以打开附件将约会自动地添加到他们的计划中(在"Windows 日历"中，这和导入日历相同，参见本章后面介绍的"导入日历文件")。

5. 创建全天事件

前面提过，全天事件是指需要 1 天或多天时间(或者至少是这些天的工作时间部分)的活动。有些活动明显是全天的事件：贸易展览、销售会议、公司静修研讨等。但如果是从上午 9:00 到下午 4:00 的培训课程，这是否算全天事件呢？这算全天事件或只是长时间的约会呢？

从"日历"的角度看，约会和全天事件的主要区别在于约会是作为"事件"区域中的时间块输入的，而全天事件是作为"事件"区域顶部的横幅显示的。这意味着还可以在有全天事件的日期上计划约会。

一个很好说明该区别的示例是贸易展览会。假设展览会需要一整天的时间而且你是参加该展览会的销售代表。你可能会把展览会作为全天的约会。然而，如果你还要拜访参加展览会的客户，那该怎么办呢？这里可能计划发生冲突的约会，但是全天的约会将造成"事件"区域的拥挤。在这种情况下，更应该将展览会计划为全天事件。这会打开"事件"区域并为你计划与客户的约会。

按照以下步骤计划全天的事件：

(1) 创建新的约会或单击已有的约会。

(2) 启用"全天约会"复选框。

(3) 指定事件的"开始"和"结束"日期。

6. 创建任务

对于那些健忘者来说，将要做的事情和活动记录下来是一种很好的传统习惯。"日历"的"任务"列表能够提供相似的电子任务列表：

下面是建立任务所需执行的步骤：

(1) 选择"文件"|"新建任务"(还可以按下 Ctrl+T 组合键或单击"新建任务"按钮)。"日历"将会创建新任务并在"详细信息"区域中显示，如图 8-10 所示。

在创建新任务后，详细信息将显示在"详细信息"区域中。

(2) 单击标题("新建任务"是默认值)并输入描述任务的新标题。

(3) 如果有多个日历(参见本章后面的"使用多个日历")，使用"日历"列表选择想要为新任务使用的日历。

(4) 如果约会在 Web(例如 SharePoint 站点)或 Intranet 上有相应的页面，则可以在 URL 文本框中输入网址。

(5) 使用"优先级"列表选择任务的重要性："低"、"中"、"高"或"无"。

(6) 使用"开始"控件设置任务开始的日期。

图 8-10　当创建新任务时，"详细信息"区域将显示用来配置任务的控件

(7) 使用"截止日期"控件设置任务的截止日期。

(8) 如果想要"日历"提醒任务到期，则单击"提醒"并使用下拉列表指定在约会前多久显示提醒(还可以单击"约会"让提醒在指定的日期上显示)。

(9) 使用"便笺"框记录有关任务的其他内容：执行的特定操作、任务资源、建议的延迟方法等。

完成这些任务后，通过启用"详细信息"区域的"已完成"复选框通知"日历"(或者可以单击"任务"列表中任务旁边的复选框)。

> **提示：**
>
> "日历"默认地会在"任务"区域中保存已完成的任务，直到删除这些任务为止。如果不想删除任务，则可以通过让"日历"在完成之后的特定一段时间内自动隐藏任务，从而减少"任务"区域的混乱。选择"文件"|"选项"以打开"选项"对话框。在"任务"组中，使用"隐藏完成的任务之前的天数"列表以选择"日历"隐藏任务的时间间隔。单击"确定"按钮。

8.2.4　使用多个日历

生活是如此的忙碌，所以我们经常希望自己能够分身，从而完成所有的任务和使命。你不可能有两个自己(至少现在不可以)，但是可以有两个(或更多的)日历。如果想要单独保存约会和任务，则使用两个日历很有效。例如，可能想为工作项使用一个日历，而为个人项使用另一个日历。同样地，你可能会为不同的项目、客户、部门等使用不同的计划。

如果不想从一个日历切换到另一个日历以查看相应的约会和任务，请不用担心，因为不必这么做。"日历"始终会显示所有的约会和任务。通过将每个日历中的项编码为不同的颜色(一个日历中的项可能是红色，另一个日历中的项可能是绿色)，"日历"会显得较为直观。

按照以下步骤可以创建并配置新的日历：

(1) 选择"文件"|"新建日历"，"日历"将在"详细信息"区域显示新的日历。

(2) 为日历输入新的名称。

(3) 使用"颜色"列表选择想要为日历的约会和任务使用的颜色。

图 8-11 显示了使用多个日历的"日历"窗口。

图 8-11　使用两个日历的"Windows 日历"

提示：

"日历"显示了所有日历中的项。如果你发现"事件"区域太混乱，则可以通过取消"日历"区域中的复选框隐藏日历项。

8.2.5　导入日历文件

前面提过，"Windows Mail"支持 iCalendar(.ics)格式，这是一种标准的日历格式。每个 iCalendar 文件包含 1 个或多个约会或任务。如果想要在你的"日历"中包含这些项，则可以导入 iCalendar 文件，然后可以向该日历中添加项或在单独的日历中显示这些项。按照以下步骤导入 iCalendar 文件：

(1) 选择"文件"|"导入"以显示"导入"对话框。

(2) 使用"导入文件"文本框指定日历文件的位置(或者单击"浏览"并使用"打开"对话框选择文件并单击"打开"按钮)。

(3) 在"目标"列表中，有两个选择：
- 选择"创建新日历"为导入的项创建单独的日历。
- 选择已有的日历名称将把导入的项合并到该日历中。

(4) 单击"导入"按钮。

注意：

为了导出日历，单击"日历"区域中的日历；如果只想导出特定的项，则单击该项。选择"文件"|"导出"以打开"导出"对话框。选择"位置"，编辑"文件名"(如有必要，默认文件名与日历或选中的项相同)，然后单击"保存"按钮。

8.2.6 共享日历

如果偶尔想和其他人共享约会和任务，则可以导入和导出 iCalendar 文件。然而，在团队以及其他组中工作是很常见的事情，这些组内的成员需要知道其他人的计划(计划会议，检查某人是否在办公室等)。因为有这些更为复杂的情况，所以这里需要更高级的共享方法，"日历"乐于承担这份责任。使用日历能够**"发布(publish)"**日历到一个可访问的位置，例如网络共享或为保存日历而设计的网站上。其他人可以**"订阅(subscribe)"**该日历，将此日历添加到他们自己的日历列表中。一旦完成该操作，订阅者可以通过同步发布的日历查看最新的信息。

1. 发布日历

以下是发布日历的操作步骤：
(1) 在"日历"列表中，单击想要发布的日历。
(2) 选择"共享"|"发布"以打开"发布日历"对话框。
(3) 如有必要，编辑"日历名称"。

提示：

在日历发布后，"日历"提供了能够发送包含共享日历地址的电子邮件的选项。大多数电子邮件客户端会将该地址显示为链接。然而，如果地址包含空格，则链接会在第一个空格上停止。因此，应该更改日历名称以删除任何空格。

(4) 使用"发布日历的位置"输入想要发布日历的网络共享或网站的地址(如图 8-12所示)。

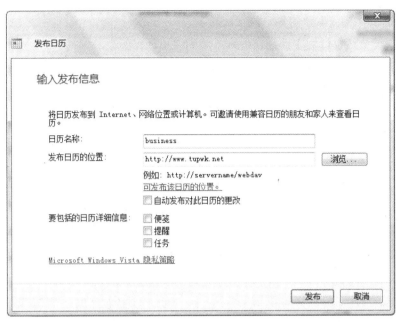

图 8-12　使用"发布日历"对话框将日历发布到网络共享或网站上

(5) 如果想要"日历"在你每次更改日历时更新日历发布，则可以选中"自动发布对此日历的更改"复选框(如果取消选中了该选项，则仍可以通过手动方式发布更改，参见后面的"使用共享的日历")。

(6) 在"要包括的日历详细信息"区域中，选中在发布的日历中所需项目旁边的复选框："便笺"、"提醒"和"任务"。

(7) 单击"发布"按钮。"日历"会把日历发布到远程位置，然后显示对话框，指出操作已成功完成。

(8) 为了让其他人知道日历是共享的以及可以找到日历的位置，单击"公告"按钮。"日历"会创建包含以下正文的新电子邮件(其中 address 是发布的日历地址)：

```
You can subscribe to my calendar at address
```

(9) 单击"完成"按钮。

2. 订阅日历

为了将其他人发布的日历添加到"日历"列表中，按照以下步骤进行操作：

(1) 选择"共享"|"订阅"打开"订阅日历"对话框。

(2) 使用"要订阅的日历"文本框输入已发布日历的地址。

(3) 单击"下一步"按钮。"日历"会订阅已发布的日历，然后显示"日历订阅设置"对话框。

(4) 根据需要编辑日历名称。

(5) 使用"更新时间间隔"列表选择"日历"更新已订阅日历的时间间隔："每 15 分

钟"、"每小时"、"周天"、"每周"或"无更新"。

(6) 如果想要接收日历中的任何提醒,选中"包括提醒"复选框。

(7) 如果还想看到发布日历的任务,选中"包括任务"复选框。

(8) 单击"完成"按钮。已发布的日历将出现在"日历"列表中。

3. 使用共享的日历

在发布 1 个或多个日历并订阅 1 个或多个远程日历后,"Windows 日历"将会提供多种使用这些项的方法。总结如下:

- 更改日历的共享信息——当选择一个已发布的或已订阅的日历时,"详细信息"窗格将会显示"共享信息"区域,而且可以使用该区域中的控件来配置日历的共享选项。

- 发布日历更改——如果没有配置发布的日历为自动发布更改,则可以通过选择日历并选择"共享"|"同步"来手动地进行重新发布。

- 更新订阅的日历——如果没有为订阅的日历配置更新时间间隔,或如果想要在下次计划更新前在日历中看到最新的数据,则可以选择日历,然后选择"共享"|"同步"。

- 同步所有的共享日历——如果有多个共享的日历(发布的和订阅的),则可以通过选择"共享"|"同步所有"立即同步这些日历。

- 发送已发布日历的公告——如果没有发送有关已发布日历的公告,或者想要将公告发送给其他人,选择日历,然后选择"共享"|"发送发布电子邮件"。

- 停止已发布的日历——如果不想要其他人订阅日历,选择该日历并选择"停止发布"。当"日历"要求予以确认时,单击"取消发布"按钮(然而请注意,如果想要日历文件保留在服务器上,首先需要取消"删除服务器上的日历吗?"复选框)。

- 停止已订阅的日历——如果不再需要订阅远程的日历,则选择该日历然后按下"删除"按钮。当"日历"询问是否确认时,单击"是"按钮。

8.3 发送和接收传真

Vista **Business**   Vista **Enterprise**   Vista **Ultimate Edition**

我仍然记得在传真机是最热门事物的那个时候,它是通信世界的新宠。通过电话线可以将信件或备忘甚至是图片在几秒钟之内在不同的城市甚至是国家之间发送并接收,这是非常神奇的事情。当然,从一端发送过来的传真可能会比原件有一点失真,但是总比使用邮局方便。

传真的流行已经过去,现在已经有很多共享文档的方式(电子邮件、Web、SharePoint站点等),使用传真的机会变得越来越少。但是有关传真即将结历史使命的报告也有点言过其实了,Windows Vista 仍然提供传真服务。其最新的版本是"Windows 传真和扫描",该名称说明了当前传真的状态。也就是说，虽然传真本身坚决否认其即将退出商业舞台，但是传真机也已在几年前变成了附属品而已。毕竟，在能够完成相同任务的专用传真机和使用正确软件的文档扫描仪之间进行选择，孰优孰劣呢？

本章剩下来的内容将介绍配置"传真"服务以及使用该服务发送和接收传真的方法。

8.3.1　启动 Windows 传真和扫描

为了启动"Windows 传真和扫描"，选择"开始" | "所有程序" | "Windows 传真和扫描"(或者选择"开始" | "控制面板" | "打印机"打开"打印机"窗口，然后双击"传真"图标)。在"Windows 传真和扫描"窗口中，单击"传真"以显示如图 8-13 所示的文件夹。

图 8-13　"Windows 传真和扫描"是 Windows Vista 传真的主要窗口

首先请注意，"传真"和"扫描"窗口和 Windows Mail 的外观很相似——它有邮件列表、预览窗格以及包含以下 5 个分支的文件夹树：

- 传入——该文件夹显示了有关正在传入的传真的信息。例如，在接收传真期间，"状态"栏会显示"正在处理中"，"扩展状态"栏会显示"已答复"，然后会显示"接收中"。
- 收件箱——该文件夹存储成功接收的传入传真。
- 草稿——该文件夹存储编写但没有发送的已保存的传真副本。
- 发件箱——该文件夹存储有关当前发送的传真数据。例如，在发送操作期间，"状态"栏会显示"正在处理中"，"扩展状态"栏会显示"传送中"。
- 已发送邮件——该文件夹存储已成功发送的每个传真的副本。

在初次启动"Windows 传真和扫描"后，在开始实际操作前需要完成两个操作：创建传真帐户以及告诉程序有关你自己的信息。下面两个章节的内容将会介绍这些必要的任务。

8.3.2　创建传真帐户

在使用"Windows 传真和扫描"进行任何操作前，必须创建传真帐户，程序使用该帐户存储传入的以及发送的邮件。以下是操作步骤：

(1) 选择"工具"|"传真帐户"以打开"传真帐户"对话框。

(2) 单击"添加"按钮启动"传真安装程序向导"。

(3) 有以下两个选择：

- 连接到传真调制解调器——单击此选项以使用连接到计算机上的传真调制解调器。输入传真调制解调器的名称并单击"下一步"按钮。
- 连接到网络上的传真服务器——单击此选项以使用网络上的传真服务器。输入传真服务器的网络地址，然后单击"下一步"按钮。

(4) 向导会询问接收传真的方式：

- 自动应答——单击该选项配置"传真和扫描"在 5 次响铃之后自动应答传入的呼叫。在单击该选项后，输入 UAC 证书。
- 通知我——单击该选项将会把"传真和扫描"配置为：在其检测到传入呼叫时显示邮件。在单击该选项后，输入 UAC 证书。
- 我将稍后选择；我想立即创建传真——如果想稍后建立接收选项或没有 UAC 证书，则单击此选项。

(5) "传真帐户"对话框现在将显示你的帐户，单击"关闭"按钮。

8.3.3　输入一些个人数据

当你发送带有封面的传真时，"Windows 传真和扫描"将会包含你的姓名、传真号、公司电话号码以及住宅电话号码的字段(可以自定义这些字段，参见本章后面的"创建封面传真")。如果不想让接收者在这些字段中看到空白的内容，则按照以下步骤添加自己的个人数据到传真帐户中：

(1) 选择"工具"|"发件人信息"以查看"发件人信息"对话框。

(2) 输入姓名。

(3) 输入传真号码。

(4) 输入办公电话。

(5) 输入所需的其他字段。

(6) 单击"确定"按钮。

8.3.4　发送传真

为了给朋友或同事(甚至是陌生人)发送传真，Windows Vista 提供两种方式：

- 可以通过只发送封面的方式传真一个简单的便笺。
- 可以通过将文档发送到 Windows Vista 传真"打印机"或者在传真中包含文件附件的方式发送一个更为复杂的文档。

1. 指定发送选项

在开始介绍发送传真的特定内容前，先简要介绍"传真和扫描"提供的不同的发送选项。为了查看这些选项，按照以下步骤操作：

(1) 选择"工具"|"传真设置"，然后输入 UAC 证书以显示"传真设置"对话框。

(2) 显示"常规"选项卡。

(3) 如果在计算机上安装了多个传真调制解调器，则单击"选择传真设备"以选择想要用来发送传真的传真调制解调器。

(4) 确保选中了"允许设备发送传真"复选框。

(5) 单击"更多选项"打开"更多选项"对话框。

(6) 编辑 TSID 设置，然后单击"确定"按钮。

> **注意：**
>
> Windows Vista 会给传真机分配一个名称。这在贸易中称为 TSID——"**传输用户 ID(Transmitting Subscriber Identification)**"或者有时称为"**传输站标识符(Transmitting Station Identifier)**"。当对方接收传真时，你的 TSID 显示在每个页面的顶部。如果其他人正在计算机上接收，则 TSID 出现在"TSID"行中(或是一些相似的字段，具体取决于收件人所使用的程序)。遗憾的是，Windows Vista 中默认的 TSID 是 Fax。为了修复该问题，按照第 6 个步骤所描述的内容编辑 TSID。例如，可以将其更改为公司名称、部门名称或者你自己的姓名，后面跟上传真号。

8

(7) 显示"高级"选项卡查看以下选项：

- 发送的传真包括横幅——当启用该选项时，"传真和扫描"会在发送传真的每页的顶部包含一个文本横幅。该文本包含 TSID、页码以及收件人的传真号。
- 尝试的次数——该值确定了"传真"服务如果在遇到忙信号或其他错误时尝试发送传真的次数。
- 重拨间隔——该值确定了"传真"服务等待重新尝试的分钟数。
- 折扣时段：开始时间——随后将知道能告诉"传真和扫描"在"折扣时段有效"时发送传真，这意味着电话费将会减少(例如在午夜之后)。在"开始时间"微调框中指定折扣话费时段的开始时间。

- 折扣时段：结束时间——在该微调框中指定折扣话费时段的结束时间。

(8) 单击"确定"按钮。

2. 发送封面传真

首先介绍简单的封面，如以下步骤所述：

(1) 选择"文件"|"新建"|"传真"，或单击"新建传真"按钮，"传真和扫描"将显示"新传真"窗口。

(2) 在"封面"下拉列表中选择想要使用的封面。有 4 个默认选择：

- confident——该封面包含 confidential 一词，所以该封面用于包含敏感数据的传真。
- fyi ——该封面包含短语 FOR YOUR INFORMATION，所以该封面用于无需答复或操作的传真。
- urgent——该封面包含大号字体(52 点)类型的 urgent 一词，所以该封面用于需要立即注意或操作的传真。
- generic——该封面不包括任何特别文本，所以该封面用于普通的传真邮件。

(3) 在"收件人"框中输入收件人的传真号。

> **提示：**
>
> 如果收件人在"联系人"文件夹中而且已经填写了"收件人"字段(在"工作"或"住宅"选项卡中)，单击"收件人"按钮，选择收件人，然后单击"确定"按钮。如果某人的姓名以红色字体出现在"收件人"框中，则说明"传真和扫描"找不到该传真号。双击收件人以打开联系人属性表，在"工作"或"住宅"选项卡填入"传真"号，然后单击"确定"按钮。

(4) 输入传真的主题。

(5) 在"封面备注"文本框中输入想要在封面上显示的消息。

(6) 选择"工具"|"选项"。

(7) 当需要发送传真时请选择：

- 立即——立即发送传真
- 折扣时段——尽可能在折扣时段开始后发送传真(前一节介绍过)
- 此时——使用微调框以指定的时间发送传真

(8) 在"优先级"组中，在"发送传真为"下拉列表中设置传真的优先级：高、普通或低。

(9) 单击"确定"按钮。

(10) 当准备好发送传真时，单击"发送"按钮。

3. 传真文档

发送传真的另一个方法(可能是更常用的方法)是直接从应用程序发送文档。这里不需要应用程序有该特殊功能。因为 Windows Vista 有传真打印机驱动程序，除了不能将文档发送到打印机以外，该驱动程序可以将文档作为传真呈现并发送给调制解调器。

为了完成该操作，按照以下步骤操作：

(1) 创建想要发送的文档。

(2) 选择程序的"文件"|"打印"命令打开"打印"对话框。

(3) 选择传真机作为打印机，然后单击"打印"按钮，打开"新传真"窗口。

(4) 按照前一节介绍的步骤设置传真选项。使用该方法时，不需要使用封面。如果你仍然需要包含封面，则可以使用"封面"列表选择喜欢的封面。

"传真和扫描"将提供其他两种传真文档的方法：

- 将文档作为附件传真——"新传真"窗口的外观和电子邮件窗口很相似，所以能将文档作为传真邮件的附件也很正常。按照前面章节介绍的步骤配置传真，然后选择"插入"|"文件附件"(或单击"附件"工具栏按钮)。使用"插入附件"对话框选择文档，然后单击"附件"按钮。

- 传真硬拷贝(hard-copy)文档——如果文档是硬拷贝的，则仍可以通过扫描来传真该文档。在"Windows 传真和扫描"中，选择"文件"|"新建"|"来自扫描仪的传真"。将文档放入扫描仪并单击"确定"按钮以启动扫描过程。还有一种方法就是创建前面小节所述的新传真，然后选择"插入"|"来自扫描仪的页面"。

8.3.5　使用传真封面

本章已多次提及传真的封面，现在开始具体介绍封面的内容。在传真的世界中，封面完成与电子邮件标头相同的功能：指定接收传真和发送传真的对象。电子邮件标头是为了邮件服务器或网关阅读和解释而准备的。和电子邮件标头不一样，传真封面则是为了满足个人需求而准备的。在一个很多人共享传真机的公司或部门里，封面说明了接收传真的对象。当该对象阅读邮件时，她可以使用剩余的信息了解谁是发送传真的对象。

前面提过，"传真和扫描"自带 4 种预制的封面，可以将这些封面用在具体情况中。也可以修改封面满足你自己的样式，或者也可以重新创建新的封面。

1. 使用个人传真封面

4 种预制的封面是"常用封面"，因为所有用户和所有传真帐户都能使用这些封面。你自己创建的封面称为"个人封面"。"传真和扫描"提供了两种创建个人封面的方式：重新创建封面或修改常用封面的副本。

重新创建个人封面　为了重新创建个人封面，打开"Windows 传真和扫描"，选择"工具"|"封面"以显示"传真封面"对话框，然后单击"新建"。"传真和扫描"将启动"传真封面编辑器"并打开一个空白封面。参见本章后面的"编辑封面"以了解建立封面的方法。

修改常用封面的副本 为了使用常用封面的副本创建个人封面,可按照以下步骤进行操作:

(1) 在"Windows 传真和扫描"中,选择"工具"|"封面"以显示"传真封面"对话框。

(2) 单击"复制"按钮显示"常用封面"文件夹。

(3) 选择想要复制的常用封面,然后单击"打开"按钮。"传真和扫描"将会向"传真封面"对话框中添加该封面的副本。

(4) 如果想要重命名复制的封面,则可以选中该封面,单击"重命名"按钮,输入新的名称,然后按下回车键。

(5) 确保仍然选中复制的封面,然后选择"打开"按钮。"传真和扫描"将启动"传真封面编辑器"并显示复制的封面。参见本章后面的"编辑封面"以了解修改封面的方式。

图 8-14 显示了打开 generic 常用封面的"传真封面编辑器"。

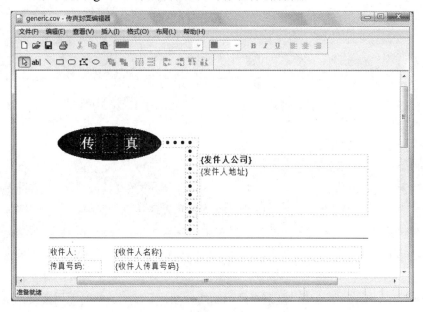

图 8-14 "Windows 传真和扫描"提供了"传真封面编辑器",
这样就能编辑并创建传真使用的封面

注意:

为了直接打开 4 种常用的封面,选择"文件"|"打开",然后导航到以下文件夹中:

`%SystemDrive%\ProgramData\Windows NT\MSFax\Common Coverpages`

2. 编辑封面

记住,封面始终作为位图进行发送,"封面编辑器"的目标是创建位图的模板。所以,你可能会猜到,"封面编辑器"其实是专门处理传真位图的图形应用程序。使用的模板包括

3 种字段类型：信息、文本和图形。

　　插入信息字段　信息字段是数据的占位符。例如，{发件人公司}字段(信息字段始终由花括号包围)告诉"传真"服务在每次发送传真使用该封面的时候插入发件人公司的名称。使用"封面编辑器"可以插入收件人、发件人和邮件数据的字段：

- 对于收件人，可以插入收件人名称和传真号码字段。该信息从收件人地址的属性表收集而来。选择"插入"|"收件人"，然后单击"名称"或"传真号码"。
- 对于发件人，可以插入名称、传真号码、公司、地址、电话号码等字段。选择"插入"|"发件人"以查看可用字段。
- 对于邮件，可用的字段包括：说明、"主题"行、传真发送的日期和时间以及页数。选择"插入"|"邮件"以显示列出这些字段的菜单。

　　插入文本字段　文本字段是描述每个信息字段或提供标题、子标题和标头的文本框。为了插入文本字段，单击"绘图"工具栏上的"文字"按钮(如图 8-14 所示)，拖动鼠标到封面内以创建该字段的文本框，然后输入文本。为了更改已有字段的文本，可以双击该字段(还要注意，可以通过使用"样式"工具栏上的按钮或通过选择"格式"|"字体或格式"|"对齐文字"来格式化文本字段)。

　　插入图形字段　图形字段是位图对象，该位图可以用作徽标或分隔符，或者仅仅用于在封面中添加一些样式。使用"封面编辑器"的"绘图"工具栏可以创建许多类型的绘图对象，包括线条、矩形、圆和多边形。表 8-1 列出该该工具栏上的可用按钮。

表 8-1　"封面编辑器"的"绘图"工具栏按钮

按　　钮	名　　称	说　　明
╲	线条	创建直线
▭	矩形	创建矩形(在拖动时按下 Shift 键以创建正方形。)
▢	圆角矩形	创建圆角矩形
⬡	多边形	创建多边形
⬭	椭圆形	创建椭圆(在拖动时按下 Shift 键以创建圆形)
⧉	前置	将选中的对象移动到与其重叠的任何对象的前面。还可以选择"布局"|"前置"或按下 Ctrl+F 组合键
⧉	后置	将选中的对象移到与其重叠的任何对象的后面。还可以选择"布局"|"后置"或按下 Ctrl+B 组合键
⦀	左右均匀分布	将选中的对象在页面左右均匀分布。还可以选择"布局"|"均匀隔开"|"横向"

(续表)

按　　钮	名　　称	说　　明
	上下均匀分布	将选中的对象在页面上下均匀分布。还可以选择"布局"|"均匀隔开"|"向下"
	左对齐	将选中的对象进行左对齐。还可以选择"布局"|"对齐对象"|"左"来完成该操作
	右对齐	将选中的对象进行右对齐。还可以选择"布局"|"对齐对象"|"右"来完成该操作
	上对齐	将选中的对象进行上对齐。还可以选择"布局"|"对齐对象"|"顶端"来完成该操作
	下对齐	将选中的对象进行下对齐。还可以选择"布局"|"对齐对象"|"底部"来完成该操作

8.3.6　接收传真

本节将会解释"Windows 传真和扫描"处理传入传真的方式并介绍如何查看已经保存在"收件箱"中的传真。

1. 指定"接收"选项

在介绍接收传真前，先介绍"传真"服务为接收提供的不同选项。为了查看这些选项，按照以下步骤进行操作：

(1) 选择"工具"\|"传真设置"，然后输入 UAC 证书以显示"传真设置"对话框。

(2) 显示"常规"选项卡。

(3) 如果在计算机上安装了多个传真调制解调器，单击"选择传真设备"选择想要用来发送传真的调制解调器。

(4) 确保选中"允许设备接收传真呼叫"复选框。

(5) 选择以下选项：

● 手动响应——启用该选项以便手动响应传入的呼叫(在本章后面的"手动响应呼叫"一节中详细介绍)。

● 在响铃 x 次后自动应答——启用该选项让"传真和扫描"自动应答传入的呼叫(本章后面的"自动应答呼叫"中将会介绍)。使用微调框指定在多少次响铃后"传真和扫描"应答呼叫。

(6) 单击"更多选项"，打开"更多选项"对话框。

(7) 编辑 CSID 设置。

注意：

CSID 是指"**接收用户 ID**"(Called Subscriber Identification)。CSID 向传真发件人标识你的计算机。

---

(8) 有以下选项可供选择(完成后按下"确定"按钮)：

● 打印副本到——启用该复选框让"Windows 传真和扫描"自动打印任何接收到的传真。使用启用的列表选择想要使用的打印机。

● 保存副本到——启用该复选框在指定的文件夹中存储每个传真的第二个副本。传真的原始副本保存在"传真和扫描收件箱"中。

2. 应答传入的呼叫

"传真和扫描"处理远程传真系统传入呼叫的方法取决于设置传真帐户接收呼叫的方式：手动或自动。下面两个部分将会介绍这些选项。

自动应答呼叫　启用"在响铃 x 次后自动应答"选项是处理传入呼叫的最简单方法。在该模式中，"传真和扫描"总是为呼叫轮询调制解调器的串行端口。当其检测到呼叫传入时，它将会等待指定的响铃次数(或者 1 次或者 99 次)，然后采取动作。无需你的介入，它将应答该电话并立即启动与远程传真机的对话。"传真状态监视器"窗口将会显示在屏幕上，这样就可以看到传输过程，如图 8-15 所示。

图 8-15　在"Windows 传真和扫描"答复传入呼叫时会显示"传真状态监视器"

提示：

如果觉得"传真和扫描"的声音烦人(例如与传入呼叫相关的响铃)，则可以禁用该铃声。选择"工具"|"传真设置"，然后显示"跟踪"选项卡。单击"声音选项"，然后取消选中每种想要静音的复选框。

手动应答呼叫　如果以手动模式使用"传真和扫描"，则当传入呼叫时，可以听到响铃声，而且任务栏的通知区域将会弹出消息，提示"来自传真的传入呼叫(Incoming call from fax)"，其中 fax 是远程传真的 CSID。为了应答该呼叫，有 3 种选择：

- 单击任务栏消息。
- 在"Windows 传真和扫描"中，可以选择"工具" | "立即接收传真" 或单击"立即接收传真"工具栏按钮。
- 如果碰巧已经打开"传真状态监视器"，则单击"应答呼叫"按钮。

提示:

通过选择"工具" | "传真状态监视器" 可以在任何时候显示 "传真状态监视器"。

如果你在同一条电话线上接收语音呼叫和传真呼叫，则该模式是理想模式。以下步骤是处理传入呼叫所需的基本过程：

(1) 当电话响铃时，拿起话筒。

(2) 如果听到连续的声音，则可以判断传真正在处理。这种情况下，单击通知消息或"应答呼叫"按钮，如前所述。

(3) "传真和扫描"将初始化调制解调器以处理呼叫。等到"传真和扫描"在"传真状态监视器"窗口中报告"将呼叫作为传真应答(The call was answered as a fax)"，然后挂断电话。如果在看到该消息前挂断电话，则会断开与呼叫的连接。

3. 使用收到的传真

根据传真传输的大小，"传真和扫描"将用几秒钟或几分钟的时间处理数据。传真最终将出现在"收件箱"中，然后可以进行以下的操作：

- 阅读传真——在"收件箱"文件夹中双击传真(或选择传真，然后按下回车键或选择"文件" | "打开")。
- 打印传真——选择传真，然后选择"文件" | "打印"。
- 给传真发件人发送答复——选择传真，然后选择"文档" | "答复" (或单击"答复"按钮)。"传真和扫描"将会创建新的传真邮件，发件人将被添加到"收件人"框中。
- 将传真转发给另一个传真号码——选择传真，然后选择"文档" | "转发" (或单击"转发"按钮)。"传真和扫描"将创建新的传真邮件并将传真作为附件。
- 将传真作为电子邮件附件发送——选择传真，然后选择"文档" | "以电子邮件转发" (或单击"以电子邮件转发"按钮)。使用电子邮件窗口设置电子邮件并单击"发送"按钮。
- 将传真保存为图像——选择传真，然后选择"文件" | "另存为"。使用"另存为"对话框选择文件的名称和位置，然后单击"保存"按钮。注意这里将传真保存为 TIF 图像。
- 删除传真——选择传真，然后选择"编辑" | "删除" (或按下 Delete 键)。

8.4　相关内容

以下是在本书中与本章内容相关的章节列表：

- 有关"用户帐户控制"的内容，请参阅第 6 章"发挥用户帐户的最大效用"中的"用户帐户控制：更加灵巧的用户权限"一节。

- 有关 Windows Mail 的详细内容，请参阅第 19 章"与 Windows Mail 通信"。

- 有关设置网络的方法，请参阅第 22 章"建立小型网络"。

8

第 9 章

Windows Vista 中的移动计算

笔记本计算机在计算机领域中占据了一个十分特殊而又不可替代的位置。销售专家出门必带笔记本，出差的经理也会带上他们的便携式计算机，而没有个人计算机的公司员工也会将笔记本计算机带回家做一些额外的工作。然而无论哪种情况，由于其狭窄的键盘、难以阅读的 LCD 面板以及小容量的硬盘，人们始终没有将笔记本计算机当作是桌面计算机的替代品。

多年来，笔记本计算机看上去好像注定位于个人计算机阶层的较底层。但是最近的开发使得笔记本计算机摆脱了自身复杂性的羁绊。当前的笔记本计算机拥有 1024x768(或更好的)的显示分辨率、超过 100GB 的硬盘以及内置的无线上网功能。它还添加了几条 PC 卡插槽、完全尺寸的键盘和显示器的连接器以及底座，这使得桌面系统的地位突然间没有那么优越了。

笔记本计算机受人尊敬的地位在 Windows Vista 的设计人员身上得到了体现。他们向操作系统集成了很多新的笔记本计算机功能，包括改进的电源管理、"移动中心"、"演示设置"以及"Windows SideShow"。Vista 还有很多支持 Tablet PC 的选项和设置，有改进的输入面板、新的笔势以及提高手写识别能力的扩展工具。本章将介绍所有这些新功能。

9.1   使用移动 PC 控制面板访问笔记本功能

大多数 Windows Vista 的移动提升只为一个简单的目的而设计：为你提供对最常用的与笔记本相关功能的更简单访问。这很有意义，因为当你在路上使用笔记本时，可能只有有限的电量，而且你不想在查找一些不清楚的配置选项上浪费时间。大多数笔记本键盘和输入设备的使用仍要比完全尺寸的桌面设备困难，所以用来执行 Windows 任务所需的键盘敲击和鼠标单击越少越好。

Vista 使得移动计算更为简单的第一个标志是其新的"移动 PC 控制面板"页面，如图 9-1 所示(选择"开始"|"控制面板"|"移动 PC")。制作"移动 PC"页面的目的是为所有与笔记本直接相关或间接相关的配置选项提供一个集中的位置。无论是想要更改 Tablet PC 的屏幕方向、在演示前调整设置还是更改电源选项，只要单击鼠标一两次即可。

图 9-1   "移动 PC 控制面板"提供了对大多数与笔记本相关的配置选项的快速访问

9.2   使用 Windows 移动中心监控笔记本

"移动 PC 控制面板"提供了对广泛的笔记本功能的链接。目标更为明确的方法是新的 Vista "Windows 移动中心"，可以通过单击"移动 PC 控制面板"中的"Windows 移动中心"链接来启动。图 9-2 显示了出现的"Windows 移动中心"窗口。注意，只能在 Vista Business、Vista Enterprise 和 Vista Ultimate Edition 中才能看到完整的"移动中心"。

图 9-2　新的"Windows 移动中心"提供了与笔记本相关功能的信息和控制选项

"Windows 移动中心"提供了 8 个关键笔记本区域的信息以及调整这些功能的控制:

注意:

如果笔记本不支持特定的功能,Vista 将会隐藏相应的"移动中心"模块。例如,ThinkPad X41 Tablet PC 不支持亮度调整,所以"亮度"模块不会显示。如果笔记本没有连接到第二个显示器,则也不能看到"外部显示器"模块。

- **亮度**——笔记本屏幕的当前亮度设置(如果计算机支持该功能)。可以使用滑块调整亮度。
- **音量**——当前笔记本的音量。可以使用滑块调整音量或单击"静音"控制声音的开关。
- **电池状态**——笔记本电池的当前使用级别。使用下拉列表选择 3 种电源计划之一:已平衡、节能程序或高性能(后面将介绍这些计划,参见"管理笔记本电源")。
- **无线网络**——如果有连接,则显示无线连接状态(已连接或断开连接)以及信号强度。
- **屏幕方向**——Tablet PC 屏幕的当前方向。单击"旋转屏幕"以逆时针 90°旋转屏幕。参见本章后面的"更改屏幕方向"。
- **外部显示器**——与笔记本计算机或底座连接的外部显示器的当前状态。单击"连接显示器"打开"显示设置"对话框并使用第二台显示器(参见本章后面的"连接外部显示器")。

- **同步中心**——脱机文件的当前同步状态。单击"同步"按钮以同步笔记本计算机的脱机文件。为了了解更多信息，参见第 23 章"访问和管理网络"中的"脱机使用网络文件"。
- **演示设置**——演示设置的当前状态。单击"打开"按钮启用演示设置(参见本章后面的"配置演示设置")。

还要注意的是，Microsoft 为 PC 生产商提供了对"移动中心"的访问，所以将来可能会看到针对笔记本计算机的特定功能而定制的"移动中心"窗口。

9.3 管理笔记本电源

如果必须在没有 AC 的情况下运行笔记本(例如在飞机上)，将电池的生命周期最大化极为关键。和以前的版本相似，Windows Vista 支持多种电源方案——Vista 将其称为"电源计划"(power plan)——指定笔记本插上电源以及使用电池的时间间隔。然而，监控电池的当前状态以避免在工作时关闭笔记本同样重要。

> **注意：**
>
> Windows Vista 提供了新的 ReadyDrive 技术，这是它用来保存电量的方法之一，该技术利用称为混合硬盘驱动器(hybrid hard drive)的新存储介质。它同样也是有不变闪存芯片的硬盘驱动器，通常有 1GB 的容量。闪存的大小意味着 ReadyDrive 可以从闪存或向闪存写入大多数的数据，这意味着硬盘驱动器的工作会少很多，电池的消耗也会少很多。ReadyDrive 同样能够让 Vista 更快速地进入"睡眠"模式以及从"睡眠"模式重启，因为它通过使用闪存可以更快速地写入和还原笔记本的当前状态。

9.3.1 监控电池寿命

为了监控电池寿命，Windows Vista 在通知区域显示"电源"图标。当使用 AC 电源时，"电源"图标还将包括一个插头，如图 9-3 所示。当使用电池时，"电源"图标全绿色，而且不显示插头，如图 9-4 所示。当笔记本用完电池电源时，绿色会相应地减少。

使用 AC 时的"电源"图标

图 9-3   使用 AC 电源时，"电源"图标将包含一个插头

使用电池时的"电源"图标

图 9-4   使用电池时，"电源"图标中的绿色总量说明剩余多少电量

为了查看所剩电池能量的确切级别，有 3 种选择：

- 打开"移动中心"(在前面章节中介绍过)并检查"电池状态"显示。
- 将鼠标指针置于"电源"图标之上。1 秒或 2 秒钟以后，Windows Vista 将会显示消息，指出电池能量所剩的大概时间以及所剩电量的百分比(如图 9-5 所示)。

图 9-5　将鼠标指针置于"电源"图标上以查看弹出的消息

- 单击"电源"图标，Windows Vista 会显示一个更大的弹出消息框，如图 9-6 所示，这不仅显示电池能量所剩的大致时间以及所剩电能的百分比，还允许你更改当前的电源计划("已平衡"、"节能程序"或"高性能")。

图 9-6　单击"电源"图标查看该弹出消息

9.3.2　指定电源计划

Windows Vista 为了让电池运行更久，会关闭一些系统组件。这由当前的电源计划来控制。电源计划是电源管理的配置，它指定关闭哪些组件以及 Windows Vista 这样操作的时机。Windows Vista 有 3 种电源计划：

- 节能程序——像屏幕和硬盘这样的设备会在短暂空闲时间间隔后关闭。例如，使用电池电源时，Windows Vista 将在 3 分钟后关闭笔记本屏幕，在 5 分钟后关闭硬盘。
- 高性能——设备只在长时间的空闲间隔后才会关闭，这会改进性能，因为等待其重新启动的可能性会很小。例如，使用电池电源时，Windows Vista 将会在 20 分钟后关闭笔记本的屏幕和硬盘。

- 已半衡——这是"节能程序"和"高性能"计划之间的折衷。例如，使用电池电源时，Windows Vista 会在 5 分钟后关闭笔记本屏幕，10 分钟后关闭硬盘。

默认电源计划是"已平衡"，但是 Windows Vista 提供 3 种更改的方法：

- 使用"移动中心"——在"电池状态"区域，使用下拉列表选择电源计划。
- 使用"电源"图标——单击"电源"图标查看图 9-6 所示的横幅，然后单击所需的电源计划。
- 使用"电源选项"窗口——单击"电源"图标，然后单击"更多电源选项"(或选择"开始"|"控制面板"|"移动 PC"|"电源选项")以显示如图9-7 所示的"电源选项"窗口，然后单击一个电源计划选项。

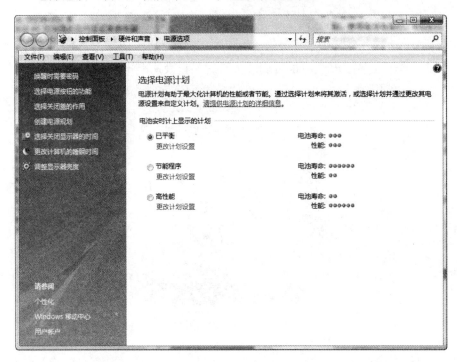

图 9-7　双击"电源"图标以显示"电源选项"窗口

9.3.3　创建自定义的电源计划

Vista 预设的电源计划可能对于大多数用户来说已经够用了，但是你可能想要更改一些计划的特点。例如，你可能想要这样一个计划：在笔记本使用 AC 电源时，永远不关闭硬盘，或者在关闭显示器之前等待更长时间。对于这些计划以及其他自定义的计划设置，Vista 将会提供两种选择：创建自己的计划以及自定义现有的计划。

1. 创建自己的电源计划

可以设置新的计划以指定使用电池电源和接通电源时 Vista 关闭显示器以及让计算

机睡眠的时间间隔。按照以下步骤操作：

(1) 在"电源选项"窗口中，单击"创建电源计划"，Vista 将会显示"创建电源计划"窗口。

(2) 单击要用作起点的内建电源计划。

注意：

创建的自定义计划将会成为 Vista 的默认计划之一，这意味着它会在你单击"电源"图标以及"移动中心"中的计划列表时出现。然而，Vista 会替换用作原始自定义计划的任何内建计划(仍可以使用"电源选项"窗口启用原来的内建计划)。因此，不要从经常启用的现有计划继承新的自定义计划。

(3) 输入"计划名称"，单击"下一步"按钮，Vista 将会显示"编辑计划设置"窗口，如图 9-8 所示。

图 9-8　使用"编辑计划设置"窗口为自定义电源计划指定睡眠以及显示设置

(4) 在"用电池"和"接通电源"列中，选择在多久时间间隔后 Vista 会关闭显示器并使计算机进入睡眠状态。

(5) 单击"创建"按钮。Vista 将会创建自定义的电源计划。

提示：

为了删除自定义电源计划，打开"电源选项"窗口，选择不同的计划。单击自定义计划下面的"更改计划设置"链接。在"编辑计划设置"窗口中，单击"删除此计划"。Vista 询问是否确认时，单击"确定"按钮。

2. 自定义已有的电源计划

在上一节中仅介绍了 Windows Vista 为自定义计划提供的两种电源设置——关闭显示器和使计算机进入睡眠状态，但这并不意味着这就是 Vista 电源选项的范围，还有更多选项。可以使用很多的设置来自定义任何计划(包括自定义计划)。为了使用这些设置，按照以下步骤进行操作：

(1) 在"电源选项"窗口中，单击想要自定义的计划下面的"更改计划设置"链接，可以看到"编辑计划设置"窗口(如图 9-8 所示)。

(2) 指定"关闭显示器"以及"使计算机进入睡眠状态"的时间间隔。

(3) 单击"更改高级电源设置"链接，打开"高级设置"选项卡，如图 9-9 所示，其中提供了很多的电源管理设置。

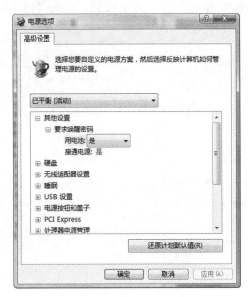

图 9-9　自定义已有的电源计划能够提供更多的电源管理选项

(4) 使用"高级设置"选项卡中的分支设置电源管理选项。

(5) 单击"确定"按钮。

(6) 单击"保存修改"按钮，Vista 将更新电源计划。

提示：

为了查看所有可用的设置，单击"更改当前不可用的设置"链接，然后输入 UAC 证书。

9.3.4　配置笔记本的电源按钮

大多数较新的笔记本计算机能够配置 3 个"电源按钮"：关闭盖子、使用开关按钮以及使用睡眠按钮。启用这 3 个按钮时，它们会让系统进入睡眠模式、休眠模式或者关闭系统。某些笔记本计算机上没有单独的睡眠按钮，只需快速地按下开关按钮。

为了在 Vista 中为电源管理配置这 3 个按钮，可以按照以下步骤进行操作：

(1) 在"电源选项"窗口中，单击"选择电源按钮的功能"链接查看"系统设置"窗口，如图 9-10 所示。可使用列表为电池和 AC 电源配置电源按钮、睡眠按钮以及盖子开关。

图 9-10　使用此窗口配置当按下电源按钮、睡眠按钮
或者关闭笔记本盖子时 Vista 所进行的操作

(2) 使用列表为电池和 AC 电源配置电源按钮、睡眠按钮以及盖子开关。

(3) 单击"保存修改"按钮。

提示：

Vista 默认地会禁用"唤醒时的密码保护"组中的选项。这意味着当 Vista 从"睡眠"或"休眠"模式恢复时始终必须输入用户帐户密码。如果不想每次输入密码，可以通过单击"更改当前不可用的设置"链接启用这些选项，然后输入 UAC 证书。一旦完成了这些操作，则可以单击"不需要密码"选项。

9.4　连接外部显示器

如果附近还有一台显示器而且你的笔记本或底座有 VGA 端口，则可以连接至该显

示器并将笔记本的桌面扩展到该显示器上。这是一种极好的扩展小型笔记本屏幕的方法。以下是操作步骤:

(1) 连接外部显示器。

(2) 右击桌面,然后单击"个性化"(如果看不到桌面,单击"开始"|"控制面板"|"调整屏幕分辨率")。

(3) 单击代表外部显示器的图标(它是显示数字 2 的矩形)。

(4) 启用"将桌面扩展到该显示器上"复选框。

(5) 在必要时调整分辨率和颜色。

(6) 单击"确定"按钮。

9.5 配置演示设置

笔记本或其他移动计算机的便携性使得这些计算机成为在会议室演示内容的首选资源。这是其好的方面,不好的方面是在开始演示前需要完成一些操作:

- 关闭屏幕保护程序。当你正在花费一些时间解释某个观点时,不希望看到屏幕保护程序被启动。

- 关闭系统通知,包括传入的电子邮件以及即时消息的帖子,观众不想受到这些内容的干扰。

- 调整扬声器音量到可接受的级别。

- 选择合适的桌面壁纸图像。桌面可能会在演示前后显示。即使如此,可能想让壁纸显示专业的图像,或者显示空白的桌面。

如果你经常做演示,在每次演示前更改所有这些配置而在这之后恢复所有配置很费时间。然而,Windows Vista 有一个新功能称为"演示设置",它能够解决大部分演示的问题。"演示设置"功能是配置选项的集合,包括屏幕清空、系统通知、扬声器音量以及桌面壁纸。可以使用"演示设置"指定想要在演示期间使用的配置选项。完成这些操作后,使用"演示设置"以及几次鼠标单击就能控制这些选项的开关。"演示设置"对除了 Home Basic 以外的所有 Vista 版本都可用。

为了配置"演示设置",按照以下步骤进行操作:

(1) 选择"开始"|"控制面板"|"移动 PC"。

(2) 在"Windows 移动中心"图标下,单击"在开始演示前调整设置",Windows Vista 将显示如图 9-11 所示的"演示设置"对话框。

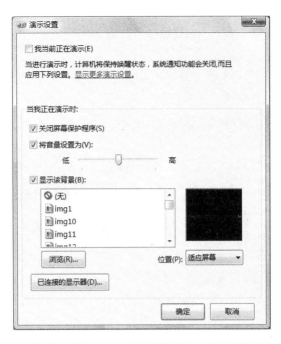

图 9-11　使用"演示设置"对话框配置想要在演示期间使用的设置

(3) 使用以下控制项来设置进行演示的笔记本：

- **关闭屏幕保护程序**——启用该复选框防止突然启动屏幕保护程序
- **将音量设置为**——启用该复选框，然后使用滑块设置所需的音量级别
- **显示该背景**——启用该复选框，然后选择背景(或无背景)

(4) 单击"确定"按钮。

在进行演示时，可以使用两种方法切换到保存的设置：

- 打开"移动中心"并在"演示设置"部分中选择"打开"，完成后选择"关闭"。
- 打开"演示设置"对话框，选中"我当前正在演示"复选框，单击"确定"按钮。完成后取消选中该复选框。

注意：

Vista 中另一个与演示有关的功能是"网络投影"，能够让你在一台与网络连接的投影仪上运行演示。选择"开始"|"所有程序"|"附件"|"连接到网络投影仪"。输入用户帐户控制证书，然后可以单击"从可用的网络投影仪中选择"(查看投影仪的列表)或"输入投影仪地址"(输入特定投影仪的地址)。如果运行 Vista Home Basic 版本，则该功能不可用。

9

9.6　理解 Windows SideShow

下面这个场景对我们大多数人来说再熟悉不过了：你正在赶往某次会议的途中，当你达到会议地点时，却忘记了房间号。虽然你有这个房间号的信息，但是该信息存储在笔记本的日历程序中。此时你别无选择，只能启动计算机、加载日历、获得所需的信息，然后关闭所有内容。

没有人想要打开计算机只是为了查找一些简单信息——这既浪费时间也浪费电量。为了避免这种情况，许多人会在粘滞便笺上写下所需的重要信息并将其贴在笔记本的外面，但是这么做显得水平很低。

下面是另一个场景：你正在机场的休息室等待，想要听会儿音乐或看一些播客，但是没有 AC 外接电源。在听音乐的情况下如何才能不耗尽电池呢？一种解决的方法是配置当你合上笔记本的盖子时 Windows 不进入睡眠模式，计算机仍在运行中，但是当合上盖子时屏幕会自动关闭，这样可以节省相当一部分的电源。然而，为了控制媒体重放，则必须打开盖子。

Windows Vista 中最富吸引力的一项创新是可以让你在不启动计算机或求助粘滞便笺的情况下查看信息，并且能在不打开笔记本盖子时管理如 Windows Media Player 这样的程序。Windows SideShow 是完成以下两个事项的新技术：

- 它能让笔记本生产商在笔记本外部添加小型的显示屏——称为第二个显示屏(secondary display)或辅助显示屏(auxiliary display)。
- 无论笔记本在何种电源状态：打开、关闭或睡眠，它能让 Windows Vista 在第二个显示屏上显示信息。

如果你使用翻盖样式的手机，可以获得相似的想法：当电话关闭时，电话外面的屏幕会显示当前时间、电池状态以及其他数据。

然而有了 Windows SideShow，就有了一个更强大的界面可以显示更广泛的内容：

- 现有程序的开发人员可以选择发送数据给第二个显示屏。
- 开发人员可以为 SideShow 建立新的小工具。

Microsoft 为 SideShow 创建了应用编程接口，所以第三方开发人员应该创建很多能够添加到 SideShow 菜单的程序以及小工具。

使用"Windows SideShow"窗口(选择"开始"|"控制面板"|"硬件和声音"|"Windows SideShow"，如图 9-12 所示)，可以确定在 SideShow 第二个显示屏中显示的程序和小工具。无法一一列出小工具，这里只举几个例子，如日历(例如，"Windows 日历"或"Outlook 日历")、电子邮件(例如"Windows Mail"或"Outlook 收件箱")以及 Windows Media Player。根据第二个显示屏的布局，可以选择想要使用的程序或小工具。

注意:

　　"Windows SideShow"并非只用于笔记本计算机。Microsoft 已经展出了运行在键盘、远程控制以及手机上的第二个显示屏的图像。可以无线连接到 Vista 计算机的几乎任何设备都可以转换为添加第二个显示屏的 SideShow 就绪设备。

图 9-12　使用"Windows SideShow 控制面板"确定哪些程序

和小工具出现在 SideShow 第二个显示屏中

9.7　以最高效的方式使用 Tablet PC

　　以前,使用文档通常意味着拿出一张白纸,拿起笔(或其他书写工具),然后写下你自己的想法。今天,电子文档编辑几乎完全取代了这种纸笔方法。然而,现在仍会有很多用笔速记的机会:

- 打电话时简略地记下地址或其他数据
- 开会时作笔记
- 拜访客户时记录一系列必做事项
- 为传真创建简明地图或消息
- 在集思广益会议中记下想法和构想

遗憾的是，对几乎所有这些笔记来说，记录在纸上并非有效，因为最终还是要通过手动输入文本或扫描文档的方式将内容转换为电子形式。

长时间以来人们所需的是一种能介于纯数字和纯手工笔记之间的方法。需要一种将电子格式的方便性同用笔记录的简单性结合起来的方法。经过多次失败的尝试后(例如Apple Newton)，最近几年出现了一种工具：Tablet PC。乍一看，许多 Tablet PC 看上去和小型笔记本计算机一样，而且它们能和任何笔记本一样被人们使用。然而，Tablet PC 有 3 种硬件上的创新，这使其显得与众不同：

- 代替普通笔记本 LCD 屏幕的触摸屏(通常是压力敏感的)。一些 Tablet PC 屏幕会对触摸做出反应，但是大多数触摸屏只对特定类型的笔有反应(下面将介绍)。
- "数字笔"(digital pen)可以作为全功能输入设备来使用：可以使用笔单击、双击、单击并拖动以及使用屏幕上的键盘敲出单个字符。在某些应用程序中，还可以使用笔直接在屏幕上"写入"，就像在纸上书写一样，这样可以进行速记、绘制图表、添加校对标记或者在无聊的会议期间随意涂鸦。
- 物理地改变屏幕方向的能力可以让其在键盘的顶部放置平坦，这样会使屏幕方向就像书写板或纸垫一样(然而请注意，现在有些 Tablet PC 不支持该功能，而提供普通笔记本那样的盖子)。

注意：

一些 Tablet PC 的屏幕对手指触碰敏感，Windows Vista 支持这种屏幕。

第一台 Tablet PC 有其自己唯一的操作系统：Windows XP Tablet PC Edition。在Windows Vista 中，Tablet PC 特有的功能现在已经内建到常规的操作系统中，虽然只有在 Tablet PC 上安装 Vista 时才会启用这些功能(而且运行的是除了 Home Basic 以外的任何 Vista 版本)。

在介绍新的 Tablet PC 之前，这里还会介绍 Vista 自带的一些工具，它们也是 XP 版本的一部分："Windows 日记本"以及"粘滞便笺"。这些程序和 XP 版本完全相同。

9.7.1 更改屏幕方向

Tablet PC 的第一个功能已经介绍过。新的"移动中心"有一个"屏幕方向"区域，指出了说明当前屏幕的方向(参见本章前面的图 9-2)。以下是所有 4 个设置：

- **主要横向**——这是默认的方向，任务栏在显示器的底部，桌面的顶部边缘在显示器的顶部。
- **次要纵向**——该方向将任务栏置于显示器的右边，桌面的顶部边缘置于显示器的左边。
- **次要横向**——该方向将任务栏置于显示器的顶端，桌面的顶部边缘置于显示器的底部。

- **主要纵向**——该方向将任务栏置于显示器的左边，桌面的顶部边缘置于显示器的右边。

9.7.2　设置 Tablet PC 选项

在开始使用 Vista 前，可能想要配置一些设置，Vista 提供了比 XP 更多的选项。起点是控制面板的"移动 PC"窗口，确切地讲，是重命名的"Tablet PC 设置"图标(以前名为"Tablet 和笔设置")。选择"开始"|"控制面板"|"移动 PC"|"Tablet PC 设置"。

在打开的"Tablet PC 设置"对话框中，"常规"选项卡基本上和以前的"设置"选项卡相同(可以在右手或左手菜单以及校准笔之间切换)，而且"显示"选项卡和其前身相同(它提供了另一种更改屏幕方向的方法)。

然而，新的"书写识别"选项卡有两个部分(如图 9-13 所示)：

- **个性化**——从本章后面(参见"个性化书写识别")可以了解到，你可以向 Vista 提供书写样本。这会增加**书写识别器**(handwriting recognizer)的精确性(将书写文本转换成输入文本的功能)，但是只有当启用"使用个性化识别"复选框时才可用。
- **自动学习**——该功能收集你的书写信息，包括书写的词语以及风格。注意这不仅应用于书写(在"输入面板"中输入的内容、识别的文本以及纠正的文本)。还应用于输入(包括电子邮件以及在 Internet Explorer 中输入的网址)。为了使用该功能，需要启用"使用自动学习"选项。

图 9-13　使用"书写识别"选项卡启用改善书写识别的 Vista 的新功能

> **注意:**
>
> 人们关注"自动学习"功能的隐私性是可以理解的，因为它肯定会收集电子邮件中输入的私人以及敏感的数据。然而，Microsoft 表示，信息驻留在计算机上并且以文本编辑器或字处理器不能阅读的私有格式进行存储。某些人破解这种新的格式也不可避免，但是如果你不希望通过"自动学习"存储敏感数据，则应该关闭此功能。

9.7.3　使用 Tablet PC 的输入面板

和 XP Tablet PC Edition 一样，Windows Vista 自带了"Tablet PC 输入面板"工具，从而可以通过使用电子笔而非键盘的方式输入文本以及其他符号。有两种方法显示"输入面板"：

- 在 Vista 中，"输入面板"的图标显示在停靠在屏幕左边的小选项卡中。将鼠标指针悬停在该选项卡上以显示它，然后单击该图标或选项卡的任何部分。
- 将笔移动到可以输入文本的其他区域(例如文本框)。大多数情况下，"输入面板"图标出现在靠近文本输入区域的位置，单击出现的图标。

图 9-14 显示了"输入面板"。

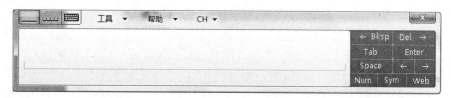

图 9-14　使用"书写板"手动写入单词或短语

> **提示:**
>
> 同样可以向 Vista 任务栏添加"输入面板"的图标。右击任务栏，然后单击"工具栏"|"Tablet PC 输入面板"。

"输入面板"的布局和 XP 的版本有些区别，这些区别在于书写板、字符板、屏幕键盘以及顶端的"选项"按钮的图标。随书写板和字符板出现的小键盘也有轻微差别，很明显的区别是会一直显示 Web 键(在 XP Tablet PC Edition 中，Web 键只有在输入网址时才会出现)。这很有用，因为用户经常需要在电子邮件和其他信件中写入 URL。

Vista 的"输入面板"的选项比以前的版本更多。在 Vista 中，可以用两种方式查看这些选项：

- 在"输入面板"中，单击"工具"，然后单击出现的菜单中的"选项"。
- 在"Tablet PC 设置"对话框中，显示"其他"选项卡并单击"转到输入面板设置"链接。

下面列出了一些重要的新设置：

- 自动完成("设置"选项卡)——当启用该复选框时，如果"输入面板"能识别前几个字符，则它会自动完成书写。例如，如果正在写入一个以前输入过的电子邮件地址(通过书写或输入)，"输入面板"将会在一两个字符后识别出该地址并显示其完整地址的横幅，只需要单击该完整的地址就可将其插入。这对网址和文件名同样有效。
- 显示输入面板选项卡("打开方式"选项卡)——使用该复选框控制"输入面板"选项卡的开关。例如，如果在任务栏中显示"Tablet PC 输入面板"工具栏，则可能想要关闭"输入面板"选项卡。
- 可以选择输入面板选项卡的位置("打开方式"选项卡)——选择"在屏幕的左边缘"(默认)或"在屏幕的右边缘"。
- 新书写行("书写板"选项卡)——使用这个滑块指定在自动换到新行前书写的位置与书写行末尾的距离。
- 笔势("笔势"选项卡)——在 XP Tablet PC Edition 中，可以使用 Z 形笔势擦掉书写的文本。许多人发现这很难掌握而且有点不自然，所以 Vista 提供了一些新的擦掉笔势，这些笔势可以通过启用"所有的擦掉笔势和删除线笔势"选项来启用。

注意：

Vista 提供了 4 种新的擦掉笔势(scratch-out gesture)：

删除线——穿过文本的水平线(直线或波浪线)。

垂直擦掉——穿过文本的 M 或 W 形的笔势。

环形擦掉——文本周围的环形或椭圆形。

斜向擦掉——穿过文本的斜线(直线或波浪线)。角度可以从左上角到右下角，或从左下角到右上角。

- 密码安全("高级"选项卡)——该滑块(如图 9-15 所示)控制当使用笔向密码文本框输入密码时 Vista 所使用的安全功能。在"高"设置中，Vista 将会自动切换到屏幕键盘(不允许切换到书写板或字符板)并且不会在输入密码期间显示笔尖或突出显示按键。

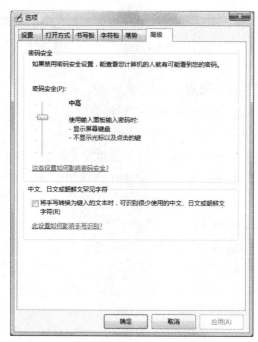

图 9-15 "输入面板选项"对话框提供了多个新功能，包括保护密码的安全设置

9.7.4 使用笔势

"输入面板"的屏幕键盘中有这样一些键，你可以用笔轻按它们，以便导航文档并输入程序快捷键。然而，如果只想滚动文档或导航网页，屏幕上的键盘很是碍手，因为它要占据很多空间。另一种方法是轻按并拖动垂直或水平的滚动框，或者轻按程序内建的导航功能(例如 Internet Explorer 中的"返回"以及"前进"按钮)。

Vista 提供了第 3 种导航文档的方法：**笔势**(pen flicks)。笔势是指可以在应用程序中用来在文档中向上和向下滚动，或在 Internet Explorer 或 Windows 资源管理器中返回和后退的笔势动作：

- 向上拖动(大约一个屏幕的范围)——让笔以直线向上拖动
- 向下拖动(大约一个屏幕的范围)——让笔以直线向下拖动
- 向后——让笔以直线向左移动
- 向前——让笔以直线向右移动

提示：

为了使用笔势，需要符合以下要求：

- 在屏幕上将笔移动大约半英寸(至少 10 毫米)
- 快速移动笔
- 以直线移动笔
- 在笔势的最后快速从屏幕上提起笔

还可以为其他程序功能设置笔势：

- 复制——将笔抬起以直线向左移动
- 粘贴——将笔抬起以直线向右移动
- 删除——将笔放下以直线向右移动
- 撤消——将笔放下以直线向左移动

为了启用和配置笔势，执行以下步骤：

(1) 选择"开始"|"控制面板"|"移动 PC"|"笔和输入设备"，打开"笔和输入设备"对话框。

(2) 显示"笔势"选项卡，如图 9-16 所示。

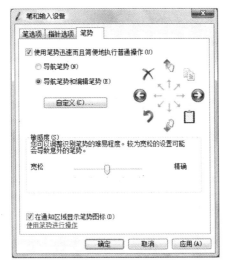

图 9-16　使用"笔势"选项卡启用和配置笔势

(3) 启用"使用笔势迅速而简便地执行普通操作"复选框。

(4) 选择想要使用的笔势。

- 导航笔势——启用该选项以使用"向上拖动"、"向下拖动"、"向后"和"向前"笔势。
- 导航笔势和编辑笔势——启用该选项可在任何程序中使用"复制"、"粘贴"、"删除"和"撤消"笔势。

如果启用"导航笔势和编辑笔势"选项，则会启用"自定义"按钮。单击该按钮显示如图 9-17 所示的"自定义光标"对话框。可以使用该对话框将 Vista 的内置操作(例如"剪切"、"打开"、"打印"、"恢复")应用于笔势上。或者，通过单击某个指定键或组合键来创建自定义操作并应用到笔势上。

提示:

如果忘记了笔势执行哪个动作，可以在任务栏的通知区域显示"笔势"图标，然后很容易找出相应的动作。在"笔势"选项卡中，启用"在通知区域显示笔势图标"复选框(注意，只有在尝试至少一次笔势后才会显示该图标)。单击此图标弹出"当前笔势设置"窗口以显示当前笔势设置。

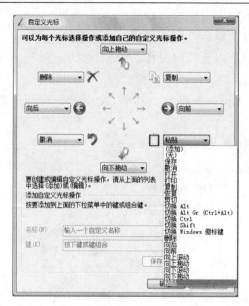

图 9-17 使用"自定义光标"对话框应用不同的操作或者笔势动作的组合键

9.7.5 设置指针选项

在"笔和输入设备"对话框中时，还要介绍新的"指针选项"选项卡，如图 9-18 所示。Vista 默认会在你一次敲击或两次敲击笔以及当你按下笔按钮时提供可视反馈。当为类似的鼠标操作使用笔时，这种可视反馈会有帮助。如果不需要，则可以通过取消复选框来关闭该选项。

图 9-18 使用新的"指针选项"选项卡控制笔操作(如单击或双击)的 Vista 可视反馈

9.7.6　个性化手写识别

当使用 Tablet PC 的数字笔作为输入设备时，经常会发生不想将书写的内容转换为输入文本的情况。某些时候你可能需要粘滞便笺或日记本。然而在很多情况中，需要将手写内容转换到输入文本中。不用说，在使用"输入面板"时，始终是希望将手写内容转换为输入文本。然而手写文本的方便性和可用性与手写识别器完成工作的能力直接相关。如果它误解了太多的字符，则可能要花很多时间修正错误或者擦掉文本并重新输入。

为了不让人们拂袖而去并说"Tablet PC 的功能不过如此"，Microsoft 的开发人员正在从事一些工作以保证能最有效地使用手写识别器。Windows Vista 有一个称为"手写个性化"的新工具(选择"开始"|"所有程序"|"Tablet PC"|"个性化手写识别")，如图 9-19 所示。

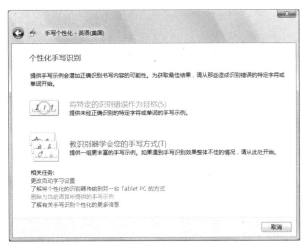

图 9-19　使用新的"手写个性化"工具来提高 Tablet PC 识别手写内容的能力

该功能提供了两种方法来提高 Tablet PC 识别手写内容的能力(可以为计算机上的每个用户运行单独的识别处理)：

* 将特定的识别错误作为目标——使用该方法可以教会手写识别器处理特定的识别错误。如果发现 Tablet PC 能够很好地识别手写，但是经常会错误识别某些字符或单词，可以使用该方法。通过提供这些字符或单词的样本并为它们指定正确的转换内容，就可以教会手写识别器以避免再犯这种错误。
* 教识别器学会你的手写方式——使用该方法可以教会手写识别器处理你个人的书写方式。如果发现 Tablet PC 通常不能很好识别书写的内容时，则可以使用该方法。这种情况下，需要提供更为丰富的书写样本集合，从而使手写识别器了解大致的书写风格。

如果选择"将特定的识别错误作为目标"，则会打开两个可选的向导：

- 所指定的字符或单词——如果识别器经常不能正确识别字符或单词,可以运行该向导。对于某个字符来说,可以输入该字符,然后提供该字符的几个书写样本,如图 9-20 所示(在本例中为小写字符 u 提供样本)。向导然后要求提供字形相似的多个字符的书写样本。最后,向导将要求提供包含该字符的单词的书写样本。对于单词来说,向导会要求输入单词,然后会要求你手动写入该单词的两个样本。

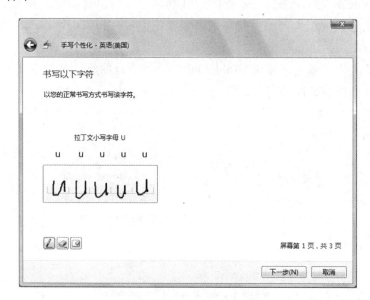

图 9-20   向导要求提供不能正确识别的字符的多个手写样本

- 字形相似的字符——如果问题发生在相似字形的字符组中,则运行该向导。向导会列出最常导致识别问题的 6 个字符集,如图 9-21 所示。选择某个字符集后,向导会遍历每个字符,并要求你手动书写该字符(并在上下文中书写)的多个样本。

如果选择"教识别器学会你的手写方式",则有以下两个向导选择:

- 句子——向导将显示一系列句子,你为每个句子提供书写的样本。注意总共有 50 个句子,所以在使用该向导前必须有很多的空余时间(该向导有一个"保存以供日后使用"按钮,你可以在任何时候单击该按钮停止该向导并保存工作。当再次选择"句子"时,程序将会自动进入整个序列中的下一个句子)。

- 数字、符号和字母——该向导包含 8 个屏幕,涵盖数字 0 到 9,常见符号!、?、@、$、&、+、#、<和>等乃至所有大写和小写字母。你为每个数字、符号和字母提供书写的样本。

完成输入时,单击"更新和退出"将书写样本应用到识别器。注意,这要花费几分钟时间,要花多少时间取决于要提供的样本数量。

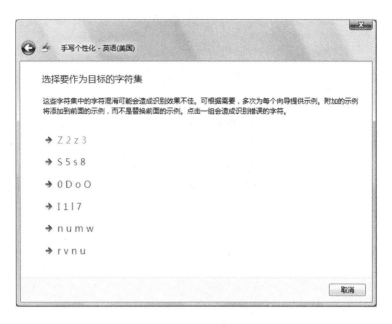

图 9-21　向导要求你从 6 个常导致书写误解的字符集中进行选择

9.7.7　使用截图工具

Windows Vista 包括了称为"截图工具"的功能，它能让你使用笔来捕获(截图)屏幕的一部分并保存为图像或 HTML 文件。以下是其操作方法：

(1) 选择"开始"|"所有程序"|"附件"|"截图工具"。当第一次启动该程序时，它会询问是否让"截图工具"出现在"快速启动"工具栏上。

(2) 根据需要单击"是"或"否"。Vista 将清除屏幕以说明用户正处于截图模式中并显示"截图工具"窗口。

(3) 下拉"新建"列表并选择以下截图类型之一：

- **任意格式截图**——选择此类型会在想要捕获的屏幕周围显示徒手画的线。
- **矩形截图**——选择此类型会在想要捕获的屏幕周围画一个矩形。
- **窗口截图**——选择此类型通过单击窗口以捕获整个窗口。
- **全屏幕截图**——选择此类型通过在屏幕的任何地方单击以捕获整个屏幕。

(4) 根据选择的截图类型使用笔定义截图区域。然后截图区域将出现在"截图工具"窗口中，如图 9-22 所示。这样，可以将该截图保存为 HTML 文件或 GIF、JPEG 或 PNG 图形文件。

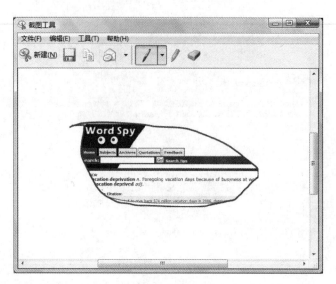

图 9-22　通过新的"截图工具"使用笔来捕获屏幕的一部分

9.8　相关内容

以下是本书中与本章介绍的内容相关的章节列表：

- 有关使用控制面板的内容，请参阅第 10 章的"操作控制面板"一节。
- 有关使用"组策略编辑器"的内容，请参阅第 10 章中的"使用 Windows Vista 实现组策略"。
- 第 11 章"开始了解 Windows Vista 注册表"介绍了有关使用注册表编辑器的方法。
- 有关脱机文件的详细信息，请参阅第 23 章的"脱机使用网络文件"一节。

第 II 部分

重要的 Windows
Vista 高级工具

第 10 章

使用控制面板和组策略

本书的目标是帮助你了解 Windows Vista 的实际功能，但是，如果仅按照命令行事，仅执行手册或帮助系统给出的操作步骤，你不能达到这个目标。相反，只有走上与 Windows 正统途径不同的途径才能达到该目标。

本章是一个完美的示例。本章讨论的两个工具——控制面板和组策略——不难用，但是它们却拥有令人惊讶的功能和灵活性。本章将讨论这些重要的工具，因为在本书剩下来的内容中将使用它们。即使你仔细查看 Windows Vista 的手册和帮助系统，从中可以发现有关控制面板和组策略的参考信息也很少。当然，Microsoft 这么谨慎的原因在于它们是功能强大的工具，如果普通用户不能正确地使用这些工具的功能，则会给他们带来灾难。然而，购买此书证明你并非是普通用户，所以请按照本章中的指令进行操作，这样你将可以驾轻就熟地使用这些工具。

本章主要内容

► 操作控制面板
► 使用Windows Vista
  实现组策略

10.1 操作控制面板

控制面板是包含大量图标的文件夹—— 在 Windows Vista 默认安装的经典视图中的图标超过 50 个(具体取决于 Vista 的版本)，但是根据系统配置，还能有更多的图标。每个图标处理 Windows Vista 配置的一个特定领域：硬件、应用程序、字体、打印机和多媒体等。

打开一个图标将显示包含与该 Windows 领域相关的各种属性的窗口或对话框。例如，启动"添加或删除程序"图标可以安装或卸载第三方应用程序和 Windows Vista 组件。

使用以下技术中的任何一种都能显示控制面板文件夹：

- 选择"开始"|"控制面板"命令。
- 在 Windows 资源管理器中，显示文件夹列表并选择 Desktop\Control Panel 文件夹。
- 按下 Windows Logo+R 组合键(或选择"开始"|"所有程序"|"附件"|"运行"命令)打开"运行"对话框，输入 control，单击"确定"按钮。

提示：

为了了解如何将"开始"菜单中的"控制面板"链接转换为"控制面板"图标菜单，请参考本章后面的"在开始菜单中添加控制面板"。

Windows Vista 将默认显示控制面板的主页，如图 10-1 所示，该页面显示了 11 个不同分类的图标("系统和维护"和"安全"等)以及每个分类图标下的 2 个或 3 个常用的任务的链接。Windows XP 的控制面板也提供了相似的"分类视图"，该视图是为初学者设计的，但该视图会耽误其他人不必要的时间，所以我总是建议学生尽可能切换到"经典视图"。

图 10-1 "控制面板"主页

但对于 Windows Vista 并不需要这样操作。在熟悉主页的布局和分支后，就能够很快地找到需要的图标。然而，当切换到"经典视图"时，从 50 多个图标中(如图 10-2 所示)查找一个图标既麻烦又费时。因此，这里建议使用主页面以尽快熟悉该页面。

图 10-2 将控制面板切换到经典视图以在一个窗口中查看所有图标

10.1.1 评述控制面板的图标

为了帮助你了解控制面板中可用的功能，本节提供了在标准 Windows Vista 安装中对控制面板的图标的概要描述。注意，根据计算机的配置以及安装的程序，你的系统可能有一些额外的图标。

- 添加硬件——启动"添加硬件"向导，将搜索系统上新的即插即用设备，还可以运行更深层次的硬件检测以搜索非即插即用的设备。还可以使用该向导通过从列表或从设备附带的光盘中手动选择需要安装的项来为设备安装驱动程序。参见第 17 章"最有效使用设备管理器"中的"安装设备的提示和技术"一节。

- 管理工具——显示带有很多图标的窗口，其中每个图标能够管理 Windows Vista 的一个特定方面：

  - **计算机管理**——能够管理本地或远程的计算机。可以检查隐藏的或可见的共享文件夹、设置组策略、访问设备管理器和管理硬盘等。

  - **数据源**(ODBC)——创建并使用数据源名称(data source names)，这是用来连接本地或远程数据库的连接字符串。

  - **事件查看器**——能够用来检查 Windows Vista 的事件(event)列表，事件说明了系统上发生的不寻常或值得注意的操作，例如某个服务没有启动、安装了某个设备或应用程序错误。参见第 15 章中的"检查事件查看器日志"一节。

- iSCSI 发起程序——显示 iSCSI 发起程序的属性表, 它能管理与 iSCSI 设备(如磁带驱动器)的连接。

- **本地安全策略**——显示本地安全设置的管理单元, 能够让你设置系统的安全策略。参考第 6 章"发挥用户帐户的最大效用"中的"设置帐户安全策略"一节以及本章后面的"使用 Windows Vista 实现组策略"部分。

- **内存诊断工具**——运行 Windows 内存诊断工具以检查出现问题的计算机内存芯片。参见第 16 章"在发生问题后进行诊断和还原"中的"运行内存诊断"一节。

- **打印管理**——显示打印管理控制台, 它能管理、共享并部署打印机和打印机服务器。

- **可靠性和性能监视器**——使用性能监视器和可靠性监视器能够监控系统的性能。参见第 14 章"调整 Windows Vista 的性能"中的"监控性能"。

- **服务**——显示 Windows Vista 中可用的系统服务的列表。系统服务是允许系统执行任务的后台例程, 这些任务有网络登录、磁盘管理、即插即用、Internet 连接共享等。可以暂停、停止和启动服务以及配置启动时加载服务的方式。

- **系统配置**——打开系统配置实用程序。参见第 2 章中的"使用系统配置实用程序来更改 BCD"和"使用系统配置实用程序诊断启动问题"小节。

- **任务计划程序**——运行任务计划程序控制台, 这样能够按计划运行程序或脚本。参见第 15 章中的"使用任务计划程序自动化任务"。

- **高级安全 Windows 防火墙**——控制 Vista 的双向防火墙的每个方面。参见第 21 章"实现 Windows Vista 的 Internet 安全和隐私功能"中的"配置 Windows 防火墙"。

● 自动播放——打开自动播放窗口, 为不同的媒体配置自动播放的默认值。参见第 7 章"使用数字媒体"中的"设置自动播放默认值"。

- **备份和还原中心**——作为 Windows 备份的前端工具进行操作(参见第 15 章中的"备份文件")。

- **BitLocker 驱动器加密**——打开并配置 BitLocker, 它对 Vista 系统驱动器进行加密以阻止未授权的访问。

● 蓝牙设备——能够添加、配置并管理使用蓝牙无线网络标准的设备。该图标只有在系统上安装了蓝牙设备时才会显示。

- 颜色管理——配置监视器和打印机的颜色以优化颜色的输出。

● 日期和时间——能够设置当前日期和时间、选择时区并设置将 Internet 时间服务器与系统时间同步。还可以显示额外的时钟以监控其他时区(参见第 13 章"自定义 Windows Vista"界面中的"为不同时区显示多个时钟")。

- 默认程序——显示默认程序窗口，通过窗口能够更改与 Vista 文件类型相关的程序(参见第 4 章"精通文件类型")和自动播放的默认值(参见第 7 章中的"设置自动播放默认值")。

- 设备管理器——启动设备管理器以查看并使用系统设备及其驱动程序。参见第 17 章以了解更多的信息。

  - 轻松访问中心——能够为那些有着特殊移动、视听需求的用户自定义键盘和鼠标的输入以及声音和显示的输出。

- 文件夹选项——自定义 Windows Vista 文件夹的显示，设置 Windows Vista 是否使用单击或双击，使用文件类型以及配置脱机文件。

- 字体——显示字体文件夹，从此处可以查看、安装并删除字体。

- 游戏控制器——配置操纵杆和其他游戏设备。

  - 索引选项——配置由新的 Vista 搜索引擎使用的索引。参见第 3 章中的"使用 Windows 搜索引擎的桌面搜索"。

- 红外线——配置红外线设置、文件传输以及使用红外支持从数码相机中下载照片。

- Internet 选项——显示大量的设置集合以更改 Internet 属性(如何连接、Internet Explorer 界面等)。

  - iSCSI 发起程序——显示 iSCSI 发起程序属性表，它能管理与 iSCSI 设备(如磁带驱动器)的连接。

- 键盘——自定义键盘、使用键盘语言以及更改键盘驱动程序。

- 鼠标——能设置不同的鼠标选项并安装不同的鼠标设备驱动。

  - 网络和共享中心——显示网络连接和共享设置的概要信息。参见第 23 章中的"使用网络和共享中心"。

- 脱机文件——启用并配置脱机使用网络文件。参见第 23 章中的"脱机使用网络文件"。

  - 家长控制——限制计算机的其他用户对计算机的使用。参见第 6 章中的"使用家长控制限制计算机使用"。

- 笔和输入设备——显示笔和输入设备对话框以配置 Tablet PC 的数字笔。参见第 9 章中的"使用笔势"和"设置指针选项"。

  - 网络邻居——标识网络附近的用户，这样可以使用如 Windows 会议室(Windows Meeting Space)这样的程序与用户进行合作。参见第 23 章中的"使用 Windows 会议室合作"。

  - 性能信息和工具——显示计算机的性能分级(参见第 14 章中的"查看计算机的性能分级")并通知系统是否存在性能问题(参见第 16 章中的"检查性能问题")。

10

- 个性化——提供了大量当前 Vista 主题的自定义选项：玻璃效果、颜色、桌面背景、屏幕保护程序、声音、鼠标指针和显示设置。

- 电话和调制解调器选项——配置电话拨号规则(参见第 24 章"建立远程网络连接"中的"使用不同的拨号位置")以及安装并配置调制解调器。

- 电源选项——配置关闭系统组件(例如监视器和硬盘驱动器)的电源管理属性,定义笔记本电池低压警报,启用休眠和待机模式,配置笔记本电源按钮的电源管理属性。参见第 9 章中的"管理笔记本电源"。

- 打印机——安装并配置打印机以及 Windows Vista 传真服务。

  - 问题报告和解决方案——搜索并执行 Microsoft 为计算机产生的问题所找到的解决方案。参见第 16 章"在发生问题后进行诊断和还原"中的"查找问题的解决方案"。

  - 程序和功能——安装和卸载应用程序、添加和删除 Windows Vista 组件并查看安装的更新。

- 地区和语言选项——配置依赖于各个国家的国际设置项,如数字、货币、时间和日期。

- 扫描仪和照相机——安装和配置文档扫描仪和数码照相机。

- 安全中心——显示安全中心窗口,该窗口显示 Windows 防火墙、Windows Update、病毒防护和 Windows Defender 的当前状态。还可以管理计算机的安全设置。

- 声音——控制系统音量、将声音映射为 Windows Vista 的特定事件（例如关闭程序或最小化窗口）、为音频、声音和其他多媒体设备指定设置。

- 语音识别选项——允许配置 Windows Vista 的语音识别功能。

  - 同步中心——允许建立并维护与其他设备和脱机文件的同步。

- 系统——显示系统的基本信息,包括 Vista 的版本、系统分级、处理器类型、内存容量、计算机和工作组名称、Vista 是否激活。还能够让你访问设备管理器和与性能、启动、系统保护、远程协助及远程桌面相关的设置。

- Tablet PC 设置——显示配置 Tablet PC 的手写及其他方面功能的设置。参见第 9 章中的"最有效使用 Tablet PC"。

- 任务栏和开始菜单——自定义任务栏和开始菜单。参见第 13 章以获取更多的信息。

  - 文本到语音转换——为文本到语音转换选择一种语音和语音速度。

- 用户帐户——建立并配置用户帐户。

  - 欢迎中心——显示有关计算机和与一般 Vista 任务相关的图标的概要信息。

> **提示：**
>
> "欢迎中心"窗口会在每次启动计算机时默认打开。当然该窗口纯粹是面向新用户，而对那些有一点计算机经验的用户来说没有必要显示。幸运的是，可以通过禁用窗口底部的"启动时运行"的复选框来禁用该欢迎中心。

- • Windows CardSpace——使用 Microsoft 新的 CardSpace 系统来管理个人联机数据。
- ● Windows Defender——启动 Vista 的反间谍件程序 Windows Defender。参见第 21 章中的"使用 Windows Defender 阻止间谍件"。
- ● Windows 防火墙——配置 Windows 防火墙。参见第 21 章中的"配置 Windows 防火墙"。
  - • Windows 移动设备中心——允许与 Windows 移动设备连接以同步文件和 Outlook 数据。
  - • Windows 移动中心——显示 Vista 中新的笔记本移动中心。参见第 9 章 "Windows Vista 中的移动计算"中的"使用 Windows 移动中心监控笔记本"。
- ● Windows Sidebar——显示 Windows 边栏的属性表。
  - • Windows SideShow——显示为使用与 Windows SideShow 相兼容的笔记本而安装的小工具的列表。参加第 9 章中的"理解 Windows SideShow"。
- ● Windows Update——配置 Vista 的 Windows Update 功能，检查更新、查看更新历史并建立下载和安装更新的计划。

10.1.2　理解控制面板文件

大多数控制面板图标都由**控制面板扩展名**文件来表示，其使用.cpl 扩展名。这些文件驻留于%SystemRoot%\System32 文件夹中。打开控制面板时，Windows Vista 会扫描 System32 文件夹以查找 CPL 文件，然后为每个文件显示一个图标。

CPL 文件提供了启动控制面板对话框的备用方法，该方法是运行 control.exe 并指定 CPL 文件的名称作为参数。这将会绕过控制面板文件夹并直接打开图标。语法如下：

```
control CPLfile [,option1 [, option2]]
```

CPLfile——想要打开的与控制面板图标对应的文件名称(参见本章后面的表 10-1)。
option1——这是以前版本的选项，包含该选项只是为了与使用 Control.exe 打开控制面板图标的脚本和批处理文件向后兼容。
option2——多选项卡对话框的选项卡编号。许多控制面板图标打开的对话框有 2 个或多个选项卡。如果知道想要使用的特定选项卡，则可以使用 option2 参数来指定表示对话框从左起的相对位置的整数。第一个(最左边)选项卡为 0，接下来是 1，依此类推。

> **注意：**
>
> 如果对话框有多个选项卡行，则按从左向右、自下而上的顺序对选项卡计数。例如，如果对话框有 2 行、每行 4 个选项卡，则在底部行的选项卡从左向右的编号分别为 0～3，顶部行的选项卡从左向右的编号分别为 4～7。
>
> 同样需要注意，即使不使用 option1 参数，仍然必须在命令行中显示其逗号。

例如，为了打开控制面板的"系统"图标并显示"硬件"选项卡，可以运行如下的命令：

```
control sysdm.cpl,,2
```

表 10-1 列举了不同的控制面板的图标以及相应的命令行(然而请注意，有些控制面板的图标——例如"任务栏和开始菜单"——不能通过运行 Control.exe 来访问)。

表 10-1　启动控制面板图标的命令行

控制面板图标	命　　令	对话框选项卡
添加硬件	control hdwwiz.cpl	N/A
管理工具	control admintools	N/A
蓝牙设备	control bthprops.cpl	4
日期和时间	control timedate.cpl	3
个性化(显示设置)	control desk.cpl	1
轻松访问中心	control access.cpl	N/A
文件夹选项	control folders	N/A
字体	control fonts	N/A
游戏控制器	control joy.cpl	N/A
Internet 选项	control inetcpl.cpl	7
红外	control irprops.cpl	3
iSCSI 发起程序	control iscsicpl.cpl	N/A
键盘	control keyboard	N/A
鼠标	control mouse	N/A
网络连接	control ncpa.cpl	N/A
网上邻居	control collab.cpl	2
笔和输入设备	control tabletpc.cpl	N/A
电话和调制解调器选项	control telephon.cpl	N/A

（续表）

控制面板图标	命　令	对话框选项卡
电源选项	control powercfg.cpl	N/A
打印机	control printers	N/A
程序和功能	control appwiz.cpl	N/A
区域和语言选项	control intl.cpl	4
扫描仪和照相机	control scannercamer	N/A
安全中心	control wscui.cpl	N/A
声音	control mmsys.cpl	3
系统	control sysdm.cpl	5
Tablet PC	control tabletpc.cpl	3
用户帐户	control nusrmgr.cpl	N/A
Windows CardSpace	control infocardcpl.cpl	N/A
Windows 防火墙	control firewall.cpl	N/A
Windows 安全中心	control wscui.cpl	N/A

注意：

如果发现控制面板的文件夹过多，可以通过删除那些从不使用的图标对其精简。在 Windows Vista 中有多种方法可以完成该操作，但是最简单的方法可能是通过组策略。在本章的后面将详细介绍组策略，并且包含一个样本技术以介绍使用策略配置访问控制面板的方法。参见本章后面的"示例：控制对控制面板的访问"。

10

10.1.3　更简便地访问控制面板

控制面板是 Windows Vista 程序包的有用而重要的部分。如果能轻松对其访问，这将更有用。下面介绍一些方法以获得对单个图标以及整个文件夹的快速访问。

1. 打开控制面板图标的备用方法

对许多控制面板图标的访问分散在 Windows Vista 的界面中，这意味着有多种启动图标的方式。许多备用方法比使用控制面板文件夹更加快速直接。以下是概要信息：

- 日期和时间——右击通知区域中的时钟并单击"调整日期/时间"。
- 个性化——右击桌面并单击"个性化"。

- 文件夹选项——在 Windows 资源管理器中，选择"组织"和"文件夹和搜索选项"。
- 字体——在 Windows 资源管理器中，打开%SystemRoot%\Fonts 文件夹。
- Internet 选项——在 Internet Explorer 中，选择"工具"|"Internet 选项"。或者可以单击"开始"菜单，右击"Internet"，然后选择"Internet 属性"。
- 网络和共享中心——单击(或右击)通知区域中的"网络"图标，然后单击"网络和共享中心"。
- 电源选项——双击通知区域中的"电源"图标。
- 默认程序——选择"开始"|"默认程序"。
- 声音——右击通知区域中的"音量"图标并选择"声音设备"。
- 系统——单击"开始"菜单，右击"计算机"，然后单击"属性。"
- 任务栏和开始菜单——右击开始按钮或任务栏的空白部分，然后单击"属性"。
- Windows Update——单击"开始"|"所有程序"|"Windows Update"。

2. 在"开始"菜单中添加控制面板

可以通过以下这些步骤将"开始"菜单中的"控制面板"命令变为显示控制面板图标的菜单：

(1) 选择"开始"|"控制面板"|"外观和个性化"|"任务栏和开始菜单"。

(2) 显示"开始菜单"选项卡，确保选中"开始菜单"选项，然后单击"自定义"，将打开"自定义开始菜单"对话框。

(3) 在"开始"菜单项的列表里，找到"控制面板"项并选择"显示为菜单"选项。

提示：

为了向"开始"菜单直接添加"管理工具"图标，找到"系统管理工具"项，并选择"在所有程序菜单和开始菜单上显示"的选项。

(4) 单击"确定"按钮。

图 10-3 显示了将控制面板项配置为菜单的"开始"菜单。根据使用的屏幕分辨率，并非所有的控制面板图标都能显示在屏幕上。如果发生这种情况，将鼠标指针停留在菜单底部的指向下方的箭头以显示其他的图标(如果要向上显示，则将鼠标指针停留在菜单顶部的指向上方的箭头上)。

单击箭头以滚动菜单

图 10-3　将"开始"菜单的"控制面板"配置为菜单

10.2　使用 Windows Vista 实现组策略

10

组策略是控制 Windows Vista 工作方式的设置。可以使用它来自定义 Windows Vista 的界面、限制对某些区域的访问、指定安全设置等。

组策略主要由系统管理员使用，系统管理员需要确保新用户不能访问危险工具(例如注册表编辑器)，或要确保在多台计算机上获得一致的计算体验。组策略还适用于多个用户共享一台计算机的情况。然而，组策略对单个用户单独使用的计算机也有用，本书将介绍这些内容。

10.2.1　使用组策略

使用组策略编辑器可以实现组策略，组策略编辑器是 Microsoft 管理控制台的管理单元。按照以下步骤启动组策略编辑器：

(1) 按下 Windows Logo+R 组合键(或选择"开始"|"所有程序"|"附件"|"运行")以打开"运行"对话框。

(2) 输入 gpedit.msc。

(3) 单击"确定"按钮。

(4) 如果出现"用户帐户控制"对话框，单击"继续"按钮或输入管理员密码并单击"提交"。

组策略窗口分为两个部分：

- 左窗格——该窗格包含组策略类别的树形层次结构，其主要分为两个类别：计算机配置(Computer Configuration)和用户配置(User Configuration)。计算机配置策略应用于所有用户并在登录前实现。用户配置策略只应用于当前用户，因此只有在用户登录时才被应用。

- 右窗格——该窗格包含了在左窗格中选中类别的策略。

我们的目的就是打开类别树的分支并找到需要的类别。当单击类别时，其策略显示在右窗格中。例如，图 10-4 显示了计算机配置(Computer Configuration)、管理模板(Administrative Templates)、系统(System)、登录(Logon)类别的组策略。

图 10-4　在左窗格中选中一个类别时，该类别的策略将出现在右窗格中

提示：

Windows Vista 还有另一个称为本地安全策略(Local Security Policy)编辑器的工具，它只显示在组策略编辑器中的"计算机配置"、"Windows 设置"、"安全设置"这些分支的策略。为了启动本地安全策略编辑器，打开"运行"对话框，输入 secpol.msc 并单击"确定"按钮。

在右窗格中，"设置"列说明策略的名称，而"状态"列说明策略的当前状态。单击左边窗格中的一个策略查看其描述。为了配置策略，可以双击该策略，而看到的窗口类型取决于该策略。

● 对于简单策略，将看到与图 10-5 类似的窗口。这些种类的策略有 3 种状态：未配置(策略无效)、已启用(策略有效且其设置已启用)和已禁用(策略有效但其设置已禁用)。

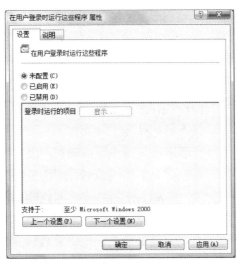

图 10-5　包含未配置、已启用、已禁用选项的简单策略

● 其他类型的策略在启用时需要额外的信息。例如，图 10-6 显示了"在用户登录时运行这些程序"的策略窗口。当选择"已启用"时，将出现"显示"按钮；使用该按钮来指定计算机启动时运行的一个或多个程序。

10

图 10-6　复杂策略需要额外信息，如本图中的在登录时运行的程序列表

10.2.2　示例：控制对控制面板的访问

可以使用组策略来隐藏和显示控制面板图标以及配置其他控制面板的访问设置。以下步骤将介绍其工作方式：

(1) 在组策略编辑器中，选择"用户配置"|"管理模板"|"控制面板"。

(2) 配置以下策略中的一个或多个：

- 隐藏指定的"控制面板"项——如果启用该策略，则可以隐藏指定的控制面板图标。为了完成该操作，单击"显示"，然后单击"添加"，输入想要隐藏的图标名称(例如游戏控制器)或 CPL 文件的名称(例如 Joy.cpl)，然后单击"确定"按钮。

- 强制使用经典"控制面板"视图——如果启用该策略，控制面板将永远以经典视图进行显示而且用户不能切换到主页面视图。如果禁用该策略，控制面板将永远以主页面视图进行显示而且用户不能切换到经典视图。

- 禁止访问"控制面板"——如果启用该策略，则用户不能使用开始菜单、Windows 资源管理器或可执行的 control.exe 命令来访问控制面板。

- 只显示指定的"控制面板"项——如果启用该策略，则隐藏除指定项以外的所有控制面板的图标。为了完成该操作，单击"显示"按钮，然后单击"添加"按钮，输入想要显示的图标名称(如游戏控制器)或 CPL 文件的名称(例如 Joy.cpl)，然后单击"确定"按钮。

(3) 当完成对策略的配置时，单击"确定"或"应用"按钮以使用该策略。

10.3　相关内容

可以看到，控制面板和组策略的技术遍布于整本书的内容之中。以下是本书中包含与组策略相关内容的其他章节：

- 参考第 2 章中的"设置自动登录"小节。
- 参考第 5 章中的"在启动时运行应用程序和脚本"小节。
- 参考第 6 章中的"设置帐户策略"和"利用 Windows Vista 的密码策略"小节。
- 参考第 13 章中的"使用组策略更改开始菜单和任务栏"小节。
- 参考第 17 章中有关"使用设备安全策略"的内容。
- 参考第 24 章中有关"远程连接的组策略"的内容。

第 11 章

了解 Windows Vista 的

注册表

当你学习本书时，发布的 Windows Vista 包含的重要内容包括自定义界面和附件来满足个性化风格或充分发挥系统的性能。在极大程度上，这些自定义选项可以通过以下机制来处理：

- 控制面板
- 组策略
- 每个对象的属性表
- 程序菜单命令和对话框
- 命令行切换

但是，还有另一种功能强大的自定义 Windows Vista 机制："注册表(Registry)"。注册表没有其他自定义选项那种美观的界面，并且注册表的很多方面很难理解，但是它提供了访问 Windows Vista 中那些无法轻松得到的内容的方法。本章将介绍注册表及其结构，而且还将介绍通过使用"注册表编辑器(Registry Editor)"更改注册表的方法。

11.1 注册表概述

如果使用控制面板的"显示"图标来更改桌面背景，则下次启动计算机时，Windows Vista 如何知道选中了哪个背景？如果更改了视频显示驱动程序，Windows Vista 如何知道在启动时使用该驱动程序，而不是在启动时加载原来的驱动程序？换句话说，Windows Vista 如何记住你自己选中的或者那些适合于系统的设置和选项?

Windows Vista 神秘的记忆功能在于其注册表。注册表是 Windows Vista 用来存储所有应用于系统配置的中心仓库。注册表包括以下内容:

- 有关安装在计算机上的所有硬件的信息
- 设备使用的资源
- Windows Vista 在启动时加载的设备驱动程序的列表
- Windows Vista 内部使用的设置
- 将特定文件类型与特定应用程序相关联的文件类型数据
- 墙纸、颜色方案以及其他界面自定义设置
- 开始菜单和任务栏等的其他自定义设置
- 附件(如 Windows 资源管理器和 Internet Explorer)的设置
- Internet 和网络的连接与密码
- 许多应用程序的设置和自定义选项

所有这些内容都保存在一个中心位置,有了"注册表编辑器"这样方便的工具,就可以谨慎地操作注册表。

11.1.1　简要回顾配置文件

计算机世界中并非一直采用注册表的方式。在 DOS 和 Windows(版本 1)的早期,系统数据存储在两个文件中:CONFIG.SYS 和 AUTOEXEC.BAT,它们是配置文件著名的"双胞胎"。

在 Windows 2.0 诞生之际(很少或者没有得到人们的赞扬),还产生了另一组配置文件:WIN.INI 和 SYSTEM.INI。这些所谓的**初始化文件**(initialization files)同样也是简单的文本文件。WIN.INI 的作用是存储有关 Windows 和 Windows 应用程序的配置数据;对于 SYSTEM.INI,其包括有关硬件和系统设置的数据。由于这些文件不能胜任相应的工作,应用程序开始创建自己的 INI 文件以存储用户设置和程序选项。不久之后,Windows 目录中就充满了数十个 INI 文件。

当 Windows 3.0 影响 PC 世界后,INI 文件的地位变得更为重要。Windows 不仅使用 WIN.INI 和 SYSTEM.INI 来存储配置信息,它还创建了用于"程序管理器(PROGMAN.INI)"、"文件管理器(WINFILE.INI)"、"控制面板(CONTROL.INI)"的新 INI 文件。

直到 Windows 3.1 时代,注册表才迎来曙光,虽然它与其后续 Windows Vista 的版本有着明显的差异,但具有重要的意义。Windows 3.1 的注册表是一个用来存储有关 OLE(对象链接与嵌入)应用程序的注册信息的数据库。

最后,用于工作组的 Windows 通过添加一些与网络有关的新配置文件(包括 PROTOCOL.INI)进一步搅乱了配置文件的世界。

11.1.2　注册表终结 INI 文件的混乱局面

INI 的泛滥导致了各种用户和系统管理员的痛苦。因为 INI 是主要 Windows 目录中的文本文件,所以它们是发生意外情况的地方。类似于易受攻击的对象,新用户偶然按下 "Delete" 键就会删除 INI。而且 INI 有很多令人讨厌的内容,只有少数人才会坚持使用包含设置信息的 INI。没有机制能够帮助在大型的 INI 文件中查找所需的设置,而且这种线性的、名称-设置结构使维护复杂的配置变得困难。

为了解决所有这些问题,Windows 95 的设计者决定升级以前的 Windows 3.1 的注册表。特别地,他们将其作为所有系统和应用程序设置的中心数据库。Windows Vista 的注册表基本上维持了这种结构。

以下是更改后的注册表的一些优点:

- 注册表文件(在下节中讨论)有 "隐藏的(Hidden)"、"系统的(System)" 以及 "只读的(Read-Only)" 属性集,所以很难意外地删除它们。即使用户为了某种原因而设法删除这些文件,但是 Windows Vista 将保留这些文件的备份副本以便方便地进行恢复。
- 不仅注册表作为存储硬件和操作系统设置的仓库,而且应用程序也能自由地使用注册表来存储它们自己的配置,而非使用单独的 INI 文件。
- 如果需要检查或更改注册表项,注册表编辑器实用程序将显示整个注册表数据库的有层次的树状视图(后面将更多地讨论该主题)。
- 注册表还带有能够帮助查找特定设置以及远程查询注册表数据的工具。

这些并不能说明注册表是一个完美的解决方案。它的很多设置让人难以理解,使用只有很少人才喜欢的结构,并且查找所需的设置经常是一项带有推测性的工作。然而,所有这些问题都能通过一定的练习和对注册表的熟悉来克服,本章就将介绍这些内容。

11.2　理解注册表文件

后面将看到,注册表文件是二进制文件,所以不能直接编辑它们,而是要通过使用注册表编辑器这样的程序来查看、更改、添加和删除任何注册表设置。注册表编辑器还有帮助查找设置的搜索功能以及向文本文件保存设置和从文本文件中导入设置的功能。

按下 Windows Logo+R 组合键(或选择 "开始" | "所有程序" | "附件" | "运行")打开 "运行" 对话框、输入 regedit、单击 "确定" 按钮,然后输入 "用户帐号控制(User Account Control)" 证书,从而启动注册表编辑器。图 11-1 显示了 "注册表编辑器" 窗口(如果你以前使用过该程序,则你的 "注册表编辑器" 窗口可能会和图 11-1 显示的窗口有所区别。可以关闭左边窗格中所有打开的分支得到图 11-1 的视图)。

11

> **提示:**
>
> 另一种启动注册表编辑器的方法是选择"开始"菜单,在搜索框中输入 regedit,然后单击出现的 regedit 链接。

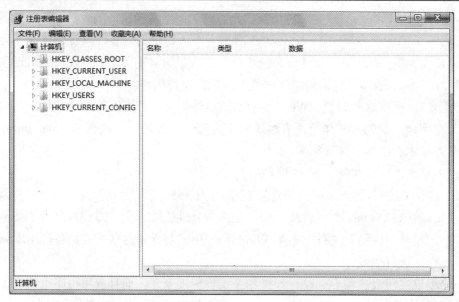

图 11-1 运行 REGEDIT 命令启动注册表编辑器,它是用来操作注册表数据的前端工具

注册表编辑器能够让人回忆起 Windows 资源管理器,因为它基本上以同样的方式工作。注册表编辑器窗口左边的窗格和资源管理器的文件夹窗格相似,除了这里看到的是键(key)而非文件夹。这里没有更好的词汇形容它,只有将其称为键窗格(keys pane)。

> **注意:**
>
> 注册表编辑器是 Windows Vista 中最危险的工具。注册表对于 Vista 的平稳运行至关重要,对注册表项进行一个轻率的更改都将会让系统瘫痪。因此,虽然打开了注册表编辑器,也不要随意进行设置的更改,而是应该阅读本章后面的"保持注册表的安全性"一节以获得保护这种重要且敏感的资源的建议。

11.2.1 导航到键窗格

键窗格和资源管理器的文件夹窗格一样,都以树状层次结构来组织。当第一次打开注册表编辑器时看到的 5 个键是称为句柄(handles)的**特殊键**(这是其名称以 HKEY 作为开头的原因)。人们将这些键共同称为注册表的**根键**(root keys)。后面将介绍这些键的内容(参见本章后面"了解注册表根键"一节的内容)。

这些键都包含子键,可以通过单击每个键左边的加号(+)或通过加亮显示某个键并按下键盘数字键区上的加号来显示这些子键。当打开一个键时，加号变成减号(-)。单击减号或加亮显示某个键并单击数字键区上的减号即可关闭该键。该操作类似于在资源管理器中导航文件夹。

经常需要展开好几个层次才能得到需要的键。例如，图 11-2 显示了打开 HKEY_CURRENT_USER 键 | Control Panel 子键，然后单击 Mouse 子键后的注册表编辑器。注意状态栏说明了当前键的确切路径，该路径的结构和文件夹路径相似。

键的完整路径

图 11-2　打开注册表的键和子键以查找所需的设置

注意：

为了能看到所有键，可能需要增加键窗格的尺寸，可以使用鼠标单击并向右拖动分割栏来完成该操作。也可以选择"查看" | "拆分"命令，使用右箭头来调整分割栏的位置，然后按下 Enter 键。

11.2.2　理解注册表设置

如果注册表窗口的左边与资源管理器的文件夹窗格相似，则其右边的窗格也与资源管理器的内容窗格相似。在本例中，注册表编辑器的右窗格显示了每个键包含的设置(因此这里称其为**设置窗格**(Settings Pane))。设置窗格分为以下 3 列：

- 名称——该列说明当前选中键的每个设置的名称(和资源管理器中的文件名相似)。
- 类型——该列说明设置的数据类型，有 6 种可能的数据类型：

  REG_SZ——这是字符串值。

  REG_MULTI_SZ——这是一系列字符串。

  REG_EXPAND_SZ——这是包含环境变量名称的字符串值，其在该变量的值中进行展开。例如，%SystemRoot%环境变量保存安装 Windows Vista 的文件夹。因此，如果看到值为%SystemRoot%\ System32\的注册表设置，且 Windows Vista 安装在 C:\Windows 中，则设置的展开值为 C:\Windows\System32\。

  REG_DWORD——这是双字值：以 8 位数字排列的 32 位十六进制值。例如，十进制 17 用十六进制表示为 11，所以该数字将以 0x00000011(17)的 DWORD 形式表示(为什么用"双字"？ 这是因为 32 位值表示 4 字节的数据，而且因为在编程领域中一个字(word)定义为 2 个字节，所以 4 字节值表示为双字(double word))。

  REG_QWORD——这是 4 字值：以 16 个数字排列的 64 位十六进制值。注意删除了高 8 位数字的前置零。因此，十六进制的 11 表示为 0x00000011(17)，而十六进制的 100000000 表示为 0x1000000000(4294967296)。

  REG_BINARY——该值是一系列的十六进制数字。

- 数据——该列显示每个设置的值。

11.2.3　了解注册表的根键

根键是注册表的起始点，所以需要了解每个键保存的数据种类。下面的章节将概述每个键的内容。

HEKY_CLASSES_ROOT

HKEY_CLASSES_ROOT——通常缩写为 HKCR——包含与文件扩展名和与其相关的程序、出现在 Windows Vista 系统中的对象以及应用程序和它们的自动化信息相关的数据。还有一些键与快捷方式和其他接口功能相关。

该键的顶层部分包含了不同文件扩展名的子键。可以看到，.bmp 是 BMP(画图)文件的扩展名，.doc 是 DOC(Word 或 WordPad)文件的扩展名，等等。在这些子键中，"默认(Default)"设置说明了与该扩展名相关的已注册过的文件类型(在第 4 章"精通文件类型"中详细讨论过文件类型)。例如，.txt 扩展名与 txtfile 文件类型关联。

这些注册过的文件类型作为子键出现在 HKEY_CLASSES _ROOT 分支中，而且注册表跟踪每种注册文件类型的不同设置。特别地，shell 子键说明与该文件类型相关的动作。例如，在 shell\open\command 子键中，"默认"设置显示了打开的可执行文件的路径。图 11-3 显示了 txtfile 文件类型的子键。

图 11-3　注册的文件类型的子键指定了与每个文件类型相关的不同设置，包含其定义的动作

HKEY_CLASSES_ROOT 实际上是下面的 HKEY_LOCAL_MACHINE 键的副本(或者将这些复制的键称为别名)：

```
HKEY_LOCAL_MACHINE\Software\Classes
```

注册表为 HEKY_CLASSES_ROOT 创建了别名，从而使得这些键更容易地被应用程序访问，并且改善了与传统程序的兼容性。

HKEY_CURRENT_USER

HKEY_CURRENT_USER——通常缩写为 HKCU——包含了应用于当前登录用户的数据。它包含了控制面板选项、网络连接、应用程序等用户特定的设置。注意，如果用户有在其帐户上设置的组策略，则其设置存储在 HKEY_USERS\sid 子键中(这里 sid 是用户的安全 ID)。当该用户登录时，这些设置复制到 HKEY_CURRENT_USER。对于其他所有用户，根据用户的配置文件 ntuser.dat 来建立 HKEY_CURRENT_USER。

提示：

如何查找每个用户的 SID？首先，打开以下注册表键：

```
HKLM\SOFTWARE\Microsoft\Windows NT\CurrentVersion\ProfileList\
```

你将从该位置找到 SID 的列表。以 S-1-5-21 开头的 SID 就是用户的 SID。加亮显示其中一个 SID 并检查 ProfileImagePath 设置，其形式为%SystemDrive%\Users\user，这里 user 是指与 SID 相关的用户名。

以下是最重要的 HKEY_CURRENT_USER 子键的概要信息:

AppEvents	包含当特定系统事件(例如最大化窗口)发生时播放的声音文件
Control Panel	包含与某个控制面板图标相关的设置
Identities	包含与 Outlook Express 相关的设置,包括邮件和新闻选项以及消息规则
Keyboard Layout	包含通过控制面板的"键盘"图标选中的键盘布局
Network	包含与映射的网络驱动器相关的设置
Software	包含与安装的应用程序和 Windows 相关的用户特定的设置

HKEY_LOCAL_MACHINE

HKEY_LOCAL_MACHINE(HKLM)包含了系统硬件和应用程序的非用户特定的配置数据。最常用的 3 个子键如下:

Hardware	包含与串行端口和调制解调器以及浮点处理器相关的子键
Software	包含与安装的应用程序相关的计算机特定的设置。该 Clsses 子键的别名为 HKEY_CLASSES_ROOT。Microsoft 子键包含了与 Windows(以及在计算机上安装的其他任何 Microsoft 产品)相关的设置。
System	包含了与 Windows 启动相关的子键和设置。

HKEY_USERS

HKEY_USERS(HKU)包含了与在 HKEY_CURRENT_USER 中相似的设置。HKEY_USERS 用来存储与定义的组策略相关的用户设置以及映射到新用户配置文件的默认设置(在.DEFAULT 子键中)。

HKEY_CURRENT_CONFIG

HKEY_CURRENT_CONFIG(HKCC)包含了当前硬件配置文件的设置。如果计算机只使用一个硬件配置文件,则 HKEY_CURRENT_CONFIG 是 HKEY_LOCAL_MACHINE\SYSTEM\ControlSet001 的别名。如果计算机使用多个硬件配置文件,则 HKEY_CURRENT_CONFIG 是 HKEY_LOCAL_MACHINE\SYSTEM\ControlSet*nnn* 的别名,其中 *nnn* 是当前硬件配置文件的数字标识符。该标识符由以下键中的 Current 设置给出:

```
HKLM\SYSTEM\CurrentControlSet\Control\IDConfigDB
```

11.2.4 理解巢和注册表文件

注册表数据库实际上是由许多包含称为巢(hive)的注册表子集的文件组成。巢由一个或多个注册表键、子键和设置组成。每个巢由使用表 11-1 列出的扩展名的一些文件支持。

表 11-1 巢支持文件的扩展名

扩 展 名	文 件 包 含
无	巢数据的完全副本
.log1	对巢数据进行更改的日志
.sav	在 Windows Vista 安装的文本模式最后部分的巢数据副本

还有一些文件没有扩展名，但是有后缀名_previous 添加在巢名称之后，并且作为巢数据的备份副本。表 11-2 显示了每种巢的支持文件(注意你的系统上并不一定存在所有这些文件)。

表 11-2 每种巢使用的支持文件

巢	文 件
HKLM\BCD00000000	%SystemRoot%\System32\config\BCD-Template
	%SystemRoot%\System32\config\BCD-Template.LOG1
HKLM\COMPONENTS	%SystemRoot%\System32\config\COMPONENTS
	%SystemRoot%\System32\config\COMPONENTS.LOG1
	%SystemRoot%\System32\config\COMPONENTS.SAV
	%SystemRoot%\System32\config\components_previous
HKLM\SAM	%SystemRoot%\System32\config\SAM
	%SystemRoot%\System32\config\SAM.LOG1
	%SystemRoot%\System32\config\SAM.SAV
	%SystemRoot%\System32\config\sam_previous
HKLM\SECURITY	%SystemRoot%\System32\config\SECURITY
	%SystemRoot%\System32\config\SECURITY.LOG1
	%SystemRoot%\System32\config\SECURITY.SAV
	%SystemRoot%\System32\config\security_previous
HKLM\SOFTWARE	%SystemRoot%\System32\config\SOFTWARE
	%SystemRoot%\System32\config\SOFTWARE.LOG1
	%SystemRoot%\System32\config\SOFTWARE.SAV
	%SystemRoot%\System32\config\software_previous

11

(续表)

巢	文　件
HKLM\SYSTEM	%SystemRoot%\System32\config\SYSTEM
	%SystemRoot%\System32\config\SYSTEM.LOG1
	%SystemRoot%\System32\config\SYSTEM.SAV
	%SystemRoot%\System32\config\system_previous
HKU\.DEFAULT	%SystemRoot%\System32\config\DEFAULT
	%SystemRoot%\System32\config\DEFAULT.LOG1
	%SystemRoot%\System32\config\DEFAULT.SAV
	%SystemRoot%\System32\config\default_previous

同样，每个用户拥有自己的巢，这些巢将在用户登录时映射到 HKEY_CURRENT_USER。每个用户巢的支持文件存储在\Users\user 中，其中 user 是用户名。每种情况下，ntuser.dat 文件包含巢数据，而且 ntuser.log 文件跟踪巢的更改(如果用户在其帐户上有组策略设置，则用户数据存储在 HKEY_USERS 子键中)。

> **注意:**
> 还可以通过网络在远程计算机上使用注册表，有关内容请参阅第 23 章 "访问和使用网络" 中的 "连接远程注册表" 一节。

11.3　保持注册表的安全性

注册表将数据存储在同一个地方能够方便其使用，但是也使得它变得非常重要。如果由于某种原因丢失了注册表，或者破坏了注册表，则 Windows Vista 可能无法工作。有了这种概念后，下面将介绍一些保护的措施。本节中介绍的一些技术保证了编辑注册表时不会因为对注册表进行了错误更改而使 Windows Vista 发生故障。

> **提示:**
> 如果你和其他人员共享计算机，则你可能不想给予他们访问注册表编辑器的权限。在 Windows Vista 中，除非标准用户知道管理员的密码，否则 "用户帐户控制" 将会自动阻止标准用户对注册表的访问。同样，通过运行组策略编辑器也能阻止任何用户访问注册表(参见第 10 章 "使用控制面板和组策略")。打开 "用户配置" | "管理模板" | "系统"，然后启用 "阻止访问注册表编辑工具" 策略。请注意，这样你也不能访问注册表编辑器，但是可以在运行注册表之前通过暂时禁用该策略来解决这个问题。

11.3.1　备份注册表

Windows Vista 维护系统状态：Windows Vista 需要正常运行的关键系统文件。包含在系统状态中的文件是在系统启动期间使用的 Windows Vista 保护的系统文件和注册表文件。Windows Vista 的"备份"实用程序有能够备份当前系统状态的"Complete PC 备份"，这是创建注册表备份副本最直观的方法。参见第 15 章"维护 Windows Vista 系统"中的"备份文件"一节的内容。

11.3.2　使用系统还原保存当前的注册表状态

另一种保存当前注册表配置的简便方法是使用 Windows Vista 的"系统还原"实用程序。该程序对系统当前状态进行快照，包括注册表。如果系统出现任何问题，程序将还原到以前的配置。在对注册表进行任何更改前最好设置一个系统还原点。第 15 章(参见"设置系统还原点")将介绍使用"系统还原"的方法。

> **提示：**
>
> 另一种保护注册表的方式是保证注册表的键有适当的权限。Windows Vista 默认地允许管理员组成员对注册表可完全控制。"标准"用户在其登录时只对 HKCU 键有"完全控制"权限，对其他注册表的键只有只读权限(参见第 6 章"最有效使用用户帐户"以获取更多关于用户、组和权限的内容)。为了调整权限，右击注册表编辑器中的键，单击"权限"。确信只启用管理员的"完全控制"复选框。

11.3.3　通过将注册表导出到磁盘来保护键

如果只更改注册表的一小部分的内容，则备份所有文件显得没有必要。另一种方法是只备份需要使用的注册表部分。例如，如果将要在 HKEY_CURRENT_USER 键中进行更改，则可以只备份该键，甚至只备份 HKCU 中的子键。通过将键的数据导出到注册表文件来完成该操作，注册表文件是使用.reg 扩展名的文本文件。这样如果更改产生了问题，可以将.reg 文件导回到注册表以恢复以前的状态。

1. 将整个注册表导出到.reg 文件中

保护整个注册表最简单的方法是将整个注册表导出到单个硬盘或网络共享的.reg 文件上。注意文件的大小将为 90～100MB，而且可能更大，所以要保证目的位置有足够的可用空间。以下是导出的步骤：

(1) 打开注册表编辑器。

(2) 选择"文件"|"导出"命令以显示"导出注册表文件"对话框。

(3) 选择文件的位置。

(4) 使用"文件名"文本框输入文件的名称。

(5) 启用"全部"选项。

(6) 如果要将该文件导入到运行 Windows 9x、Windows Me 或 Windows NT 的系统中，使用"保存类型"列表中的"Win9x/NT 4 注册文件(*.reg)"项。

(7) 单击"保存"按钮。

2. 将键导出到.reg 文件中

下面是将键导出到注册文件的步骤：

(1) 打开注册表编辑器并选择想要导出的键。

(2) 选择"文件"|"导出"命令以显示"导出注册表文件"对话框。

(3) 选择文件的位置。

(4) 使用"文件名"文本框输入文件名称。

(5) 启用"所选分支"选项。

(6) 如果要将该文件导入到运行 Windows 9x、Windows Me 或 Windows NT 的系统中，使用"保存类型"列表中的"Win9x/NT 4 注册文件(*.reg)"项。

(7) 单击"保存"按钮。

查找对注册表的更改

使用如组策略编辑器这样的工具对 Windows Vista 进行更改，然后试着查找更改影响的注册表设置是使用注册表的一种常见情况。然而由于注册表大小的原因，这种情况就像大海捞针一样困难。解决的方法是在进行更改前导出一些或所有的注册表，然后在更改后导出相同的键。接着可以在命令提示符中使用 FC(文件比较)实用程序以查找两个文件的区别。以下是使用 FC 的语法：

```
FC /U pre_edit.reg post-edit.reg > reg_changes.txt
```

此处，将 pre_edit.reg 更改为在编辑注册表前导出的注册表文件的名称，将 post_edit.reg 更改为在编辑注册表后导出的注册表文件的名称；将 reg_changes.txt 更改为 FC 输出重定向的文本文件的名称。注意要使用/U 开关，因为注册表文件使用 Unicode 字符集。

3. 导入.reg 文件

如果需要还原刚才备份到注册表文件中的键，则按以下步骤操作：

(1) 打开注册表编辑器。

(2) 选择"文件"|"导入"命令以显示"导入注册表文件"对话框。

(3) 查找并选择需要导入的文件。

(4) 单击"打开"。

(5) 当 Windows Vista 提示信息已经输入到注册表中时，单击"确认"按钮。

注意：

还可以通过在 Windows 资源管理器中找到.reg 文件并双击该文件，将其导入。

注意：

许多应用程序附带用于更新注册表的专用.reg 文件。除非你确信要导入这些文件，否则不要双击这些文件，因为这样可能会覆盖已有的设置从而导致系统问题。

11.4　使用注册表项

既然了解了注册表的内容，下面将开始更改注册表的键和设置。在本节中，将会介绍如更改、添加、重命名、删除以及搜索项等操作的基本过程。这些技术将会在本书剩余的内容中对一些特定注册表项进行更改时发挥作用。

11.4.1　更改注册表项的值

更改注册表项的值是指查找需要的键、显示需要更改的设置并编辑设置的值。但是，查找需要的键并非如此简单。了解前面提过的根键和它们主要的子键将会很有帮助，而且注册表编辑器有一个非常宝贵的"查找"功能(随后将介绍怎么使用它)。

为了说明该过程的工作原理，这里将介绍一个示例：更改注册的所有者名称和公司名称。在 Windows 的以前版本中，安装过程可能会要求你输入姓名或者公司名称。使用 Windows 时将会显示这些注册的名称的位置如下：

- 如果在大多数 Windows Vista 程序中选择"帮助"|"关于"菜单，则注册名称将出现在"关于"对话框中。
- 如果安装 32 位的应用程序，安装程序将使用注册名称作为其记录(虽然通常你可能会进行更改)。

遗憾的是，如果安装一个简洁版本的 Windows Vista，则安装程序将不会提示你输入该数据，而是将你的用户名作为注册的所有者名称(如果升级到 Windows Vista，所有者名称和公司名称将从以前的 Windows 版本中得到)。随着这些名称在很多位置出现，最好知道可以更改其中的一个名称或两个名称(例如，如果 Vista 没有合适的名称或者你将计算机给别人使用，则应该输入你的适当的名称)。秘密藏在以下键中：

```
HKLM\SOFTWARE\Microsoft\WindowsNT\CurrentVersion
```

为了获得该键，打开注册表编辑器的树状窗格中的分支：HKEY_LOCAL_MACHINE | SOFTWARE | Microsoft | Windows NT。最后单击 CurrentVersion 子键以选中

该子键。在这里将看到许多的设置，但是需要关注以下两个子键(如图 11-4 所示)：

提示：

如果有经常需要访问的键，则可以将它们保存到"收藏夹"中，这样可以避免在键窗格中进行重复的展开分支的操作。为了完成该操作，找到需要的键，然后选择"收藏夹"|"添加到收藏夹"。在"添加到收藏夹"对话框中，根据需要编辑"收藏夹名称"文本框，然后单击"确定"按钮。为了查找"收藏夹"中的键，将"收藏夹"菜单下拉并从出现在菜单底部的列表中选择键名。

RegisteredOraganization　　　　　该设置包含注册的公司名称。

RegisteredOwner　　　　　　　　该设置包含你的注册名称。

通过使用以下任何一种技术来打开设置并进行编辑：

- 选择设置名称，选择"编辑"|"更改"或按 Enter 键
- 双击设置名称
- 右击设置名称并从上下文菜单中单击"更改"按钮

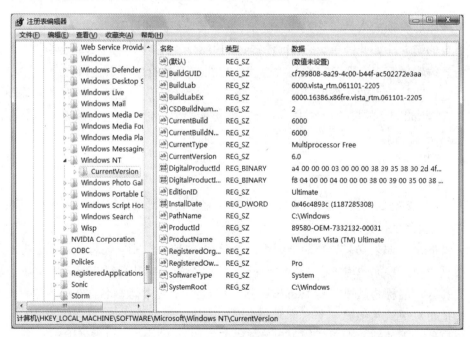

图 11-4　导航到 HKLM\SOFTWARE\Microsoft\Windows NT\CurrentVersion 以查看注册名称

打开的对话框取决于使用的值类型，下面几个小节的内容将会对此进行介绍。注意编辑过的设置将立即写入注册表，但是该更改不会立即产生效果。在很多情况下，需要退出注册表编辑器，然后注销或重启 Windows Vista。

1. 编辑字符串值

如果设置是 REG_SZ 值(如本例所示)、REG_MULTI_SZ 值或 REG_EXPAND_SZ 值，则可以看到"编辑字符串"对话框，如图 11-5 所示。使用"数值数据"文本框输入新字符串或更改现有的字符串，然后单击"确定"按钮(对于 REG_MULTI_SZ 这样的多字符串值来说，"数值数据"是一个多行文本框。在各自的行上输入每个字符串值，也就是说，在输入完每个字符串后，按下 Enter 键开始新的一行)。

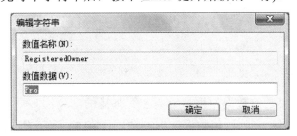

图 11-5　如果更改字符串值，则会看到"编辑字符串"对话框

2. 编辑 DWORD 或 QWORD 值

如果设置是 REG_DWORD，则可以看到如图 11-6 所示的"编辑 DWORD(32 位)值"对话框。在"基数"组中，选择"十六进制"或"十进制"，然后使用"数值数据"文本框输入设置的新值(如果选择十六进制选项，则输入十六进制值；如果选择十进制选项，则输入十进制值)。注意编辑 QWORD 值的方式和编辑 DWORD 相同，除了对话框的名称为"编辑 QWORD(64 位)值"以外。

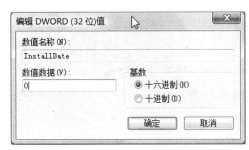

图 11-6　如果更改双字值，则将看到"编辑 DWORD 值"对话框

3. 编辑二进制值

如果设置为 REG_BINARY 值，则可以看到如图 11-7 所示的"编辑二进制数值"对话框。

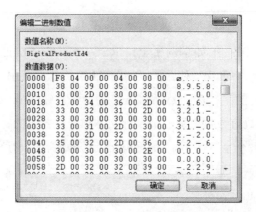

图 11-7 如果更改二进制值，则将看到"编辑二进制数值"对话框

对于二进制值，"数值数据"框将分为 3 个竖排的部分：

- 开始字节编号——"数值数据"框左边的 4 位数字值说明每个十六进制数字行中的第一个字节的序列编号。该序列总是以 0 开始，所以第一行中的第一个字节的序列编号为 0000。每行有 8 个字节，所以第二行中的第一个字节的序列编号为 0008，依此类推。这些值不能编辑。
- 十六进制数字(字节)——中间区域中的 8 列两位数字显示了设置的值，以十六进制数字表示，其中每个两位数字表示一个字节的信息。这些值可以编辑。
- ANSI 对应值——"数值数据"框右边的第三个区域显示了中间区域中十六进制数字的 ANSI 对应值。例如，如果第一行的第一个字节是十六进制值的 54，则表示大写字母 T。此列中的值可以更改。

4. 编辑.reg 文件

如果要将键导出到注册表文件中，则可以编辑该文件并将其导入回注册表。为了更改注册表文件，在 Windows 资源管理器中找到该文件，右击文件，然后选择"编辑"。Windows Vista 将在记事本中打开该文件。

提示：

如果需要对注册表进行全局更改，则要导出整个注册表，然后将产生的注册表文件加载到写字板或其他一些字处理器或文本编辑器中。谨慎地使用应用程序的"替换"功能对整个文件进行更改。如果使用字处理器，则需要保证在完成时将其保存为文本文件。然后可以将更改的文件导回注册表。

5. 创建.reg 文件

可以重新创建注册表文件并把文件导入注册表中。如果有一些应用于多个系统的自定义设定，那么这将是一项简单的技术。为了演示注册表文件及其项的基本结构，图 11-8 显示了两个窗口。顶部的窗口是名为 Test 的键加亮显示的注册表编辑器。设置窗格包含 6 种样本设置：(默认)值以及 5 种类型的设置(二进制、DWORD、可扩充字符串、多字符串和字符串)。底部窗口在记事本中显示 Test 键(作为导出的注册表文件 Test.reg)。

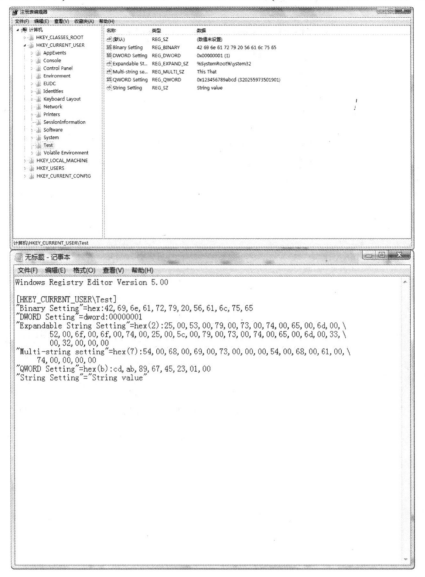

图 11-8　在注册表编辑器中显示的 Test 键的设置对应于记事本中显示的 Test.reg 文件中的数据

Windows Vista 的注册表文件经常以下面的标题作为开始：

```
Windows Registry Editor Version 5.00
```

提示：

如果正在为 Windows 9x、Me 或 NT 4 系统建立注册表文件，则标题更改为以下内容：

```
REGEDIT4
```

下面是一个空行，后面是保存添加设置的注册表键的完整路径，用方括号括起来：

```
[HKEY_CURRENT_USER\Test]
```

键的下面是设置的名称和值，使用以下的通用形式：

```
"SettingName"=identifier:SettingValue
```

提示：

如果需要向.reg 文件添加注释，则以分号(;)作为新行的开始。

SettingName	设置的名称，注意使用@符号表示键的默认值。	
identifier	标识数据类型的代码。REG_SZ 值不使用标识符，但是其他 4 种类型使用：	
	dword	为 DWORD 值使用该标识符。
	hex(b)	为 QWORD 值使用该标识符。
	hex	为二进制值使用该标识符。
	hex(2)	为可扩充字符串值使用该标识符。
	hex(7)	为多字符串值使用该标识符。
SettingValue	这是设置的值，输入的设置值如下：	
	字符串	使用引号包围该值。
	DWORD	输入 8 位 DWORD 值。
	QWORD	输入 8 个二位数字的十六进制对,以逗号隔开，十六进制对从高到低排列。例如，如果要输入 QWORD 的值为 123456789abcd，则要输入以下值：cd,ab,89,67,45,23,01,00
	二进制	输入二进制值作为一系列的二位十六进制数字，以逗号隔开每个数字。
	可扩充字符串	将每个字符转换为对应的十六进制值，然后将值作为一系列二位十六进制的数字输入，以逗号隔开每个数字，而且每个字符以 00 隔开。
	多字符串	将每个字符转换为对应的十六进制值，然后将输入值作为一系列二位十六进制的数字，以逗号隔开每个数字，每个字符以 00 隔开，而且每个字符串以空格(十六进制的 00)隔开。

提示:

为了使用 .reg 文件删除设置, 将其值设置为连字符(-), 如下面的示例所示:

```
Windows Registry Editor Version 5.00

[HKEY_CURRENT_USER\Test]
"BinarySetting"=-
```

为了删除键, 向键名称的开始处添加连字符, 如下面的例子所示:

```
Windows Registry Editor Version 5.00


[-HKEY_CURRENT_USER\Test]
```

11.4.2　重命名键或设置

你不需要经常重命名现有的键或设置。然而如果发生这样的情况, 请按照以下步骤操作:

(1) 在注册表编辑器中, 找到所需的键或设置, 然后选中它。

(2) 选择"编辑"|"重命名"或按 F2 键。

(3) 编辑名称然后按 Enter 键。

注意:

只应该对你自己创建的键或设置进行重命名。如果重命名其他键或设置, 则 Windows Vista 可能无法正常工作。

11.4.3　创建新键或设置

许多基于注册表的自定义项不涉及编辑已有的设置或键,而是必须创建一个新键或设置。以下为操作步骤:

(1) 在注册表编辑器中, 选择需要在其中创建新的子键或设置的键。

(2) 选择"编辑"|"新建"(或者右击"设置"窗格的空白区域, 然后单击"新建"), 将出现子菜单。

(3) 如果创建新键, 则选择"项"命令。否则选择对应于所需设置类型的命令: 字符串值、二进制值、DWORD 值、多字符串值或可扩充字符串值。

(4) 为新键或设置输入名称。

(5) 按下 Enter 键。

11

11.4.4　删除键或设置

以下是删除键或设置的步骤：

(1) 在注册表编辑器中，选中需要删除的键或设置。

(2) 选择"编辑"|"删除"或按 Delete 键。注册表编辑器将询问是否确定删除。

(3) 单击"确定"按钮。

注意：

为了避免问题，只应该删除那些由自己创建的键或设置。如果不确定是否删除某个键，则尝试对其进行重命名。这样如果出现问题，还可以将设置返回到以前的名称。

11.5　查找注册表项

注册表只包含 5 个根键，但是这 5 个根键包含了几百个子键。某些根键是不同分支中子键的别名的事实让人们感到困惑。如果确实清楚需要查找的路径，则能够在注册表编辑器树状的层次结构中找到该位置。然而如果不确定某个特定子键或设置的位置，可能会在注册表中浪费一天的时间去进行查找。

为了能得到需要查找的子键的位置，注册表编辑器有能够搜索键、设置或值的"查找"功能。以下是其工作方式：

(1) 在"键"窗格中，选择窗格顶部的计算机(如果你确定需要查找的值包含在哪个根键中，那么在这种情况下，可以选择合适的根键)。

(2) 选择"编辑"|"查找"或按 Ctrl+F 组合键，注册表编辑器将显示"查找"对话框，如图 11-9 所示。

图 11-9　使用"查找"对话框搜索注册表键、设置或值

(3) 使用"查找目标"文本框输入查找的字符串。可以输入部分单词或短语以提高找到匹配项的可能性。

(4) 在"查看"组中，启用需要查找元素的复选框。对于大多数查找来说，需要启用所有 3 个复选框。

(5) 如果只想要查找正好匹配搜索文本的那些项，则启用"全字匹配"复选框。

(6) 单击"查找下一个"按钮，注册表编辑器将加亮显示第一个匹配项。

(7) 如果这不是你需要的项，选择"编辑"|"查找下一个"(或按下 F3)，直到找到需要的设置或键。

当注册表编辑器找到匹配时，它将显示合适的键或设置。注意如果匹配的值是设置名称或数据值，则查找将不会加亮显示当前键。这有点让人混淆，但请记住当前键总是出现在键窗格的顶部。

11.6　相关内容

以下是本书中包含与在本章中介绍的有关注册表信息相关的章节列表：

- 文件类型以及与 HKEY_CLASSES_ROOT 键相关联的方式的细节内容，参见第 4 章"精通文件类型。"
- Windows Vista 有 3 个主要作为注册表前端的程序，在第 10 章"使用控制面板和组策略"中进行了讨论。
- 有关读取、添加和更改注册表项的编程方式，请参见第 12 章中的"使用注册表项"一节。
- 许多注册表值由 Windows Vista 的自定义功能来生成，在第 13 章"自定义 Windows Vista 的界面"中将讨论这些功能。
- 为了广泛了解 Windows Vista 的内存特性以及使用系统监视器的方式，请参见第 14 章"调整 Windows Vista 的性能"。
- 有关使用系统还原和备份方式的内容，参见第 15 章"维护 Windows Vista 系统"。
- 为了更好地理解注册表中与硬件相关的键，参见第 17 章"最有效使用设备管理器"。
- 有关连接网络上远程注册表的信息，参见第 23 章"访问和使用网络"中的"连接远程注册表"一节。

11

第 12 章

对 Windows Script
Host 进行编程

在附录 C "使用批处理文件自动化 Windows XP"中，将介绍通过创建批处理文件(batch files)来运用命令提示符的方法。批处理文件是运行一行或多行命令的小型可执行文本文件。你将看到，只需一些精巧的设计，就有可能让批处理文件完成一些有趣而实用的任务。实际上，批处理文件是多年以来自动化某些类型任务的唯一方法。遗憾的是，批处理文件是面向命令行的。所以除了能够启动 Windows 程序外，批处理文件在 Windows 的浩瀚世界之中仍被忽视。

如果你正在寻找在 Windows 中自动化大量任务的方法，则需要增加一些能够处理注册表、快捷方式、文件和网络驱动器，甚至是通过"自动化"与 Windows 程序进行交互的脚本，从而丰富批处理文件的知识。这些功能强大的脚本是 Windows 脚本宿主(Windows Script Host，WSH)。本章将介绍 Windows Script Host、执行脚本的方式和操作 Windows Script Host 对象模型中的不同元素。

12.1　WSH：当前的脚本宿主

你可能知道，Internet Explorer 实际上是被设计用来驻留不同数据格式的空容器应用程序，这些数据格式包括 ActiveX 控件、各种文件格式(例如 Microsoft Word 文档和 Microsoft Excel 工作表)及一些 ActiveX 脚本引擎。脚本引擎(scripting engine)是为特定脚本语言提供编程支持的动态链接库(Dynamic Link Library, DLL)。Internet Explorer 支持两种脚本引擎：VBScript(VBScript.dll)和 JavaScript(JSscript.dll)。网络编程人员可以通过这些脚本引擎编写小程序——脚本(scripts)——与用户进行交互、控制浏览器、设置 cookie、打开和关闭窗口等。虽然这些脚本引擎不提供成熟的程序功能(例如不能编译脚本)，但是它们确实提供了当今编程语言的结构，如循环、条件、变量和对象等。换句话说，它们是批处理文件的一个重大飞跃。

Windows Script Host 同样也是容器应用程序，尽管它是个规模较小的应用程序，因为它的唯一目的是驻留脚本引擎。Windows Script Host 直接支持 VBScript 和 JavaScript 引擎。然而，Microsoft 将 Windows Script Host 设计为全局宿主以支持任何基于 ActiveX 的脚本引擎。因此也有一些提供如 Perl、Tcl 和 Rexx 语言的脚本引擎的第三方供应商。

Internet Explorer 的脚本宿主和 Windows Script Host 的重要区别在于脚本运行的环境。Internet Explorer 脚本基于 Web 页面，这样就能控制 Web 页面或 Web 浏览器并与它们进行交互。Windows Script Host 在 Windows Vista 外壳或从命令提示符中运行脚本，这样就能使用这些脚本来控制 Windows 的各个方面。以下是可以完成的操作：

- 执行 Windows 程序
- 创建并更改快捷方式
- 使用"自动化"来连接 Microsoft Word、Outlook 和 Internet Explorer 这些支持自动化的应用程序并与其进行交互
- 读取、添加和删除注册表的键和项
- 访问 VBScript 和 JavaScript 对象模型，它们能访问文件系统和运行时错误消息等
- 使用弹出式对话框将信息显示给用户，并确定用户单击以便关闭对话框的按钮
- 读取环境变量，环境变量是 Vista 保存在内存中的系统值，例如安装 Vista 的文件夹——%SystemRoot% 环境变量，以及计算机的名称——%ComputerName% 环境变量
- 处理网络资源，包含映射和断开映射网络驱动器、访问用户数据(例如用户名和用户域)及连接和断开网络打印机

显然，我们已经超越了批处理文件。

速度如何？毕竟在每次需要运行简单脚本时，你并不想加载 Internet Explorer 这种规模的程序。这不是问题，因为前面提过，Windows Script Host 只驻留脚本引擎，所以它比 Internet Explorer 需要更少的内存开销，这意味着脚本能更快地运行。对于那些寻找基于 Windows 批处理语言的高级用户来说，Windows Script Host 是受欢迎的工具。

注意：

本章将不会介绍使用 VBScript 或 JavaScript 进行编程的方式，而且实际上本书假设你已经熟练掌握了两种语言中的一种或全部。如果你正在寻找编程指南，我编著的 *VBA for the 2007 Microsoft office System*(Que，2007)是本很好的入门书籍(VBScript 是 VBA 的子集，VBA: Visual Basic for Application)。对于 JavaScript，可以参考我的 *Special Edition Using JavaScript*(Que，2001)一书。

12.2　脚本和脚本执行

脚本是使用记事本或其他一些文本编辑器创建的简单文本文件。可以使用如写字板这样的字处理程序来创建脚本，但是必须保证使用程序的纯文本文档类型来保存这些文件。对于 VBScript，比记事本更好的编辑器可能是 Visual Basic 或其他支持 VBA 的程序的编辑器(例如 Office 套件)。记住 VBScript 是 VBA 的子集(VBA 是 Visual Basic 的子集)，所以它并不支持所有的对象和功能。

在 Web 页面中，使用<script>标记来指定使用的脚本语言，如下例所示：

```
<SCRIPT LANGUAGE="VBScript">
```

使用 Windows Script Host 时，脚本文件的扩展名将指定脚本语言：

- 对于 VBScript，使用.vbs 扩展名来保存文本文件(它以文件类型"VBScript 脚本文件"来注册)。
- 对于 JavaScript，使用.js 扩展名(它以文件类型"JScript 脚本文件"来注册)。

接下来 3 节内容将介绍 3 种运行脚本的方式：通过直接启动脚本文件、使用 WSscript.exe 或使用 CScript.exe。

12.2.1　直接运行脚本文件

在 Windows 中运行脚本最简单的方法是直接启动.vbs 或.js 文件。也就是说，可以在 Windows Explorer 中双击文件或在"运行"对话框中输入文件的路径和名称。然而请注意，该技术不能应用于命令行提示符。对于命令行提示符来说，需要使用后面将会介绍的 CScript 程序。

12

12.2.2　为基于 Windows 的脚本使用 Wscript

.vbs 和.js 文件类型都有与 WScript(WScript.exe)相关的打开方法，WScript 是基于 Windows 的 Windows Script Host 的前端工具。换句话说，启动名为 MyScript.vbs 的脚本文件等价于在"运行"对话框中输入以下命令。

```
wscript myscript.vbs
```

WScript 宿主还定义了用来控制脚本执行方式的一些参数。以下是完整的语法:

```
WSCRIPT filename arguments //B //D //E:engine //H:host //I //Job:xxxx
➡//S //T:ss //X
```

filename	指定文件名称,根据需要也可包含脚本文件的路径。
arguments	指定脚本所需的可选参数。**参数**(argument)是脚本用来作为过程或计算的一部分的数据值。
//B	以批处理模式运行脚本,这意味着将取消脚本错误和 Echo 方法输出行(本章后面将介绍 Echo 方法)。
//D	启用主动调试。如果发生错误,脚本加载到 "Microsoft 脚本调试器" (如果安装了调试器)中而且加亮显示错误语句。
//E:engine	使用指定的脚本引擎执行脚本,脚本引擎是在运行脚本时使用的脚本语言。
//H:host	指定默认的脚本宿主。对于宿主,可以使用 CScript 或 WScript。
//I	用交互模式运行脚本,将会显示脚本错误和 Echo 方法输出行。
//Job:xxx	在包含多个作业的脚本文件中,只执行 id 属性为 xxxx 的作业。
//S	保存指定的 WScript 参数作为当前用户的默认值; 使用以下的注册表键来保存设置: HKCU\Software\Microsoft\Windows Script Host\Settings
//TT:ss	指定在脚本自动关闭前其运行的最大时间,以秒(ss)为单位。
//X	在 "Microsoft 脚本调试器" (如果安装)中执行整个脚本。

例如,以下命令以批处理模式在最大执行时间为 60s 的情况下运行 MyScript.vbs。

```
wscript myscript.vbs //B //TT:60
```

创建脚本作业

脚本作业(job)是执行特定任务或任务集的代码部分。大多数脚本文件包含单一作业。然而,可以创建具有多个作业的脚本文件。为了完成该操作,首先使用<script>和</script>标记包围每个作业的代码,然后使用<job>和</job>标记包围这些内容。在<job>标记中,包含 id 属性并将其设置为标识作业的唯一值。最后,使用<package>和</package>标记包围所有作业。示例如下:

```
<package>
<job id="A">
<script language="VBScript">
    WScript.Echo "This is Job A."
</script>
</job>

<job id="B">
<script language="VBScript">
    WScript.Echo "This is Job B."
</script>
</job>
</package>
```

使用.wsf(Windows 脚本文件)扩展名保存文件。

注意：

如果你编写很多脚本，"Microsoft 脚本调试器"是优秀的编程工具。如果脚本有问题，该调试器可以帮助你找到存在问题的位置。例如，该调试器可以每次一条语句，单步调试脚本的执行。如果没有"Microsoft 脚本调试器"，可以从 msdn.microsoft.com/scripting 中下载其副本。

12.2.3　为命令行脚本使用 CScript

Windows Script Host 有第二个宿主前端应用程序，称为 CScript(CScript.exe)，它能从命令行运行脚本。其最简单的形式是启动 CScript 并使用脚本文件的名称(如果需要，包含文件的路径)作为参数，如下例所示：

```
cscript myscript.vbs
```

Windows Script Host 将显示以下标语并执行脚本：

```
Microsoft (R) Windows Script Host Version 5.7 for Windows
Copyright (C) Microsoft Corporation. All rights reserved.
```

和 WScript 一样，CScript 宿主有很多参数集可以指定：

```
CSCRIPT filename arguments //B //D //E:engine //H:host //I //Job:xxxx
➥//S //T:ss //X //U //LOGO //NOLOGO
```

该语法几乎和 WScript 一样，但是添加了以下 3 个参数：

//LOGO	在启动时显示 Windows Script Host 横幅
//NOLOGO	在启动时隐藏 Windows Script Host 横幅
//U	使用 Unicode 重定向控制台的输入输出

12

12.2.4 脚本属性和.wsh 文件

在上面两节中，可以看到 WScript 和 CScript 宿主有着大量的参数，可以在执行脚本时指定这些参数。通过使用与每个脚本文件有关的属性能够设置其中一些选项。为了查看这些属性，可右击脚本文件，然后单击"属性"命令。在打开的属性表中显示"脚本"选项卡，如图 12-1 显示，有两个选项：

- **"经过指定的秒数之后终止脚本"**——如果启用该复选框，Windows 在其运行了相关微调框中指定的秒数后将会关闭脚本。这对那些在执行期间会挂起的脚本很有用。例如，在启动时尝试列举所有映射网络驱动器的脚本会在网络不可用时挂起。
- **"当脚本在命令控制台中执行时显示徽标"**——在前一节中看到，CScript 宿主将在命令提示符中运行脚本时显示一些标语。如果禁用该复选框，Windows Script Host 将取消该横幅(除非使用//LOGO 参数)。

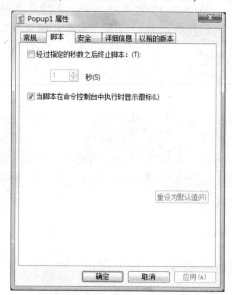

图 12-1 在脚本文件的属性表里，使用"脚本"选项卡为脚本设置一些默认选项

更改这些属性时，Windows Script Host 将在新文件中保存该设置，该新文件与脚本文件同名，但是使用.wsh(Windows Script Host 设置)扩展名。例如，如果脚本文件是 MyScript.vbs，设置将存储在 MyScript.wsh 中。这些.wsh 文件是分段的文本文件，很像.ini 文件。示例如下：

```
[ScriptFile]
Path=C:\Users\Paul\Documents\Scripts\Popup1.vbs
[Options]
Timeout=0
DisplayLogo=1
```

为了在运行脚本时使用这些设置,使用 WScript 或 CScript 并指定.wsh 文件的名称:

```
wscript myscript.wsh
```

注意:

与为单个脚本设置属性相比,你可能更倾向于设置应用于 WScript 宿主本身的全局属性。这些全局属性然后应用于使用 WScript 宿主运行的每个脚本。为了完成该操作,不使用任何参数运行 WScript.exe。这将显示 WScript 的属性表,其中仅包含图 12-1 所示的“脚本”选项卡。在属性表中选择的设置存储在以下注册表键中:

```
HKLM\Software\Microsoft\Windows Script Host\Settings
```

12.3　对象编程

虽然本章在本质上并非编程人员的初级读本,但是这里将用一些时间来快速地介绍编程对象。这将对后面介绍 Windows Script Host 对象模型很有用。

“对象”的词典定义为“由一种或多种感觉感知的事物,特别是能被看到或感觉到的事物”。在脚本中,**对象**是向编程人员提供接口的应用程序元素,这些编程人员可以执行等同于视觉和感觉的编程工作:

- 可以更改对象的属性(这是视觉部分)。
- 可以通过启用与对象相关的方法让对象执行任务(这是感觉部分)。

12.3.1　使用对象属性

每个可编程的对象都有一组定义的特征。这些特征是对象的属性,它们控制对象的外观和位置。例如,WScript 对象(顶层 Windows Script Host 对象)有一个 Interactive 属性,它确定了脚本是否以交互模式或批处理模式运行。

当引用属性时,使用以下语法:

```
Object.Property
```

Object　　　　　对象的名称
Property　　　　希望使用的属性名称

例如,以下表达式将引用 WScript 对象的 Interactive 属性:

```
WScript.Interactive
```

1. 设置属性值

为了给属性设置具体的值,可以使用以下语法:

12

```
Object.Property = value
```

这里的 value 是指定值的表达式，需要设置属性为该值。同样，它可以是任何脚本语言公认的数据类型，通常包括以下内容：

- 数字值
- 字符串值，以双引号括住(例如"My Script Application")
- 逻辑值(在 VBScript 中为 True 或 False；在 JavaScript 中为 true 或 false)

例如，以下 VBScript 语句告诉 Windows Script Host 使用交互模式运行脚本：

```
WScript.Interactive = True
```

2. 返回属性值

有时需要在更改属性或执行其他一些操作前了解属性的当前设置。可以通过使用以下语法查找属性的当前值：

```
variable = Object.Property
```

这里，variable 是变量名或另一个属性。例如，以下语句在名为 currentMode 的变量中存储当前脚本模式(批处理或交互)：

```
currentMode = WScript.Interactive
```

12.3.2 使用对象方法

对象的属性描述了对象的内容，而**方法**(methods)描述了对象的功能。例如，WScript 对象有一个用于停止脚本执行的 Quit 方法。

引用方法的方式取决于方法是否需要任何参数。如果不需要参数，则它的语法和属性的语法相似：

```
Object.Method
```

Object	对象的名称
Method	想要运行的方法名称

例如，以下语句将关闭脚本：

```
WScript.Quit
```

如果方法需要参数，可以使用以下语法：

```
Object.Method(Argument1, Argument2, …)
```

> **注意：**
> 在 VBScript 中，参数表周围的圆括号只在将方法的结果存储在变量或对象属性中时才需要添加。在 JavaScript 中，总是需要添加该圆括号。

例如，WshShell 对象有 RegWrite 方法，可以用来向注册表写入键或值(在本章后面将详细地讨论该对象和方法，参见"使用注册表项")。语法如下：

```
WshShell.RegWrite strName, anyValue[, strType]
```

StrName	注册表键或值的名称
anyValue	如果 strName 是注册表值，则 anyValue 为写入的值
strType	值的数据类型

参数命名约定

当介绍本章中的方法参数时，遵循 Microsoft 的命名约定，包含参数名称的如下前缀使用：

前缀	数据类型
any	任何类型
b	布尔值
int	整型
nat	自然数
obj	对象
str	字符串

对于许多对象方法来说，并非需要所有的参数。例如在 RegWrite 方法中，需要 strName 和 anyValue 参数，但是 strType 不是必需的参数。在本章的内容中，将通过使用方括号包含可选参数的方法区分必需的参数和可选的参数，例如[strType]。

例如，以下语句创建了名为 Test 的新值并将设置其等于 Foo：

```
WshShell.RegWrite "HKCU\Software\Microsoft\Windows Script Host\Test",
➥"Foo", "REG_SZ"
```

12.3.3　将对象赋给变量

如果使用 JavaScript，可以使用标准变量赋值将对象赋给变量：

```
var variableName = ObjectName
```

variableName	变量的名称

| ObjectName | 需要赋给变量的对象 |

在 VBScript 中，通过使用 Set 语句将对象赋给变量。Set 语句的语法如下：

```
Set variableName = ObjectName
```

| variableName | 变量的名称 |
| ObjectName | 需要赋给变量的对象 |

后面将看到，只有必须使用"自动化"才能访问外部对象。例如，如果想要在脚本中使用文件和文件夹，则必须访问名为 FileSystemObject 的脚本引擎对象。为了获得访问，使用 CreateObject 方法并在变量中存储结果的对象，如下所示：

```
Set fs = CreateObject("Scripting.FileSystemObject")
```

12.3.4　使用对象集合

集合(collection)是一组相似的对象。例如，WScript.Arguments 是在脚本的命令行中指定的所有参数的集合。集合也是对象，所以它们有自己的属性和方法，而且可以使用这些属性和方法来操作集合中的一个或多个对象。

集合中的成员称为**元素**(elements)。可以使用**索引**(index)来引用单个元素。例如，以下语句将引用命令行的第一个参数(集合索引总是从 0 开始)：

```
WScript.Arguments(0)
```

如果没有指定元素，则 Windows Script Host 将假设你想要使用整个集合。

1. VBScript：For Each…Next 循环用于集合

正如你所知，VBScript 提供了 For…Next 循环以重复运行某个代码块指定的次数。例如，以下代码将循环运行 10 次：

```
For counter = 1 To 10
    Code entered here is repeated 10 times
Next counter
```

该主题的一种有用变体是 For Each…Next 循环，该循环操作对象集合。这里不需要循环计数器，因为 VBScript 将遍历集合中的每个元素并在元素上执行循环中的所有操作。以下是基本的 For Each…Next 循环的结构：

```
For Each element In collection
    [statements]
Next
```

element	用来保存集合中每个元素名称的变量
collection	集合的名称
statements	为集合中的每个元素执行的语句

以下代码将遍历所有在脚本的命令行上指定的参数并显示每个参数：

```
For Each arg In WScript.Arguments
    WScript.Echo arg
Next
```

2. JavaScript：将 Enumerator 计数器和 for 循环用于集合

为了在 JavaScript 的集合中进行迭代，必须进行两个操作：创建新的 Enumerator 对象并使用 for 循环以在枚举集合中循环。

为了创建新的 Enumerator 对象，可以使用 new 关键字来建立对象变量(其中 collection 是想要使用的集合名称)：

```
var enum = new Enumerator(collection)
```

然后建立一个特殊的 for 循环：

```
for (; !enumerator.atEnd(); enumerator.moveNext())
{
    [statements];
}
```

| enumerator | 创建的 Enumerator 对象 |
| statements | 为集合中的每个元素执行的语句 |

Enumerator 对象的 moveNext 方法将遍历集合中的每个元素，其中 atEnd 方法在处理完最后一个项后结束循环。以下代码将在脚本命令行指定的所有参数中循环并显示每个参数：

```
var args = new Enumerator(WScript.Arguments);
for (; !args.atEnd(); args.moveNext())
{
    WScript.Echo(args.item());
}
```

12.4　WScript 对象编程

WScript 对象代表了 Windows Script Host 应用程序(WScript.exe 和 CScript.exe)。可以使用该对象获得并设置脚本宿主的某些属性以及访问其他两个对象：

WshArguments(WScript 对象的 Arguments 属性)和 WshScriptEngine(通过 WScript 对象的 GetScriptEngine 方法来访问)。WScript 同样也包含了强大的 CreateObject 和 GetObject 方法，从而能够使用支持"自动化"的应用程序。

12.4.1   向用户显示文本

最常用的 WScript 对象方法是 Echo 方法，它将向用户显示文本。语法如下：

```
WScript.Echo [Argument1, Argument2,···]
```

这里的 Argument1、Argument2 等都是任何数量的文本或数字值，它们代表想要显示给用户的信息。在基于 Windows 的宿主(WScript.exe)中，信息显示在对话框中；在命令行宿主(CScript.exe)中，信息显示在命令行提示符中(很像命令行的 ECHO 实用程序)。

12.4.2   关闭脚本

可以使用 WScript 对象的 Quit 方法来关闭脚本。还可以通过以下语法使用 Quit 让脚本返回错误代码：

```
WScript.Quit [intErrorCode]
```

IntErrorCode   表示想要返回的错误代码的整数值

然后可以从批处理文件中调用脚本，并使用 ERRORLEVEL 环境变量以某种方式处理返回码(参见附录 C 以获得更多关于 ERRORLEVEL 的信息)。

12.4.3   脚本和自动化

像 Internet Explorer 和 Word 这样的应用程序带有(或者采用术语**提供**(expose))定义程序不同方面的对象集合。例如，Internet Explorer 有代表整个程序的 Application 对象。同样地，Word 有代表 Word 文档的 Document 对象。通过使用这些对象的属性和方法，就可能通过编程的方法查询并操作应用程序。例如对于 Internet Explorer，可以使用 Application 对象的 Navigate 方法向浏览器发送特定的 Web 页面。对于 Word，可以使用 Document 对象的 Saved 属性来查看文档是否有未保存的更改。

这是很有用的功能，但是如何获得这些应用程序提供的对象？通过使用"**自动化(Automation)**"这样的技术就能完成该操作。支持"自动化"的应用程序实现对象库，对象库将应用程序的原始对象提供给支持"自动化"的编程语言。这样的应用程序是"**自动化服务器(Automation servers)**"，而且操作服务器对象的应用程序是"**自动化控制器(Automation controllers)**"。Windows Script Host 是能够编写脚本代码以便控制任何服务器对象的"自动化控制器"。

这意味着当你使用 Windows Script Host 对象时会或多或少地使用应用程序提供的对象。无需多少准备,脚本代码就能够引用并使用 Internet Explorer 的 Application 对象,或是 Microsoft Word 的 Document 对象,或由系统上的应用程序提供的其他数百个对象(然而请注意,并非所有的应用程序都提供对象。Windows Mail 及大多数内建的 Windows Vista 程序——例如写字板和画图不提供对象)。

1. 使用 CreateObject 方法创建自动化对象

WScript 对象的 CreateObject 方法创建了"自动化"对象(编程人员称之为对象的实例(instance))。语法如下:

```
WScript.CreateObject(strProgID)
```

strProgID　　　　指定创建"自动化"服务器应用程序和对象类型的字符串。该字符串是程序化标识符(programmatic identifier),它是唯一指定应用程序和其某个对象的标签。程序化标识符的格式如下:

AppName.ObjectType

这里 AppName 是应用程序的"自动化"名称,ObjectType 是对象类型(在注册表的 HKEY_CLASSES_ROOT 键中定义)。例如,以下是 Word 的程序化 ID:

Word.Application

注意,通常在 Set 语句中使用 CreateObject,而且该函数用来创建指定"自动化"对象的新实例。例如,可以使用以下语句来创建 Word 的 Application 对象的新实例:

```
Set objWord = CreateObject("Word.Application")
```

这里无需任何操作就能使用自动化对象。有了声明的变量以及创建的对象实例,就可以直接使用对象的属性和方法。程序清单 12-1 显示了 VBScript 示例(只有安装 Word 才能运行)。

程序清单 12-1　创建并操作 Word 应用程序对象的 VBScript 示例

```
' Create the Word Application object
'
Set objWord = WScript.CreateObject("Word.Application")
'
' Create a new document
'
objWord.Documents.Add
'
' Add some text
'
```

12

```
objWord.ActiveDocument.Paragraphs(1).Range.InsertBefore "Automation
test."
    '
' Save the document
    '
objWord.ActiveDocument.Save
    '
' We're done, so quit Word
    '
objWord.Quit
```

该脚本通过"自动化"使用 Word 的 Application 对象创建并保存了新的 Word
文档。脚本首先使用 CreateObject 方法创建新的 Word Application 对象，然后将对象
存储在 objWord 变量中。然后，就可以把 objWord 变量当作 Word Application 对象来
使用。

例如，objWord.Documents.Add 语句使用 Documents 集合的 Add 方法创建新的 Word
文档，而 InsertBefore 方法向文档添加一些文本。然后 Save 方法将显示"另存为"对话
框以至于能够保存新的文件。随着与 Word 相关操作的完成，可以运行 Application 对象
的 Quit 方法来关闭 Word。作为对比，程序清单 12-2 显示了完成相同任务的 JavaScript
过程。

程序清单 12-2 创建并操作 Word 应用程序对象的 JavaScript 示例

```
// Create the Word Application object
//
var objWord = WScript.CreateObject("Word.Application");
//
// Create a new document
//
objWord.Documents.Add();
//
// Add some text
//
objWord.ActiveDocument.Paragraphs(1).Range.InsertBefore("Automation
test.");
//
// Save the document
//
objWord.ActiveDocument.Save();
//
// We're done, so quit Word
//
objWord.Quit();
```

让自动化服务器可见

CreateObject 方法虽然加载对象，但是并不显示"自动化"服务器，除非需要用户交互。例如，当在新文档上运行 Save 方法时将看到 Word 的"另存为"对话框(如程序清单 12-1 和 12-2 所示)。"自动化"服务器不可见是大多数"自动化"情况中的理想行为。然而，如果想要知道"自动化"服务器将要采取的操作，则可以将 Application 对象的 Visible 属性设置为 True，如下例所示:

```
objWord.Visible = True
```

2. 使用 GetObject 方法来使用已有对象

如果你知道想要使用的对象已经存在或已经打开，则 CreateObject 就不是最佳的选择。在前一节的示例中，如果 Word 已经运行，则代码将开启 Word 的第二份副本，这是对资源的浪费。对于这些情况，最好能够直接使用已有的对象。为了完成该操作，可以使用 GetObject 方法:

```
WScript.GetObject(strPathname, [strProgID])
```

strPathname　　　　想要使用的文件(或者包含想要使用对象的文件)的路径名(驱动器、文件夹和文件名)。如果省略该参数，则必须指定 strProgID 参数。

strProgID　　　　　指定了"自动化"服务器应用程序以及使用的对象类型(也就是 AppName.ObjectType 类的语法)的程序化标识符。

程序清单 12-3 显示了运用 GetObject 方法的 VBScript 过程

程序清单 12-3　使用 GetObject 方法来操作 Word 文档对象的现有实例的 VBScript 示例

```
' Get the Word Document object
'
Set objDoc = WScript.GetObject("C:\GetObject.doc", "Word.Document")
'
' Get the word count
'
WScript.Echo objDoc.Name & " has " & objDoc.Words.Count & " words."
'
' We're done, so quit Word
'
objDoc.Application.Quit
```

GetObject 方法将名为 GetObject.doc 的 Word Document 对象赋给 objDoc 变量。在建立了该引用后，就可以直接使用对象的属性和方法。例如，Echo 方法使用 objDoc.Name 来返回文件名，使用 objDoc.Words.Count 来确定文档的字数。

12

注意虽然使用 Document 对象，但仍然能够访问 Word 的 Application 对象。这是因为大多数对象都有能引用 Application 对象的 Application 属性。例如在程序清单 12-3 所示的脚本中，以下语句使用 Application 属性来退出 Word：

```
objDoc.Application.Quit
```

3. 提供 VBScript 和 JavaScript 对象

对脚本"自动化"的最有效地使用是访问 VBScript 和 JavaScript 引擎提供的对象模型。这些模型提供了大量的对象，包括本地文件系统。这使你能够创建使用文件、文件夹和磁盘驱动器以及读取和写入文本文件的脚本等。可以使用以下语法来引用这些对象：

```
Scripting.ObjectType
```

Scripting 是脚本引擎的自动化名称，而 ObjectType 是对象的类类型。

> **注意：**
> 本节只简要介绍了与 VBScript 和 JavaScript 引擎相关的对象。为了查看对象属性和方法的完整列表，参见站点 msdn.microsoft.com/scripting。

4. FileSystemObject 编程

FileSystemObject 是顶层的文件系统对象。对于所有文件系统脚本来说，将通过创建 FileSystemObject 的新实例作为开始。

在 VBScript 中：

```
Set fs = WScript.CreateObject("Scripting.FileSystemObject")
```

在 JavaScript 中：

```
var fs = WScript.CreateObject("Scripting.FileSystemObject");
```

以下是通过"自动化"和顶层的 FileSystemObject 能够访问的文件系统对象的概要信息：

- Drive——该对象能够访问指定磁盘驱动器或 UNC 网络路径的属性。为了引用 Drive 对象，可以使用 Drives 集合(下面将介绍)或 FileSystemObject 对象的 GetDrive 方法。例如，以下 VBScript 语句引用 C 盘驱动器：

  ```
  Set objFS = WScript.CreateObject("Scripting.FileSystemObject")
  Set objDrive = objFS.GetDrive("C:")
  ```

- Drives——该对象是所有可用驱动器的集合。为了引用该集合，可以使用 FileSystemObject 对象的 Drives 属性：

  ```
  Set objFS = WScript.CreateObject("Scripting.FileSystemObject")
  ```

```
Set objDrives = objFS.Drives
```

- Folder——该对象能够访问指定文件夹的属性。为了引用 Folder 对象，可以使用 Folders 集合(下面将介绍)或 FileSystemObject 对象的 GetFolder 方法:

```
Set objFS = WScript.CreateObject("Scripting.FileSystemObject")
Set objFolder = objFS.GetFolder("C:\My Documents")
```

- Folders——该对象是指定文件夹中的子文件夹的集合。为了引用该集合，可以使用 Folder 对象的 Subfolders 属性:

```
Set objFS = WScript.CreateObject("Scripting.FileSystemObject")
Set objFolder = objFS.GetFolder("C:\Windows")
Set objSubfolders = objFolder.Subfolders
```

- File——该对象能够访问指定文件的属性。为了引用 File 对象，可以使用 Files 集合(下面将介绍)或 FileSystemObject 对象的 GetFile 方法:

```
Set objFS = WScript.CreateObject("Scripting.FileSystemObject")
Set objFile = objFS.GetFile("c:\autoexec.bat")
```

- Files——该对象是指定文件夹中的文件集合。为了引用该集合，可以使用 Folder 对象的 Files 属性:

```
Set objFS = WScript.CreateObject("Scripting.FileSystemObject")
Set objFolder = objFS.GetFolder("C:\Windows")
Set objFiles = objFolder.Files
```

- TextStream——该对象能够通过顺序访问来使用文本文件。为了打开文本文件，可以使用 FileSystemObject 对象的 openTextFile 方法:

```
Set objFS = WScript.CreateObject("Scripting.FileSystemObject")
Set objTS= objFS.OpenTextFile("C:\Boot.ini")
```

另外还可以通过使用 FileSystemObject 对象的 CreateTextFile 方法来创建新的文本文件:

```
Set objFS = WScript.CreateObject("Scripting.FileSystemObject")
Set objTS= objFS.CreateTextFile("C:\Boot.ini")
```

不管使用哪种方法，最终将得到 TextStream 对象，它有多种方法可从文件读取数据以及向文件写入数据。例如，以下脚本从 C:\Boot.ini 中读取并显示文本:

```
Set objFS = WScript.CreateObject("Scripting.FileSystemObject")
Set objTS = objFS.OpenTextFile("C:\Boot.ini")
strContents = objTS.ReadAll
WScript.Echo strContents
objTS.Close
```

12

12.5　WshShell 对象编程

WshShell 是能够查询并与 Windows 界面的不同方面进行交互的强大对象的通用名称。可以向用户显示信息、运行应用程序、创建快捷方式、使用注册表和控制 Windows 的环境变量。下面几节将讨论这些有用的任务。

12.5.1　引用 WshShell 对象

WshShell 能够引用通过 WScript 的"自动化"接口提供的 Shell 对象。因此，必须使用 CreateObject 来返回该对象：

```
Set objWshShell = WScript.CreateObject("WScript.Shell")
```

现在，就可以使用 objWshShell 变量来访问对象的属性和方法。

12.5.2　向用户显示信息

前面介绍 WScript 对象的 Echo 方法对于向用户显示简单文本消息很有用，还可以通过使用 WshShell 对象的 Popup 方法获得对显示消息更多的控制。该方法和在 Visual Basic 与 VBA 中使用的 MsgBox 函数很相似,因为它能够控制对话框的标题和显示的按钮，以及确定用户按下了哪些按钮。语法如下：

```
WshShell.Popup(strText, [nSecondsToWait], [strTitle], [intType])
```

WshShell	WshShell 对象。
strText	想要在对话框中显示的消息，可以输入最多 1024 个字符长度的字符串。
nSecondsToWait	对话框将显示的最大秒数。
strTtile	出现在对话框标题栏中的文本。如果省略该值，则 Windows Script Host 将出现在标题栏中。
intType	指定出现在对话框中的命令按钮等信息的数字或常量(参见下节内容)。默认值为 0。

例如，以下语句显示了如图 12-2 所示的对话框：

```
Set objWshShell = WScript.CreateObject("WScript.Shell")
objWshShell.Popup "找不到Memo.doc!", , "警告"
```

图 12-2　由 Popup 方法产生的简单消息对话框

> **提示：**
>
> 对于长消息来说，VBScript 将文本包含在对话框中。如果你想创建自己的换行，则可以在每行之间使用 VBScript 的 Chr 函数和回车字符(ASCII 13)：
>
> ```
> WshShell.Popup "First line" & Chr(13) & "Second line"
> ```
>
> 对于 JavaScript，使用\n 代替：
>
> ```
> WshShell.Popup("First line" + "\n" + "Second line");
> ```

1. 设置消息的样式

默认的 Popup 对话框只显示"确定"按钮。可以为 intType 参数使用不同值，从而在对话框中包含其他按钮和图标。表 12-1 列举了可用的选项。

表 12-1　Popup 方法的 intType 参数选项

VBScript 常量	值	说　　明
按钮		
vbOKOnly	0	只显示"确定"按钮。这是默认选项
vbOKCancel	1	显示"确定"和"取消"按钮
VbAbortRetryIgnore	2	显示"中止"、"重试"和"忽略"按钮
vbYesNoCancel	3	显示"是"、"否"和"取消"按钮
vbYesNo	4	显示"是"、"否"按钮
vbRetryCancel	5	显示"重试"和"取消"按钮
图标		
vbCritical	16	显示重要消息图标
vbQuestion	32	显示警告查询图标
vbExclamation	48	显示警告消息图标
vbInformation	64	显示信息消息图标

12

(续表)

VBScript 常量	值	说　　　明
默认按钮		
vbDefaultButton1	0	第一个按钮是默认按钮(也就是说，是用户按下 Enter 键所选择的按钮)
vbDefaultButton2	256	第二个按钮是默认按钮
vbDefaultButton3	512	第三个按钮是默认按钮

可以用以下两种方式推导 intType 参数：

- 通过为每个选项添加值
- 通过使用由加号(+)分隔的 VBScript 常量

程序清单 12-4 是一个脚本示例，图 12-3 显示了结果对话框。

程序清单 12-4　使用 Popup 方法来显示图 12-3 中所示对话框的 VBScript 示例

```
' First, set up the message
'
strText = "Are you sure you want to copy" & Chr(13)
strText = strText & "the selected files to drive A?"
strTitle = "Copy Files"
intType = vbYesNoCancel + vbQuestion + vbDefaultButton2
'
' Now display it
'
Set objWshShell = WScript.CreateObject("WScript.Shell")
intResult = objWshShell.Popup(strText, ,strTitle, intType)
```

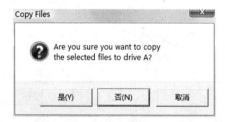

图 12-3　当运行脚本时显示的对话框

这里的 3 个变量——strText、strTitle 和 intType——分别存储了 Popup 方法的 strText、strTitle 和 intType 参数的值。特别地，以下语句将得到 intType 参数：

```
intType = vbYesNoCancel + vbQuestion + vbDefaultButton2
```

还可以通过累加这些常量所表示的值(分别为 3、32 和 256)来得到 intType 参数，但是用这种方式获得的脚本的可读性较差。

2. 获得消息对话框的返回值

只显示"确定"按钮的对话框很直观。用户可以单击"确定"按钮或按下 Enter 键将对话框从屏幕上删除。然而多个键的样式则有所区别；用户可以选择一个键，而脚本应该有方法能够找出用户选择的按钮，这样能够根据用户的选择确定接下来的操作。可以通过将 Popup 方法的返回值保存在变量中来完成该操作。表 12-2 列举了 7 个可能的返回值。

表 12-2　Popup 方法的返回值

VBScript 常量	值	选择的按钮
vbOK	1	确定
vbCancel	2	取消
vbAbort	3	中止
vbRetry	4	重试
vbIgnore	5	忽略
vbYes	6	是
vbNo	7	否

为了处理返回值，可以使用 If...Then...Else 或 Select Case 结构来测试适当的值。例如，前面显示的脚本使用 intResult 变量来存储 Popup 方法的返回值。程序清单 12-5 显示了该脚本的更改版本，其使用 VBScript Select Case 语句来测试 3 种可能的返回值。

程序清单 12-5　使用 Select Case 语句处理 Popup 方法的返回值的脚本

```
' First, set up the message
'
strText = "Are you sure you want to copy" & Chr(13)
strText = strText & "the selected files to drive A?"
strTitle = "Copy Files"
intType = vbYesNoCancel + vbQuestion + vbDefaultButton2
'
' Now display it
'
Set objWshShell = WScript.CreateObject("WScript.Shell")
intResult = objWshShell.Popup(strText, ,strTitle, intType)
'
' Process the result
'
Select Case intResult
   Case vbYes
      WScript.Echo "You clicked ""Yes""!"
   Case vbNo
      WScript.Echo "You clicked ""No""!"
```

12

```
Case vbCancel
    WScript.Echo "You clicked ""Cancel""!"
End Select
```

12.5.3 运行应用程序

当需要脚本启动另一个应用程序时，可以使用 Run 方法：

```
WshShell.Run strCommand, [intWindowStyle], [bWaitOnReturn]
```

WshShell	WshShell 对象。
strCommand	启动应用程序的文件名称。除非文件在 Windows 文件夹中，否则应该包含驱动器和文件夹以保证脚本能够找到文件。
intWindowStyle	指定应用程序窗口显示方式的常量或数字：

intWindowStyle	Window 外观
0	隐藏的
1	有焦点的正常尺寸
2	有焦点的最小尺寸(默认)
3	有焦点的最大尺寸
4	无焦点的正常尺寸
6	无焦点的最小尺寸

bWaitOnReturn	确定应用程序是否异步运行的逻辑值。如果值为 True，则脚本停止执行，直到用户退出启动的应用程序。如果值为 False，则脚本在启动应用程序后继续运行。

示例如下：

```
Set objWshShell = WScript.CreateObject("WScript.Shell")
objWshShell.Run "Control.exe Inetcpl.cpl", 1, True
```

该 Run 方法将启动控制面板的"Internet 属性"对话框。

注意：

为了了解更多有关使用 Control.exe 启动控制面板图标的内容，可以参见第 10 章"使用控制面板和组策略"中的"操作控制面板"。

12.5.4 使用快捷方式

Windows Script Host 能够让脚本创建和更改快捷方式的文件。当为其他用户编写脚本时，可能想要利用这个功能来为新的网络共享、Internet 站点、指令文件等显示快捷方式。

1. 创建快捷方式

为了创建快捷方式，可以使用 CreateShortcut 方法：

```
WshShell.CreateShortcut(strPathname)
```

WshShell   WshShell 对象。

strPathname   想要创建的快捷方式文件的完整路径和文件名。为文件系统(程序、文档和文件夹等)快捷方式使用.lnk 扩展名；为 Internet 快捷方式使用.url 扩展名。

以下示例将在用户桌面创建并保存快捷方式：

```
Set WshShell = objWScript.CreateObject("WScript.Shell")
Set objShortcut = objWshShell.CreateShortcut("C:\Users\
➡Paul\Desktop\test.lnk")
objShortcut.Save
```

2. WshShortcut 对象编程

CreateShortcut 方法返回 WshShortcut 对象。可以使用该对象操作与快捷方式文件相关的各种属性和方法。

该对象包含了以下属性：

- Arguments——返回或设置指定在启动快捷方式时使用参数的字符串。例如，假设快捷方式的目标为：

```
C:\Windows\Notepad.exe C:\Boot.ini
```

换句话说，该快捷方式启动记事本并加载 Boot.ini 文件。这种情况下，Argument 属性将返回以下字符串：

```
C:\Boot.ini
```

- Description——返回或设置快捷方式的字符串说明。
- FullName—— 返回快捷方式的目标的完整路径和文件名。该属性与在 CreateShortcut 方法中使用的 strPathname 值相同。
- HotKey——返回或设置与快捷方式相关的热键。为了设置该值，使用以下语法：

```
WshShortcut.Hotkey = strHotKey
```

WshShortcut   WshShortcut 对象。

strHotKey   Modifier+Keyname 形式的字符串值，其中 Modifier 是 Alt、Ctrl 和 Shift 的任意组合，而 Keyname 是 A～Z 或 0～12 的一个值。

12

例如，以下语句设置热键为 Ctrl+Alt+7：

```
objShortcut.Hotkey = "Ctrl+Alt+7"
```

- IconLocation：返回或设置显示快捷方式的图标。为了设置该值，使用以下语法：

```
WshShortcut.IconLocation = strIconLocation
```

WshShortcut　　　　　WshShortcut 对象。

strIconLocation　　　　Paht 和 Index 形式的字符串值，其中 Path 是图标文件的完整路径，而 Index 是图标在文件中的位置(其中第一个图标的位置为 0)。

示例如下：

```
objShortcut.IconLocation = "C:\Windows\System32\Shell32.dll,21"
```

- TargetPath——返回或设置快捷方式的目标路径。
- WindowStyle——返回或设置快捷方式目标使用的窗口样式。使用前面介绍的 Run 方法的 intWindowStyle 参数的相同值。
- WorkingDirectory——返回或设置快捷方式的工作目录的路径。

注意：

如果正使用 Internet 快捷方式，记住它们只支持两种属性：FullName 和 TargetPath(即 URL 目标)。

WshShortcut 对象也支持两种方法：

- Save——保存快捷方式文件到磁盘中。
- Resolve——使用快捷方式的 TargetPath 属性来查找目标文件。语法如下：

```
WshShortcut.Resolve = intFlag
```

WshShortcut	WshShortcut 对象。
intFlag	确定没有找到目标文件时发生的操作
intFlag	操作
1	无
2	Windows 继续在子文件夹中查找目标文件
4	如果目标文件在新位置中没有找到，则更新 TargetPath 属性

程序清单 12-6 列出了创建快捷方式的脚本的完整示例。

程序清单 12-6　创建快捷方式文件的脚本

```
Set objWshShell = WScript.CreateObject("WScript.Shell")
Set objShortcut = objWshShell.CreateShortcut("C:\Users\Paul
➥\Desktop\Edit BOOT.INI.lnk")
With objShortcut
    .TargetPath = "C:\Windows\Notepad.exe"
    .Arguments = "C:\Boot.ini"
    .WorkingDirectory = "C:\"
    .Description = "Opens BOOT.INI in Notepad"
    .Hotkey = "Ctrl+Alt+7"
    .IconLocation = "C:\Windows\System32\Shell32.dll,21"
    .WindowStyle = 3
    .Save
End With
```

12.5.5　使用注册表项

在本书中你已经看到，注册表是 Windows 中最为重要的数据结构之一。然而，注册表并非只是 Windows 的工具。大多数 32 位应用程序都使用注册表作为存储安装选项、用户选择的自定义值以及更多其他数据的地方。有趣的是，脚本也能如此操作。脚本不仅能从任何注册表设置中读取当前值，还能使用注册表作为存储区域。这将能够跟踪用户的设置、最近使用的文件及任何想要在会话期间保存的其他配置数据。本节将介绍在脚本中使用 WshShell 对象来操作注册表的方法。

1. 从注册表读取设置

为了从注册表读取任何值，可以使用 WshShell 对象的 RegRead 方法：

```
WshShell.RegRead(strName)
```

WshShell	WshShell 对象。
strName	想要读取的注册表值或键的名称。如果 strName 以反斜杠(\)结尾，则 RegRead 返回键的默认值，否则 RegRead 返回存储在值中的数据。同样应该注意，strName 必须以下面根键名之一作为开始：

短名称	长名称
HKCR	HKEY_CLASSES_ROOT
HKCU	HKEY_CURRENT_USER
HKLM	HKEY_LOCAL_MACHINE
N/A	HKEY_USERS
N/A	HKEY_CURRENT_CONFIG

12

程序清单 12-7 中的脚本显示了该 Windows Vista 副本的注册用户名。

程序清单 12-7 从注册表中读取 RegisteredOwner 设置的脚本

```
Set objWshShell = WScript.CreateObject("WScript.Shell")
strSetting = "HKLM\SOFTWARE\Microsoft\Windows
NT\CurrentVersion\RegisteredOwner"
strRegisteredUser = objWshShell.RegRead(strSetting)
WScript.Echo strRegisteredUser
```

2. 在注册表中存储设置

为了存储注册表中的设置，可以使用 WshShell 对象的 RegWrite 方法：

```
WshShell.RegWrite strName, anyValue [, strType]
```

WshShell	WshShell 对象。
strName	想要设置的注册表值或键的名称。如果 strName 以反斜杠(\)结尾，则 RegWrite 将设置键的默认值，否则 RegWrite 将为值设置数据。strName 必须以 RegRead 方法中说明的根键名之一作为开始。
anyValue	存储的值。
strType	值的数据类型，必须为以下类型之一：REG_SZ(默认的)、REG_EXPAND_SZ、REG_DWORD 或 REG_BINARY。

以下语句在 HKEY_CURRENT_USER 根键中创建名为 ScriptSettings 的新键：

```
Set objWshShell = WScript.CreateObject("WScript.Shell")
objWshShell.RegWrite "HKCU\ScriptSettings\", ""
```

以下语句在 HKEY_CURRENT_USER\ScriptSettings 键中创建名为 NumberOfReboots 的新值，并将此值设置为 1：

```
Set objWshShell = WScript.CreateObject("WScript.Shell")
objWshShell.RegWrite "HKCU\ScriptSettings\NumberOfReboots", 1,
"REG_DWORD"
```

3. 从注册表中删除设置

如果不再需要跟踪特定键或值的设置，则可以使用 RegDelete 方法从注册表中删除设置：

```
WshShell.RegDelete(strName)
```

WshShell	WshShell 对象
strName	想要删除的注册表值或键的名称。如果 strName 以反斜杠(\)结尾，则 RegDelete 将删除键，否则 RegWrite 将删除值。strName 必须以 RegRead 方法中说明的根键名之一作为开始。

为了删除在前一个示例中使用的 NumberOfReboots 值，可以使用以下语句：

```
Set objWshShell = WScript.CreateObject("WScript.Shell")
objWshShell.RegDelete "HKCU\ScriptSettings\NumberOfReboots"
```

12.5.6　使用环境变量

Windows Vista 可跟踪大量**环境变量**(environment variable)。环境变量保存了如 Windows 文件夹的位置、临时文件夹的位置、命令路径、主驱动器这样的数据。为什么需要这些数据？例如访问 Windows 主文件夹中的文件或文件夹。应该更简单地查询 %SystemRoot%环境变量，而不是猜测该文件夹为 C:\Windows，相似地，如果有个脚本要访问用户的"我的文档"中文件，在文件路径中对用户名进行硬编码并不方便，因为这意味着将为每个可能的用户创建自定义脚本，相比之下，创建引用%UserProfile%环境变量的单个脚本更为方便。本节将介绍从脚本中读取环境变量数据的方法。

定义的环境变量存储在 Environment 集合中，它是 WshShell 对象的属性。Windows Vista 环境变量存储在 Process 环境中，所以可以按照下面的语法引用该集合：

```
WshShell.Environment("Process")
```

程序清单 12-8 显示了访问该集合、向字符串添加每个变量并显示字符串的脚本

程序清单 12-8　显示系统环境变量的脚本

```
Set objWshShell = WScript.CreateObject("WScript.Shell")
'
' Run through the environment variables
'
strVariables = ""
For Each objEnvVar In objWshShell.Environment("Process")
strVariables = strVariables & objEnvVar & Chr(13)
Next
WScript.Echo strVariables
```

图 12-4 显示了打开的对话框(你的对话框可能不同)。

12

图 12-4 系统环境变量的完整目录

如果想要使用特定的环境变量，可以使用以下语法：

WshShell.Environment("Process")("*strName*")

WshShell	WshShell 对象
strName	环境变量的名称

程序清单 12-9 显示了创建快捷方式的程序清单 12-6 脚本的更改版本。在该版本中，Environment 集合用于返回%UserProfile%变量值，该值用于与当前用户的"桌面"文件夹的路径进行比较。

程序清单 12-9　使用环境变量创建快捷方式文件的脚本

```
Set objWshShell = WScript.CreateObject("WScript.Shell")
strUserProfile = objWshShell.Environment("Process")("UserProfile")
```

```
Set objShortcut = objWshShell.CreateShortcut(strUserProfile & _
                "\Desktop\Edit BOOT.INI.lnk")
With objShortcut
    .TargetPath = "C:\Windows\Notepad.exe"
    .Arguments = "C:\Boot.ini"
    .WorkingDirectory = "C:\"
    .Description = "Opens BOOT.INI in Notepad"
    .Hotkey = "Ctrl+Alt+7"
    .IconLocation = "C:\Windows\System32\Shell32.dll,21"
    .WindowStyle = 3
    .Save
End With
```

12.6　WshNetwork 对象编程

WshNetwork 是能够让你使用 Windows 网络环境的各方面的对象的通用名称。你可以确定计算机名和用户名，可以枚举映射的网络驱动器，还可以映射新的网络驱动器等。下面的章节将介绍使用该对象的方法。

12.6.1　引用 WshNetwork 对象

WshNetwork 通过 WScript 的"自动化"接口引用 Network 对象。这意味着可以使用 CreateObject 返回该对象，如下所示：

```
Set objWshNetwork = WScript.CreateObject("WScript.Network")
```

现在，就可以使用 WshNetwork 变量来访问对象的属性和方法了。

12.6.2　WshNetwork 对象属性

WshNetwork 对象支持 3 种属性：

ComputeName	返回计算机的网络名称
UserDomain	返回当前用户的网络域名
UserName	返回当前用户的用户名

12.6.3　映射网络打印机

WshNetwork 对象支持多种方法以使用远程打印机。例如，为了将网络打印机映射到本地打印机资源，则可以使用 WshNetwork 对象的 AddPrinterConnection 方法：

```
WshNetwork.AddPrinterConnection strPrinterPath
```

WshNetwork	WshNetwork 对象
strPrinterPath	网络打印机的 UNC 路径

示例如下:

```
Set objWshNetwork = WScript.CreateObject("WScript.Network")
objWshNetwork.AddWindowsPrinterConnection "\\ZEUS\printer"
```

为了删除远程打印机映射，可以使用 WshNetwork 对象的 RemovePrinterConnection
方法:

```
WshNetwork.RemovePrinterConnection strPrinterPath [, bForce] [,
bUpdateProfile]
```

WshNetwork	WshNetwork 对象
strPrinterPath	网络打印机的 UNC 路径
bForce	如果为 True，即使资源正在使用，也仍会被删除
bUpdateProfile	如果为 True，则从用户的配置文件中删除打印机映射

示例如下:

```
Set objWshNetwork = WScript.CreateObject("WScript.Network")
objWshNetwork.RemovePrinterConnection "\\ZEUS\inkjet"
```

12.6.4 映射网络驱动器

WshNetwork 对象支持多种映射网络驱动器的方法。为了将共享的网络文件夹映射
到本地驱动器盘符中，可以使用 WshNetwork 对象的 MapNetworkDrive 方法:

```
WshNetwork.MapNetworkDrive strLocalName, strRemoteName,
➥ [bUpdateProfile], [strUser], [strPassword]
```

WshNetwork	WshNetwork 对象
strLocalName	远程共享将要映射的本地驱动器的盘符(例如 F:)
strRemoteName	远程共享的 UNC 路径
bUpdateProfile	如果为 True，则驱动器映射存储在用户的配置文件中
strUser	使用该值输入映射远程共享所需的用户名(例如如果你是没有正当权限的用户登录)
strPassword	使用该值输入可能需要映射到远程驱动器的密码

示例如下:

```
Set objWshNetwork = WScript.CreateObject("WScript.Network")
objWshNetwork.MapNetworkDrive "Z:", "\\ZEUS\SharedDocs"
```

为了删除映射的网络驱动器，可以使用 WshNetwork 对象的 RemoveNetwork- Drive 方法：

```
WshNetwork.RemoveNetworkDrive strName, [bForce], [bUpdateProfile]
```

WshNetwork	WshNetwork 对象
strName	想要删除的映射的网络驱动器名称。如果使用网络路径，则将删除该路径上的所有映射；如果使用本地驱动器盘符，则只删除该映射
bForce	如果为 True，即使资源正在使用，也仍会被删除
bUpdateProfile	如果为 True，则从用户配置文件中删除网络驱动器的映射

示例如下：

```
Set objWshNetwork = WScript.CreateObject("WScript.Network")
objWshNetwork.RemoveNetworkDrive "Z:"
```

12.7　示例：编写 Internet Explorer 脚本

为了介绍脚本的强大功能和灵活性——特别是"自动化"编程，下面将会通过介绍如何编写特定的自动化服务器 Internet Explorer 的脚本来结束本章的内容。你将会发现脚本能够控制与 Internet Explorer 相关的所有内容：

- 窗口的位置和大小
- 是否显示菜单栏、工具栏和状态栏
- 当前 URL
- 向浏览器发送前后导航的 URL

12.7.1　显示 Web 页面

作为开始，首先将介绍使用 InternetExplorer 对象显示指定 URL 的方法。可以使用 Navigate 方法来完成该操作，语法如下：

```
InternetExplorer.Navigate URL [, Flags,] [ TargetFramename] [, PostData]
[ ,Headers]
```

InternetExplorer	对正在使用的 InternetExplorer 对象的引用
URL	想要显示的 Web 页面的地址
Flags	以下整数之一(或 2 个或多个整数值之和)将控制导航的各个方面：
	1　　　　在新窗口中打开 URL

12

2	防止 URL 添加到历史列表中
4	防止浏览器从磁盘缓存中读取页面
8	防止 URL 添加到磁盘缓存中

TargetFrameName	显示 URL 的框架名称
PostData	指定 HTTP 用来解决超链接的额外 POST 信息。对该参数最常见的使用是向 Web 服务器发送表单的内容、图像映射的坐标或 ASP 文件的搜索参数。如果该参数为空，则该方法将发出 GET 调用
Headers	指定 HTTP 头的头数据

示例如下:

```
Set objIE = CreateObject("InternetExplorer.Application")
objIE.Navigate "http://www.microsoft.com/"
```

12.7.2 导航页面

显示特定 Web 页面并不是 InternetExplorer 对象唯一的功能。它还有多种方法让你能够在访问过的 Web 页面之间前后导航、刷新当前页面、停止当前下载等。以下是这些方法的概述:

GoBack	导航返回到以前访问的页面
GoForward	导航向前至以前访问的页面
GoHone	导航到 Internet Explorer 的默认主页
GoSearch	导航到 Internet Explorer 的默认搜索页面
Refresh	刷新当前页面
Refresh2	使用以下语法刷新当前页面:
	Refresh2(Level)

Level	确定页面刷新方式的常量
0	使用缓存副本刷新页面
1	仅当页面已经过期时使用缓存副本刷新页面
3	执行完全刷新(不使用缓存副本)

Stop	取消当前下载或关闭动态页面对象，例如背景声音和动画。

12.7.3 使用 InternetExplorer 对象的属性

以下是与 InternetExplorer 对象相关的属性的概要信息:

Busy	如果 InternetExplorer 对象正在下载文本或图形的过程中，则返回 True。当完整的文档下载完成时该属性返回值为 False
FullScreen	控制 Internet Explorer 以正常窗口和全屏窗口显示的布尔值。在全屏窗口中将隐藏标题栏、菜单栏、工具栏和状态栏
Height	返回或设置窗口高度
Left	返回或设置窗口左边界的位置
LocationName	返回当前文档的标题
LocationURL	返回当前文档的 URL
MenuBar	控制菜单栏开关的布尔值
StatusBar	控制状态栏开关的布尔值
StatusText	返回或设置状态栏文本
ToolBar	控制工具栏开关的布尔值
Top	返回或设置窗口顶部边界的位置
Type	返回当前加载到浏览器中的文档类型
Visible	控制对象在隐藏和可见之间的布尔值
Width	返回或设置窗口宽度

12.7.4　运行示例脚本

为了将一些属性和方法付诸实践，程序清单 12-10 显示了一个样本脚本。

程序清单 12-10　使用 InternetExplorer 对象的脚本

```
Option Explicit
Dim objIE, objWshShell, strMessage, intResult

' Set up the Automation objects
Set objIE = WScript.CreateObject("InternetExplorer.Application")
Set objWshShell = WScript.CreateObject("WScript.Shell")

' Navigate to a page and customize the browser window
objIE.Navigate "http://www.wordspy.com/"
objIE.Toolbar = False
objIE.StatusBar = False
objIE.MenuBar = False

' Twiddle thumbs while the page loads
Do While objIE.Busy
Loop

' Get the page info
strMessage = "Current URL: " & objIE.LocationURL & vbCrLf & _
```

12

```
          "Current Title: " & objIE.LocationName & vbCrLf & _
          "Document Type: " & objIE.Type & vbCrLf & vbCrLf & _
          "Would you like to view this document?"

    ' Display the info
    intResult = objWshShell.Popup(strMessage, , "Scripting IE", vbYesNo +
vbQuestion)

    ' Check the result
    If intResult = vbYes Then

        ' If Yes, make browser visible
        objIE.Visible = True
    Else

        ' If no, bail out
        objIE.Quit
    End If
    Set objIE = Nothing
    Set objWshShell = Nothing
```

该脚本通过创建 InternetExplorer 的实例和 WScript Shell 对象作为开始。Navigate 方法显示页面，然后关闭工具栏、状态栏和菜单栏。Do…Loop 检查 Busy 属性，如果其为 True，则进入循环。换句话说，该循环直到页面完全加载才会退出。使用字符串变量来存储 URL、标题和页面的类型，然后该字符串将显示在 Popup 对话框中，它将询问用户是否想看到该页面。如果用户单击"是"按钮，则显示浏览器；如果用户单击"否"按钮，Quit 方法将关闭浏览器。

12.8 相关内容

以下是包含与在本章中学习的脚本技术相关信息的章节：

- 为了了解在启动 Windows Vista 系统时运行脚本的方法，请参阅第 5 章"安装和运行应用程序"中的"指定启动和登录脚本"。
- 第 11 章"了解 Windows Vista 的注册表"介绍了有关注册表的内容。
- 第 15 章"维护 Windows Vista 系统"中的"检查可用磁盘空间"一节的内容将介绍显示所有驱动器中可用空间的脚本。
- 第 21 章"实现 Windows Vista 的 Internet 安全和隐私功能"将介绍与安全性相关的脚本示例。
- 还可以使用批处理文件来对 Windows Vista 进行"编程"，请参阅附录 C"使用批处理文件自动化 Windows Vista"。

第 III 部分

Windows Vista 的
定制和优化

第 13 章

自定义 Windows Vista
的界面

Microsoft 在其应用实验室里花费了大量的时间和难以计数的数百万美元的资金对 Windows Vista 的用户界面(UI)进行了测试和重新测试，然而重要的是要记住，Windows Vista 是为大众设计的操作系统。因为在数亿台计算机上安装了该系统，所以 Windows UI 很自然地需要迎合许多最常见的普通想法。因此最后得到了一个大多数人在大多数时间都能够方便使用的界面；一个能够容纳新事物和数字设备的界面；一个为普通计算机用户设计的界面。

换句话说，除非你认为自己是普通用户(而你购买此书说明你并非普通用户)，否则 Windows Vista 的预定义样式并不适合你。幸运的是，你将发现，本章涵盖了帮助以你自己的想象重新制作 Windows Vista 的选项和程序。毕竟每个人之间都有差异，为何要让自己操作系统的外观都和别人相同呢？

这里还要指出，测试任何的自定义界面只需一个简单问题：即它是否改善工作效率？我看到过很多人使用一些无用的设置，这样对用户每天的 Windows 体验只有很少改善或没有改善。这或许对有很多时间的人来说很不错，但是对我们大多数人来说并非如此，因此有效性和工作效率必须是自定义过程的目标(注意这包括了对 Windows Vista 界面的美化改善。更漂亮的 Windows 界面将提供令人更加愉悦的计算机体验，而心情更愉快的使用者将成为更有效率的工作者)。

本章中的大部分内容将集中介绍最常见的计算任务：启动程序和文档。本章有很多重新排列 Windows Vista 的有用的技巧，可帮助你改变程序和文档的外观并尽可能快尽可能简便地运行这些程序和文档。

13.1　为更简单地启动程序和文档而自定义"开始"菜单

顾名思义，"开始"菜单旨在启动像程序和文档这样的内容。当然还可以通过桌面上的快捷方式图标来启动这些对象，但是这并非很好的选择，因为窗口经常会覆盖桌面区域。因此如果想要运行 Windows Vista 中的一些程序，则大多数时候需要通过"开始"菜单来完成该操作。好消息是 Windows Vista 的"开始"菜单非常灵活而且容易调整，所以实际上只需几次鼠标单击或按键就能启动对象。然而为了能达到这种状态，必须使用一些相当难懂的选项和设置，下面的章节将介绍这方面的内容。

13.1.1　在"开始"菜单中显示更多常用程序

"开始"菜单垂直分为两个部分，如图 13-1 所示。

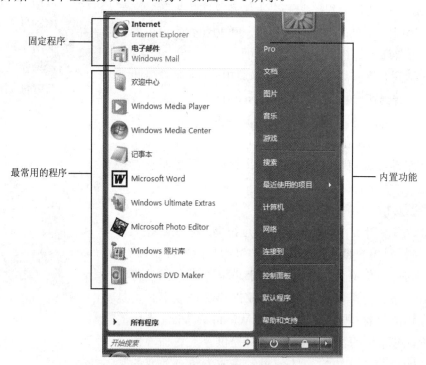

图 13-1　"开始"菜单在左边显示常用程序，在右边显示 Vista 功能的内置图标

- 常用程序——这是"开始"菜单的左边部分，默认以白色背景显示。该部分项部包括 Internet 和电子邮件的图标，下面是最常用的 9 个程序的快捷方式的图标。
- 内置功能——这是"开始"菜单的右边部分，默认以黑色或灰色背景显示。它包含了各种 Windows Vista 文件夹和功能的图标。

常用程序列表是 Windows Vista 中最好的功能之一，因为其保证了可通过几次鼠标单击就能得到最近经常使用的程序。如果说该功能有什么缺点，那就是它只能显示 9 个图标，所以列表省略了很多最近经常使用的程序。然而如果有足够的空间，就能让 Windows Vista 在该区域中显示最多 30 个图标。以下是操作步骤：

(1) 右击"开始"菜单并单击"属性"，打开"任务栏和开始菜单属性"对话框。

(2) 选择"开始菜单"选项卡。

(3) 确保启用"开始菜单"选项，然后单击其右边的"自定义"按钮。将显示"自定义【开始】菜单"对话框，如图 13-2 所示。

图 13-2　使用"自定义【开始】菜单"对话框设置可出现在"开始"
菜单的常用程序列表中的快捷方式图标的最大数量

(4) 使用"要显示的最近打开过的程序的数目"微调按钮指定想要显示的常用程序的数目。

(5) 如果没有足够的屏幕空间来显示所有的图标，取消"使用大图标"选项(在"开始"菜单功能列表的底部)。这将极大地减少"开始"菜单上的图标占据的空间。

(6) 单击"确定"按钮返回"任务栏和开始菜单属性"对话框。

13

(7) 单击"确定"按钮。

提示：

为了防止程序显示在"开始"菜单的常用程序列表中，打开注册表编辑器并显示以下键：

HKCR\Applications*program.exe*

这里的 program.exe 是程序可执行文件的名称(如果没有该键，就创建它)，创建名为 NoStartPage 的字符串值(不需要赋值)，重启 Vista 让新设置生效。

13.1.2 清除最近使用的程序列表

Windows Vista 能够清除"开始"菜单的最近打开的程序列表。为何要这样做呢？你可能想要开始一个空的常用程序列表，这样可以向其中填充接下来几天使用的程序。或者如果其他人要访问你的计算机，由于保护隐私的原因可能想要清除列表。可以按照以下步骤来清除列表：

(1) 右击"开始"菜单，然后单击"属性"，将打开"任务栏和开始菜单属性"对话框。

(2) 选择"开始菜单"选项卡。

(3) 取消选择"存储并显示最近经常打开的程序列表"复选框。

(4) 单击"应用"按钮，Windows Vista 将清除列表。

(5) 如果想要开始新的列表，启用"存储并显示最近经常打开的程序列表"复选框。

(6) 单击"确定"按钮。

提示：

如果需要从"开始"菜单的常用程序列表中删除 1 个或 2 个图标，则单击"开始"菜单，右击想要删除的图标，然后单击"从列表中删除"。

13.1.3 自定义 Internet 和电子邮件图标

在"开始"菜单的常用程序列表上面是固定程序列表(如图 13-1 所示)，其中包含了永远出现在"开始"菜单中的两个图标：

● Internet——该图标默认启动 Internet Explore Web 浏览器。

● 电子邮件——该图标默认启动 Windows Mail 的电子邮件客户端。

注意：

如果你的计算机的生产商或销售商预装了 Windows Vista，你可能注意到生产商或销售商更改了默认的 Internet 和电子邮件程序以支持与计算机打包在一起的其他程序。同样，第三方程序可能也会影响这些图标。例如，Microsoft Office 将用 Outlook 与电子邮件图标相关联。然而，可以根据个人偏好更改这些默认设置。

如果在计算机上安装了多个 Web 浏览器或邮件客户端，则可以自定义这些图标以启动不同的程序。按照以下步骤操作：

(1) 右击"开始"菜单，然后单击"属性"以显示"任务栏和开始菜单属性"对话框。

(2) 选择"开始菜单"选项卡，确保启用"开始菜单"选项，然后单击右边的"自定义"按钮，打开"自定义开始菜单"对话框。

(3) 如果想要 Internet 图标出现在开始菜单中，保持启用"Internet 链接"复选框；否则取消选择该复选框并继续步骤(5)。

(4) 如果启用"Internet 链接"选项卡，则使用右边的列表以选择想要关联图标的 Web 浏览器。

(5) 如果想要"电子邮件"图标出现在"开始"菜单中，则保持启用"电子邮件链接"的复选框；否则取消该选项并继续步骤(7)。

(6) 如果选中了"电子邮件链接"复选框，使用右边的列表以选择想要关联图标的电子邮件客户端。

(7) 单击"确定"按钮。

还可以更改"开始"菜单上 Internet 项所使用的文本和图标。首先通过在注册表编辑器中显示以下键来完成该操作：

```
HKLM\SOFTWARE\Clients\StartMenuInternet\client\
```

这里，client 是指与图标相关的可执行程序的名称(例如，Internet Explorer 的可执行程序为 Iexplorer.exe)。(默认的)设置控制图标文本，而 DefaultIcon 子键的(默认)设置值控制图标。

自定义电子邮件的文本和图标的方法也类似。可以找到以下设置：

```
HKLM\Software\Clients\Mail\client\
```

这里的 client 是与图标相关的程序名称(例如 Windows Mail)。(默认)设置控制图标文本，而 DefaultIcon 子键的(默认)设置控制该图标。注意，你或许必须要创建该子键。

13.1.4　设置程序访问和默认设置

可以更改 Windows Vista 使用其他程序作为 Web 浏览、电子邮件、即时消息和媒体播放等的默认程序。这将使得常用程序出现在更方便的位置，而且能在某些情况下自动启动这些程序。

你的 Windows Vista 版本可能设置为分别使用 Internet Explorer、Windows Mail、

Windows Messenger 和 Windows Media Player 作为 Web 浏览、电子邮件、即时消息和媒体播放的默认程序。这意味着 Internet Explorer 和 Windows Mail 与"开始"菜单的 Internet 和电子邮件的图标相关。另外,这还意味着这些程序将会自动启动以响应某些事件。例如,当右击媒体文件然后单击"播放"时,则将在 Windows Media Player 中播放该媒体文件。

可以设置安装的其他程序作为 Web 浏览、电子邮件、即时消息和媒体播放的默认程序。还可以禁止访问程序,这样使其他用户不能在你的计算机上启动这些程序。按照以下步骤操作:

(1) 选择"开始" | "默认程序"以显示"默认程序"窗口。

(2) 单击"设置程序访问和计算机默认值",然后在提示时输入"用户帐户控制"证书。Windows Vista 将显示"设置程序访问和此计算机默认值"对话框。

(3) 单击想要更改的配置:

- 计算机生产商——如果计算机供应商定义了它们自己的程序默认值,则会显示该配置。

- Microsoft Windows——该配置是由 Microsoft 定义的 Windows 的默认值。

- 非 Microsoft——如果在任何类别中有 1 个或多个其他的非 Microsoft 程序(如 Web 浏览器或电子邮件程序),则将由 Microsoft Vista 生成该配置。

- 自定义——使用该选项配置你自己的默认程序。

(4) 如果启用"自定义"配置,则可以看到和图 13-3 中显示的相似的选项。可以对该配置进行以下两个操作:

图 13-3 使用"设置程序访问和此计算机的默认值"功能为系统设置自定义的程序配置

- 启用希望使用的程序的选项按钮作为系统的默认值。
- 为任何不想让其他用户访问的程序取消选择"启用对此程序的访问"复选框。

(5) 单击"确定"按钮以使新的默认值生效。

13.1.5　将常用程序永久放入"开始"菜单中

"开始"菜单的常用程序列表能够节省时间,如果程序从该列表中消失,则将会令人沮丧。另一个严重的问题是图标经常改变位置,因为 Windows Vista 会根据受欢迎度显示这些程序。当显示"开始"菜单时,经常改变图标的位置将会让你在查找需要的图标时变得犹豫不决(如果扩展了图标的最大数目,则尤为明显)。将这两个问题与固定程序列表的 Internet 和电子邮件图标的静止特性进行比较,你会发现这两个图标才总是你需要的图标,无论何时何地都需要它们。

可以通过添加(或附加)程序到固定程序列表中来达到与其他快捷方式相同的效果。为了完成该操作,首先打开"开始"菜单并找到想要使用的快捷方式,然后有两个选择:

- 右击其快捷方式,然后单击"附到开始菜单"
- 拖动快捷方式并释放到固定程序列表中

还可以使用该技术将驻留在桌面的快捷方式附到固定程序列表中。如果想将来再决定把快捷方式永久附到"开始"菜单中,则右击快捷方式并单击"从开始菜单脱离"。

> **提示:**
>
> 当显示"开始"菜单时,可以通过按下每个程序名称的第一个字母键来快速选择该程序。但是如果向固定程序列表添加了一些快捷方式,可能会得到多个程序有相同的首字母。为了避免冲突,可以以数字作为开始来重命名这些程序。例如,将"Backup"重命名为"1Backup"意味着在显示"开始"菜单时可通过按下 1 键来选择该程序(为了重命名"开始"菜单的程序,可以右击该程序并单击"重命名"按钮)。

13.1.6　将链接转换为菜单从而使"开始"菜单合理化

"开始"菜单的右边包含了很多 Windows Vista 的内置功能,它们以链接形式建立。也就是说,单击某个项将会以运行窗口或程序作为响应。这对"搜索"或"默认程序"这样的项有用,但是对需要在其中启动特定图标的控制面板来说,并不是非常有效。打开"控制面板"窗口,启动图标,然后关闭"控制面板",这些是很费时的操作。

更好的方法是将链接转换到项的菜单中,这样就能正常显示在单独的窗口中。例如,"控制面板"中的项能够显示图标菜单。Windows Vista 一项不错的功能是能够简单地将很多"开始"菜单的链接转化为菜单。以下是所需的操作步骤:

13

(1) 右击"开始"菜单，然后单击"属性"以打开"任务栏和开始菜单属性"对话框。

(2) 选择"开始菜单"选项卡，确保启用"开始菜单"选项，然后单击右边的"自定义"按钮以打开"自定义开始菜单"对话框。

(3) 在"开始"菜单项的列表中，找到以下选项并启用"显示为菜单"选项：

　　　计算机

　　　控制面板

　　　文档

　　　游戏

　　　音乐

　　　个人文件夹(你的用户名)

　　　图片

注意：

参见图 10-3 以查看"控制面板"显示为菜单的"开始"菜单的示例。

(4) 选中"收藏夹菜单"复选框以将 Internet Explorer 的收藏夹菜单添加到"开始"菜单中。

(5) 在"开始菜单项"的组中，找到"系统管理工具"项并选中"在所有程序菜单和开始菜单上显示"选项。这会提供"管理工具"菜单，该菜单将提供如"计算机管理"、"设备管理器"、"系统配置"和"本地安全策略编辑器"这些功能的快捷方式。

(6) 单击"确定"按钮以返回"任务栏和开始菜单属性"对话框。

(7) 确保选中"存储并显示最近打开文件的列表"复选框。这将会向"开始"菜单添加"最近使用的项目"菜单，其中将会显示最近使用的 15 个文档。

(8) 单击"确定"按钮。

13.1.7　添加、移动和删除其他"开始"菜单的图标

除了主要的"开始"菜单，还可以自定义在"所有程序"菜单和子菜单上的图标以适合你自己的工作方式。使用本节介绍的内容可以完成以下提升"开始"菜单效率的操作：

- 让重要的功能靠近"所有程序"菜单层次结构的开始位置
- 删除不使用的功能
- 添加当前没有的功能的新命令到"所有程序"菜单(例如"注册表编辑器")

Windows Vista 提供了 3 种添加和删除"开始"菜单快捷方式的方法，本书将在下面 3 小节的内容中分别介绍。

1. 拖动并释放到"开始"按钮上

添加快捷方式最快速的方法是从 Windows 资源管理器中拖动可执行文件，然后完成以下操作中的任何一个操作：

- 释放到"开始"按钮上——这会将快捷方式附到开始菜单上。
- 停留在"开始"按钮上——过几秒钟将会显示"开始"菜单。现在让文件停留在"所有程序"上直到出现菜单，然后将文件释放到想要快捷方式出现的位置。

2. 使用"开始菜单"文件夹

"所有程序"快捷方式存储在以下两个位置：

- %AppData%\Microsoft\Windows\Start Menu\Programs——该子文件夹中的快捷方式只出现在当前用户的"开始"菜单中。这里的 %AppData% 是 %SystemDrive%\Users\user\AppData\Roaming，其中 user 是当前用户的名称。
- %AllUserProfile%\Microsoft\Windows\Start Menu\Programs—— All Users\Start Menu\Programs 子文件夹。该文件夹中的快捷方式显示给所有用户。这里的 %AllUsersProfile%是%SystemDrive%\ProgramData。

提示：

快速进入当前用户的"开始"菜单的方法是右击"开始"菜单按钮，然后单击"资源管理器"。

通过使用这些文件夹，不仅可以对"开始"菜单快捷方式出现的位置进行控制，还可以对这些快捷方式的名称进行控制。以下是能够使用的技术概要：

- 在"程序"文件夹及其子文件夹中，可以将快捷方式从一个文件夹拖动到另一个文件夹中。
- 为了创建新的快捷方式，可以拖动可执行文件并释放到想要使用的文件夹中。记住如果想要创建文档或其他非可执行文件的快捷方式，则右键拖动文件，然后在释放文件时选择"创建快捷方式"。
- 可以在"程序"文件夹的层次结构中创建自己的文件夹，它们将会作为子菜单出现在"所有程序"菜单中。
- 可以用重命名文件的方式来重命名快捷方式。
- 可以用删除文件的相同方式来删除快捷方式。

3. 直接使用"所有程序"菜单快捷方式

上一节列出的很多操作可以通过直接使用"所有程序"菜单来方便地执行。也就是说，打开"所有程序"菜单，找到想要使用的快捷方式，然后使用以下技术之一：

- 拖动快捷方式到其当前菜单的另一个区域中

13

- 拖动快捷方式到另一个菜单或"回收站"中
- 右击快捷方式并从上下文菜单中选择一个命令(如"删除"命令)

13.2 为更方便地启动程序和文档而自定义任务栏

在 Windows Vista 中，任务栏就像一个小型应用程序。这种"应用程序"的作用是为每个运行的应用程序显示一个按钮并能够在程序之间进行切换。和大多数应用程序一样，任务栏还有自己的工具栏，在这种情况下，工具栏能够让你启动程序和文档。

13.2.1 显示内置任务栏的工具栏

Windows Vista 任务栏有 6 种默认的工具栏：

- 地址——该工具栏包含文本框，可以在其中输入本地地址(如文件夹或文件路径)、网络地址(UNC 路径)或 Internet 地址。当按下 Enter 键或单击"转到"按钮时，Windows Vista 将地址加载到 Windows Explorer(如果输入本地或网络文件夹地址)、应用程序(如果输入文件路径)或 Internet Explorer(如果输入 Internet 地址)。换句话说，该工具栏的功能就像由 Windows Explorer 和 Internet Explorer 使用的"地址栏"一样。

> **提示：**
>
> 如果为程序创建特定应用程序的路径，然后就能通过输入可执行文件的名称来启动该程序。参见第 5 章的"创建特定应用程序的路径"。

- Windows Media Player——该工具栏包含播放媒体的控件。当启用该工具栏并最小化 Windows Media Player 窗口时，则会显示该工具栏。
- 链接——该工具栏包含链接到预定义 Internet 站点的多个按钮，该工具栏和 Internet Explorer 中显示的"链接"工具栏相同。
- Tablet PC 输入面板——该工具栏只包含一个图标："Tablet PC 输入面板"图标，当单击该图标时，则会显示"Tablet PC 输入面板"。
- 桌面——该工具栏包含所有桌面图标，以及 Internet Explorer 的图标和用户文件夹及公用、计算机、网络、控制面板和回收站等文件夹的子菜单。
- 快速启动——这是单击图标的集合，单击这些图标会启动 Internet Explorer 或 Media Player、清除桌面或启动 3-D 窗口切换器。其他应用程序——例如 Microsoft Office——同样也会向该工具栏添加图标。

注意：

通过单击和拖动工具栏的左边界能够调整工具栏的尺寸。然而，如果任务栏已经锁定，则无法进行调整。为了解除任务栏的锁定，右击任务栏的空白区域，然后单击"锁定任务栏"以取消锁定。同样，通过最小化所有打开的窗口能够保证显示桌面(单击"快速启动"工具栏中的"显示桌面"，或右击任务栏然后单击"显示桌面")。

为了控制这些工具栏的开关，右击任务栏的空白区域，然后使用以下技术之一：

- 单击"工具栏"，然后单击想要使用的工具栏。
- 单击"属性"，然后单击"工具栏"选项卡，选中想要使用的工具栏复选框，然后单击"确定"按钮。

13.2.2　设置一些任务栏的工具栏选项

在显示工具栏后，有一些选项可以用来自定义工具栏的外观而且能使工具栏更方便使用。右击工具栏的空白区域，然后单击以下命令之一：

- 查看——该命令显示一个有两个选项的子菜单："大图标"和"小图标"。这些命令将确定工具栏的图标的尺寸。例如，如果工具栏的图标比当前尺寸能够显示的图标多，则可以切换到"小图标"视图。
- 显示文本——该命令控制图标标题的开关。如果显示标题，则会简单地解释该图标的功能，但是这样将使得在给定空间内只能看到更少的图标。
- 显示标题——该命令控制工具栏标题的开关(显示在图标的左边)。

13.2.3　创建新任务栏的工具栏

除了预定义任务栏的工具栏，还可以创建显示系统上的任何文件夹内容的新的工具栏。例如，如果有经常启动的程序或文档的文件夹，则可以将文件夹以工具栏显示，从而一次单击就能够访问这些程序。按照以下步骤操作：

(1) 右击工具栏的空白区域，然后单击"工具栏"|"新建工具栏"。Windows Vista 将显示"新工具栏"对话框。

(2) 选择想要显示为工具栏的文件夹(或单击"新建文件夹"以在当前选中的文件夹中创建一个新的子文件夹。)

(3) 单击"选择文件夹"按钮，Windows Vista 将创建新的工具栏。

13.2.4　通过设置任务栏选项提高工作效率

任务栏有一些选项能够通过减少鼠标单击次数或提供显示应用程序的更大屏幕空间来帮助你获得更好的工作效率。按照以下步骤来设置这些任务栏选项：

13

(1) 右击任务栏，然后单击"属性"(或者打开"控制面板"的"任务栏和开始菜单"图标)。这将打开"任务栏和「开始」菜单属性"对话框并显示"任务栏"选项卡，如图 13-4 所示。

图 13-4　为提高工作效率使用"任务栏"选项卡设置任务栏

(2) 启用或取消以下选项以提高工作效率：

- 锁定任务栏——当启用该复选框时，就不能调整任务栏的尺寸而且不能调整或移动任务栏的工具栏。如果计算机需与其他用户共享，而且你不想因为其他用户更改了任务栏而需要浪费时间进行重新设置，则该复选框很有用。

- 自动隐藏任务栏——当启用该复选框时，Windows Vista 将会在你不使用任务栏的时候将其缩小为屏幕底部的一根细长的蓝色线条。如果需要为应用程序留出更多的屏幕空间，该操作就非常有用。为了重新显示任务栏，要将鼠标移动到屏幕的底部。然而请注意，如果经常使用任务栏，则不要选择该选项；否则自动隐藏任务栏会让你速度变慢，因为将鼠标移动到任务栏时，Windows Vista 将用 1~2 秒钟来恢复任务栏。

- 将任务栏保持在其他窗口的前端——如果取消选择该选项，则 Windows Vista 将在任何最大化或移动到任务栏前面的窗口后隐藏任务栏。为了得到任务栏，需要最小化或移动这些窗口，或者需要按下 Windows 的 logo 键。这并不是非常有效的方式，所以建议启用该选项。

- 分组相似任务栏按钮——参见下一节"控制任务栏分组"以获得有关该设置的更多信息。

- 显示快速启动——选择该复选框将显示"快速启动"工具栏，前面已讨论过该内容(参见"显示内置任务栏的工具栏")。"快速启动"是访问 Internet Explorer、桌面、Windows Media Player 和 3-D 窗口切换器(以及添加到"快速启动"文件夹的其他任何快捷方式)的简单方式，所以建议选择该选项。

- 显示窗口预览(缩略图)——选择该复选框能够在鼠标指针位于任务栏按钮上时
  看到打开窗口的缩略视图。这能帮助在所有任务栏按钮中查找需要的窗口，所
  以能提高一些工作效率(然而注意，这里不能看到分组按钮的缩略图)。

(3) 单击"通知区域"选项卡，如图 13-5 所示。

图 13-5　使用"通知区域"选项卡自定义通知区域

(4) 为了帮助减少通知区域的混乱并让任务栏的这部分更有用，可以进行以下
操作：

- 启用"隐藏不活动的图标"复选框。当启用该复选框时，Windows Vista 将隐藏
  一段时间内不使用的通知区域的图标。这会给任务栏更多的空间显示程序按钮，
  所以如果不经常使用通知区域的图标，则保持启用该选项。如果要经常使用图
  标，则取消选择该选项以避免不得不单击箭头从而显示隐藏的图标。
- 在"系统图标"分组中，取消选择不使用图标的复选框。

注意：

如果通知区域充满了图标，而你只使用其中一些的话，则显示所有的图标并非有效。
为了不显示所有的图标，启用"隐藏不活动的图标"复选框并单击"自定义"按钮。对
于经常使用的图标，单击程序的"行为"列，然后单击出现在列表中的"显示"。这将
告诉 Windows Vista 始终在通知区域中显示该图标。对于那些从来不使用的图标，单击
"隐藏"按钮，从而告诉 Vista 不在通知区域显示该图标。

13

(5) 单击"确定"按钮。

13.2.5 为不同时区显示多个时钟

如果你有在不同时区工作或生活的同事、朋友或家人，则有必要知道该时区的准确时间。例如，如果你认识的人所在的时区比你晚 3 个小时，则你不应该在上午 9 点打电话给他。同样地，如果你认识的商业伙伴下午 5 点下班，而他的时区比你早 7 个小时，你应该知道必须在上午 10 点之前打电话给他。

如果需要确定另一个时区的当前时间，则可以自定义 Windows Vista 的日期和时间，从而不仅显示你的当前时间，还能显示另一时区的当前时间。按照以下步骤进行操作：

(1) 单击"时钟"图标，然后单击"调整日期和时间"以显示"日期和时间"对话框。

(2) 单击"附加时钟"选项卡。图 13-6 是该选项卡的完整显示。

(3) 启用第一个"显示此时钟"复选框。

(4) 使用"选择时区"列表单击想要在附加时钟里显示的时区。

(5) 使用"输入显示名称"文本框输入时钟的名称。

(6) 可以为第二个时钟重复步骤(4)～(6)。

(7) 单击"确定"按钮。

为了查看时钟，单击时间以显示与图 13-7 所示相似的弹出式对话框。

图 13-6 在 Windows Vista 中使用"附加时钟"选项
卡添加不同时区的 1 个或 2 个时钟

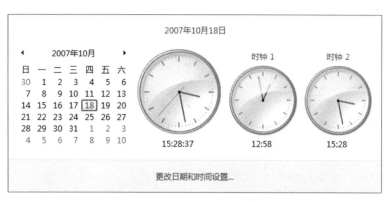

图 13-7　单击时间以查看附加时钟

> **提示：**
>
> 在自定义完 Windows Vista 的附加时钟后，通常可以单击通知区域中的时间以查看所有时钟。如果只将鼠标指针停留在时间上，则 Windows Vista 将显示当前日期、当前本地时间以及其他时区的当前时间的横幅。

13.3　控制任务栏分组

任务栏分组是指当任务栏被按钮填满时，Windows Vista 将会把相同程序的图标组织到一个按钮中，如图 13-8 所示。可以单击该按钮然后单击需要的窗口来访问这些分组窗口中的窗口。

> **提示：**
>
> 可以通过右击分组按钮，然后单击"关闭组"来一次关闭组中的所有窗口。

Internet Explorer 的实例

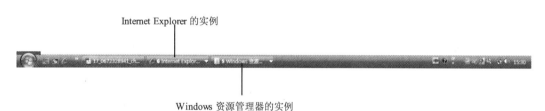

Windows 资源管理器的实例

图 13-8　当任务栏被按钮填满时，Windows Vista 会把相似的窗口组合到一个
按钮中，如图中显示的 Windows 资源管理器和 Internet Explorer

分组功能使读取每个任务栏按钮的名称变得方便，但是代价是效率的细微降低，因为要使用两次单击而非一次单击才能启用窗口。如果不想要这样的代价，可以通过右击任务栏，单击"属性"，然后取消选中"分组相似任务栏的按钮"复选框的方法来禁用分组功能。

13

提示:

另一种防止分组的方法是给任务栏更多的空间以显示按钮。最简单的方法是通过拖动任务栏的顶部区域，直到任务栏扩展来调整任务栏的尺寸。如果这不起作用，则可能任务栏被锁定，可以通过右击任务栏，然后单击"锁定任务栏"来解除对其的锁定。

或者可以通过更改分组功能来满足你的工作方式。为了完成该操作，打开"注册表编辑器"并找到如下键：

HKCU\Software\Microsoft\Windows\CurrentVersion\Explorer\Advanced\

添加名为 TaskbarGroupSize 的 DWORD 值，然后将其设置为以下值之一：

- 0——当分组变满（即任务栏变满）时，Windows Vista 将只对最少使用的应用程序进行分组。
- 1——当分组变满时，Windows 将组合打开窗口最多的应用程序的按钮。如果第二个应用程序超过了第一个应用程序打开的窗口，则也会组合第二个应用程序的窗口(也就是说，第一个应用程序的窗口仍然保持分组)。
- x——Windows Vista 将对打开至少 x 个窗口的应用程序进行分组，其中 x 为 2～99 之间的数字。注意，即使在任务栏不满的情况下也会发生这种分组。

注意，必须注销或者重启 Windows Vista 才能让新设置生效。通过调整用户界面(即简单地显示"任务栏"、"分组"应用程序)来更改此设置。

13.4 使用组策略更改"开始"菜单和任务栏

在本书中已经看到，组策略无需直接更改注册表就能提供对 Windows Vista 界面无与伦比的控制。这对于"开始"菜单和任务栏来说尤为正确，因为其中有超过 60 个的策略能够完成如从"开始"菜单中删除"运行"和"帮助"链接和隐藏任务栏的通知区域等所有操作。为了查看这些策略，启动"组策略"编辑器(参见第 10 章"使用控制面板和组策略")并选择"用户配置"|"管理模板"|"开始菜单和任务栏"。

大多数策略很直观：如果启用这些策略，则将从"开始"菜单或任务栏中删除该功能。例如，启用"从开始菜单中删除运行菜单"策略将防止用户把"运行"命令添加到"开始"菜单中(如果用户已经添加该命令，则将隐藏"运行"命令)，并禁用 Windows Logo+R 快捷键。如果想要限制用户只使用出现在"开始"菜单上的程序，则该策略很有效。

以下是一些最有用的策略：

- 退出系统时清除最近打开的文档的历史——如果启用该策略，无论什么时候 Windows Vista 退出，都会从当前用户的"最近使用的项"列表中删除所有的文档。

- 删除"开始"菜单上的拖放上下文菜单——启用该策略将阻止当前用户使用拖放技术重新排列"开始"菜单。
- 不保留最近打开文档的历史——启用该策略将阻止 Windows Vista 跟踪当前用户最近打开的文档。
- 阻止更改任务栏和开始菜单设置——启用该策略将阻止当前用户访问"任务栏和开始菜单属性"对话框。
- 阻止访问任务栏的上下文菜单——启用该策略将阻止当前用户通过右击任务栏来查看任务栏的快捷(也称为上下文)菜单。
- 不在任务栏显示任何自定义工具栏——启用该策略将阻止当前用户向任务栏添加任何自定义的工具栏。
- 隐藏通知区域——启用该策略将阻止当前用户查看任务栏的通知区域。
- 从"开始"菜单中删除用户名——启用该策略将阻止当前用户的名称出现在"开始"菜单的顶部。如果要为固定的或经常打开的程序列表保留更多的"开始"菜单的空间,则该策略很有效。
- 关闭所有气球通知——启用该选项将阻止当前用户查看气球提示,Windows Vista 显示气球以提示有关检测到的新硬件、正在下载的自动更新等信息。

13.5　有效使用屏幕空间

图像如何在显示器中显示和如何有效使用显示器的可见区域是两个度量的功能:即颜色质量和屏幕分辨率。颜色质量是在屏幕上显示图像可用的颜色数的度量。颜色质量通常以位或总颜色数来表示。例如,4 位显示可以处理 16 种颜色(2 的 4 次方为 16)。最常用的值是 16 位(65536 色)、24 位(16777216 色)和 32 位(4294967296 色)。

屏幕分辨率是用来显示屏幕图像的像素密度的度量。像素以行列格式进行排列,所以分辨率以行乘列来表示,其中行是像素的行数,而列是像素的列数。例如,800×600 的分辨率表示使用 800 行像素和 600 列像素来显示屏幕图像。

这如何影响生产效率?

- 通常,颜色数越大,则显示的屏幕图像越清楚。清楚的图片,特别是文本,更便于阅读,产生的用眼疲劳也越少。

使用 ClearType 锐化文本

如果阅读大量屏幕上的文本,特别是使用笔记本或 LCD 屏幕,则启用 Windows Vista 的 ClearType 功能将极大地减少屏幕字体的锯齿边缘,使文本更加锐化,从而比普通屏幕文本更易于阅读。Windows Vista 默认启用 ClearType。为了确保启用 ClearType,右击桌面,然后单击"个性化"。在"个性化"窗口中,单击"Windows 颜色和外观",然后单击"打开传统风格的外观属性以获得更多的颜色"选项。在"外观设置"对话框

13

中，单击"效果"以打开"效果"对话框。确保启用"使用下列方式使屏幕字体的边缘平滑"复选框，然后从列表中选择 ClearType。单击每个打开对话框中的"确认"按钮以使新设置生效。

- 在高分辨率下，一些屏幕项——如图标和对话框——将会变小，因为这些项有以像素表示的固定高度和宽度。例如，400 像素宽的对话框将在 800×600 的屏幕上占据一半的屏幕。然而在 1600×1200(超大显示器上的常见分辨率)的屏幕上则只有 1/4 屏幕的尺寸。这意味着最大化的窗口将在更高的分辨率下变得更大，这样可以获得更大的工作区域。

需要记住的重要问题是：在颜色质量和分辨率之间偶尔会有权衡。也就是说，根据图形适配器上安装的显存的大小，可能需要在低颜色质量和高分辨率之间抉择，反之亦然。

如果在一台显示器上不够显示所有内容的情况，可以将第二台显示器接在系统上，并在该显示器上扩展桌面。这样能够在一台显示器上显示工作内容，而在另一台显示器上显示想要查看的内容——例如邮件客户端或 Web 浏览器。为了满足该需要，需要向系统添加第二块显卡(最好和现有显卡相同)或需要使用能提供两个 VGA 端口的显卡。

为了更改屏幕分辨率和颜色质量并启用第二台显示器，可以按照以下步骤进行操作：

(1) 选择"开始"|"控制面板"|"外观与个性化"。

(2) 在"个性化"中，单击"调整屏幕分辨率"链接以打开"显示设置"对话框，如图 13-9 所示。

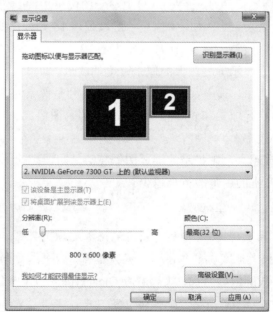

图 13-9　使用"显示设置"对话框设置屏幕分辨率和颜色质量

(3) 向左或向右拖动"分辨率"滑块设置分辨率。

(4) 选择"颜色"列表中的项设置颜色质量。

(5) 如果有第二台显示器连接到计算机，则单击标记为 2 的显示器图标，然后启用"在该显示器上扩展桌面"复选框，接着可以重复步骤(3)和(4)以设置第二台显示器的分辨率和颜色。

(6) 单击"确定"按钮。Windows Vista 将进行调整，然后将显示一个对话框，询问是否想保持新设置。

(7) 单击"是"按钮。

注意：

如果图形适配器或显示器无法处理新的分辨率或颜色质量，则最终会影响显示效果。在这种情况下，只要等待 15 秒，Windows Vista 将还原到原来设置的分辨率。

13.6　相关内容

以下是书中包含与在本章介绍的内容相关的其他章节：

- 为了了解如何个性化 Windows 资源管理器，请参阅第 3 章中的"定制 Windows 资源管理器"。
- 有关自定义"新建"菜单和"打开方式"列表，请参阅第 4 章中的"定制'新建'菜单"和"定制 Windows Vista 的'打开方式'列表"。
- 有关组策略的内容，请参阅第 10 章"使用控制面板和组策略"。
- 有关注册表的更多内容，请参阅第 11 章"了解 Windows Vista 的注册表"。
- 有关个性化自定义 Internet Explorer 的方法，请参阅第 18 章中的"自定义 Internet Explorer"。

13

第 14 章

调整 Windows Vista 的
性能

我们经常想知道：尽管现在的硬件比以前的更加稳定而强大，为何现在使用的计算机要花费和以前的计算机相同的时间。该问题的答案与 Parkinson 的数据定理(在第 1 章"Windows Vista 概述"中提到过)有关。Parkinson 的数据定理如下：软件系统需求的增长直接与硬件系统性能的增长成正比。例如，假设新发布的芯片能够提升 10%的速度，则软件设计人员要添加 10%多的功能到代码中以利用其更高的性能级别。然后会发布另一个新的芯片，接着是软件的另一次升级。这两个相伴而生的计算机引擎相互依赖着前行，循环不停。

那么，如何打破为适应必然发生的硬件提升而不断膨胀的软件代码对象造成的性能死锁呢？答案是通过优化系统以最小化过度膨胀的应用程序的影响，并最大化硬件的原始性能。如果操作系统提供一些很好的工具来改善和监视性能、诊断问题并保证数据安全，则会很有帮助。Windows XP有客户端工具集合，而 Vista 则进一步改进了这些工具，虽然没有什么全新的工具。Vista 对于性能和维护的改善可谓进步而非革命,但是它们绝对比以往任何 Microsoft 客户操作系统要好。

14.1 Vista 的性能改善

某些计算机的娱乐——发烧友的游戏、软件开发、数据库管理以及数字视频编辑——需要硬件的帮助以最大化性能。是否有大量的系统 RAM、充足的硬盘存储空间或最新的显卡,这些复杂的计算机任务需要用户提供最好的硬件。

对复杂计算要求不高的人们通常不需要市场上最快的计算机就能完成写备忘录、建立电子数据表模型或设计网页的工作。他们需要的是在处理常规任务时无需等待的系统。例如,在 Windows XP 中,我经常在资源管理器中右击某个文档并想要单击如"剪切"、"复制"或"重命名"这样的命令。然而,在这中间鼠标指针必须要经过"发送到"命令。XP 将通过访问注册表并搜索能向该菜单添加的项目来填充"发送到"菜单。由于某种原因,有些时候这样的操作需要几秒钟的时间,所以鼠标指针可能会停留在"发送到"之上,即使这并非是我想要的命令。

这样的界面烦恼肯定已经多次困扰了 Windows 的编程人员,因为它们已经重写过界面代码以进行如更快选择菜单选项(包括显示"发送到"菜单)这样的操作。即使原来的"所有程序"菜单(参见第 2 章"定制并诊断 Windows Vista 启动")也对 XP 作了巨大的改进,从而能够更快地启动如"系统工具"和"轻松访问"这些深层嵌套在文件夹中的程序。

除了这些简单易用的性能改善外,Vista 还用很多新的功能和更新的技术来让 Vista 成为最快的 Windows 系统。下面几个小节将介绍有关这些性能改善方面的最重要的内容。

14.1.1　更快速地启动

首先你将注意到,Windows Vista 比以往任何版本的 Windows 启动更快。这里并不是指快 1~2 秒。我自己测试的结果说明 Vista 的启动时间大约是同等 XP 启动时间的四分之三。例如,在一台 XP 的计算机上,从启动电源到能够使用界面进行实际操作需要 60 秒的时间,而同等的 Vista 系统只要 40~45 秒。它不如 Mac OS X 快(Mac OS X 的启动时间通常是 15~20 秒),但朝着正确的方向迈进了一步。

启动速度的提高从何而来?其中一些来源于优化启动代码。然而,大部分的提升效果来自 Vista 的异步启动脚本和应用程序启动。以前版本的 Windows 在启动时速度很慢,因为它们必须在 Windows 将桌面显示给用户前等待启动每个脚本、批处理文件和程序。

Vista 异步处理每个启动作业,这意味着它们会在后台运行,因而 Vista 可用大部分的精力在屏幕上显示桌面。这意味着在桌面显示后就能看到启动脚本或程序已经很好地运行了。因为所有启动程序都在后台运行,所以从理论上来说,在启动时运行多少脚本或程序都没有关系;Vista 的启动应该能和没有启动程序的系统一样快。

注意：

Vista 小组给与用户最高的启动优先权，因为无限等待执行启动程序会让人很沮丧。然而，如果在你做好准备之前所需的脚本或程序还没有完成任务，异步启动会导致问题。大多数情况下，这意味着需要等待，当你向启动添加脚本、程序或服务时需要牢记这点。

14.1.2 睡眠模式：最佳模式

在以前的 Windows 版本中，关闭计算机时会有多个选项。可以使用"关闭"选项来完全关闭系统，这将节省用电，但是会强制关闭所有文档和应用程序；可以让系统进入"待机"模式，它能保存工作并让你快速重启，但是其并不完全关闭计算机的电源；还可以进入"休眠"模式，它能保存工作并完全关闭计算机，但是它也需要用相当长的时间来重启(比"关闭"快，但是比"待机"慢)。

这些选项可能会使多数用户迷惑，特别是"待机"和"休眠"模式之间的细微区别。多年来最常听见人们对电源管理的抱怨是："Windows 为何不能像 Mac 一样？"这就是说，为何不能像 Apple 处理 OS X 那样既能够快速关闭计算机，又能够快速重启并保持原来的窗口和工作？

对于这些问题新的答案在于 Vista 正朝该方向努力，其新的"睡眠"模式包含旧的"待机"和"休眠"模式的优点：

- 就像在"待机"模式中一样，只需几秒钟就能进入"睡眠"模式。
- 就像"待机"和"休眠"模式一样，"睡眠"模式将保存所有打开的文档、窗口和程序。
- 就像"休眠"模式一样，"睡眠"模式将关闭计算机(虽然其并不关闭所有内容)。
- 就像"待机"模式一样，只需几秒钟就能从"睡眠"模式中恢复。

Vista 如何能够保存工作并在几秒钟内重启呢？秘密在于 Vista 启动"睡眠"模式时并非真正关闭计算机，而是关闭除了一些重要组件(如 CPU 和 RAM)之外的所有硬件。通过保存 RAM 芯片上的电源，Vista 能够保存工作并在恢复时快速显示工作。所以不用担心：Vista 会在硬盘上复制工作内容，如果计算机完全失去电源，仍然会保留工作内容。

为了使用"睡眠"模式，打开"开始"菜单并单击"睡眠"按钮，如图 14-1 所示(注意，Microsoft 将"睡眠"按钮的外观设计得就像电源按钮一样。这并非巧合，这是因为 Microsoft 更希望使用"睡眠"模式来"关闭"，而并非真正地关闭电源)。Vista 保存现有状态，并在几秒钟内关闭计算机。按下计算机的电源按钮就能够重新启动，并且Vista 的欢迎屏幕将立即显示。

14

"睡眠"按钮

图 14-1 单击"睡眠"按钮以快速关闭计算机并保存工作

14.1.3 SuperFetch 与 ReadyBoost：更快速的 Fetcher

预读取(Prefetching)是 Windows XP 中的一个性能特征，其监视系统并预测未来可能要使用的数据，然后提前将数据加载(预读取)到内存中。如果系统确实需要这些数据，则性能将会提高，因为 XP 不必再从硬盘中读取数据了。

Windows Vista 引入了"Prefetcher"全新的改进版本：SuperFetch。该技术跟踪一直使用的程序和数据以创建一个磁盘使用的配置文件。使用这个配置文件，SuperFetch 可以更好地猜测所需的数据，从而就可以像 Prefetcher 一样提前将数据加载到内存中以提高性能。

然而，SuperFetch 通过使用 Vista 新的 ReadyBoost 技术能够发挥更强大的功能。如果插入 512MB(或更大的)USB 2.0 的闪存到系统中，Vista 将显示如图 14-2 所示的"自动播放"对话框。如果单击"加速我的系统使用 Windows ReadyBoost"，则 SuperFetch 将使用驱动器的空间作为 SuperFetch 的缓存。这释放了 SuperFetch 原本需要使用的系统 RAM，从而会自动(非常明显地)提升性能。不仅如此，通过 SuperFetch 还将得到额外的性能提升，因为即使通过闪存访问数据要比 RAM 慢，但是也要比最快的硬盘驱动器快好几倍。

图 14-2　如果将 USB 闪存插入系统中，SuperFetch 能够使
用闪存作为自己的缓存来改善系统的性能

可以控制 SuperFetch 在闪存上使用的存储空间量。

(1) 选择"开始"|"计算机"以打开"计算机"窗口。

(2) 右击闪存，然后单击"属性"打开设备的属性表。

(3) 选择 ReadyBoost 选项卡，如图 14-3 所示。

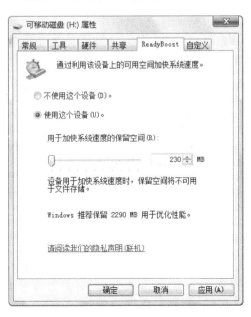

图 14-3　在闪存的属性表中，使用 ReadyBoost 选项卡设置 SuperFetch 可以使用的最大内存值

14

(4) 单击"使用此设备"让 SuperFetch 访问闪存。

(5) 使用滑块设置 SuperFetch 使用的存储最大值。

(6) 单击"确定"按钮。

注意:

SuperFetch 一般将其使用的最大内存设置得比闪存的总量少。这是因为大多数闪存包含快速和慢速闪存,而 SuperFetch 只能使用快速闪存。

14.1.4　重启管理器

很早之前,"更新"操作系统或程序意味着安装软件的一个全新版本。Microsoft 和一些软件提供商在公告板、FTP 站点上以及 Web 上提供"补丁"。奇怪的是,他们并没有告诉人们补丁就在那里,但是他们假定总有用户将找到并安装该补丁。

此前的几个 Windows 版本结束了这种局面,Microsoft 引进了 Windows Update,该服务能够使用户更方便地查找、下载和安装安全补丁、故障更新程序、软件和授权驱动程序更新以及服务包。软件提供商也沿用该方式,不久软件包中普遍提供了"检查更新"的功能,以便客户能保持更新。

有最新的 Windows 更新和程序的更新版本确实很有必要,因为它使得计算机更加安全和坚固。然而,这也有代价的。当今影响工作效率的最大问题是在安装即使只有一点的补丁后所见到的"需要重启"的消息。该消息意味着必须保存所有的工作、关闭运行的程序、重启系统,然后再重新打开所有的程序、窗口和文档。这很令人头痛,通常也没有必要。为何经常要在 Windows 或程序打完补丁后重启呢?

这是因为不可能重写正在运行的可执行文件或动态链接库(DLL),当程序正在使用时操作系统将锁定这些文件。如果更新包含可执行文件或 DLL 的新版本,则不能关闭可执行文件或 DLL。唯一能完成更新的方法就是重启,其保证卸载了所有可执行文件和 DLL。

为何不能关闭运行程序?遗憾的是,这并非很简单。原因之一是当关闭一个程序时不能保证关闭了内存中该程序的所有实例。例如 Microsoft Word,它不仅能在 Word 窗口中运行,还能作为 Outlook 的电子邮件编辑器,还可在 Internet Explorer 中显示.doc 文件等。另一方面,许多可执行文件在后台运行,你甚至不知道它们正在运行,因此没有界面来关闭这些文件。

当然,卸载整个系统来安装只有一个运行文件的补丁是很愚蠢的行为。幸运的是,Windows Vista 已使用新的"重启管理器(Restart Manager)"技术来解决这个问题。"重启管理器"有以下 3 个功能:

(1) 查找所有正在使用需要更新的文件的进程。

(2) 关闭所有的这些进程。

(3) 更新被应用后，重启这些进程。

真正的窍门在于"重启管理器"在相应程序中完成这些重启操作。"重启管理器"并非只是重启程序和让你自己重新打开所有文档，而是保存每个运行进程的实际状态，并在重新启动进程时还原状态。如果在 Word 中使用的文档名称为 Budget.doc，游标在第 10 行、第 20 列，"重启管理器"不仅将重启 Word，还会打开 Budget.doc 并将游标还原到第 10 行、第 20 列(Microsoft 把这种存储程序状态的方式称为"冷冻－解冻")。注意，"重启管理器"只有对那些能够利用"重启管理器"的应用程序才能使用其完整的功能。Office 2007 是我了解的唯一有该功能的程序，但是希望大多数应用程序在其下一版本中能够支持"重启管理器"。

对于不支持"重启管理器"的程序，Windows Vista 引入了并行服从(side-by-side compliant)DLL。该技术能够让安装程序向硬盘写入新版本的 DLL，即使以前的版本仍在使用，也同样如此。当关闭程序时，Vista 将用新版本的 DLL 替换以前的版本，所以下次启动应用程序时将完成更新。

所有这些意味着，在 Vista 中执行更新时，需要的重启次数比 XP 少得多。但也不是永远都不需要重启计算机。特别是，总有一些补丁必须更新一个或多个核心操作系统文件。一般而言，核心操作系统文件在启动时运行，而且在系统运行期间一直运行，如果不关闭整个操作系统，就无法关闭它们(从技术角度分析，可以重命名文件，然后以旧名称的名义安装新版本，但这种做法会带来形形色色的系统问题)。在这些情况下，你别无选择，只能重启来应用补丁，但愿 Vista 更快的关闭和启动速度可以缓解这个问题。

14.2　监控性能

性能优化是门艺术，因为每个用户会有不同的需求，每种配置有不同的运行参数，并且每个系统将对性能问题采取唯一以及不可预知的反应。这意味着如果想要优化系统，则必须知道其工作原理、需要的资源以及对更改的反应。通过使用系统并关注其外观和体验能够完成该操作，但是需要一种更精确的方法。下面章节将简要介绍 Windows Vista 的性能监控能力。

14.2.1　查看计算机的性能分级

从高层次的观点看，无论 Windows XP 上运行的硬件如何，每个 Windows XP 版本的情况都相同。当然，每个系统上运行的设备驱动程序集会有很大不同，但是从用户观点来看，无论是运行经济型的个人电脑还是 64 位的大型机都没有关系：XP 的外观和使用体验，以及可用的程序和功能都不会改变。从表面上看，这看起来有点奇怪，因为在只能满足最基本运行 Windows 需要的计算机和使用快速 64 位处理器、大量 RAM 以及

14

最新的图形处理单元(Graphics Processing Unit，GPU)的高端计算机之间有巨大的性能差异。遗憾的是，这种情况意味着系统经常选择适合低端计算机的最低标准设置，而没有利用高端硬件的优点。

幸运的是，这种单个尺寸满足所有系统的方法已成为 Windows Vista 的历史，因为 Vista 可删减其某些特征以便与正在安装的系统性能相适应。在第 1 章中提过，Vista 的界面将根据计算机上的图形硬件而有所区别，低端计算机得到直观的经典界面，中端的适配器获得 Vista Basic 主题，而高端的 GPU 获得完全的 Aero 效果。

而且 Vista 也调整了其他方面以适应其硬件。例如对于游戏来说，只有在硬件支持的情况下 Vista 才启用某些功能。为计算机硬件扩展的其他功能包括 TV 记录(例如其能立即记录的频道数目)以及视频重放(例如为了不产生丢失帧需要的最优重放尺寸和帧率)。

处理所有 Vista 本身以及第三方程序的工具称为 Windows 系统评估工具(Windows System Assessment Tool，WinSAT)。该工具在设置时运行，而且会在对系统作出重要的与性能有关的硬件更改时运行。它关注系统性能的 4 个方面：图形、内存、处理器和存储。对于这些子系统而言，WinSAT 将每个度量集合用 XML 格式表示的**评估**(assessment)来存储。Vista 只需要检查最近一次的评估以查看计算机支持的功能。还要注意，第三方程序可以使用应用程序编程接口以访问该评估，这样开发人员能根据 WinSAT 的度量来调整程序的功能。

使用的 5 个度量如下：

- 处理器——该度量确定系统处理数据的速度。"处理器"度量衡量每秒钟处理的运算数。
- 内存(RAM)——该度量确定系统能够通过内存移动大对象的速度。"内存"度量衡量了每秒钟的内存操作数。
- 图形——该度量确定了计算机运行类似由桌面窗口管理器(Desktop Window Manager)创建的复杂桌面的性能。"图形"度量表示每秒的帧数。
- 游戏图形——该度量确定了计算机呈现 3D 图形，特别是那些在游戏中使用的 3D 图形的性能。"游戏图形"度量表示每秒钟的有效帧数。
- 主硬盘——该度量确定了计算机写入硬盘和从硬盘中读取的速度。"存储"度量表示每秒钟的兆字节数。

除了 WinSAT，Windows Vista 还提供"性能分级(Performance Rating)"工具，其根据处理器、RAM、硬盘、常规图形以及游戏图形对系统进行分级。其结果是"Windows 体验索引(Windows Experience Index)"基本分数。

为了启动该工具，选择"开始"|"控制面板"|"系统与维护"|"性能信息和工具"。如图 14-4 所示，Vista 将为这 5 个分类提供子分数并计算总的基本分数。通过单击"更新我的分数"链接来获得新的分级(例如，如果更改与性能相关的硬件)。

图 14-4　Vista 根据 5 个分类计算"Windows 系统性能分级"

解释这些分级有点困难，但是可以说明以下内容：

- 通常，分级越高，性能越好。
- 可能的最低值为 1.0。
- 可能没有最高值，因为硬件一直在改进(虽然 Microsoft 曾说过，它会尝试将分级保持为常数。例如今天 3.0 分级的计算机与两年前 3.0 分级的计算机有着相同的性能)。我看到过的分级最高为 5.9——这是 4GB RAM 计算机的"内存(RAM)"子分数。
- 基本分数采用链中最弱链接的方法。也就是说，只有每个分级达到 5.0 分，最终才能得到 5.0 分，但是如果你的笔记本不能处理游戏图形，则基本分数为 1.0，所以最终只将得到 1.0 分。

14.2.2　使用任务管理器监控性能

"任务管理器"是得到系统当前状态的快速概要信息的极佳实用工具。为了显示"任务管理器"，按下 Ctrl+Alt+Delete 组合键打开"Windows 安全"屏幕并单击"启动任务管理器"链接。

14

> **提示：**
>
> 为了绕过"Windows 安全"屏幕，可以按下 Ctrl+Shift+Esc 组合键或右击任务栏的
> 空白区域并单击"任务管理器"选项。

图 14-5 中显示的"进程"选项卡显示了当前运行在系统上的程序、服务以及系统
组件的列表(Windows Vista 只默认显示你启动的进程。为了查看所有运行的进程，可以
单击"显示所有用户的进程"按钮)。它将根据进程的启动顺序显示每个进程，但是通
过单击每列标头能够更改顺序(为了回到原来的按启动时间排列的顺序，必须关闭并重
启"任务管理器")。

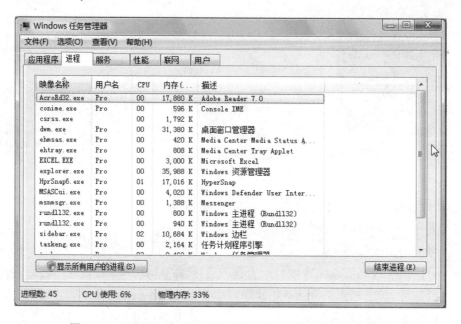

图 14-5　"进程"选项卡显示系统正在运行的程序和服务列表

除了每个进程的映像名称及启动这些进程的用户以外，还会看到两个性能度量
标准：

- CPU——该列中的值说明每个进程正在使用的 CPU 资源的百分比。如果系统看
  起来较慢，则应该查找消耗所有或几乎所有 CPU 资源的进程。大多数程序偶尔
  会在短时间内独占 CPU，但是长时间占有 100% CPU 资源的程序很可能存在某
  种问题。在这种情况下，应该尝试关闭该程序。如果关闭不起作用，则单击程
  序的进程，然后选择"结束进程"。当 Windows Vista 询问是否这样操作时单
  击"是"按钮。

- 内存——该值说明进程正在使用的近似内存量。该值没有 CPU 度量有用，因为
  进程可能需要大量内存才能进行操作。然而，如果该值在没有使用的进程上逐
  渐增加，则说明有问题，应该关闭该进程。

提示：

"进程"选项卡中的 4 个默认列并非是能够使用的唯一数据。选择"查看"菜单，然后选择"选择列"命令能够看到可以添加到"进程"选项卡的超过 24 个项的列表。

如图 14-6 所示的"性能"选项卡提供了更多有关性能数据的集合，特别是最重要的组件，即系统内存的信息。

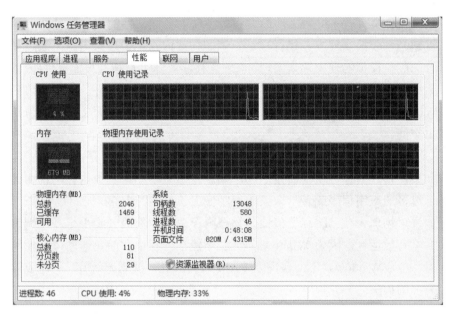

图 14-6　"性能"选项卡显示了与系统内存组件相关的各种数据

该图显示了 CPU 使用的当前值和过程值(运行进程正在使用的 CPU 资源的总的百分比)及物理内存使用情况。该图的下面显示了各种数据，以下为每个数据的含义：

- 物理内存总数——系统中物理 RAM 的总量。
- 物理内存已缓存——Windows Vista 保留用来存储最近使用的程序和文档的物理内存总量。
- 物理内存可用——Windows Vista 供程序使用的物理 RAM 总量。注意 Windows Vista 并不在此数据中包含系统缓存(参见前一项)。
- 核心内存总数——Windows Vista 系统组件和设备驱动器使用的 RAM 的总量。
- 核心内存分页数——映射到虚拟内存中分页的核心内存总量。
- 核心内存未分页——不能映射到虚拟内存中分页的核心内存总量。
- 系统句柄数——所有运行的进程使用的对象句柄数。**句柄**是指向资源的指针。例如，如果进程想要使用由特定对象提供的特定服务，则进程将向该对象请求该服务的句柄。

14

- 系统线程数——所有运行的进程使用的线程数。**线程**(thread)是进程执行的单个处理器任务，而大多数进程可以同时使用 2 个或多个线程以加速执行。

- 系统进程数——当前运行的进程数(也就是说，如果启用"显示所有用户的进程"控制时在"进程"选项卡中看到的程序数)。

- 系统开机时间——当前会话中已经登录到 Windows Vista 的时间(包括日、小时、分、秒)。

- 系统页面文件——页面文件最大和最小值。页面文件的概念是什么？计算机可以超越系统的物理内存进行寻址。该非物理内存称为**虚拟内存**，通过设置一部分的硬盘模拟物理内存来实现。该硬盘存储实际上是称为**页面文件**(或者有时称为**分页文件**(paging file)或**交换文件**(swap file))的单个文件。当物理内存满时，Windows Vista 通过将当前内存中的一些数据交换到页面文件中来为新数据腾出空间。

以下是与这些值相关的注意事项，它们能够帮助你监控与内存性能有关的问题：

- 如果"物理内存可用"值接近 0，则意味着系统非常缺少内存，说明已经运行了过多的应用程序或者一个大的程序使用了过多的内存。

- 如果"物理内存已缓存"值比"物理内存总数"值的一半少很多，则说明系统并非有效运行，因为 Windows Vista 不能在内存中存储足够的最近使用过的数据。因为 Windows Vista 在需要 RAM 时会放弃一些系统缓存，所以应该关闭不需要的程序。

在所有这些情况中，最快速的解决方案是通过关闭文档或应用程序来减少系统的内存的使用量。对于后者，使用"进程"选项卡以确定哪个应用使用最多的内存，并选择一个当前可以结束的程序。更好的但代价更高的解决方案是向系统添加更多的物理 RAM。这将会减少 Windows Vista 使用页面文件的可能性，并让 Windows Vista 增加系统缓存的大小，从而极大地提高性能。

提示：

如果不确定进程对应于哪个程序，则可以显示"应用程序"选项卡，右击程序，然后单击"转到进程"。"任务管理器"将显示"进程"选项卡并选择与程序对应的进程。

14.2.3 使用可靠性和性能监视器

Windows Vista 有一个新工具用来监控系统：可靠性和性能监视器。通过按下 Windows Logo+R 组合键(或选择"开始"|"所有程序"|"附件"|"运行")，输入 perform.msc 并单击"确定"按钮来加载 Microsoft 管理控制台(Microsoft Management Console)。当输入"用户帐户控制"证书后，图 14-7 显示了打开的控制台窗口。

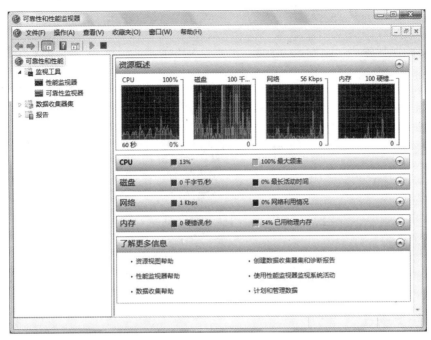

图 14-7　新的"可靠性和性能监视器"能够监控系统的各个方面

　　控制台的根目录——"可靠性和性能"——显示了"资源监视器",其分为 6 个部分:

- **资源概述**——该部分显示在 CPU、硬盘、网络和内存部分中的数据图形。
- **CPU**——该部分显示系统正在使用的 CPU 资源的百分比。单击向下箭头展开该区域以显示每个正在运行的进程所使用的资源百分比。
- **磁盘**——该部分显示总的硬盘 I/O 传输率(磁盘每秒读写的千字节数)。可以展开该部分查看当前磁盘 I/O 操作涉及的文件。
- **网络**——该部分显示网络总的数据传输率(每秒传送和接收数据的兆字节数)。可以展开该部分查看当前网络传输中所涉及的远程计算机。
- **内存**——该部分显示每秒硬内存错误的平均数和使用的物理内存百分比。可以展开该部分查看内存中的每个进程,以及每个进程的硬错误数和使用的内存。

注意:

内存错误不涉及物理问题,而是意味着系统不能在文件系统的缓存中找到所需的数据。如果在内存的其他位置中找到数据,则称为**软错误**(soft fault);如果系统要进入硬盘检索数据,则称为**硬错误**(hard fault)。

- **了解更多信息**——该部分内容包含了"可靠性和性能监视器"帮助文件的链接。

　　"可靠性和性能监视器"有 3 个分支:"监视工具",其包含"性能监视器"(下面将介绍)和"可靠性监视器"(第 15 章"维护 Windows Vista 系统"中将介绍),以及"数

14

据收集器集"和"报告"。

1. 性能监视器

"性能监视器"分支显示了性能监视器界面,其提供不同系统设置和组件运行状况的实时报告(如图 14-8 所示)。每个项是一个计数器,而显示的计数器在窗口的底部。每种不同色彩的线表示不同的计数器,其颜色与图形中的带颜色的线相对应。注意:通过单击计数器并读取下方的框可以获得计数器的特定数字——最近的值、平均值、最小值和最大值。可以配置"性能监视器"以显示感兴趣的进程(页面文件的大小、可用内存等),并让其在完成日常处理时运行。通过一次次地检查"性能监视器"上读取的数据,可以获得对系统的评估。如果发生性能问题,可以查看"性能监视器"以检查是否遇到了任何瓶颈或异常情况。

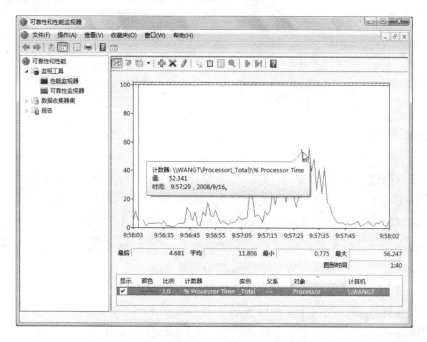

图 14-8 使用"性能监视器"以监控不同的系统设置和组件

"性能监视器"只默认显示"%处理器时间"设置,该设置说明处理器忙碌的时间百分比。为了向"性能监视器"窗口添加另一设置,可以按照以下步骤进行操作:

(1) 在"性能监视器"的内部任何位置右击,然后单击"添加计数器",将打开"添加计数器"对话框。

(2) 使用"可用计数器"列表,单击计数器列表旁边的向下箭头(例如 Memory、PagingFile 或 Processor),将出现可用的计数器列表。

(3) 选择想要使用的计数器(如果需要更多有关该项的信息,启用"显示描述"复选框)。

(4) 单击"添加"按钮。

(5) 重复步骤(2)~(4)添加想要监控的其他计数器。

(6) 单击"确认"按钮。

"性能监视器"是以前 Windows 版本中的"系统监视器",其面世已有一段时间了。然而,Vista 版本有一些新的功能,从而使得其更容易使用并成为功能强大的诊断工具:

- 如果正在使用比例差异极大的计数器,则可以伸缩输出信息,这样计数器能够显示在图形中。例如,图形的垂直坐标为 0~100;如果想显示百分比计数器,则"比例"值为 1.0,这意味着图形上的数字直接对应于百分比(图形上的 50 对应 50%)。如果还显示 Commit Limit 计数器,则会以字节方式显示值,该值以 10 亿字节计数。"Commit Limit"计数器的"比例"值为 0.00000001,所以图形上的值 20 对应于 20 亿字节。
- 可以将当前的图形保存为 GIF 图像文件。
- 可以控制每个计数器显示的开和关。
- 可以更改样本的持续时间(图上显示的数据的秒数)。可以指定 2~1000 秒之间的值。
- 通过将鼠标放在计数器上可以看到每个数据点。一两秒之后,"性能监视器"将显示计数器名称,样本的时间和日期以及该时刻的计数器值(参见图 14-12)。
- 水平坐标(时间)现在显示当前样本的开始和结束时间。

2. 数据收集器集

数据收集器(data collector)是用户定义和保存的性能计数器、事件跟踪、系统配置数据的自定义集合,以便能在任何时候运行和查看结果。可以配置一个数据收集器集合在预先定义的时间运行或在集合达到指定尺寸时停止运行。还可以配置数据收集器按计划运行。例如,可以在上午 9 点到下午 5 点之间,在每小时运行一次数据收集器(每次运行 15 分钟)。这不仅能够让你测试性能并分析当天的结果(比较每天不同时段的性能),还能分析几天之间的变化结果。

3. 报告

该部分保存由每个数据收集器集创建的报告,这些报告为.blg 文件。可以通过单击报告并切换到"系统"视图(单击工具栏上的"图表"图标)来查看结果。或者可以打开在 Windows 资源管理器中包含报告文件的文件夹(默认保存位置是 %SystemDrive%\perflogs)并双击报告文件来查看结果。

14.3 优化启动

计算机领域长期争论的一个话题是是否应该在不使用计算机时关闭计算机。支持

"关闭"的人们相信，关闭计算机能够减少硬盘的磨损(因为磁盘的盘片一直在转，即使在计算机空闲的时候)，防止计算机关闭时电源增加或失效造成的破坏，并能省电。支持"打开"的人们相信，冷启动在许多计算机组件上比较困难，而且通过利用省电功能可以节省能源，并且让计算机保持运行将更加有效，因为其避免了长时间的启动过程。

最终，计算机总的启动时间将决定你属于哪个阵营。如果计算机启动时间让人难以忍受，则你可能更倾向于让计算机一直运行。幸运的是，Windows Vista 在改进启动时间方面获得了极大的进步，现在的启动时间以秒计，而并非以分钟计。然而，如果你确信关闭计算机是明智的，但是你还是不想等待 Windows Vista 的快速启动过程，下面的内容将提供改善启动性能的一些方法。

14.3.1　减少或排除 BIOS 检测

许多计算机在系统启动时运行 1 个或多个诊断检测。例如，计算机经常会检测系统内存芯片的完整性。这看起来不错，但是会在有大量内存的系统上消耗过多的时间。访问系统的 BIOS 的设置并关闭这些检测能够减少计算机的开机自检(Power-On Self Test，POST)的总时间。

> **注意：**
> 访问计算机 BIOS 设置(也称为 CMOS 设置)的方法取决于其生产商。通常必须按下一个功能键(通常是 F1、F2 或 F10)，或者如 Delete 或 Esc 键，或是组合键。在 POST 期间，在屏幕上可以看到一些文本以了解应该按下那些键或组合键。

14.3.2　减少操作系统选择菜单的超时时间

如果计算机上有 2 个或多个系统，则可以在启动时看到 Windows Vista 的"操作系统选择"菜单。如果你正注意启动，可以在该菜单出现时按下 Enter 键，系统将从默认的操作系统启动。然而如果不注意，启动过程将等待 29 秒，直到其自动选择默认选项。如果经常发生这种情况，则可以减少这 29 秒的超时时间以加快启动。以下为 3 种操作方式：

- 按下 Windows Logo+R 组合键(或选择"开始"|"所有程序"|"附件"|"运行")，输入 msconfig -2，单击"确定"按钮，然后输入 UAC 证书。在"系统配置"工具的"启动"选项卡中，更改"超时"文本框中的值。
- 选择"开始"菜单，右击"计算机"，然后选择"属性"。在"系统"窗口中，单击"高级系统设置"并输入 UAC 证书以打开"系统属性"对话框并显示"高级"选项卡。在"启动和故障恢复"组中，单击"设置"并调整"显示操作系统列表的时间"微调框的值。

- 单击"开始" | "所有程序" | "附件"，右击"命令提示符"，然后单击"以管理员身份运行"。在命令提示符下，输入以下命令(将 ss 替换为想要使用的超时秒数)：

```
BCDEDIT /timeout ss
```

14.3.3　关闭启动欢迎界面

可以阻止 Windows Vista 显示欢迎界面，这将会在启动时节省一点时间。按下 Windows Logo+R 组合键(或选择"开始" | "所有程序" | "附件" | "运行")，输入 msconfig -2，单击"确定"按钮，然后输入 UAC 证书。在"系统配置"工具的"启动"选项卡中，启用"无 GUI 启动"复选框。

> **注意：**
> 启用"无 GUI 启动"选项意味着将看不到任何启动的蓝屏错误。换句话说，如果发生问题，你能知道的只是系统已经挂起，而不知道其原因。因此，通过启动"无 GUI 启动"选项而得到的一些性能改善不足以抵消启动错误信息的缺失。

14.3.4　升级设备驱动程序

为 Windows Vista 设计的设备驱动程序的加载通常会比以前的驱动程序快。因此，应该检查每个设备驱动程序以查看是否存在与 Windows Vista 兼容的版本。如果存在，则按照第 17 章"最有效使用设备管理器"(参见"升级设备驱动程序"一节)介绍的方法升级该驱动程序。

14.3.5　使用自动登录

减少启动时间的最佳方法是在启动事务发生时做其他事情(例如喝杯咖啡)而忽略启动过程。如果登录过程打断启动，则该策略将失败。如果你是使用计算机的唯一用户，则可以通过设置 Windows Vista 自动登录来解决该问题。在第 2 章中介绍过该内容，参见"设置自动登录"一节。

14.3.6　配置 Prefetcher

Prefetcher 是 Windows Vsita 分析磁盘使用情况然后将系统最经常使用的数据读入内存的性能特征。prefetcher 可以加速启动、应用程序的启动或者两者。可以使用以下注册表设置配置 prefetcher：

```
HKLM\SYSTEM\CurrentControlSet\Control\SessionManager\Memory
```

14

```
Management\
  ➡PrefetchParameters\EnablePrefetcher
```

还有 **SuperFetch** 的设置:

```
HKLM\SYSTEM\CurrentControlSet\Control\SessionManager\Memory
Management\
  ➡PrefetchParameters\EnableSuperfetch
```

这两种情况下,将值设置为 1 是只为应用程序获取,设置为 2 是只为启动获取,或设置为 3 同时为应用程序和启动获取(这是两个设置的默认值)。可以对只为启动获取进行实验以查看是否缩短启动时间,但是我的测试显示几乎没有什么启动改进。在启动时运行的程序越多,则使用只为启动获取而改善的启动性能越多。

14.4 优化应用程序

运行应用程序是我们使用 Windows Vista 的原因,所以很少有用户不想让其应用程序运行得更快。下面章节的内容将提供改善 Windows Vista 下应用程序性能的方法。

14.4.1 增加内存

毫无疑问,所有的应用程序运行在 RAM 中,所以 RAM 越多,则 Windows Vista 必须在硬盘的页面文件中存储过多的程序或文档数据的可能性就越小。在页面文件中存储过多的内容将影响性能。在"任务管理器"或"系统监视器"中,查看"可用内存"值。如果其值太小,则应该考虑向系统添加 RAM。

14.4.2 安装到最快的硬盘上

如果系统有多块不同性能分级的硬盘驱动器,则应该在最快的驱动器上安装应用程序。这会让 Windows Vista 更快地访问应用程序的数据和文档。

14.4.3 优化应用程序启动

在前一节提过,Windows Vista 的获取组件功能能够为启动、应用程序的启动或两者优化磁盘文件。这可能没有很大的区别,但是可以尝试将注册表的 EnabelPrefetcher 和 EnableSuperfetch 值设置为 1 来优化应用程序的启动。

14.4.4　获得最新的设备驱动程序

如果应用程序使用某个设备，则检查生产商或 Windows Update 以查看是否有最新的设备驱动程序版本。通常驱动程序越新，性能越好。在第 17 章中将介绍更新设备驱动程序的方式，参见其中的"更新驱动程序"一节。

14.4.5　为程序优化 Windows Vista

可以设置 Windows Vista 以让其优化运行程序。这包括调整**处理器计划**，其确定处理器分配给计算机活动的时间。特别地，处理器调度区分前台程序(foreground program)(即当前使用的程序)和后台程序(background programs) (即完成任务的程序，例如当使用其他程序时进行打印或备份)。

优化程序意味着配置 Vista 使其为程序分配更多的 CPU 时间。这在 Vista 中是默认配置，但是值得你用些时间以确保该默认配置仍然是系统的当前配置。可以按照以下步骤进行操作：

(1) 选择"开始"菜单，右击"计算机"，然后单击"属性"以显示"系统"窗口。

(2) 单击"高级系统设置"链接，然后输入 UAC 证书以打开"系统属性"对话框并显示"高级"选项卡。

(3) 在"性能"分组中，单击"设置"以显示"性能选项"对话框。

(4) 显示"高级"选项卡，如图 14-9 所示。

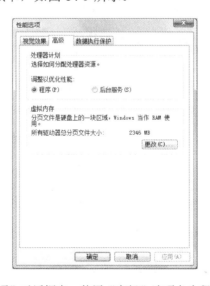

图 14-9　在"性能选项"对话框中，使用"高级"选项卡为程序优化 Windows Vista

(5) 在"处理器计划"分组中，启用"程序"选项。

(6) 单击"确定"按钮。

(7) 当 Windows Vista 提示更改需要重启时,单击"确定"按钮返回到"系统属性"对话框。

(8) 单击"确定"按钮。Windows Vista 将询问是否重启系统。

(9) 单击"是"按钮。

14.4.6 在任务管理器中设置程序优先级

通过调整计算机的处理器给予程序的优先级能够改善程序的性能。处理器通过对每个程序计算时间分片来运行程序。这些时间片称为**周期**,因为程序将周期性地得到时间片。例如,如果运行 3 个程序——A、B、C,则处理器分配一个周期给 A,一个周期给 B,另一个周期给 C,然后再次为 A 分配一个周期。该周期快速发生,当你使用每个程序时,这些过程是无缝进行的。

基本优先级(base priority)是决定程序获得处理器周期的相对频率的分级。高频率的程序获得更多的周期,这样将改善程序的性能。例如,假设要提高程序 A 的优先级,处理器可能会分配一个周期给 A,一个周期给 B,一个周期给 A,一个周期给 C,再分配一个周期给 A。

按照以下步骤更改程序的优先级:

(1) 启动想要使用的程序。

(2) 如本章前面描述的那样打开"任务管理器"(参见"使用任务管理器监控性能")。

(3) 显示"进程"选项卡。

(4) 右击应用程序的进程以显示其快捷菜单。

(5) 单击"设置优先级",然后单击(优先级从高到低)"实时"、"高"或"高于标准"。

提示:

当更改完 1 个或多个程序的优先级以后,可能你会忘记给每个程序分配的优先级值。可以在"进程"选项卡中查看所有程序的优先级。单击"查看",然后单击"选择列"来显示"选择列"对话框。启用"基本优先级"复选框并单击"确定"按钮。这将会向"进程"列表添加"基本优先级"列。

14.5 优化硬盘

Windows Vista 使用硬盘来提取数据和文档,并且将数据暂时存储在页面文件中。因此,优化硬盘能够极大地提高 Windows Vista 的整体性能,下面的章节将介绍这方面的内容。

14.5.1　检查硬盘驱动器的性能指标

如果你想要添加另一块磁盘驱动器到系统中，则应该先注意驱动器本身：具体地说，就是其理论的性能指标。将驱动器的平均查找时间与其他驱动器作比较(值越低，性能越好)。另外，还要注意驱动器的转速。7200RPM(或更高的)驱动器比 5400RPM 的驱动器性能更高。许多笔记本的硬盘驱动器要比这个速度更低！

14.5.2　维护硬盘驱动器

对于现有的驱动器，优化和维护相同，所以应该如第 15 章讨论的那样实现维护计划。对于硬盘驱动器来说，这意味着进行以下操作：

- 注意磁盘的空余空间以保证有足够的空间
- 定期清除磁盘上任何不需要的文件
- 卸载任何不再使用的程序或设备
- 经常检查所有分区的错误
- 定期对分区进行碎片整理

14.5.3　禁用压缩和加密

如果在分区上使用 NTFS，Windows Vista 能够压缩文件以节省空间，并能加密文件以实现安全性(参见本章后面的"将 FAT16 和 FAT32 分区转换为 NTFS")。然而从性能的观点来看，不应该在分区上使用压缩和加密，除非必须这么做。这两种技术将降低磁盘的访问速度，因为压缩/解压以及加密/解密的过程都会带来开销。

14.5.4　关闭索引器

索引器是 Windows Vista 的后台进程，它在添加或删除数据的时候对实时驱动器中的内容进行索引。这极大地提高了 Vista 新的搜索功能(包括"快速搜索")，因为 Vista 知道每个文件的内容。然而，如果不进行很多文件搜索，则应该考虑关闭"索引器"。为了完成该操作，按照以下步骤进行操作：

(1) 选择"开始"|"计算机"。

(2) 右击想要使用的驱动器，然后单击"属性"。Windows Vista 将打开驱动器的属性表。

(3) 在"常规"选项卡上，取消"建立此驱动器的索引以更快搜索"复选框的选中状态。

(4) 单击"确定"按钮。

14

14.5.5 启动写入缓存

还应该保证为硬盘启用了写入缓存。写入缓存(Write caching)是指 Windows Vista 直到系统空闲时才将数据转储到磁盘上,这改善了性能。写入缓存的缺点是电源断电或系统崩溃时永远不能写入数据,这样将丢失更改的数据。但发生这种情况的可能性很低,所以这里建议启用写入缓存,这是 Windows Vista 的默认设置。为了确保该设置,按照以下步骤操作:

(1) 选择"开始"菜单,右击"计算机",然后单击"管理"。在输入"用户帐户控制"证书后,Vista 将打开"计算机管理"窗口。

(2) 单击"设备管理器"。

(3). 打开"磁盘驱动器"分支。

(4) 双击硬盘以显示其属性表。

(5) 在"策略"选项卡中,确保已经启用"启用磁盘上写入缓存"复选框。

(6) 为了最大化性能,启用"启用高级性能"选项卡(注意该选项只在某些硬盘支持的情况下才可用)。

> **注意:**
> 选中"启用高级性能"选项将告诉 Vista 使用更具侵略性的写入缓存算法。然而,意外的电源关闭意味着将会丢失一些数据。当系统运行在不间断电源(UPS)下时启用该选项。

(7) 单击"确定"按钮。

14.5.6 将 FAT16 和 FAT32 分区转换为 NTFS

如果想要得到最佳的硬盘性能,NTFS 文件系统则是最好的选择,因为大多数情况下,NTFS 的性能超过 FAT16 和 FAT32 的性能(对于大分区和有着大量文件的分区来说,这尤为正确)。然而请注意,为了获得最好的 NTFS 性能,应该将分区格式化为 NTFS,然后向其添加文件。如果不能格式化,Windows Vista 提供了将 FAT16 或 FAT32 驱动器转换为 NTFS 的 CONVERT 实用工具:

```
CONVERT volume /FS:NTFS [/V] [/CvtArea:filename] [/NoSecurity] [/X]
```

volume	指定想要转换的驱动器盘符(加一个冒号)或卷名。
/FS:NTFS	指定将文件系统转换为 NTFS。
/V	使用能在转换期间给出详细信息的详细信息模式。
/CvtArea:filename	指定根目录中的一个连续占位符文件,它将用来存储 NTFS 系统文件。

| /NoSecurity | 指定默认的 NTFS 许可不应用到该卷上。任何人都能够访问所有的转换文件和文件夹。 |
| /X | 如果卷当前有打开的文件，则强制卸载卷。 |

例如，在命令提示符下运行以下命令将 C 盘转换为 NTFS：

```
convert c: /FS:NTFS
```

然而请注意，如果 Windows Vista 安装在想要转换的分区上，将看见以下消息：

```
Convert cannot gain exclusive access to the C: drive, so it cannot
convert it now. Would you like to schedule it to be converted the
next time the system restarts? <Y/N>
```

在这种情况下，按下 Y 键以调度转换。

不管是通过在安装期间格式化分区，还是通过使用 CONVERT 实用程序将文件系统转换为 NTFS，都能够实现一些其他措施以最大化 NTFS 性能，在下面两小节中将介绍这些内容。

14.5.7　禁用 8.3 文件名的创建

为了支持那些不识别长文件名的旧应用程序，NTFS 将为每个文件跟踪其符合以前 8.3 标准(由原来的 DOS 文件系统使用)的较短名称。对于少量文件来说，跟踪同一个文件的两个名称的开销并不高，但是如果文件夹包含大量文件(300 000 或更多)，则开销会很大。

为了禁用对每个文件跟踪 8.3 名称，在命令提示符下输入以下语句：

```
FSUTIL BEHAVIOR SET DISABLE8DOT3 1
```

注意，通过更改以下注册表设置的值为 1 能够完成相同的操作(注意默认值为 0)：

```
HKLM\SYSTEM\CurrentControlSet\Control\FileSystem\NtfsDisable8dot3Name
Creation
```

> **注意：**
> FSUTIL 程序需要 "管理员" 帐号权限。单击 "开始" | "所有程序" | "附件"，右击 "命令提示符"，然后单击 "以管理员身份运行"。

14.5.8　禁用最后访问时间戳

对于每个文件夹和文件，NTFS 存储了一个说明用户最后访问该文件夹或文件的 "最后访问时间" 的属性。如果有包含大量文件的文件夹并且使用的程序经常访问这些

14

文件，则写"最后访问时间"的数据将会减慢 NTFS。为了禁用"最后访问时间"属性的写入，在命令提示符下输入以下语句：

```
FSUTIL BEHAVIOR SET DISABLELASTACCESS 1
```

通过将以下注册表设置为 1(注意默认值为 0)能够达到相同的效果：

HKLM\SYSTEM\CurrentControlSet\Control\FileSystem\NtfsDisableLastAccessUpdate

14.6　优化虚拟内存

无论系统有多少主内存，Windows Vista 仍然会为虚拟内存创建并使用页面文件。为了最大化页面文件的性能，应该确保 Windows Vista 使用页面文件达到最佳运行效果。下面几节内容将介绍一些达到最佳效果的操作技术。

14.6.1　最优存储页面文件

页面文件的位置将对其性能有巨大的影响。应该考虑以下 3 个问题：

- **如果有多个物理硬盘，则应该将页面文件存储在有最快访问速度的硬盘上——**本节后面的内容将介绍如何让 Windows Vista 为页面文件选择使用哪个硬盘。
- **在未压缩的分区上存储页面文件——**Windows Vista 能够在压缩的 NTFS 分区上存储页面文件。然而，与在所有压缩分区上的文件操作一样，由于需要压缩和解压缩，所以页面文件操作的性能会受到影响。因此，应该在未压缩的分区上存储页面文件。
- **如果有多个硬盘，则在有最多空余空间的硬盘上存储页面文件——** Windows Vista 根据系统需要动态地展开并压缩页面文件。在空间最多的磁盘上存储页面文件将为 Windows Vista 提供最大的灵活性。

参见本章后面的"更改页面文件的位置和大小"以了解更多有关页面文件的信息。

14.6.2　拆分页面文件

如果有 2 个戓多个物理驱动器(不仅仅是在一个物理驱动器上有 2 个或多个分区)，则在每个驱动器上拆分页面文件能够改善性能，因为这意味着 Windows Vista 能同时从每个驱动器的页面文件中提取数据。例如，如果当前的初始页面文件大小为 384MB，最好在一个驱动器上建立初始大小为 192MB 的页面文件，在第二个驱动器上建立另一个初始大小为 192MB 的页面文件。

参见"更改页面文件的位置和大小"以了解拆分页面文件的方法。

14.6.3　自定义页面文件的大小

Windows Vista 默认将页面文件的初始大小设置为系统中 RAM 总量的 1.5 倍,而将页面文件的最大值设置为 RAM 总量的 3 倍。例如,在有 256MB RAM 的系统上,页面文件的初始大小为 384MB,最大值为 768MB。默认值在大多数系统上运行良好,但是你或许要自定义其大小以满足个人配置的需要。以下是有关自定义页面文件大小的注意事项:

- RAM 越少,Windows Vista 使用页面文件的可能性越大,所以 Windows Vista 的默认页面大小很有用。如果计算机的 RAM 不足 1G,则应该保存现有的页面文件的大小。

- RAM 越多,Windows Vista 使用页面文件的可能性越小。因此,默认的初始大小就太大了,这样会浪费 Windows Vista 保留的磁盘空间。在有 512MB RAM 或更多 RAM 的系统上,应该将初始页面文件大小设置为 RAM 大小的一半,但是以防万一最大值仍需保持为 RAM 总量的 3 倍。

- 如果磁盘空间非常珍贵并且不能将页面文件移入有更多空间的驱动器,则将初始页面文件大小设置为 2MB(Windows Vista 支持的最小尺寸)。这将会产生最小的页面文件,但不会看到很多的性能损失,因为 Windows Vista 将经常会在运行程序时动态地增加页面文件的大小。

- 你可能会想,将初始大小和最大值设置为相同的较大值(RAM 的 2 倍或 3 倍)会提高性能,因为这意味着 Windows Vista 永远不会调整页面文件的大小。但实际上该技巧并不能改善性能,在某些情况下反而会降低性能。

- 如果有大量的 RAM(至少 1G),你可能会想 Windows Vista 永远不需要虚拟内存,所以可以关闭页面文件。然而这不会有任何作用,因为 Windows Vista 总是需要页面文件,而且如果没有页面文件,有些程序或许会崩溃。

参见“更改页面文件的位置和大小”以了解自定义页面文件大小的方式。

14.6.4　查看页面文件大小

监控页面文件的性能可以了解其在正常条件下的工作方式。这里“正常”是指当运行平常的应用程序集合以及通常打开的窗口和文档数。

启动通常使用的所有程序(为了更好衡量,可以多打开一些应用程序),然后观察“性能监视器”的“进程\页面文件字节”以及“进程\页面文件字节峰值”计数器。

14.6.5　更改页面文件的位置和大小

14

页面文件的名称为 Pagefile.sys,存储在%SystemDrive% 的根文件夹中。下面将介绍更改 Windows 用来存储页面文件的硬盘以及页面文件大小的方法：

注意：

Pagefile.sys 是隐藏的系统文件。为了查看该文件，打开任意文件夹窗口并选择"组织"｜"文件夹和搜索选项"。在"文件夹选项"对话框中，单击"查看"选项卡，启用"显示隐藏的文件和文件夹"选项，取消"隐藏受保护的操作系统文件"复选框。当 Windows Vista 询问是否确定显示受保护的操作系统文件，单击"是"按钮，然后单击"确定"按钮。

---

(1) 如有必要，对将要为页面文件使用的硬盘进行碎片整理。参见第 15 章的"对硬盘进行碎片整理"的内容。

(2) 选择"开始"菜单，右击"计算机"，然后单击"属性"以显示"系统"窗口。

(3) 单击"高级系统设置"并输入"用户帐户控制"证书以打开"系统属性"对话框并显示"高级"选项卡。

(4) 在"性能"分组中，单击"设置"以显示"性能选项"对话框。

(5) 在"高级"选项卡的"虚拟内存"分组中，单击"更改"按钮，Windows Vista 将显示"虚拟内存"对话框。

(6) 取消"自动管理所有驱动器的分页文件大小"复选框的选中状态。Vista 将启用剩下的对话框控件，如图 14-10 所示。

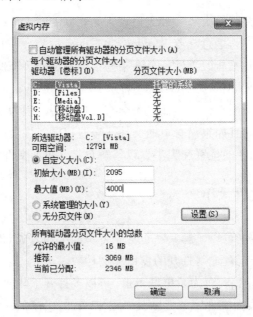

图 14-10 使用"虚拟内存"对话框以选择不同的硬盘来存储页面文件

(7) 使用"驱动器"列表来选择想要使用的硬盘驱动器。

(8) 选择页面文件大小选项：

- 自定义大小——启用该选项然后可使用"初始大小(MB)"和"最大值(MB)"文本框来设置页面文件的大小。通过输入比初始大小更大的最大值来确保 Windows Vista 能够动态调整页面文件的大小。
- 系统管理的大小——启用此选项会让 Windows Vista 管理页面文件的大小。
- 无分页文件——启用该选项会禁用所选驱动器上的页面文件。

> **提示：**
> 如果想要将页面文件移入其他驱动器，首先选择原始驱动器，然后启用"无分页文件"选项，从而从该驱动器中删除页面文件。然后选择其他的驱动器，选择"自定义大小"或"系统管理的大小"向该驱动器中添加新的页面文件。

> **提示：**
> 如果想要在第二个驱动器上拆分页面文件，则保持原来的驱动器不变，选择第二个驱动器，选择"自定义大小"或"系统管理的大小"，从而在该驱动器上创建第二个页面文件。

(9) 单击"设置"按钮。

退出所有的对话框。如果更改了驱动器或减少了初始大小或最大值，则需要重启计算机让更改生效。

14.7　相关内容

以下是本书中与 Vista 性能调整相关内容的章节列表：
- 有关自动登录的内容，请参阅第 2 章中的"设置自动登录"一节。
- 有关 Ctrl+Alt+Delete 的登录要求，请参阅第 2 章中的"在启动时需要按下 Ctrl+Alt+Delete 组合键"一节。
- 有关"索引器服务"的内容，请参阅第 3 章中的"使用 Windows 搜索引擎的桌面搜索"一节。
- 有关控制在启动时加载的应用程序数量的内容，请参阅第 5 章中的"在启动时运行应用程序和脚本"一节的内容。
- 有关维护硬盘驱动器的内容，请参阅第 15 章"维护 Windows Vista 系统"。
- 有关更新到最新的设备驱动程序的内容，请参阅第 17 章中的"更新设备驱动程序"小节。

14

第 15 章

维护 Windows Vista 系统

像生老病死和缴纳税款一样，计算机问题也是生活中难免发生的事情。无论是丢失硬盘备份、电源故障导致文件损坏，还是病毒入侵系统，这些问题并不在于是否发生，而是在于何时发生。不要等到这些问题发生之后才进行处理(称作大量治疗(pound-of-cure)模式)，我们需要主动出击并能提前完成系统的维护(称作少量预防(ounce-of-prevention)模式)。这不仅能减少发生问题的可能性，还能在发生任何问题后方便地恢复系统。本章介绍使用不同的 Windows Vista 实用程序和技术来达到这个目标。本章的最后将给出维护系统和检查问题先兆的分步计划。

15.1 提高 Vista 的稳定性

很少有事情比操作系统不能运行更令人懊恼了，要么是因为 Windows 自身丢失硬盘备份，要么是因为一些程序死锁严重而导致 Windows 不能运行。幸运的是，每个 Windows 的新版本在处理非正常的程序方面比以前的版本更加稳定和优秀，因此看来我们至少正朝着正确的方向前进。

Vista 继续沿着正确的方向前进，它提供了一些新的工具和技术来防止崩溃并在问题发生后正常恢复系统。下面的章节将介绍这些稳定性改善最重要的内容。

15.1.1 I/O 取消

如果你使用 Windows 已经有段时间，则可能会碰到过与图 15-1 相似的"Windows 错误报告"对话框。该错误消息由 Windows Dr. Watson 调式工具生成，消息不仅包含错误的描述，还包括将错误报告发送给 Microsoft 的选项。该报告包含的信息有：问题类型，导致问题的程序或设备，发生问题的程序或设备的位置，包含 OS 版本、RAM 大小和设备数据的系统数据，以及可能有助于排除故障的相关文件(如系统生成的详细描述问题发生前软件行为的列表)。

注意:

许多单击"Send Error Report"的人们会想为什么从来没有从 Microsoft 获得任何消息——甚至连句简单的"谢谢"也没有。这很正常，因为 Microsoft 可能收到了几十万个，甚至是几百万个这样的报告，即使标记答复消息也不可能。

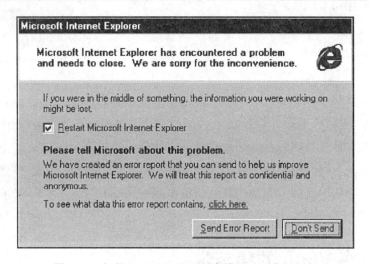

图 15-1 如果 Windows 处理程序错误，则会显示与
该图相似的"Windows 错误报告"对话框

该程序继续使用 Vista 新的"Windows 错误报告"服务。该可选错误报告服务被设计用来为 Microsoft 和程序开发人员提供更多有关程序崩溃的详细信息。

提示:

Vista 提供了有限的自定义选项来控制"Windows 错误报告"服务的行为以及报告的内容。选择"开始"|"控制面板"|"系统和维护"|"问题报告和解决方案"，然后单击"更改设置"链接。为了获得更多的选项，运行"组策略编辑器"并打开"计算机配置"|"管理模板"|"Windows 组件"|"Windows 错误报告"分支。

这是件好事，因为很明显这些类型的报告都很有用。Microsoft 多年来收到并研究

过许多这样的报告，我们已开始在 Windows Vista 看到其成果，其中包含了针对大多数常见程序崩溃的原因而内建的修复方法。最常见的问题发生在程序发出一个对服务、资源或另一个程序的输入/输出(I/O)请求，但是相应的进程正忙或者禁止通信。在过去，请求程序将无限等待 I/O 数据，因此导致程序的挂起并且需要通过重启来让系统重新运行。

为了避免这种经常发生的情况，Windows Vista 实现了称为"I/O 取消"技术的改进版本，它能检查程序死等 I/O 请求的情况，然后取消请求，从而帮助程序从问题中还原。Microsoft 还能够让开发人员通过 API 调用 I/O 取消，这样程序就能取消它们各自无响应的请求并自动恢复。

15.1.2　可靠性监视器

在以前的 Windows 版本中，系统是否稳定的唯一判断方法是考虑最近一段时间强制要求重启的频繁发生率。如果你不记得需要重启的最后一次的时间，则可以假设系统稳定。但这不是一种科学的评估方法！

Windows Vista 通过引进"可靠性监视器(Reliability Monitor)"改变了所有这一切。该新功能是"可靠性和性能监视器"的一部分，在第 14 章曾详细讨论过(参见"使用可靠性和性能监视器")。通过按下 Windows Logo+R 组合键、输入 perfmon.msc 并单击"确定"按钮可以加载该"Microsoft 管理控制台"的管理单元。在打开的控制台窗口中，单击"可靠性监视器"。

"可靠性监视器"跟踪系统的整体稳定性以及"可靠性事件(reliability events)"，这些事件可能是影响稳定性的对系统进行的更改或是指示不稳定性的事件。可靠性事件包括以下内容：

- Windows 更新
- 软件安装和卸载
- 设备驱动程序的安装、更新、恢复和卸载
- 应用程序的挂起和崩溃
- 不能加载或卸载的设备驱动程序
- 磁盘和内存故障
- Windows 故障，包括启动故障、系统崩溃和睡眠故障

"可靠性监视器"将这些更改进行图形化显示并生成整个时间系统稳定性的度量，以便能够在图形中查看更改是否影响系统的稳定性(如图 15-2 所示)。"系统稳定性图表"显示了整体的稳定性索引。10 分表示非常可靠的系统，而分数越低，则说明可靠性越低。

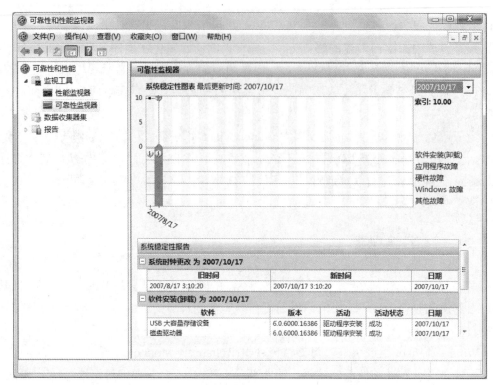

图 15-2 可靠性监视器将经常比较系统稳定性事件和可靠性事件

15.1.3 服务恢复

服务是运行在后台用来完成操作系统特定的、低层的支持功能的程序或进程。按照以下步骤操作能够查看系统上的所有服务：

(1) 单击"开始"菜单。

(2) 右击"计算机"并单击"管理"。

(3) 输入"用户帐户控制"证书，Vista 将打开"计算机管理"窗口。

(4) 选择"服务和应用程序"|"服务"。在多数系统上，将看到超过 125 个不同的服务列表。

许多服务是关键任务，如果这些关键的服务发生故障，则可能意味着唯一恢复系统的方法是关闭并重启计算机。然而有了 Windows Vista，每个服务都有恢复策略，能够让 Vista 不仅能重启服务，还能重启依赖于发生故障的服务的其他任何服务或进程。

15.1.4 启动修复工具

当计算机不能启动时，就无法访问程序和数据，这会极大地降低工作效率。更糟糕的是不能访问正常的故障检修和诊断工具以查看可能存在的问题。虽然有有启动故障检修的技术，但是它们通常很费时间，而且有时能解决问题，有时又不起作用。如果 Windows 是在自己的分区中，或者有可用的备份，大多数人更愿意简单地重装 Windows，而不愿意花整天的时间找出启动问题。

这种极端的解决方法已成为过去，因为有了新的 Vista"启动修复工具(Startup Repair Tool，SRT)"，将可以自动解决许多常见的启动问题。当发生启动故障时，Vista 立即启动 SRT。该程序分析启动日志并执行一系列的诊断测试以确定启动故障的原因。SRT 查找许多可能的问题，但是最常见的有以下 3 种问题：

- 非兼容或损坏的设备驱动程序
- 丢失或损坏的启动配置文件
- 损坏的磁盘元数据

如果 SRT 确定是其中的一个问题或是其他一些常见的障碍导致了启动故障，则 SRT 将试着自动解决问题。如果 SRT 能成功解决问题，则它将会通知你有关修复的内容，并将所有的更改写入日志文件，这样就能看到发生的所有操作。

如果 SRT 不能解决问题，则它会尝试使用系统最后一次好的配置。如果不起作用，则它会将所有诊断数据写入日志，并提供支持选项让你自己解决问题。

15.2　检查硬盘错误

硬盘存储程序，而且最重要的是，它还存储着珍贵的数据，所以它在计算领域有着特殊的位置。硬盘应该能保证长时间地、无问题地运行，但遗憾的是，这种情况很少发生。现代硬盘会遇到以下这些问题：

- **正常的损耗**——如果计算机正在运行，则其硬盘以每分钟 5400～10000 转的转速在转动。即使不进行任何操作，硬盘也一直在运行中。由于经常运转，大多数硬盘将在几年后损坏。
- **撞击和磨损**——硬盘包含读/写磁头(read/write head)用来从磁盘读取数据和向磁盘写数据。这些磁头浮动在转动的磁盘盘片的空气垫上。强烈撞击或者摇晃会让它们破坏磁盘的表面，从而轻易地导致数据损坏。如果磁头正好撞到敏感的数据，则整个硬盘将损坏。笔记本计算机尤其会发生这种问题。
- **电流激增**——在正常情况下，PC 当前的电源相对正常。然而，可能会有大量的电流激增从而攻击计算机(例如在发生雷电期间)。这些激增的电流将给精心排列的硬盘造成灾难。

那么可以采取何种措施呢？Windows Vista 有一个名为"检查磁盘"的程序，它可以检查硬盘的问题并自动修复这些问题。它并不能修复全面受损的磁盘，但是它至少能在磁盘可能发生问题时让你了解到这种情况。

"检查磁盘"在硬盘上完成一组测试，包括查找无效的文件名、无效的文件日期和

时间、坏的磁盘扇区以及无效的压缩结构。在硬盘的文件系统中,"检查磁盘"还会查找以下错误:

- 丢失的簇
- 无效的簇
- 交叉链接的簇
- 文件系统循环

下面的章节将详细解释这些错误。

15.2.1　理解簇的概念

大型的硬盘从来就是低效的。对磁盘进行格式化将把磁盘的磁介质分成小的存储区域,称为**扇区**(sector),其通常保存 512 字节的数据。大型硬盘可以包含几千万个扇区,所以 Windows Vista 处理单个扇区将变得低效。Windows Vista 将扇区组合为**簇**(cluster),簇的大小取决于文件系统和分区的大小,如表 15-1 所示。

表 15-1　不同文件系统和分区大小的默认簇大小

分　区　大　小	FAT16 簇大小	FAT32 簇大小	NTFS 簇大小
7MB～16MB	2KB	N/A	512B
17MB～32MB	512B	N/A	512B
33MB～64MB	1KB	512B	512B
65MB～128MB	2KB	1KB	512B
129MB～256MB	4KB	2KB	512B
257MB～512MB	8KB	4KB	512B
513MB～1,024MB	16KB	4KB	1KB
1,025MB～2GB	32KB	4KB	2KB
2GB～4GB	64KB	4KB	4KB
4GB～8GB	N/A	4KB	4KB
8GB～16GB	N/A	8KB	4KB
16GB～32GB	N/A	16KB	4KB
32GB～2TB	N/A	N/A	4KB

每个硬盘仍然有几千个簇,所以文件系统负责跟踪所有的内容。特别地,对于磁盘上每个文件来说,文件系统维护**文件目录**中的每个项,文件目录是文件的一类目录(在 NTFS 分区上称为**主文件表**或 MFT)。

15

1. 理解丢失簇的概念

丢失簇(lost cluster)(有时称为孤簇(orphaned cluster))是根据文件系统与文件相关，但与文件目录中的任何项无关的簇。程序崩溃、电流激增或电源间断是造成丢失簇的典型原因。

如果"检查磁盘"碰到丢失簇，则将把这些簇转换为文件所在的原始文件夹中的文件(如果"检查磁盘"可以确定正确的文件夹)，或是转换为%SystemDrive%根目录下的Folder.000 新文件夹中的文件(如果该文件夹已经存在，"检查磁盘"将创建名为Folder.001 的新文件夹)。在该文件夹中，"检查磁盘"将会把丢失的簇转换为 File0000.chk和 File0001.chk 这种名称的文件。

可以查看(使用文本编辑器)这些文件以确定它们是否包含有用的数据，然后尽力抢救这些数据。但这些文件经常是无用的，大多数人都会选择删除。

2. 理解无效簇的概念

无效簇(invalid cluster)是以下 3 类中任何一种类型的簇：

- 有非法值的文件系统项(例如在 FAT16 文件系统中，引用簇 1 的项是非法的，因为磁盘的簇号以 2 开始)。
- 引用超过磁盘上簇的总数的簇编号的文件系统项。
- 被标识为未使用，但属于簇链的一部分的文件系统条目。

这种情况下，"检查磁盘"将询问你是否将这些丢失的文件片断转换为文件。如果选是，则"检查磁盘"通过使用 EOF(文件末尾)记号替换无效簇的方法截断文件，然后将丢失的文件片断转换为文件。这些可能是文件的截断部分，所以你可以检查并重新拼凑这些内容。然而更有可能的是，你不得不丢弃这些文件。

3. 理解交叉链接簇的概念

交叉链接簇(cross-linked cluster)是指派给两个不同文件(或在同一文件中两次)的簇。"检查磁盘"提供删除受影响的文件、将交叉链接的簇复制到每个受影响文件，或忽略交叉链接文件的功能。大多数情况下，最安全的方法是复制交叉链接的簇到每个受影响的文件，这样，至少有一个受影响的文件能够使用。

15.2.2　理解循环的概念

在 NTFS 分区中，**循环**是指文件系统中的一种损坏情况，即子文件夹的父文件夹是其本身。例如，名为 C:\Data 的文件夹其父文件夹应为 C:\，如果 C:\Data 是一个循环，则其父文件是同一个文件夹——即 C:\Data。这会在文件系统中创建一种导致文件夹"消失"的循环。

15.2.3 运行"检查磁盘"的 GUI

"检查磁盘"有两个版本：GUI 版本和命令行版本。有关使用命令行版本的内容，请参见下一节的内容。按照以下步骤能够运行"检查磁盘"的 GUI 版本：

(1) 在 Windows 资源管理器中，右击想要检查的驱动器并单击"属性"，打开驱动器的属性表。

(2) 显示"工具"选项卡。

(3) 单击"开始检查"按钮并输入"用户帐户控制"证书，将打开"检查磁盘"窗口，如图 15-3 所示。

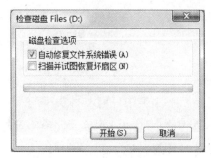

图 15-3 使用"检查磁盘"扫描硬盘分区的错误

(4) 按照需要启用以下选项中的一个或所有选项：

● 自动修复文件系统错误——如果启用该复选框，则"检查磁盘"将自动修复其找到的任何文件系统的错误。如果不选择该复选框，则"检查磁盘"将仅报告其找到的任何错误。

● 扫描并试图恢复坏扇区——如果启用该复选框，则"检查磁盘"将完成硬盘表面的逐个扇区表面的检查。如果"检查磁盘"找到坏扇区，则其自动尝试还原该扇区中存储的任何信息，并将其标记为有缺陷的扇区，以便将来不会在其中存储任何信息。

(5) 单击"开始"按钮。

(6) 如果启用"自动修复文件系统错误"复选框并且正在检查的分区有打开的系统文件，则"检查磁盘"将提示不能继续执行，因为其要求对该磁盘的排他访问。然后"检查磁盘"将询问是否计划在下次启动计算机时扫描。单击"计划磁盘检查"按钮。

(7) 扫描完成时，"检查磁盘"将显示通知消息以及所找到的错误(如果有)的报告。

AUTOCHK 实用程序

当"检查磁盘"询问是否想要在下次启动时计划扫描任务时单击"计划磁盘检查"，则程序向以下注册表设置中添加 AUTOCHK 实用程序：

```
HKLM\SYSTEM\CurrentControlSet\Control\Session Manager\BootExecute
```

该设置指定当加载"会话管理器"时，Windows Vista 的该程序将在启动的时候运行。AUTOCHK 是在系统启动时"检查磁盘"的自动运行版本。如果想要跳过磁盘检查选项，则需要指定 AUTOCHK 的超时值。通过在相同的注册表键中添加 AutoChkTimeOut 设置(作为 DWORD 值)能够更改超时值：

```
HKLM\SYSTEM\CurrentControlSet\Control\Session Manager\
```

将其设置为想要使用的超时秒数。设置超时值的另一种方法是使用 CHKNTFS /T:[time]命令，其中 time 是超时的秒数(如果不使用 time，则 CHKNTFS 返回当前的超时设置)。例如，以下命令会将超时设置为 60 秒：

```
CHKNTFS /T:60
```

当使用大于 0 的超时值计划运行 AUTOCHK 时，会在重启计算机时看到以下内容：

```
A disk check has been scheduled.
To skip disk checking, press any key within 60 second(s).
```

可以在超时过期前按任意键跳过检查。

15.2.4 从命令行运行检查磁盘的命令

以下为"检查磁盘"的命令行版本的语法：

```
CHKDSK [volume [filename]] [/F] [/V] [/R] [/X] [/I] [/C] [/L:[size]]
```

volume	驱动器盘符(跟上冒号)或卷名。
filename	FAT16 和 FAT32 磁盘上的待检查的文件名称。如果文件不在当前文件夹中，则要包含路径。
/F	告诉"检查磁盘"自动修复错误。这和启用"检查磁盘"GUI 的"自动修复文件系统错误"选项相同。
/V	在详细信息模式中运行"检查磁盘"。在 FAT16 和 FAT32 驱动器上，"检查磁盘"将显示磁盘上每个文件的路径和名称；在 NTFS 驱动器上，将显示清除消息(如果有)。
/R	告诉"检查磁盘"扫描磁盘表面上的坏扇区并从坏扇区中恢复数据。这与启用"检查磁盘"GUI 中的"扫描并试图恢复坏扇区"选项相同。
/X	在有打开文件的 NTFS 的非系统磁盘上，强制卸载卷，使打开的文件句柄无效，然后运行扫描(暗含/F 开关)。
/I	在 NTFS 磁盘上，告诉"检查磁盘"只检查系统的索引项。
/C	在 NTFS 磁盘上，告诉"检查磁盘"跳过文件夹结构中的循环检

查。因为循环是种罕见的错误，所以使用/C 跳过循环检查将加快磁盘检查的速度。

/L:[size]　在 NTFS 磁盘上，告诉"检查磁盘"设置指定千字节大小的日志文件。默认大小为 65536，对于大多数系统来说已足够，所以不需要更改该大小。注意，如果包含此开关但没有指定 size 参数，"检查磁盘"将使用日志文件的当前大小。

15.3　检查可用磁盘空间

容量为几十吉字节的硬盘即使在今天的低端系统上也是很常见的，所以磁盘空间不像以前那样成为一个问题。但是仍然有必要跟踪磁盘驱动上的可用空间，特别是%SystemDrive%，因为其通常存储了虚拟内存页面文件。

检查磁盘可用空间的一种方法是使用"平铺(Tiles)"视图查看"计算机"文件夹，"平铺"视图包含了每个驱动器图标的可用空间和总的磁盘空间，或者可以使用"详细信息"视图——其中包含了"总大小"和"可用空间"列，如图 15-4 所示。或者可以在 Windows 资源管理器中右击驱动器，然后单击"属性"。磁盘的总容量以及当前已用空间和可用空间将出现在磁盘属性表的"常规"选项卡中。

图 15-4　在"详细信息"视图中显示"计算机"文件夹以查看系统磁盘的总大小和可用空间

程序清单 15-1 给出了显示系统上每个驱动器的状态和可用空间的 **VBScript** 过程。

程序清单 15-1　显示系统驱动器的状态和可用空间的 VBScript 示例

```
Option Explicit
Dim objFSO, colDiskDrives, objDiskDrive, strMessage

' Create the File System Object
Set objFSO = CreateObject("Scripting.FileSystemObject")

' Get the collection of disk drives
Set colDiskDrives = objFSO.Drives

' Run through the collection
strMessage = "Disk Drive Status Report" & vbCrLf & vbCrLf
For Each objDiskDrive in colDiskDrives

    ' Add the drive letter to the message
    strMessage = strMessage & "Drive: "& objDiskDrive.DriveLetter & vbCrLf

    ' Check the drive status
    If objDiskDrive.IsReady = True Then

        ' If it's ready, add the status and the free space to the message
        strMessage = strMessage & "Status: Ready" & vbCrLf
        strMessage = strMessage & "Free space: " & objDiskDrive.FreeSpace
        strMessage = strMessage & vbCrLf & vbCrLf
    Else

        ' Otherwise, just add the status to the message
        strMessage = strMessage & "Status: Not Ready" & vbCrLf & vbCrLf
    End If
Next

    ' Display the message
Wscript.Echo strMessage
```

该脚本将创建 FileSystemObject，然后使用其 Drives 属性返回系统的磁盘驱动器集合。然后一个 For Each...Next 循环将遍历集合，收集驱动器盘符、状态、可用空间(如果驱动器已准备好的话)的信息，然后显示驱动器的数据，如图 15-5 所示。

图 15-5 显示系统上每个驱动器的状态和可用空间的脚本

15.4 删除不需要的文件

如果你发现硬盘分区的可用空间越来越少，则应该删除任何不需要的文件和程序。Windows Vista 的"磁盘清理"实用程序能够快速简单地删除某种类型的文件。在讨论该实用程序前，首先介绍通过手动方式完成清理硬盘的一些方法：

- **卸载不使用的程序**——如果有 Internet 连接，则你知道很容易下载新的软件以试运行。但是，这也意味着不使用的程序很容易占满硬盘。可以使用控制面板的"添加或删除程序"图标来卸载这些程序和其他不需要的应用程序。

- **删除下载的程序压缩包**——对于程序下载，硬盘还可能会有很多 ZIP 文件或其他下载的压缩包。对于那些会使用的程序来说，应该考虑将压缩包文件转移到可移动介质中存储起来。对于不使用的程序，应该删除这些压缩包文件。

- **对不经常使用的文档存档**——硬盘可能会充满很少使用的旧文档：以前的项目、旧的商业记录、很久以前的照片和视频等。可能你并不想删除这些文档，但是可以通过将这些旧文档存档到可记录的 CD 或 DVD 盘，或闪存驱动器这样的可移动介质上来释放硬盘空间。

- **删除不使用的 Windows Vista 组件**——如果不使用一些 Windows Vista 组件，则应该从系统中删除这些组件。为了完成该操作，选择"开始"|"控制面板"|"程序"|"打开或关闭 Windows 功能"。输入 UAC 证书以查看"Windows 功能"对话框。取消选择不使用的功能的复选框，然后单击"确定"按钮。

- **删除应用程序的备份文件**——应用程序经常会创建现有文件的备份，并使用 bak 或.old 扩展名命名备份文件。可以使用 Windows 资源管理器的"搜索"实用程序来查找并删除这些文件。

完成这些任务后，下面应该运行"磁盘清理"实用程序，它会自动删除以上文件分类中的一些文件以及一些其他文件，包括下载的程序、Internet Explorer 缓存文件、休眠文件、回收站的删除文件、临时文件、文件系统的缩略图以及脱机文件。以下是其运行方式：

(1) 选择"开始"|"所有程序"|"附件"|"系统工具"|"磁盘清理"，打开"磁盘清理选项"对话框。

(2) 当对话框提示时单击以下选项并输入 UAC 证书：

- "仅我的文件"——单击该选项将删除那些你自己生成的可删除的文件。

- "此计算机上所有用户的文件"——单击该选项将会删除由计算机上的每个用户生成的可删除的文件。

(3) 在打开的"驱动器选择"对话框中，选择想要清理的磁盘驱动器，然后单击"确定"按钮。"磁盘清理"将会扫描驱动器以确定能够删除的文件，然后会显示如图 15-6 所示的窗口。

图 15-6 "磁盘清理"可以自动并安全地从磁盘驱动器中删除某种类型的文件

> **提示:**
>
> Windows Vista 能够绕过"驱动器选择"对话框。按下 Windows Logo+R 组合键(或选择"开始"|"所有程序"|"附件"|"运行")以打开"运行"对话框。输入 cleanmgr /d*drive*，其中的 drive 是想要清理的驱动器的盘符(例如，cleanmgr /dc)，然后单击"确定"按钮。

(4) 在"要删除的文件"列表中，启用想要删除的每个文件类别旁边的复选框。如果不确定每个程序的含义，则可以选择一个程序，然后在"描述"框中阅读其描述文本。还要注意，对于大多数这些程序来说，可以单击"查看文件"来查看将要删除的文件。

(5) 单击"确定"按钮。"磁盘清理"将询问是否确定要删除这些文件。

(6) 单击"是"按钮。"磁盘清理"将删除选中的文件。

保存磁盘清理设置

可以保存"磁盘清理"的设置并在任何时候运行这些设置。如果想要在关机时删除所有下载的程序文件和临时 Internet 文件，则该操作就很有用。启动命令提示符，然后输入以下命令:

```
cleanmgr /sageset:1
```

注意命令中的数字 1 是任意值: 可以输入 0 ~ 65535 之间的数字。这将会启动"磁盘清理"以及待删除的扩展文件类型集，你可以进行选择并单击"确定"按钮。该命令的作用是将设置保存到注册表中，它并不删除文件。如果要删除文件，打开命令提示符并输入以下命令:

```
cleanmgr /sagerun:1
```

还可以创建该命令的快捷方式，添加该命令到批处理文件中，或使用"任务计划程序"计划该命令。

15.5　对磁盘进行磁盘碎片整理

Windows Vista 的"磁盘碎片整理"实用程序是调整硬盘性能的基本工具。"磁盘碎片整理"的工作是让硬盘避免碎片。

"文件碎片(file fragmentation)"是一个听上去比实际更令人恐怖的术语。它只意味着文件分散地存储在硬盘上，而非连续的位存储。这会造成性能缓慢，因为这意味着当 Windows Vista 试图打开该文件时，其必须搜集不同的分片。如果文件碎片太多，则可能会导致最快的硬盘像爬虫一样慢。

Windows Vista 为何不连续地存储文件呢? 记住，Windows Vista 以簇的形式在磁盘上存储文件，而且这些簇根据磁盘的容量有着固定的大小。Windows Vista 还使用文件目录跟踪每个文件的位置。当删除某个文件时，Windows Vista 并不真正地删除与该文件相关的簇，而是将删除文件的簇标记为未使用。

为了了解碎片产生的原理，这里介绍一个示例。假设有 3 个文件——FIRST.TXT、SECOND.TXT 和 THIRD.TXT——存储在磁盘上并且分别使用 4、3、5 个簇。图 15-7 显示了磁盘上的分布情况。

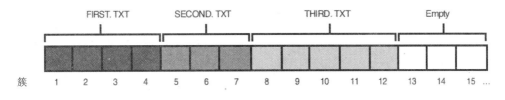

图 15-7　产生碎片前的 3 个文件

如果现在删除 SECOND.TXT，则 5、6 和 7 将变为可用。但是假设下一个将要保存的文件——称之为 FOURTH.TXT——占 5 个簇。将发生什么情况呢？Windows Vista 将查找第一个可用的簇。如果它发现 5、6 和 7 可用，因此其使用这 3 个簇作为 FOURTH.TXT 的头 3 个簇。Windows 继续查找，发现簇 13 和 14 可用，所以它使用这两个簇作为 FOURTH.TXT 的最后两个簇。图 15-8 显示了此时的分布情况。

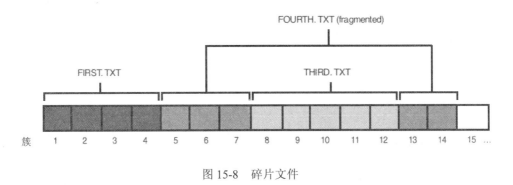

图 15-8　碎片文件

可以看到，FOURTH.TXT 非连续存储——换句话说，它有碎片。虽然文件分为两个片不算糟糕，但是大的文件可能会分为几十个块。

15.5.1　运行磁盘碎片整理程序工具

Windows Vista 的好处在于它能够配置"磁盘碎片整理程序"让其自动运行——默认计划是每周日的上午 4:00。这意味着不需要手动地对系统进行碎片整理。然而，有时候或许需要在加载一个特别大的软件程序前进行磁盘碎片整理。

在使用"磁盘碎片整理程序"前，应该完成以下一些操作：

● 从硬盘中删除任何不需要的文件，如前一节所述。对垃圾文件进行碎片整理将降低整个过程的运行速度。

● 通过运行本章前面介绍的"检查磁盘"来检查文件系统的错误(参见"检查硬盘错误")。

按照以下步骤使用"磁盘碎片整理程序"

(1) 选择"开始"|"所有程序"|"附件"|"系统工具"|"磁盘碎片整理程序"。或者在 Windows 资源管理器中右击想要执行碎片整理的驱动器，单击"属性"，然后在打开的对话框中显示"工具"选项卡。单击"立即进行碎片整理"按钮。无论使用哪种方式，都将出现"磁盘碎片整理程序"窗口，如图 15-9 所示。注意，这是 Vista Service Pack 1 附带的"磁盘碎片整理程序"窗口。如果运行以前的 Vista 版本，窗口可能与此稍有不同。

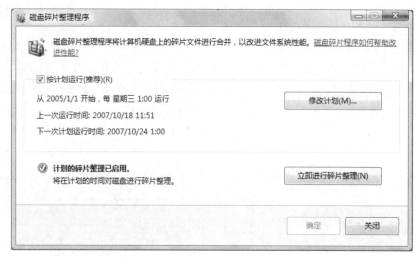

图 15-9　使用"磁盘碎片整理程序"删除文件碎片并提高磁盘性能

(2) 单击"立即进行碎片整理"按钮，Windows Vista 将会对硬盘进行碎片整理。

(3) 当碎片整理完成时，单击"关闭"按钮。

提示：

在某些情况下，可以通过在驱动器上运行"磁盘碎片整理程序"两次来进一步对驱动器进行碎片整理(也就是说，运行碎片整理程序，并在完成时立刻运行第二次碎片整理程序)。

15.5.2　更改磁盘碎片整理程序的计划

如果想在不同的日期不同的时间运行"磁盘碎片整理程序"(增加和减少运行频率)，则可以按照以下步骤更改默认的计划：

15

(1) 选择"开始" | "所有程序" | "附件" | "系统工具" | "磁盘碎片整理程序"。

(2) 确认启用"按计划运行"复选框。

(3) 单击"修改计划"以显示"磁盘碎片整理程序：修改计划"对话框。

(4) 使用"频率"列表选择碎片整理的频率："每天"、"每周"或"每月"。

(5) 对于"每周"计划，使用"哪一天"列表选择在一周中的哪一天运行碎片整理；对于"每月"计划，使用"哪一天"列表选择在一月中的哪一天运行碎片整理。

(6) 使用"时间"列表选择运行碎片整理程序的时间。

(7) 单击"确定"按钮返回到"磁盘碎片整理程序"窗口。

(8) 单击"关闭"按钮。

15.5.3　更改执行磁盘碎片整理的磁盘

在 Service Pack 1 中，磁盘碎片整理程序带有一个新的功能，在程序每周(或其他计划的时间)执行碎片整理时，使用该功能可以选择对哪些磁盘执行操作。如果你的系统上有多个硬盘或分区，并且你希望限制磁盘碎片整理程序进行整理的磁盘以提高速度，该功能就非常有用。

执行下面的步骤以指定执行碎片整理的磁盘。

(1) 选择"开始" | "所有程序" | "附件" | "系统工具" | "磁盘碎片整理"。

(2) 单击"选择卷"以显示"磁盘碎片整理程序：高级选项"对话框，如图 15-10 所示。

图 15-10　使用"磁盘碎片整理程序"中新的(在 Service Pack 1 中)
"高级选项"对话框选择执行碎片整理的磁盘

(3) 取消选择不希望执行碎片整理的磁盘旁边的复选框。

(4) 如果需要"磁盘碎片整理程序"停止将新的磁盘添加到碎片整理列表，则取消选择"自动整理新的磁盘"复选框。

(5) 单击"确定"按钮以返回到"磁盘碎片整理程序"窗口。

(6) 单击"确定"按钮。

15.5.4 从命令行运行碎片整理程序

如果想要计划碎片整理或想通过批处理文件进行整理，必须使用 DEFRAG 命令行实用程序(需要"管理员"命令行来运行 DEFRAG。选择"开始"|"所有程序"|"附件"，右击命令提示符，然后单击"以管理员身份运行")。语法如下：

```
DEFRAG volume [-c] [-a] [-f] [-v]
```

volume	指定想要进行碎片整理的驱动器盘符(后面跟一个冒号)。
-c	告诉 DEFRAG 对所有系统驱动器进行碎片整理。
-a	告诉 DEFRAG 只分析磁盘。
-f	即使磁盘不需要碎片整理或磁盘可用空间不足 15%时，强制 DEFRAG 对磁盘进行碎片整理(DEFRAG 通常需要至少 15% 的可用空间，因为其需要空间对文件进行排序)。
-v	以详尽模式运行 DEFRAG，其将会显示分析报告和碎片整理 的报告。

15.6 设置系统还原点

过去导致 Windows 不稳定的最大一个因素是一些新安装的程序不能与 Windows 兼容。问题可能是某个可执行文件不能与 Windows 系统兼容或者注册表更改导致对程序或 Windows 的破坏。同样，硬件安装也会通过向系统添加错误的设备驱动程序或破坏注册表而产生问题。

为了帮助预防导致系统崩溃的软件或硬件的安装，Windows Vista 提供了"系统还原"的功能。它的工作是直观而且明智的：获得周期性的系统快照——称为系统的**还原点**或**保护点**——它们都包含了当前安装的程序文件、注册表设置和其他一些重要的系统数据。其目的是，如果程序或设备安装导致系统问题，则使用"系统还原"可以将系统转换到安装前最近的还原点。

"系统还原"在以下条件中自动创建还原点：

- **每 24 小时**——这称为**系统检查点**(system checkpoint)，只要系统正在运行，则会每天设置一次。如果计算机不在运行，则系统检查点将在下次启动计算机时被创建，其假设在上次设置系统检查点后至少过了 24 小时。

注意:

系统检查点间隔由"任务计划程序"中的一个任务控制(选择"开始"|"所有程序"|"附件"|"系统工具"|"任务计划程序")。打开"任务计划程序库"|"Microsoft"|"Windows"分支,然后单击"SystemRestore 任务"。为了更改该任务,单击"操作"窗格中的"属性"以显示"SR 属性"对话框。为了更改 Vista 用来创建系统检查点的计划,显示"触发器"选项卡,单击想要更改的触发器("每日"或"启动时"),然后单击"编辑"按钮。

- **安装某些应用程序前**——某些较新的应用程序——特别是 Office 2000 或以后的版本——它们支持"系统还原"并将询问是否在安装前创建还原点。
- **在安装 Windows Update 补丁前**——"系统还原"将在通过手动、Windows Update 站点或"自动更新"功能安装补丁前创建还原点。
- **在安装未签名的设备驱动程序前**—— Windows Vista 将会向你警告正在安装的未签名的驱动程序。如果选择继续安装,则系统将在安装驱动程序前创建还原点。
- **还原备份文件前**——当使用"Windows Vista 备份"程序还原 1 个或多个备份文件时,"系统还原"将会创建还原点以防止还原导致系统文件出现问题。
- **在使用"系统还原"还原到以前的配置前**——有时还原到以前的配置并不能解决当前的问题或者它自身将产生问题。在这些情况下,"系统还原"将在还原前创建还原点,以便可以取消还原。

同样还能使用"系统保护"功能手动地创建还原点。按照以下步骤进行操作:

(1) 选择"开始"菜单,右击"计算机",然后单击"属性"以打开"系统"窗口。

(2) 单击"系统保护"并输入 UAC 证书以打开"系统属性"对话框并显示"系统保护"选项卡,如图 15-11 所示。

图 15-11　使用"系统保护"选项卡设置还原点

(3) Vista 默认只为系统驱动器创建自动还原点。如果系统上还有其他驱动器，并且你想要为它们创建自动还原点，则可以使用"自动还原点"列表选中想要保护的驱动器旁边的复选框。

(4) 单击"创建"按钮以显示"创建还原点"对话框。

(5) 为新的还原点输入描述，然后单击"创建"。"系统还原"将创建还原点并显示一个通知对话框。

(6) 单击"确定"按钮。

注意:

在 Windows XP 中，可以调整"系统还原"使用的磁盘空间的总量，但在 Windows Vista 中不能这么做。Vista 总是保留至少 300MB(在系统驱动器上)以存储还原点数据，如果系统有很多还原点并且如果系统驱动器有足够的可用空间，则其会使用更多的磁盘空间。如果驱动器没有足够的可用空间，则"系统还原"将删除最早的还原点以释放空间。然而请注意，还原点的数量并没有限制，所以在有着很多可用空间的大容量磁盘上，可以有数十吉字节的还原点。如果想要释放这些磁盘空间，运行前面介绍的"磁盘清理"程序，选择"更多选项"选项卡，然后在"系统还原"组中单击"清理"。这将会删除除了最近还原点以外的所有还原点。

15.7 备份文件

理论上，理论和实践是同一回事，但实际上却不是这样。该说法能很好地应用于数据备份。理论上说，备份数据是每天计算机事务的重要部分。毕竟我们知道数据的宝贵性及其无法取代的地位，而且前面已介绍过，导致硬盘损坏的原因有很多：电流激增、流氓软件、病毒程序或正常的硬盘磨损。然而实际上，备份数据看上去总是"明天"要做的事情之一。毕竟，以前的硬盘运行尚且可以——而且，谁会有时间为了一个即使很小的备份而使用几十张软盘呢？

当谈及备份时，理论和实际只有在你启动系统并且获得"无效系统配置或硬盘故障"消息时才会融为一体。失去一个充满未被存档的(现在已经丢失的)数据的硬盘将会立即提高备份的重要性。为了避免这场灾难，必须找到一种备份实践的方法。

但是，在 Windows 以前的版本中，备份文件并没有想象中那么容易。Windows 以前版本的"Microsoft 备份"程序看上去最多只是个事后的想法、一种标志而已，因为操作系统应该有某种类型的备份程序。许多认为备份重要的用户使用更为强大的第三方工具来取代"Microsoft 备份"程序。

这种情况在 Windows Vista 中不会发生，因为新的备份程序——即 Windows "备份"——是对其前面版本的改进：

● 可以备份到可写的光盘、USB 闪存驱动器、外置硬盘或其他可移动介质上。

- 可以备份到网络共享上。

- 安装完程序后，备份是完全自动进行的，特别是在你将文件备份到有足够空间保存文件的资源上时(例如，硬盘或有空间的网络共享上)。

- 可以创建系统映像备份——Microsoft 称之为"完全 PC 备份"——其保存了计算机当前的精确状态，所以能在计算机死机或丢失数据时进行完全地还原。

如果说"Windows 备份"有任何缺点，则其缺点就是对高级用户来说它并不十分友好。该程序完全是向导驱动的，没有方法手动配置备份。

为了了解自动备份在"Windows 备份"中的重要作用，当你第一次启动程序时(选择"开始"|"所有程序"|"附件"|"系统工具"|"备份状态和配置")，它将会显示如图 15-12 所示的页面。

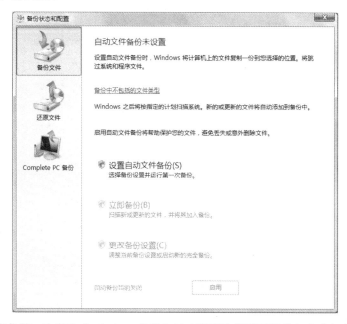

图 15-12　当你第一次启动"Windows 备份"时，程序将提示配置并启动"自动备份"功能

15.7.1　配置自动文件备份

按照以下步骤配置并启用 Vista 的"自动文件备份"功能：

(1) 单击"设置自动文件备份"并输入 UAC 证书以加载"备份文件向导"。

(2) 向导首先需要知道备份的目的位置。有两种选择(在准备继续时单击"下一步")：

- 在硬盘、CD 或 DVD 上——如果想要在计算机上使用磁盘驱动器，则选择该选项。如果有多个驱动器，则可以使用列表选择想要使用的驱动器。
- 在网络上——如果想要使用共享的网络文件夹，则使用该选项。输入共享的 UNC 地址或单击"浏览"以使用"浏览文件夹"对话框选择共享网络文件夹。

(3) 如果系统有多个硬盘，则向导会询问在备份中包含哪个硬盘。取消不想包含在备份中的任何驱动器旁边的复选框(但是不能排除系统驱动器)，然后单击"下一步"按钮。

(4) 下一个对话框将提供一个备份文件类型的长列表，包括文档、图片、视频和电子邮件，如图 15-13 所示。保持选中想要在备份中包含的文件类型的复选框并单击"下一步"按钮。

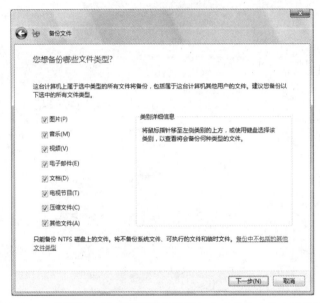

图 15-13 使用该向导对话框指定想要包含在备份中的文件类型

(5) 下一个对话框将设置备份计划：

- 频率——选择"每天"、"每周"或"每月"。
- 哪一天——如果选择"每周"，则选择想要在星期几进行备份；如果选择"每月"，则选择想要在哪一天进行备份。
- 时间——选择想要运行备份的时间(选择一个你不使用计算机的时间)。

(6) 单击"保存设置并开始备份"以保存配置并启动备份。"Windows 备份"将通知你其现在会对系统进行完整的备份。

(7) 单击"是"按钮。

(8) 按照屏幕上出现的指令进行操作，特别是在"Windows 备份"询问插入或格式化磁盘时。备份启动后，单击通知区域中的"文件备份正在运行"图标观察该过程。

(9) 当备份完成时，单击"关闭"按钮。

15

下次运行"Windows 备份"时，初始化窗口将显示备份的状态，上次系统备份的时间以及下次进行备份的时间。该窗口还有一些新的选项：

- 立即备份——单击该选项以重新运行整个备份。
- 更改备份设置——单击该选项通过再次运行"备份文件向导"对话框更改备份配置。
- 自动备份当前启用——单击"关闭"按钮以禁用自动备份功能。

15.7.2　创建系统映像备份

Vista **Business**　　Vista **Enterprise**　　Vista **Ultimate Edition**

个人电脑最严重的问题是导致硬盘或系统文件不能使用的系统崩溃。唯一的方法就是重新格式化硬盘或从头开始使用新的硬盘。这通常意味着必须重新安装 Windows Vista，然后重新安装和配置所有的应用程序。换句话说，你需要一天或几天的时间恢复系统。然而，Windows Vista 有新的功能能够帮助恢复系统，该功能称为"完整 PC 备份"，它是在第 16 章"在发生问题后进行诊断和恢复"中将介绍的"系统恢复选项"的一部分。

"完整 PC 备份"使用的安全性实际上是对 Windows Vista 安装的完全备份；这称为**系统映像**(system image)。创建系统映像需要用很长时间(至少几个小时，根据系统拥有的内容)，但这还是值得的。以下是创建系统映像的步骤：

(1) 选择"开始"|"所有程序"|"附件"|"系统工具"|"备份状态和配置"。

(2) 选择"完整 PC 备份"。

(3) 单击"立即创建备份"并输入 UAC 证书以启动"Windows 完整 PC 备份向导"。

(4) 向导将询问备份的目的位置。有以下两种选择(当准备继续时单击"下一步")：

- 在硬盘上——如果想要使用计算机上的磁盘驱动器，则选择该选项。如果有多个驱动器，则使用列表选择想要使用的驱动器。
- 在 1 片或多片 DVD 上——如果想要使用 DVD 保存备份，则选择该选项。

(5) "Windows 完整 PC 备份"将会在系统映像中自动包含内置硬盘，不能更改。然而，如果也有外置硬盘，可以通过启用它们的复选框将其添加到备份中。单击"下一步"按钮。"Windows 完整 PC 备份"将要求你确认该备份设置。

(6) 单击"开始备份"，"Windows 完整 PC 备份"将创建系统映像。

(7) 当备份完成时，单击"关闭"按钮。

15.8 检查更新和安全补丁

Microsoft 一直致力于通过故障修复、安全补丁、新程序版本以及设备驱动程序的更新来改善 Windows Vista。所有这些新的而且改善的组件都可以联机获得，所以应该经常检查更新和补丁。

15.8.1 检查 Windows Update 的网站

Windows Vista 更新的主要联机站点是 Windows Update 网站，通过选择"开始" | "所有程序" | "Windows Update"可以将其加载到 Internet Explorer 中。你应该经常访问该站点以查找能使 Windows Vista 更加可靠和安全的重要新组件。

Windows Vista 还有一个极大改进的自动更新功能，它能自动下载并安装更新。如果想要了解计算机进行了哪些操作，可以通过以下步骤控制自动更新：

(1) 选择"开始" | "控制面板" | "安全" | "Windows Update"，打开 Windows Update 窗口，它会显示当前的更新状态并能让你查看安装过的更新。

注意：

为了查看在计算机上安装的更新，可以单击"查看更新历史记录"链接。

(2) 单击"更改设置"链接以显示"更改设置"窗口，如图 15-14 所示。

图 15-14　使用"更改设置"窗口以配置 Vista 的自动更新

(3) 启用以下选项以确定 Windows Vista 完成更新的方式：

15

- "自动安装更新"——该选项通知 Windows Vista 自动下载并安装更新。Windows Vista 将根据指定的日期(例如每天或每星期日)和时间检查新的更新。例如，应该选择一个你不使用计算机时的时间。

警告：

为了使更新生效，有些更新需要计算机重新启动。在这种情况下，如果启用"自动"选项，Windows Vista 将自动重新启动系统。如果打开的文档没有保存更改或者你需要某个特定的程序一直运行，则会产生问题。可以通过经常保存工作或通过设置自动登录(参见第 2 章"定制并诊断 Windows Vista 的启动错误"中的"设置自动登录")来解决这些问题。而且还能通过将任何需要运行的程序放入"Startup"文件夹中(参见第 5 章"安装并运行应用程序"中的"使用启动文件夹")来解决这些问题。

- "下载更新,但是让我选择是否安装更新"——如果启用该选项,Windows Vista 将检查新的更新并自动下载任何可用的更新。然后 Windows Vista 将在通知区域显示一个图标,通知你更新准备就绪,可以安装。单击该图标可以看到更新列表。如果看到不想安装的更新,可以不选中复选框。

提示：

选择不安装的更新仍会出现在"查看可用更新"的窗口中。如果不想看到这些更新,右击更新,单击"隐藏更新",输入 UAC 证书,然后单击"取消"按钮。如果想要显示更新,打开 Windows Update 窗口并单击"还原隐藏的更新"链接。在"还原隐藏的更新"窗口中,启用更新的复选框,单击"还原"按钮,然后输入 UAC 证书。

- "检查更新,但是让我选择是否下载和安装更新"——如果启用该选项,Windows Vista 将会检查新的更新,如果有可用的更新,则会在通知区域显示一个图标以通知更新可以下载。单击图标以查看更新列表,如果看到不想下载的更新,则可以取消该更新对应的复选框。单击"开始下载"以启动下载过程。当下载完成时,Windows Vista 将在通知区域显示一个图标,通知你准备安装更新。单击图标,然后单击"安装"按钮以安装更新。
- "从不检查更新"——启用该选项可以防止 Windows Vista 检查新的更新。

(4) 单击"确定"按钮并输入 UAC 证书以使新设置生效。

15.8.2　检查安全漏洞

Microsoft 经常会在 Internet Explorer 和 Windows Media Player 这样的组件中查找安全漏洞。对这些问题的修复经常能够通过 Windows Update 得到。然而为了保证计算机的安全性,应该下载并经常运行"Microsoft 基准安全分析器(Microsoft Baseline Security

Analyzer)"。该工具不仅能扫描系统缺少的安全补丁，还能找到弱密码或其他 Windows 漏洞。可以在 www.microsft.com/technet/security/tools/mbsahome.mspx 下载该工具。

安装完该工具后，可以按照以下步骤使用这些工具：

(1) 选择"开始"|"所有程序"|"Microsoft Baseline Security Analyzer 2.0"，打开程序的欢迎窗口。

(2) 单击"Scan a Computer"。

(3) 你的计算机应该在"Computer Name"列表中。如果不在列表中，则从列表中选择。还可以使用"IP Address"文本框输入计算机的 IP 地址。

(4) 使用"Options"复选框指定想要检查的安全组件。对于大多数扫描来说，应该保持启用所有选项。

(5) 单击"Start Scon"。程序将检查系统并显示系统安全报告(通常为找到的任何漏洞提供解决方案)。图 15-15 显示了一个报告样本。

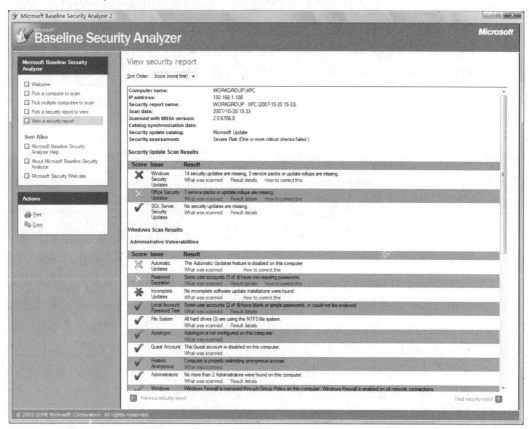

图 15-15 由"Microsoft Baseline Security Analyzer"生成的报告样本

15.9 查看事件查看器日志

Windows Vista 经常监视系统发生的非正常的或值得关注的事件，它可能是某个不能启动的服务、设备的安装或应用程序错误。Vista 在多个不同的事件日志中跟踪这些事件。例如，"应用程序"日志存储与应用程序(包括 Windows Vista 程序和第三方应用程序)相关的事件。"系统"日志存储由 Windows Vista 以及系统服务和设备驱动程序这样的组件产生的事件。

为了检查这些日志，可以使用"事件查看器"管理单元，其在 Windows Vista 中的界面有很多的改进。可以通过使用以下任何一种方式(在每种情况下必须输入 UAC 证书)打开"事件查看器"：

- 选择"开始"菜单，右击"计算机"，单击"管理"，然后单击"事件查看器"。
- 按下 Windows Logo+R 组合键(或选择"开始"|"所有程序"|"附件"|"运行")，输入 eventvwr.msc，然后单击"确定"按钮。
- 选择"开始"|"控制面板"|"系统和维护"，在"管理工具"中单击"查看事件日志"链接。

图 15-16 显示了事件查看器的主页面，该页面提供了事件、最近查看的事件和可用操作的概述(如果没有看到"操作"窗格，可以单击"显示/隐藏操作窗格"工具栏按钮，如图 15-16 所示)。

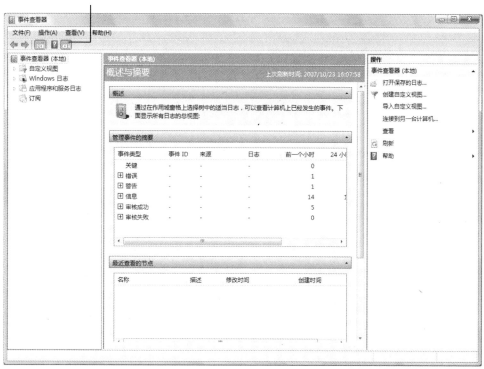

图 15-16　事件查看器在 Windows Vista 中作了很多改进，有新的界面和功能

范围窗格提供了 3 个分支："自定义视图"、"Windows 日志"和"应用程序和服务日志"。

"自定义视图"分支列出系统上定义的事件视图(后面将介绍)。如果过滤某个事件日志或创建新的事件视图，则新的视图将存储在"自定义视图"分支中。

"Windows 日志"分支显示多个子分支，其中 4 个子分支代表了系统跟踪的主要日志(如图 15-17 所示)：

- **应用程序**——存储与应用程序有关的事件，包括 Windows Vista 程序和第三方应用程序。
- **安全**——存储与系统安全有关的事件，包括登录、用户帐户和用户权限。
- **安装程序**——存储与 Windows 安装程序有关的事件。
- **系统**——存储由 Windows Vista 以及系统服务和设备驱动程序这样的组件生成的事件。

"预览"窗格

图 15-17　单击日志以查看该日志中的事件列表

应该经常检查"应用程序"和"系统"的事件日志以查看存在的问题以及会引起问题的警告。"安全"日志对于日常维护并不重要。只需在怀疑计算机的安全问题时才使用该日志，例如想要跟踪登录到计算机的用户时。

注意：

"系统"日志对设备驱动程序的错误进行分类，但是 Windows Vista 有其他更容易检查设备问题的工具。如第 17 章"最有效使用设备管理器"(参见"使用设备管理器进行诊断")中介绍的那样，"设备管理器"显示存在问题的设备的图标，你可以查看设备的属性表以获悉问题的描述。同样，"系统信息"实用程序(Msinfo32.exe)将在"系统摘要"|"硬件资源"|"冲突/共享"分支以及"系统摘要"|"组件"|"有问题的设备"分支中报告硬件的问题。

当你选择日志时，中间的窗格将显示可用的事件，包括事件的日期、时间和源，事件的类型(信息、警告或错误)以及其他数据。以下是在 Vista 的"事件查看器"中查看日志时所看到的主要界面改变和新功能的摘要：

- "预览"窗格将在"常规"选项卡中显示基本事件数据，在"详细信息"选项卡中显示更详细的数据。可以通过选择"查看"|"预览窗格"来控制"预览"窗格的开关。
- 事件数据以 XML 的格式进行存储。为了查看模式，单击"预览"窗格中"详细信息"选项卡的"XML 视图"。
- "筛选"命令将以 XML 格式生成查询。
- 可以单击"创建自定义视图"以创建基于事件日志、事件类型、事件 ID 等的新事件视图。
- 可以将任务与事件相关。单击想要使用的事件，然后单击"操作"窗格中的"将任务附加到该事件"，从而打开"计划任务向导"，其会在每次事件触发时运行程序或脚本或者发送电子邮件给你。
- 可以使用"事件文件"(.elf)格式将选中的事件存储到文件中。

"应用程序和服务日志"分支列出了支持标准事件记录(Windows Vista 的新功能)格式的程序、组件和服务。所有在该分支中的项会在单独的文本文件中存储其日志，只有明确打开日志文件才能在以前版本的"事件查看器"中得到该文件。

15.10　制定 10 个步骤的维护计划

维护只有在经常进行的情况下才会有效，但是也应该有限度。如果维护的频率太高，则会成为负担并且影响其他任务；如果维护次数太少，则会变得无效。应该多久执行本章中列举的 10 条维护建议呢？　下面是 10 个步骤的维护计划：

(1) 检查硬盘的错误。每周运行一次基本扫描。每月运行一次彻底的磁盘表面扫描。磁盘表面扫描要花很长时间，所以应该在一段时间内不使用计算机的时候运行该任务。

(2) 检查可用磁盘空间，大概每月进行一次该操作。如果驱动器上的可用空间不断减少，则大约每周检查一次。

(3) 删除不需要的文件。如果可用的磁盘空间没有问题，则每 2 个或 3 个月执行一次该任务。

(4) 对硬盘进行碎片整理。对硬盘进行碎片整理的频率取决于使用计算机的频率。如果每天都使用计算机，则应该大约每周运行一次"磁盘碎片整理程序"。如果不经常使用计算机，则可能应该大约每月运行一次"磁盘碎片整理程序"。

(5) 设置还原点。Windows Vista 将设置常用的系统检查点，所以你应该在安装某个程序或设备或对系统进行其他重大更改时设置你自己的还原点。

(6) 备份文件。如果经常使用计算机并且每天会生成大量数据，则应使用"每天"自动备份。如果不经常使用计算机，则"每月"备份就足够了。

(7) 创建系统映像备份。应该每月或者在对系统进行重大更改时创建系统的映像备份。

(8) 检查"Windows Update"。如果关闭了自动更新，则应该每周检查 Windows Update 网站是否有更新。

(9) 检查安全漏洞。每月运行一次"Microsoft 基准安全分析器"。还应该每月访问一次 Microsoft 的安全站点：www.microsoft.com/security/以查看最新的安全新闻、获得安全和病毒警告等信息。

(10) 检查"事件查看器"日志。如果系统运行正常，只需要每周或几周检查一次"应用程序"和"系统"日志文件。如果系统有问题，则应该每天查看"警告"或"错误"事件的日志。

记住 Windows Vista 提供了一些自动运行大多数这些维护步骤的选项：

- 如果想要每天运行某个任务，则将其设置为在启动时运行，如第 5 章所述。
- 使用"任务计划程序"("开始"|"所有程序"|"附件"|"系统工具"|"任务计划程序")按规定计划设置程序。

15.11 相关内容

以下是在本书中与 Windows Vista 维护的内容相关的章节列表：

- 参见第 2 章中的"设置自动登录"一节以了解自动登录的方式。
- 参见第 5 章中的"在启动时运行应用程序和脚本"一节以了解更多有关自动启动程序的内容。
- 参见第 12 章"对 Windows Script Host 进行编程"以了解更多有关 Windows Vista 脚本的内容。
- 虽然维护计划很不错，但是如果运行发生问题，则参阅第 16 章的"在发生问题后进行诊断和恢复"的内容，还可以参阅第 17 章中的"诊断并解决设备问题"一节的内容。

第 16 章

在发生问题后
进行诊断和恢复

很久以前，有人已经用数学的方法证明了不可能制作出任何没有问题的复杂软件程序。程序变量的数量越来越多，子程序与对象之间的交互越来越复杂，底层的程序逻辑的增长已经超过一个人的掌控范围，因此错误将不可避免地在代码中产生。Windows Vista 可能是创建的最为复杂的软件，所以其中难免会有错误。然而，大部分的问题非常隐晦，只会在极少数的情况下出现。

但这决不意味着可以确保没有错误的计算体验。第三方程序和设备将导致大多数的计算机问题，原因是它们本身有问题，或者它们不能与 Windows Vista 兼容。使用专为 Windows Vista 设计的软件、设备和设备驱动程序将很有帮助 (如第 15 章 "维护 Windows Vista 系统" 中介绍的维护程序)。但是计算机问题就如生老病死和缴纳税款一样，是生活中难免发生的事情，所以你应该知道如何诊断并解决问题。本章将介绍确定问题源的技术以及所有 Windows Vista 的恢复工具。

bug 一词的由来

软件错误在传统上称为 bug，虽然很多开发人员避免使用这个术语，因为它有很多负面的内容。例如，Microsoft 更喜欢使用术语"问题(issue)"。有关 bug 一词的由来有一段非常吸引人的故事。1947 年，有位名为 Grace Hopper 的计算机人士正在开发 Mark II 系统。当她调查某个问题时，发现在计算机的真空管中有只飞蛾，于是从那时起就将问题称为 bug。虽然这是个很好的故事，但是它并非是 bug 的由来。事实上，早在 Hopper 女士发现问题的 60 年之前，工程师已经将计算机缺陷称为 bug。作为证明，Pall Mall Gazette 的 1889 年版的牛津英语辞典提供了以下注释：

爱迪生先生用了两个晚上的时间查找留声机中的 bug——表示解决困难，并暗示某些假想的昆虫隐藏在其中从而导致了问题。

16.1 诊断问题策略：确定问题源

所有 Windows Vista 用户的体验是称为"时隐时现"问题。该问题会困扰你一段时间，然后在没有任何干预的情况下神秘地消失(这还可能发生在你向附近的用户询问或找 IT 部门的人员查看某个问题的时候。就像你将汽车拖到修理厂时汽车故障消失了一样，计算机问题经常会在那些有经验的用户坐在键盘前的时候自行解决)。发生这种情况时，大多数人将会摇摇头并继续工作，庆幸不再需要处理这些问题。

遗憾的是，大多数计算机的问题并非能够轻易解决。对于这些复杂的问题，首先应该查找问题源。虽然困难，但是采用系统的方法就能完成该工作。多年来发现的最好方法是提出一系列问题以收集所需的信息和/或缩小问题的范围。下面的章节将会介绍这些问题。

16.1.1 是否收到错误消息

遗憾的是，大多数计算机的错误消息令人费解，并不能帮助你直接解决问题。然而，错误代码或错误文本能够帮助你，它们提供在联机数据库(参见本章后面的"使用联机资源诊断问题"小节)中搜索的内容，或将信息提供给技术支持人员。因此，你应该将出现的任何错误消息文本记录下来。

提示：

如果错误消息很长而且你还在使用计算机上的其他程序，则不用去记录完整的消息。而是应该在消息显示时，按下 Print Screen 键将当前屏幕的图像保存到剪切板中。然后打开"画图"或其他图形程序，将屏幕图像粘贴到新图像中，然后保存图像。如果想要将图像通过电子邮件发送给能够帮助解决问题的技术支持人员或其他人，则可以考虑将图像保存为单色或 16 色的位图，或者如果可能，将其保存为 JPEG 文件以保持小尺寸图像。

提示：

如果错误消息在 Windows Vista 启动前出现，但是没有时间记录错误消息，按下 Pause Break 键以暂停启动。在记下错误后，可以按下 Ctrl+ Pause Break 键继续启动。

16.1.2　错误或警告消息是否出现在事件查看器日志中

打开"事件查看器"并检查"应用程序和系统"日志(参见第 15 章中的"检查事件查看器日志"一节以了解更多有关"事件查看器"的内容)。尤其是，查看"级别"列中的"错误"或"警告"事件。如果看到任何事件，双击每个事件以查看事件描述。图 16-1 是一个示例：

图 16-1　在"事件查看器"中，在"应用程序和系统"日志中查找"错误"和"警告"事件

16.1.3　错误是否出现在系统信息中？

选择"开始"|"所有程序"|"附件"|"系统工具"|"系统信息"以启动"系统信息"实用程序(或者，按下 Windows Logo+R 组合键，输入 msinfo32 并单击"确定"按钮)。在"硬件资源"分支中，检查"冲突/共享"子分支的设备冲突。还可以查看"组件"|"有问题的设备"类别中是否列出任何设备，如图 16-2 所示。

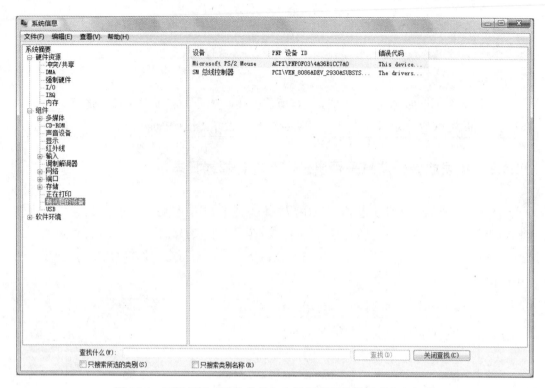

图 16-2   可以使用"系统信息"实用程序查找设备冲突和问题

16.1.4   最近是否编辑过注册表

对注册表进行不适当的更改会导致很多问题。如果问题在编辑完注册表后发生，则应该还原已经更改的键或设置。理想情况下，如果导出了冲突键的备份，则应该导入该备份。在第 11 章"了解 Windows Vista 的注册表"中介绍了备份注册表的方法。参见"保持注册表的安全性"一节的内容。

16.1.5   最近是否更改过任何 Windows 设置

如果在更改 Windows 的配置后出现问题，则应该恢复更改。即使如启用屏幕保护程序这样的操作也可能会产生问题，所以不要遗漏任何更改。如果你最近作了很多更改而且不确定所有进行过的操作，或者分别恢复所有更改的时间太长，则可以使用"系统还原"将系统返回到进行更改前的最近的检查点。参见本章后面的"使用系统还原进行恢复"。

16.1.6   Windows Vista 是否能"自发"地重启

当发生某些错误时，Windows Vista 将会重启。当系统发生故障(也称为**停止错误**

(stop error)或**蓝屏死机(blue screen of death、BSOD))**时，系统内建这个明显的随机行为。Windows Vista 默认向系统日志中写入错误事件、将内存的内容转存储文件中，然后重启系统。如果系统重启，检查"事件查看器"以了解发生的操作。

可以按照以下步骤控制 Windows Vista 处理系统故障的方式：

(1) 选择"开始"|"控制面板"|"系统和维护"|"系统"。

(2) 单击"高级系统设置"链接，输入 UAC 证书以打开"系统属性"对话框并显示"高级"选项卡。

(3) 在"启动和故障恢复"组中，单击"设置"。图 16-3 显示了打开的"启动和故障恢复"对话框。

图 16-3　使用"启动和故障恢复"对话框配置 Windows Vista 处理系统故障的方式

(4) 使用以下"系统失败"组中的控件来配置 Windows Vista 处理系统故障的方式：

"将事件写入系统日志"——启用该复选框会在系统日志中记录系统故障，这能够让你在"事件查看器"中查看事件。

"自动重新启动"——启用该选项能够在发生停止错误时重启系统。如果想避免重启，则取消该复选框的选择。这在 Vista 重启前简短地出现错误消息时有用。通过禁止自动重启，可以阅读并记录错误消息。

提示：

如果 BSOD 问题发生在启动期间，则计算机的窗口将无限循环：重启、发生问题、出现 BSOD，然后计算机重启。遗憾的是，BSOD 只转瞬即逝，所以没有足够的时间读取错误信息。如果发生这样的问题，显示"Windows 启动管理器"菜单(参见第 2 章"定制并诊断 Windows Vista 的启动错误")，按下 F8 键打开"高级启动选项"菜单，然后选择"禁用系统失败时自动重新启动"项。这将告诉 Vista 在出现 BSOD 后不要重启，这样你就能记录错误消息，并有希望能够成功地诊断并解决问题。

写入调试信息——该列表确定当发生系统错误时 Windows Vista 存入磁盘(保存在列表下面文本框指定的文件夹中)的信息。该信息——也称为内存转储(memory dump)——包括能够帮助技术支持人员确定问题原因的数据。有以下 4 个选择:

- 无——不写入任何调试信息。
- 小内存转储(64KB)——该选择写入最少量的可以用来标识引起停止错误原因的有用信息。这个 64KB 的文件包含了停止错误号及其描述、运行的设备驱动程序列表以及处理器状态。
- 内核内存转储——该选项将内核内存的内容写入磁盘中(内核是 Windows Vista 的组件,其管理底层与处理器有关的操作的功能,例如调度并分配线程、处理中断和异常以及同步多个处理器)。该转储包括为内核、硬件抽象层以及被内核使用的驱动程序和程序所分配的内存。未分配的内存以及为用户程序分配的内存不包含在该转储中。该信息对于诊断故障最有用,这里推荐使用该选项。
- 完全内存转储——该选项将 RAM 的整个内容写入磁盘。

注意:

Windows Vista 首先将调试信息写入分页文件——%SystemDrive%的根文件夹中的 Pagefile.sys。当重启计算机时,Windows Vista 将该信息转移至转储文件中。因此为了能够处理内存转储,则必须有足够大的页面文件,这对于"完全内存转储"选项来说更是如此,其要求的分页文件和物理 RAM 一样大,还要加上 1 兆字节。"内核内存转储"的文件尺寸一般为物理 RAM 的三分之一,但是其仍可能高达 800MB。如果分页文件不够大从而无法处理转储,Vista 将只向分页文件写入其最多能写入的信息。在第 14 章 "调整 Windows Vista 的性能"中介绍了检查和调整分页文件的方法,参见"更改分页文件的位置和尺寸"一节的内容。

"覆盖任何现有文件"——当启用该选项时,Windows Vista 将使用新的转储信息覆盖任何转储文件。如果取消该复选框的选择,Windows Vista 将为每次系统失败创建新的转储文件。注意该选项只对"内核内存转储"和"完全内存转储"(它们默认都写入相同的文件: %SystemRoot% \Memory.dmp)才有效。

16.1.7 最近是否更改过任何应用程序的设置

如果最近更改过任何应用程序的设置,则返回该更改以检查这样能否解决问题。如果没有作用,则可以进行以下 3 种操作:

- 检查开发人员的网站以查看是否有升级程序或补丁可用。
- 运行应用程序的"修复"选项(如果有该选项),其经常用来修复损坏或丢失的文件。为了确定程序是否有"修复"选项,选择"开始"|"控制面板"|"程序"

|"程序和功能"以显示安装的应用程序的列表。单击有问题的应用程序，然后在任务栏中查找"修复"选项。

- 重新安装程序。

注意:

如果程序停止运行，则不能使用常用的方法关闭它。如果试着关闭该程序，可能会看到警告程序无响应的对话框。如果发生这样的情况，单击"立即结束"以强制关闭程序。如果不起作用，右击任务栏并单击"任务管理器"。当显示"应用程序"选项卡时，应该能在其中看到无响应的应用程序，而且"状态"列将会显示"无响应"。单击该程序，然后单击"结束任务"。

16.1.8　最近是否安装过新的程序

如果怀疑新的程序导致系统不稳定，则重启 Windows Vista 并在不使用新程序的时候运行系统(如果程序有在启动时加载的组件，则应该禁用这些组件，如第 2 章中介绍的那样，参见"使用启动配置数据自定义启动")。如果问题没有再发生，则新程序很可能是罪魁祸首。尝试在没有其他程序运行时使用该程序。

还应该检查程序的 readme 文件(如果有该文件)以查找已知的问题和可能的解决方法，还可以检查程序的 Windows Vista 的兼容版本，还可以使用程序的"修复"选项或者可以重新安装程序。

同样，如果最近升级过已有的程序，尝试卸载任何的更新。

提示:

引起程序错误的一个常见的原因是在损坏的硬盘扇区上有 1 个或多个损坏的程序文件。在重新安装程序前，在硬盘上运行磁盘表面检测以确定并隔离损坏的扇区。在第 15 章"检测硬盘的错误"中介绍了对硬盘进行表面扫描的方法。

提示:

当程序崩溃时，Windows Vista 将显示对话框以询问是否想要查看问题有无解决方案。可以控制该提示的行为，参见本章后面的"检查问题的解决方案"。

16.1.9　最近是否安装过新的设备

如果最近安装过新设备或者如果最近更新过已有的设备驱动程序，则新设备或设备驱动程序可能会导致问题。检查"设备管理器"以查看设备是否有问题。按照第 17 章"最有效使用设备管理器"有关故障检测的建议进行操作，参见"诊断并解决设备问题"一节的内容。

16.1.10 最近是否安装了不兼容的设备驱动程序

如第 17 章中将介绍的那样,Windows Vista 允许安装非 Windows Vista 认证的驱动程序,但是它会提醒你这样做并不好。不兼容的设备是系统不稳定的最常见的原因之一,如果条件允许,应该卸载驱动程序并安装与 Windows Vista 兼容的驱动程序。如果不能卸载驱动程序,Windows Vista 将会在安装驱动程序前自动设置系统的还原点,所以可以使用该还原点将系统恢复到以前的状态(参见本章后面的"使用系统还原进行恢复"一节的内容)。

16.1.11 最近是否从 Windows Update 应用过更新

有时偶尔会发生这样的情况:用来解决某个问题的更新将会导致另一个问题。幸运的是,Vista 提供了由更新导致问题的解决方案:

- 选择"开始"|"控制面板"|"程序"|"查看已安装的更新"。在"已安装的更新"窗口中,单击想要删除的更新并单击"卸载"。
- 在你从 Windows Update 站点安装更新前,Windows Vista 将创建系统还原点——通常命名为(安装)Windows Update。如果系统在安装更新后变得不稳定,使用"系统还原"将其返回到更新前的配置。

> **提示:**
>
> 如果 Windows Vista 设置为自动更新,则可以通过选择"开始"|"系统和维护"|"Windows Update"来跟踪对系统进行的更改。单击"查看更新历史记录"链接以查看已安装的更新列表,其中包含更新的"名称"、"状态"(例如"成功")、"类型"(例如"重要"或"可选")和"安装日期"。

16.2 一般性诊断提示

找出问题的原因通常是故障检测最困难的部分,但是其本身并没有多大好处。当你了解问题源时,需要最大程度地利用该信息来修复问题。在前面的小节中已经介绍了一些解决方案,但是这里还有一些需要记住的一般性修复提示:

- 关闭所有程序——可以通过关闭所有打开的程序、然后重新打开的方法修复当前的异常行为。这对那些由于内存或系统资源过少而造成的问题特别有效。
- 注销 Windows Vista——注销会清除 RAM 的内容并且能提供比关闭所有程序略好的效果。

- 重启计算机——如果问题与系统文件和设备有关，则注销将不会有任何作用，因为这些对象仍会被加载。通过重启系统，则会重新加载整个系统，这经常会解决很多计算机的问题。

- 关闭计算机并重启——经常可以通过首先关闭计算机来解决硬件问题。等待 30 秒，以便留出使所有设备停止运行的时间，然后重启。

- 检查连接、电源开关等——引起硬件问题的最常见的(以及最令人为难的)一些原因是物理原因：确保已经打开设备；检查有线连接是否安全，并保证正确插入了可插入的设备。

- 使用帮助和支持中心——Microsoft 极大地改进了 Windows Vista 中"帮助"系统的质量。使用 Windows Vista 时建议使用"帮助和支持中心"(选择"开始"|"帮助和支持")。但是，我的观点是"帮助和支持"的真正作用在于其"支持"方面的功能。在"帮助和支持中心"的主页中，单击"疑难解答"以查看一般性的疑难解答以及修复硬件、电子邮件、网络等特定问题的链接。还要注意，"帮助和支持中心"还提供了很多"疑难解答程序"——它们将会在疑难解答过程中提供分步指导。

16.3　更多诊断工具

Windows Vista 有一个新的诊断工具——称为"Windows 诊断基础结构(Windows Diagnostic Infrastructure，简写 WDI)"——它不仅能够很好地找到许多常见的磁盘、内存和网络问题的原因，而且还能检测失败并提醒采取纠正或弥补的动作(例如备份文件)。在下面几个小节的内容中将会介绍这些新的工具。

16.3.1　理解磁盘诊断

硬盘会由于雷击、从高处意外坠落或者电子零件短路而骤然受损。然而，大部分时间硬盘都慢性死亡。硬盘总是会表现出一定的衰退迹象，如下所述：

- 旋转速度逐渐变慢
- 驱动器温度升高
- 查找错误率增加
- 读取错误率增加
- 写入错误率增加
- 重新分配的扇区数增加
- 损坏扇区的数量增加
- 循环冗余检查(Cyclic Redundancy Check，简写 CRC)产生的错误数量增加。

其他预示潜在问题的因素有：硬盘通电次数、使用的时间以及驱动器开始转动和停止转动的次数。

大约从 1996 年开始，几乎所有的硬盘生产商已经为它们的驱动器内置了一个"自我监控、分析和报告技术(Self-Monitoring、Analysis and Reporting Technology，SMART)"的系统。该系统监控列举的参数(以及一些更具高技术性的硬盘属性)并使用高级的算法将这些属性结合到表示磁盘整体健康情况的一个值中。当该值超过预先设定的阈值时，SMART 将发出硬盘可能出现故障的警告。

虽然 SMART 出现已有一段时间并已成为标准，但是现在利用 SMART 诊断优势仍然需要第三方程序。然而，Windows Vista 采用新的"诊断策略服务(Diagnostic Policy Service，DPS)"，其中包括了能监控 SMART 的"磁盘诊断"组件。如果 SMART 系统报告错误，Vista 将会显示硬盘处于危险的消息。它还会指导备份会话以确保在更换磁盘前不会丢失任何数据。

16.3.2 理解资源耗尽检测

如果系统的虚拟内存不足，则系统可能会变得不稳定；如果系统用完虚拟内存，则会挂起。Windows 以前的版本会在检测到虚拟内存不足时显示一种警告，而会在系统用完虚拟内存时显示另一种警告。然而在这两种情况下，用户将只会被告知关闭一些或所有正在运行的程序。这经常能够解决问题，但是关闭所有程序通常有"过度杀伤"之嫌，因为一般只有一个已在运行的程序或进程导致了虚拟内存的不足。

Vista 考虑了该观点，并使用其新的"Windows 资源耗尽检测和解决方案(Windows Resource Exhaustion Detection and Resolution，RADAR)"工具，它是"诊断策略服务"的一部分。然而，RADAR 也哪些哪些程序或进程使用了最多的虚拟内存，而且它还包含这些资源贪婪者的列表作为警告的一部分。这能够让你只关闭 1 个或多个这样的进程就能使系统更稳定地运行。

Microsoft 还为开发人员提供了对 RADAR 工具的编程访问，这样开发商就能够向它们的应用程序中添加资源耗尽检测的功能。这样当程序检测到其正在使用过多的资源，或者检测到整个系统的虚拟内存不足时，则程序可以释放资源以改善整个系统的稳定性。

注意：

"资源耗尽检测和恢复"工具通过"提交限制(commit limit)"(即虚拟内存分页文件的最大尺寸)将现有提交的虚拟内存量进行分割。如果该百分率接近 100，则 RADAR 将发出警告。如果想要亲自跟踪，则可以运行"可靠性和性能监视器"(参见第 14 章中的"使用可靠性和性能监视器")，选择"性能监视器"并在"Memory"对象中添加"% Committed Bytes in Use"计数器。如果想要看到确切的提交数，则应该添加"Committed Bytes"和"Commit Limit"计数器(同样在"Memory"对象中)。

16.3.3　运行内存诊断工具

很少有计算机的问题能和那些与物理内存缺陷相关的问题一样令人恼火了，因为它们经常是间歇性的，而且容易在辅助(secondary)系统中产生问题，从而让你浪费很多时间跟踪整个系统。

因此，Vista 发布新的"Windows 内存诊断"工具是一个受人欢迎的消息，该工具与"Microsoft 联机崩溃分析"一起确定物理内存的缺陷是否是程序崩溃的原因。如果是，"Windows 内存诊断"将通知该问题并且安排在下次启动计算机时进行内存测试。如果它检测到真正的问题，则系统还会标记受影响的内存区域为不可使用的区域，以防止以后出现崩溃。

Windows Vista 还有作为"诊断策略服务"一部分的"内存泄漏诊断"工具。如果程序正在泄漏内存(使用的内存量不断增加)，则该工具会诊断该问题并按步骤修复问题。

可以按照以下步骤运行"内存诊断工具"：

(1) 选择"开始"|"控制面板"|"系统和维护"|"管理工具"以打开"管理工具"窗口。

(2) 双击"内存诊断工具"并输入 UAC 证书以显示"Windows 内存诊断工具"窗口。

(3) 单击以下选项之一：

● "立即重新启动并检查问题"——单击该选项强制立即重启并安排在启动期间进行内存测试。请在单击该选项前确认已经保存了工作。

● "下次启动计算机时检查问题"——单击该选项以安排在下次启动时运行内存测试。

在运行测试(将使用 10 或 15 分钟的时间，具体取决于系统 RAM 的大小)以后，Vista 将会重新启动并会在任务栏的通知区域中看到 "Windows 内存诊断工具"图标(很短的时间)。该图标将显示内存测试的结果。

提示：

如果启动 Windows Vista 有困难并且怀疑是内存错误，则应该启动计算机到"Windows 启动管理器菜单"(参见第 2 章)。当出现该菜单时，按下 Tab 键以选择"Windows 内存诊断"程序，然后按下 Enter 键。如果不能进入"Windows 启动管理器"，则还可以使用 Vista 新的"系统恢复选项"以运行"内存诊断工具"。参阅本章后面的"使用系统恢复选项进行恢复"。

16.3.4 检查问题的解决方案

Microsoft 经常会从用户那里收集有关 Vista 的信息。当问题发生时，Vista 经常会向你询问是否将问题信息发送给 Microsoft，如果选择是，则其将会在大型数据库中存储这些信息。工程师然后会解决这些"问题"并有希望找到解决方案。

Vista 一个最有前景的新功能是"问题报告和解决方案"，它用来为任何寻找解决方案的人员提供可用的方案。Vista 将保存计算机的问题列表，所以你可以联机并查找是否有可用的解决方案。如果有现成的解决方案，Vista 将会下载并安装该解决方案，从而修复系统。

执行以下步骤将会检查问题的解决方案：

(1) 选择"开始"|"控制面板"|"系统和维护"|"问题报告和解决方案"。

(2) 在"问题报告和解决方案"窗口中，单击"检查新解决方案"的链接。Windows Vista 将开始检查解决方案。

(3) 如果看到对话框询问是否愿意发送更多有关问题的信息，则单击"发送信息"。

(4) 如果存在计算机问题的解决方案，则可以在"问题报告和解决方案"窗口的"要安装的解决方案"区域中看到该解决方案。单击该解决方案进行安装。

当发生问题时，则 Vista 会默认进行两种操作：

● 它会自动地检查问题的解决方案。

● 它会询问是否将更多有关该问题的信息发送给 Microsoft。

可以通过配置以下一些设置来控制这些行为：

(1) 在"问题报告和解决方案"窗口中，单击"更改设置"。

(2) 在"选择如何检查针对计算机问题的解决方案"窗口中，单击"高级设置"以显示"问题报告的高级设置"窗口，如图 16-4 所示。

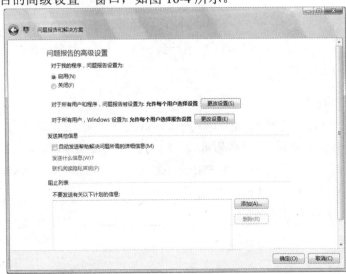

图 16-4 使用"问题报告的高级设置"窗口来配置"问题报告和解决方案"功能

　　(3) 如果不想使用你的用户帐户报告问题，则启用"关闭"选项。或者可以为计算机的所有用户配置问题报告。单击"对于所有用户和程序，问题报告被设置为"旁边的"更改设置"，然后单击以下选项之一(当完成选择后，单击"确定"按钮并输入 UAC 证书)：

- 启用——启用该选项以强制所有用户报告问题
- 关闭——启用该选项以强制所有用户不报告问题
- 允许每个用户选择设置——启用该选项(默认选项)以允许每个用户对问题报告进行开关控制

　　(4) 为了配置问题报告，单击"对于所有用户，Windows 设置为"旁边的"更改设置"，然后单击以下选项之一(当完成设置时，单击"确定"按钮并输入 UAC 证书)：

- 允许每个用户选择报告设置——启用该选项以启用"自动发送帮助解决问题所需的详细信息"复选框。
- 每次出现问题时均会询问——启用该选项让 Vista 向每个用户提示复选框的解决方案并发送更多有关问题的信息。
- 自动检查解决方案——启用该选项(默认选项)让 Vista 自动联机检查问题的现有解决方案。
- 如果需要，可自动检查解决方案并发送附加信息——启用该选项让 Vista 自动联机检查问题的现有解决方案并自动发送更多有关问题的信息。

　　(5) 如果想要 Windows 总是发送附加的疑难解答信息，启用"自动发送帮助解决问题所需的详细信息"复选框。

　　(6) 如果不想让 Vista 发送有关特定程序的信息，则单击"添加"，找到并选择程序的可执行文件，然后单击"打开"按钮。

　　(7) 单击"确定"按钮。

16.4　使用联机资源诊断问题

　　Internet 上汇集着大量令人惊讶的信息，但是其作用总与计算机知识相关。无论有任何问题，总会有人已经碰到过相同的问题，知道如何解决并且在网站或新闻组提交解决方案，或者当你提问时愿意回答这个问题。当然，查找需要的解决方案有时比较困难，而且经常不能确定解决方案的准确性。然而，如果你坚持访问一些较知名的站点或者能够听取由陌生人提供的解决方案，则你会发现联机世界是最好的疑难解答的资源。以下是我所喜爱的联机资源：

- Microsoft 产品支持服务——这是 Microsoft 主要的联机技术支持站点。通过该站点，可以经常访问人们提出的有关 Windows Vista 的问题，查看已知问题的列表，下载文件并且发送问题给 Microsoft 的支持人员：support.microsoft.com/。

- Microsoft 知识库——"Microsoft 产品支持服务"站点有搜索"Microsoft 知识库"的链接,它是包括 Windows Vista 在内的所有 Microsoft 产品有关文章的数据库。这些文章提供了有关 Windows Vista 以及使用 Windows Vista 功能指令的信息。但是"知识库"最有用的方面在于疑难解答。许多文章都是由 Microsoft 支持人员在帮助客户解决问题后写下的。通过搜索错误代码或关键字,能够经常获得有关问题的特定解决方案。

- Microsoft TechNet——该 Microsoft 站点专为 IT 专家和高级用户设计。它包含了大量与所有 Microsoft 产品有关的文章。这些文章提供技术内容、程序指令、提示、脚本、下载以及疑难解答的想法:www.microsoft.com/technet/。

- Windows Update——在该站点上查找最新的设备驱动程序、安全补丁、服务包和其他更新:windowsupdate.microsoft.com/。

- Microsoft Security——在该站点上查找有关 Microsoft 安全和隐私方面的进展,特别是安全补丁的最新信息:www.microsoft.com/security/。

- 供应商的 web 站点——几乎所有的硬件和软件供应商都有客户支持的网站,在其中能够找到升级、补丁、解决方案、FAQ 以及聊天或公告板的功能。

- 新闻组——有与计算机相关的数百个话题和产品的新闻组。Microsoft 通过 msnews.microsoft.com 服务器(自动在 Windows Mail 中设置的帐户)维护自己的新闻组,Usenet 在 alt 和 Comp 层次列出了大量分组。在新闻组中提问前,务必要搜索 Google Groups:groups.google.com/以查看以前是否回答过所提的问题。

> **提示:**
>
> 可以通过 Web 上的 http://windowshelp.microsoft.com/communities/newsgroups/en-us/default.mspx 访问 Microsoft 的 Vista 新闻组。

16.5 在发生问题后进行恢复

解决问题的理想方法是对系统进行特定的调整操作:注册表设置更改、驱动程序升级、程序卸载。但是有时需要采取"大手笔"的方法才能让系统恢复到以前的状态,你希望由此能够跳过问题并让系统再次运行。Windows Vista 提供了 3 种方法——最近一次的正确配置、"系统还原"和"系统恢复选项"——你应该按照这个顺序使用。下面 3 个小节的内容将介绍这些工具。

16.5.1 使用最近一次的正确配置启动

每次 Windows Vista 以"普通"模式成功启动时,系统将会记录"控制集合(control set)",即使用的系统驱动程序和硬件配置。

特别地，它在以下注册表键中输入一个值：

```
HKLM\SYSTEM\Select\LastKnownGood
```

例如，如果该值为 1，则意味着使用控制集合 1 成功地启动了 Windows Vista：

```
HKLM\SYSTEM\ControlSet001
```

如果对驱动器或硬件进行了更改，然后发现系统不能启动，则可以告诉 Windows Vista 使用上次能够运行的控制集合进行加载(也就是不包含最近一次硬件更改的控制集合)。这就是"最近一次的正确配置(last known good configuration)"，其理论在于：通过使用上一次有效的配置，系统能够启动，因为它绕过了产生问题的更改。以下是使用最近一次的正确配置启动 Windows Vista 的方法：

(1) 重启计算机。

(2) 在"Windows 启动管理器"菜单中(参见第 2 章)，按下 F8 以显示"高级启动选项"菜单。

(3) 选择"最近一次的正确配置"选项。

16.5.2　使用系统还原进行恢复

"最近一次的正确配置"选项是当计算机不能启动并且你猜测硬件更改导致该问题时最有用的选项。如果 Windows Vista 能够启动但不稳定，而且你猜测可能是硬件更改导致该问题，则你还会使用最近一次的正确配置。遗憾的是，这不起作用，因为当以"普通"模式成功启动 Windows Vista 时，硬件更改就添加到了最近一次的正确配置中。为了将系统返回到上次 Windows Vista 成功启动的配置，需要使用"系统还原"功能。

在第 15 章中介绍了使用"系统还原"设置还原点的方法(参见"设置系统还原点"一节的内容)。还要记住，Windows Vista 将在每天以及执行某些动作(例如安装未认证的设备驱动程序)时创建自动的还原点。按照以下步骤将系统转换到还原点：

(1) 选择"开始"|"所有程序"|"附件"|"系统工具"|"系统还原"，然后输入 UAC 证书以显示"系统还原"对话框。

(2) 第一个"系统还原"对话框提供以下两个选项：

- "推荐还原"——启用该选项时 Windows Vista 还原到显示的还原点(通常是最近一次的还原点)，跳到步骤(4)。

- "选择不同的还原点"——启用该选项将从还原点列表中选择还原点。单击"下一步"按钮以显示"选择一个还原点"对话框，如图 16-5 所示，然后继续步骤(3)。

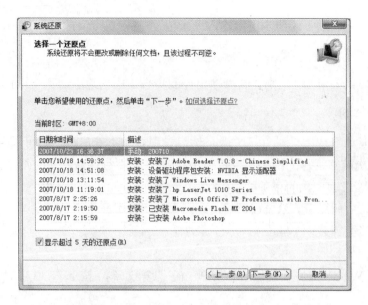

图 16-5 使用"选择还原点"窗口选择想要恢复到的还原点

(3) 单击想要使用的还原点。还原点有以下 5 种常见类型：

● 系统——Windows Vista 自动创建的还原点。例如，"系统检查点"是 Vista 每天或者启动计算机时创建的还原点。

● 安装——在安装程序或更新前设置的还原点。

● 手动——你自己创建的还原点。

● 重做——在使用"系统还原"将系统转换到以前状态前设置的还原点。

● 未知——任何不属于以上任一类别的还原点。

注意：

Windows Vista 默认仅显示 5 天内的还原点。如果想要还原到更早的日期，启用"显示超过 5 天的还原点"复选框。注意该复选框只有在至少一个超过 5 天的还原点存在时才会显示。

---

(4) 单击"下一步"按钮。如果其他硬盘在还原点中可用，Vista 将会显示磁盘的列表。启用想要在还原中包含的磁盘旁边的复选框，然后单击"下一步"按钮。

(5) 单击"完成"按钮。Vista 将询问是否确认还原系统。

(6) 单击"是"按钮。"系统还原"开始将系统恢复到还原点。当完成还原后，则会重启计算机并显示还原结果的消息。

(7) 单击"关闭"按钮。

提示：

"系统还原"在"安全"模式中可用。所以，如果 Windows Vista 不能正常启动，而且如果使用最近一次的正确配置没有作用，则执行"安全"模式启动并运行"系统还原"。如果完全不能启动 Vista，还可以使用"系统恢复选项"来运行"系统还原"，见下面的讨论。

16.5.3　使用系统恢复选项进行恢复

如果 Windows Vista 不能正常启动，则第一个疑难解答步骤应该是以"安全"模式启动系统。当对 Windows Vista 进行该操作时，可以调查问题并进行所需的更改(例如禁用或还原设备驱动程序)。但是如果系统不能以"安全"模式启动该怎么办呢？

下一步应该使用最近一次的正确配置来启动。但这样操作仍不起作用该怎么呢？不用担心，最后的希望在"系统恢复选项"上，它是能够启动恢复工具或访问命令行的实用工具。以下是使用步骤：

(1) 插入 Windows Vista DVD。

(2) 重启计算机。如果系统提示从 DVD 启动，则按下所需的键或组合键。

提示：

如果系统不能从 Windows Vista DVD 启动，则需要调整系统的 BIOS 设置，从而让其从光驱启动。重启计算机并查找提示按下某键或组合键以更改 BIOS 设置的启动消息(可能称为 Setup 或类似的名称)。找到启动选项并启用基于 DVD 驱动器启动或保证 DVD 驱动器启动在硬盘启动选项之前。如果使用 USB 键盘，则还需要启用在 POST 之后但在 OS 启动前让 BIOS 识别键盘敲击的选项。

(3) 在初始的"安装 Windows"屏幕中，单击"下一步"。

(4) 单击"修复计算机"。如果系统有多个操作系统，则将看到操作系统列表。

(5) 单击想要修复的 Vista 操作系统并单击"下一步"，打开"系统恢复选项"窗口，如图 16-6 所示。

图 16-6　"系统恢复选项"窗口提供了帮助还原系统的一些工具

"系统恢复选项"窗口提供了以下 5 个帮助系统还原和运行的工具：

- 启动修复——该工具检查系统中可能会导致无法启动的问题。如果找到问题，则其会尝试自动解决问题。
- 系统还原——该工具运行"系统还原"，这样就能将系统返回到保护点(参见本章前面的"使用系统还原进行恢复"的内容)。
- Windows Complete PC 还原——该工具使用系统映像备份还原系统，第 15 章介绍过创建的方法(参见"创建系统映像备份")。
- Windows 内存诊断工具——该工具检查计算机的内存硬件错误，如前面所述(参见"运行内存诊断工具")。
- 命令提示符——该工具能进入 Windows Vista 的命令提示符，在其中可以运行如 CHKDSK 这样的命令，请参阅附录 B "使用 Windows Vista 命令提示符"。

16.6 相关内容

以下是在本书中包含与疑难解答相关信息的章节列表：
- 在第 2 章中，请参阅"诊断 Windows Vista 的启动错误"一节。
- 在第 5 章中，请参阅"实施安全安装"一节。
- 在第 11 章中，请参阅"保持注册表的安全性"一节。
- 请参阅第 15 章"维护 Windows Vista 系统"。
- 在第 17 章中，请参阅"诊断并解决设备问题"一节。
- 在第 24 章中，请参阅"修复网络连接"一节。

第 17 章

最有效使用设备管理器

人是聪明的发明家，总能从自身的结构中获得新机器的线索，以钢铁、木头以及皮革的形式将自己身体的秘密应用于现实世界的一些所需功能中。

——*Ralph Waldo Emerson*

Emerson 的机器概念显然应用于低科技(钢铁、木头和皮革)时代，但是他的基本思想仍然适用于这个高科技的时代。人类仍然利用其神秘的器官——大脑——作为新机器，即计算机的线索。虽然即使最高级的计算机，与人类大脑的复杂性相比仍然只能算玩具而已，但是近几年硬件已取得了一些惊人的进步。

操作系统必须提供你(或你的软件)与计算机之间的中间介质。任何操作系统应该能够将难以理解的设备语言翻译为你能够理解的内容，而且必须保证设备有准备、有意愿且有能力执行你的命令。鉴于如今硬件的先进性和多样性，这不是一项简单的任务。

好消息是 Windows Vista 能够支持大量的硬件，从日常设备(如键盘、鼠标、打印机、监视器和显卡、声卡、内存以及网卡)到更不寻常的硬件(如 IEEE 1394(火线)控制器和红外线设备)。虽然对硬件的支持比较广泛，但是深度不够，这意味着 Windows Vista 没有内建对许多较陈旧的设备的支持。所以，即使很多硬件供应商采取一些措施升级它们的设备和驱动程序，管理硬件仍然是 Windows Vista 中较难处理的领域之一。本章将为你提供帮助，介绍许多在 Windows Vista 中安装和更新设备以及排除设备故障的实用技术。

17.1 安装设备的提示和技术

当使用 Windows 2000 和 Windows NT 时，选择连接到 Windows 系统的设备的重要原则是：检查硬件的兼容性列表！这是与 Windows 兼容的设备列表。如以前版本的操作系统一样，Windows Vista 还维护了兼容硬件的列表，现在将它称为 Windows Marketplace。可以使用以下任何一种方法访问该网站：

- 选择"开始" | "所有程序" | "方案和升级" | "Windows Marketplace"
- 在 Web 浏览器中输入以下地址：www.windowsmarketplace.com

如果在硬件列表中看到设备(某种情况下是正确的设备版本)，则可以安全地安装，该设备将会与 Windows Vista 很好地兼容。如果没有看到设备，则仍然有两个选项：

- 检查设备兼容 Windows Vista 或包含 Windows Vista 驱动程序的提示框。在提示框上查找"为 Windows Vista 而设计"的标志是确定设备是否与 Windows Vista 兼容的最好方式。
- 检查生产商的网站以查找是否有可用的更新过的 Windows Vista 驱动程序或设备安装程序。

17.1.1 安装即插即用设备

以前，设备配置只需要插入外围设备并(在必要时)打开该设备即可，系统能自动配置设备。换句话说，系统不仅能识别与计算机连接的新设备，还能找到设备默认的资源配置，而且如果需要，还能解决现有设备出现的任何冲突。当然，它能够完成所有这些操作而无需打开 DIP 的开关，调整跳线或过分考究不同 IRQ、I/O 端口以及 DMA 的组合。

即插即用是由 PC 社区的成员所进行的尝试以达到硬件的"禅"状态。他们成功了么？自从 Windows 95 首先支持以来，其用了一段时间进行调整，即插即用才运行良好，但只有 Windows Vista 系统才能够满足以下标准：

- 它有即插即用的 BIOS——当你打开计算机(或硬件重启)时发生的第一个操作是 ROM BIOS(基本输入/输出系统)代码执行开机自检以查看系统硬件。如果系统有"即插即用 BIOS"(任何能够运行 Vista 的系统应该有该 BIOS)，则初始代码还将枚举并测试所有系统上符合即插即用标准的设备。对于每个设备来说，BIOS 不仅能启用设备，还能搜集设备的资源配置(IRQ、I/O 端口等)。当隔离所有即插即用设备时，BIOS 然后会检查资源冲突，如果有任何冲突，则会采取措施解决。
- 它使用即插即用设备——即插即用设备在硬件世界中属于外向型设备，它们很乐于与以前的即插即用 BIOS 或操作系统进行交谈。交谈什么内容呢？设备通过发送告知 BIOS 设备内容及设备使用的资源的配置 ID，向 BIOS(如果 BIOS 不符合即插即用标准，则是操作系统)标识自己。然后 BIOS 会相应地配置系统的资源。

即插即用内置在通过 USB 或 IEEE 1394 端口进行连接的每个设备中，而且所有 PC Card 设备以及几乎所有连接到 PCI、AGP 或 PCI Express 总线的接口卡都有即插即用功能。其他通过串口、并口或 PS/2 端口进行连接的设备并不一定非要符合即插即用标准，但是过去几年生产的几乎所有这些设备都是即插即用的。连接到以前 ISA 总线的接口卡不符合即插即用标准。

在安装即插即用设备前，检查硬件是否附带安装程序的软盘、CD 或下载包。如果有安装程序，则运行该程序，如果给定任何安装选项，则确保至少安装设备驱动程序。通过在系统上加载驱动程序能够帮助 Windows Vista 自动安装设备。

当你安装一台为 Windows Vista 而设计的即插即用设备时，Windows 将如何反应取决于安装设备的方法：

- 如果"**热插拔**(hot-swapped)"如 USB 设备、PC Card 或闪存驱动器这样的设备，则 Windows Vista 将会立即识别设备并为其安装驱动程序。
- 如果关闭计算机以安装设备，Windows Vista 将在下次启动计算机时识别该设备，并安装合适的驱动程序。

无论选择哪种方式，都会在通知区域出现一个图标以及标题为"正在安装设备驱动程序软件"的气球提示。安装完成后，可以看见另一个标题为"设备可以使用"的气球提示。

如果 Windows Vista 没有找到新硬件的设备驱动程序，则它会自动运行"发现新硬件"向导。该向导首先会给出 3 种选择，如图 17-1 所示：

- 查找并安装驱动程序软件——单击该选项以开始设备驱动程序安装过程。
- 以后再询问我——单击此选项以取消现在安装设备驱动程序(例如，可能会通过电子邮件或较长时间下载的方式等待驱动程序的使用)。Vista 将会在下次插入设备时(或者是在插入设备的情况下再次登录 Vista 时)提示。
- 不要再为此设备显示此消息——单击该选项将会绕过驱动程序安装。例如，如果设备有单独的安装 CD，则可以选择该选项。

大多数情况下，你会单击"查找并安装驱动程序软件"选项。在输入"用户帐户控制"证书后，Vista 将会检查 Windows Update 上的驱动程序。如果找到驱动程序，则它会自动地进行安装。

注意：

如果想要对驱动程序的安装过程进行完全控制，则可以通知 Vista 不要自动安装 Windows Update 驱动程序。参见本章后面的"检查 Windows Update 上的驱动程序"。

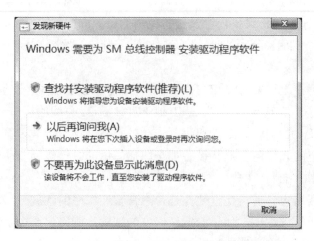

图 17-1 如果 Windows Vista 不能自动安装设备的驱动
程序，则会打开"发现新硬件"向导

如果 Vista 在 Windows Update 上找不到驱动程序，则会提示你插入设备自带的驱动盘，如图 17-2 所示。如果插入 CD，则在大多数情况下，Vista 会识别该 CD 并自动搜索驱动程序。如果 Vista 不能自动检测到 CD，或者你还有软盘，则单击"下一步"按钮让 Vista 检查驱动器。

如果没有驱动盘，则按照以下步骤进行操作：

(1) 单击"我没有光盘，请显示其他选项"链接。

(2) "发现新硬件"向导会给出两种选择：

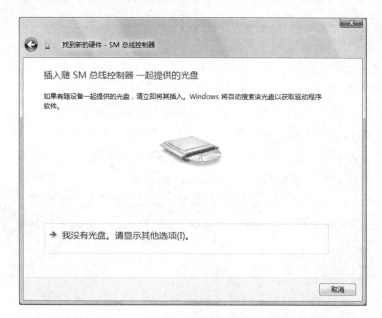

图 17-2 如果 Vista 不能从 Windows Update 上安装驱动程序，则会提示插入设备自带的光盘

- 检查解决方案——如果你认为有问题正在阻止 Windows Vista 安装设备驱动程序，则单击此选项。向导会检查问题是否有解决方案。如果选择该选项，则按照屏幕上显示的指令进行操作并跳过剩下的步骤。
- 浏览计算机以查找驱动程序软件——单击此选项以安装驻留在计算机上或共享网络文件夹中的驱动程序。如果选择该选项，继续步骤(3)。

注意：

如果下载的驱动程序包含在压缩文件中(例如 ZIP 文件)，则确保在执行下一个向导步骤前先解压缩该文件。

(3)　在如图 17-3 所示的"浏览计算机上的驱动程序文件"对话框中，输入驱动程序文件的位置并单击"下一步"按钮。Windows Vista 将会安装驱动程序软件。

(4)　当安装完成时，单击"关闭"按钮。

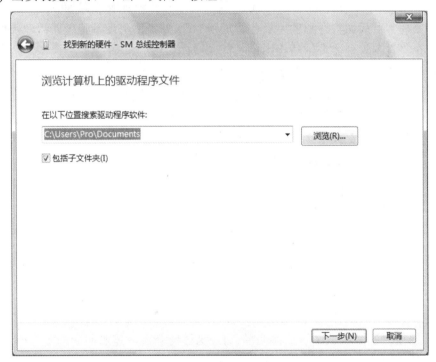

图 17-3　如果选择在计算机的某个位置安装设备驱动程序，则会出现该对话框

17.1.2　安装过时设备

当安装过时设备时(也就是说，不支持即插即用的设备)，迄今为止最好的方法是运行由开发商提供的软盘、CD 或下载的驱动程序中的安装程序。如果询问安装哪个程序，

则选择 Windows Vista 驱动程序。如果没有可用的 Windows Vista 驱动程序，则 Windows XP 驱动程序会在大多数情况下有效。如果设备只有针对 Windows 2000、NT、Windows 9x 或 Windows Me 的驱动程序，则它们可能与 Windows Vista 不兼容，所以不能安装这些设备。可以访问生产商的网站并查找和下载针对 Windows Vista(或者至少是 Windows XP)的驱动程序。

如果没有设备的安装程序，Windows Vista 仍然会使用过时设备驱动程序中的一个来支持该硬件。为了完成该操作，需要运行 Windows Vista 的硬件向导。其中一些向导是设备特有的向导，所以应该使用合适的向导：

- 调制解调器——选择"开始"|"控制面板"|"硬件和声音"|"电话和调制解调器选项"图标，显示"调制解调器"选项卡，单击"添加"按钮。
- 打印机——选择"开始"|"控制面板"|"打印机"并单击"添加打印机"链接。
- 扫描仪或数字照相机——选择"开始"|"控制面板"|"硬件和声音"|"扫描仪和照相机"图标，然后单击"添加设备"按钮。

对于其他所有设备来说，请连接这些设备并运行"添加硬件向导"：

(1) 启动本章后面将介绍的"设备管理器"(参见"使用设备管理器管理硬件")。

(2) 在"设备管理器"树结构中单击任何项。

(3) 选择"操作"|"添加过时硬件"。Vista 将打开"添加硬件向导"。

(4) 在向导的初始化对话框中，单击"下一步"按钮。

(5) 有以下两种选择：

- 搜索并自动安装硬件——如果向导能够使用硬件检测找到设备的位置，则启用该选项。该选项经常适用于调制解调器、打印机、显卡和网卡。单击"下一步"以启动检测过程。如果检测失败，则向导会通知你。这种情况下，单击"下一步"按钮并继续第(6)步的操作。
- 安装我手动从列表选择的硬件——启用该选项以手动选择设备。单击"下一步"按钮。

(6) 选择设备所属的硬件类别。如果没有看到适当的类别，选择"显示所有设备"，单击"下一步"按钮。

(7) 根据选择的硬件类别，将打开一个新的向导(例如，如果选择"调制解调器"类别，则会出现"安装新调制解调器向导")。这种情况下，按照向导的对话框操作。否则，对话框将会显示生产商和调制解调器的列表。有以下两种选择：

- 首先通过在"厂商"列表中选择设备的生产商，然后在"调制解调器"列表中选择设备名称来指定设备。
- 如果有生产商的软盘、CD 或下载文件，则单击"从磁盘安装"，在"从磁盘安装"对话框中输入适当的路径和文件名，单击"确定"按钮。

(8) 单击"下一步"按钮，Windows Vista 将安装设备。

(9) 单击"完成"按钮以关闭向导。

17.1.3　控制驱动程序签名选项

满足"为 Windows Vista 而设计的"规范的设备已经经过 Microsoft 的兼容性测试并给予数字签名。该签名说明驱动程序与 Windows Vista 良好兼容，并且在被测试后没有进行过更改(例如，驱动程序未受到病毒或特洛伊木马程序的感染)。当安装设备时，如果 Windows Vista 碰到没有数字签名的驱动程序，则它会显示与图 17-4 相似的对话框。

图 17-4　Windows Vista 在碰到没有数字签名的设备驱动程序时将会显示类似的对话框

如果单击"Don't install this driver software"，Windows Vista 将中止驱动程序的安装并且不能使用该设备。这是在这种情况下最为谨慎的选择，因为没有签名的驱动程序可能会导致任何破坏，包括锁定、蓝屏死机(Blue Screens of Death，BSOD)以及其他的系统不稳定性。应该在生产商的网站查找与 Windows Vista 兼容的驱动程序，或升级到 Windows Vista 支持的最新的硬件。

鉴于此，虽然不安装没有签名的驱动程序是种谨慎的选择，但并不是最方便的选择，因为大多数情况下你或许需要马上使用该设备。事实上，大多数时间这些没有签名的驱动程序不会导致问题而且会工作正常，所以继续安装过程可能是安全的。在任何情况下，Windows Vista 始终会在安装没有签名的驱动程序前设置还原点，所以总能在系统出现错误时将其还原到以前的状态。

> **注意:**
>
> 应该在安装完驱动程序后全面测试系统：使用该设备、打开并使用最常用的应用程序并运行一些磁盘实用程序。如果出现任何错误，则可以使用还原点将系统回滚到以前的配置。

Windows Vista 将会默认地提供继续安装或中止安装未签名的驱动程序的选项。可以通过以下步骤更改此行为以自动接受或拒绝所有未签名的驱动程序：

(1) 按下 Windows Logo+R 组合键(或选择"开始"|"所有程序"|"附件"|"运行")

打开"运行"对话框，输入 gpedit.msc，单击"确定"按钮以启动"组策略对象编辑器"。

(2) 打开"用户配置"|"管理模板"|"系统"|"驱动程序安装"的分支。

(3) 双击"设备驱动程序的代码签名"策略。Windows Vista 将显示"设备驱动程序属性的代码签名"对话框。

(4) 单击"已启用"。

(5) 使用"当 Windows 检测到一个没有数字签名的驱动程序文件时"列表以选择以下项：

- 忽略——如果想要 Windows Vista 安装所有未签名的驱动程序，则选择该选项。
- 警告——如果想要 Windows Vista 通过显示图 17-4 所示的对话框来警告未签名的驱动程序，则选择该选项。
- 阻止——如果想要 Windows Vista 不安装任何没有签名的驱动程序，则选择该选项。

(6) 单击"确认"按钮。

提示：

Windows Vista 知道有一些设备驱动程序会导致系统的不稳定。无论在"驱动程序签名选项"对话框中选择哪个操作，Windows Vista 都将拒绝加载这些问题驱动程序。这种情况下，将会看到与图 17-4 相似的对话框，但该对话框将提示驱动程序不能安装，你唯一的选择是取消安装。

17.2　使用设备管理器管理硬件

Windows Vista 在注册表中存储所有硬件数据，但是它提供"设备管理器"以提供一个系统上所有设备的图形化视图。为了显示"设备管理器"，首先要使用以下任何一种操作：

- 选择"开始"|"控制面板"|"硬件和声音"|"设备管理器"。
- 选择"开始"|"控制面板"|"系统和维护"|"系统"(或单击"开始"菜单，右击"计算机"，然后单击"属性")，然后单击"设备管理器"。
- 选择"开始"菜单，右击"计算机"并单击"管理"。在"计算机管理"窗口中，单击"设备管理器"分支。
- 选择"开始"|"控制面板"|"系统和维护"|"系统"(或单击"开始"菜单，右击"计算机"，然后单击"属性")，然后单击"高级系统设置"。在打开的"系统属性"对话框中，显示"硬件"选项卡，然后单击"设备管理器"。

注意在所有这些情况下 Vista 将会提示你输入 UAC 证书。

> **提示：**
>
> 直接快速访问"设备管理器"管理单元的方法是按下 Windows Logo+R 组合键(或选择"开始"|"所有程序"|"附件"|"运行")打开"运行"对话框，输入 devmgmt.msc，然后单击"确定"按钮。还要注意，可以通过按下 Windows Logo+Pause/Break 键快速显示"系统"窗口。

设备管理器的默认显示是列举各种硬件类型的树形略图。为了查看特定的设备，单击设备类型左边的加号(+)。例如，打开"DVD/CD-ROM 驱动器"分支以显示计算机上所有连接的 DVD 和 CD-ROM 驱动器，如图 17-5 所示。

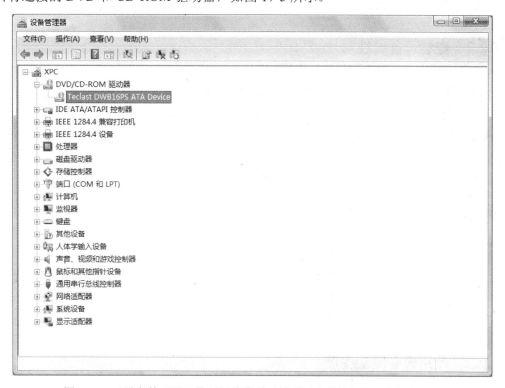

图 17-5　"设备管理器"按照硬件类型以树型层次结构组织计算机的硬件

17.2.1　控制设备显示

"设备管理器"的默认视图是按照硬件类型进行排序，但是它还提供了其他一些视图，所有这些视图都能在该管理单元的"查看"菜单中获得：

- 依连接排序设备——该视图根据连接到计算机中的内容显示设备。例如，为了查看与 PCI 总线连接的设备，在多数系统上应该打开 ACPI | Microsoft ACPI-Compliant System | PCI BUS 分支。

- 依类型排序资源——该视图根据设备所需的硬件资源来显示设备。计算机的资源是设备与软件进行来回通信的通道。有 4 种类型：中断请求(Interrupt Request，IRQ)、输入/输出(Input/Output，I/O)、直接内存访问(DMA)以及内存(为设备分配并用来存储设备数据的计算机内存部分)。
- 依连接排序资源——该视图根据资源在计算机中的连接方式显示计算机分配的资源。
- 显示隐藏的设备——当启用该命令时，"设备管理器"将显示那些通常无需调整或疑难解答的非即插即用设备。它还显示了不存在的设备(nonpresent devices)，即那些已经安装但是现在并非与计算机连接的设备。

17.2.2 查看设备属性

在"设备管理器"中的每个设备有其各自的属性表。不仅能够使用这些属性来了解设备的情况(例如它正在使用的资源)，而且还能调整设备的资源、更改设备驱动程序、更改设备的设置(如果有设置)，并进行其他的更改。

为了显示设备的属性表，可以双击设备或单击设备并选择"操作" | "属性"。看到的选项卡的数量取决于硬件，但是大多数硬件至少有以下选项卡：

- 常规——该选项卡将提供如设备名称、硬件类型以及生产商名称的常规信息。"设备状态"组将说明设备是否正常，如果非正常运行将会给出状态信息(参见本章后面的"使用设备管理器进行诊断")。
- 驱动程序——该选项卡提供有关设备驱动程序的信息并提供一些管理驱动程序的按钮。参见"使用设备驱动程序"。
- 资源——该选项卡说明设备使用的硬件资源。

17.2.3 使用设备驱动程序

对于大多数用户来说，设备驱动程序处于个人电脑的底层区域，隐没在汇编语言编程的晦涩和神秘之中。然而作为 Windows Vista 和硬件的中间层次，这些复杂的代码块完成重要的任务。毕竟只有在硬件和操作系统融合并最优共存时才能发挥系统的最大潜能。为此，需要保证 Windows Vista 为所有硬件使用合适的驱动程序。可以通过更新到最新的驱动程序并还原无法正常运行的驱动程序来完成该操作。

1. 检查 Windows Update 上的驱动程序

在开始介绍 Vista 提供的驱动程序任务前，先来回顾一下本章前面介绍过的内容：如果 Vista 不能找到设备上的驱动程序,则它会自动地检查 Windows Update 以查看是否有可用的驱动程序。如果 Vista 找到驱动程序,则它会自动安装软件。大多数情况下,这是理想的行为，因为这几乎不需要任何输入。然而，许多人都不喜欢使用 Windows 的自动更新，因为这会导致问题。在这种情况下，你可能想从生产商的网站下载需要使用的驱动程序，这样就不需要安装 Windows Update 上的驱动程序。

为了控制 Windows Update 的驱动程序下载，按照以下步骤操作：

(1) 选择"开始"菜单，右击"计算机"，然后单击"属性"以打开"系统"窗口。

(2) 单击"高级系统设置"并输入 UAC 证书以显示"系统属性"对话框。

(3) 显示"硬件"选项卡。

(4) 单击"Windows Update 驱动程序设置"。Vista 将显示"Windows Update 驱动程序设置"对话框，如图 17-6 所示。

图 17-6　使用"Windows Update 驱动程序设置"对话框控制 Vista 使用 Windows Update 查找并安装设备驱动程序的方式

(5) 有 3 种选择：

● 自动检查驱动程序——这是默认设置，其告诉 Vista 在每次连接新设备时继续查找并安装 Windows Update 驱动程序。

● 每次连接新设备进行驱动程序检查之前询问我——启用该选项将告诉 Vista 在连接到 Windows Update 上查找驱动程序前进行提示。如果想要控制 Windows Update 驱动程序安装，则这是理想的设置。因为它能在你不需要时阻止安装这些驱动程序，在需要时准许安装。

● 连接设备时从不进行驱动程序检查——启用该选项将告诉 Vista 绕过所有新设备的 Windows Update。如果始终想要使用生产商的设备驱动程序，无论使用设备所带的光盘还是生产商的网站，则应该使用该选项。

(6) 单击"确定"按钮。

如果启用"每次连接新设备进行驱动程序检查之前询问我"选项，则下次连接 Vista 无法自动安装驱动程序的设备时，可以看到与图 17-7 所示的"找到新的硬件"对话框，有以下 3 种选择：

- 是，始终联机搜索——单击该选项还原自动 Windows Update 驱动程序安装(这与在"Windows Update 驱动程序设置"对话框中选择"自动检查驱动程序"相同)。
- 是，仅这次联机搜索——单击该选项让 Vista 只为当前设备搜索 Windows Update 上的驱动程序(这与在"Windows Update 驱动程序设置"对话框中选择"每次连接新设备进行驱动程序检查之前询问我"选项相同)。
- 不联机搜索——单击该选项以绕过该设备的 Windows Update。

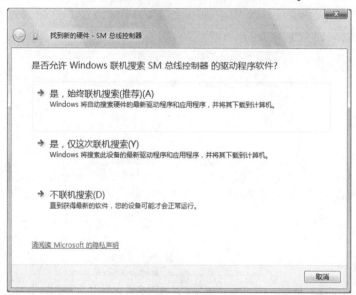

图 17-7　如果要 Vista 提示你检查 Windows Update 上的驱动程序，则将会看到该对话框

2. 更新设备驱动程序

按照以下步骤更新设备驱动程序：

(1) 如果有更新过的驱动程序光盘，则插入光盘。如果从 Internet 下载驱动程序，则解压缩该驱动程序文件。

(2) 在"设备管理器"中，单击想要使用的设备。

(3) 选择"操作"|"更新驱动程序软件"(还可以单击工具栏中的"更新驱动程序软件"按钮或打开设备的属性表，显示"驱动程序"选项卡，单击"更新驱动程序"按钮)。打开"更新驱动程序软件"向导。

(4) 该向导与本章前面讨论的"找到新的硬件向导"的工作方式相同，所以可以按照"安装即插即用设备"一节中的指示进行操作。

3. 回滚设备驱动程序

如果更新的设备驱动程序有问题，则有两种方法修复该问题：

- 如果更新驱动程序不是在系统上完成的最后一个操作，则将系统还原到最近的还原点。
- 如果同时在系统上更新了其他内容，则还原点可能还原了更多的内容。这种情况下，只需要回滚导致问题发生的设备驱动程序。

按照以下步骤回滚设备驱动程序：

(1) 在"设备管理器"中，打开设备的属性表。

(2) 显示"驱动程序"选项卡。

(3) 单击"回滚驱动程序"。

17.2.4　卸载设备

当删除即插即用设备时，BIOS 将会通知 Windows Vista 设备已不存在。Windows Vista 将会在注册表中更新其设备列表，该外围设备将不再出现在"设备管理器"中。

但是如果删除过时设备，则需要通知"设备管理器"该设备已不存在。按照以下步骤完成该操作：

(1) 在"设备管理器"树中单击设备。

(2) 选择"操作"|"卸载"(或者单击工具栏中的"卸载"或打开设备的属性表，显示"驱动程序"选项卡并单击"卸载"按钮)。

(3) 当 Windows Vista 警告你正在删除设备时，单击"确定"按钮。

17.3　使用设备安全策略

"组策略"编辑器提供了一些与设备相关的策略。为了查看这些策略，打开"组策略"编辑器，选择"本地计算机策略"|"计算机配置"|"Windows 设置"|"安全设置"|"本地策略"|"安全选项"。以下是"设备"类别中的策略：

- 允许在未登录的情况下弹出——当启用该策略时，用户可以在未登录Windows Vista 的情况下弹出笔记本计算机(也就是说，可以通过按下笔记本计算机扩展坞上的弹出按钮取出计算机)。如果想要限制其他人这样操作，则禁用该策略。

提示：

为了控制可以弹出计算机的用户，显示"本地计算机策略"|"计算机配置"|"Windows 设置"|"安全设置"|"本地策略"|"用户权限分配"。使用"从扩展坞上取下计算机"策略分配有该权利的用户或组。

- 允许对可移动媒体进行格式化并弹出——使用该策略可以确定能够格式化软盘和弹出 CD 以及其他可移动介质的组。
- 防止用户安装打印机驱动程序——启动该策略以防止用户安装网络打印机。注意这不会影响本地打印机的安装。
- 将 CD-ROM 的访问权限仅限于本地登录的用户——启用该策略以防止通过网络登录的用户同时以本地用户的身份操作计算机的 CD-ROM 或 DVD 驱动器。如果没有本地用户访问该设备，则网络用户才可以对其进行访问。
- 将软盘驱动器的访问权限仅限于本地登录的用户——启用该策略以防止通过网络登录的用户同时以本地用户的身份操作计算机的软驱。如果没有本地用户访问驱动器，则网络用户可以访问驱动器。

17.4 诊断并解决设备问题

Windows Vista 对大多数新设备都有极好的支持，而且大多数主要硬件提供商也采取措施更新它们的设备和驱动程序以兼容 Windows Vista。如果只使用有"为 Windows Vista 设计"徽标的即插即用兼容设备，则你将会经历没有麻烦的计算机体验(至少是从硬件的角度来看)。当然，强行要求没有麻烦的计算机体验只是自找麻烦；硬件并非十分简单，而是非常复杂的。硬件会发生错误，当发生错误时，需要执行一些排除故障的工作(当然假定设备没有物理缺陷而需要去维修店维修)。幸运的是，Windows Vista 还有一些帮助你识别并修复硬件问题的工具。

17.4.1 使用设备管理器进行诊断

"设备管理器"不仅提供了系统硬件数据的完整概要信息，还充当了相当好的诊断工具。为了弄清这里的含义，请查看图 17-8 所示的"设备管理器"选项卡。查看"SM 总线控制器"设备为何在其上有感叹号的标志，这说明该设备有问题。

如果检查设备的属性，如图 17-9 所示，"设备状态"区域将提供更多有关错误的信息。在图 17-9 中可以看到，问题在于设备的配置不正确。可以尝试"设备管理器"推荐的修复方法或单击"重新安装驱动程序"按钮以确定解决该问题。

该设备不能运行

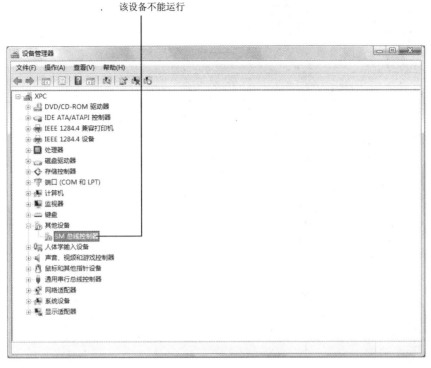

图 17-8　"设备管理器"使用图标来警告设备存在问题

注意：

　　"设备管理器"有很多错误代码。查看以下 Microsoft 知识库的文章以了解代码的完整列表以及每种情况下的解决方案：support.microsoft.com/default.aspx?scid=kb;en-us;Q310123。

图 17-9　"设备状态"区域说明设备是否正常运行

"设备管理器"使用 3 种不同的图标说明设备的当前状态：

- 黄色区域上有黑色感叹号(!)说明设备存在问题。
- 红色 X 说明设备被禁用或丢失。
- 白色区域上有蓝色 i 说明取消了设备的"使用自动设置"复选框(在"资源"选项卡上)而且至少手动选择了一个设备资源。注意，设备可能正常运行，所以该图标并不能说明存在问题。但是如果设备不能正常运行，则可能手动设置是问题的原因(例如，设备可能有不同资源的 DIP 开关或跳线设置)。

如果系统对设备进行了标记，而你没有发现任何问题，则可以忽略该标记。我曾经看到过许多系统在包含带有标记的设备时正常运行，因此在没有产生问题的情况下不需要进行问题诊断。危险在于如果系统去掉这些标记可能会导致更为严重的问题。

17.4.2 诊断并解决设备驱动程序的问题

除了硬件本身的问题，设备驱动程序也是大多数设备无法运行的原因。即使设备没有前一节介绍的问题图标，则还可能是由于驱动程序的问题。也就是说，如果打开设备的属性表，Vista 说明该设备"运行正常"，但是这仅说明了 Vista 能够与该设备建立简单的通信通道。所以如果设备不能正常运行，而 Vista 说明能正常运行，则应该怀疑是驱动程序的问题。以下是改正设备驱动程序问题的一些提示和建议：

- **重新安装驱动程序**——驱动程序可能会因为其 1 个或多个文件遭到损坏而不能正常运行。通常能够通过重新安装驱动程序来解决这个问题。如果是磁盘错误导致了该问题，则应该在重新安装驱动程序前检查安装驱动程序的分区是否有错误(参见第 15 章"维护 Windows Vista 系统"中的"检查硬盘错误"一节中有关检查磁盘错误的说明)。
- **升级到签名的驱动程序**——未签名的驱动程序可能会在 Windows Vista 中发生意外，所以应该尽可能地升级到签名的驱动程序。如何知道安装的驱动程序是未签名的呢？打开设备的属性表，显示"驱动程序"选项卡。已签名的驱动程序文件将在"数字签名程序"标签旁边显示一个名称，而未签名的驱动程序将显示"未经数字签名"。参见本章前面的"更新设备驱动程序"一节。
- **禁用未签名的驱动程序**——如果未签名的驱动程序导致系统不稳定而且不能更新驱动程序，则应该禁用它。在设备属性表的"驱动程序"选项卡中单击"禁用"按钮。
- **使用签名验证工具**——该程序检查整个系统的未签名程序。为了使用该程序，按下 Windows Logo＋R 组合键(或选择"开始"|"所有程序"|"附件"|"运行")，打开"运行"对话框，输入 sigverif，单击"确定"按钮。在"文件签名验证"窗口中，单击"开始"按钮。当验证结束时，程序将显示未签名驱动程序文件的列表(如果有的话)。所有扫描文件的结果写入名为 Sigverif.txt 的日志文件，

该文件会在你关闭显示未签名驱动程序列表的窗口时复制到%SystemRoot%文件夹中。在 Sigverif.txt 的"状态"栏中，查找"未经数字签名"的文件。如果找到任何文件，则应该考虑将这些驱动程序升级到签名的版本。

- **使用生产商为设备提供的驱动程序**——如果设备有自己的驱动程序，则可以升级到生产商的驱动程序或运行设备的安装程序。

- **从生产商那里下载最新的驱动程序**——设备生产商经常更新驱动程序以修复错误、添加新功能和提高性能。访问生产商的网站以查看是否有可用的更新驱动程序(参见下面的"下载设备驱动程序的提示")。

- **使用 Windows Update**——Windows Update 网站经常有供下载的更新的驱动程序。选择"开始"|"所有程序"|"Windows Update"并让站点扫描系统。然后单击"驱动程序更新"链接以查看是否有系统可用的驱动程序。

- **回滚驱动程序**——如果设备在更新驱动程序后不能正常运行，则可以将其回滚到以前的驱动程序(参见本章前面的"回滚设备驱动程序"一节)。

17.4.3　下载设备驱动程序的提示

在 World Wide Web 上查找驱动程序本身就是门艺术。我已不知道自己在生产商的网站上用了多少时间去查找设备驱动程序。大多数硬件供应商的站点重点在于销售而不是服务，所以虽然容易购买设备，譬如通过几次鼠标点击就能购买一台新打印机，但是下载该打印机的新驱动程序却需要很长的时间。为了帮助避免这种麻烦，以下是根据我来之不易的经验而获得的一些提示：

- 如果生产商提供不同地址的站点(如不同的国家)，则应该使用公司的"主"站点。大多数镜像站点并非真正的镜像，而且(墨菲定律仍然有效)通常你正在寻找的驱动程序镜像站点已经没有了。

- 当你首次访问站点时，应该使用搜索功能找到需要的驱动程序。这只对少数驱动程序有效，而且站点的搜索引擎总是先返回市场或销售的内容。

- 如果不使用搜索引擎，还可以使用站点专门的驱动程序下载区域。好的站点会有称为"下载"或"驱动程序"的链接区域，但是通常更应该首先访问"支持"或"客户服务"区域。

- 不要尝试走捷径到达驱动程序或许隐藏的位置,而应遵循站点提供的每个步骤。例如，通常会选择整个驱动程序的类别，然后选择设备的类别、总线类别以及具体的型号。这虽然是项乏味的操作，但是几乎总能获得想要的驱动程序。

- 如果站点很一般，不能按照以上的方法找到需要的设备，这种情况下，尝试使用搜索引擎。注意，为某些设备驱动程序编制的索引很差，所以可能要尝试很多不同的搜索文本。通常一种有效的方法是使用精确的文件名称。如何知道文件名称呢？经常使用的有效的方法是用 Google(www.google.com)或 Google

Groups(groups.google.com)或其他一些 Web 搜索引擎来搜索驱动程序。可能已经有人搜索过你需要的文件并有该文件名(或者如果你确实很幸运，直接在生产商的站点得到了驱动程序的链接)。

- 当进入设备的下载页面时，谨慎地选择文件。请确保选择 Vista 驱动程序，并确保下载的不是实用程序或其他非驱动程序文件。

- 下载完该文件后，请确保将该文件保存到了计算机上，而非打开该文件。如果重新格式化系统或将设备转移到另一台计算机上，则驱动程序会有本地副本，这样就不需要再去下载驱动程序。

17.4.4　检查并解决资源冲突问题

在支持"高级配置和电源接口(ACPI)"、使用 PCI 卡以及符合即插即用标准的外部设备的现代计算机系统上，几乎不存在资源冲突的问题。这是因为 ACPI 能够管理系统资源，从而防止发生冲突。例如，如果系统没有足够的 IRQ 总线，则 ACPI 将会给 2 个或多个设备分配相同的 IRQ 总线并管理设备，这样它们就能共享总线而不会发生冲突(为了查看共享 IRQ 总线的设备，启用"设备管理器"的"查看"|"依连接排序资源"命令，然后双击"中断请求"项)。

ACPI 能够成功分配并管理资源在于 Windows Vista 不会让你去更改设备的资源，即使你想这么做也不行。如果打开设备的属性表并显示"资源"选项卡，则可以看到不能更改任何设置。

然而如果在系统中使用过时的设备，则可能产生冲突，因为 Windows Vista 无法正常管理这些设备的资源。如果发生这种情况，"设备管理器"将会通知该问题。为了解决问题，首先显示设备属性表上的"资源"选项卡。"资源设置"列表的左边显示资源类型，右边显示资源设置。如果怀疑设备使用冲突的资源，则检查"冲突设备列表"框以查看其中是否有任何设备。如果列表显示"没有冲突"，则说明设备的资源不与其他设备冲突。

如果有冲突，则需要更改合适的资源。一些设备有多个配置，所以更改资源的一种简单的做法是选择不同的配置。为了完成该操作，取消"使用自动设置"复选框，然后使用"设备基于"下拉列表选择不同的配置，否则需要手动设置资源。以下是更改资源设置的步骤：

(1) 在"资源类型"列表中，选择想要更改的资源。

(2) 如果启用"使用自动设置"复选框，则取消选中该复选框。

(3) 对于想要更改的设置，可以双击该设置或选择设置然后单击"更改设置"按钮(如果 Windows Vista 告诉你不能在该配置中更改资源，则从"设备基于"列表中选择不同的设置)，打开能够编辑资源设置的对话框。

(4) 使用"值"微调框选择不同的资源。观察"冲突信息"组以确保新的设置不会与已有的设置冲突。

(5) 单击"确定"按钮返回"资源"选项卡。

(6) 单击"确定"按钮。如果 Windows Vista 询问是否重启计算机，则单击"是"按钮。

17

提示：

查看设备是否共享资源或者正发生冲突的简单方法是通过使用"系统信息"实用程序。选择"开始" | "运行"，输入 msinfo32，然后单击"确定"按钮(或者选择"开始" | "所有程序" | "附件" | "系统工具" | "系统信息")。打开"硬件资源"分支并单击"冲突/共享"。

17.5　相关内容

以下是在本书中介绍与设备相关信息的章节：

- 有关硬盘技术的内容，请参阅第 14 章"调整 Windows Vista 的性能"中的"优化硬盘"一节和第 15 章"维护 Windows Vista 系统"中的"检查硬盘错误"一节。
- 有关其他排除故障的技术，请参阅第 16 章"在发生问题后进行诊断和恢复"。
- 有关网络硬件的信息，请参阅第 22 章"建立小型网络"中的"硬件：NIC 和其他网络配件"。

第 IV 部分

Windows Vista 中的

Internet 功能

第 18 章

使用 Internet Explorer
访问 Web

在写这本书的时候，Internet Explorer 是迄今最主流的
Web 浏览器，它占据了 70～75%(之所以给出一个范围值，是
因为不同的消息来源给出的结果不尽相同)的市场份额(自从
2004 年发布了 Firefox 浏览器后，其占有率下降了大约 20%)。
因为大多数懂计算机的人都有多年使用 Internet Explorer 的
经验，所以可以有把握地说，Internet Explorer 是当今人们最
为熟悉的应用程序之一。或者可以这么说，Internet Explorer
的基本内容被大多数人所了解。然而，就像任何复杂程序一
样，浏览器也有鲜为人知的地方。值得注意的是，这些很少
能看见的区域并非想象的那么难以理解。你可以立即充分地
使用这些功能，从而使得上网更方便、更有效，并更有成果。
本章将会介绍 Internet Explorer 的一些方面，并将介绍改善
Web 体验的方法。而且，你还将了解有关 Internet Explorer
7(IE7)中的一些新功能，IE 7 是 Microsoft 最新版本的 Web 浏
览器，Windows Vista 的所有版本都带有该浏览器。

18.1　理解网页地址

首先将要介绍的是奇怪的 World Wide Web 地址，通常也
称为 "统一资源定位符(Uniform Resource Locator，URL)"。
网页的地址通常采用以下形式：

```
http://host.domain/directory/file.name
```

host.domain   页面所在的主机的域名。

directory   包含页面的主机的目录。

file.name   页面的文件名。注意，大多数网页使用扩展名.html 和.htm。

以下是有关 URL 的注意事项：

- URL 的 http 部分表示 HTTP(Hypertext Transfer Protocol)，这是用作供 Web 浏览器和 Web 服务器之间通信的 TCP/IP 协议。HTTP 是标准网页的协议。其他常用的协议有 https(Secure Hypertext Transfer Protocol，安全的网页)、ftp(File Transfer Protocol，文件下载)及 file(用来在浏览器中打开本地文件)。

- 大多数 Web 域使用 www 前缀及 com 后缀(例如 www.mcfedries.com)。其他常用后缀有 edu(教育站点)、gov(政府站点)、net(网络公司)及 org(非盈利站点)。还要注意的是，大多数服务器不需要 www 前缀(如 mcfedries.com)。

- 在大多数 Web 主机(运行 UNIX 的服务器)上目录名和文件名都区分大小写。

注意：

大多数网站使用一个或多个默认文件名，最常用的文件名是 index.html 和 index.htm。如果在 URL 中省略文件名，则 Web 服务器将会显示默认页面。

18.2   更自如地在网上冲浪的提示和技术

使用 Internet Explorer 访问网页直观方便，但即使有经验的用户或许也不知道所有能够打开并导航页面的方法。以下回顾在 Windows Vista 中用来打开网页的方法：

- 在任何"地址"栏中输入 URL——Internet Explorer 和所有 Windows Vista 的文件夹窗口都有"地址"栏。为了打开某个页面，在"地址"栏中输入 URL 并按 Enter 键。

- 在"运行"对话框中输入 URL——按下 Windows Logo+R 组合键(或选择"开始"|"所有程序"|"附件"|"运行")，在"运行"对话框中输入 URL，并单击"确定"按钮。

注意：

当在"运行"对话框中输入 URL 时，必须包含地址的 www 部分。例如，输入 microsoft.com 不会有任何作用，而是应该输入 www.microsoft.com。如果 URL 没有 www 部分——如 support.microsoft.com，则必须在地址前包含 http://。

- 从"地址"栏中选择 URL——Internet Explorer 的"地址"栏还有下拉列表，其中存储了你最近输入的 25 个地址。

- 为远程页面使用"打开"对话框——按下 Ctrl+O 组合键显示"打开"对话框，输入 URL 并单击"确定"按钮。

- 为本地页面使用"打开"对话框——如果想要查看本地计算机上的网页，则显示"打开"对话框，输入完整的路径(驱动器、文件夹以及文件名)，单击"确定"按钮。或者单击"浏览"按钮，找到页面，单击"打开"按钮，然后单击"确定"按钮。

- 选择收藏夹——按下 Alt+C 组合键以打开"收藏中心"，单击"收藏夹"按钮，然后单击想要打开的站点。

- 单击"链接"栏按钮——如果已经向"链接"栏添加了按钮，则可以单击按钮导航到所需的站点(参见本章后面的"为一键上网自定义链接栏")。

- 在 Windows Mail 消息中单击 Web 地址——当 Windows Mail 在电子邮件中识别出 Web 地址时(也就是以 http://、https://、ftp://、www.开头的地址)，它将把该地址转化为链接。单击链接将会在 Internet Explorer 中打开地址。还要注意，其他一些程序也支持 URL，包括 Microsoft Office 程序套件。

在打开页面后，通常可以通过单击文本链接或图像映像的方式进入另一个页面。然而还有更多可以用来导航到其他页面的方法：

- 在另一个窗口中打开链接——如果不想关闭当前页面，则可以通过右击链接并单击"在新窗口中打开"来强制在另一个 Internet Explorer 窗口中打开链接。也可以通过选择"文件"|"新窗口"，或按下 Ctrl+N 组合键打开当前页的新窗口。

提示：

还可以按下 Shift 键并单击链接以在新的浏览器窗口中打开该链接。

- 回顾访问过的页面——为了返回到本次会话中访问过的页面，可以单击 Internet Explorer 的"返回"按钮或按 Alt+左箭头。在返回到该页面后，可以通过单击"前进"按钮或按 Alt+右箭头向前移动访问过的页面。还要注意，"前进"按钮的右边将出现一个箭头，如图 18-1 所示。这是"最近页面"箭头，单击该箭头将会显示在当前会话中访问过的页面列表。

- 返回到开始页面——当没有指定 URL 而启动 Internet Explorer 时，通常会显示 MSN.com，它是默认的开始页面(http://www.msn.com/，但要注意，许多计算机生产商会更改默认的开始页面)。可以通过单击工具栏中的"主页"按钮或按 Alt+Home 组合键在任何时候返回到该页面。

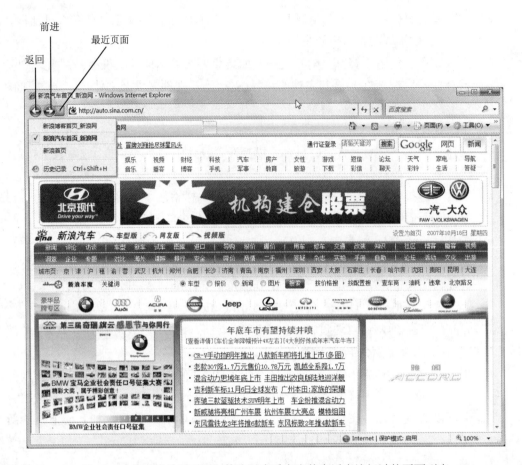

图 18-1　单击"最近页面"箭头以查看在当前会话中访问过的页面列表

- 使用"历史记录"列表——按 Alt+C 组合键打开"收藏中心"并单击"历史记录"按钮以查看最近 20 天访问过的站点列表。在"历史记录"列表中看见的项都是基于%UserProfile%\AppData\Local\Microsoft\Windows\History 文件夹的内容。参见本章后面"使用方便的历史记录列表"一节的内容以了解更多有关"历史记录"列表的内容。

18.2.1　利用地址栏

Internet Explorer 的"地址"栏("地址"栏出现在所有 Windows Vista 的文件夹窗口中)只是一种输入与单击的机制。然而,地址栏很有用,它有独立的包以方便使用。以下是其概要:

- Internet Explorer 维护你在"地址"栏中输入的最近 25 个 URL 的列表。为了访问该列表,按下 F4 键,然后使用上下箭头键从列表中选择一个项。

清除地址栏列表

清除"地址"栏列表的一种简单的方法是清除其历史记录文件。通过选择"工具"|"删除浏览的历史记录",然后单击"删除历史记录"可以完成该操作。如果想要保存历史记录文件,则注意 Internet Explorer 在以下注册表键中存储了最近输入的 15 个 URL:

```
HKCU\Software\Microsoft\Internet Explorer\TypedURLs
```

因此可以通过关闭所有 Internet Explorer 窗口,并从该键中删除设置 url1 到 url15 来删除"地址"栏列表。脚本如下:

```
Option Explicit
Dim objWshShell, i
Set objWshShell = WScript.CreateObject("WScript.Shell")
For i = 1 to 25
    objWshShell.RegDelete "HKCU\Software\Microsoft\Internet Explorer\
➡TypedURLs\url" & i
Next 'i
objWshShell.Popup "Finished deleting typed URLs", , "Delete Typed URLs"
```

注意,如果在历史记录列表中的地址少于 25 个,则会得到以下 Windows Script Host 错误,如下所示:

```
Unable to remove registry key "HKCU\Software\Microsoft\Internet
➡\Explorer\TypedURLs\urln,
```

这里的 n 是比在列表中能找到的项数大的数字。可以安全地忽略该消息;该脚本将从列表中删除所有历史记录项。

- 为了编辑"地址"栏文本,按 Alt+D 组合键选择地址。
- "地址"栏的"自动完成"功能会监控你输入的地址。如果任何以前输入的地址与你输入的地址匹配,则它们会出现在列表中。可以使用下箭头键进行选择并按 Enter 键选择其中的一个地址。使用"自动完成"最快的方法是输入站点的域名。例如,如果想要访问 http://www.microsoft.com,则可以输入 microsoft 部分。如果以完整地址开始,则必须输入 http://www.或 www.,然后输入其他所有字符。
- Internet Explorer 会假设任何输入的地址都是网站。因此,不需要输入 http://前缀,因为 Internet Explorer 会自动地添加该前缀。
- Internet Explorer 同样会假设大多数网址都采用 http://www.something.com 形式。因此,如果你只输入 something 部分,并按下 Ctrl+Enter 组合键,则 Internet Explorer 会自动添加 http://www.前缀及.com 后缀。例如,可以通过输入 microsoft 并按 Ctrl+Enter 组合键访问 Microsoft 的主页(http://www.microsoft.com)。

- 有些网站使用框架将网页分为多个区域。其中一些网站提供其他网站的链接，但这些页面出现在第一个站点的框架结构中。为了跳出框架，可将一个链接拖到"地址"栏中。
- 为了从"地址"栏中进行搜索(自动搜索)，首先要输入搜索文本。当输入搜索文本时，Internet Explorer 会在"地址"栏下面显示搜索 text，这里 text 是指搜索文本。当输入完搜索文本时，按下 Tab 键选择该"搜索项"并按 Enter 键。或者可以在搜索文本前加上单词 go、find 或 search 或是问号(?)，如下例所示：

```
go vbscript
find autosearch
search neologisms
? registry
```

18.2.2　创建 URL 的快捷方式

通过 Internet Explorer 导航站点的另一种方法是创建指向适当 URL 的快捷方式，可以使用以下技术进行操作：

- 复制 URL 到剪切板，创建一个新的快捷方式(打开想要存储快捷方式的文件夹，然后选择"文件"|"新建"|"快捷方式")，然后将 URL 粘贴到"请键入项目的位置"文本框中。
- 可以使用出现在"地址"栏中地址左边的页面图标来创建当前显示页面的快捷方式。拖动该图标并将它释放到桌面上或者任何想要用来存储快捷方式的文件夹中。
- 可以通过从页面中拖动链接文本的方式为任何超文本链接创建快捷方式。

当快捷方式就绪后，可以通过启动快捷方式图标打开网站。

提示：

如果你有经常使用的站点，则可以在任务栏的"快速启动"工具栏中为该站点创建快捷方式。这样操作的最简单的方式是导航到该站点，从"地址"栏中单击并拖动站点的图标，释放到"快速启动"工具栏中。为了增加"快速启动"工具栏的大小以查看所有图标，可以右击工具栏，然后单击以取消"锁定任务栏"命令。最后单击并拖动"快速启动"工具栏右边新出现的移动手柄。

提示：

Internet 的快捷方式是使用 URL 扩展名的简单文本文件。它们只包含 Internet 站点的地址，如下例所示：

```
[InternetShortcut]
URL=http://www.microsoft.com/
```

如果需要对该地址进行更改，可以通过在记事本中打开 URL 文件来更改该快捷方式。

18.2.3　使用选项卡

Internet Explorer 的用户经常会在同一时刻打开 6 个或 6 个以上的浏览器窗口。你可能会在一天中访问多个有更新内容的站点；用来进行当前搜索的站点；广播站或其他音乐的站点；最喜爱的搜索引擎站点；以及其他随便访问的浏览器窗口。

打开所有这些站点会方便操作，但是打开所有这些窗口将使得难以导航到其他窗口，而且这也是对资源的消耗，因为 Internet Explorer 的完整界面会在每个窗口中重复(每个打开的 Internet Explorer 窗口会在 RAM 中消耗 20MB 的内存，根据系统的不同而不同)，许多经常要访问 12 或 15 个站点的用户要学会尽量少打开站点。

幸运的是，这在 Internet Explorer 7 中完全地改变了。就像 Firefox、Opera、Safari 以及其他一些浏览器一样，Internet Explorer 7 有 "选项卡浏览(tabbed browsing)"，其中每个打开的页面都将出现在单个 Internet Explorer 窗口的选项卡中。可以在每个窗口中打开 50 个选项卡，这对任何人来说应该都够用了。选项卡最佳的特征在于 Internet Explorer 为每个选项卡提供它们各自的执行线程，这意味着可以在一个选项卡中启动某个页面的加载，而在另一个选项卡中读取下载页面的文本，还可以在启动 Internet Explorer 时指定多个在它们自己选项卡中加载的主页(参见本章后面的 "更改主页" 一节)。

1. 在新选项卡中打开页面

选项卡的优点在于它们易于使用，Internet Explorer 做了很多平稳转换到选项卡浏览的工作。其中一种方式是通过给你很多不同的方法在新的选项卡中打开页面。以下是所有 6 种方式：

- 按下 Ctrl 键并单击网页中的链接——这将创建新的选项卡并在后台加载链接的页面。

提示：

如果想要保持读取当前页面，则使用 Ctrl 单击链接的方式在新选项卡的后台打开页面将会很有效。然而，我发现大多数时候我想要立刻访问新页面。如果有快速的连接，则页面将会快速加载，从而使得单击和读取之间的延迟会很小。在这种情况下，可以在按住 Ctrl 键单击链接时通知 Internet Explorer 自动切换到新选项卡。选择 "工具" | "Internet 选项" 命令，打开 "Internet 选项" 对话框，显示 "常规" 选项卡，然后单击 "选项卡" 组中的 "设置"。在 "选项卡浏览设置" 对话框中，启用 "当创建新选项卡时，始终切换到新选项卡" 复选框，然后在打开的对话框中单击 "确定" 按钮。

- 使用鼠标中键(如果有)单击网页的链接——这将会创建新选项卡并在后台加载链接页面。

- 在地址栏中输入页面 URL，然后按 Alt+Enter 组合键——这将会创建新选项卡并在前台加载页面。

- 单击"新选项卡"按钮(或按 Ctrl+T 组合键)以显示空的选项卡—— 在"地址"栏中输入页面的 URL，然后按 Enter 键。这将会在前台加载页面。

- 单击并拖动网页链接或当前"地址"栏按钮图标并释放到"新选项卡"按钮中——这将会创建新选项卡并在前台加载页面。

- 在另一个程序中单击链接——这会创建新的选项卡并在前台加载链接页面。

图 18-2 显示了打开多个选项卡的 Internet Explorer

图 18-2　Internet Explorer 7 支持选项卡浏览以在单个浏览器窗口中显示多个页面

为了关闭选项卡，Internet Explorer 提供 5 种选择：

- 单击选项卡的"关闭选项卡"按钮。

- 选择选项卡，然后按下 Ctrl+W 组合键。

- 右击选项卡，然后选择"关闭"命令。

- 为了关闭除了一个选项卡以外的所有其他选项卡,右击想要保持打开的选项卡，然后选择"关闭其他选项卡"命令。

- 使用鼠标中键单击选项卡。

2. 导航选项卡

当已经打开两个或多个选项卡时，则对选项卡进行导航将很直观：

- 如果使用鼠标，单击想要使用的页面选项卡。
- 如果使用键盘，按 Ctrl+Tab 组合键从左向右进行导航(从最后一个选项卡到第一个选项卡)；按 Ctrl+Shift+Tab 组合键从右向左进行导航(从第一个选项卡到最后一个选项卡)。

Internet Explorer 在命令栏的右边没有太多空间，所以只能显示有限的选项卡。Internet Explorer 会在你添加更多的选项卡时缩小选项卡的宽度，但是宽度只有在选项卡保持使用时才能被缩短。在 1024×768 的屏幕上，Internet Explorer 最多能够显示 9 个选项卡。如果打开超过 Internet Explorer 能够显示的选项卡数，则 Internet Explorer 会向选项卡条中添加两个新按钮，如图 18-3 所示。单击"<<"显示前面隐藏的选项卡，单击">>"显示接下来隐藏的选项卡。

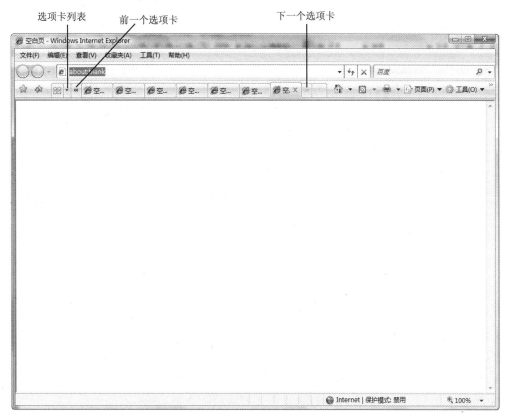

图 18-3　如果打开的选项卡超过 Internet Explorer 可以显示的选项
卡数，则可以使用双箭头按钮显示隐藏的选项卡

Internet Explorer 还维护了显示在选项卡中当前打开的所有页面的选项卡列表。单

击"选项卡列表"按钮(如图 18-3 所示)以显示列表。

3. 使用快速导航选项卡

Internet Explorer 与其他显示选项卡的浏览器相比还有一个新的功能，称为"快速导航选项卡"，它会显示每个选项卡页面的缩略图。如图 18-4 所示，单击"快速导航选项卡"按钮(或按 Ctrl+Q 组合键)以查看"快速导航选项卡"。可以从中单击缩略图以打开该选项卡。

快速导航选项卡

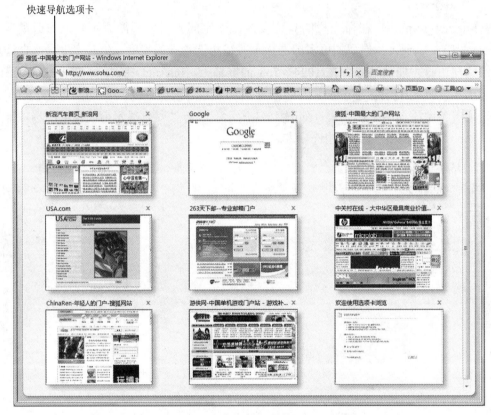

图 18-4 单击"快速导航选项卡"以显示打开选项卡的缩略图

18.2.4 使用便利的历史记录列表

前面介绍过(参见"更自如地在网上冲浪的提示和技术")，可以单击"返回"和"前进"按钮按照你自己的方式访问 World Wide Web。然而，Internet Explorer 会在退出程序时清空这些列表。当你想要重新访问前一个会话中的站点，则应该如何操作呢？令人高兴的是，Internet Explorer 会保留最近 20 天访问过的所有页面的地址。

这些页面的名称和地址存储在"历史记录"列表中,可以通过单击"收藏中心"按钮(如图 18-5 所示)来查看,然后单击"历史记录"(或者可以按 Ctrl+H 组合键)。为了查看某个站点,按照以下步骤进行操作:

(1) 单击想要查看的日期或星期。Internet Explorer 将显示在该日期或星期内访问的域列表。

(2) 单击包含想要查看页面的网站域。Internet Explorer 将打开该域以显示所有在该站点中访问过的页面,如图 18-5 所示。

(3) 单击所需的页面名称。

图 18-5 "历史记录"列表跟踪最近 20 天访问的所有网址

提示:

如果想要重新访问很多站点,重复打开"收藏中心"将会很麻烦。可以单击"固定收藏中心"按钮通知 Internet Explorer 保持打开"收藏中心",如图 18-5 所示。

如果有大量"历史记录"列表,找到所需的页面可能会有些困难。单击"历史记录"按钮旁边的向下箭头以显示以下选项的菜单:

- 按日期——单击该项将根据访问每个页面的日期对"历史记录"列表进行排序(这是默认的排序方式)。
- 按站点——单击此项根据站点名进行排序。
- 按访问次数——单击此项根据访问的次数进行排序,访问次数最多的页面通常在顶端。
- 按今天的访问顺序——单击此项以显示今天访问过的页面,根据你访问页面的顺序进行排序(最新访问的页面在顶部)。
- 搜索历史记录——单击该选项搜索"历史记录"列表。Internet Explorer 不仅搜索站点和页面名称,还会搜索页面文本(通过存储在"临时 Internet 文件"文件夹中的本地副本)。

18.3 搜索 Web

有经验的网友知道 Web 提供了广泛的内容,通常喜欢在访问 Web 时使用有针对性的方法快速查找信息或进行研究,这意味着需要使用一个或多个 Web 搜索引擎。通常最好直接访问搜索引擎站点,但是 Internet Explorer 提供了一些默认搜索选项。例如,在本章前面(参见"利用地址栏")提过,可以从"地址"栏直接运行搜索。还可以从"地址"栏的右边的"搜索"框运行搜索。

> **提示:**
>
> 可以按下 Ctrl+E 组合键启用"搜索"框。

> **提示:**
>
> 某些情况下,可能只想在当前显示的网页中搜索文本。为了完成该功能,首先通过选择"工具" | "菜单栏"显示菜单栏,然后选择"编辑" | "在该页上查找"(或者可以通过按 Ctrl+F 组合键绕过菜单栏)。使用"查找"对话框输入搜索文本并单击"下一个"按钮。

在"查找"框中输入搜索内容,然后按下 Enter 键或单击"查找"按钮(还可以按下 Alt+Enter 键在新的选项卡中打开搜索结果)。

18.3.1 添加更多的搜索引擎

Internet Explorer 一开始默认地会将查找文本提交给 Windows Live 搜索引擎(该默认搜索引擎也是 Internet Explorer 为"地址"栏自动搜索使用的搜索引擎)。如果你要通过"搜索"框访问其他搜索引擎(或搜索提供程序,因为 Internet Explorer 固执地使用这种称呼方式),可以按照以下步骤进行操作:

(1) 单击"搜索"框右边的向下箭头。

(2) 单击"查找更多提供程序"。Internet Explorer 将会显示包含不同搜索引擎链接的网页，其中包括 AOL、Ask.com 和 Google。

(3) 单击想要添加的搜索引擎的链接，打开"添加搜索提供程序"对话框。

(4) 如果想让 Internet Explorer 使用该搜索引擎作为默认值，启用"将它设置为默认搜索提供程序"复选框。

(5) 单击"添加提供程序"按钮。

为了使用新的搜索引擎，下拉"搜索"框列表查看搜索引擎列表，然后单击想要使用的搜索引擎。

提示：

可以随时更改默认的搜索引擎。下拉"搜索"框列表，然后单击"更改搜索默认值"。在"更改搜索默认值"对话框中，单击想要使用的搜索引擎，然后单击"设置默认值"按钮。单击"确定"按钮以使新设置生效。

18.3.2　为地址栏搜索设置其他搜索引擎

在搜索文本前面使用关键字如 go 或？的基于地址栏的搜索通常对于简单搜索是最快的途径。遗憾的是，你将会被限制使用 Internet Explorer 的默认搜索引擎。但是如果根据搜索文本或所需结果而经常使用一些搜索引擎，那结果如何呢？在这种情况下，仍然可能为其他搜索引擎建立自动搜索。以下是为 Google 搜索创建自动搜索 URL 的一些示例步骤：

(1) 运行注册表编辑器并显示以下键：

```
HKCU\Software\Microsoft\Internet Explore\SearchURL
```

(2) 创建一个新的子键。该子键的名称应该是在搜索文本前输入到"地址"栏中的文本。例如，如果将子键命名为 google，则可以通过输入 google text 来初始化"地址"栏搜索，其中 text 是搜索文本。

(3) 加亮显示新的子键并打开其(默认)值供编辑。

(4) 输入为搜索引擎初始化的 URL，并指定%s 作为搜索文本的占位符。对于 Google 来说，URL 可能为以下值：

```
http://www.google.com/search?q=%s
```

(5) 还需要指定字符或十六进制值，以便 Internet Explorer 用来替换在查询字符串中有特殊含义的字符：空格、磅符号(#)、百分号(%)、表示 and 的符号(&)、加号(+)、等号(＝)以及问号(？)。为了完成该操作，向新的子键添加以下设置：

名　称	类　型	数　据
<空格>	REG_SZ	+
#	REG_SZ	%23
%	REG_SZ	%25
&	REG_SZ	%26
+	REG_SZ	%2B
=	REG_SZ	%3D
?	REG_SZ	%3F

图 18-6 显示了一个完整示例。在"地址"栏中搜索字符串前输入的文本——也就是新子键的名称——称为"搜索前缀"。虽然在本例中使用 google 作为搜索前缀，但是理想情况下其应该是单个字符(例如 g 代表 Google 或 a 代表 AltaVista 的前缀)以减少输入量。

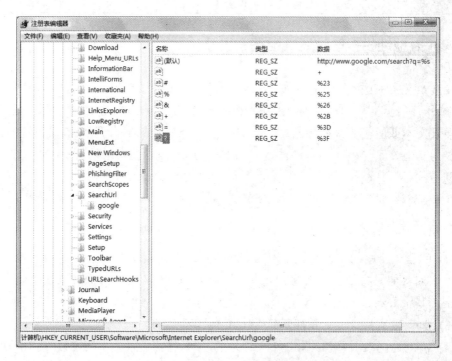

图 18-6　Google 搜索引擎的样本搜索前缀

如何知道搜索引擎是否使用了适当的 URL 呢？访问搜索引擎的站点并使用一个词进行搜索。当出现结果时，检查"地址"栏中的 URL，URL 通常采用以下的通用形式：

```
ScriptURL?QueryString
```

这里的 ScriptURL 是站点的搜索脚本的地址，而 QueryString 是发送给脚本的数据。

大多数情况下，可以在设置搜索前缀时只复制 URL 并用％s 替换搜索文本。我经常通过试验减少查询字符串以达到执行搜索的最低要求。例如，典型的 Google 搜索可能会产生以下 URL：

```
http://www.google.com/search?hl=en&lr=&q=mcfedries&btnG=Search
```

在查询字符串中，每个项由&分隔，所以每次删除一个项，直到搜索停止或已经找到搜索文本(在前面查询的字符串中，q=mcfedries)。为了节省你的时间，以下是一些搜索站点的最小搜索 URL：

```
All the Web:
http://www.alltheweb.com/search?query=%s&cat=web
AltaVista:
http://www.altavista.com/web/results?q=%s
AOL Search:
http://search.aol.com/aolcom/search?query=%s
Ask.com:
http://www.ask.com/web?q=%s
Encarta (Dictionary only):
http://encarta.msn.com/encnet/features/dictionary/DictionaryResults
➥.aspx? search=%s
Encarta (General):
http://encarta.msn.com/encnet/refpages/search.aspx?q=%s
Excite:
http://msxml.excite.com/info.xcite/search/web/%s
Live.com
http://www.live.com/?q=%s
Lycos:
http://search.lycos.com/default.asp?query=%s
MSN:
http://search. msn.com/results.asp?q=%s
Yahoo:
http://search.yahoo.com/bin/search?p=%s
```

18.4　收藏夹：要记住的站点

Web 上看到的很多内容都是容易忘记并且不值得回顾的。然而，网络上还有各种各样的内容等待你的发现——即那些你想要经常访问的站点。你不用去记忆这些 URL、将它们记录在粘贴便笺或者用快捷方式粘贴到桌面，你可以使用 Internet Explorer 方便的"收藏夹"功能来跟踪这些常用的站点。

"收藏夹"功能只是一个文件夹(可以在％UserProfile％文件夹中找到)，它用来存储 Internet 快捷方式。"收藏夹"文件夹与其他文件夹相比，其优点在于可以直接从

Internet Explorer 添加、查看和链接到"收藏夹"文件夹的快捷方式。

18.4.1 向收藏夹添加快捷方式

当找到需要将其作为收藏夹的站点时,可以按照以下步骤进行操作:

(1) 单击"添加到收藏夹"按钮(在"收藏中心"按钮的右边,如图 18-7 所示;或者可以按下 Alt+Z 组合键),然后单击"添加到收藏夹",打开"添加收藏"对话框。

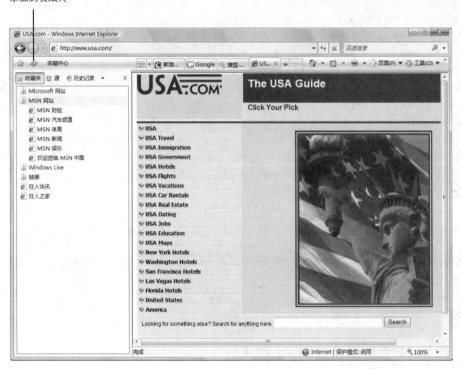

图 18-7 在"收藏中心"内,"收藏夹"列表显示了"收藏夹"文件夹中的内容

提示:

打开"添加收藏"对话框的最快方式是按下 Ctrl+D 组合键。

(2) "名称"文本框将显示页面的标题。标题是当你查看收藏夹列表时看到的文本,可以根据个人喜好编辑该文本。

(3) Internet Explorer 允许设置保存相关收藏的子文件夹。如果不需要子文件夹,则可以跳到步骤(4)。否则,可以单击"新建文件夹"按钮以显示"创建文件夹"对话框,输入文件夹名,然后单击"创建"。

(4) 使用"创建位置"选择想要存储收藏的文件夹。

(5) 单击"添加"按钮。

18.4.2　在收藏夹中打开 Internet 快捷方式

"收藏夹"的用途是可以快速定期访问你经常访问的站点。为了链接到"收藏夹"中的快捷方式，有以下 3 种选择：

- 在 Internet Explorer 中，"收藏夹"列表中包含了"收藏夹"快捷方式的完整列表。为了链接到快捷方式，单击"收藏中心"按钮，然后单击"收藏夹"(如图 18-7 所示)，最后选择所需的快捷方式。

提示：

通过按下 Ctrl+I 组合键可以快速显示"收藏夹"列表。

Internet Explorer 提供了向"收藏夹"列表快速添加站点的两种方法：

- 如果当前页面有需要保存的站点链接，单击并将链接拖动到"收藏夹"列表中。
- 如果想要保存当前页面，单击并拖动"地址"栏中的图标到"收藏夹"列表中。

这两种方法只有在"收藏夹"列表处于 Internet Explorer 窗口左边的位置时才能起作用。因此，在使用这些方法前，必须单击"固定收藏中心"按钮。

- 选择"开始"|"收藏夹"，然后在出现的子菜单中单击所需的收藏夹。

注意：

如果"收藏夹"子菜单没有出现在"开始"菜单中，右击"开始"菜单，单击"属性"，然后单击"开始菜单"选项旁边的"自定义"按钮(应该启用)。在开始菜单程序列表中，启用"收藏夹菜单"复选框，然后单击"确定"按钮。

18.4.3　维护收藏夹

当有大量的收藏夹时，需要进行一些日常的维护以保持其组织有序。这包括创建新的子文件夹、在文件夹之间移动收藏夹、更改 URL、删除不使用的收藏夹等。以下是一些经常使用的维护技术的概要信息：

- 为了更改收藏夹的 URL，显示"收藏夹"列表，找到想要修改的收藏项，右击该收藏项，在上下文菜单中，单击"属性"，然后使用属性表调整 URL。
- 为了移动收藏，显示"收藏夹"列表，找到想要移动的收藏，然后将该收藏拖到菜单的另一个位置中(或者到子菜单中)。
- 为了删除收藏，显示"收藏夹"列表，找到需要删除的收藏，右击该收藏并单击"删除"命令。
- 为了按字母顺序对收藏夹进行排序，展开"收藏夹"菜单，右击任何收藏或文件夹，然后单击"按名称排序"。

- 为了通过电子邮件发送收藏，打开"收藏夹"文件夹，右击收藏，然后选择"发送到" | "邮件接收者"。

允许在 Outlook 中使用 Internet 快捷方式的附件

如果使用 Microsoft Outlook(2003 或以后版本)作为邮件客户端，程序将会阻止某些类型的附件，其中包括 Internet 快捷方式。因此，在选择"邮件接收者"命令之后，消息窗口将会显示一个消息，通知其已经阻止有潜在危险的附件的访问。为了解决该问题，打开注册表编辑器并找到以下键(注意这里可能需要创建 Security 键):

```
HKCU\Software\Microsoft\Office\11.0\Outlook\Security
```

创建名为 Level1Remove 的新字符串值，打开新值，然后输入.url，这告诉 Outlook 不要阻止使用.url 扩展名的附件。还可以向 Level1Remove 值添加多个扩展名，将每个扩展名用分号隔开。该解决方法也适用于 Outlook 2007，除了使用以下的键以外(可能也要创建 Security 键):

```
HKCU\Software\Microsoft\Office\12.0\Outlook\Security
```

18.4.4 与其他浏览器共享收藏夹

许多用户喜欢在运行 Internet Explorer 的同时在计算机上运行其他浏览器，例如 Firefox 或 Netscape。遗憾的是，这些浏览器以不同的方式存储站点: Internet Explorer 使用"收藏夹"，而 Firefox 和 Netscape 使用"书签(bookmark)"。但是 Internet Explorer 有一个功能能够将收藏夹导出到书签文件或者将书签导入为收藏夹。以下是操作方式:

(1) 在 Internet Explorer 中，按下 Alt 键以显示菜单栏，然后选择"文件" | "导入和导出"，打开"导入/导出向导"。

(2) 单击"下一步"按钮。

(3) 选择其中一个选项:

- 导入收藏夹——选择该选项将 Firefox 或 Netscape 书签导入为收藏夹。当单击"下一步"时，向导将会询问 bookmark.htm 文件的路径，完成后单击"下一步"按钮。

- 导出收藏夹——选择该选项将收藏夹导出为 Netscape 的书签。当单击"下一步"按钮时，向导首先会询问想要导出的"收藏夹"文件夹。再次单击"下一步"按钮，向导将提示输入 bookmark.htm 文件的路径。完成输入后单击"下一步"按钮。

(4) 该向导将完成要求的操作，然后显示对话框通知已经完成操作，单击"完成"按钮。

18.5 使用 RSS 源

一些网站——特别是博客——经常会添加新的内容。这有利于创建一个动态有趣的站点(当然要根据其内容)，但是这也意味着如果想要获得最新的信息，必须经常访问该站点。可以通过打开表让站点在其提交新内容时通知你来避免这个麻烦。如果站点支持 RSS(Real Simple Syndication)的功能，则可以完成该操作。RSS 能够使你订阅站点发送的源，源通常包含提交到站点的最新数据。

RSS 源是 XML 文件，所以不能直接读取该文件，而是需要"源阅读器(feed reader)"程序或能够理解 RSS 内容的网站来读取。然而，Internet Explorer 7 内置了该功能，这样就可以订阅并从桌面读取 RSS 源。

导航到有一个或多个源的站点会启用 Internet Explorer 命令栏中的"查看源"图标。下拉"查看源"列表(或按下 Alt+J 组合键)以查看站点的源列表，如图 18-8 所示。

图 18-8 如果站点提供一个或多个 RSS 源，Internet Explorer 的"查看源"按钮将被启用

站点为什么会有多个源？有以下两个主要原因：

- 站点提供多种格式的单个源。3 种主要格式为 RSS 1.0、RSS 2.0 及 Atom(如图 18-8 所示)。Internet Explorer 支持所有这 3 种格式，所以在这种情况下，无论选择哪一个都没有关系。
- 站点提供多个内容源。例如，一些博客为提交和评论提供不同的源。

单击想要查看的源，Internet Explorer 将会显示源内容，如图 18-9 所示。

图 18-9　选择需要的源，Internet Explorer 将显示源的内容

18.5.1　订阅源

只是查看站点的 RSS 源没有太大用。为了更有效使用源，需要订阅该源，以便告诉 Internet Explorer 自动检查源的新内容并下载该内容到计算机上，使得源成为"RSS 源存储(RSS Feed Store)"的一部分(默认更新计划为每天一次)。有两种方式可以查看订阅的源内容(参见本章的 18.5.2 节)：

- 使用"收藏中心"的"源"列表
- 使用 Windows 边栏中的"RSS 源标题"小工具

为了订阅源，按照以下步骤进行操作：

(1) 显示想要订阅的源。

(2) 单击"订阅该源"链接，打开"订阅该源"对话框。

(3) "名称"文本框将显示源的标题，这是在后来查看"源"列表时显示的文本。

可以按照需要编辑该文本。

(4) Internet Explorer 将建立存储相关源的子文件夹。如果不需要该操作，则忽略步骤(4)。否则，单击"新文件夹"按钮以显示"创建文件夹"对话框，输入文件夹名称，然后单击"创建"按钮。

(5) 使用"在列表中创建"选择想要存储源的文件夹。

(6) 单击"订阅"按钮。

18.5.2 读取源

因为根据定义，源包含了经常更新的内容，所以你会尽可能地获得源并读取其中的新内容。前面提过，有两种查看源的方式："收藏中心"和"Windows 边栏"。

为了通过"收藏中心"查看更新内容，可以单击"收藏中心"按钮，然后单击"源"按钮(在订阅源后，还需要单击"查看我的源"链接)。图 18-10 显示了一些订阅源的"源"列表。如果源名称以粗体显示，则这意味着源在你上次访问后添加了新的内容；如果源名称以正常文本显示，则说明没有添加内容。为了确定该功能，可以刷新源：单击当你将鼠标停留在源上时出现的"刷新此源"按钮(如图 18-10 所示)或者右击源并单击"刷新"。为了查看源，单击"源"列表中的对应源(在单击源后，Internet Explorer 将关闭"收藏中心"。如果要访问多个源，需要确保通过单击"固定收藏中心"按钮保持"收藏中心"显示在屏幕上)。

图 18-10 订阅的源出现在"收藏中心"的"源"列表中

> **提示：**
>
> 可以按下 Ctrl+J 组合键快速显示"源"列表。

> **提示：**
>
> 当查看源时，Internet Explorer 会假设你想要读取所有的内容，所以它将会自动启用"将源标记为已读"链接(通过在其旁边显示一个蓝色复选标记)。如果只读取部分源，单击"将源标记为已读"以取消选择。

为了在"Windows SideShow"中查看源，需要添加"源标题"小工具。这是 Windows 边栏的默认配置，所以"边栏"应该已经显示此小工具。如果没有显示，右击"边栏"，单击"添加小工具"以打开"小工具库"，然后双击"源标题"小工具将其添加到"边栏"中 。"源标题"通过显示最新的未从"RSS 源存储"中读取的帖子来进行操作。它每次显示 4 个帖子，每个帖子显示标头、源名称及发帖日期。为了查看帖子，单击标题显示边栏窗口的内容，如图 18-11 所示。

图 18-11　点击标题查看"源标题"小工具中的帖子

"源标题"小工具默认可显示所有源中最多 100 个未读取的帖子。为了控制该默认值，右击"源标题"小工具(如果当前显示了一个帖子，则单击边栏或桌面的其他部分将其关闭)，然后单击"选项"。"源标题"对话框将打开两个列表(完成时单击"确定"按钮)：

- 显示此源——选择所有源或特定的源
- 要显示的最近访问的标题的数量——选择在小工具中显示的最新帖子的最大数量：4、20、40 或 100

18.5.3　设置源的更新计划

大多数提供源的网站将会在站点发布新内容时或在发布新内容之后不久更新该源。其发生的频率变化很大：每天一次、每周一次、一天几次或者甚至是每小时几次。

Internet Explorer 默认会每天检查一次更新的源。每天检查一次对于那些每天或两天一次或几天一次发布新内容的站点来说是合理的计划。然而，这对于那些更新频率很高或很低的源来说并不是有效的计划。例如，如果某个源每周只更新一次，则 Internet Explorer 每天检查源很浪费。另一方面，如果源每天更新多次，则可能看不到最近的帖子，或者可能面临很多帖子需要读取的情况。可以通过设置适合源的自定义刷新计划来使其更有效或更易于读取。按照以下步骤进行操作：

(1) 单击"收藏中心"，然后单击"源"以显示"源列表"。

(2) 右击所需的源，然后单击"属性"(如果 Internet Explorer 显示源，还可以单击"查看源属性"链接)，Internet Explorer 将显示"源属性"对话框。

(3) 单击"使用自定义计划"选项，Internet Explorer 将启用"频率"列表。

(4) 使用"频率"列表选择所需的更新计划：15 分钟、30 分钟、1 小时、4 小时、1 天、1 周或从不。

(5) 单击"确定"按钮。

提示：

如果要为所有源使用相同的计划，最简单的方法是更改默认计划。如果已经打开了"源属性"对话框，则单击"设置"按钮。否则，单击"工具"，然后单击"Internet 选项"显示"Internet 属性"对话框。单击"内容"选项卡，然后在"源"组中单击"设置"按钮。使用"默认计划"列表单击想要使用的时间间隔，然后在所有打开的对话框中单击"确定"按钮。注意，这只会影响那些选中"使用默认计划"选项的源。那些选择"使用自定义计划"选项的源将不受影响。

18.6　自定义 Internet Explorer

Internet Explorer 有能够用来设置程序工作和上网方式的丰富的自定义选项。本章接下来的内容将会介绍 Internet Explorer 自定义功能列表中最有用的一些功能。

> **提示:**
>
> 可以通过设置自定义窗口标题、自定义浏览器徽标及自定义工具栏按钮创建 Internet Explorer 的新版本。通过"组策略"编辑器可以完成所有这些操作(参见第 10 章)。运行程序并选择"用户配置"|"Windows 设置"|"Internet Explorer 维护"|"浏览器用户界面"。使用"浏览器标题"|"自定义徽标以及动画位图"|"浏览器工具栏自定义"设置来完成自定义。

18.6.1　为一键上网自定义链接栏

"链接"栏提供了一键访问网页的方式，因此它比"收藏夹"更方便(除非你有固定的"收藏中心")。为了完全利用其方便性，需要重新设计"链接"栏，以便使得链接和设置适合你的工作方式。以下是可以用来自定义"链接"栏的一些技术和选项:

> **注意:**
>
> 在"链接"栏上执行某些操作前，必须先显示"链接"。选择"工具"|"工具栏"|"链接"。Internet Explorer 将会在"地址"栏的下面添加"链接"栏。

- 创建新的链接按钮——为了能够为当前页面添加新的"链接"栏按钮，可以将页面图标从"地址"栏中拖动并释放到"链接"栏中。为了能够为超文本链接添加新的按钮，拖动链接并释放到"链接"栏上。如果已经将页面保存为收藏，则可以从"收藏中心"中拖动该图标并释放到"链接"栏中(还可以从"历史记录"列表中拖动并释放项)。如果页面标题很长，可能需要进行重命名，让其更短以避免浪费宝贵的"链接"栏空间。
- 更改按钮位置——"链接"栏按钮的位置并非固定。为了移动任何按钮，可以使用鼠标沿着"链接"栏左右拖动按钮。
- 重命名按钮——右击按钮，然后单击"重命名"。使用"重命名"对话框编辑名称，然后单击"确定"按钮。
- 更改按钮的 URL——右击按钮，然后单击"属性"，使用 URL 文本框编辑按钮的 URL。
- 删除链接——为了从"链接"栏中删除按钮，右击该按钮，然后单击"删除"命令。

> **提示:**
>
> "链接"栏按钮是位于%UserProfile%\Favorites\Links 文件夹中的 URL 快捷方式文件。可以使用该文件夹直接使用快捷方式。或许最重要的是，还可以使用该文件夹创建子文件夹。当单击"链接"栏中的子文件夹时，则会在该子文件夹中显示 URL 快捷方式的列表。

提示：

当自定义链接栏满足你的式样以后，可以将其作为任务栏的一部分显示，以方便访问。右击任务栏的空白区域，然后单击"工具栏"|"链接"来完成该功能。

18.6.2 控制网页的缓存

与磁盘缓存存储常用数据以提高性能的方式相同，Internet Explorer 也有最近访问过的网页的文件缓存。缓存根据每个用户进行维护，其位于以下文件夹中：

```
%UserProfile%\Local\Microsoft\Windows\Temporary Internet Files
```

Internet Explorer 使用这些保存的文件在你下次要求访问或脱机时快速显示网页。

为了控制缓存，选择"工具"|"Internet 选项"并显示"常规"选项卡。使用"临时 Internet"文件组中的以下按钮：

● 删除文件——单击该按钮显示"删除浏览的历史记录"对话框(还可以通过选择"工具"|"删除浏览的历史记录"来显示该对话框)。单击"删除文件"按钮以清除"临时 Internet 文件"文件夹。

● 设置——单击该按钮显示"Internet 临时文件和历史记录设置"对话框，如图 18-12 所示。

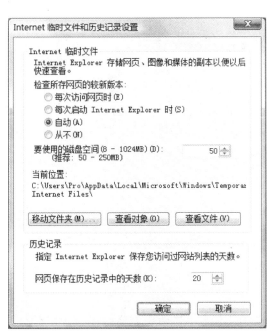

图 18-12　使用此对话框控制 Internet Explorer 缓存的工作方式

选项如下：

- 检查所存网页的较新版本——启用该组中的选项确定 Internet Explorer 检查缓存文件更新版本的时间。如果连接速度很快并且始终想要查看最新的数据，启用"每次访问网页时"选项。

> **注意：**
>
> 无论选择哪种缓存更新选项，都可以通过按下 F5 键或单击"刷新"按钮在任何时候查看最新版本的页面。

- 要使用的磁盘空间——使用微调按钮设置硬盘容量的百分比作为缓存的大小。较大的缓存将加快网站浏览，但是也会使用更多的硬盘驱动器空间。
- 移动文件夹——单击该按钮更改用作缓存的文件夹。例如，可以将缓存移动到有更多可用空间的分区中，这样可以增加缓存的大小，或者可以移动到更快的硬盘驱动器以改善缓存性能。注意，如果移动了缓存文件夹，则必须重新启动计算机。
- 查看对象——单击此按钮将显示 Downloaded Program Files 文件夹，其中保存了在系统上下载并安装的 Java applets 和 ActiveX 控件。
- 查看文件——单击此按钮将显示"临时 Internet 文件"文件夹。

18.6.3 设置 Internet Explorer 选项

前一节简要介绍了"Internet 选项"对话框。该对话框已加载了有用的选项和设置，能够控制 Internet Explorer 行为和外观的各个方面。包括外观选项，例如，程序使用的字体和颜色；还包括一些更重要的内容，如主页及 Internet Explorer 使用的安全级别。为了显示这些选项，可以采用几种方式：

- 在 Internet Explorer 中，选择"工具"|"Internet 选项"
- 选择"开始"|"控制面板"|"网络与 Internet"|"Internet 选项"
- 选择"开始"按钮，右击 Internet 图标，然后单击"Internet 属性"

无论使用哪种方法，都能打开"Internet 选项"(或"Internet 属性")对话框。下面的章节将会讨论该对话框中一些控制的细节内容。

> **注意：**
>
> 这里不讨论"安全"与"隐私"这两个重要的选项卡。第 21 章"实现 Windows Vista 的 Internet 安全和隐私功能"将会介绍这部分的内容。

18.6.4　更改主页

在 Internet Explorer 中，**主页**是指开始新会话时浏览器显示的页面。默认的主页通常是 Windows Live(live.com)，但是大多数计算机生产商都会换成它们自己的主页。

为了更改主页，显示"常规"选项卡，然后单击以下按钮之一：

- 使用当前页——对于该按钮来说，首先导航到想要使用的页面，然后打开"Internet 选项"对话框并单击"使用当前页"将主页更改为当前页面。
- 使用默认值——单击此按钮将会恢复到 Internet Explorer 的默认主页。
- 使用空白页——如果你希望不加载主页而启动 Internet Explorer，则可以单击此选项。

Internet Explorer 7 提供了将当前页面设置为主页的比较简单的方法。导航到该页面，单击"主页"按钮旁边的下拉箭头，然后单击"添加或更改主页"。在打开的"添加或更改主页"对话框中，启用"将此网页用作唯一主页"选项，然后单击"是"按钮。

更妙的是，Internet Explorer 7 还能指定多个主页。当启动 Internet Explorer 或单击"主页"按钮时，Internet Explorer 7 会在不同的选项卡中加载每个主页。如果你经常在每次浏览会话启动时打开几个页面，则这是一个很不错的功能。可以使用两种方法指定多个主页：

- 显示"Internet 选项"对话框并单击"常规"选项卡。在"主页"列表框中，在每一行输入页面的地址(也就是说，输入一个地址，按 Enter 键开始新的一行，然后输入下一个地址)。
- 导航到想要添加的页面，单击"主页"按钮旁边的下拉箭头，然后单击"添加或更改主页"。在出现的"添加或更改主页"对话框中，启用"将此网页添加到主页选项卡"选项，然后单击"是"。

> **注意：**
> 如果 Internet Explorer 当前显示的所有选项卡都是你想要用作主页的选项卡，则单击"主页"按钮旁边的下拉箭头，然后单击"添加或更改主页"。在"添加或更改主页"对话框中，启用"使用当前选项卡集作为主页"选项，然后单击"是"按钮。

如果不再想使用某个特定的主页，单击"主页"按钮旁边的下拉箭头，单击"删除"，然后单击想要删除的主页。当 Internet Explorer 询问是否确认时，单击"是"按钮。

18.6.5　配置页面历史记录

"常规"选项卡的"浏览历史记录"组还控制了与"历史记录"文件夹(参见本章的"使用便利的历史记录列表"一节)相关的不同选项：

- 删除文件——单击此按钮将显示"删除浏览的历史记录"对话框(还可以通过选择"工具"|"删除浏览的历史记录"显示该对话框)。单击"删除历史记录"按钮从"历史记录"文件夹中删除所有 URL。
- 设置——单击此按钮将显示"Internet 临时文件和历史记录设置"对话框，如图 18-12 所示。使用"网页保存在历史记录中的天数"微调按钮设置 Internet Explorer 在其"历史记录"列表中存储 URL 的最大天数。输入 1～99 的数字。如果不想要 Internet Explorer 在"历史记录"文件夹中保存任何页面，则可以输入 0。

18.6.6 设置更多的常规选项

"常规"选项卡在底部还包含如下 4 个按钮：

- 颜色——单击此按钮将显示"颜色"对话框。可以取消"使用 Windows 颜色"复选框以设置在 Internet Explorer 窗口中所使用的默认文本和背景颜色。如果启用该复选框，Internet Explorer 将使用在"显示"属性表中定义的颜色。还可以使用"访问过的"和"未访问过的"按钮设置默认的链接颜色。最后，启用"使用悬停颜色"复选框让 Internet Explorer 更改当鼠标指针停放在链接上时链接显示的颜色。使用"悬停"按钮设置颜色。
- 语言——单击此按钮将显示"语言首选项"对话框。通过该对话框可以向 Internet Explorer 添加一种或多种语言，从而使得 Internet Explorer 用外国语言处理页面将成为可能。还可以使用该对话框设置指定语言的相对优先级。
- 字体——单击此按钮将显示"字体"对话框以确定在 Internet Explorer 中显示的网页字体。

> **提示：**
>
> 为了更改 Internet Explorer 使用的字体大小，选择"页面"|"文字大小"，然后从级联菜单中选择字体的相对大小(如"较大"或"较小")。如果鼠标有滚轮，在按下并拖动滚轮时按下 Ctrl 键将实时地更改屏幕上的文字大小。

- 辅助功能——单击此按钮将显示"辅助功能"对话框。从中可以让 Internet Explorer 忽略在任何网页上指定的颜色、字体样式和字号。还可以指定你自己的样式表以在格式化网页时使用。

18.6.7 理解 Internet Explorer 的高级选项

Internet Explorer 在"Internet 选项"对话框的"高级"选项卡中有大量的自定义功能列表(如图 18-13 所示)。许多设置是让人难以理解的，但是其他的很多设置对于所有上网的人来说都是非常有用的。本节将介绍所有这些设置。

> **提示：**
>
> 可以通过"组策略"编辑器来设置高级选项。运行组策略编辑器并打开"用户配置"
> |"Windows 设置"|"Internet Explorer 维护"分支。右击"Internet Explorer 维护"，然
> 后单击"首选模式"，单击添加到"Internet Explorer 维护"区域的"高级"分支，双击
> "Internet 设置"项以使用其高级选项。

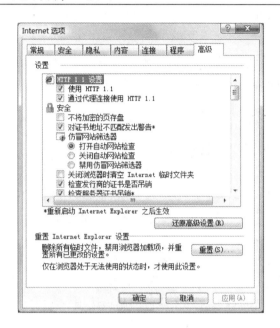

图 18-13　在"Internet 选项"对话框中，"高级"选项卡

包含了一长串 Internet Explorer 自定义设置

"辅助功能"组包含如下 5 个选项：

- 始终扩展图像的说明文本——大多数网络管理员都会为页面上的每个图像定义
  文本说明。如果告诉 Internet Explorer 不显示图像(参见后面讨论的"显示图片"
  复选框)，则只能在图像位置上看到一个框，每个框包含文本说明(称为**说明文
  本**(alt text)，其中 alt 是 alternate 的简称)。启用该选项将告诉 Internet Explorer
  水平地展开图像框，以便将所有的说明文本显示为一行。
- 随焦点(或选择)的更改移动系统插入标记—— 启用该复选框告诉 Internet
  Explorer 在改动焦点时移动系统插入标记(系统插入标记(system caret)是说明当
  前哪个屏幕部分拥有焦点的可视化标志。如果文本框有焦点，系统插入标记是
  一个闪烁的竖条；如果复选框或选项按钮有焦点，则系统插入标记是在控件名
  称周围的点轮廓)。如果你有屏幕读取器或屏幕放大器使用系统插入标记的位置
  来确定读取和放大的屏幕区域，则该选项会很有用。

- 对于新的窗口和选项卡，将文本大小重置为中等——启用该选项将告诉 Internet Explorer 在打开新窗口或选项卡时将"文本大小"的值重置为"中等"。如果你发现必须扩大一些站点的文本大小，该选项很有用。

- 进行缩放时，将文本大小重置为中等——启用该复选框告诉 Internet Explorer 在使用"缩放"功能(选择"页面"|"缩放")时将"文本大小"值重置为"中等"。该选项的有用性在于其能够提供更为一致的缩放体验——始终能从相同的文本大小开始缩放。

- 对于新的窗口和选项卡，将缩放等级重置为 100%——启用该复选框告诉 Internet Explorer 在打开新窗口或选项卡时将"缩放"值重置为 100%。如果发现只需在一些站点上进行缩放，则该选项有用。

以下是在"浏览"组中的选项：

- 关闭"历史记录"和"收藏夹"中未使用的文件夹——当启用该复选框时，Internet Explorer 会在显示"历史记录"和"收藏夹"时关闭未使用的文件夹。也就是说，如果打开某个文件夹，然后打开第二个文件夹，Internet Explorer 将会自动关闭第一个文件夹。这将使得"历史记录"和"收藏夹"列表更易于导航，所以通常最好启用该选项。如果更改了设置，需要重新启动 Internet Explorer。

- 禁用脚本调试(Internet Explorer) ——该复选框只控制 Internet Explorer 内脚本调试器(如果已经安装)的开关。只有你是网页设计人员并且在页面上传到 Web 之前有需要调试的脚本时，才应该启用该选项。

- 禁用脚本调试(其他) ——这与"禁用脚本调试(Internet Explorer)"选项类似，但控制除了显示 Web 内容(例如 Windows Mail)的 Internet Explorer 以外任何应用程序内的脚本调试器(如果已经安装，同上)的开关。

- 显示每个脚本错误的通知——如果启用该复选框，Internet Explerer 将弹出对话框，以提示警告页面上的 Javascript 或 VBScript 错误。如果不选择该复选框，Internet Explorer 将在状态栏内显示错误消息。为了查看完整的错误消息，可以双击状态栏消息。只有脚本编程人员而且只有当他们调试脚本的时候才需要启用该选项。许多网站的编程有问题，会包含很多脚本错误。因此，启用该选项意味着在上网时必须处理许多这样令人讨厌的对话框。

- 启用 FTP 文件夹视图(在 Internet Explorer 之外) ——当启用该选项并访问 FTP 站点时，Internet Explorer 将会使用为人熟知的 Windows 文件夹视图显示站点的内容。这使得可以方便地从 FTP 站点拖放文件到硬盘，并且根据你的站点权限可能执行其他的文件维护操作。

- 允许页面转换——该复选框控制 Internet Explorer 对页面转换支持的开关，使用支持 FrontPage 扩展服务器的网站可以定义各种页面转换(例如 wipe 和渐变)。然而，这些转换经常会使浏览变慢，所以这里建议关闭该选项。

- 启用个性化收藏夹菜单——当启用该复选框时，Windows Vista 的个性化菜单功能也应用于 Internet Explorer 的"收藏夹"菜单。这意味着 Internet Explorer 将隐藏一段时间没有访问的收藏夹。为了查看隐藏的收藏夹，单击菜单底部的向下箭头。个性化的菜单减少了一些会使新手混淆的命令，但是它们也降低了有经验的用户的效率，所以这里建议保持该选项关闭。

- 启用第三方浏览器扩展——启用该复选框，Internet Explorer 将支持其界面的第三方扩展。例如，Google 工具栏是将 Google 搜索引擎集成到 Internet Explorer 中作为工具栏的第三方扩展。如果取消选择该复选框，则第三方扩展将不出现并不能显示。取消此复选框是关闭那些(遗憾的是，不是所有的工具栏)没有得到允许自行安装的令人苦恼的第三方工具栏的好方法。如果修改了此设置，则需要重新启动 Internet Explorer。

- 对网页上的按钮和控件启用视觉样式——启用该复选框时，Internet Explorer 会将当前 Windows Vista 的视觉样式应用于所有如表单按钮这样的网页对象。如果取消该复选框，Internet Explorer 会将默认视觉样式应用于所有页面元素。

- 强制屏幕外合成，即便是在终端服务器下——如果启用该复选框，Internet Explorer 将会完成所有**合成**——在屏幕上显示结果前在内存中合成 2 张或 2 张以上的图像。这可以避免在"终端服务"下运行 Internet Explorer 时图像的闪烁，但是这会极大地降低性能，建议保持取消该选项。如果更改了此设置，则必须重新启动 Internet Explorer。

- 下载完成后发出通知——如果启用该复选框，则 Internet Explorer 会在下载完成后让其下载进度对话框显示在屏幕上(如图 18-14 所示)。这能够让你单击"打开"按钮启动下载的文件或"打开文件夹"按钮显示文件的目的文件夹。如果取消该复选框，则 Internet Explorer 将在下载完成时关闭该对话框。

提示：

还可以通过启用"下载完成后关闭此对话框"复选框强制 Internet Explorer 自动关闭"下载完成"对话框。

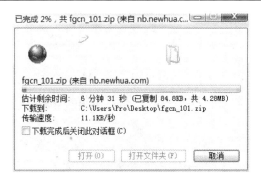

图 18-14　当 Internet Explorer 下载完文件时，它会让此对话框显示在屏幕上以帮助处理文件

- 再次使用窗口来启动快捷方式——当启用此复选框并且关闭选项卡浏览时，Windows 将会在你单击网页快捷方式(例如在 Windows Mail 的邮件中的网址)时查找已经打开的 Internet Explorer 窗口。如果窗口已经打开，则会在其中加载网页，因为它防止 Internet Explorer 窗口不必要的重复，所以该选项很有效。如果取消该选项，则 Windows 将始终在新的 Internet Explorer 窗口中加载页面。

- 显示友好 Http 错误消息——启用该复选框时，Internet Explorer 将会截获由 Web 服务器生成的错误消息(例如，网页未找到)并将它们替换为自己的消息(将提供更多的信息以及可能的解决问题的方案)。如果取消该选项，Internet Explorer 将会显示由 Web 服务器生成的错误消息。然而，这里建议取消该选项卡，因为网站管理员经常会自定义比 Internet Explorer 报告的通用消息更为有用的 Web 服务器错误消息。

- 给链接加下划线——使用该选项将指定 Internet Explorer 在什么时候应该给网页的链接添加下划线。"悬停"选项意味着只有在鼠标指针位于链接上时下划线才会显示。许多网站使用带颜色的文字，所以通常很难辨认没有下划线的链接。因此，这里建议启用"始终"选项。

- 使用直接插入自动完成功能——该复选框控制"地址"栏直接插入"自动完成"功能的开关。当直接插入"自动完成"功能打开时，Internet Explorer 将会监视在"地址"栏中输入的文本。如果文本与以前输入的 URL 匹配，则 Internet Explorer 将通过在"地址"栏显示匹配 URL 的方式自动完成地址的输入。它还会显示其他匹配 URL 的下拉列表。当关闭直接插入"自动完成"功能时，Internet Explorer 将只显示匹配 URL 的下拉列表。

注意:

如果要防止 Internet Explorer 显示匹配 URL 的下拉列表，则显示"内容"选项卡并单击"自动完成"组中的"设置"按钮可显示"自动完成设置"对话框。取消"Web 地址"复选框。注意 Internet Explorer 的"自动完成"功能也应用于 Web 表单。也就是说，"自动完成"可以记住在表单中输入的数据——包括用户名和密码——而且它会在你再次使用该表单时自动输入数据。可以通过"自动完成设置"对话框的"自动完成功能应用于"区域中的其他复选框控制"自动完成"的 Web 表单部分。

- 使用 Ctrl+Tab 组合键切换选项卡时，使用最新顺序——如果启用该复选框，按下 Ctrl+Tab(以及 Ctrl+Shift+Tab)将会以最近访问选项卡的顺序在选项卡之间进行切换。

- 使用被动 FTP(用于防火墙和 DSL 调制解调器兼容)——在正常的 FTP 会话中，Internet Explorer 将会打开与 FTP 服务器的连接(用于命令)，然后 FTP 服务器会打开与浏览器的第二次连接(用于数据)。然而如果你所在的网络有防火墙，则防火墙不会允许从服务器的接入连接。使用被动 FTP，浏览器可以自行建立第二次(数据)连接。因此，如果处于带防火墙的网络或使用 DSL 调制解调器并且不能建立 FTP 连接，则启用该复选框。

- 使用平滑滚动——该复选框控制"平滑滚动"功能的开关。当选中该复选框以启用平滑滚动时，按下 Page Down 或 Page Up 键会使页面以预设的速度向下或向上滚动。如果取消该复选框，则按下 Page Down 或 Page Up 键将使得页面立刻向上或向下跳动。

提示：

当读取网页时，可以通过按空格键向下滚动一个屏幕的内容。为了向上滚动屏幕，可以按 Shift+空格键。

"HTTP 1.1 设置"分支中的复选框确定了 Internet Explorer 是否使用 HTTP 1.1 协议：

- 使用 HTTP 1.1——该复选框控制 Internet Explorer 使用 HTTP 1.1 与 Web 服务器进行通信(HTTP 1.1 是当今 Web 上使用的标准协议)。只有在连接网站时有问题时，才应该取消该复选框。这将会告诉 Internet Explorer 使用 HTTP 1.0，从而可能解决问题。
- 通过代理连接使用 HTTP 1.1——该复选框只在通过代理服务器进行连接时控制使用 HTTP 1.1 的开关。

"国际化"组中与安全有关的选项，参见第 21 章"实现 Windows Vista 的 Internet 安全和隐私功能"。

"多媒体"分支中的选项控制不同多媒体效果的开关：

- 总是将 ClearType 用于 HTML——当启用该复选框时，Internet Explorer 将使用 ClearType 显示 HTML 文本，它能让 LCD 显示器上显示的文本更清楚。如果没有 LCD 显示器，可能你并不喜欢 ClearType 显示文本的方式，则应该取消该复选框。如果更改此设置，则需要重启 Internet Explorer。
- 启用自动图像大小调整——如果启用该复选框，Internet Explorer 将会自动缩小大尺寸的图像，以便图像能够显示在浏览器窗口中。如果使用小型显示器或用较低的分辨率运行 Windows Vista，并且发现许多网站的图像不能完全显示在浏览器窗口中，则该选项很有用。
- 在网页中播放动画——该选项控制动画的 GIF 图像的开关。大多数动画 GIF 不受人们欢迎，所以应该通过取消此复选框改善上网体验。如果关闭了该选项但想要查看动画，则右击图像框，然后单击"显示图片"。
- 在网页中播放声音——该复选框控制网页声音效果的开关。因为大量网页的声音是极度糟糕的 MIDI 效果的流行音乐，关闭声音能让你耳根清静。

- 显示图像下载占位符——如果启用该复选框，Internet Explorer 将会显示一个与正在下载的图像相同大小和形状的框。
- 显示图片——该复选框控制网页图像的开关。如果正使用较慢的连接，则应该关闭此选项，Internet Explorer 会在图像应该出现的位置显示一个框(如果设计人员包含了说明文本，则该文本会显示在框中)。如果想要在关闭图像时查看图片，右击该框并选择"显示图片"按钮。
- 智能图像抖动——该复选框控制图像抖动的开关。**抖动**是一种能让图像的锯齿边缘平滑的技术。

在"打印"组中，"打印背景颜色和图像"复选框确定在打印页面时 Internet Explorer 是否包含页面的背景。许多网页使用纯色或华丽的图像作为背景，所以如果取消该设置则能更快地打印这些页面。

"从地址栏中搜索"组中的选项控制了 Internet Explorer 的"地址"栏搜索：

- 不从地址栏中搜索——启用该选项以禁用"地址"栏搜索。
- 只在主窗口中显示结果——启用该选项将在主浏览窗口中显示搜索引擎找到的站点列表。

"安全"分支有很多与 Internet Explorer 安全有关的选项，在第 21 章中将讨论这些选项。

18.7 相关内容

以下是在本书中与你在本章中学习的内容相关的章节列表：

- 为了学习通过脚本控制 Internet Explorer 的方法，请参阅第 12 章中"对 Windows Script Host 进行编程"的"示例：编写 Internet Explorer 脚本"一节的内容。
- 有关使用 Windows Mail 发送和接收邮件的细节内容，请参阅第 19 章"使用 Windows Mail(进行通信)"。
- 有关 Windows Mail 的新闻组功能，请参阅第 20 章"参加 Internet 新闻组"。
- 有关 Internet Explorer 中安全和隐私功能的内容，请参阅第 21 章"实现 Windows Vista 的 Internet 安全和隐私功能"。

第 19 章

使用 Windows Mail
进行通信

如果软件程序也有"自卑情绪",那么 Windows 以前几个版本中包含的电子邮件客户端Outlook Express可算是最佳的候选者。Outlook 是 Microsoft 的主流电子邮件客户端,而 Outlook Express 就像是它的穷表兄。Outlook Express 并非一无是处,Windows XP 中的 Outlook Express 6 是一个成熟的、功能完备的客户端,几乎能完成 Outlook 能够完成的所有操作(只是 Outlook Express 不支持脚本。但这其实也是优点,因为大多数电子邮件病毒编程人员把 Outlook 及其运行邮件中嵌入脚本的能力作为攻击目标)。不仅如此,Outlook Express 自身还有一些独特的功能。但是问题在于,许多人并不知道 Outlook Express 的这些功能。

所有这一切将会随 Windows Vista 而改变,因为 Outlook Express 已经有了一个新名称——Windows Mail——这将会使人们较少地将其与 Outlook 的 Office 版本进行比较。遗憾的是,这个名称几乎就是 Windows Mail 的新意所在。它只有 3 个很重要的新功能:

- 垃圾邮件过滤器——借鉴了 Microsoft Outlook 的完美垃圾邮件过滤器,它能够很好地检测接收到的垃圾邮件并将邮件转移到新的"垃圾邮件"文件夹。

- 即时搜索框——就像 Vista 的开始菜单和文件夹窗口一样,Windows Mail 在其右上角有一个"即时搜索"框。可以使用搜索框在当前文件夹中完成"发件人"、"抄送"、"主题"以及邮件正文文本的即输即搜。

- Microsoft 社区——Windows Mail 自带 Microsoft 的 msnnews.microsoft.com 新闻服务器的预配置帐户，其保存了 2000 多个 microsoft.public.*的新闻组。如果你有如 Hotmail 地址这样的 Microsoft Passport ID，则可以登录到新闻服务器并将新闻组的提交评级为"有用"或"无用"。

本章旨在介绍 Windows Mail 的功能。下面将介绍的主题有：设置帐户、处理邮件、自定义列、设置读取和发送选项、维护 Windows Mail 以及使用标识符，这些都能让你更快更有效地完成电子邮件的任务(如果想要了解有关新的垃圾邮件过滤器的内容，参见第 21 章"实现 Windows Vista 的 Internet 安全和隐私功能")。

19.1 建立电子邮件帐户

如果还没有启动过 Windows Mail，即还没有定义第一个邮件帐户，或者如果你有多个帐户并且需要设置其他帐户，本节将介绍在 Windows Mail 中实现该功能的方法。

19.1.1 指定基本的帐户设置

以下是使用基本设置建立电子邮件帐户的步骤(能够让大多数帐户生效并运行)：

(1) 使用以下方法启动进程：

- 第一次开启 Windows Mail。
- 在 Windows Mail 中，选择"工具"|"帐户"显示"Internet 帐户"对话框，单击"添加"打开"选择帐户类型"对话框，单击"电子邮件帐户"，然后单击"下一步"按钮。

(2) 输入"**显示名**"——这是在发送邮件时出现在"发件人"字段中的名称，然后单击"下一步"按钮。

(3) 为帐户输入电子邮件地址并单击"下一步"按钮。

(4) 指定电子邮件服务器数据(完成后单击"下一步"按钮)：

- 接收邮件服务器类型——使用此列表选择接收邮件服务器类型：POP3 或 IMAP。
- 接收电子邮件服务器名称——输入接收邮件服务器的域名。
- 待发电子邮件服务器(SMTP)名称——输入发送邮件服务器的域名。
- 待发服务器要求身份验证——如果"简单邮件传输协议(Simple Mail Transfer Protocol，SMTP)"服务器在发送邮件前需要身份验证，则启用该复选框(参见本章后面的"启用 SMTP 身份验证"以了解更多的细节)。

(5) 输入电子邮件用户名和密码，然后单击"下一步"按钮。

(6) 当 Windows Mail 设置完帐户后，它将连接接收邮件服务器并下载正等待着的邮件。如果不想这样操作(例如，可能想要在服务器上保存邮件)，则启用"暂时不要下载我的电子邮件"复选框。

(7) 单击"完成"按钮。

(8) 如果从"Internet 帐户"对话框开始设置帐户,则单击"关闭"按钮。

当完成向导时,新帐户将出现在"Internet 帐户"对话框的"邮件"区域中,如图 19-1 所示(还要注意"Microsoft 社区"新闻组的预定义帐户)。下面的章节将使用该对话框,所以现在可能需要保持打开该对话框,通过选择"工具"|"帐户"始终能返回到该对话框。

图 19-1　你的 Internet 电子邮件帐户出现在"Internet 帐户"对话框的"邮件"区域

19.1.2　设置默认帐户

如果不只一个帐户,应该将其中一个指定为默认帐户。默认帐户是 Windows Mail 在发送邮件时自动使用的帐户。为了设置默认帐户,在"邮件"组中选择某个帐户,然后单击"设为默认值"按钮。

注意:

可以使用任何帐户发送邮件。然而,使用除了默认帐户以外的任何帐户发送邮件都需要多出一个额外的步骤。参见本章后面"发送邮件"一节的内容。

19.1.3　指定高级帐户设置

虽然在帐户建立过程期间指定的基本帐户设置在大多数情况下已经足够,但是许多帐户需要更高级的设置。例如，你的"Internet 服务提供商(Internet Service Provider，ISP)"可能需要不同的 SMTP 端口或者你可能想要在服务器上保留邮件的副本。

为了使用高级设置，从"邮件"组中选择一个帐户，然后单击"属性"按钮。打开的属性表包含多个选项卡，而且该对话框中的大多数控制都很直观。下面的 4 个小节的内容将会介绍其他一些选项以及它们的功能。

> **注意:**
>
> 在第 21 章将会介绍"安全"选项卡中的选项以及其他一些电子邮件的安全问题。

1. 使用不同的答复地址

有时需要将答复发送到不同的地址。例如，如果正在发送需要从许多人那里得到反馈的邮件，你可能更喜欢将答复的邮件交给同事或助手以供比较或处理。类似地，如果你从个人帐户发送与工作相关的邮件，则可能想要将答复发送到工作帐户。

为了指定不同的答复地址，显示帐户的属性表中的"常规"选项卡，然后在"答复地址"文本框中输入地址。

2. 启用 SMTP 身份验证

随着如今垃圾邮件这一大问题的产生，许多 ISP 需要待发邮件的"SMTP 身份验证"，这意味着必须登录到 SMTP 服务器以确保你是发送邮件的人员(为了防止一些垃圾邮件盗用你的邮件地址)。如果 ISP 要使用身份验证，在帐户的属性表中显示"服务器"选项卡，然后启用"我的服务器要求身份验证"复选框。Windows Mail 默认使用相同的用户名和密码作为接收邮件服务器进行登录。如果 ISP 已经向你提供单独的登录数据，则单击"设置"按钮，启用"登录方式"选项，输入用户名和密码，单击"确定"按钮。

3. 指定不同的 SMTP 端口

出于安全的考虑，一些 ISP 坚持所有客户通过 ISP 的 SMTP 服务器发送邮件。如果正在使用由 ISP 维护的帐户，则这通常没有问题。但是如果使用由第三方(例如网站主机)提供的帐户，则可能会导致问题。

- ISP 可能会阻止使用第三方帐户发送的邮件，因为它会认为你正尝试通过 ISP 的服务器(垃圾邮件经常使用的技术)转发邮件。
- 如果 ISP 每月只允许一定量的 SMTP 带宽或者一定数量的发送邮件，尽管第三方帐户提供了更高的限制或根本没有限制，则仍可能需要额外的费用。
- 可能会产生性能问题，因为 ISP 服务器会比第三方主机使用更多的时间传送邮件。

你可能会想，可以通过在帐户设置中指定第三方主机的 SMTP 服务器来解决这个问题。但这通常不会起作用，因为待发电子邮件通过默认的 25 号端口传送；当你使用该端口时，还必须使用 ISP 的 SMTP 服务器。

为了解决这个问题，许多第三方的主机允许通过标准的 25 号端口以外的端口访问它们的 SMTP 服务器。为了配置电子邮件帐户使用非标准的 SMTP 端口，显示帐户属性表中的"高级"选项卡，然后使用"待发邮件(SMTP)"文本框输入由第三方主机指定的端口号。

4. 从两台不同的计算机检查相同的帐户

在如今这个日益移动化的世界中，经常会从多个设备中检查相同的电子邮件帐户。例如，你可能不仅想要使用办公室的计算机检查工作帐户，而且会在旅行时使用家用计算机或笔记本或在上下班时使用 PDA 或其他可携带的设备检查工作帐户。

但是，当下载完邮件后，服务器将删除该邮件并且不能从其他设备访问该邮件。如果想要在多个设备上检查邮件，则需要下载完邮件后在服务器上保存邮件的副本。这样邮件才会在使用其他设备检查邮件时可用。

为了让 Windows Mail 在服务器上保留每个邮件的副本，显示帐户属性表中的"高级"选项卡，选中"在服务器上保留邮件副本"复选框。还可以启用以下选项：

- 在 X 天后从服务器删除——如果选中该复选框，Windows Mail 将在微调框中指定的天数之后从服务器中删除邮件。
- 从"已删除邮件"中删除的同时从服务器上删除——如果选中该复选框，Windows Mail 只会在你从系统中永远删除邮件时才会从服务器中删除邮件。

可以按照以下良好的策略进行操作：

- 在主计算机上启用"在服务器上保留邮件副本"以及"在 X 天后从服务器删除"复选框。将天数设置为足够长，这样就有时间用其他设备下载邮件。
- 在其他所有设备上，只启用"在服务器上保留邮件副本"复选框。

该策略确保能够在所有设备上下载邮件，而且它能防止在服务器上堆积邮件。

注意：

在服务器上临时保存邮件偶尔还会发生其他情况。例如，如果你正在途中，可能想要将邮件下载到笔记本或其他一些临时使用的计算机上。通过在服务器上保存邮件，仍然能够在回到办公室或家里时将邮件下载到主计算机上。类似地，可能出于测试目的或想要利用另一个客户端中 Windows Mail 所没有的功能的目的，或许需要将邮件下载到另一个电子邮件客户端中。

19.2　处理接收的邮件

接收的电子邮件存储在 ISP 服务器的邮箱中，直到你使用如 Windows Mail 这样的电子邮件客户端读取这些邮件。最简单的方法是让 Windows Mail 自动检查并下载新邮

件。"选项"对话框中的一些设置可控制该功能。选择"工具"|"选项"并确保显示"常规"选项卡，如图 19-2 所示。

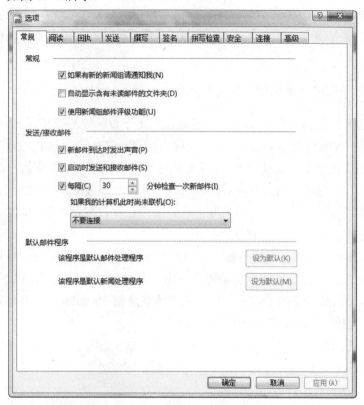

图 19-2 "常规"选项卡中包含与检索邮件有关的选项

以下是与检索邮件相关的设置：

● 新邮件到达时发出声音——启用该选项时，Windows Mail 将会在其下载一个或多个邮件时发出声音。如果多个邮件同时达到，Windows Mail 只会发出一次声音。这只有在你不获得很多邮件以及在保持与 Internet 连接时在后台运行 Windows Mail 时才有用。否则在其他情况下，该声音都会显得令人讨厌或多余，所以应该考虑取消该复选框。

提示：

有可能需要修改这种表示新邮件到来的声音。选择"开始"|"控制面板"|"硬件和声音"|"音频设备和声音主题"，然后显示"声音"选项卡。在"程序事件"列表中，选择"新邮件通知"并单击"浏览"以选择 Windows Mail 在传送新邮件时播放的声音文件。

● 启动时发送和接收邮件——启用该选项卡时，Windows Mail 会在启动时连接到服务器查看是否有等待的邮件。它还会发送任何在"发件箱"文件夹中等待的邮件。注意，如果计算机当前没有连接到 Internet，则 Windows Mail 将尝试建立一个连接。即使在"如果我的计算机此时尚未联机"列表中选择"不要连接"仍然也会如此操作(稍后将讨论)。如果想要在启动时保持脱机，则取消该复选框。

- 每隔 X 分钟检查一次新邮件——如果启用该选项，Windows Mail 将会使用在微调框中指定的时间间隔自动检查新邮件。可以输入介于 1～480 分钟的时间值。
- 如果我的计算机此时尚未联机——如果选中了"每隔 X 分钟检查一次新邮件"复选框，如果到了查看新邮件的时间而计算机没有连接到 Internet 时，则应该使用以下列表指定 Windows Mail 的操作方式：

　不要连接——选择该选项以防止 Windows Mail 启动连接。

　仅当非脱机工作时才连接——选择该选项告诉 Windows Mail 只在程序处于联机模式时才进行连接。

　即使脱机工作时也进行连接——选择该选项告诉 Windows Mail 在程序处于脱机模式时也进行连接。

注意：

为了让 Windows Mail 处于脱机模式，下拉"文件"菜单并启用"脱机工作"命令。为了返回联机模式，取消该命令。

如果选择不让 Windows Mail 自动检查新邮件，则可以使用以下方法之一通过手动方式检查服务器：

- **在所有帐户上接收邮件**——选择"工具"|"发送和接收"|"接收全部邮件"，或单击"发送/接收"按钮的箭头以下拉列表，然后单击"接收全部邮件"。
- **只在一个帐户上接收邮件**——选择"工具"|"发送和接收"，然后选择想要使用的帐户，或单击"发送/接收"按钮的箭头以下拉列表，然后单击帐户。
- **在所有帐户上发送和接收邮件**——如果在发件箱中还有待发送的邮件，则选项"工具"|"发送和接收"|"发送和接收全部邮件"，或单击"发送/接收"工具栏按钮。

提示：

在所有帐户上发送和接收邮件的一种快捷方式是按下 Ctrl + M 组合键或 F5 键。

19.2.1　处理邮件

每个新到的邮件都存储在"收件箱"文件夹的邮件列表中并以粗体显示。为了查看任何邮件的内容，选择邮件列表中的邮件；Windows Mail 将在预览窗格中显示邮件的文本。如果发现预览窗口太小，则可以通过双击邮件在其自己的窗口中打开选中的邮件。

当选中某个邮件时，可以进行很多操作(不仅是读取)。可以打印、保存到文件、移动到另一个文件夹、答复或删除等。大多数操作都很直观，所以这里将只概述一些基本的技术：

- **处理附件**——如果邮件有附件，则可以在"收件箱"文件夹的"附件"列中以及预览窗格的右上角看到一个回形针的图标。有以下两种选择：

打开附件	单击预览窗格的回形针图标，然后单击文件的名称。
保存附件	单击预览窗格的回形针图标，然后单击"保存附件"。也可以选择"文件"|"保存附件"命令。

- **将邮件转移到不同的文件夹中**——本章后面将介绍创建用来保存相关邮件的新文件夹的方法。为了将邮件转移到另一个文件夹中，使用鼠标从"收件箱"文件夹中拖动邮件，然后将其释放到目的文件夹中。

- **保存邮件**——除了将邮件保存到文件夹中以外，有时可能更想要将其保存到文件中。为了完成该操作，选择"文件"\|"另存为"，然后使用"另存为"对话框选择一个位置，输入文件名，选择文件类型。

- **将邮件另存为信纸**——如果收到一封格式化的邮件并且喜欢其布局，则可以将其保存为信纸供自己使用。为了完成该操作，选择"文件"\|"另存为信纸"命令。

- **打印邮件**——为了打印邮件的副本，选择"文件"\|"打印"命令。

- **答复邮件**——Windows Mail 有两个答复选项：

答复邮件作者	该选项会只发送答复给发送原始邮件的人员。Windows Mail 将忽略"抄送"行中的任何名字。为了使用该选项，选择"邮件"|"答复发件人"或按下 Ctrl+R 组合键。还可以单击工具栏上的"答复"按钮。
答复所有邮件收件人	该选项不仅会答复原始作者，还会答复"抄送"行中提及的所有人员。为了使用该选项，选择"邮件"|"全部答复"或按下 Ctrl + Shift + R 组合键。还可以使用工具栏上的"全部答复"按钮。

- **转发邮件**——可以通过以下命令将邮件转发到另一个地址：

转发	选择"邮件"|"转发"命令，按下 Ctrl + F 组合键，或单击"转发"工具栏按钮。Windows Mail 将把原始邮件的完整文本插入到新邮件中并且在每一行的开始添加大于符号(>)标记。

作为附件转发　　　　　　选择"邮件"|"作为附件转发"。在这种情况下，Windows Mail
会把原始邮件打包为附件，但是并不对邮件进行修改。收到
转发邮件的用户可以打开该附件并且查看原始邮件。

- **删除邮件**——为了删除邮件，从文件夹中选择邮件，然后按下 Delete 键(或 Ctrl
  ＋D 组合键)或单击工具栏的"删除"按钮。如果邮件已打开，按下 Ctrl＋D 组
  合键或单击"删除"按钮。注意，Windows Mail 不会真正地删除邮件，而是将
  其转移到"已删除邮件"文件夹中。如果你改变主意并决定保留邮件，打开"已
  删除邮件"文件夹并将邮件重新转移到原始文件夹。若要永久地删除邮件，打
  开"已删除邮件"文件夹并从中删除邮件。

19.2.2　自定义邮件列

　　Windows Mail 中的默认列说明了邮件的基本信息，但是还能获得更多的信息。例
如，你可能想要知道邮件发送的日期和时间，邮件的大小以及收件人。也可以将这些项
作为列显示在邮件列表中，按照以下步骤可以自定义 Windows Mail 列：

　　(1) 选择"查看"|"列"命令(还可以右击任何列的标头，然后单击"列")。Windows
Mail 将显示"列"对话框，如图 19-3 所示。

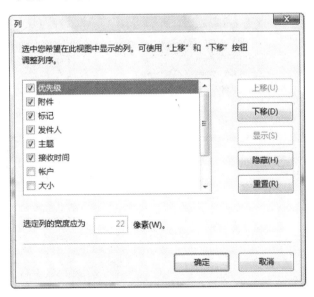

19-3　使用"列"对话框自定义在邮件列表中显示的列

　　(2) 为了添加列，启用列的复选框或选择该列并单击"显示"按钮。

　　(3) 为了删除列，取消其复选框或选择该列并单击"隐藏"按钮。

　　(4) 为了修改列的顺序，选择某个列，然后使用"上移"和"下移"按钮将该列移
动到所需的位置(从上到下列出的列将在邮件列表中从左向右显示)。

(5) 为了控制列的宽度，选择该列并在"选定列的宽度应为 X 像素"文本框中输入新值。

(6) 单击"确定"按钮。

以下是更多有关自定义列的技巧：

- 为了修改显示列的宽度，使用鼠标拖动列标头的右边缘并将其向左或向右拖动。
- 为了修改显示列适应其最宽项的宽度，双击列标头的右边缘。
- 为了修改列的位置，使用鼠标将列的标头向左或向右拖动。

19.2.3　设置阅读选项

为了帮助使用信件，Windows Mail 有一些与阅读邮件相关的选项。为了查看邮件，选择"工具"|"选项"打开"选项"对话框，显示"阅读"选项卡，如图 19-4 所示。

> **注意：**
>
> 有关新闻组内的选项，请参阅第 20 章"参加 Internet 新闻组。"

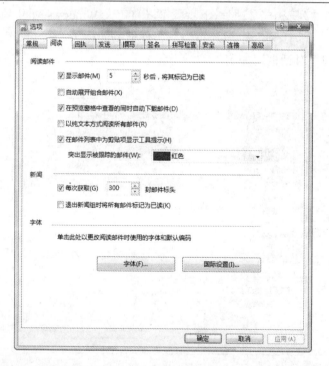

图 19-4　使用"阅读"选项卡设置各种与阅读邮件有关的属性

以下是对该选项卡控制的综述：

- 显示邮件 X 秒后，将其标记为已读——取消该复选框以防止 Windows Mail 在你阅读邮件时删除新邮件的黑体字。或者可以使用微调框调整 Windows Mail 删除新邮件黑体字的时间(最大值为 60 秒)。

将邮件标记为已读

还可以通过"编辑"菜单使用以下命令控制阅读邮件的标记:

标记为"已读"——关闭当前邮件的黑体属性。或者可以按下 Ctrl + Q 或 Ctrl + Enter 组合键,或者右击邮件,然后单击"标记为已读"命令。

标记为"未读"——这将打开当前邮件的黑体属性。还可以按下 Ctrl + Shift + Enter 组合键或右击邮件,然后单击"标记为未读"。

将对话标记为"已读"——关闭与当前邮件相关的对话中所有邮件的黑体属性(对话或线程是指有相同主题行的一组邮件,其忽略答复和转发所添加的 Re: 和 Fw: 前缀)。或者可以按下 Ctrl + T 组合键。为了使用该命令,通过选择"查看"|"当前视图"|"按对话分组邮件"命令可以按对话分组邮件。

全部标记为"已读"——关闭当前文件夹中的所有邮件的黑体属性,还可以按下 Ctrl + Shift + A 组合键。

注意:

可以通过选择"查看"|"当前视图"|"隐藏已读邮件"命令要求 Windows Mail 只显示未读的邮件。选择"查看"|"当前视图"|"显示所有邮件"返回到普通视图中。

- 自动展开组合邮件——当通过对话分组邮件时(通过选择"查看"|"当前视图"|"按对话分组邮件"命令),Windows Mail 将在分组中只显示第一个邮件并在其左边包含一个加号(+)。必须单击该加号以查看对话中的其他邮件。如果想要自动查看对话中的所有邮件,则选中该复选框。

- 在预览窗格中查看的同时自动下载邮件——当你正在使用基于 Web 的电子邮件帐户(例如 Hotmail)或新闻组时,取消该复选框以防止 Windows Mail 在选中邮件标头时下载邮件文本。当准备接收文本时,按下空格键。

- 以纯文本方式阅读所有邮件——选中该复选框将所有 HTML 邮件转换为纯文本,这样能够帮助防止 Web 故障和恶意脚本。在第 21 章中将讨论该问题以及其他与安全有关的问题。

- 在邮件列表中为剪贴项显示工具提示——当选中该复选框时,Windows Mail 将会在你将鼠标指针悬停在项上面时,在"工具提示"中显示剪贴信息(例如由于"主题"列太窄,所以最后的主题行将被截断)。

- 突出显示被跟踪的邮件——使用该列表指定 Windows Mail 用来显示标记为被跟踪邮件的颜色。为了将邮件标记为被跟踪,必须首先显示"跟踪/忽略"列(参见本章前面的"自定义邮件列"一节的内容)。然后单击邮件旁边的列以向该列添加一个眼镜图标,从而以指定的颜色格式化邮件。

- 字体——单击该按钮以显示"字体"对话框,其显示了在计算机上安装的字符集列表。对于每个字符集,可以指定非等宽字体和等宽字体以及字体的大小和编码。还可以指定默认使用的字符集。
- 国际设置——单击该按钮显示"邮件阅读国际设置"对话框。启用"为接收的所有邮件使用默认编码"将"默认编码"框中显示的编码应用到所有邮件。

19.3　发送邮件

在 Windows Mail 中撰写基本的邮件很直观,而且它与在"写字板"中创建信件或备忘没有很大的区别。实际上,有很多的方法可以创建邮件,但是其中一些不为人所知。以下是操作的概要:

- 在 Windows Mail 中,选择"邮件"|"新邮件";按下 Ctrl+N 组合键或单击"创建邮件"工具栏按钮。
- 在 Internet Explorer 中,下拉"页面"菜单,然后选择以下命令之一:

用电子邮件发送此页面	选择该命令使用当前网页作为邮件内容而创建新邮件。
通过电子邮件发送链接	选择该命令使用 URL 快捷方式文件附件创建新邮件。该文件是当前网站的快捷方式,收件人可以单击该快捷方式在 Internet Explorer 中加载该站点。

- 在网页中,单击发送邮件链接。这将会创建发送到链接指定的接收地址的新邮件。
- 在 Windows 资源管理器中,右击文件,然后单击"发送到"|"邮件接收者"命令。这将会创建将文件作为附件的新邮件。

因此,如果有多个电子邮件帐户,可以使用"发件人"列表选择想要用来发送邮件的帐户。使用"收件人"输入接收者的地址;使用"抄送"字段输入想要接收邮件副本的接收者地址;使用"密件抄送"字段输入想要接收邮件的隐蔽副本的接收者地址(Windows Mail 默认不显示"密件抄送"字段。为了查看该字段,选择"查看"|"所有标头"命令)。注意在每个字段中可以通过用分号(;)将地址分隔的方式指定多个接收者。

使用"主题"字段输入邮件的简要描述,然后使用"主题"字段下方的文本框输入邮件。为了发送邮件,有以下两种选择:

- 选择"文件"|"发送邮件"(或按下 Alt+S 组合键)——这告诉 Windows Mail 立即将邮件发送到 Internet。

- 选择"文件"|"以后发送"——该命令告诉 Windows Mail 在"发件箱"文件夹中存储邮件。如果选择该发送方式，Windows Mail 将显示一个对话框，说明邮件存储在"发件箱"文件夹中，单击"确定"按钮。当准备好发送邮件时，在 Windows Mail 中选择"工具"|"发送和接收"|"发送全部邮件"命令。

19.3.1　控制邮件

Windows Mail 提供了比前一节中概述的简单步骤更多的创建邮件的选项。以下是可以用来修改发送邮件的其他功能和技术的概述：

- **选择邮件格式**——下拉"格式"菜单并选择"多信息文本(HTML)"或"纯文本"命令。如果选择 HTML 发送格式，则可以使用在"格式"菜单或"格式"工具栏中的任何格式选项，然而并非所有系统都可以传输多信息文本格式(虽然大多数系统可以这样做)。
- **设置邮件优先级**——选择"邮件"|"设置优先级"，然后从出现的子菜单中选择级别——"高"、"普通"或"低"。还可以下拉"设置优先级"工具栏列表，然后单击所需的级别。
- **将文件作为附件**——选择"插入"|"文件附件"，或单击"为邮件附加文件"工具栏按钮，使用"打开"对话框选择文件，然后单击"打开"按钮。Windows Mail 将会在"主题"行下面添加"附件"框并显示文件的名称和大小。为了删除附件，单击"附件"框中的附件，然后按下 Delete 键。

提示：

将文件作为邮件附件的另一种方法是从 Windows 资源管理器中拖动某个文件并释放到邮件正文中。

- **向邮件中插入文件**——根据想要使用的对象类型，Windows Mail 将会提供两种插入对象的方法(首先在想要插入文件的邮件中单击插入的位置)：

  插入文件文本　　　如果要向邮件中添加单独的文本文件，则选择"插入"|"文件中的文本"命令。在打开的"插入文本文件"对话框中，选择文件并单击"打开"按钮。Windows Mail 将会把文件的内容添加到邮件中。

  插入图像　　　　为了向邮件插入图像文件，选择"插入"|"图片"。在打开的"图片"对话框中，选择图像文件并单击"打开"按钮，Windows Mail 会把图片插入到邮件中。

- **应用信纸**——电子邮件的信纸是包括背景图像和文本的预定义邮件格式，信纸在本质上也是能够添加你自己文本的网页。可以通过选择"格式"|"应用信纸"

命令，然后从显示的子菜单中选择需要的信纸来选择信纸。注意，还可以通过选择 Windows Mail 中的"邮件"|"新邮件使用"命令并选择相应的信纸来创建一封使用特定信纸的邮件(或者下拉"创建邮件"工具栏列表并单击想要使用的信纸)。

使用信纸

为了设置默认的信纸，选择"工具"|"选项"并显示"撰写"选项卡。在"信纸"组中，启用"邮件"复选框并单击该复选框右边的"选择"按钮。使用"选择信纸"对话框选择默认的信纸并单击"确定"按钮。注意，信纸文件是 HTML 文件，所以如果你知道创建网页的方法，则还可以创建你自己的信纸。确保将网页文件保存在以下文件夹中：

```
%UserProfile%\AppData\Local\Microsoft\Windows Mail\Stationery
```

另一种创建信纸的方式是单击"撰写"选项卡中的"创建信纸"按钮(该按钮在"选择信纸"对话框中也可用)。这将会启动"信纸设置向导"，其将告诉你完成创建自定义信纸的所需步骤。

- **插入签名**——签名是指出现在邮件底部的文本。大多数人都会使用签名来提供他们的电子邮件和网址、公司联系信息以及可能反映其个性的警句格言。如果已经定义了签名(参见下一节的内容)，则可以通过选择"插入"|"签名"将签名插入邮件正文中的当前光标位置处。如果已经定义了多个签名，则应从出现的子菜单中选择想要使用的签名。

- **请求阅读回执**——为了请求收件人发送阅读回执，选择"工具"|"请求阅读回执"命令。注意，还可以设置 Windows Mail 为所有发送邮件请求阅读回执。在 Windows Mail 窗口中，选择"工具"|"选项"，然后选择"回执"选项卡。启用"所有发送的邮件都要求提供阅读回执"复选框，单击"确定"按钮(当然，要求阅读回执是一回事，而实际能否收到回执是另一回事。除非收件人的电子邮件客户端的设置为在请求时自动发送阅读回执，否则是否发送阅读回执将由收件人决定，而且大多数人选择不发送回执)。

- 数字签名或加密邮件——在第 21 章将介绍这些选项。

19.3.2 创建签名

在前一节提过，签名是提供联系人信息和其他数据的文本行。Windows Mail 将会帮你定义签名并将签名添加到每封发送邮件的底部(可以在单独的邮件中通过手动插入签名)。可以按照以下步骤定义签名：

(1) 在主要的 Windows Mail 窗口中，选择"工具"|"选项"以打开"选项"对话框。

(2) 显示"签名"选项卡。

(3) 单击"新建"按钮从而向"签名"列表中添加一个新的签名。

(4) 每个新签名的默认名称(例如签名#1)不能提供什么信息。为了定义新的名称，单击该签名，单击"重命名"，输入新的名称，然后按 Enter 键。

(5) 现在有两种选择：

- **手动输入签名文本**——启用"文本"选项并在提供的框中输入签名。
- **从文本文件中获得签名**——启用"文件"选项并在提供的框中输入文件的完整路径(或者单击"浏览"按钮以从对话框中选择文件)。在这种情况下，注意到如果文件是 HTML 格式，则收件人可能会因为他们的电子邮件客户端不支持 HTML 或者（当前最有可能的情况是）他们选择以纯文本的方式查看所有邮件而无法正确看到你的签名。

(6) 如果想要 Windows Mail 向所有邮件添加签名，选中"在所有待发邮件中添加签名"复选框。

(7) 如果只想在原始邮件上使用签名，则保持选中"不在回复和转发的邮件中添加签名"复选框。

(8) 如果选中"在所有待发邮件中添加签名"复选框，Windows Mail 将会自动地添加签名。为了设置一个签名作为默认值，在"签名"列表中选择某个签名并单击"设为默认值"按钮。

(9) 为了将签名与一个或多个帐户相关，在"签名"列表中选择某个签名，然后单击"高级"按钮。在"高级签名设置"对话框中，启用想要与签名关联的每个帐户旁边的复选框，单击"确定"按钮。

(10) 单击"确定"按钮让签名选项生效。

19.3.3 为收件人创建电子邮件快捷方式

如果不一直打开 Windows Mail，则当你想要发送邮件时，可能启动程序需要很多操作：撰写新的邮件，发送邮件，然后关闭 Windows Mail。可以通过在桌面上或在如"快速启动"的文件夹中创建特定收件人的快捷方式节省几个步骤的操作。当打开快捷方式时，将会打开新电子邮件窗口，并且已经设置了收件人的地址，填入邮件的内容并发送邮件，这些都不需要启动 Windows Mail。可以按照以下步骤创建电子邮件快捷方式：

(1) 显示桌面或打开想要创建快捷方式的文件夹。

(2) 右击桌面或文件夹，然后选择"新建"|"快捷方式"，打开"创建快捷方式"对话框。

(3) 在文本框中输入以下内容(其中 address 是接收者的电子邮件地址，如图 19-5 中的例子所示)：

> **mailto:*address***

(4) 单击"下一步"按钮。

(5) 为快捷方式输入标题(例如人名或电子邮件地址)。

(6) 单击"完成"按钮。

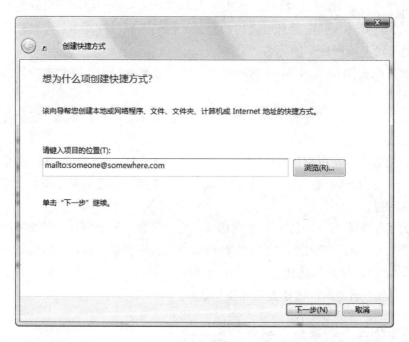

图 19-5　输入 mailto:address 创建用于邮件收件人的电子邮件快捷方式

19.3.4　设置发送选项

Windows Mail 为发送电子邮件提供了一些选项。选择"工具"|"选项"，然后显示"选项"对话框中的"发送"选项卡，如图 19-6 所示。

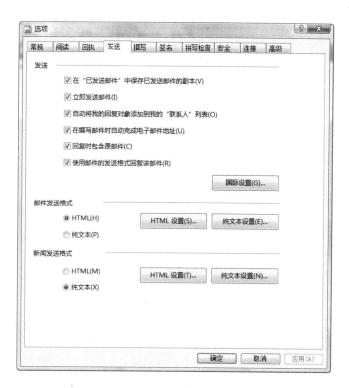

图 19-6　Windows Mail 发送电子邮件的选项

以下是在"发送"组中的选项的概要：

- 在"已发送邮件"中保存已发送邮件的副本——启用该复选框时，Windows Mail 会在"已发送邮件"文件夹中保存发送的每个邮件的副本。应该启用该复选框，因为这样能够得到发送邮件的副本。

- 立即发送邮件——当启用该复选框时，Windows Mail 会在你按下"发送"按钮时立即把邮件传送给 SMTP 服务器。如果取消该选项，在撰写邮件时单击"发送"按钮只会在"发件箱"中存储该邮件。如果需要撰写多个邮件并且使用拨号连接 Internet，该选项很有用。也就是说，可以脱机撰写所有邮件并将它们保存在"发件箱"文件夹中，然后连接到 Internet 并立即发送所有的邮件。

- 自动将我的回复对象添加到我的"联系人"列表——启用该选项时，Windows Mail 会在每次回复邮件时将收件人的名称和电子邮件地址添加到"联系人列表"中。这只会让"联系人列表"中充满很少或从不使用的收件人的名称，所以这里建议取消该复选框。

- 在撰写邮件时自动完成电子邮件地址——如果启用该复选框，Windows Mail 将会在撰写邮件时监视输入的电子邮件地址。如果输入了一个以前用过的相似地址，则程序会自动地完成地址的剩余部分。

● 回复时包含原邮件——当启用该复选框时，Windows Mail 将会在答复或转发邮件时将原邮件的文本包含作为新邮件的一部分。应该启用该复选框，因为包含原邮件的文本能够提醒原作者你回复的内容。

> **提示：**
>
> 在回复时包含原邮件文本很有用，但是不需要包含整个回复。应该删除原邮件中不需要的部分，只保留回复中直接用到的文本。

● 使用邮件的发送格式回复该邮件——当启用该复选框时，Windows Mail 会根据原邮件使用的格式自动选择采用 HTML 或纯文本的发送格式。如果要始终使用默认发送格式，则取消该复选框。

"邮件发送格式"组包含了确定邮件包含格式的两个选项按钮：HTML 和纯文本。如果启用 HTML 按钮，Windows Mail 将会把许多格式选项应用于邮件。事实上，邮件已成为能以格式化网页相同的方式进行格式化的微型网页。然而请注意，只有启用 HTML 的电子邮件客户端才能看见格式的效果。单击"HTML"选项旁边的"HTML 设置"按钮打开"HTML 设置"对话框，如图 19-7 所示。

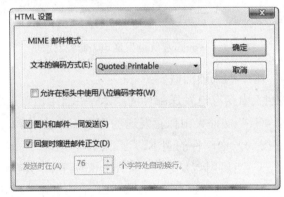

图 19-7　使用对话框设置与 HTML 发送格式相关的项

以下是可用选项的概要：

● 文本的编码方式——SMTP 只支持 7 位 ASCII 数据，所以必须对二进制邮件或包含完整 8 位值(如外文字符)的邮件进行编码。该列表确定了 Windows Mail 如何（或是否）对邮件文本进行编码：

　　无——告诉 Windows Mail 不要对文本进行编码。

　　Quoted Printable——如果邮件有完整的 8 位值，则使用该编码。该编码方式将每个字符转换成一个等号(=)，后面跟上字符的十六进制的表示。这保证了 SMTP 的兼容性(注意没有对大多数 7 位 ASCII 字符进行编码)。

　　Base 64——如果邮件包含二进制数据，则使用该编码。该编码方式使用 Base 64

字母表，它是 64 字符/值对的集合：A~Z 分别是 0~25；a~z 分别是 26~51；0~9 分别是 52~61；＋是 62，/是 63，其他所有字符将被忽略。

- 允许在标头中使用八位编码字符——启用该复选框时，需要 8 位的字符——包括 ASCII 128 或更高的字符、外文字符集以及双字节字符集——能够不被编码而在邮件标头中使用。如果取消该复选框，则会对这些字符进行编码。
- 图片和邮件一同发送——当启用该复选框时，Windows Mail 会发送嵌入在邮件中的图片或者把图片作为邮件文本的背景图片发送。
- 回复时缩进邮件正文——当启用该复选框并回复邮件时，Windows Mail 将会在回复的下面缩进显示原邮件。
- 发送时在第 X 个字符处自动换行——该微调框确定了 Windows Mail 在哪个位置进行换行。许多 Internet 系统不能读取超过 80 个字符的文本行，所以选择的值不应该比 80 大。注意 "Quoted Printable" 和 "Base 64" 编码配置需要 76 个字符的行，所以该选项只会在 "文本的编码方式" 中选择 "无" 时才能使用。

如果启用 "纯文本" 选项，Windows Mail 将会以普通文本的方式发送邮件，不进行任何格式化。单击 "纯文本设置" 按钮以显示 "纯文本设置" 对话框，如图 19-8 所示。

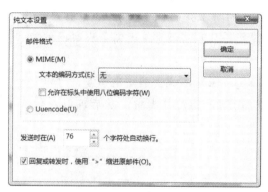

图 19-8　使用此对话框设置与 "纯文本" 发送格式相关的项

该对话框包含了与前面所示的 "HTML 设置" 对话框相似的许多选项。以下是两者不同的内容：

- MIME　　　　　　　MIME 表示 **"多用途的 Internet 邮件扩充协议 (Multipurposc Internet Mail Extensions)"**，它是基于文本邮件的标准编码格式。前面介绍的每种编码选项都是基于 MIME 的。
- Uuencode　　　　　这是在发送二进制文件给新闻组时主要使用的一种老的编码格式。

- 回复或转发时，使用 "＞" 缩进原邮件   在 Internet 上，通常以纯文本回复的原始邮件的文本会在每行的开始以大于号(>)来表示(有时使用分号)。当启用该复选框时，Windows Mail 将会用在列表中指定的字符作为原始邮件每行的开始。

19.4 维护 Windows Mail

在很大程度上，Windows Mail 是那种设置一次即可的应用程序。在设置好程序和帐户后，可以进行电子邮件的操作而无需关心 Windows Mail 本身。然而，为了保证无问题的操作，以下是每次都该执行的一些维护事务的列表。

- **从收件箱中删除邮件**——很少有什么事情比在收件箱中充满大量新邮件或未处理邮件更让人不安和失望了。为了防止发生这种情况，应该把"收件箱"文件夹作为所有接收邮件的临时存放区域。应该每天定期地执行以下操作以保持收件箱的清洁：

如果邮件无需回复，则将其存档或删除。将其存档是指将邮件移动到另一个文件夹中。应该根据所有主要的收件人、项目、客户以及处理的类别设置文件夹。

如果邮件需要回复并且无需调查或无需多少时间就能回复，则立即回复该邮件，然后删除或存档邮件。

如果邮件需要回复，但是不能立刻发送回复，可以将邮件移动到为需要进行进一步处理的邮件而设计的文件夹中。然后可以在你有时间的情况下处理这些邮件。

> **提示：**
>
> 在将邮件移动到为"处理邮件"而指定的文件夹前，请确保将邮件标记为未阅读。这样就能在该文件夹中看到是否有邮件以及有多少邮件未处理。

- **清除"已删除邮件"文件夹**——该文件夹能帮助恢复意外删除的邮件。然而在一段时间后，需要从该文件夹中恢复邮件的可能性会很低。因此，应该经常从"已删除邮件"文件夹中删除邮件。这里建议保留上个月值得保存的已删除邮件并删除以前的所有邮件。
- **搜索 Windows Mail 的补丁和更新**——访问 Windows Update 查看 Microsoft 是否为 Windows Mail 发布了任何安全补丁或更新。
- **备份邮件**——Windows Mail 会在不同的文件夹中保存邮件，邮件的名称与在 Windows Mail 的"本地文件夹"列表中看到的名称对应。例如，"收件箱"的邮件存储在"收件箱"文件夹中。每封邮件都使用"Windows Mail 电子邮件"

文件类型(.eml 扩展名)。这些文件夹一起组成了 Windows Mail 的邮件存储,可以在以下文件夹中找到:

```
%UserProfile%\AppData\Local\Microsoft\Windows Mail\Local Folders
```

可以在备份中包含这个文件夹中的内容并经常使用这些备份。

提示:

可以修改邮件存储的位置。在 Windows Mail 中,选择"工具"|"选项",显示"高级"选项卡,然后单击"维护"按钮。单击"存储文件夹"按钮,在"存储位置"对话框中单击"更改"按钮。使用"浏览文件夹"对话框选择新的位置并单击"确定"按钮。还要注意,以下注册表设置保存了 Windows Mail 的存储位置:

```
HKCU\Software\Microsoft\Windows Mail\Store Root
```

注意:

Windows Mail 邮件存储的结构说明了 Vista 的 Windows Mail 电子邮件客户端与 XP 的 Outlook Express 电子邮件客户端的两个主要的区别。首先,其说明了 Windows Mail 不再支持标识符(identifiers):为每个用户分离邮件帐户和文件夹。相反,Windows Mail 假定你使用单独的用户帐户来维持电子邮件的隐私性和安全性,邮件存储位于 %UserProfile% 子文件夹中的事实可以很好地说明这点(这是很有意义的,因为两种维护不同的电子邮件帐户的方式显得多余,而且用户帐户提供了更多的安全性和隐私性)。第二,它说明了 Windows Mail 不再使用单独的.dbx 文件来存储每个文件夹的内容,这其中有多个原因。它能让你像访问单个文件那样访问每个邮件(例如,可以双击任何.eml 文件以查看邮件)。它将邮件传入文件系统(例如,邮件存储是可搜索的),并且减少数据丢失的可能性,因为.dbx 文件偶尔会被损坏。

* **备份帐户**——如果有多个帐户,在新系统上或由于系统崩溃而重新创建这些帐户将会很麻烦。通过将帐户保存到"Internet 帐户文件"(.iaf 扩展名)对帐户进行备份能够减少工作量。在 Windows Mail 中,选择"工具"|"帐户",选择某个帐户,然后单击"导出"按钮。在"导出 Internet 帐户"对话框中,选择位置,然后单击"保存"按钮。注意,还可以使用"新闻"和"目录服务"的帐户来完成该操作。

提示:

Windows Mail 将会把每个帐户的数据存储在名为 account{ID}.oeaccount 的文件中,其中 ID 是唯一的 32 位标识符。备份帐户的一种更简单的方法是在备份中包含这些帐户文件。可以在与存储邮件相同的文件夹中找到这些文件:

```
%UserProfile%\AppData\Local\Microsoft\Windows Mail\Local Folders
```

- **备份 Windows Mail 数据**——定义的 Windows Mail 的规则、签名及设置都存储在以下注册表键中:

```
HKCU\Software\Microsoft\Windows Mail\
```

经常导出该键(参考第 11 章 "开始了解 Windows Vista 注册表")以存储重要的 Windows Mail 数据。

- **压缩邮件存储数据库**——虽然 Windows Mail 在常规的文件夹和.eml 文件中保存电子邮件的数据,但它还使用名为 WindowsMail.MSMessageStore 的数据库文件来跟踪这些文件夹和文件。当删除邮件时,Windows Mail 会从邮件存储数据库中删除对应的数据,这将会在文件中产生空隙。为了删除这些空隙并减少文件的大小,Windows Mail 被设置为不时压缩该数据库。特别地,Windows Mail 会在每 100 次关闭程序时压缩数据库。如果想要更经常地压缩数据库,选择"工具" | "选项",显示"高级"选项卡,单击"维护"。确保启用"每关闭 X 次,就压缩一次数据库"复选框并使用微调框设置压缩的时间间隔。

19.5 过滤接收的邮件

几年前,每个工作日只需花费几分钟处理我的电子邮件事务。现在每天需要 2~3 个小时来阅读收到的几百封邮件。时间上的增加决不是偶然的,大多数人发现,当他们学会使用 Internet 的电子邮件后,邮件开始快速积累起来。

为了帮助解决这个问题,Windows Mail 提供了邮件规则,可以设置并配置这些规则以自动处理接收的邮件。当然,这些规则受限于它们的功能,但是这些功能都不错:

- 如果你几天不上班或者去度假的话,那么可以创建规则以发送自动回复,让每个发件人知道你已经接收了邮件,但是一段时间内无法处理该邮件。
- 如果有多个电子邮件帐户,则可以设置规则将接收的邮件重定向到每个帐户单独的文件夹中。

注意:

将邮件重定向到其他文件夹中的一个问题是:阅读这些邮件不是很方便。Windows Mail 通过将任何包含未阅读邮件的文件夹的名称加粗显示来帮助解决问题。它还通知每个文件夹中未阅读的邮件数。Windows Mail 打开文件夹树以显示有未阅读邮件的文件夹。为了启用该选项,选择"工具" | "选项"并检查是否启用"常规"选项卡中的"自动显示含有未读邮件的文件夹"设置。

- 可以为特定的人员、项目或邮件列表创建将接收的邮件重定向到不同文件夹的规则。

- 如果从特定源接收了不需要的邮件(例如有人骚扰你或者向你发送了过多的笑话)，则可以设置规则以自动删除这些邮件。

可以按照以下步骤创建邮件规则：

(1) 选择"工具" | "邮件规则" | "邮件"命令，将会发生以下操作：

- 如果你第一次创建规则，Windows Mail 将显示"新建邮件规则"对话框。
- 如果已经有至少 1 个规则，则会打开"邮件规则"对话框并显示"邮件规则"选项卡。在这种情况下，单击"新建"按钮打开"新建邮件规则"对话框。

(2) 在"选择规则条件"列表中，启用想要使用的规则条件旁边的复选框以过滤邮件。Windows Mail 会将条件添加到"规则描述"文本框中。可以自由选择多个条件。

(3) "规则描述"文本框中显示的条件可能会有一些带下划线的文本。需要将带下划线的文本替换为想要使用的特定标准(例如单词或地址)。为了完成该操作，单击带下划线的文本，在打开的对话框中输入标准，然后单击"添加"按钮。大多数条件支持多个标准(例如在"主题"行中的多个地址或多个单词)，所以按需要可以重复此步骤。当完成该步骤时，单击"确定"按钮。Windows Mail 将使用输入的文本更新"规则描述"文本框，如图 19-9 所示。

图 19-9　在"规则描述"文本框中单击带下划线的文本可以编辑用于规则的标准文本

提示：

如果向规则标准添加了多个单词或短语，可以让该标准使用布尔操作，例如 AND、

OR 和 NOT。为了完成该操作，单击第(3)个步骤中显示的对话框中的"选项"按钮。为了创建 AND 标准，启用"邮件符合下列所有 X"(其中 X 取决于条件，例如，单词或个人)；为了创建 OR 标准，启用"邮件符合下列任一个 X"；为了创建 NOT 标准，启用"邮件不包含下列 X"。

注意：

如果定义了多个规则并且有 2 个或多个应用于接收邮件的规则，则可能会发生问题，第一个规则会将邮件移动到另一个文件夹中。这种情况下，Windows Mail 经常会显示错误消息，说明其不能处理多个规则。为了避免这个错误，向初始规则添加条件"停止处理其他规则"。

---

(4) 如果选择了多个条件，Windows Mail 会在调用规则(布尔 AND)前假设所有的条件必须为真。如果只需要条件之一为真(布尔 OR)，则单击"规则描述"文本框中的"和"，启用"邮件符合任一条件"选项，单击"确定"按钮。

(5) 在"选择规则操作"列表中，选中想要 Windows Mail 在满足条件时所采用操作旁边的复选框。可能必须单击"规则描述"文本框中带下划线的文本才能完成该操作，可以设置多个操作。

(6) 使用"规则名称"文本框为规则输入描述名称。

(7) 单击"确定"按钮。Windows Mail 将会关闭"邮件规则"对话框的"邮件规则"选项卡。

无论使用哪种方法，在使用规则列表时需要记住一些事项：

- **控制规则的开关**——使用每个规则旁边的复选框以打开和关闭规则。
- **设置规则顺序**——某些规则应该在其他规则前处理。例如，如果有一个删除某些令人讨厌的人的邮件规则，则应该让 Windows Mail 发送回复前处理该规则。为了调整规则的顺序，单击该规则并单击"上移"或"下移"。
- **修改规则**——为了修改规则，有两个选择：如果只想编辑规则的带下划线的值，则选择规则并使用"规则描述"框单击想要修改的带下划线的值；如果想要对某个规则进行更多的修改，则选择该规则并单击"修改"按钮。
- **应用规则**——如果想要将规则应用于已存在的"收件箱"文件夹的邮件或不同文件夹中的邮件，则单击"立即应用"按钮打开"开始应用邮件规则"对话框。选择想要应用的规则(或单击"全选"按钮以应用所有规则)。为了选择不同的文件夹，单击"浏览"按钮。当完成时，单击"立即应用"按钮。
- **删除规则**——选择规则并单击"删除"按钮，当 Windows Mail 询问是否确定时，单击"是"按钮。

19.6　查找邮件

虽然你会删除许多邮件，但是不可能删除所有邮件。随着时间的推移，你可能会在不同的文件夹中存储几百封(或者更有可能是上千封)邮件。如果想要查找某个特定的邮件，那该怎么办？即使你删除了所有内容，"已发送邮件"文件夹最终还是会包含上百或上千封已经发送的邮件的副本。如果想要查找其中的一封邮件该怎么办？

对于接收和待发的邮件，Windows Mail 提供了"查找邮件"功能，可根据地址、主题行、正文、日期等来查找邮件。

19.6.1　简单搜索

和 Windows Vista 的许多功能一样，Windows Mail 在右上角有一个"快速搜索"框。如果你并不在意使用邮件的某些内容来查找特定的单词,而且如果你已经知道保存所需邮件的文件夹，则可以使用"快速搜索"框进行快速搜索。按照以下步骤操作：

(1) 使用"本地文件夹"列表以选择想要在其中进行搜索的文件夹。

(2) 单击"快速搜索"框的内部(或按下 Ctrl＋E 组合键)。

(3) 输入想要用作搜索标准的文本。"快速搜索"在"收件人"、"发件人"和"主题"域以及每个邮件的正文中查找搜索文本。

注意：

当即输即搜标准时，可以输入部分的单词，一个单词或多个单词。如果包含多个单词，则"快速搜索"将只匹配包含所有单词的邮件。如果想要搜索某个准确的短语，在短语周围加上双引号。最后请注意，搜索不区分大小写。

19.6.2　高级搜索

如果想要搜索特定的邮件字段，想要为每个字段指定不同的标准，或者想要包含特定的标准(例如邮件的日期或邮件是否有附件)，则必须使用完整的"查找邮件"的功能。选择"编辑"|"查找"|"邮件"命令以打开该功能(或者按 Ctrl＋Shift＋F 组合键或单击"查找"工具栏按钮)。图 19-10 显示了"查找邮件"对话框。使用以下控制来设置搜索标准：

- 浏览——选择搜索的文件夹。如果想要搜索包含选中文件夹的子文件夹，则保持启用"包含子文件夹"复选框。
- 发件人——输入指定电子邮件的地址或显示想要查找的发件人名称的一个或多个单词。

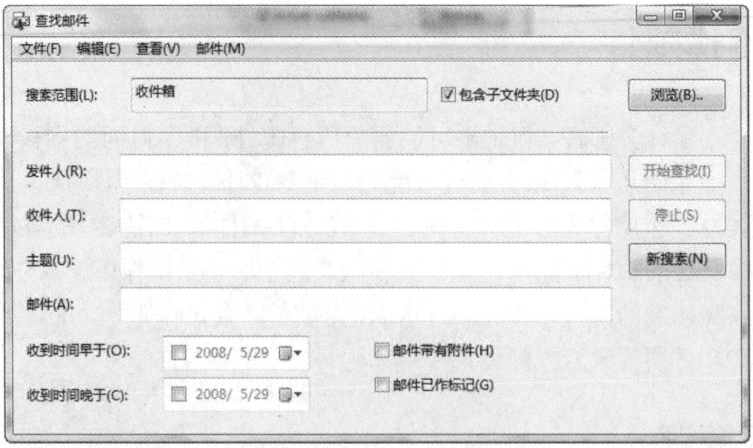

图 19-10 使用"查找邮件"对话框以在文件夹中查找特定的邮件

> **注意:**
>
> 和"快速搜索"一样,"查找邮件"的标准只匹配那些包含输入的所有单词的邮件,只匹配整个单词,并且不区分大小写。还要注意,"查找邮件"只查找与输入的所有标准匹配的邮件。

> **更快速地搜索**
>
> Windows Mail 中的"查找邮件"功能运行比较慢,特别是在包含几千封邮件的邮件存储中查找的时候。如果经常搜索邮件,可以使用第三方的工具以更快速地搜索邮件。"Google 桌面搜索"(desktop.google.com)是不错的选择。

- 收件人——输入指定电子邮件地址或显示想要查找的收件人名称的一个或多个单词。
- 主题——输入指定要查找的"主题"行的一个或多个单词。
- 邮件——输入指定要查找的邮件正文的一个或多个单词。
- 收到时间早于——选择想要查找的邮件的最晚接收日期。
- 收到时间晚于——选择想要查找的邮件的最早接收日期。
- 邮件带有附件——启用该复选框只查找带有附件的邮件。
- 邮件已作标记——启用该复选框只查找已被标记的邮件。

在定义完搜索标准后,单击"开始查找"按钮。如果 Windows Mail 找到任何匹配的邮件,则它会在对话框底部的邮件列表中显示匹配的邮件。从该列表中可以打开邮件或使用菜单中的任何命令操作邮件(答复、转发、移至另一个文件夹、删除等操作)。

19.7 相关内容

以下是与本章内容相关信息的章节列表:

- 有关用户帐户的信息,请参阅第 6 章 "发挥用户帐户的最大效用"。
- 可以将 Windows Mail 用作新闻阅读器。有关详细内容,请参阅第 20 章 "参加 Internet 新闻组"。
- 有关 Windows Mail 安全和隐私问题的信息,请参阅第 21 章"实现 Windows Vista 的 Internet 安全和隐私功能"。

19

第 20 章

参加 Internet 新闻组

人们对 Internet 的关注、讨论和宣传主要聚焦在 World Wide Web 上。这不足为奇，因为它是供初学者使用的最简便的 Net 服务，并且所有的前沿开发都发生在这里。剩下的 Internet 服务分为两个类别：那些不再使用的类别(还有人记得 Gopher 吗？)和继续使用的类别。

后一种服务类型的一个很好的例子是 Usenet。Usenet 本质上是指用于讨论的话题集合。这些讨论组(或经常被称为**新闻组**)面向所有人，而且通常是免费的(当然，除了通常的连接费用以外，还要注意的是，一些 ISP 会收取新闻组访问费用)。

在这些讨论组中你是否会发现任何感兴趣的内容呢？让我们以这样的方式来看问题：如果你不能从超过 100 000 个新闻组之中找到任何你喜欢的内容，则你应该进行自我检讨(并非所有的服务提供者都提供 Usenet 组的完整菜单，所以数量可能比 100 000 少得多)。另一方面，大多数 Usenet 缺乏集中控制，这意味着许多新闻组已经退化成为不着边际的文章、题外话以及多余的商业电子邮件的大杂烩。并非所有的新闻组都会如此糟糕，但是在选择加入讨论组时应该抱着谨慎的态度。

本章将介绍 Usenet 服务，并给出 Usenet 的一些背景信息，然后将介绍使用 Windows Mail 的新闻阅读器的方法。

注意:

Usenet 在 1979 年诞生于 Duke 大学。一对计算机专家(James Elliot 和 Tom Truscott)需要一种能在 Duke 大学的师生之间简单共享研究、知识以及意见的方法。因此,他们以完全的黑客方式建立了能完成其需求的程序。最终,其他的大学也加入进来,加入的人群也不断地增加。今天,几千万人都加入了 Usenet,每天发送数百万封邮件。

20.1 一些 Usenet 的基础知识

为了能更好地使用 Usenet,本节将会介绍一些可以探索 Usenet 的基础性重要概念。

- **层次结构**　　　　Usenet 将讨论组分为几个类,或称为层次结构(hierarchies)。以下是一些所谓的"主流"层次结构:

biz	商业
comp	计算机硬件和软件
misc	不属于任何范畴的各种各样的内容
news	与 Usenet 相关的主题
rec	娱乐、爱好、体育等
sci	科学技术
soc	性、文化、宗教以及政治
talk	关于有争议的政治和文化话题的讨论

大多数具有 Usenet 的 Internet 服务提供商都提供了对所有主流层次结构的访问。另外,还提供了大量的后备层次结构,其覆盖了不包含在主流层次结构中的内容,或者是那些太奇怪以至于不包含在主流组中的内容。对于特定的地理区域,还有许多更小的层次结构。例如,ba 层次结构包含了 San Francisco Bay 区域的讨论组,can 层次结构包含了有关 Canadian 的话题,等等。

- **新闻组**——这是讨论话题的官方 Usenet 名称。为何称其为新闻组?原来的 Duke 大学的系统是为共享通知、研究发现以及评论而设计的。换句话说,人们使用该系统是为了能和同事共享一些信息。人们还经常将 Usenet 称为 **Netnews** 或 **news**。

- **新闻阅读器**——这是用来阅读新闻组文章以及张贴你自己文章的软件。在 Windows Vista 中,可以使用 Windows Mail 作为新闻阅读器。其他的 Windows 新闻阅读器包括 Agent(www.forteinc.com/agent/) 和 Usenet Explorer(www.netwu.com/newspro/)。

> **注意:**
>
> 除了使用新闻阅读器，还可以通过 Web 浏览器使用 Google Groups(groups. google.com)来访问所有的新闻组。如果 ISP 不提供新闻组访问或者你想要在不订阅的情况下阅读特定的新闻组，这很有用。然而，如果想要向新闻组张贴邮件，则必须在 Google 注册。

- **新闻服务器**(或 **NNTP 服务器**) ——这是存储新闻组并处理张贴请求和下载新闻组邮件的计算机。新闻服务器有以下 4 种类型:

  ISP 新闻服务器——大多数 ISP 除了提供电子邮件帐户以外还会提供新闻服务器的帐户。你的新闻服务器用户名和密码通常与电子邮件的用户名和密码相同，但是最好与 ISP 核对一下。还应该确认 ISP 新闻服务器的 Internet 名称。该名称通常采用 news.ispname.com 或 nntp.ispname.com 的形式，其中 ispname 是 ISP 的名称。

  商业新闻服务器——如果 ISP 不提供新闻组访问，或只提供有限数量的组，则应该考虑使用商业新闻服务器，其会收取新闻组访问费用。两个最大的商业新闻服务器是 Giganews(www. giganews.com)和 Newscene(www.newscene.com)。

  公用的新闻服务器——如果你的预算有限，则可以使用提供免费新闻组访问的公用新闻服务器。然而要注意的是，大多数公用的服务器都限制了服务器上的用户数，提供了有限的组数，或者对下载的总量进行了限制。对于公用的新闻服务器，可以使用 Newzbot(www.newzbot.com) 或 Free Usenet News Servers(freenews.maxbaud.net)。

  半私有的新闻服务器——某些公司维护它们自己的新闻服务器以及新闻组集合。例如，Microsoft 在 msnnews.microsoft.com 上维护新闻服务器(运行超过 2000 个与 Microsoft 产品和技术相关的组)。Windows Mail 将为该服务器自动建立帐户。

- **张贴**——向新闻组发送文章。

- **订阅**——在新闻阅读器中，向想要阅读的组列表中添加某个新闻组。如果不再需要阅读某个组，则可以取消对该组的订阅。

- **主线**——与相同"主题"行相关的一系列文章。主线通常从原来的文章开始，后面相继跟上一个或多个文章。注意，Windows Mail 将主线称为对话。

20.1.1　了解新闻组的名称

新闻组的名称并不难理解,但是需要确保熟悉该名称。新闻组名称由 3 个部分组成: 它们所属的层次结构、一个圆点以及新闻组的主题。例如，有以下名称:

```
rec.boats
```

这里，层次结构是 rec(娱乐)，而主题是 boats，从该名称可知道其含义。但是许多新闻组对某些人来说显得过于广泛，所以人们将这些新闻组又分为子组。例如，那些喜欢玩独木舟的 rec.boats 组员不喜欢对快艇的讨论，所以它们创建了自己的 paddle 新闻组。以下是其正式的名称：

```
rec.boats.paddle
```

在使用 Usenet 的过程中将会看到很多这样的子组(例如，还有名为 rec.boats.building 和 rec.boats.racing 的新闻组)。偶尔你还会看到子组的子组，例如 soc.culture.african.american，但是这在大多数层次结构中是比较罕见的情况(comp 层次结构是个例外，在其中可以找到各种类型的子组的子组)。

20.1.2　理解文章和主线

正如你可以想象的那样，文章是赋予 Usenet 以活力的源泉。前面提过，每天人们要向不同的新闻组张贴无数的文章。一些新闻组可能每天只收到 1～2 篇文章，但是许多新闻组平均将得到几十篇文章(而一些非常受人们欢迎的组——rec.humor 是个很好的例子——每天可以收到 100 篇或更多的张贴文章)。

令人欣慰的是，Usenet 在文章内容上没有任何限制(然而，一些新闻组会有监督人员决定文章是否值得张贴)。与经常被检查的 America Online 聊天室相比所不同的是，Usenet 文章是自由言论的典型代表。文章的长短可以根据自己的喜好而定(虽然非常长的文章会受到人们反对，因为接收需要用很长的时间)，而且在新闻组主题的范围之内，文章可以包含任何的观点、概念和想法。你可以自由地提问、提供信息，可以表现出感兴趣、发怒的甚至是什么都不知道——这都取决于你(你应该阅读本章后面的"遵守新闻组的礼节"以了解行为方式)。

前面说过，新闻组即是讨论主题，但这并不意味着它和现实中的讨论相同。在现实的讨论中可以进行立即谈话交换意见。但是新闻组讨论却基于不连续的文章并且要经过相当长的时间(有些时候甚至需要几个星期或几个月)才能阐明。

为了了解新闻组讨论的乐趣所在，可以考虑报纸的"致编辑的信"版面。有人在报纸上写了篇文章，之后另一个人发送了一封评论文章内容的信。几天之后，更多的信接踵而至，例如有对原始作者的反驳或有些人会进行两面的权衡。最终，讨论会由于话题已讨论结束或人们对其丧失兴趣而终结。

新闻组的原理亦是如此。某些人张贴文章，然后阅读该组的其他人可以通过张贴**回复**(follow-up)文章来回应这篇文章。其他人可以回应这篇回复的文章。这种完整的讨论——从原来的文章到最后的回应——称为主线。

20.1.3　遵守新闻组礼节

为了让 Usenet 给所有参与者带来愉悦体验,应该了解新闻组礼节的一些规则——有时称为**网络礼节**(netiquette),即网络与礼节的结合。以下是其概要:

- 不要吵闹——在邮件文本中使用正常的大小写规则。特别地,**避免过长的文章或用大写字母写文章,这些文章不便于阅读。**
- 选择良好的主题——忙碌的新闻组读者经常使用邮件的主题行以确定是否阅读邮件。如果收件人不认识你,这尤为明显。因此,不要使用含糊的或过于平淡的主题行——例如"所需的信息"或"新闻组张贴"。应该让主题行具有足够的描述信息以便让读者可以很快知道邮件的内容。

> **提示:**
>
> 答复邮件时,新闻阅读器将会向主题行添加"Re:"。但是,有可能在一段时间后讨论的主题会改变。如果在答复中修改主题,请确保也修改了主题行。如果你认为其他原来主题的读者会对该答复的内容感兴趣,则在新的主题中引用原来的主题行,如本例所示:
>
> ```
> Dog food suggestions needed (was Re: Canine nutrition)
> ```

- 适当地引用——当张贴后续的邮件时,应该通过在答复邮件中引用原来的消息以确保其他组读者知道答复的内容。然而,引用整个邮件通常比较浪费,特别是当邮件非常冗长的时候。只应该包含原始邮件的部分内容,从而让答复的内容有上下文对应。
- 有耐心——如果张贴了文章但在 5 秒钟后该文章仍没有出现在新闻组中,则不要再次发送文章。张贴的文章会经过各种不同的 Internet 路径。最后文章可能需要几分钟,甚至是一个小时才会出现在新闻组中(这就是为什么不应该使用 Usenet 张贴文章,以便"宣布"某些当前新闻事件的原因。当文章出现时,事件对于大多数人来说可能已是"旧闻"了,这会让自己看上去很傻。如果想要与其他人讨论,则可以访问 misc.headlines.group)。
- 不要发表过激言论——如果接收的消息内容欠考虑或者有侮辱性,则你立即的反应在回复中给予严厉指责。这样的言论是过激的,只会让事情更糟糕。如果觉得邮件值得回复(通常并不值得回复),则应该在回复邮件前让自己先平静下来。
- 提问——如果你刚开始使用新闻组,则可能会问些有关新闻组的工作原理或者哪些新闻组可用的问题。news.newusers.questions 能够回答这些问题。
- 阅读 FAQ——在订阅新闻组后以及在张贴第一封邮件前,可以阅读组中的"常见问题解答(Frequently Asked Questions,FAQ)"的列表。一些新闻组经常会定期张贴它们自己的 FAQ，通常为一个月的时间。还可以在每个主流层次结构的解答主题中(如 comp.answers、rec.answers 等)找到 FAQ。或者 news.answers 组包含了由大多数存在 FAQ 的组张贴的定期 FAQ。

- 搜索已有的邮件——如果有些问题不在 FAQ 中，则还有可能有人已经提过相同的问题，并得到了解答。在张贴问题前，搜索新闻组以查看问题是否在以前被提过。

- 张贴一些内容——新闻组会因为组员的参与以及经常地张贴交换意见而热络起来。只阅读张贴的邮件不会给该新闻组增加任何价值，所以每个订阅者都应该定期张贴一些内容。

- 适当地张贴——当想要张贴邮件时，应该仔细考虑张贴哪些新闻组，这样别人不会认为你发送的邮件是过时的或是令人讨厌的。除非是绝对必要，否则不要向 2 个或 2 个以上的组张贴邮件——这称为**交叉张贴**(cross-posting)，即使它们包含相关的主题，也同样如此。

- 阅读已有的回复邮件——在向已有的邮件张贴答复前，请检查邮件是否已经有任何回复。如果有回复，则应该阅读回复以确保你的邮件不与已有的内容重复。

- 不要做广告——在很大程度上讲，Usenet 并非是广告媒体，所以不要向新闻组张贴任何的广告。如果确实想做广告，则应该使用 biz 层次结构中的适当的组。例如，如果想要出售房产，则可以在 biz.marketplace.real-estate 上张贴广告。然而，在签名中包含你网站的地址是完全可以接受的行为。

- 使用概要——作为调查或者征求建议的张贴邮件经常会获得很多的回复，其中许多内容会重复。如果想要张贴这样的邮件，告诉回复者将他们的回复通过电子邮件发送给你并提供概要信息。当所有的回复达到后，可以张贴包含已经收到的回复的概要回复邮件。

20.2 设置新闻帐户

现在你已经了解一些有关 Usenet 的内容了，下面将会介绍更为实用的内容。本章的剩余内容将会介绍使用 Windows Mail 订阅、阅读邮件以及向新闻组张贴邮件的方式。

首先你需要知道如何为想要使用的新闻服务器设置帐户。前面提过，Windows Mail 会为 Microsoft 社区组(msnews.microsoft.com)自动添加一个帐户。如果想要为其他服务器设置帐户，则按照以下步骤进行操作：

(1) 在 Windows Mail 中，选择"工具" | "帐户"显示"Internet 帐户"对话框。

(2) 单击"添加"按钮显示"选择帐户类型"对话框。

(3) 单击"新闻组帐户"，然后单击"下一步"按钮。

(4) 输入"**显示名**"——这是在张贴邮件时出现在"发件人"字段中的名称，单击"下一步"按钮。

(5) 输入电子邮件地址并单击"下一步"按钮，打开"Internet 新闻服务器名"对话框。

> **注意：**
>
> 为何需要为 Usenet 指定电子邮件地址？因为人们可能想要私下里向你而非向新闻组回复邮件。遗憾的是，很多发送垃圾邮件者会获得 Usenet 参与者的电子邮件地址以供其使用，所以在新闻帐户中使用合法地址并不是一个好主意。在第 21 章"实现 Windows Vista 的 Internet 安全和隐私功能"中还会讨论避免垃圾邮件的细节内容。

(6) 在"新闻(NNTP)服务器"文本框中输入服务器的名称。如果必须登录到服务器上，则启用"我的新闻服务器要求登录"复选框。单击"下一步"按钮。

(7) 如果新闻服务器要求登录，输入帐户名(用户名)以及密码，单击"下一步"按钮。

(8) 单击"完成"按钮。新帐户将出现在"Internet 帐户"对话框的"新闻"选项卡中，如图 20-1 所示。

图 20-1　Internet 新闻帐户出现在"新闻"选项卡中

(9) 单击"关闭"按钮。Windows Mail 将会询问是否从新闻帐户中下载新闻组。

(10) 单击"是"按钮。Windows Mail 将会下载新闻组(注意，根据连接的速度这需要一段时间)，然后显示"新闻组订阅"对话框。

下一节中将会介绍如何使用"新闻组订阅"对话框，所以现在保持其打开状态。

20.3 在 Windows Mail 中使用新闻组

定义过新闻帐户后，接下来需要订阅 1 个或多个新闻组。如果没有打开前一节的"新闻组订阅"窗口，则可以使用以下方法显示该窗口：

- 按下"工具"|"新闻组"
- 按下 Ctrl＋W 组合键
- 单击"文件夹"列表中的新闻帐户并单击"新闻组"工具栏按钮

如果有多个新闻帐户，在"帐户"列表中单击想要使用的帐户(如果你在帐户设置期间选择不从服务器下载帐户的新闻组，则 Windows Mail 现在将自动下载新闻组)。Windows Mail 将显示此帐户的新闻组，如图 20-2 所示。

图 20-2 使用该对话框在 Windows Mail 中使用新闻组

新闻组是 Usenet 的核心，所以应该熟悉基本的新闻组操作，例如订阅和取消订阅。下面两节的内容将介绍此基础内容。

20.3.1 订阅新闻组

在阅读或张贴文章前，必须将一个或两个新闻组添加到新闻服务器帐户中。有两种方式可以完成该操作：订阅新闻组或者在没有提交订阅的情况下打开新闻组。

不管使用哪种方法，首先必须在"新闻组"列表中显示所需的组。可以滚动各新闻组或在"显示包含以下内容的新闻组"文本框中输入新闻组全名或名称的一部分。注意，Windows Mail 将会搜索包含输入文本的组名称。如果输入 technet，Windows Mail 将会匹配 microsoft.public.au.technet，microsoft.public.br.technet 等新闻组。图 20-3 显示了该示例。

下载新闻组描述

一些新闻组会有描述信息，从而能够让你简要了解该新闻组的功能。Windows Mail 默认不会下载相应的描述信息，因为它会减慢新闻组检索的进程。然而，如果连接速度快，则应该让 Windows Mail 下载描述信息。为了完成该操作，返回到 Windows Mail 并选择"工具"|"帐户"。在"新闻"选项卡中，单击想要使用的新闻帐户，然后单击"属性"(或双击帐户)以打开帐户的属性表。在"高级"选项卡中，启用"使用新闻组描述"复选框并单击"确定"按钮。再次打开"新闻组订阅"窗口，单击新闻服务器，然后单击"重置列表"按钮。Windows Mail 将会下载新闻组的名称和描述。为了在搜索新闻组名称时包含描述，启用"同时搜索描述"复选框。

图 20-3　Windows Mail 将匹配包含输入文本的新闻组名称

在选择了新闻组后，可以使用以下某个技术：

- 如果只想查看组而非订阅组，单击"转到"按钮——将会返回到 Windows Mail 并显示新闻组。如果稍后想要订阅该组，右击"本地文件夹"列表中的该组名称，然后选择"订阅"命令。

- 如果想要订阅该组，单击"订阅"按钮——可以为其他任何新闻组订阅重复该过程。在每种情况下，Windows Mail 将会向"已订阅"选项卡中添加该组的名称(为了同时订阅多个组，按住 Ctrl，选中每个组，然后单击"订阅"按钮)。当完成该操作后，单击"确定"按钮以返回到 Windows Mail 的主窗口。

20.3.2 取消订阅新闻组

如果不需要某个新闻组，则可以在任何时候使用以下技术之一取消订阅：
- 在"新闻组订阅"对话框中，显示"已订阅"选项卡，选择新闻组并单击"取消订阅"按钮。
- 在 Windows Mail 窗口中，在"本地文件夹"列表中右击组名称并单击"取消订阅"命令。

20.4 下载邮件

在选中一些新闻组后，现在应该开始获取一些邮件来阅读。Windows Mail 有两种方法完成该操作：
- 联机——联机工作意味着连接到新闻服务器。可以在任何时候下载邮件标头，并在下载邮件文本后立即高亮显示邮件。
- 脱机——脱机工作意味着暂时连接以获得组中可用的标头。当不连接新闻服务器时，可以检查邮件的主题行并将邮件标记为需要下载。然后可以再次连接，从而告诉 Windows Mail 下载已标记的邮件。

在 Windows Mail 中，可以通过启用或取消启用"文件"|"脱机工作"命令在脱机和联机模式中切换。

20.4.1 下载邮件标头

当处于联机模式时，Windows Mail 提供了以下方法下载新闻组的邮件标头(这称为"同步"标头)：
- 在"文件夹"列表中单击新闻组——Windows Mail 会自动下载标头。对于繁忙的组来说，默认的下载数量限制(300)可能并不能获得每个标头。为了获得更多的标头，单击"工具"|"获取后 300 个标头"命令(后面将会介绍调整该标头限制的方法)。
- 单击新闻组，然后选择"工具"|"同步新闻组"命令——在"同步新闻组"对话框中，启用"获得以下项目"复选框，启用"只要邮件标头"选项，然后单击"确定"按钮。
- 为了立即同步所有新闻组，在"本地文件夹"列表中选择新闻服务器——选择所有的组，右击选中的组，单击"同步设置"，然后单击"只要邮件标头"。现在选择"工具"|"全部同步"。Windows Mail 将会下载新闻组的所有可用标头。

如果进行的是拨号连接，可能想要在此刻切换到脱机模式，这样可以查看标头。

20.4.2　下载邮件

为了在联机时查看任何邮件的内容(邮件正文)，只要在邮件列表中选择邮件。Windows Mail 然后将下载邮件正文并在预览窗格中显示邮件。

1. 脱机工作：标记邮件为下载

当脱机工作时，必须把想要下载的邮件进行标记。以下是可用的方法：

● 标记要下载的单个邮件——右击邮件并单击"以后下载邮件"。

> **提示：**
>
> 标记邮件为下载的一种更简单的方法是使用"标记为脱机阅读"列。为了显示该列，右击任何列的标头，然后单击"列"命令(或选择"查看"|"列")。在"列"对话框中，启用"标记为脱机阅读"复选框并单击"确定"按钮。为了标记邮件为下载，在"标记为脱机阅读"列的内部单击，Windows Mail 将会向此列添加一个箭头。

● 标记主线用于下载——在主线中右击邮件，然后单击"以后下载对话"。

如果不想下载邮件，则重复以上的技术。

2. 脱机工作：获得邮件正文

为了获得邮件的正文，可以按照以下步骤操作：

(1) 切换到联机模式。

(2) 选择"工具"|"同步新闻组"命令以显示"同步新闻组"对话框。

(3) 确保启用"获取标记为下载的邮件"复选框，如图 20-4 所示。

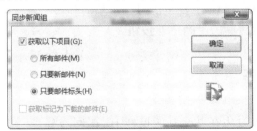

图 20-4　使用该对话框告诉 Windows Mail 想要下载的内容

(4) 还可以启用"获取以下项目"复选框，然后选择下列选项之一：

所有邮件	启用该选项将下载每个可用的标头和正文。
只要新邮件	启用该选项将查找新邮件并下载标头和正文。
只要邮件标头	启用该选项将查找新的标头并下载该标头。

(5) 单击"确定"按钮，Windows Mail 将开始下载邮件。

(6) 当下载完成时，切换到脱机模式。

20.5 使用新闻组邮件的注意事项

可以使用处理电子邮件的方式来处理新闻组邮件。也就是说，可以在预览窗格中查看邮件文本，在其自己的窗口中打开邮件，保存邮件，复制邮件到另一个文件夹等。在第 19 章 "与 Windows Mail 通信"中介绍了所有这些邮件技术以及一些其他技术。以下是特定于新闻组邮件任务的一些注意事项：

- 处理主线——如果看见邮件标头旁边有一个加号(＋)，这意味着存在该标头的回复。为了在主线中查看其他的邮件，单击加号或高亮显示该邮件并按下数字键盘上的加号(＋)。

- 对 ROT13 邮件解码——某些邮件使用 ROT13 的方式进行编码。该方法通过将字母表中的字母向右移动 13 个位置并在末尾包含字母表的前端来对邮件进行编码(ROT 是"旋转"(rotate)的简写)。如果碰到使用 ROT13 编码的邮件，可以使用 Windows Mail 内建的解码器。为了使用该解码器，选择"邮件"|"译码(ROT13)"

- 取消邮件——如果你张贴了邮件，然后改变了主意，你可以通过高亮显示邮件并选择"邮件"|"取消邮件"命令从新闻组中删除该邮件(该命令只会在已经发送邮件后才可用。已经下载了该邮件的用户仍会看见它)。

- 对多个附件进行组合和解码——一些多媒体组会张贴分割为多个张贴邮件的大型二进制文件。为了从这些张贴邮件中提取原始的二进制文件，首先选择所有的张贴邮件，然后选择"邮件"|"组合并解码"命令以显示"解码顺序"对话框。使用"上移"和"下移"按钮对张贴的邮件进行排序(主题栏通常说明了适当的顺序)，然后单击"确定"按钮。

20.6 回复邮件

Usenet 的最佳状态发生在其交互的过程中：提问与解答；冲突观点的交错以及对争论问题的讨论。这些言语之争的背后当然是回复邮件。为了使用 Windows Mail 张贴回复邮件，可以按照以下步骤操作：

(1) 在邮件列表中选择原始邮件。

(2) 选择"邮件"|"答复新闻组"(还可以按下 Ctrl+G 组合键或单击"答复新闻组"工具栏按钮)。Windows Mail 将会打开邮件撰写窗口，然后将原始的文章填入其中。

(3) 去掉原始文章中任何不需要的文本。

(4) 在文章正文中输入自己的文本。

(5) 选择"文件"|"发送邮件"(还可以按下 Alt+S 组合键或单击"发送"按钮以快速发送)。Windows Mail 将会显示对话框说明邮件发送到新闻服务器，并且该对话框可能不会立即消失。

(6) 单击"确定"按钮。

提示：

除了张贴回复的邮件，你可能还想通过电子邮件直接答复发件人。为了完成该操作，选择邮件，然后选择"邮件"|"答复发件人"(或按下 Ctrl+R 组合键或单击"答复"按钮)。查看地址是否经过保密处理(对地址稍做修改，这样一来，如果垃圾邮件僵尸获得该地址，将无法使用它)。如果这样，删除用户在地址中输入的额外字符。

如果想要向组和作者发送邮件，选择"邮件"|"全部答复"，或按下 Ctrl+Shift+R 组合键。

20.7　张贴新邮件

前面提过，原始邮件是 Usenet 的动力源泉，因为其开启了对某个问题的讨论，这些内容或值得一读，或妙趣横生，或索然无味，或招人反感。如果你觉得自己很有创意，则可以使用本节的内容从 Windows Mail 中张贴新邮件。

首先选择想要张贴的新闻组，然后使用以下技术之一：

- 选择"邮件"|"新邮件"
- 按下 Ctrl+N 组合键
- 单击工具栏上的"写邮件"按钮

不管选择哪种方式，都将打开"新邮件"窗口。该窗口和本章前面介绍的"新邮件"窗口几乎相同，有 3 个主要区别：

- 如果有多个新闻服务器帐户，则会看到"新闻服务器"的列表，从中可以选择想要使用的服务器。
- "发件人"字段由"新闻组"字段取代。
- 对于"Microsoft 社区"新闻组来说，可以看到"张贴类型"区域有 3 个选项："注释"、"问题"和"建议"，选择描述张贴的选项。

"新闻组"字段应该显示当前新闻组的名称。如果想要将邮件发送给多个新闻组，则可以使用逗号(，)分隔新闻组。或者可以单击"新闻组"，然后从打开的对话框中选择新闻组。

为了张贴邮件，选择"文件"|"发送邮件"(或按下 Alt+S 组合键，或单击工具栏的"发送"按钮)。

20.8 过滤新闻组邮件

本章的开头介绍过，许多新闻组会受到**垃圾邮件**(spam)(主动发送的广告电子邮件)和与主题无关内容的困扰。人们称这样的组具有较差的**信噪比**(signal-to-noise ratio)。为了改善此比率，Windows Mail 有新闻组过滤功能，从而能够设置用于不想查看的邮件的标准。按照以下步骤可以设置新闻组的过滤：

(1) 选择"工具" | "邮件规则" | "新闻"命令，然后会出现以下情况：

- 如果第一次创建规则，Windows Mail 将显示"新的新闻规则"对话框。
- 如果已经有了至少一个规则，则会显示"邮件规则"对话框并显示"新建规则"选项卡。在这种情况下，单击"新建"按钮打开"新建新闻规则"对话框。

(2) 在"选择规则条件"列表中，启用想要使用的条件旁边的复选框。Windows Mail 会把条件添加到"规则描述"文本框中。注意可以自由选择多个条件。

(3) 在"规则描述"文本框中显示的条件可能会有带下划线的文本。需要将下划线的文本替换为想要使用的特定标准(例如某个单词或地址)。为了完成该操作，单击带下划线的文本，在打开的对话框中输入条件，然后单击"添加"按钮。大多数条件支持多个标准(例如多个地址或主题行中的多个词)，所以必要时重复该步骤。当完成所有操作后，单击"确定"按钮。

(4) 如果选择了多个条件，Windows Mail 将会假设所有的条件在调用规则前都必须为真(布尔 AND)。为了修改此规则，在"规则描述"文本框中单击"和"，启用"邮件符合任一条件"选项，单击"确定"按钮。

(5) 在"选择规则操作"列表中，启用想要 Windows Mail 在满足标准时对邮件采用的操作旁边的复选框。可能需要单击"规则描述"文本框中带下划线的文本以完成该操作。另外，你可以选择多个操作。

(6) 使用"规则名称"文本框输入规则的描述名称。

(7) 单击"确定"按钮。Windows Mail 将会切换到"邮件规则"对话框中的"新闻规则"选项卡。

20.9 给张贴的邮件评级

大多数新闻组经常会被很多人访问。一些张贴的邮件绝对是融知识性与趣味性于一体，并且一些人会对新闻组有着特别意义的贡献。其他的张贴邮件并非如此有用，无论它们是不切主题的邮件还是大多数新闻组中的引发激烈论战的邮件。

遗憾的是，判断邮件好坏的难度比较高。当你在一个新闻组中待了一段时间后，就会清楚谁是很有竞争力的用户以及哪些用户的邮件不值得阅读。然而对于其他的邮件来说，没有什么方法能事先确定邮件的内容是否值得阅读。

Windows Mail 通过对"Windows 社区"组中的任何邮件进行评级来减少不确定性，评级使用简单的尺度："有用"或"无用"。通过对邮件评级能够帮助其他人确定邮件是否值得阅读还是应该忽略。

注意，为了对邮件评级，必须在"Microsoft Passport Network"上有一个帐号——例如 MSN Hotmail 或 Windows Live Mail 帐户。如果有这样的帐户，则首先应该通过以下步骤登录到"Windows 社区"：

(1) 在"Windows 社区"服务器中选择任何新闻组。

(2) 选择"工具"|"Microsoft 社区：登录"(或者单击组中的任何邮件，然后在打开的邮件标头中单击"登录"按钮)。

(3) 输入"Passport Network 电子邮件地址"和"密码"。

(4) 单击"登录"按钮。

在登录后，将会在每个邮件的标头中看到"评级此张贴邮件"区域，如图 20-5 所示。下拉该列表，然后单击"有用"或"无用"。注意 Windows Mail 不提供修改评级的方法，所以确保单击了正确的选择。

20

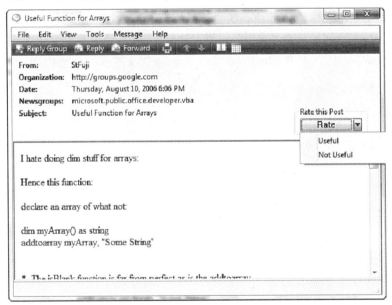

图 20-5 登录到"Microsoft 社区"后，就可以对服务器新闻组上张贴的邮件进行评级

20.10 设置新闻选项

在上一章中介绍过，Windows Mail 有着各式各样的选项和设置，能够让你自定义 Windows Mail 电子邮件客户端的多个方面。其中也有一些选项与新闻组有关，本节将介绍所有这些选项。

20.10.1 新闻组和邮件的选项

与新闻组和邮件相关的选项在"选项"对话框中，可以通过选择"工具"|"选项"命令打开。

1. 设置"常规"选项

"常规"选项卡包含了 3 个与新闻组有关的设置(参见第 19 章有关该选项卡中其他选项的解释)：

- 如果有新的新闻组请通知我——启用该复选框时，Windows Mail 将会在服务器上轮询上次连接以后所添加的新闻组。如果有任何新添的新闻组，Windows Mail 将会显示一个对话框通知你(新添加的新闻组列表将出现在"新闻组订阅"对话框的"新建"选项卡中)。
- 使用新闻组社区的支持功能——如果取消启用该选项，则不能评级 Microsoft 社区张贴的邮件，而且不会在张贴撰写窗口中显示"张贴类型"选项。
- 该程序不是默认新闻处理程序——默认的新闻处理程序是每当运行 Web 浏览器的新闻命令时所加载的程序。如果 Windows Mail 不是默认的新闻程序，单击"设为默认"按钮。如果 Windows Mail 是当前默认的新闻处理程序，则该按钮是禁用状态。

2. 设置"阅读"选项

"阅读"选项卡有以下与邮件相关的设置(参见第 19 章以了解该选项卡中的其他选项的信息)：

- 自动展开组合邮件——启用该复选框告诉 Windows Mail 展开所有下载的主线。
- 在预览窗格中查看的同时自动下载邮件——当启用该复选框而且已处于联机状态时，Windows Mail 将会在你高亮显示邮件标头时下载并显示邮件。如果不喜欢自动下载邮件，可以取消启用该复选框。
- 每次获取 X 封邮件标头——使用该微调框指定在选择"工具"|"获取后 X 个标头"命令的新闻组标头的最大值。如果你要阅读包含大量邮件的繁忙新闻组，则可以增加该值(最大值为 1000)。如果始终想要在新闻组中下载每个邮件，则取消启用该复选框。
- 退出新闻组时将所有邮件标记为已读——启用该复选框以强制 Windows Mail 在你选择不同的新闻组或文件夹时将所有当前新闻组中的邮件标记为已读。

20.10.2 设置维护选项

在"维护"对话框中可以找到一些与邮件相关的选项，如图 20-6 所示。为了显示该对话框，选择"高级"选项卡，然后单击"维护"按钮。大多数选项影响 Windows Mail 为下载邮件而使用的本地存储。以下是概要信息：

- 清除后台新闻组邮件——启用该复选框让 Windows Mail 自动删除与以下两个设置相关的新闻组邮件。
- 删除新闻组中已读邮件的正文——如果启用该复选框，则每次退出 Windows Mail 时，程序会从本地存储中删除已经阅读的邮件正文。
- 下载新闻邮件 X 天后即被删除——当启用该复选框时，Windows Mail 将会在指定的下载天数之后删除任何下载的邮件。
- 立即清除——单击此按钮将强制 Windows Mail 立即压缩其本地存储空间。
- 新闻——启用该复选框让 Windows Mail 维护发送给新闻服务器以及从新闻服务器获得的命令日志。该日志存储在名为 account 的文本文件中，其中 account 是新闻帐户的名称。日志文件保存在用户帐户的 Windows Mail 文件夹中：

%UserProfile%\AppData\Local\Microsoft\Windows Mail

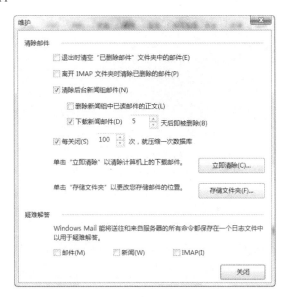

图 20-6　　"维护"选项卡包含了与已下载邮件的本地存储相关的各种选项

20.10.3　单个新闻组的选项

Windows Mail 还维护了与单个新闻组相关的一些属性。为了查看这些设置，右击新闻组，然后单击"属性"。打开的属性表包含 3 个选项卡："常规"、"同步"和"本地文件"。"常规"选项卡将说明新闻组的名称、可用邮件的总数以及未阅读的邮件数。

"同步"选项卡能够设置该新闻组的默认下载设置。这与本章前面介绍的选择"工具" | "同步新闻组"命令时所打开的选项相同。

图 20-7 所示的"本地文件"选项卡，包含了控制新闻组的本地邮件存储的设置，它是服务器文件夹(位于用户帐户的 Windows Mail 文件夹中)中的一个子文件夹(与新闻组同名)。例如，每个订阅的"Windows 社区"组在以下位置中都有一个子文件夹：

```
AppData\Local\Microsoft\Windows Mail\Microsoft Communities
```

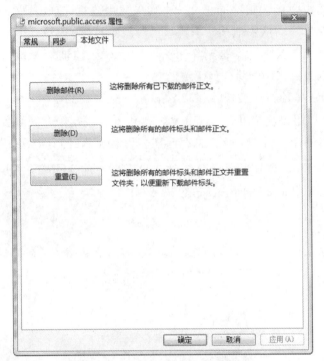

图 20-7　使用"本地文件"选项卡控制新闻组的本地存储

可以通过使用以下按钮调整新闻组的存储：

- 删除邮件——单击该按钮从本地存储文件中删除所有已下载的邮件正文。
- 删除——单击该按钮从本地存储文件中清除所有已下载的标头和邮件正文。
- 重置——单击此按钮从本地存储文件中清除所有已下载的标头以及邮件正文并将邮件重新设置为已读。这使得可再次下载这些标头，如果不能访问这些新闻组或者如果本地存储文件变慢或因为尺寸太大而无法访问时，这将会很有用。

20.11　相关内容

以下是在本书中能够找到相关信息的章节列表。

- 有关理解 Windows Mail 处理 Internet 电子邮件的方式，请参阅第 19 章"使用 Windows Mail 进行通信"。
- 有关 Windows Mail 的安全和隐私问题的信息，请参阅第 21 章"实现 Windows Vista 的 Internet 安全和隐私功能"。

第 21 章

实现 Windows Vista 的 Internet 安全和 隐私功能

随着越来越多的人员、企业和组织与网络建立联系，整个世界的联系日益紧密。在这种趋势下，和其他人进行通信、做研究、共享信息以及项目合作的可能性就越大。这种新连接的缺点是与动机不纯的远程用户互连的危险性日益增加。在连接的另一端的用户可能是那些建立看似合法的网站以偷取你的密码或信用卡号码的骗子，或者是破解你的 Internet 帐户的计算机窃贼，还可能是发送特洛伊木马附件的电子邮件的病毒编程人员或者是利用 Web 浏览器安全漏洞在你的计算机上运行恶意代码的网站操作人员。当发生这些情况时，Microsoft 的系统好像就不是很安全了。很难说整个操作系统的安全性是否在每次发布新版本时变得更糟，但是不难看到，一场巨大的安全风暴正在酝酿中：

- 由于有了 Internet，关于各种漏洞的新闻会快速而有效地传播。
- 数量日益增长的恶意的联机用户利用这些漏洞。
- 越来越多的 Windows 用户联机，其中大多数人没有从 Microsoft 获得最新的安全补丁。
- 越来越多的联机用户始终保持宽带连接，这会让恶意用户有更多的时间找到并侵入没有适当地安装补丁的计算机。

所以，即使每个 Windows 的新版本的安全性不逊于前面的版本，Windows 也将会变得越来越容易受到攻击。

不仅为了迎击挑战，而且为了弥补导致安全漏洞的基本设计缺陷，Microsoft 在 2003 年开始其可信赖计算计划(Trustworthy Computing Initiative，TCI)，其目标是让人们"能像使用电器设备那样高枕无忧地使用由电脑和软件驱动的设备"。Microsoft 如何做到这点？虽然其范围涉及很广，但是实际上主要有以下两方面的内容：

- 减少"攻击表面区域"——这意味着减少攻击者可以获得系统漏洞的位置数。例如，为什么要运行用户或系统并不需要的 ActiveX 控件，尤其是可能被利用的控件对象呢？
- 帮助用户避免作出"错误信任决策"——如果用户登录到仿冒网站时，为何不让 Web 浏览器警告用户该站点可能是不值得信任的？

Windows Vista 是 Microsoft 第一个将这些以及其他 TCI 想法付诸实践的重要产品。你可能已经见过实现这些观点的新功能，例如"用户帐户控制"和"家长控制"。本章将会介绍 Windows Vista 中这些全新的以及改善的 Internet 安全功能。

21.1   控制面板的安全设置

Windows Vista 有许多新的安全功能，因此比以前的 Windows 版本能够更好地组织与安全有关的任务。很明显，Vista 的一站式安全站是控制面板，在其中的"主"文件夹中有"安全"图标，该图标有 3 个链接：

- 安全——单击该链接打开"安全"文件夹以查看 Vista 的主要安全设置，如图 21-1 所示。本章将会介绍这些功能。

图 21-1   单击"控制面板"中的"安全"链接以查看 Vista 的主要安全设置的列表

- 检查更新——单击此链接打开 Windows Update 文件夹，它显示了自上次检查更新后当前 Windows Update 状态以及检查更新的链接。
- 检查此计算机的安全状态——单击此链接可打开"安全中心"，下一节将会介绍"安全中心"。

21.2　新的安全中心功能

Windows XP 的 Service Pack 2 引入了"安全中心"，可利用它来查看 Windows 防火墙、自动更新以及病毒保护的状态。它还提供了各种安全设置的链接。

Windows Vista 中的"安全中心"(选择"开始"|"控制面板"|"安全"|"安全中心")保留了相同的外观，只是在其"安全基础"区域中提供了两个新项，如图 21-2 所示：

- 恶意软件保护——该项通知"病毒保护"的当前状态(没有包含在 Windows 中)以及"间谍软件和其他恶意软件保护"。Windows Defender 处理后者(参见本章后面的"使用 Windows Defender 阻止间谍软件")。

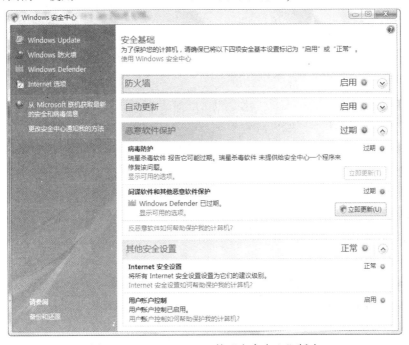

图 21-2　Windows Vista 的"安全中心"版本

提示：

和在 XP 中一样，如果安装了 Windows 不能识别的杀毒软件，可以告诉 Vista 你将自己监控程序。单击"显示可用的选项"链接，然后单击"我具有可监视自身的防病毒程序"。

- 其他安全设置——该项检查"Internet 安全设置"以及"用户帐户控制"状态。如果启用了 Internet Explorer 的"保护"模式(参见本章后面的"保护模式：减少 Internet Explorer 的权限")，而且如果启用了"用户帐户控制"，该项的状态显示为"正常"。如果禁用了"保护"模式，或者禁用了"用户帐户保护"，该项的状态显示为"非正常"。

21.3 Windows 防火墙：双向保护

如果使用"宽带"——有线调制解调器或 DSL 服务——访问 Internet，则可能会有始终在线的连接，这意味着心怀恶意的黑客有更多机会找到并侵入该计算机。你可能会想，在某个给定的时刻会有数百万人连接到 Internet，所以找到你的几率会很小。遗憾的是，大多数常见的黑客使用的武器之一是在数百万个 IP 地址间自动运行的程序，它会查找在线的连接。事实上，许多有线系统以及一些 DSL 系统使用有限范围内的 IP 地址，这使得查找始终在线的连接变得更方便，从而使问题更加严重。

当某个破解者找到你的地址时，他会有很多途径访问你的计算机。如果你的连接使用许多不同端口发送并接收数据，情况尤其如此。例如，"文件传输协议(File Transfer Protocol，FTP)"使用 20 和 21 端口，Web 数据和命令通常使用 80 端口，电子邮件使用 25 和 110 端口，域名系统(DNS)使用 53 端口，等等。总之，这些端口很多，每个端口都是破解者能够用来访问计算机的开放端口。

好像这些还不够，攻击者还可以检查你的系统以便安装某种类型的特洛伊木马或病毒(恶意电子邮件的附件有时会在计算机上安装这些软件)。如果黑客找到漏洞，他可以有效地控制计算机(将它变为**可自由操纵的计算机(zomble computer)**)，并破坏其内容或者使用计算机攻击其他系统。

或者，如果你还是认为你的计算机不值得其他人攻击，请再想一想。黑客们每天多次探测成天连接到 Internet 的典型计算机以寻找存在漏洞的端口或已经安装的特洛伊木马。如果想要知道自己的计算机的弱点，某些 Web 上的站点会测试其安全性：

- Gibson Research(Shields Up)：grc.com/default.htm
- DSL Reports：www.dslreports.com/secureme_go
- HackerWhacker：www.hackerwhacker.com

Windows Vista 包含了首次出现在 Windows XP 中的"Windows 防火墙"的更新版本。该程序是个人防火墙，可以锁定端口并防止对计算机的未授权访问。实际上，计算机对 Internet 来说将会变得不可见(虽然仍旧可以正常上网并使用电子邮件)。

Vista 版本的"Windows 防火墙"的主要改变是该程序的"双向性(bidirectional)"。这意味着它不仅阻止任何未授权的接收通信流，而且还能阻止任何未授权的发送通信流。如果计算机安装了特洛伊木马(可能在安装 Vista 前就有了木马或者通过物理访问计算机的某些人可能安装了木马),则可能向 Web 发送某些数据。例如,它可能会与另一个站点上的控制程序保持联系以获得指令,或者它可能会从计算机上发送敏感数据到特洛伊木马的主机。双向防火墙能够阻止该行为。

Vista 中的"Windows 防火墙"还支持以下新功能:

- IP 安全(IPSec)协议
- 只使用 Internet 协议版本 6(IPv6)的环境
- 接收和发送的防火墙例外
- 应用于特定计算机和用户的例外
- 应用于许多不同协议(不只是 TCP 和 UDP)的例外
- 应用于本地和远程端口的例外
- 应用于特定接口类型的例外,接口类型有:位置区域网络、远程访问或无线
- 应用于特定 Vista 服务的例外
- 控制防火墙的命令行支持

从该列表中可以看出,Vista 的防火墙比 XP 或其服务包附带的任何防火墙版本高级得多。其操作 Windows 防火墙设置、例外以及监控的强大的新界面反映了其先进性。它是"具有高级安全性的 Windows 防火墙(Windows Firewall with Advanced Security,WFAS)"和"Microsoft 管理控制台"管理单元。为了加载它,按下 Windows 的 Logo +R 组合键,输入 wf.msc,单击"确定"按钮,然后输入"用户帐户控制"证书。图 21-3 显示了 WFAS 管理单元。

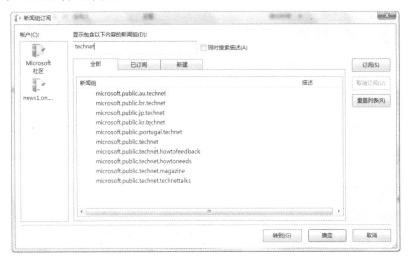

图 21-3　新的 WAFS 管理单元提供了高级防火墙管理功能

管理单元的主页显示了当前防火墙设置的概述以及配置和了解 WFAS 的多个链接。该管理单元通过在 3 个配置文件中设置策略并存储策略的方式配置防火墙。当计算机连接到网络域时使用域配置文件;当计算机连接到专用网络时使用专用配置文件;当计算机连接到公用网络时使用公用配置文件。为了修改这些配置文件的设置,单击"Windows

防火墙属性"链接，然后使用"域配置文件"、"专用配置文件"以及"公用配置文件"
选项卡修改设置(虽然默认值对于大多数人来说就已经够用了)。

范围窗格包含了 4 个主要的子分支：

- **入站规则**——该分支显示了入站连接的已定义规则列表。在大多数情况下，这
  些规则是禁用的。为了启用某个规则，右击该规则，然后单击"启用规则"(或
  者可以单击规则，然后单击"操作"窗格中的"启用规则")。通过右击"入站
  规则"并单击"新规则"(或单击"操作"窗格中的"新规则")来创建自己的
  规则。这将会启动"新建入站规则向导"。

- **出站规则**——该分支显示了为出站连接而定义的规则列表。和入站连接一样，
  可以启用想要使用的规则并创建自己的规则。还要注意的是，通过双击规则显
  示其属性表(如图 12-4 所示)的方式能够自定义任何规则。有了该属性表，可以
  修改例外应用于哪些可执行程序、允许或阻止连接、设置计算机和用户授权、
  修改端口和协议以及指定接口类型和服务。

图 21-4 使用例外的属性表以自定义例外的各个方面

- **连接安全规则**——该分支是创建并管理身份验证规则的地方，其决定了应用于
  连接远程计算机的限制和要求。右击"计算机连接安全"并单击"新建规则"(或
  单击"操作"窗格中的"新规则")以启动"新建连接安全规则向导"。

- **监视**——该分支显示了启用的防火墙设置。例如，"防火墙"子分支显示了启
  用的入站和出站防火墙规则，而"连接安全规则"子分支显示了启用的身份验
  证规则。

21.4 使用 Windows Defender 阻止间谍软件

我已经从事了多年 Windows PC 的故障排除工作。以前，用户可能会意外地删除系

统文件或者错误地修改注册表或者其他会导致问题的重要配置文件。Windows 最近的版本(特别是 XP)能够防止这些"在椅子和键盘之间存在的问题"(PEBCAK,指用户的理解或行为出了问题),还能轻松地恢复。然而,最近几年来,"恶意软件"成为一个人们耳熟能详的最新威胁类型,它已经成为造成重大故障的首要原因,这里的恶意软件通常指如病毒和特洛伊木马这样的软件。到目前为止最厉害的恶意软件要属"间谍软件(spyware)",它是威胁联机世界安全的一场瘟疫。和经常出现的新概念一样,在人们给"方便"和"流行"赋予相似的观点的同时,术语"间谍软件"也被赋予了多个含义。然而,间谍软件通常被定义为监控用户计算机活动——特别是输入密码、PIN 码以及信用卡号码——或在用户计算机上获取敏感数据,然后未经用户同意将该信息通过用户的 Internet 连接(所谓的后门(back channel))发送到个人或公司的任何程序。

你可能会想,在你和坏人之间有个强大的防火墙可以解决恶意软件的问题。但遗憾的是,这并非事实。这些程序会驻留在用户实际想要下载的其他合法软件,例如文件共享程序、下载管理器以及屏幕保护程序中。"自我驱动下载(drive-by download)"是指无需用户知道或同意的程序下载和安装。这与"弹出式下载(pop-up download)"紧密相关,"弹出式下载"是指用户在弹出的浏览器窗口中单击某个选项,特别是当选项的目的不明确或有误导内容时程序的下载和安装。

为了让事情变得更糟,大多数间谍软件将自己嵌入到系统的深处,而且删除该间谍软件即使对于有经验的用户来说也是超出其能力并且要求精细而且费时的操作。一些程序有"卸载"选项,当然这只是个幌子。程序假装已经从系统中删除了自己,但实际上其进行的是"转换重新安装(convert reinstall)"——即当计算机空闲时重新安装其新版本。

所有这些都说明了防火墙需要防间谍软件程序的支持,这样可以密切监视这些程序并防止它们与系统挂钩。在 Windows 以前的版本中,需要安装第三方程序。然而,Windows Vista 有一个名为 Windows Defender 的反间谍软件程序(以前的 Windows AntiSpyware)。

可以使用以下方法打开 Windows Defender:

- 选择"开始"|"所有程序"|"Windows Defender"
- 选择"开始"|"控制面板"|"安全"|"Windows Defender"
- 双击工具栏的通知区域中的 Windows Defender 图标(虽然该图标通常只在 Windows Defender 需要你关注的时候才会显示)

无论使用哪种方法,最后都将进入"Windows Defender 主页"窗口,如图 21-5 所示。该窗口显示了日期、时间、上次扫描的结果以及当前 Windows Defender 的状态。

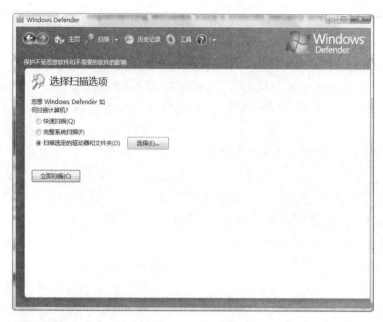

图 21-5 Windows Defender 从系统中删除间谍软件并通过防止间谍软件的安装来保持系统安全

21.4.1 间谍软件扫描

Windows Defender 用两种方式保护计算机不受间谍软件的攻击。它可以扫描系统,查找安装过的间谍软件程序的线索(必要时会删除或禁用这些程序),而且它能实时监控系统以查看那些表明间谍软件存在的活动(例如自我驱动下载或者通过后门发送数据)。

对于其防护的扫描部分来说,Windows Defender 支持 3 种不同的扫描类型:

- **快速扫描**——该扫描只检查那些可能会找到间谍软件藏身之处的系统区域。这通常只需要几分钟的时间。该扫描是默认扫描,可以通过单击"扫描"链接在任何时候启动该扫描。

- **完整系统扫描**——该扫描在系统内存、所有运行的进程以及系统驱动器(通常是C:盘)中检查间谍软件,而且它会在所有文件夹上进行深度扫描。扫描可能用时30 分钟左右,具体时间取决于系统为了运行该扫描,下拉"扫描"菜单并单击"完全扫描"命令。

- **自定义扫描**——该扫描只检查选择的驱动器和文件夹。扫描的时间取决于选择的位置数以及在这些位置的对象数。为了运行该扫描,下拉"扫描"菜单并单击"自定义扫描"命令,将显示如图 21-6 所示的"选择扫描选项"页面。单击"选择"按钮,启用想要扫描的驱动器旁边的复选框,然后单击"确定"按钮。最后,单击"立即扫描"按钮启动扫描。

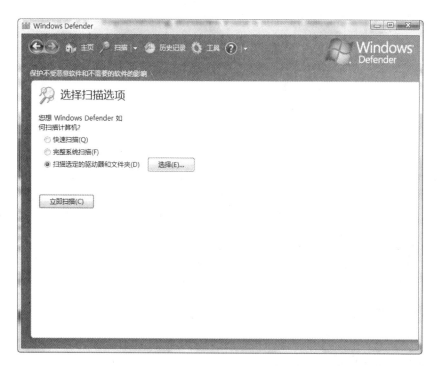

图 21-6　在"扫描"菜单中，选择"自定义扫描"命令查看"选择扫描选项"页面

21

21.4.2　Windows Defender 的设置

Windows Defender 默认设置为在每日凌晨 2:00 对系统执行"快速扫描"。为了修改此设置，选择"工具"|"选项"以显示"选项"页面，如图 21-7 所示。使用"自动扫描"中的控件来指定扫描的频率、时间和类型。

"选项"页面的剩余部分提供了自定义 Windows Defender 的选项，有 4 个以上的组：

- **默认操作**——设置 Windows Defender 在找到"高"、"中"和"低"类别的警告项(可能是间谍软件)时所采取的操作，具体有"默认操作(基于定义)"(Windows Defender 对于检测到的间谍软件所采取的默认操作)、"忽略"或"删除"。
- **实时保护选项**——启用和禁用实时保护。还可以控制安全代理的开关，"安全代理(security agents)"监控那些通常是间谍软件目标的 Windows 组件。例如，启用"自动启动"安全代理将告诉 Windows Defender 监控启动程序列表以保证间谍软件不会将自己添加到该列表中并在启动时自动运行。

图 21-7 使用"选项"页面设置间谍软件扫描计划

> **提示：**
>
> Windows Defender 会经常提示你某个程序可能是间谍软件并询问是否允许其正常操作或阻止其操作。如果偶然允许了某个不安全的程序，可选择"工具"|"允许的项目"，选择"允许的项目"列表中的程序并单击"从列表中删除"按钮。同样地，如果偶然地阻止了某个安全的程序，可选择"工具"|"隔离的项目"，在"隔离项目"列表中选择该程序，然后单击"删除"按钮。

- **高级选项**——使用这些选项将在压缩的档案文件中启用扫描并防止 Windows Defender 扫描特定的文件夹。
- **管理员选项**——该区域有一个复选框用来控制 Windows Defender 的开关，另一个复选框如果被启用，则允许任何人使用 Windows Defender。

21.5 安全地上网

当为 Internet Explorer 实现安全时，Microsoft 意识到不同的站点有着不同的安全需要。例如，让 Internet 站点具有严格的安全性很有意义，但是当你在公司内部网上浏览网页时可以调整一些安全特性。

为了处理这些不同的站点类型，Internet Explorer 定义了不同的"安全区域(security

zones)"，可以为每个区域自定义安全需求。状态栏将显示当前的安全区域。

为了使用安全区域，可以在 Internet Explorer 中选择"工具" | "Internet 选项"，或者选择"开始" | "控制面板" | "安全" | "Internet 选项"。在打开的"Internet 选项"对话框中，选择"安全"选项卡，如图 21-8 所示。

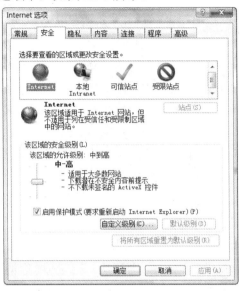

图 21-8　使用"安全"选项卡设置安全区域并为每个区域自定义其安全选项

提示:

访问"安全"选项卡的另一种方法是双击显示在 Internet Explorer 状态栏中的安全区域。

对话框顶部的列表显示了 4 种可用区域类型的图标:

● Internet——不在其他 3 个区域中的网站，默认安全级别为"中"。

● 本地 Intranet——在计算机和网络(内部网)上的网页，默认安全级别为"中低"。

● 可信站点——实现安全页面以及你确信内容安全的网站，默认安全级别为"低"。

● 受限站点——没有实现安全页面或者你不信任的网站，默认安全级别为"高"。

提示:

可以使用"组策略"编辑器隐藏"Internet 选项"对话框中的"安全"与"隐私"选项卡。选择"用户配置" | "管理模板" | "Windows 组件" | "Internet Explorer" | "Internet 控制面板"，然后启用"禁用隐私页"和"禁用安全页"策略。"安全页"子分支能够设定每个区域中的设置策略。

21.5.1   添加和删除区域站点

　　3 种区域——"本地 Intranet"、"可信站点"及"受限站点"——能够添加站点。通过以下步骤可以完成该操作：

　　(1) 选择想要操作的区域并单击"站点"按钮。

　　(2) 如果选择了"可信站点"或"受限站点"，则跳到步骤(4)。否则，如果选择了"本地 Intranet"区域，则会看到有 4 个复选框的对话框。"自动检测 Intranet 网络"复选框是默认启用的，它告诉 Vista 自动检测内部网，并且在大多数情况下这很有效。如果想要更加详细的控制，取消该复选框以启用其他 3 个复选框：

● 包括没有列在其他区域的所有本地(Intranet)站点——当启用该选项时，选项将在区域中包括所有内部网的站点。如果向其他区域添加特定的内部网站点，则这些站点不会包含在该区域中。

● 包括所有不使用代理服务器的站点——当启用该复选框时，设置为不使用代理服务器(如果有代理服务器)的站点将包含在该区域中。

● 包含所有网络路径(UNC)——当启用该复选框时，所有使用"通用命名标准(Universal Naming Convention，UNC)"的网络路径都将包含在该区域中(UNC 是网络地址使用的标准格式。它们通常采用的形式为\\server\resource，其中 server 是网络服务器的名称，而 resource 是共享的网络资源的名称)。

　　(3) 为了向"本地 Intranet"区域添加站点，单击"高级"按钮。

　　(4) 在"将该网站添加到区域中"文本框中输入站点的地址，然后单击"添加"按钮。

> **注意：**
>
> 当输入地址时，可以包含星号作为通配符。例如，地址 http://*.microsoft.com 将添加每个 microsoft.com 的域，包括 www.microsoft.com、support.microsoft.com 及 windowsupdate.microsoft.com 等。

　　(5) 如果输入了错误的站点，则可以在"网站"列表中选中该站点并单击"删除"按钮。

　　(6) 两个对话框("本地 Intranet"和"可信站点")会有"对该区域中的所有站点要求服务器验证(https:)"复选框。如果启用该选项，每个输入的站点必须使用安全的 HTTPS 协议。

　　(7) 单击"确定"按钮。

21.5.2　修改区域的安全级别

为了修改区域的安全级别，选择区域，然后使用"该区域的安全级别"滑块设置级别。为了建立自己的安全设置，单击"自定义级别"按钮，这将会打开如图 21-9 所示的"安全设置"对话框。

图 21-9　使用该对话框为选中的区域设置自定义的安全级别

"安全设置"对话框列出了一长串可能的安全问题，你的工作是要指定 Internet Explorer 处理每个问题的方式，通常有以下 3 种选择：

- 禁用　　　打开安全。例如，如果问题在于是否运行 ActiveX 控件，则控件不会运行。
- 启用　　　关闭安全。例如，如果问题在于是否运行 ActiveX 控件，则控件将自动运行。
- 提示　　　Internet Explorer 将会询问处理这些问题的方式。例如，是否接受或拒绝 ActiveX 控件。

21.5.3　保护模式：降低 Internet Explorer 的权限

Windows Vista 的反间谍软件的初衷并不局限于 Windows Defender。因为间谍软件经常通过自我驱动或弹出式下载的方式驻留在系统上，所以有必要将 Web 浏览器设置为第一道防线。Microsoft 通过引入 Internet Explorer 的"**保护模式**"来实现该功能。保护模式建立在本书前面介绍的 Vista 的新功能"用户帐户控制"上(参见第 6 章的"使用帐户控制：更明智的用户权限")。"用户帐户控制"意味着 Internet Explorer 只有足够高的权限，从而可以上网。Internet Explorer 不能在没有许可的条件下安装软件(如图 21-10 所示)、修改用户的文件或设置、向"启动"文件夹添加快捷方式或者修改默认主页和搜索引擎的设置。Internet Explorer 的代码与运行在系统上的其他任何应用程序或进程的代码完全隔离。事实上，Internet Explorer 只能向"Internet 临时文件"文件夹中写入数据。如果需要写入其他位置(例如在下载文件期间)，则必须获得你的许可。因此，Internet Explorer 会阻止任何加载项或其他恶意软件在被 Windows Defender 发现前通过Internet Explorer 尝试进行转换安装。

图 21-10　Internet Explorer 7 实现"保护模式"以阻止间谍软件的转换安装

> **注意：**
>
> 如果因为某种原因不想让 Internet Explorer 7 运行在"保护模式"中，则可以将其关闭。选择"工具"|"Internet 选项"，然后选择"安全"选项卡。单击"启用保护模式"复选框以取消选择，单击"确定"按钮，然后在"警告！"对话框中再次单击"确定"按钮。Internet Explorer 将会在信息栏中显示消息，通知安全设置有一定的危险。

21.5.4　整体安全：无加载项的 Internet Explorer

作为浏览安全的最后内容，Windows Vista 的备用 Internet Explorer 快捷方式可以在无任何第三方加载项、扩展项、工具栏或 ActiveX 控件的情况下加载浏览器。如果怀疑有间谍软件侵入了浏览器，这非常有用。这通常意味着不仅间谍软件已经修改了你的主页，而且在大多数情况下还会阻止你访问反间谍软件或反病毒站点。通过无加载项运行 Internet Explorer，可以有效地禁用间谍软件并能访问任何想要访问的站点。无加载项的 Internet Explorer 同样非常安全，不受间谍软件的影响，所以如果在间谍软件侵入可能性很高的 Web 区域中上网时，运行该 Internet Explorer 的版本会很有用。

选择"开始"|"所有程序"|"附件"|"系统工具"|"Internet Explorer(无加载项)"，Internet Explorer 会启动并显示禁用加载项的页面。单击"主页"按钮或输入地址以继续浏览。

21.5.5　使用仿冒网站筛选阻止仿冒网站

仿冒网站(Phishing)是指创建现存网页的复制页面以欺骗用户提交个人、金融或密码数据。该术语源于这样的事实：Internet 欺骗者使用日益先进的诱惑来"钓取"用户的金融信息和密码数据。大多数常见的策略是从主要站点复制网页的代码——例如 AOL 或 eBay——并且使用它来建立好像是公司站点的一部分的复制页面(这是仿冒站点又称为"电子欺骗"的原因)。仿冒者发送链接到此页面的假电子邮件，要求用户输入信用卡数据或密码。当用户提交表单时，则会发送数据给欺骗者并让用户停留在公司站点的实际页面上，这样他或她不会怀疑任何事情。

仿冒页面与公司的合法页面看上去一致是因为仿冒网站只是简单地复制了原始页面的底层源代码。然而，没有电子欺骗的页面可以做到对原始页面的完美复制。可以查看以下 5 个方面的内容：

- 在"地址"栏中的 URL——合法页面会有正确的域名，例如 aol.com 或 ebay.com，而欺骗的页面只会有部分相似的 URL，例如 aol.whatever.com 或 blah.com/ebay。

> **注意：**
> 除了一些例外情况(参见以下对域欺骗的讨论)，"地址"栏中的 URL 通常是说明站点是否可信的最简单的方法。因此，Internet Explorer 7 不能在所有浏览器窗口中隐藏"地址"栏，即使是简单的弹出式窗口。

- 与页面链接相关的 URL——大多数页面上的链接可能会指向原始站点上的合法页面。然而，某些链接可能会指向仿冒站点的页面。
- 表单提交的地址——几乎所有欺骗的页面都包含需要输入敏感数据的表单。选择"查看"|"源文件"并查看<form>标签的 action 属性值——表单将数据提交到该地址。很明显，如果表单没有将数据发送到合法的域，则说明正在仿冒网站上操作。
- 与信任站点无关的文本或图像——许多仿冒站点会驻留在空闲的 Web 主机服务上。然而许多这样的服务会在每个页面上放置广告，所以可以从宿主提供者中查找广告或其他内容。
- 在状态栏和"安全报告"区域中的 Internet Explorer 锁图标——合法的站点只会使用安全的 HTTPS 连接来传送敏感的金融数据，Internet Explorer 通过在状态栏中以及在"地址"栏的新"安全报告"区域中显示一个锁图标来说明这点。如果在需要金融数据的页面上没有看到锁图标，则该页面很可能是个欺骗的页面。

如果观察了这些内容，则可能永远不会将敏感数据发送给仿冒网站。然而，通常实际上并非如此简单。例如，一些仿冒网站会使用容易被忽略的域欺骗的方法，例如用数

21

字 1 替换小写字母 l，用数字 0 替换大写字母 O。但是，仿冒站点欺骗不了那些经验丰富的用户，所以对他们来说这不是什么大问题。

另一方面，新用户则需要他们可以获得的所有帮助。他们易于假设：只要他们在 Web 上看到的内容好像是合法且可信的，则可能就是合法且可信的。他们即使知道存在欺骗站点，却不知道如何检查仿冒网站。为了帮助这些用户，Internet Explorer 7 有了一个新的工具称为仿冒网站筛选。该筛选器通过在访问站点时执行以下两个操作来提醒你潜在的仿冒欺骗：

- 分析站点的内容以查找已知的仿冒技术(也就是说，查看站点是否是仿冒网站)。最常见的是检查域欺骗。这种常见的欺骗还称为"类似欺骗(homograph spoofing)"以及"相似攻击(lookalike attack)"。Internet Explorer 7 还支持"国际化域名(Internationalized Domain Names，IDN)"，这是指使用除了英语以外的其他语言而写的域名，而且它会在用户选择的浏览器语言中检查 IDN 欺骗(IDN spoofing)和域名多义性。

- 检查已知仿冒站点的全局数据库以查看是否有该站点。该数据库由 Cyota, Inc.、Internet Identity 和 MarkMonitor 这样的网络提供商以及那些在上网时发现仿冒站点的用户所提交的报告来得到的。根据 Microsoft，该"URL 信誉服务"每小时将会用新数据多次更新。

Internet Explorer 7 的仿冒网站筛选器是一个可选的工具，因为并不是所有的用户都需要帮助来避免仿冒网站的欺骗。你需要亲自启用该筛选器，但是该操作并不困难，因为在 Internet Explorer 7 中初次导航到网站时，就会显示"Microsoft 仿冒网站筛选"对话框(如图 21-11 所示)。如果想要使用仿冒网站筛选器，则启用"打开自动仿冒网站筛选"选项，然后单击"确定"按钮。

图 21-11 Internet Explorer 7 立即询问是否打开"仿冒网站筛选"

> **注意:**
>
> 如果关闭"自动仿冒网站筛选"检查,仍可以通过站点检查仿冒网站。在导航到想要检查的站点后,单击"工具"|"仿冒网站筛选"|"检查此网站"命令。

以下是"仿冒网站筛选"的工作方式:

- 如果 Internet Explorer 知道访问的站点是仿冒网站,则会将"地址"栏的背景颜色修改为红色并在"安全报告"区域中显示"仿冒网站"消息。它还会通过显示一个单独的页面提示该站点是已知的仿冒网站来阻止导航到该站点。如果选择导航到站点,则会提供导航到该站点的链接。

> **注意:**
>
> "安全报告"区域是 Internet Explorer 7 的另一个安全创新。单击该区域中的任何文本或图标都会产生站点安全的报告。例如,如果导航到某个安全的站点,则会在该区域中看到锁图标。单击该图标可以查看显示站点数字证书信息的报告。

- 如果 Internet Explorer 认为访问的站点可能是潜在的仿冒网站,则会修改"地址"栏的背景颜色为黄色并在"安全报告"区域中显示"可疑网站"消息。

图 21-12 显示了 Internet Explorer 7 关于某个已知的仿冒站点的警告。

图 21-12　如果 Internet Explorer 7 检测到某个已知的仿冒网站,则会在
"安全报告"区域中显示"仿冒网站"并阻止对该站点的访问

对于可疑的仿冒站点,单击"可疑网站"文本,Internet Explorer 将会显示如图 21-13

所示的安全报告。如果确信这是个仿冒站点,则报告该站点以更新仿冒站点数据库并防止其他人给出敏感的数据。如果确信站点并非是仿冒站点,也可以发送一份报告,因为这样也能改善数据库。为了报告站点,可以单击安全报告中的"报告"链接或选择"工具"|"仿冒网站筛选"|"报告此网站",打开"仿冒网站筛选反馈"页面。

图 21-13 当单击"可疑网站"警告时将会出现该报告

21.5.6 对地址编码以防止 IDN 欺骗

前面提过,仿冒网站经常使用 IDN 欺骗来愚弄用户让其相信该地址是合法的。例如,仿冒网站不使用 ebay.com,而使用 εbαy.com(使用希腊字母 ε 和 α 替换 e 和 a)。几乎世界上的所有字符都有 Unicode 值,但是通常将 Internet Explorer 设置为只识别一种语言(例如英语)。如果碰到不能识别的字符,则通过将所有 Unicode 值转换到由域名系统支持的只使用 ASCII 字符的同等值来解决这个问题。

转换使用标准的 Punycode。如果域名只使用 ASCII 字符,则 Punycode 的值和 Unicode 值相同。对于 εbαy.com 这样的域名,Punycode 等价于 xn-by-c9b0.com(总是会出现前缀 xn,它说明域名经过编码)。Internet Explorer 将该域编码为此 Punycode 值,然后访问站点。例如,在图 21-14 中,可以看到在"地址"栏中输入了 http:// εbαy.com,但是 Internet Explorer 在状态栏中显示了 Punycode 值 http://xn-by-c9b0.com。如果能够成功访问该站点(当然它不存在),还可以在"地址"栏中看到该 Punycode 域(Internet Explorer 还会在"信息栏"中显示消息,说明地址包含了不可识别的字符)。换句话说,IDN 欺骗站点不太可能欺骗用户,因为在状态栏和地址栏中显示的 URL 与合法站点的 URL 不一样。

输入的 Clnicode 字符

转换而来的 Punycode 值

图 21-14　Internet Explorer 在访问站点前将 IDN 域名编码成等价的 Punycode

注意，Internet Explorer 并不总是显示 Punycode。实际上，在以下 3 种情况中看到的是 Punycode 而不是 Unicode：

- 地址包含没有出现在向 Internet Explorer 添加的任何语言中的字符(为了添加语言，选择"工具"|"Internet 选项"，单击"常规"选项卡中的"语言"按钮，然后单击"添加"按钮)。
- 地址包含的字符来自 2 种或 2 种以上不同的语言(例如，地址包含了希腊字符以及阿拉伯字符)。
- 地址包含了在任何语言中都不存在的 1 个或多个字符。

有了 Internet Explorer 7，IDN 欺骗只能在单一语言中运行，并且只能在用户向 Internet Explorer 添加单一语言后才能使用。

Internet Explorer 有一些选项可以用来控制编码过程的各个方面以及相关的功能。选择"工具"|"Internet 选项"，单击"高级"选项卡，下拉"国际化"部分，其中包含了以下复选框(如果修改了任何设置，需要重新启动 Internet Explorer)：

- 始终显示编码地址——启用该复选框告诉 Internet Explorer 在状态栏和"地址"栏中显示用 Punycode 编码的网址。如果不担心 IDN 欺骗，可以取消该复选框以查看 Unicode 字符。
- 发送 IDN 服务器名称——当启用该复选框时，告诉 Internet Explorer 在发送用于域名解析的地址前将地址编码为 Punycode。

- 为 Intranet 地址发送 IDN 服务器名称——当启用该复选框时，告诉 internet Explorer 在发送内部地址供解析前将内部网地址编码为 Punycode。一些内部网站点并不支持 Punycode，所以默认关闭该设置。
- 发送 UTF-8 URL——当启用该复选框时，通知 Internet Explorer 使用 UTF-8 标准发送网页地址，该标准在任何语言中都可读。如果访问在 URL 中使用非英文字符的页面出现问题，则可能是服务器不能处理 UTF-8，所以取消该复选框。
- 显示编码地址信息栏——当启用时，该复选框告诉 Internet Explorer，当其将地址编码为 Punycode 时显示以下"信息"栏消息：**该网址包含不能用当前语言设置显示的字母或符号。**
- 将 UTF-8 用于地址链接——当启用时，该复选框告诉 Internet Explorer 为收件人链接中的地址使用 UTF-8。

21.5.7 管理加载项

Internet Explorer 7 提供了一个更好地管理所有浏览器加载项的界面。这些加载项包括 ActiveX 控件、工具栏、帮助对象等。选择"工具" | "管理加载项" | "启用或禁用加载项"以显示"管理加载项"对话框，如图 21-15 所示。选择想要使用的加载项，然后单击"启用"或"禁用"按钮(还可以单击"删除"按钮从系统中删除加载项)。当完成时单击"确定"按钮，然后重启 Internet Explorer。

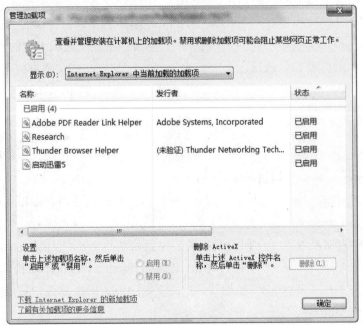

图 21-15 使用"管理加载项"对话框查看、启用、禁用和删除 Internet Explorer 加载项

21.5.8　删除浏览器历史记录

Internet Explorer 7 能够更简单地删除浏览器历史记录。在以前的版本中，需要分别删除缓存文件、cookie、访问过的 URL、保存的表单数据以及保存的密码。在 Internet Explorer 7 中，选择"工具"|"删除浏览的历史记录"以显示如图 21-16 所示的"删除浏览的历史记录"对话框。从中可以按照类别删除浏览器的历史记录：

- Internet 临时文件——单击"删除文件"按钮从 Internet Explorer 中删除位于以下文件夹中的所有文件：

```
%UserProfile%\AppData\Local\Microsoft\Windows\
Temporary Internet Files
```

- cookie——单击"删除 cookie"按钮从以下文件夹中删除所有的 cookie 文件(参见下节对 cookie 更详细的介绍)：

```
%UserProfile%\AppData\Roaming\Microsoft\
Windows\Cookies
```

提示：

如果只想要删除某些 cookie—— 如广告 cookie——可以打开 Cookies 文件夹并逐个删除这些文件。

21

- 历史记录——单击"删除历史记录"按钮以删除位于以下文件夹中的访问过的网站列表：

```
%UserProfile%\AppData\Local\Microsoft\
Windows\History
```

提示：

如果只想删除某个站点、某一天或某一周的历史记录，则单击"收藏夹中心"(或按下 Alt+C 组合键)，单击"历史记录"将显示"历史记录"列表。如果只想删除一些站点，则打开适当的"历史记录"分支，然后右击每个站点，单击"删除"按钮。如果想要删除多个站点，右击适当的日期或星期，然后单击"删除"命令。当 Internet Explorer 要求确认时单击"是"按钮。

- 表单数据　　　　单击"删除表单"按钮删除保存的表单数据。
- 密码　　　　　　单击"删除密码"按钮删除保存的密码。

或者可以单击"全部删除"按钮以删除所有内容。

注意：

如果不想让 Internet Explorer 保存表单数据、密码或所有这些内容，选择"工具"|
"Internet 选项"，选择"内容"选项卡，然后在"自动完成"组中单击"设置"按钮。
在"自动完成设置"对话框中，取消"表单"复选框以停止保存表单数据。如果不再需
要保存表单密码，则取消"表单上的用户名和密码"复选框。最后，在所有打开的对话
框中单击"确定"按钮。

图 21-16　使用"删除浏览的历史记录"对话框删除一些或
所有 Internet Explorer 7 的浏览历史记录

21.5.9　通过管理 cookie 提高联机隐私性

cookie 是存储在计算机上的小型文本文件。网站使用它们来"记住"该站点上的
有关会话的信息：购物车数据、页面自定义、密码等。

注意：

术语 cookie 源于以前的编程术语：magic cookie，它是在例程或程序间传递的内容，
从而能够让接收者执行一些操作。这种从一个位置向另一个位置(在本例中，是从页面
向计算机)传递数据的想法赋予了原始 cookie 创建者灵感。

其他站点不能访问你的 cookie，所以通常它们在大多数情况下——但非所有情况下
是安全且保密的。为了理解为什么 cookie 有时会影响保密，必须先理解不同的 cookie
类型：

● 临时 cookie——这种类型的 cookie 只要运行 Internet Explorer 就存在。当关闭
该程序时 IE 会删除所有临时 cookie。

- **永久 cookie**——这种类型的 cookie 会在多个 Internet Explorer 会话中保存到硬盘上。cookie 持久时间取决于其设置的方式，可以是从几秒钟到几年之间的时间。
- **第一方 cookie**——这是由访问的网站设置的 cookie。
- **第三方 cookie**——这是由访问的网站以外的站点设置的 cookie。广告人员在你访问的站点上放置的广告会创建和存储大多数第三方的 cookie。

这些 cookie 类型使用两种途径侵犯你的隐私：

- 站点可能会在固定的第一方或第三方 cookie 中存储"**个人可识别信息(personally identifiable information)**"——你的姓名、电子邮件地址、住宅地址、电话号码等，然后不经你同意就能以某种方式(例如填表单)使用这些信息。
- 站点可能在持久的第三方 cookie 中存储有关你的信息，然后使用该 cookie 来跟踪你的联机活动和操作。广告商会这么做，因为它们能在几十或几百个网站上发布广告，而这些广告就是能让站点设置并读取 cookie 的机制。这样的站点可能会有**隐私策略**，它们保证不会暗中监视用户、不会出售用户的数据，等等。

为了帮助处理这些情况，Windows Vista 实现了隐私功能，对站点是否能在计算机上存储 cookie 提供了额外控制。为了查看该功能，选择 Internet Explorer 的"工具" | "Internet 选项"命令，然后显示"隐私"选项卡。可以通过使用"设置"组中的滑块来设置 cookie 的隐私级别。首先将介绍两个极端的设置：

- **接受所有 cookie**——该设置(位于滑块的底部)告诉 Internet Explorer 接受所有设置和读取 cookie 的请求。
- **阻止所有 cookie**——该设置(位于滑块的顶部)告诉 Internet Explorer 拒绝所有设置和读取 cookie 的请求。

注意：

阻止所有 cookie 可能是最大化联机隐私的最简单的方法。然而，许多站点依赖于 cookie 才能正常运行，所以如果阻止所有 cookie，则可能会发现上网不再像以前那样方便或平稳。

在这两个设置之间有 4 个提供更多详细控制的设置。表 21-1 介绍了每个设置影响 3 种隐私问题类型的方式。

21

表 21-1　cookie 设置和它们对上网隐私的影响

	没有紧凑隐私策略的第三方 cookie	保存可用来联系你的信息而没有你的明确同意的第三方 cookie	保存可用来联系你的信息而没有你的明确同意的第一方 cookie
低	限制	限制(隐含)	确定
中(默认)	阻止	阻止(隐含)	限制(隐含)
中高	阻止	阻止(明确)	阻止(隐含)
高	阻止	阻止(明确)	阻止(明确)

以下是关于该表中的相关术语的一些注意事项：

- **限制**(Restricted)意味着 Internet Explorer 不允许站点设置持久的 cookie，只允许设置临时的 cookie。
- **紧凑**(compact)隐私策略是可以随 cookie 发送并且浏览器能够读取的隐私策略的简称。
- **隐含许可**(Implicit consent)是指作为 cookie 的 1 个或多个页面提醒将会使用个人标识信息，并且你同意如此操作。
- **明确许可**(Explicit consent)是指读取 cookie 的页面提醒将会使用个人标识信息，并且你同意如此操作。

注意：

如果决定修改隐私设置，应该首先删除所有 cookie，因为新设置并不能应用到已经存在于计算机上的任何 cookie。参见本章前面的"删除浏览器历史记录"。

21.5.10　阻止弹出窗口

Web 上最令人讨厌的要数那些访问某些站点时无处不在的广告弹出窗口(该主题的一种变化称为**跃出式广告**(pop under)，这是在当前浏览器窗口下打开的窗口，直到关闭该窗口时才能知道有这样一个窗口)。弹出窗口还很危险，因为一些没有道德的软件编写人员会找到某些方式利用它们，在没有你许可的情况下在计算机上安装软件。无论你怎么看待它们，它们都是令人讨厌的内容。

幸运的是，Microsoft 提供了一种在弹出窗口启动前阻止其弹出的方法。Internet Explorer 有一种功能称为**弹出窗口阻止程序**(Pop-up Blocker)，它能查找弹出窗口并阻止打开这些窗口。虽然它并非完美(偶尔的弹出式广告仍会冲破这道防线)，但是它能让上网体验更加美好。按照以下步骤可以使用并配置"弹出窗口阻止程序"：

(1) 在 Internet Explorer 中，选择"工具" | "Internet 选项"以显示"Internet 选项"

对话框。

　　(2) 显示"隐私"选项卡。

　　(3) 启用"打开弹出窗口阻止程序"复选框。

　　(4) 为了设置该功能的选项，单击"设置"以显示"弹出窗口阻止程序设置"对话框，可以看到以下选项(完成后单击"关闭"按钮)：

> **提示：**
>
> 还可以通过选择"工具"|"弹出窗口阻止程序"|"弹出窗口阻止程序设置"来显示"弹出窗口阻止程序设置"对话框。

- 要允许的网站地址——当希望在某些站点显示弹出窗口时，可以使用该选项。输入地址，然后单击"添加"按钮。
- 阻止弹出窗口时播放声音——当启用该复选框时，Internet Explorer 会在每次阻止弹出窗口时播放简短的声音。如果觉得声音让你厌烦，可以取消该复选框。
- 阻止弹出窗口时显示信息栏——当启用该复选框时，Internet Explorer 将会在其每次阻止弹出窗口时在"地址"栏下显示一个黄色栏，这样你就能知道其工作正常。

　　(5) 单击"确定"按钮。

　　有了"弹出窗口阻止程序"，它就能在任何弹出窗口之前监视上网和操作的步骤。黄色"信息"栏出现在"地址"栏下面，能够让你知道"弹出窗口阻止程序"阻止了弹出窗口。单击"信息"栏可以显示有以下选项的菜单：

- 临时允许弹出窗口——单击该命令从而只在当前会话期间启用站点上的弹出窗口。
- 总是允许来自此站点的弹出窗口——单击该命令以启用当前域上将有的弹出窗口。
- 设置——单击该命令以查看带有 3 个命令的子菜单：单击"关闭弹出窗口阻止程序"以完全关闭该功能；单击"显示弹出窗口的信息栏"以告诉 Internet Explorer 停止为每个阻止的弹出窗口显示信息栏；单击"更多设置"以显示"弹出窗口阻止程序设置"对话框。

21.5.11　理解 Internet Explorer 的高级安全选项

　　为了结束对 Windows Vista 的 Web 安全功能的介绍，本节将会介绍 Internet Explorer 的"高级"安全选项。选择"工具"|"Internet 选项"，显示"高级"选项卡，然后向下滚动至"安全"区域以查看以下选项：

- 允许来自 CD 的活动内容在我的计算机上运行——保持取消该复选框能够防止基于 CD 的网页上的活动内容(例如脚本和控件)在计算机上运行。然而，如果有不能运行的基于 CD 的程序，则可能需要启用该复选框以让程序正常运行。

- 允许活动内容在我的计算机上的文件中运行——取消该复选框可以防止本地网页上的活动内容(例如脚本和控件)在计算机上执行。如果正在测试包含活动内容的网页，则应该启用该复选框，这样就能在本地测试该网页。

- 允许运行或安装软件，即使签名无效——取消该选项以防止运行或安装没有有效数字签名的软件。如果不能运行或安装程序，则应该考虑启用该复选框。

- 检查发行商的证书吊销——当启用该选项时，Internet Explorer 将会检查站点的数字安全证书以查看它们是否被激活。

- 检查服务器证书吊销(需要重启)——如果启用该选项，Internet Explorer 会检查网页服务器的安全证书。

- 检查下载的程序的签名——如果启用该复选框，Internet Explorer 将会检查下载的任何程序的数字签名。

- 不将加密的页面存盘——如果启用该选项，Internet Explorer 不会在"Internet 临时文件"文件夹中存储加密文件。

- 关闭浏览器时清空 Internet 临时文件文件夹——当启用该选项时，Internet Explorer 将会在退出程序时从"Internet 临时文件"文件夹中删除所有文件。

- 启用集成 Windows 验证——当启用该复选框时，Internet Explorer 使用"集成 Windows 验证"(以前称为 Windows NT 质询/响应身份验证)来尝试登录受限站点。这意味着浏览器将会使用当前用户网络域登录的证书来尝试登录。如果这不起作用，Internet Explorer 将会显示对话框提示用户输入用户名和密码。

- 启用本机 XMLHTTP 支持——启用该复选框时，Internet Explorer 会在那些使用 XMLHTTPRequest API 在浏览器和服务器之间传输 XML 数据的站点上正常运行。该 API 在支持 Ajax 的站点中被经常使用。Ajax(异步 JavaScript 和 XML)是一种 Web 开发技术，其能够创建与桌面应用程序相似的站点。特别地，XMLHTTPRequest API 能使浏览器在不重新加载页面的情况下从服务器请求并接收数据。

- 仿冒网站筛选器——该项提供 3 个选项按钮：
  禁用仿冒网站筛选器——单击该选项以关闭仿冒网站筛选器。
  关闭自动网站检查——单击该选项以告诉 Internet Explorer 不用检查每个站点以确定其是否是可疑站点或者是已知的仿冒网站。Internet Explorer 会在状态栏中显示"仿冒网站筛选器"图标，而且可以单击该图标以检查当前站点。
  打开自动网站检查——单击该选项以告诉 Internet Explorer 检查每个站点以确定其是否是可疑站点或已知的仿冒网站。

- 使用 SSL 2.0——该复选框控制"安全套接字层(Secure Sockets Layer)" Level 2 的安全协议的开关。该版本的 SSL 是当前 Web 的标准安全协议。
- 使用 SSL 3.0——该复选框控制 SSL Level 3 的开关。SSL 3.0 比 SSL 2.0 更加安全(它会验证客户端和服务器),但是没有当前的 SSL 2.0 流行。
- 使用 TLS 1.0——该复选框控制"**安全传输层(Transport Layer Security,TLS)**"的开关。这是一个相对较新的协议,所以很少有网站实现该协议。
- 对证书地址不匹配发出警告——当启用该选项时,告诉 Internet Exploer 在站点使用无效数字安全证书时显示警告对话框。
- 在安全和非安全模式之间转换时发出警告——当启用该选项时,告诉 Internet Explorer 在进入或离开安全站点时显示警告对话框。
- 将提交的 POST 重定向到不允许发送的区域时发出警告——当启用该选项时,告诉 Internet Explorer 在表单提交到除了支持表单的主机以外的站点时显示警告对话框。

21.6　安全地使用电子邮件

电子邮件是目前为止最流行的联机活动,但是其在安全和隐私方面也是最令人担忧的。电子邮件的病毒太多;垃圾邮件越来越糟糕;而且应该保密的邮件的安全性就像明信片一样。幸运的是,纠正这些问题以及其他电子邮件的问题不用大费周折,下面这些章节将会介绍纠正方法。

21.6.1　电子邮件病毒的防护

直到几年前,计算机病毒的传播方式主要还是通过软盘。受感染计算机的用户可能将文件复制到软盘中,这样病毒就会秘密地添加到软盘上。当接收者插入软盘时,病毒副本将会复活并感染另一台计算机。当 Internet 流行后,病毒通过恶意网站或通过下载到用户计算机的受感染的程序文件的方式进行传播。

然而在过去的几年中,复制病毒最有效的方式是电子邮件。Melisa、I Love You、BadTrans、Sircam、Klez,这些电子邮件病毒以及特洛伊木马病毒有长长的一串,但是它们或多或少都以相同的方式运行。它们通常作为来自于你认识的人的邮件的附件。当你打开附件时,病毒感染你的计算机,然后在你不知情的情况下使用你的电子邮件客户端和地址簿发送更多其自身副本的邮件。有些更具威胁性的病毒还会删除数据或破坏文件。

可以通过执行一些常用的措施来防止感染病毒:

- 不要打开陌生人发送给你的附件。

- 即使你认识发件人，但是如果附件并非你需要的附件，则应该假定发件人的系统受到感染。回复并确认发件人是否发送过邮件。
- 一些病毒通过隐藏在使用超文本(HTML)格式的邮件中的脚本进行打包，这意味着病毒可以通过查看邮件来运行。如果你觉得邮件可疑，请不要打开邮件，直接删除该邮件(注意在删除邮件前需要关闭 Windows Mail 的"预览"窗格。否则在高亮显示邮件时，它会出现在"预览"窗格中并导致传染病毒。选择"查看"|"布局"，取消"显示预览窗口"复选框，单击"确定"按钮。)

> **注意：**
>
> 在显示 Windows Mail 的"垃圾邮件"文件夹前关闭"预览"窗格尤为重要。因为许多垃圾邮件还会携带病毒，所以使用该文件夹中的邮件时，感染的可能性会最大。

- 安装最新的杀毒程序，特别是检查接收电子邮件的杀毒程序。另外，确保杀毒程序的病毒库列表即时更新，因为此时可能正有几十甚至几百人正在设计更具有威胁力的病毒，所以应该经常保持更新。

除了这些常用的措施外，Windows Mail 还有其自身的病毒保护功能。以下是使用该功能的步骤：

(1) 在 Windows Mail 中，选择"工具"|"选项"。

(2) 显示"安全"选项卡。

(3) 在"病毒防护"组中，有以下选项：

- 选择要使用的 Internet Explorer 安全区域——本章前面介绍了 Internet Explorer 使用的安全区域模型(参见"安全地上网")。从 Windows Mail 的角度来看，可以使用安全区域确定是否允许在 HTML 格式的邮件中运行活动内容：

  Internet 区域——如果选择该区域，则允许运行活动内容。

  受限站点区域——如果选择该选项，则禁用活动内容。这是默认设置，推荐使用该设置。

- 当别的应用程序试图用我的名义发送电子邮件时警告我——前面提过，程序和脚本可能在你不知情的情况下发送电子邮件。通过使用"简单 MAPI"(MAPI，邮件应用程序编程接口(Messaging Application Programming Interface))调用可能发生这种情况，它们能够通过计算机默认的邮件客户端发送邮件——这对于你来说是不可见的。当启用该复选框时，Windows Mail 将会在程序或脚本试图使用"简单 MAPI"发送邮件时显示警告对话框。

通过 CDO 发送邮件

启用"当别的应用程序试图用我的名义发送电子邮件时警告我"复选框能够防止脚本使用"简单 MAPI"调用发送秘密邮件。然而，还有另一种秘密发送邮件的方式，称为"协作数据对象(Collaboration Data Objects，CDO)"，而且 Windows Vista 默认安装

CDO。以下是使用 CDO 发送邮件的样本脚本：

```
Dim objMessage
Dim objConfig
strSchema = "http://schemas.microsoft.com/cdo/configuration/"

Set objConfig = CreateObject("CDO.Configuration")
With objConfig.Fields
    .Item(strSchema & "sendusing") = 2
    .Item(strSchema & "smtpserver") = "mail.mcfedries.com"
    .Item(strSchema & "smtpserverport") = 25
    .Item(strSchema & "smtpauthenticate") = 1
    .Item(strSchema & "sendusername") = "your_user_name"
    .Item(strSchema & "sendpassword") = "your_password"
    .Update
End With

Set objMessage = CreateObject("CDO.Message")
With objMessage
    Set .Configuration = objConfig
    .To = "you@there.com"
    .From = "me@here.com"
    .Subject = "CDO Test"
    .TextBody = "Just testing..."
    .Send
End With
Set objMessage = Nothing
Set objConfig = Nothing
```

"当别的应用程序试图用我的名义发送电子邮件时警告我"选项不能捕获这种脚本，所以请记住，系统对于通过 Windows Vista 帐户发送的电子邮件中的特洛伊木马仍然很脆弱。然而，在上面这个示例中包含了处理 SMTP 身份验证的代码(只在你尝试运行脚本时而且 ISP 需要身份验证时)。事实上，第三方脚本不会知道 SMTP 密码，所有 CDO 脚本会在需要身份验证的任何帐户上失效。

- 不允许保存或打开可能有病毒的附件——启用该复选框时，Windows Mail 将会监控附件以检查可能包含病毒或破坏代码的文件类型。如果其检测到这样的文件，则禁止打开和保存该文件，并且会在邮件的顶部显示警告信息，通知你有关不安全附件的信息，如图 21-17 所示。

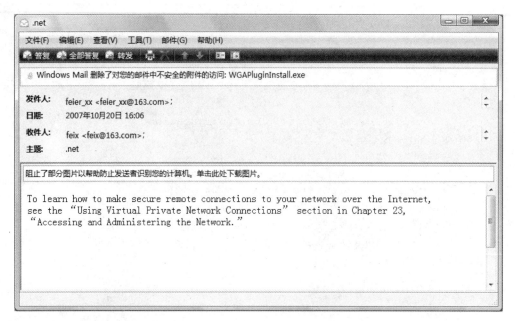

图 21-17   如果 Windows Mail 检测到不安全的文件附件,则它会在
邮件的顶端显示通知,告诉你不能访问该文件

Windows Mail 禁用的文件类型

Internet Explorer 内建的非安全文件列表定义了 Windows Mail 禁用的文件类型。该
列表包含与以下扩展名相关的文件类型:.ad、.ade、.adp、.bas、.bat、.chm、.cmd、.com、
.cpl、.crt、.exe、.hlp、.hta、.inf、.ins,.isp、.js、.jse、.lnk、.mdb、.mde、.msc、.msi、.msp、.mst、
.pcd、.pif、.reg、.scr,.sct、.shb、.shs、.url、.vb、.vbe、.vbs、.vsd、.vss、.vst、.vsw、.wsc、.wsf、
.wsh。

提示:

如果想要发送属于 Windows Mail 非安全文件列表中的文件并保证收件人能够打开
该文件,该如何操作呢?最简单的解决方法是将文件压缩成一个.zip 文件,该文件类型
不会被 Windows Mail、Outlook 或者其他阻止文件类型的邮件客户端阻止。

(4) 单击“确定”按钮让新设置生效。

21.6.2   使用 Windows Mail 的“垃圾邮件过滤器”阻止垃圾邮件

垃圾邮件(spam)——主动发送的广告邮件——已成为当今世界的瘟疫。除非你能够
很好地隐藏自己的地址,否则每天都会收到一些垃圾邮件,而且更有可能每天收到几十
封垃圾邮件。大部分专家都认为这种情况会越来越糟。为什么不是呢?垃圾邮件是一种

由用户而非广告商承担费用的广告媒体之一。

避免垃圾邮件的最佳方法是首先要避免你的电子邮件地址出现在发送垃圾邮件者的地址列表里。这样做比较困难，但是可以采取以下步骤：

- 不要在新闻组帐户中使用真实的电子邮件地址。发送垃圾邮件者最常使用的方法是从新闻组的邮件中获取地址。这里可以采取的策略是：通过添加使得地址无效的文本来修改电子邮件的地址，但是对于其他人来说仍可以明显地辨认出该地址：

```
user@myisp.remove_this_to_email_me.com
```

- 当你联机登录时，最好使用假地址。如果需要或想要接收公司的电子邮件并且必须使用真实的地址，则应该确保取消任何向你询问是否接收促销优惠的选项。或者，也可以输入一个能够简单处理的基于 Web 的免费帐户(例如 Hotmail 帐户)的地址，这样接收的垃圾邮件会发送到该帐户而不会发送到主地址中。如果你的免费电子邮件帐户充满了垃圾电子邮件，则可以删除该帐户并重新创建一个新帐户(如果 ISP 允许创建多个电子邮件帐户，则可以通过 ISP 完成该操作)。
- 不要打开可疑的垃圾邮件，因为这么做可能会通知发送垃圾邮件者你已经打开了该邮件，因而说明你的地址合法。出于同样的原因，不应该在 Windows Mail 的"预览"窗格中显示垃圾邮件。在选择想要删除的任何垃圾邮件前关闭"正在读取"窗格(选择"查看"|"布局"，取消"显示预览窗格"，单击"确定"按钮)。
- 决不要答复垃圾邮件，甚至不要答复垃圾邮件中声称"可删除"的地址。答复垃圾邮件的操作说明你的地址合法，因此只会让你收到更多的垃圾邮件。

提示：

如果创建网页，不要将电子邮件地址放在页面上，因为发送垃圾邮件者会使用"爬虫(crawler)"从网页中获取地址。如果必须在页面上放置地址，则可以使用一些简单的 Javascript 代码来隐藏该地址：

```
<script language="JavaScript" type="text/javascript">
<!--
var add1 = "webmaster"
var add2 = "@"
var add3 = "whatever.com"
document.write(add1 + add2 + add3)
//-->
</script>
```

如果采取这些措施后仍然会收到垃圾邮件，Windows Mail 还有一个"垃圾邮件"功能帮助你进行处理。"垃圾邮件"指的是垃圾邮件过滤器(spam filter)，它会检查每个接收的邮件，并进行复杂的测试以确定邮件是否是垃圾邮件。如果测试确定邮件可能是垃圾邮件，Windows Mail 会将邮件放到单独的"垃圾邮件"文件夹中。Windows Mail 的垃圾邮件过滤器是基于 Outlook 2003 自带的享有盛誉的过滤器，它是 *Consumer Reports* 在 2005 年 9 月评选的最佳垃圾邮件过滤器。虽然并不完美，但是通过以下小节中描述的一些调整操作，可以让它变成抵御垃圾邮件的有效武器。

1. 设置垃圾邮件保护级别

过滤垃圾邮件始终是在保护和方便使用之间的权衡。也就是说，使用的保护越强大，过滤器将会变得越不方便，反之亦然。这种相反关系是过滤器现象的结果，又称为"错误肯定(false positive)"——指过滤器声明为垃圾邮件并将该邮件放入"垃圾邮件"文件夹中的合法邮件。保护级别越强，发生 false positive 的可能性越大，所以你必须抽出更多的时间检查"垃圾邮件"文件夹中的合法邮件。

幸运的是，Windows Mail 提供多个垃圾邮件级别可供选择，所以可以选择一种适合你的提供适当保护和方便结合的级别。为了设置垃圾邮件级别，可选择"工具"|"垃圾邮件选项"。Windows Mail 将显示"垃圾邮件选项"对话框。"选项"选项卡提供垃圾邮件保护级别的 4 个选项：

- 无自动筛选——该选项将关闭垃圾邮件过滤器。然而，Windows Mail 仍然会将受阻止的发件人发送的邮件转移到"垃圾邮件"文件夹中(参见本章后面的"阻止发件人")。如果使用第三方垃圾邮件过滤器或者使用自己的邮件规则处理垃圾邮件，则可以选择该选项。

- 低——这是默认的保护级别，它被设计用来将有明显垃圾内容的邮件移动到"垃圾邮件"文件夹中。这是一个不错的开始级别——特别是在你每天只有几封垃圾邮件的情况下，因为它能捕获大多数的垃圾邮件，而且只有很小的错误肯定的风险性。

- 高——该级别更具有侵略性地处理垃圾邮件，所以很少会遗漏某个垃圾邮件。但是"高"级别的缺点是其偶尔会捕获合法邮件，所以需要经常地检查"垃圾邮件"文件夹以查看错误肯定的邮件。如果你有很多垃圾邮件——每天几十封或更多时，则可以使用该级别。

注意：

如果在"垃圾邮件"文件夹中得到错误肯定，则单击该邮件，然后选择"邮件"|"垃圾邮件"|"标记为非垃圾邮件"命令。

- 仅安全列表——除了在"安全发件人"列表(参见本章后面的"指定安全发件人")中的发件人或域发送的邮件以及发送到"安全收件人"列表中的地址的邮件以外，该级别会把其他所有接收的邮件当作垃圾邮件来处理。如果垃圾邮件问题无法控制(每天收到 100 封甚至更多垃圾邮件)并且大多数非垃圾邮件来自你认识的人或者订阅的邮件列表，则可以使用该选项。

如果有太多的垃圾邮件并且不想再看到这些垃圾邮件,则可以启用"永久删除可疑的垃圾邮件"复选框。

注意:

垃圾邮件如此让人烦恼,所以你可能会启用"永久删除可疑的垃圾邮件"复选框。然而这里并不推荐这么做。即使使用"低"级别,错误肯定的危险性仍非常大,所以不值得丢失重要的邮件。

可以通过向 Windows Mail 提供更多的信息来改善垃圾邮件过滤器的性能。特别地,可以指定安全发件人并且能阻止发件人和发送邮件的国家。

2. 指定安全发件人

如果使用"低"或"高"垃圾邮件保护级别,则通过让 Windows Mail 了解有关经常向你发送邮件的人员或机构的信息可以减少错误肯定的数量。通过将这些地址指定为"安全发件人",可以告诉 Windows Mail 自动将它们发送的邮件保存在"收件箱"中并且永远不会将邮件重定向到"垃圾邮件"文件夹。当然,如果使用"仅安全列表"保护级别,则必须指定一些"安全发件人",因为 Windows Mail 将会把其他人当作发送垃圾邮件者来对待(除非某些人将邮件发送到你的"安全收件人"列表中的地址——参见下节的内容)。

"安全发件人"列表包含以下 3 种类型的地址:

- 形式为 someone@somewhere.com 的个人电子邮件地址——来自这些地址的所有邮件都不会被当作垃圾邮件来处理。
- 形式为 @somewhere.com 的域名——从该域中的任何地址发送的邮件都不会被当作垃圾邮件来处理。
- 联系人列表——告诉 Windows Mail 将"联系人"列表中的所有联系人当作"安全发件人"来处理,这么做的意义在于你几乎不可能从认识的人那收到垃圾邮件。

有两种方式可以指定"安全发件人"。可以通过显示"垃圾邮件选项"对话框中的"安全发件人"选项卡,然后单击"添加"按钮,手动输入地址的方式,或者可以通过单击已有的来自发件人的邮件,选择"邮件"|"垃圾邮件",然后选择"将发件人添加到安全发件人列表"或"将发件人的域添加到安全发件人列表"命令。

3. 阻止发件人

如果发现某个特定地址是许多垃圾邮件或令人讨厌的邮件的来源,则阻止垃圾邮件最简单的方法是阻止来自于该地址的所有发送的邮件。可以通过使用"阻止发件人"列表来完成该操作,该列表将查看来自某个特定地址的邮件并将它们转移到"垃圾邮件"文件夹中。

和"安全发件人"列表一样，可以用两种方式指定"阻止发件人"地址。可以通过显示"垃圾邮件选项"对话框中的"阻止发件人"选项卡，单击"添加"按钮并手动输入地址的方式，或者可以通过选择已有来自发件人的邮件，然后选择"邮件"|"垃圾电子邮件"|"将发件人添加到阻止发件人列表"命令。

4. 阻止国家和语言

Windows Mail 还有两个功能能够帮助处理国际化的垃圾邮件：

- **来自特定国家或地区的垃圾邮件**——如果从某个国家或地区接收的邮件都不合法，则可以将来自于该位置的所有邮件当作垃圾邮件来处理。Windows Mail 通过使用"顶级域(top-level domain，TLD)"来完成该功能，TLD 是出现在域名中的后缀。TLD 有两种类型：通用顶级域，例如 com、edu 或 net；国家代码顶级域，例如 ca(加拿大)、fr(法国)。Windows Mail 使用后者来过滤来自特定国家的垃圾邮件。
- **使用外国语言的垃圾邮件**——如果不理解某种语言，则可以安全地将以某种语言出现的邮件都作为垃圾邮件进行处理。外国语言的字符集始终会以区别于该语言的特殊编码出现(编码是建立字符与它们的表示之间的关系的规则集合)。Windows Mail 使用编码来过滤特定语言的垃圾邮件。

在"垃圾邮件选项"对话框中，显示"国际"选项卡并使用以下方法：

- 为了根据 1 个或多个国家来过滤垃圾邮件，单击"阻止的顶级域列表"按钮，启用想要过滤的每个国家旁边的复选框，然后单击"确定"按钮。
- 为了根据 1 种或多种语言来过滤垃圾邮件，单击"阻止的编码列表"按钮，启用想要过滤的每种语言旁边的复选框，然后单击"确定"按钮。

21.6.3 电子邮件仿冒网站保护

Internet Explorer 的"仿冒网站筛选"会在你上网进入仿冒网站时正常运行。然而，大多数仿冒网站的诱惑是来自于那些看上去合法的公司的电子邮件，并且在邮件中包含了进入仿冒站点的链接，它们希望你在其中提供个人的隐私信息。为了防止掉入这个陷阱，Windows Mail 引入了一种反仿冒网站的功能：如果检测到可能的仿冒网站的电子邮件，它会阻止该邮件的显示。"垃圾邮件选项"对话框中的"仿冒"选项卡控制该功能。确定已启用"保护我的收件箱远离可能包含仿冒链接的邮件"复选框。还要注意的是，可以通过启用"将仿冒电子邮件移动到'垃圾邮件'文件夹"复选框将可能的仿冒邮件重定向到"垃圾邮件"文件夹中。

如果 Windows Mail 检测到可能的仿冒邮件，则它会显示该邮件并通知你，并会以红色文本的方式显示该邮件的标头。如果打开可疑的邮件，Windows Mai 将会显示如图 21-18 所示的邮件并禁用邮件的图像和链接。如果你确定邮件不是仿冒的，单击"解除阻止"。

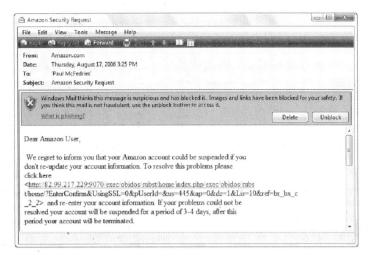

图 21-18　如果 Windows Mail 怀疑某个邮件是仿冒的，则
会通知你并且阻止该邮件的链接和图像

21.6.4　当阅读电子邮件时维护隐私

你可能认为简单地阅读电子邮件不会有隐私问题，但事实会让你惊讶。两种情况会影响隐私：阅读回执和 Web 故障。

1. 阻止阅读回执

阅读回执(read receipt)是指通知发送者你已经打开发送的邮件的电子邮件通知。如果发件人要求阅读回执并且你选择邮件以在预览窗格中显示邮件文本或双击打开邮件，则 Windows Mail 会显示如图 21-19 所示的对话框。单击"是"按钮发送回执，或单击"否"按钮跳过。

图 21-19　当你打开发件人请求阅读回执的邮件时，会看到该对话框

许多人会要求阅读回执，因为它们提供了传送邮件的证明。然而根据经验知道，获得阅读回执会开启某种类型的内部时钟，发件人可以用它来衡量你在阅读完该邮件后用了多少时间来进行答复。因为这很麻烦，并且没有必要知道阅读邮件的时间，所以建议在询问是否发送阅读回执时选择"否"按钮(发送垃圾邮件者有时也会以要求阅读回执

的方式来验证电子邮件地址)。事实上，可以让 Windows Mail 永远不发送阅读回执：

(1) 选择"工具" | "选项"以显示"选项"对话框。

(2) 显示"回执"选项卡。

(3) 在"返回阅读回执"组中，启用"从不发送阅读回执"选项。

(4) 单击"确定"按钮。

2. 解决 Web 故障

Web 故障是驻留在远程服务器上的图像，并且通过引用远程服务器上的 URL 从而包含在 HTML 格式的电子邮件中。当你打开邮件时，Windows Mail 会使用 URL 下载该图像以在邮件中显示。虽然这并没有害处，但如果邮件是垃圾邮件，则可能该 URL 包含你的电子邮件地址或指向电子邮件地址的代码。当远程服务器获得该 URL 的请求时，它不仅知道你打开了该邮件，而且知道该电子邮件地址合法。

有 3 种方式可以控制 Web 故障：

- 不要打开可能是垃圾邮件的邮件，而且不要在 Windows Mail 的"预览"窗格中预览邮件——事实上，在删除可疑邮件前，必须临时关闭预览窗格，如本章前面所述。

- 以纯文本的方式阅读邮件——在 Windows Mail 中，选择"工具" | "选项"，选择"阅读"选项卡，然后启用"以纯文本方式阅读所有邮件"复选框。这将会阻止 Windows Mail 下载任何 Web 故障，因为它会以纯文本方式显示所有邮件，即它会阻止其他邮件格式。

提示：

如果获得一个合法的 HTML 邮件，则可以告诉 Windows Mail 显示格式。选择邮件并且选择"查看" | "HTML 邮件格式"(或按下 Alt+Shift+H 组合键)。

- 阻止邮件的显示——在 Windows Mail 中，选择"工具" | "选项"，选择"安全"选项卡，然后启用"阻止 HTML 电子邮件中的图像和其他外部内容"复选框。这将会阻止 Windows Mail 下载 Web 故障以及其他可能来自于远程服务器的内容。

21.6.5　发送和接收安全的电子邮件

当连接到网站时，浏览器会在计算机和 Web 服务器之间建立直接的连接——称为通道。因为通道是直接链接，所以实现安全相对来说比较简单，因为你要做的只是保护通道。

但是电子邮件的安全性完全不同并且更难建立。问题在于电子邮件与"简单邮件传输协议(Simple Mail Transfer Protocol，SMTP)"服务器没有直接连接，而是通常必须在服务器之间进行跳跃，直到它们达到最后的目的地。通过与 Internet 上开放并良好记录的电子邮件标准的结合，最后会碰到 3 种电子邮件的安全问题：

- 隐私——因为邮件通常在系统之间传递并且最终会到远程系统的硬盘上，所以对于某些知道原理的人来说不难访问远程系统以阅读邮件。

- 篡改——因为用户可以阅读在远程服务器之间传递的邮件，所以他也有可能修改邮件文本。

- 真实性——随着 Internet 电子邮件标准的公布，一些聪明的用户不难伪造或欺骗性地提供某个电子邮件的地址。

为了解决这些问题，Internet 的专家提出了加密的想法。当对某个邮件加密时，用复杂的数学公式打乱邮件内容使其不可读。特别地，加密公式结合了密钥值。为了解密邮件，收件人会将密钥放入解密公式中。

这样的单密钥加密(single-key encryption)虽然可以运行，但是其主要的缺点在于发件人和收件人必须有相同的钥值。**公钥加密**(public-key encryption)通过使用相关的密钥——一个公钥(public key)和一个私钥(private key)来克服这种限制。通过直接发送密钥或者在联机密钥数据库中提供密钥的方式可以使得所有人都可以使用公钥。私钥是秘密的并存储于用户的计算机上。以下是公钥加密解决上面讨论的问题的方式：

- 隐私——当发送邮件时，获得收件人的公钥并使用它来加密邮件。加密过的邮件现在只可以使用收件人的密钥来进行解密，这样保证了隐私。

- 篡改——加密过的邮件仍会被篡改，但是这是随机的，因为邮件的内容不可见。这将会阻止篡改人使用最重要的技术：使得篡改的邮件看似合法。

- 真实性——当发送邮件时，可使用私钥对邮件进行数字签名。收件人然后可以使用公钥来检查该数字签名以确保是你的邮件。

如果公钥加密出现问题，邮件的收件人必须从联机数据库中获取发件人的公钥(发件人不能只发送公钥，因为收件人无法证明该公钥来自于发件人)。因此，为了使其更方便，这里使用了"数字标识(digital ID)"。这是一个数字证书，其声明了验证发件人公钥的可信任的验证机构。发件人然后可以在发送的邮件中包含其公钥。

21.6.6　建立使用数字标识的电子邮件帐户

为了使用 Windows Mail 发送安全的邮件，首先必须获取数字标识。按照以下步骤操作：

(1) 在 Windows Mail 中，选择"工具"|"选项"并显示"安全"选项卡。

(2) 单击"获取数字标识"。Internet Explorer 会加载并进入 Web 上的"Microsoft Office Marketplace Digital ID"页面。

(3) 单击想要使用的验证机构(例如 VeriSign)。

(4) 按照机构的指示获取数字标识(注意数字标识并非免费，通常每年需要花费 20

美元)。

安装完数字标识后，下一步是将其分配给电子邮件帐户：

(1) 在 Windows Mail 中，选择"工具"|"帐户"以打开"Internet 帐户"对话框。

(2) 选择想要使用的帐户，然后单击"属性"按钮，打开帐户的属性表。

(3) 显示"安全"选项卡。

(4) 在"签署证书"组中，单击"选择"按钮。Windows Mail 将会显示"选择默认帐户的数字 ID"对话框。

(5) 确保选择已经安装的证书，然后单击"确定"按钮。你的姓名将显示在"安全"选项卡的第一个"证书"框中。

(6) 单击"确定"按钮返回到"Internet 帐户"对话框。

(7) 单击"关闭"按钮。

提示：

为了备份"数字标识"，打开 Internet Explorer 并选择"工具"|"Internet 选项"。显示"内容"选项卡并单击"证书"按钮以查看安装的证书列表(确保使用"个人"选项卡)。单击数字标识，然后单击"导出"按钮。

21.6.7 获得他人的公钥

在你发送加密邮件给其他人前，必须先获得公钥。获取的方式取决于是否有来自收件人的数字签名的邮件。

如果有数字签名的邮件，用本章后面的"接收安全邮件"所述的方式打开邮件。Windows Mail 会自动向"联系人"列表添加数字标识：

- 如果有 1 个或多个联系人的电子邮件地址与相应的数字标识匹配，Windows Mail 会向每个联系人添加数字标识。为了查看联系人，单击"联系人"文件夹——选择"开始"，选择用户名，然后打开"联系人"——打开联系人并显示"标识"选项卡。

- 如果没有现存的匹配，Windows Mail 将创建一个新的联系人。

提示：

如果不想让 Windows Mail 自动添加数字标识，则可以选择"工具"|"选项"，显示"安全"选项卡，单击"高级"按钮。在打开的对话框中，取消"将发件人的证书添加到我的 Windows 联系人"复选框。

如果没有某人的数字签名邮件，则必须访问验证机构的网站并找到这个人的数字标识。例如，可以访问 VeriSign 站点(www.verisign.com)搜索数字标识，然后下载到计算机上。最后，按照以下步骤进行操作：

(1) 打开"联系人"文件夹。

(2) 打开某人的联系人信息或创建新的联系人。

(3) 输入 1 个或多个电子邮件地址并输入所需的其他数据。

(4) 显示"标识"选项卡。

(5) 在"选择电子邮件地址"列表中，选择与下载的数字标识对应的地址。

(6) 单击"导入"按钮以显示"选择要导入的数字标识文件"对话框。

(7) 查找并选择下载的数字标识文件并单击"打开"按钮。

(8) 单击"确定"按钮。

21.6.8　发送安全的邮件

在安装完数字标识后，就可以开始发送安全的电子邮件了，有两个选项：

- 对邮件进行数字签名以证明你是发件人——开始新邮件，然后选择"工具"|"数字签名"命令或单击"以数字方式签名邮件"工具栏按钮，一个证书图标将出现在标头字段的右边。

- 加密邮件以避免欺骗和篡改——在"新邮件"窗口中，可以选择"工具"|"加密"命令或者单击"邮件加密"工具栏按钮，一个锁图标将出现在标头的右边。

提示：

可以告诉 Windows Mail 数字签名和/或加密所有待发的邮件。选择"工具"|"选项"并显示"安全"选项卡。为了加密所有的邮件，启用"对所有待发邮件的内容和附件进行加密"复选框。为了签名所有邮件，启用"在所有待发邮件中添加数字签名"复选框。

21.6.9　接收安全的邮件

数字标识背后的技术和数学原理很复杂，但是处理接收的安全邮件却并不复杂。Windows Mail 处理幕后的所有操作，包括发件人的验证(对于有数字签名的邮件)以及邮件的解密(对于加密的邮件)。对于后者来说，一个对话框将说明 Windows Mail 使用私钥对邮件进行解密。

如图 21-20 所示，Windows Mail 提供了一些图像提示说明正在处理的是安全邮件：

- 邮件显示一个证书图标。

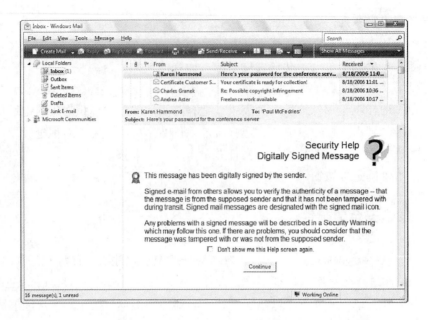

图 21-20　对于安全邮件，预览窗格将说明使用的安全类型

● 邮件文本不出现在预览窗格中。

● 预览窗格标题是"安全帮助"而且子标题说明使用的安全类型："数字签名的"
和/或"加密的"。

● 预览窗格文本描述邮件中使用的安全。

为了阅读邮件，单击底部的"继续"按钮。如果以后不想看到此安全预览，可以启
用"不要再次显示该帮助屏幕"复选框。

提示：

如果你改变主意并决定查看预览屏幕，则必须编辑注册表。打开"注册表编辑器"
并找到以下键：

HKCU\Software\Microsoft\Windows Mail\Dont Show Dialogs

打开 Digital Signature Help 设置并修改其值为 0。

21.7　Windows Media Player 的安全和隐私选项

可以设置 Windows Media Player 中的一些选项以确保从 Internet 下载的媒体或在
Internet 上播放的媒体是安全的。还可以设置 Windows Media Player 中的选项以提高播
放的 Internet 媒体的隐私性。

可以在"选项"对话框中找到 Windows Media Player 的安全和隐私设置，可以通过
按下 Alt 键并选择"工具" | "选项"来显示该对话框。

> **提示：**
>
> 可以使用"组策略"编辑器隐藏"选项"对话框中的"安全"和"隐私"对话框。选择"用户配置"|"管理模板"|"Windows 组件"|"Windows Media Player"|"用户界面"，然后启用"隐藏'隐私'选项卡"和"隐藏'安全'选项卡"策略。

21.7.1　设置安全选项

你可以通过下载音乐或视频到计算机上并且在 Windows Media Player 中播放的方式或者通过使用网页中的 Windows Media Player 的方式播放 Internet 媒体。不管使用哪种方式，媒体创建者可能会在脚本中包含其他命令用来控制重放操作。遗憾的是，脚本还可能包含破坏计算机的命令，所以阻止这些脚本运行是最佳的选择。

在"安全"选项卡的"内容"组中有 4 个控制脚本的复选框：

- 如果提供了脚本命令，请运行它们——取消该复选框以免运行下载的媒体中的脚本。
- 播放机在网页中时，运行脚本命令和富媒体流——取消该复选框以免运行嵌入到网页中的媒体脚本。
- 在播放使用网页的增强内容之前请不要提示我——取消该复选框让 Windows Media Player 询问是否想要查看媒体站点的"**增强内容**(enhanced content)"：与媒体相关信息的网页。因为这些页面可能包含恶意内容，所以最好让 Windows Media Player 询问是否想要查看增强的数据。
- 如果提供了本地语言的字幕，请显示它们—— 如果媒体有 Synchronized Accessible Media Interchange(SAMI)格式的字幕，则 Windows Media 不会显示该字幕，因为 SAMI 文件可能会包含恶意代码。如果你知道播放的是合法媒体，则可以启用该复选框以显示 SAMI 字幕。

21.7.2　设置隐私选项

当使用 Windows Media Player 播放 Internet 站点的内容时，程序与站点之间将传输一定数量的信息，包括 Windows Media Player 副本的唯一标识号。这能够让内容提供商跟踪你播放的媒体，并且它们会和其他站点共享数据。所以，虽然"播放机标识"不能标识你的身份，但是可能会导致站点根据你的媒体选择发送目标广告。如果不想使隐私受到侵犯，可以指定 Windows Media Player 不要发送"播放机标识"：

(1) 在"选项"对话框中，显示"隐私"选项卡。

(2) 不要选中"将播放机的唯一标识发送给内容提供商"复选框。

> **注意：**
>
> 　　记住，某些内容站点需要"播放机标识"才能播放媒体。例如，某些站点出于付款原因需要该标识。这种情况下，应该阅读站点的隐私条款以查看使用标识的内容。

　　(3) 如果不想让其他使用你计算机的人看到媒体文件以及播放并访问的站点，则取消选中"在播放机中保存文件和 URL 历史记录"复选框。

　　(4) 单击"确定"按钮。

21.8　更多安全新功能

　　你现在所见到的安全功能足以让 Vista 成为目前为止最安全的 Windows 版本，但是 Microsoft 有更多安全功能。下面几节的内容会简单介绍 Vista 新的 Internet 安全创新中最重要或最有趣的内容。

21.8.1　使用 Windows Service Hardening 预防流氓服务

　　如果你能够指出 Windows 攻击表面，则其最大的特点可能是运行在后台的系统和第三方的服务。服务成为恶意软件的目标有两个原因。首先，大多数服务"始终打开"，这样它们会在 Windows 加载时启动并且保持运行直到关闭系统。第二，大多数需要高权限级别运行的服务能够完全访问系统。尝试入侵计算机的流氓软件可以使用系统服务来执行任何任务，从安装特洛伊木马到格式化硬盘驱动器。

　　为了减少流氓程序打开系统服务的可能性，Windows Vista 实现了称为 Windows Service Hardening 的服务安全技术。该技术不能阻止流氓软件感染服务——这应该是 Windows Firewall 和 Windows Defender 的工作。Windows Service Hardening 通过实现以下安全技术来限制危险的服务给系统带来的破坏：

- 以较低权限级别运行所有服务。
- 剥夺所有服务不需要的权限。
- 给每个服务赋予能够唯一标识此服务的"**安全标识符**(security identifier，SID)"。这能够让系统资源创建自己的"**访问控制列表**(access control list，ACL)"，从而指定 SID 可以访问的资源。如果不在 ACL 上的服务尝试访问某些资源，则 Vista 将阻止该服务。
- 使系统资源能够限制哪些服务对资源有写权限。
- 保证所有服务有网络限制，从而防止服务以非服务的正常操作参数定义的方式来访问网络。

21.8.2 使用 NX 位避免溢出

系统崩溃的一个常见原因以及恶意软件制造者常用的一门技术是缓冲区溢出。缓冲区是为存储数据而保留的内存区域。缓冲区有固定的大小，这意味着它不能处理超过该大小的数据。一个良好编程的系统包含了检查以保证写入缓存区的数据有正确的或更小的尺寸。

然而在实际过程中，编程人员为了更快编写代码或在不小心的情况下可能会导致访问未受保护的内存缓冲区。当发生缓冲区溢出时，不管是意外或者是设计的原因，系统将会向缓冲区邻近的内存区域写入数据。如果该邻近区域只是保存了更多数据，则不会发生可怕的后果。然而如果邻近区域包含了核心操作系统的代码，则系统可能会崩溃；更糟糕的是，如果邻近区域被用于运行系统控制代码，则某位聪明的黑客可能会利用这个区域运行他或她想要运行的代码，这通常会导致灾难性的后果。

为了帮助防止缓冲区溢出，现在的 CPU 都实现了 NX(No eXecute)属性，它可以将某些内存区域标记为不可运行。最终，即使缓冲区溢出到代码区域，恶意代码也不能运行，因为该区域被标记为 NX 属性。Windows Vista 完全支持 NX 位，允许其标记核心系统区域(如栈和头)为不可执行。注意需要两个组件——带有 NX 位的 CPU 和 Windows Vista——才能获得该保护。

21.8.3 使用 ASLR 随机阻止流氓软件

Microsoft 并不会假设用户的计算机从来不会受到流氓软件的攻击。因此，Windows Vista 不仅实现了 NX 位，而且一直支持"数据执行防护(Data Execution Prevention)"(其防止恶意代码在受保护的内存位置执行)。Vista 还实现开源的安全功能，称为"地址空间布局随机选择(Address Space Layout Randomization，ASLR)"。该功能的目的是阻止想要运行系统代码的一些常见攻击。在以前的 Windows 版本中，某些系统 DLL 和可执行文件每次都使用相同的地址加载到内存中。攻击者可以启动其中一个进程，因为他们知道函数的进入点。使用 ASLR，Vista 会将系统函数加载到 256 个内存位置中的任意一个位置上，这样攻击者就不能确定系统代码保存在内存上的哪个位置了。

21.9 相关内容

以下是相关信息所在的章节列表：

- 有关使用"组策略"编辑器的细节内容，请参阅第 10 章"使用控制面板和组策略"中的"使用 Windows Vista 实现组策略"一节。

- 有关 Windows Vista 脚本编程的内容，请参阅第 12 章 "Windows Scripting Host 编程"。
- 有关创建邮件规则的方式，请参阅第 19 章 "使用 Windows Mail 进行通信" 中的 "过滤接收的邮件" 一节。
- 有关如何保护无线网络安全的内容，请参阅第 22 章 "建立小型网络" 中的 "实现无线网络安全" 一节。
- 有关如何在 Internet 上确保你的网络的远程连接的安全性，请参阅第 23 章 "访问和管理网络" 中的 "使用虚拟专用网络" 一节。

第 V 部分

Windows Vista 中的网络连接

第 22 章

建立小型网络

多年来,网络只是那些 IT 精英们纵横驰骋的天地。只有一小部分计算机业内的行家才能熟悉网络晦涩的语言及其神秘的硬件,那些需要访问网络资源的用户只好望"网"兴叹,敬而远之了。

然而近些年,可以看到网络进入了大众时代。由于脱离了大型机以及客户/服务器设置的趋势,由于从无声终端过渡到了智能 PC 机,而且由于可以轻松地实现对等式网络,所以网络不再精英们才涉足的领域。现在已经能轻松地将计算机连接到已有的网络,或者在小型办公室和家庭设置个人网络。

本章将介绍 Window Vista 帮助更有效使用网络的方式,还将介绍设置简单网络和执行一些有用的管理任务的方式(有关访问网络资源的详细内容,请参阅第 23 章"访问和使用网络")。

22.1 建立对等式网络

Windows Vista 中最大的一个改进就是网络的设置。特别要注意的是,如果计算机已经正确地连接(立即连上),Vista 将自动地配置适当的网络设置,这才是真正的即插即用:当计算机一连接到网上,就可以立即使用这些网络资源。注意,出于安全的原因,上述的操作并不适用于无线连接。建立无线连接还需要一些额外的步骤,但你很快能发现 Vista 可以保存无线连接,因此当计算机下次处于这些无线网络范围时,Vista 将会自动地进行连接。

> **提示：**
>
> 如果要了解设置小型网络的更详细信息，请阅读我编著的 *Networking with Microsoft Windows Vista(Que 2008)* 一书。

如何正确配置网络才能使自动网络设置生效呢？对于有线网络，只需要按以下步骤进行操作：

- 每台计算机都需要网络接口卡(NIC)，例如内部网络适配器、USB 网络适配器、基于主板的网络芯片或网络 PC 卡。
- 需要一个外部路由器(或交换机)。
- 必须要启用路由器上的"动态主机配置协议(Dynamic Host Control Protocol，DHCP)"，DHCP 将自动给网络上的每台计算机分配唯一的 IP 地址。

> **注意：**
>
> Vista 会默认地在每台计算机上安装使用 DHCP。为了验证该操作，依次选择"开始"｜"控制面板"｜"网络和 Internet"｜"网络和共享中心"(更快捷的方法是在搜索框中输入"共享"，然后单击搜索结果中的"网络和共享")。单击"管理网络连接"链接可以查看连接列表，右击"本地连接"或者"无线网络连接"的图标，单击"属性"按钮，输入 UAC 证书。在连接属性表中，双击"Internet 协议版本 4"，确定启用"自动获得 IP 地址"这个选项，然后关闭所有的对话框。

- 每台计算机都需要将网线从网卡连接到路由器或交换机的端口。
- 如果使用的是高速调制解调器，需要将网线从路由器上的 Internet(或 WAN)端口连接到调制解调器的网络端口，这样可以确保网络上的每台计算机都可以共享 Internet 连接。
- 每台计算机都必须有唯一的名称。
- 每台计算机必须使用相同的工作组名称。

如果不确定上述的最后两点，请参考本章后面的部分"更改计算机和工作组的名称"。

对于无线网络，配置基本上一致(当然，除了不需要将网线从计算机连到路由器上)，下面介绍无线网络的差异：

> **注意：**
>
> 网络不必只是有线或无线，事实上，两种连接类型的混合方式很常见，大部分无线接入点都有用于有线连接的端口。

- 每台计算机都必须安装支持无线连接的网卡。
- 必须有无线接入点或者有路由器功能的网关。

> **注意：**
>
> 　　某些宽带提供商使用包含路由和防火墙功能的智能调制解调器，这很不错，但是大部分智能调制解调器都使用静态 IP 地址，这些地址通常是 http://192.168.1.1 或者 http://192.168.0.1，这可能会造成与无线网关的 IP 地址冲突。如果添加无线网关后出现连接问题，原因很可能是 IP 地址相互冲突。应断开宽带调制解调器，访问网关的配置程序，修改其 IP 地址(例如，改成 http://192.168.1.2 或者 http://192.168.0.2)。

- 在初始配置中，计算机必须通过网线连接到接入点，这样可以确保在建立无线连接之前对接入点进行配置。

　　参照本章后面的"连接无线网络"一节，将会了解在 Vista 中建立无线连接所需的额外步骤。

22.1.1　更改计算机和工作组的名称

　　前面提过，要实现完善的 Vista 网络，每台计算机都必须有唯一的名称和使用相同的工作组名称(假定正在家庭或办公室中建立小型网络。大型网络通常划分成多个工作组，每个工作组中的所有计算机都以某种方式——市场、IT、销售等相关)。

　　下面介绍在 Vista 中修改计算机和工作组名称的步骤：

(1) 单击"开始"，右击"计算机"，然后单击"属性"按钮，将打开系统窗口。

(2) 在"计算机名"，"域"和"工作组设置"等部分，单击"更改设置"，然后输入 UAC 证书，将打开"系统属性"对话框并显示"计算机名"选项卡。

22

> **提示：**
>
> 　　另一种打开"系统属性"对话框并显示"计算机名"选项卡的方法是按下 Windows Logo+R 组合键(或者选择"开始" | "所有程序" | "附件" | "运行")，输入 systempropertiescomputername，单击"确定"按钮，然后输入 UAC 证书。

(3) 单击"更改"按钮。将会打开"计算机名/域更改"对话框，如图 22-1 所示。

(4) 输入计算机名称。

(5) 选中"工作组"单选按钮，输入通用的工作组名称。

(6) 单击"确定"按钮。Vista 会提示必须重新启动计算机以便更改生效。

(7) 单击"确定"按钮，返回到系统属性对话框。

(8) 单击"关闭"按钮。Vista 会提示需要重启计算机。

(9) 单击"立即重启"。

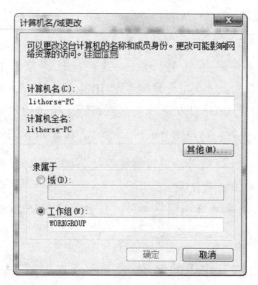

图 22-1 使用该对话框更改计算机和工作组的名称

22.1.2 连接无线网络

当安装好无线网络适配器和配置好无线网关或者接入点后,可以准备连接无线网络。如果已经设置好无线网关,就可以访问网络资源以及 Internet 了。当然,Vista 不会自动地建立无线网络的初始连接,大部分原因是出于一种安全的考虑,因为大多数无线网络都有密码或安全密钥保护。但在通常情况(特别是在人口密集的城市街道)下,Vista 可以在一定范围内检测出多个无线网络,因此可以指定需要连接的网络。幸运的是,可以配置 Vista 保存无线网络的设置,并当下次处在这个网络范围时自动连接。因此在大多数情况下,只需运行一次连接过程。

下面将介绍连接无线网络的步骤:

(1) 选择"开始"|"连接到",Vista 会打开"连接网络"对话框,显示可用的无线网络列表,如图 22-2 所示,每个网络显示了 3 部分信息。

- 左列显示网络名称(又称服务集标识符或者 SSID)。
- 中列描述网络是否需要密码或者安全密钥(支持安全的网络或不安全的网络)。
- 右列显示的是 5 格信号强度(绿色的格越多,信号就越强),注意,网络按照信号强度降序排列。

注意:

有些网络是无线热点,即可以允许带有无线功能的计算机使用本地 Internet 连接的场所。在机场、旅馆甚至如咖啡店、宾馆和牙科诊所这样的商业场所都能找到热点。

图 22-2　"连接网络"窗口显示处于覆盖范围内的无线网络列表

(2) 选择想使用的网络，然后单击"连接"按钮。

(3) 如果选择使用的网络是不安全的，像大部分热点那样，则 Vista 会立即连接到网络(跳至步骤(5))。但是大部分的专用无线网络是安全的，不允许非授权访问，这样 Windows Vista 会提示输入所需的安全密钥或密码，如图 22-3 所示。

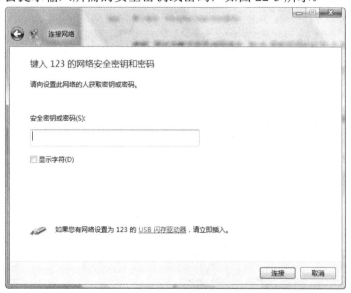

图 22-3　访问安全的无线网络，必须输入安全密钥或者密码

注意：

老式的无线网络使用一种称为有线等效加密(Wired Equivalent Privacy，WEP)的安全协议，该协议通常使用 26 位字符的安全密钥来保护无线通信。虽然感觉很可靠，但

WEP 加密机制存在严重的缺陷，现在有些软件已经能在短时间内破解 WEP 密钥。因此在新式的无线网络中，Wi-Fi 保护访问协议(Wi-Fi Protected Access，WPA)取代了 WEP 协议，它比 WEP 协议更加安全。WPA 协议实现了 IEEE802.11i 中大部分的无线安全标准，WPA2 协议则完全实现这些标准。WPA2 个人版需要输入简单的密码短语才能访问网络(因此适合家庭或者小型办公室)，而 WPA2 企业版需配置专门的身份验证服务器。

(4) 当 Vista 连接网络后，会弹出显示成功连接到 Network 的对话框，这里的 Network 即是网络的名称。对话框会提供两个选项(默认都是启用)。

- 保存这个网络——当启用连接后，此复选框会告诉 Vista 将在"管理无线网络"窗口中保存网络(参见本章后面的"管理无线网络")。如需以后自动连接网络，应选中该复选框。
- 自动启动这个连接——当启用后，此复选框会告诉 Vista 下次处于网络覆盖区域时将自动连接，如果经常需要手动地连接网络，那么应取消该选项。

(5) 单击"关闭"按钮。

(6) 单击选择网络位置：家庭、办公室、公共场合。

(7) 输入 UAC 证书后单击"关闭"按钮。

22.1.3　连接非广播的无线网络

前面提过，每个无线网络都有网络名称：服务设置标识符(Service Set Identifier, SSID)。SSID 标识连接无线设备的网络和装有无线网卡的计算机。大部分无线网络都默认地广播网络名称以便用户能看到网络并进行连接。但是有些无线网络出于安全考虑禁用了网络名称广播，这样未被授权的用户将无法看到网络，也不能进行连接。

> **提示：**
>
> 通过访问无线接入点的配置页和禁用广播设置可以关闭 SSID 广播(具体的修改方式取决于不同的设备制造商，可查看说明文档或在设置页中查找)。但当之前授权过的设备连接非广播的网络时，它们将网络的 SSID 作为试探请求的一部分对外发送，来查看是否处于网络的覆盖区域中。SSID 以未加密文本的格式发送，因此有些专门的软件(可以从网上获得)能轻松地监听并得到 SSID。如果 SSID 为了隐藏不安全的网络而不进行广播或使用像 WEP 这样容易破解的加密协议，则这样隐藏 SSID 实际上会使网络更加不安全。

但是，仍然可以通过手动输入连接设置来连接隐藏的无线网络。只需知道网络的名称、网络的安全类型、加密类型、网络的安全密钥或者密码短语。具体步骤如下：

(1) 选择"开始" | "连接到"，Vista 打开"连接网络"对话框。

(2) 单击"设置连接或网络"链接，打开"选择一个连接选项"对话框。

(3) 选择"手动连接到无线网络",单击"下一步"按钮,Vista 就会提示输入网络连接的信息,如图 22-4 所示(显示了输入完整的对话框)。

(4) 提供以下连接信息:

- 网络名——无线网络的 SSID。

- 安全类型——无线网络使用的安全协议。如果网络不施加保护,选择"无身份验证(开放式)"。

- 加密类型——无线网络使用的加密方法。

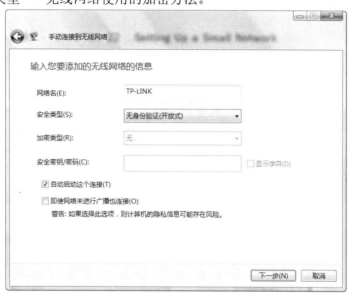

图 22-4　使用对话框指定隐藏无线网络的连接设置

- 安全密钥/密码——授权访问网络所需的密钥或密码。

- 自动启动这个连接——选中该复选框时,Vista 开始连接网络(相当于在步骤(5)中单击"下一步"按钮),并当下一次处于网络覆盖区域时自动连接。如经常需要手动地连接网络,那么应取消该选项。

- 即使网络未进行广播也连接——如果启用该复选框,即使网络不广播 SSID,Vista 也发送试探请求来查看是否处于网络覆盖中。正如在之前的警告边栏说明的那样,这会降低安全性(因为 SSID 在试探请求中是以明文格式发送的),因此应取消此选项。

(5) 单击"下一步"按钮。Vista 将连接网络并将其添加到无线网络列表中。

(6) 单击"关闭"按钮。

22.1.4　设置无线临时网络

如果没有无线连接点,Vista 允许在两台或者多台计算机间建立临时的网络,这就是**临时连接**(ad hoc connection)。如果需要对文件夹、设备和 Internet 连接进行临时性的共享，临时连接是很有用的。注意，使用这种连接时，计算机的间距不应超过 30 英尺。可按照以下步骤操作：

(1) 选择"开始"|"连接到"，打开"连接网络"对话框。

(2) 单击"设置连接或网络"的链接，打开"选择一个连接选项"的对话框。

(3) 选择"设置无线 Ad Hoc 网络(计算机到计算机)"，单击"下一步"按钮。

(4) 在初始对话框中，单击"下一步"按钮。

(5) 提供以下信息设置网络：

● 网络名——临时网络的名称。

● 安全类型——无线网络使用的安全协议。如果网络不安全，选择"无身份验证(开放式)"。

● 保存这个网络——启用此复选框将网络保存到"管理无线网络"列表中。

(6) 单击"下一步"按钮，Vista 将建立临时网络。

(7) 如果需要共享计算机上的 Internet 连接，单击"启用 Internet 连接共享"。

(8) 单击"关闭"按钮。

配置完毕后，在你的计算机周围 30 英尺范围内的其他人都能在他们的可用网络列表中看到此临时网络，如图 22-5 所示(这是原来计算机上的视图，可以看到"等待用户连接"的字样取代了安全标签)。注意，当至少一台计算机(包括建立网络的主机)处于连接状态时，网络仍然可用。只有当所有的计算机(包括建立网络的主机)都断开连接时，网络才无效。

图 22-5　在主机周围 30 英尺内的计算机都可以使用临时网络

22.2　理解网络图标

Windows Vista 始终会在任务栏的通知区域显示"网络"图标，显示的图标版本取决于当前的网络状态。当 Vista 连接到使用 Internet 访问的网络时，显示的"网络"图标如图 22-6 所示。如果网络不访问 Internet，"网络"图标中就不会出现球体状图形，如图 22-7 所示。最后，如果 Vista 没有连接到任何网络，将看到如图 22-8 所示的"网络"图标。

图 22-6　使用 Internet 访问网络的"网络"图标

图 22-7　不使用 Internet 访问网络的"网络"图标

图 22-8　当前无网络连接时的"网络"图标

22.3　显示网络和共享中心

Vista 的网络控制中心是新的"网络和共享中心"，能够完成以下所有与网络相关的任务：

- 查看当前网络连接的列表。
- 通过网络映射使网络可视化(参见本章后面的"查看网络映射")。
- 自定义网络名称、类型和图标(参见本章后面的"自定义网络")。
- 修改计算机的发现和共享选项(参见本章后面的"启用网络发现"和第 23 章中的"设置文件和打印机共享")。
- 查看每个网络连接的状态(在本节后面将讨论)。
- 查看网络上的计算机和设备(参见第 23 章中的"浏览网络")。
- 连接到其他网络。
- 管理无线网络(参见本章后面的"管理无线网络")。
- 管理网络连接(参见本章后面的"使用网络连接")。
- 诊断和修复网络连接(参见第 23 章中的"诊断网络问题")。

"网络和共享中心"是可能经常要使用的新的网络工具。这可能也是 Microsoft 提供多种方式打开它的原因。以下总结了可以使用的多种打开方式：

- 选择"开始"|"控制面板"|"查看网络状态和任务"(也可以单击"网络和 Internet" |"网络和共享中心")。

- 选择"开始",在"搜索"框中输入"共享",然后单击显示在搜索结果中的 "网络和共享"图标。

- 单击通知区域的"网络"图标,然后单击"网络和共享中心"。

- 选择"开始"|"网络",然后单击任务栏中的"网络和共享中心"。

- 选择"开始"|"连接到"|"打开网络和共享中心"。

- 在"管理无线网络"窗口中(参见本章后面的"管理无线网络"),单击任务栏 中的"网络和共享中心"。

无论使用哪种方式,都可以看到如图 22-9 所示的"网络和共享中心"窗口。

图 22-9 "网络和共享中心"是 Vista 的网络中心

"网络和共享中心"窗口包括如下 4 个主要区域:

- **映射**——该区域显示网络映射的缩略图:当前连接的可视化显示(参见本章后面 "查看网络映射"一节)。

- **网络**——该区域描述了连接的网络名称、网络类别(专用和公用)、是否通过连接 访问 Internet 以及正在使用的计算机连接(通常是有线的"本地连接"或"无线网络连接")。如果连接多个网络或者有连接到单个网络的多个连接(例如有线和无线)，则会在该区域显示所有的连接。

- **共享和发现**——该区域显示当前的网络检测和共享设置。
- **任务**——该窗格在"网络和共享中心"窗口的左边，它提供对大多数常见网络任务的一键访问。

22.4　自定义网络

当首次打开"网络中心"时，在大多数情况下，你还没有为网络设置配置文件，因此 Vista 使用 3 个默认设置配置网络：

- 默认名称，通常是"网络"或者无线网络的 SSID。
- 网络类型，由初次连接网络时选择的网络位置决定(当安装 Vista 时或许已确定)。

注意：

Windows Vista 支持 3 种网络类型：专用、公用和域。专用网络通常是指需要连接附近几台计算机的家庭或者小型办公室网络。因此，Windows Vista 会启用"**网络发现(network discovery)**"——能够查看网络中的其他计算机和设备的新功能，还启用文件和打印机共享。公用网络通常是指在机场、咖啡店、旅馆和其他公共场所的无线热点连接。当指定网络为公用类型时，Vista 会关闭网络发现以及文件和打印机共享。域类型应用在属于公司域的网络中。

22

- 默认的网络图标，由初次连接网络时选择的网络位置决定(如图 22-9 所示的网络映射的缩略图中，默认"主页"图标显示在"多重网络"上面)。

要更改默认设置，可按照以下步骤操作：

(1) 单击"自定义"按钮，显示"自定义网络设置"对话框，如图 22-10 所示。

(2) 在"网络名"文本框中输入名称。

(3) 选择类型是"公用"或"专用"(只有使用域连接网络，才能看到"域"选项)。

(4) 若要更改图标，单击"更改"按钮打开"更改网络图标"对话框，选择图标，然后单击"确定"按钮。

提示：

"更改网络图标"对话框最初显示%SystemRoot%\system32\pnidui.dll 文件中定义的一小组图标，如果要选择更多的图标，在"查找这个文件中的图标"文本框中输入以下路径名(输入路径名后按 Enter 键)：

```
%SystemRoot%\system32\shell32.dll
%SystemRoot%\system32\pifmgr.dll
```

%SystemRoot%\explorer.exe

(5) 单击"下一步"按钮，输入 UAC 证书。Vista 将应用新的网络设置。

(6) 单击"关闭"按钮，Vista 将使用新的设置更新"网络和共享中心"窗口。

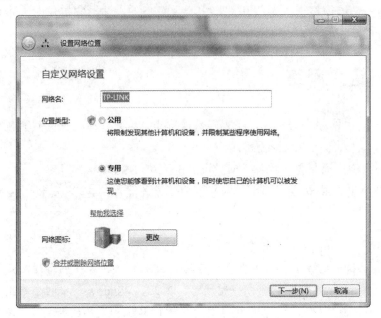

图 22-10　在"网络和共享中心"内单击"自定义"按钮显示此
对话框，以便修改网络名称、类型和图标

22.5　启用和关闭网络发现

网络发现是在 Vista 中实现的新的网络功能，开/关设置将决定网络上其他计算机和你的计算机之间能否相互看到。在公用网中，网络发现是关闭的，这样做的目的在于：你可能不希望咖啡馆中的其他用户看到你的计算机。另一方面，在专用网络或域中，需要查看其他计算机(并让其他用户看到你的计算机)，因此需要启用网络发现。

但是，有时会出现默认的网络发现设置不适用的情况。例如，在专用网络中不想让别人访问某台计算机(可能含有敏感信息)。类似地，你和你的朋友可能需要在公用网络中看到对方的计算机，这样就能快速交换文件。

如果不想更改网络类型而更改当前的网络发现设置，可按照以下步骤操作：

(1) 如前面所述打开"网络和共享中心"窗口。

(2) 在"共享和发现"区域中，单击当前的网络发现设置，Vista 将展开"网络发现"的选项。

(3) 单击"启用网络发现"(仅当连接到网络时才能使用)或者"关闭网络发现"。

(4) 单击"应用"按钮，输入 UAC 证书。

22.6 查看网络映射

新的"网络映射"功能可视化地显示了计算机连接的所有内容：网络连接(有线和无线)、临时(计算机到计算机)连接、Internet 连接和连接的相关设备。"网络映射"还可视化地显示连接状态，因此能方便地发现问题。

"网络和共享中心"根据当前的连接显示了网络映射的本地部分以及当前的连接布局。始终能在左边看到你的计算机的图标。如果计算机连接到网络(如前图 22-9 所示)，则计算机图标和网络图标之间有条绿线相连；如果网络连接到 Internet，网络图标和右边的 Internet 图标之间会有另一条绿线相连。如果没有连接，在连接线上会看到红色的 X。

"网络和共享中心"还有更详细的网络映射，单击"查看完整映射"链接可以查看该内容。图 22-11 是一个完整的网络映射示例。如果有多种网络连接，使用"网络映射列表"选择不同的连接并查看其映射。

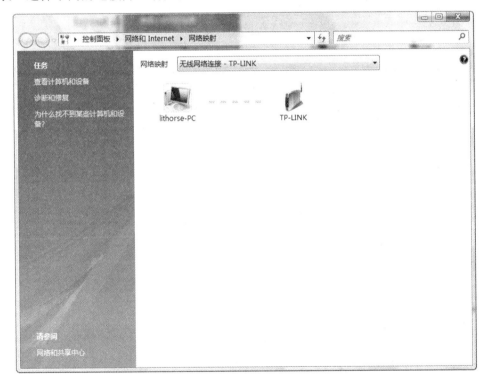

图 22-11 完整的网络映射

22.7 管理无线网络

在计算机上配置多个无线网络很正常。例如，在家庭或者办公室中可能有 2 个或更多的无线网关；在附近可能有一个无线热点；以及如前一节所述，Vista 还可以建立计算机之间的无线连接来共享文件，或者不使用无线接入点建立 Internet 连接。Vista 的"管理无线网络"功能可以列出保存的无线网络，并支持添加新的无线连接、删除已有连接及对无线网络重新排序的功能。

为何要重新调整网络？Windows Vista 会使用自动连接默认配置无线网络，因此在 Vista 检测到网络后就可以立即进行连接。如果有多个无线网络，Windows Vista 将维护一个优先级列表，列表中优先级高的网络比优先级低的网络先连接。如果连接的不是所需的无线网络，则说明此网络在优先级列表中优先级较低。可以在列表中提高网络优先级解决这个问题。

为了显示"管理无线网络"窗口并对网络进行重新排序，可按照以下步骤操作：

(1) 如前所述打开"网络和共享中心"窗口。

(2) 单击"管理无线网络"链接，Vista 将打开"管理无线网络"窗口，如图 22-12 所示。

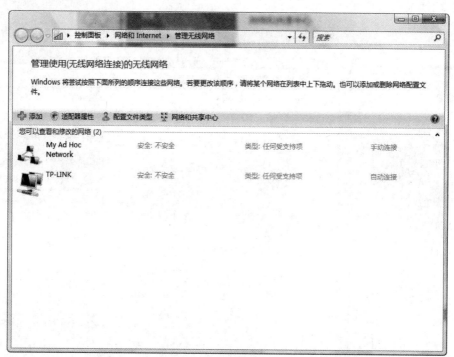

图 22-12　使用"管理无线网络"功能重新排序、添加和删除无线网络

(3) 选择需要移动的网络。

(4) 单击向上和向下按钮将网络移动到想要的位置。

注意：

要删除无线网络，选中该网络，然后单击"删除"按钮。

注意:

　　无线网络可能会修改其安全设置。例如，管理员可能会升级为更健壮的加密设置或者更改安全密钥或密码。为了调整已有网络的安全设置，右击"管理无线网络"窗口中的网络，单击"属性"显示网络的属性表。显示"安全"选项卡，编辑"安全类型"、"加密类型"或"网络密钥"。

22.8　使用网络连接

　　Windows Vista 维护了列举所有网络连接(包括有线、无线、拨号和虚拟专用网络(Virtual Private Network，VPN)连接)的"网络连接"窗口。计算机上连接的每个网络接口卡(Network Interface Card，NIC)在列表中都有自己的连接图标，可以利用这些图标来使用网络连接。可以按照以下步骤显示"网络连接"窗口并使用连接：

　　(1) 如前所述打开"网络和共享中心"窗口。

　　(2) 单击"管理网络连接"链接，Vista 将显示"网络连接"窗口，如图 22-13 所示。

图 22-13　使用"网络连接"功能更改有线或无线网络连接

　　(3) 选择要使用的网络连接。

　　(4) 使用以下技术修改网络设置(注意，在有些情况下需要输入 UAC 证书才能完成任务)。

- **重命名连接**——Windows Vista 为每个连接提供通用的名字，例如"本地连接"和"无线网络连接"。如需为选中的连接指定更浅显的名字，请按 F2 键(或在任务栏中单击"重命名此连接"按钮)，输入新名称，按 Enter 键。
- **安装网络客户端、服务或协议**——在小型对等式网络中不需要额外的网络组件。若需要这些组件，可以右击"网络连接"，选择"属性"(或者单击任务栏的"更改此连接的设置")，然后单击"安装"按钮完成安装。
- **检查网络状态**——为了查看网络活动和详情(例如当前的 IP 地址)，可以右击连接，单击"状态"命令(或者单击任务栏中的"查看此连接的状态")。
- **诊断网络问题**——如果遇到网络问题，Vista 提供了检查连接并提供解决方案的网络诊断工具。可以右击连接，然后单击"诊断"命令(或单击任务栏中的"诊断这个连接")。具体内容参见第 23 章"诊断网络问题"。
- **禁用连接**——如果你有多个网络接口卡并希望禁用不使用的网卡，可以右击连接，然后单击"禁用"命令(或者在任务栏中单击"禁用此网络设备")。如果以后要启用连接，可以右击连接，单击"启用"命令(或在任务栏中单击"启用此网络设备")。

22.9 将 Windows Vista 连接到 Windows 家庭服务器网络

Windows 家庭服务器(Home Server)是用于更方便地管理、访问和保护家庭网络的硬件/软件数据包中的软件部分，它是经过适当精简的 Windows Server 2003 R2 版本，而 Windows Server 2003 是微软的服务器操作系统旗舰产品(至少在下一个版本 Windows Server 2008 发布之前是如此)。这就提供了非常优秀的基础，因为 Windows Server 2003 具有与微软已经生产的其他任何操作系统相同的健壮性和稳定性。当然，Windows Server 2003 也与任何微软操作系统一样庞大而复杂，并且网络初学者不能完全发挥它的功能。为了解决这种问题，Windows 家庭服务器将复杂性和功能隐藏在称为"Windows 家庭服务器控制台"的用户界面后面，初学者和管理员都可以相当方便地使用 Windows 家庭服务器和访问网络。

对 Windows 家庭服务器感兴趣的人和系统集成人员可以购买独立版本的 Windows 家庭服务器并将其安装在计算机上。对于其他任何人(也就是微软将该操作系统所面向的目标市场中的大多数人)，可以使用作为紧密集成的、完备的硬件/软件数据包一部分的 Windows 家庭服务器。你基本上只需要将 Windows 家庭服务器加入到网络上并启动该计算机，而不需要在服务器机箱中附加任何有用的外围设备，因为这些计算机被设计为采用"无头模式"(headless)运行，即服务器计算机在没有显示器、鼠标或键盘的情况下运行(实际上，集成 Windows 家庭服务器的几乎每台设备都没有显示器端口！)。通过 Windows 家庭服务器控制台配置服务器和访问网络，如果需要运行程序或配置服务器的其他方面，则可以通过"远程桌面"连接服务器。

除了便于设置和牢固的可靠性(得益于 Windows Server 2003 打下的牢固基础)之外，Windows 家庭服务器还提供了如下 5 个关键的功能：

- 每天自动执行客户端备份
- 灵活的、保密的、安全的和集中的存储
- 简单的网络管理
- 媒体流
- 通过 Internet 远程访问 Windows 家庭服务器和家庭计算机

注意：

如果需要更详细地了解 Windows 家庭服务器，可查看该书作者编写的 *Microsoft Windows Home Server Unleashed*(Sams,2007)一书。

22.9.1　安装 Windows 家庭服务器连接器

从客户端计算机的角度来说，获得 Windows 家庭服务器丰富功能的关键是使用称为"Windows 家庭服务器连接器"的程序，该程序执行如下操作：

- 在网络上定位 Windows 家庭服务器
- 在 Windows 家庭服务器中注册你的计算机
- 配置 Windows 家庭服务器以自动每晚备份计算机
- 安装"立即备份"组件，从而可以在任意时间手动备份计算机
- 安装"还原向导"的客户端版本，从而可以恢复备份的文件和文件夹
- 为 Windows 家庭服务器共享文件夹添加桌面快捷方式
- 安装"家庭服务器托盘"应用程序，这是一个通知区域图标，提醒用户当前的网络状态并提供对 Windows 家庭服务器功能的访问
- 安装"Windows 家庭服务器控制台"的客户端版本

该连接器程序能让你的客户端计算机完整地体验 Windows 家庭服务器。然而，该连接器软件只能在运行较新 Windows 版本的客户端上工作。

- Windows Vista Home Basic
- Windows Vista Home Premium
- Windows Vista Business
- Windows Vista Enterprise
- Windows Vista Ultimate
- Windows Vista Home N(只限于欧盟国家)

22

- Windows Vista Business N(只限于欧盟国家)
- Windows XP Home with Service Pack 2
- Windows XP Professional with Service Pack 2
- Windows XP Media Center Edition 2005 with Service Pack 2 and Rollup 2
- Windows XP Media Center Edition 2005 with Service Pack 2
- Windows XP Media Center Edition 2004 with Service Pack 2
- Windows XP Tablet Edition with Service Pack 2

注意，对于 Windows 家庭服务器连接器微软没有提出其他任何系统需求。换句话说，如果你的系统能够运行上述的任何一种操作系统，并且可以建立有线或无线网络连接，就可以安装和运行 Windows 家庭服务器。

在安装 Windows 家庭服务器连接器之前，应该确保客户端已经准备好执行安装，并且准备好加入 Windows 家庭服务器网络。下面是对应的检查表：

- 确保客户端的工作组名称与 Windows 家庭服务器使用的工作组名称相同。
- 确保可以在你的网络上看到 Windows 家庭服务器(选择"开始"|"网络")。
- 在客户端上，建立希望用于 Windows 家庭服务器的用户帐户(如果不想使用已有的用户帐户的话)。
- 在 Windows 家庭服务器上，建立具有与客户端用户帐户相同用户名和密码的用户帐户(如果直接访问服务器，则现在就可以执行该操作，否则就必须等到安装 Windows 家庭服务器连接器之后再执行该操作。无论采用何种方式，都是通过运行 Windows 家庭服务器控制台并使用"用户帐户"选项卡添加新的用户)。

22.9.2 运行 Windows 家庭服务器连接器安装程序

准备好 Windows Vista 客户端计算机之后，执行如下步骤安装 Windows 家庭服务器连接器：

(1) 插入 Windows 家庭服务器连接器光盘。

(2) 如果显示"自动播放"窗口，则单击"运行 setup.exe"链接。否则，使用 Windows 资源管理器打开光盘并双击 SETUP.EXE 文件。

(3) 输入用户帐户控制证书以授权安装。

(4) 在初始的"Windows 家庭服务器连接器"对话框中，单击"下一步"按钮。

(5) 接受许可协议并单击"下一步"按钮，开始安装 Windows 家庭服务器连接器。安装完成后，提示用户输入 Windows 家庭服务器的密码。

(6) 输入 Windows 家庭服务器的密码。如果不确定密码是否正确，可以单击"密码提示"，显示在 Windows 家庭服务器安装期间输入的提示文本。

(7) 单击"下一步"按钮。Windows 家庭服务器连接将你的计算机加入到网络中，并且配置 Windows 家庭服务器以在夜间备份你的计算机。

(8) 单击"下一步"按钮完成 Windows 家庭服务器连接器的安装。

(9) 单击"完成"按钮。Windows 家庭服务器连接器会在桌面上添加服务器共享的快捷方式。注意，在该计算机的所有用户的桌面上都会显示这个快捷方式。

(10) 在通知区域显示"家庭服务器托盘"应用程序图标。

22.9.3　运行 Windows 家庭服务器控制台

通过"Windows 家庭服务器控制台"应用程序可以非常方便地完成大多数的 Windows 家庭服务器配置工作。为了确保始终可以方便地访问该程序，下面列出了启动该程序的各种方法：

- 在 Windows 家庭服务器计算机上，选择"开始"|"Windows 家庭服务器控制台"命令。
- 在 Windows 家庭服务器计算机或客户端上，双击"Windows 家庭服务器控制台"桌面图标。
- 在客户端计算机上，选择"开始"|"所有程序"|"Windows 家庭服务器控制台"。
- 在服务器上，选择"开始"|"运行"(或者按下 Windows Logo+R 键)，打开"运行"对话框，输入%ProgramFiles%\Windows Home Server\HomeServerConsole.exe，然后单击"确定"按钮。
- 在客户端上，选择"开始"|"运行"(或者按下 Windows Logo+R 键)，打开"运行"对话框，输入%ProgramFiles%\Windows Home Server\WHSConsoleClient.exe，然后单击"确定"按钮。

如果是在客户端上运行 Windows 家庭服务器控制台，则会显示登录屏幕。在文本框中输入 Windows 家庭服务器的密码(即 Windows 家庭服务器的管理员帐户的密码)，然后按下 Enter 键或单击箭头，显示"Windows Home Server Console"，如图 22-14 所示。

提示：

如果不希望每次都输入 Windows 家庭服务器的密码，可显示登录屏幕，然后选择"选项"|"记住 Windows 家庭服务器密码"。

注意：

如果忘记了 Windows 家庭服务器的密码，可选择"选项"|"密码提示"命令，查看提供密码提示的一些文本。

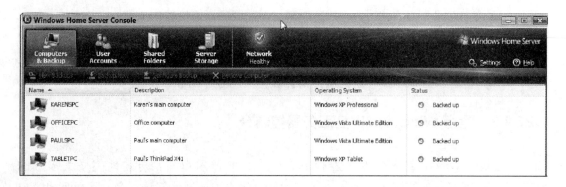

图 22-14 使用"Windows Home Server Console"程序配置大多数常见的服务器设置

22.10 相关内容

以下是在本书中能够找到的与网络相关的信息的章节列表：

- 要了解共享网络媒体的内容，参见第 7 章"使用数字媒体"中的"共享媒体"。
- 要了解查看网络资源、共享计算机资源以及与其他用户合作的方式，请参阅第 23 章"访问和使用网络"。
- 远程访问网络很关键，因此用一整章来介绍这个话题，请参阅第 24 章"建立远程网络连接"。

第 23 章

访问和使用网络

第 22 章"建立小型网络"介绍了在 Vista 中自动(适用于大多数有线连接)或通过一些步骤手动(适用于大多数无线网络)连接网络的方式,同时也介绍了在新的"网络和共享中心"中可以很方便地使用网络连接。到目前为止, Vista 是 Microsoft 中最好的 Windows 网络客户端。然而,检验网络的依据主要来自于访问网络的情况,也就是说,检验网络客户端的好坏取决于其访问网络和使用资源的性能。而 Vista 在这方面的性能如何呢?答案是喜忧参半。Vista 有时不能很好地与非 Vista 的远程计算机联机合作,并且访问共享文件夹也有些困难,因为 Vista 不再支持 XP 系统的**网络位置**(Network Places,即共享文件夹的快捷方式)。另一方面,Vista 为共享资源提供了更多的选项,使脱机使用网络文件更容易,此外 Vista 还提供 Windows 会议室——用于运行网络会议和演示的强大应用程序。

本章将介绍访问网络和使用网络资源的优缺点,同时还会介绍检查网络、映射网络驱动器、使用网络打印机以及使用网络对等实体来共享驱动器、文件夹和打印机的方式。

23.1 了解一些普通的网络任务

首先从最常用的基本网络任务开始介绍。以下几节将介绍查看网络计算机、向网络添加计算机或设备以及诊断网络问题的方法。

本章主要内容

- ▶ 了解一些普通的网络任务
- ▶ 访问网络资源
- ▶ 使用网络共享资源
- ▶ 使用脱机文件和同步中心
- ▶ 使用Windows会议室

23.1.1 查看网络计算机和设备

当连接到网络后,可能首先要查看网络上的计算机以及访问可用的资源,Vista 提供两种启动方式:

● 选择"开始"|"网络"。

● 在"网络和共享中心"中,单击"查看网络计算机和设备"。

使用任何一种方式都能显示"网络"窗口,里面列出了主要的网络资源,例如工作组中的计算机和媒体设备。如图 23-1 所示,"详细信息"视图显示资源名称、类别、工作组或域名称及网络配置文件的名称。

注意:

如果两次看到某个网络资源名称,一次在"计算机"类别中,而另一次在"媒体设备"类别中,那么意味着计算机已经启用 Media Player 新的媒体共享功能(请参阅第 7 章"使用数字媒体"中"共享媒体"一节的内容)。双击计算机名称的"媒体设备版本",在 Media Player 窗口中打开计算机的媒体库。

图 23-1 "网络"窗口显示连接到网络上的主要资源

23.1.2　添加计算机或设备

以前版本的 Windows 系统会在"网上邻居"或者"我的网络位置"中显示网络资源，但这些资源大多数只局限于域、工作组和计算机。Windows Vista 能更好地识别连接到网络上的其他设备，包括媒体播放机、无线接入点、路由器和打印服务器。这些设备通常会在网络映射中显示，但有些设备可能不会显示。要添加这些设备，打开"网络和共享中心"，在任务窗格中单击"添加无线设备"链接，Vista 将立即开始搜索网络设备。如果发现任何设备，则会在列表中显示此设备。你可以决定添加哪些设备到网络中。

23.1.3　诊断网络问题

Windows XP 自带了"修复"工具，它能很好地修复连接问题，因为大部分的网络问题都可以通过运行"修复"工具里的基本任务来解决：断开连接、续订 DHCP 租约、清除网络缓存和重新连接。但是，"修复"工具经常会报告无法修复这些问题，这通常意味着问题可能发生在"诊断"工具无法访问的网络堆栈的更深层次中。为了处理这些更具挑战性的连接问题，Vista 自带了全新设计的"网络诊断"工具，它能深入网络栈的所有层次来确定并解决问题。Vista 提供了几种启动"网络诊断"工具的方式：

- 右击通知区域的"网络"图标，然后单击"诊断"命令。
- 在"网络和共享中心"中，单击"查看状态"，然后单击"诊断"按钮。
- 如果与网络共享失去连接，Vista 将显示"网络错误"对话框来通知你，单击"诊断"按钮。
- 在"网络连接"窗口中(请参见第 22 章"管理网络连接")，单击损坏的连接，然后单击"修复此连接"。

当启用诊断时，Vista 会调用新的"网络诊断框架(Network Diagnostics Framework，NDF)"，该框架是工具、技术、算法、程序接口、服务和故障排除程序的集合。NDF将问题的详情传给"网络诊断引擎(Network Diagnostics Engine，NDE)"，NDE 生成可能产生问题的原因的列表。对每个可能的原因，NDE 启动特定的故障排除程序，确定故障排除程序所覆盖的网络是否为问题的源头。例如，存在与无线连接、"传输控制协议(Transport Control Protocol，TCP)"连接、地址获取等有关的故障排除程序。最后，故障排除程序生成问题的可能解决方案的列表。如果只存在一种能够自动执行的解决方案，则 NDE 会试图运行此解决方案。如果存在多种解决方案(或者需要用户输入的单个解决方案)，则可以看到类似于图 23-2 所示的"Windows 网络诊断"对话框，单击解决方案或者按照显示的指令进行操作。

23

23.1.4 启用网络发现

只有启用网络发现才能充分地利用 Windows Vista 中的网络。网络发现是一种新的设置，使你能够查看网络中的其他计算机并使用这些计算机的共享资源。网络发现还支持网络中的其他计算机查看你的计算机并访问你的共享资源。

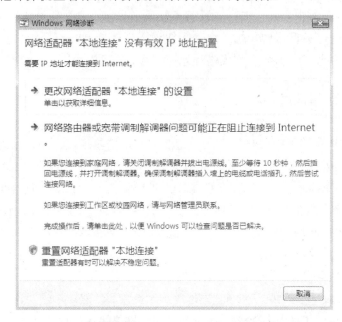

图 23-2　如果 Vista 不能连接到网络或设备，那么将显示此
对话框，可以单击"诊断"按钮运行网络诊断

为了确保启用网络发现，单击任务栏通知区域的"网络"图标，然后单击"网络和共享中心"(或者选择"开始"|"控制面板"|"网络和 Internet"|"网络和共享中心")。在"共享和发现"区域中，如果看到"网络发现"设置处于"关闭"状态，单击"关闭"，然后单击"启用网络发现"选项，单击"应用"按钮，输入 UAC 证书。

23.2　访问网络资源

当设置好网络后，可以立即使用网络来共享资源，包括文件、文件夹、程序和计算机外设，下面首先从前面介绍过的"网络"窗口开始介绍。

首先双击资源，查看其包含的内容。例如，双击工作组的计算机，可以看到共享的项，如图 23-3 所示。

注意，装有 Vista 系统的计算机会自动共享两个文件夹：

- 公用——该文件夹对网络上的每个用户公开，并为用户提供完整的读/写访问权限。

- 打印机——该文件夹包含计算机上已安装的打印机。Vista 通常为每个共享打印机在计算机的主文件夹下都提供一个图标。

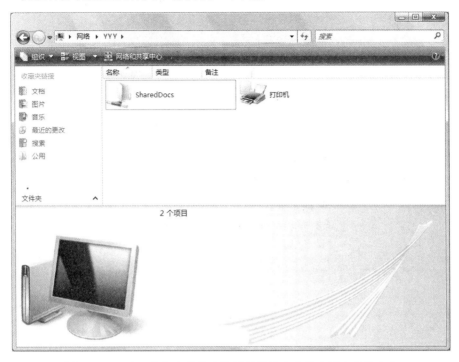

图 23-3 双击工作组中的某台计算机的共享文件夹以查看其内容

注意:
能否看到"公用"和"打印机"文件夹取决于远程计算机的共享设置。请参见本章后面的"设置文件和打印机共享"一节的内容。

双击共享文件夹查看其内容,如果拥有远程计算机的帐户,则可以立即看到文件夹的内容,否则需要输入该计算机帐户的用户名和密码。

23.2.1 理解通用命名规范

如果打开远程计算机或共享时单击"地址"栏的内部,则可以看到使用如下格式的地址:

```
\\ComputerName\ShareName
```

这里,ComputerName 是计算机的名称,ShareName 是共享资源的名称。这称为**通用命名规范**(universal naming convention,UNC)。例如,以下 UNC 路径引用计算机 TABLETPC 上名为 Public 的共享资源:

```
\\TABLETPC\Public
```

如果 UNC 引用驱动器或文件夹，则可以使用常规的路径规范来访问该资源上的子文件夹。例如，计算机 TABLETPC 上的 Public 文件夹下有 Downloads 子文件夹，可以使用以下规则引用子文件夹：

```
\\TABLETPC\Public\Downloads
```

提示：

UNC 提供了几种可选择的方法访问共享网络资源：

- 在"网络"资源管理器中，单击"地址"栏内部，输入共享资源的 UNC，然后按下 Enter 键。
- 按下 Windows Logo+R 组合键(或者选择"开始" | "所有程序" | "附件" | "运行")打开"运行"对话框。输入共享资源的 UNC，然后单击"确定"按钮，从而在文件夹窗口中打开资源。
- 可以在 32 位应用程序的"打开"或"另存为"对话框中的"文件名"文本框中使用 UNC 名称。
- 在命令提示符中，先输入 START 命令，然后键入 UNC 路径，例如：

```
START \\TABLETPC\Public
```

- 在命令提示符中，可以使用 UNC 名称作为命令的一部分。例如，为了从 \\TABLETPC\Public\Downloads\ 处复制名为 archive.zip 的文件到当前文件夹，可以使用如下命令：

```
COPY "\\TABLETPC\Public\Downloads\archive.zip"
```

23.2.2　映射网络文件夹到本地驱动器盘符

一个经常重复出现的网络难题是引用网络资源的问题(即通过脚本或者命令)。虽然可以引用 UNC 路径，但却难以使用。为避免这种麻烦，可以映射共享的网络驱动器或文件夹到自己的计算机。**映射**是指为资源指定驱动器盘符，从而在计算机上以另一个磁盘驱动器的形式出现。

注意：

映射网络文件夹到本地驱动器盘符的另一个原因是能让某些程序访问网络文件夹。以前的一些程序不能识别网络，所以如果试图保存文件到网络文件夹时，程序可能会显示错误或者提示保存的位置不在磁盘空间内。在大多数情况下，通过映射文件夹到驱动器盘符可以解决这个问题，它能使程序将其作为本地文件夹处理。

为了映射共享驱动器或文件夹，可按照以下步骤操作：

(1) 选择"开始"，右击"网络"图标，单击"映射网络驱动器"命令(也可以在任

何文件夹窗口中按下 Alt 键显示菜单栏，选择"工具"|"映射网络驱动器"）。Windows Vista 将显示"映射网络驱动器"对话框，如图 23-4 所示。

图 23-4　使用"映射网络驱动器"对话框为网络资源指派驱动器号

(2)　"驱动器"下拉列表显示系统中最后一个可用的驱动器盘符，可以下拉列表选择其他任何可用的盘符。

注意：

如果使用可移动的驱动器（例如记忆卡或闪存驱动器），Windows Vista 会为这些驱动器分配第一个可用的驱动器盘符。如果映射网络驱动器时使用较低的驱动器盘符，可能会造成冲突。因此最好为映射的网络资源指定较高的驱动器盘符（如 X、Y、Z）。

(3)　使用"文件夹"文本框输入共享文件夹的 UNC 路径（或单击"浏览"按钮，在"浏览文件夹"对话框中选择共享文件夹，然后单击"确定"按钮）。

(4)　如果想让 Windows Vista 在每次登录系统时都映射资源，则启用"登录时重新连接"复选框。

(5)　如果想用不同的帐户登录资源，则单击"其他用户名"链接，输入用户名和密码，单击"确定"按钮。

(6)　单击"完成"按钮。Windows Vista 会向系统添加新的驱动器盘符，并在新的文件夹窗口中打开共享资源。

为了在后来打开映射的网络文件夹，选择"开始"|"计算机"，然后双击"网络位置"组中的驱动器。

在命令提示符中映射文件夹

也可以通过使用"命令提示符"会话和 NET USE 命令映射共享网络文件夹到本地的驱动器盘符，基本语法如下：

```
NET USE [drive] [share] [password] [/USER:user]
➥[/PERSISTENT:[YES | NO]] | /DELETE]
```

drive	共享文件夹所映射的本地驱动器盘符(紧跟冒号)。
share	共享文件夹的 UNC 路径。
password	连接共享文件夹所需的密码(即与下面指定的用户名相关的密码)。
/USER: user	用于连接共享文件夹的用户名。
/PERSISTENT:	添加 YES 以在下次登录系统时重新连接映射的网络驱动器。
/DELETE	删除已存在的映射到 drive 的共享映射文件夹。

例如，以下的命令将共享文件夹\\TABLETPC\Public 映射到驱动器 Z:上：

```
net use z: \\tabletpc\public \persistent:yes
```

23.2.3　断开映射的网络文件夹

如果不再需要映射网络资源，可按照以下步骤断开连接：

(1) 选择"开始"|"计算机"打开"计算机"窗口。

(2) 右击映射的驱动器，然后单击"断开"命令。

(3) 如果资源中的文件已打开，Windows Vista 将警告断开资源是不安全的，此时有两个选择：

- 单击"否"按钮，关闭映射资源中所有打开的文件，然后重复步骤(1)和(2)。
- 如果确定没有打开的文件，单击"是"按钮断开资源。

23.2.4　创建网络位置

当映射共享网络文件夹到计算机的驱动器时，Vista 会在"计算机"文件夹的"网络位置"组中为映射的驱动器创建图标。也可以在该组中添加自己的图标，这类似于在 Windows XP 中创建的网络位置。一旦创建了网络位置，则可以通过双击图标来访问此位置。这通常比进入网络客户端的多层文件夹快很多，所以应该为最常访问的网络文件夹创建网络位置。

为了创建网络位置，可以按照以下步骤操作：

(1) 选择"开始"|"计算机",打开"计算机"文件夹。

(2) 右击"计算机"文件夹的空白区域,然后选择"添加一个网络位置"命令,Vista 将启动"添加网络位置向导"。

(3) 在初始向导对话框中单击"下一步"按钮。

(4) 选择"选择自定义网络位置",然后单击"下一步"按钮。

(5) 输入共享网络文件夹的 UNC 地址(或单击"浏览"按钮以使用"浏览文件夹"对话框选择地址),然后单击"下一步"按钮。

(6) 输入网络位置的名称,单击"下一步"按钮。

(7) 单击"完成"按钮。

23.2.5 网络打印

当连接到网络打印机后,就可以像使用系统上的本地打印机那样使用网络打印机了。Windows Vista 提供几种连接网络打印机的方法。最简单的方法是使用"网络"窗口打开有共享打印机的计算机,打开其"打印机"文件夹,右击打印机,然后选择"连接"。当 Vista 要求确认连接时,单击"是"按钮。Vista 使用远程计算机的打印机驱动文件来安装打印机。

如果想要使用向导工具,则可以使用"添加打印机向导":

(1) 选择"开始"|"控制面板",在"硬件和声音"图标下单击"打印机"链接。

(2) 单击"添加打印机"链接,打开"添加打印机向导"。

(3) 单击"添加网络、无线或 Bluetooth 打印机"。Vista 将在网络中搜索共享打印机。

(4) 选择想要使用的网络打印机(双击计算机名称可以查看其共享打印机),单击"下一步"按钮。

(5) 正常地完成向导。

23.3 使用网络共享资源

在对等网络中,每台计算机既是客户端,也是服务器。前面已经介绍过将装有 Windows Vista 系统的计算机用作客户端的方式,现在将介绍如何设置系统用作对等服务器。在 Windows Vista 中,这意味着使用网络共享个人的驱动器、文件夹、打印机和其他资源。

23.3.1 设置文件和打印机共享

无论是文件夹、磁盘驱动器还是打印机,都可以在网络上共享。Vista 的共享选项与 Windows 以前版本的有着很多的细微差别。事实上,Vista 有 5 种不同的方式配置共享：常规的文件和打印机共享、"公用"文件夹共享、打印机共享、密码保护共享和媒体共享。这些都在"网络和共享中心"(请参见第 22 章)的"共享和发现"区域里设置。

"文件共享"设置包括常规文件和打印机共享。它提供了两个选项(在做出选择后，单击"应用"按钮并输入 UAC 证书)：

- 启用文件共享——启用此选项将允许网络上其他用户访问你的共享文件和打印机。
- 关闭文件共享——启用此选项阻止网络上其他用户访问你的共享文件和打印机。注意，关闭该设置还会关闭"公用文件夹共享"和"打印机共享"设置。

"公用文件夹共享"设置包括共享"公用"文件夹，它提供 3 个选项(在做出选择后，单击"应用"按钮并输入 UAC 证书)：

- 启用共享，以便能够访问网络的任何人都可以打开文件——启用此选项将共享"公用"文件夹，但只允许网络用户读取该文件夹里的文件(即用户不能创建新文件或修改已有的文件)。
- 启用共享，以便能够访问网络的任何人都可以打开、更改和创建文件——启用此选项将共享"公用"文件夹，并允许网络用户在该文件夹中读取、编辑和创建新的文件。
- 禁用共享(登录到此计算机的用户仍可以访问该文件夹)——启用此选项将阻止网络用户使用共享的"公用"文件夹(尽管本计算机上的其他帐户仍可以共享文件夹)。

"打印机共享"设置包括共享"打印机"文件夹，并提供了两个选项(在做出选择后，单击"应用"按钮并输入 UAC 证书)：

- 启用打印机共享——启用此选项将允许网络上的其他用户访问"打印机"文件夹。
- 关闭打印机共享——启用此选项将阻止网络上其他用户访问"打印机"文件夹。

"密码保护的共享"设置包括共享密码保护，并提供两个选项(在做出选择后，单击"应用"按钮并输入 UAC 证书)：

- 启用密码保护的共享——启用此选项后，只有知道此计算机帐户的用户名和密码的用户才可以共享资源。
- 关闭密码保护的共享——启用此选项将允许任何网络用户访问共享资源。

"媒体共享"与 Media Player 的媒体库共享功能相关。请参见第 7 章"使用数字媒体"中"媒体共享"一节的内容。

最后，还有两个查看共享文件和文件夹的链接：

- 显示我正在共享的所有文件和文件夹——单击此链接打开"与我共享"文件夹。
- 显示这台计算机上所有共享的网络文件夹——单击此链接打开显示计算机的共享文件夹和打印机的文件夹窗口。

23.3.2　禁用共享向导

当涉及文件权限和其他细节时，共享是一个很复杂的过程。Windows Vista 的细节内容都是本书所要讨论的，因此我们不应对共享产生畏惧心理。但是，新用户都希望共享是简单而且直观的，为此 Vista 引入"共享向导"，该向导显示了共享选项的精简集合并提供了让其他人知道共享资源可用的方法。

"共享向导"默认是启用的，下面介绍禁用它的方法，以便你了解此操作的后果。图 23-5 显示了初始向导对话框。使用列表选择计算机上的用户帐户，然后分配给用户 3 种权限之一：读者(只读)、参与者(读和写)或共有者(所有权限)。当单击"共享"按钮(然后输入 UAC 证书)后，"共享向导"会显示共享的地址，并提供一个链接(允许通过电子邮件将共享地址通知给其他人)。

图 23-5　"共享向导"提供简单的、面向新用户的界面用于共享资源

"共享向导"实际上是对 Windows XP 中呆板的"简单文件共享"功能的改进，但是其仍适用于新用户。然而，当其他用户需要全部的权限或者其他共享信息时，需要按以下步骤禁用"共享向导"功能：

(1) 选择"开始"|"控制面板"|"外观和个性化"|"文件夹选项"图标(或在任意文件夹窗口中选择"组织"|"文件夹和搜索选项")。

(2) 显示"查看"选项卡。

(3) 取消选中"使用共享向导"复选框。

(4) 单击"确定"按钮。

注意：

为了使用 Vista 的高级共享功能，需要提供"用户帐户控制"凭据。

23.3.3　为共享创建用户帐户

如果启用"密码保护的共享"选项，则必须执行以下操作之一：

● 为需要访问共享资源的每个用户设置各自的帐户——如果需要为每个用户分配一组不同的权限，或想要用户名和密码匹配每个用户本地的用户名和密码，则应该执行该操作。

● 为所有远程用户设置统一的帐户——如果需要为所有用户分配统一的权限，则应该执行该操作。

在第 6 章"发挥用户帐户的最大效用"中已经讨论了创建用户帐户，这里不再重复细节内容，当创建可在网络中访问你的计算机的用户时，应记住以下注意事项：

● Windows Vista 不允许没有密码的用户访问网络资源，因此，必须设置拥有密码的网络用户帐户。

● 创建的用户名不需要与用户本地计算机上的用户名相对应，可以随意地设置用户名。

● 如果创建的用户帐户的用户名和密码与他或她本地计算机中的用户名和密码一致，则该用户能直接访问你的共享资源。否则会显示"连接到"对话框，用户可以输入在设置计算机上帐户时所创建的用户名和密码。

23.3.4　共享资源

Windows Vista 提供了两种共享资源的方式：

● 如果启用"公用文件夹共享"，则应该复制"公用"文件夹或者其子文件夹("公用文档"、"公用下载"、"公用音乐"、"公用图片"、"公用视频"或 Recorded TV)之一的文件夹或文件。如果想共享个人文件，或者只是担心"公用"文件夹的权限时(子文件夹继承"公用"文件夹的权限)，则应该这样操作。

提示：

为了得到"公用"文件夹，打开任何文件夹窗口，显示"文件夹"列表，然后单击"桌面"。默认的"桌面"文件夹会包括 7 个项目："用户帐户"文件夹、"计算机"、"网络"、"Internet Explorer"、"控制面板"、"回收站"和"公用"文件夹。

● 为需要共享的文件夹启用共享和设置权限。如果不想处理文件和文件夹的副本，或者想为不同的文件夹设置不同的权限，则应该这样操作。

对于后一项技巧(假设已经关闭"共享向导")，可按照以下步骤操作：

(1) 在 Windows 资源管理器中，选择驱动器或文件夹，然后在任务栏中单击"共享"(也可以右击驱动器或文件夹，然后单击"共享")。Windows Vista 将显示对象的属性表，并选中"共享"选项卡。

(2) 单击"高级共享"按钮，输入 UAC 证书，打开"高级共享"对话框。

(3) 启用"共享此文件夹"选项。

(4) 在小型网络中，一般不需要限制访问资源的用户数目，所以可以安全地把"将同时共享的用户数量限制为"微调框保留为 10。

(5) 单击"权限"按钮显示"权限"对话框(如图 23-6 所示)。

图 23-6　使用"权限"对话框指定共享资源的文件权限

(6) 在"组或用户名"列表中选择显示的组，单击"删除"按钮。

(7) 单击"添加"按钮，显示"选择用户或组"对话框。

(8) 在"输入对象名称来选择"文本框中，输入想要给与访问共享资源权限的用户名(用分号分隔多个用户)，完成后单击"确定"按钮。

(9) 在"组或用户名"列表中选择用户。

(10) 使用"权限"列表，可以允许或拒绝以下权限：

- 读取——只给予组或用户读取文件夹或文件内容的权限，用户不能更改任何内容。
- 更改——给予组或用户"读取"的权限，并允许组或用户更改共享资源的内容。
- 完全控制——给予组或用户"更改"的权限，并允许组或用户完全拥有共享资源。

(11) 重复步骤(7)到(10)，添加并配置其他用户。

(12) 单击"确定"按钮返回"高级共享"对话框。

(13) 单击"确定"按钮返回"共享"选项卡。

(14) 单击"关闭"按钮以使用网络共享资源。

NTFS 安全权限

如果想在网络上更有效地控制共享资源的使用,则需要在文件夹中设置 NTFS 安全权限(在理想情况下,应该在共享资源之前设置)。为了完成该操作,右击文件夹,单击"共享和安全",然后显示"安全"选项卡。该选项卡除了拥有较长的组或用户的权限列表外,其余的与图 23-6 所示的"权限"对话框很相似。

- 完全控制——用户可以执行列出的所有操作,也可以修改权限。
- 修改——用户可以查看文件夹内容、打开文件、编辑文件、创建新文件或子文件夹、删除文件和运行程序。
- 读取和执行——用户可以查看文件夹内容、打开文件和运行程序。
- 列出文件夹目录——用户可以查看文件夹内容。
- 读取——用户可以打开文件,但不能编辑文件。
- 写入——用户可以创建新文件和子文件夹,可以打开和编辑已有的文件。
- 特殊权限——有关权限、审核、所有者以及有效权限的高级设置。

23.3.5 隐藏共享资源

隐藏重要信息是一种经过时间检验的保护信息不被监听或窃取的方法。然而当你在网络上共享资源时,所有人都能看到你的资源。当然,可以设置密码保护的用户帐户并为资源设置适当的权限,但其他用户仍能看到共享资源。

为防止这种情况,可以在共享资源的同时隐藏该资源。这也很容易实现:当设置共享资源时,在共享名称的最后添加$(美元)符号。例如,如果设置驱动器 F 为共享,则可以使用 F$作为共享名称。这样当从"网络"窗口中打开远程计算机时,可以阻止资源显示在资源列表中。

例如,在图 23-7 中可以看到驱动器 F 的属性表,其中显示了以下路径的共享驱动器:

```
\\Xpc\f$
```

也就是说,在计算机 XPC 上共享了名为 F$的驱动器,但是在文件夹窗口中,可以看到在计算机 XPC 共享的资源列表中并没有显示驱动器 F。

图 23-7 隐藏的共享资源(例如此处所示的驱动器 F)并没有显示在浏览列表中

隐藏管理共享

隐藏共享适用于普通的用户，但有些聪明的用户可能知道$的窍门。因此，可能需要为隐藏共享设置不明显的名称。然而请注意，Windows Vista 设置了一些隐藏共享用于管理，包括用于驱动器 C(C$)或者系统上其他的硬盘分区。Windows Vista 还设置了以下隐藏共享：

共 享 名 称	共 享 路 径	用 途
ADMIN$	%SystemRoot%	远程管理
IPC$	N/A	远程进程间通信
print$	%SystemRoot%\System32\spool\drivers	访问打印机驱动程序

不能删除或重命名这些管理共享。

如何连接隐藏共享？当然首先必须知道共享资源的名称。当知道此名称后，可以使用以下技术：

- 选择 Windows Logo+R 组合键(或选择"开始"|"所有程序"|"附件"|"运行")打开"运行"对话框,输入隐藏资源的 UNC 路径,单击"确定"按钮。例如,为了显示计算机 PaulsPC 上的隐藏共享 F$,可以输入以下命令:

  ```
  \\paulspc\f$
  ```

- 在命令提示符会话中,输入 start、空格、UNC 路径,按下 Enter 键。例如,为了启动计算机 PaulsPC 上的隐藏共享 F$,输入:

  ```
  start \\paulspc\f$
  ```

- 使用本章前面提到的"映射网络驱动器"命令。在"映射网络驱动器"对话框的"文件夹"文本框中输入隐藏共享的 UNC 路径。
- 对于隐藏的共享打印机,可遵循本章前面"网络打印"中介绍的步骤操作,当 Vista 开始搜索可用的打印机时,单击"我需要的打印机不在列表中"按钮,在"按名称或 TCP/IP 地址查找打印机"对话框中的"按名称选择共享打印机"文本框中输入 UNC 路径连接隐藏打印机。

23.4　使用脱机文件和同步中心

Vista Business　　　**Vista Enterprise**　　　**Vista Ultimate Edition**

在家庭或办公室中设置小型网络的主要优势在于能轻松地与其他用户相互共享文件和文件夹。你可以简单地在网络上共享文件夹,其他用户可以使用他们的"网络"文件夹打开共享文件夹并使用文件。

但是,当断开网络连接后,就失去了这种优势。例如,假设在办公室的时候使用笔记本电脑连接到网络,但当在路途中时,笔记本必须断开网络连接。幸运的是,当断开网络(或称为脱机)时,仍可以获得某种网络访问。Windows Vista(Business、Enterprise、Ultimate)都具有"脱机文件"的功能,支持在计算机中保存网络文件的副本,你可以像连接到网络上一样查看和使用这些文件。

23.4.1　启用脱机文件

Vista 默认启用脱机文件。要确认系统已经启用该功能,可按照以下步骤操作:

(1) 选择"开始"|"控制面板"|"网络和 Internet"|"脱机文件",Vista 将打开"脱机文件"对话框。

(2) 如果看到"启用脱机文件"按钮,则选择该按钮(如果看到"禁用脱机文件"按钮,则脱机文件已经启用,跳至步骤(4))。

(3) 输入 UAC 证书。

(4) 单击"确定"按钮，Vista 提示重新启动计算机以使新的设置生效。

(5) 单击"是"按钮。

提示：

如果你是管理员，"组策略"编辑器提供了很多与脱机文件有关的策略。例如，可以禁止用户配置脱机文件的功能，设置默认同步选项，防止某些文件和文件夹成为脱机文件以及完全禁用脱机文件。在"组策略"编辑器中，打开"用户配置"|"管理模板"|"网络"|"脱机文件"分支。

注意：

如果想在笔记本计算机上使用敏感的脱机数据，请记住小偷很容易盗窃笔记本计算机并访问敏感数据。为防止这种情况，可使用 Vista Business、Enterprise 和 Ultimate 版本中的"加密文件系统"对脱机文件进行加密。依次选择"开始"|"控制面板"|"网络和 Internet"|"脱机文件"，显示"加密"选项卡，单击"加密"按钮。

23.4.2　使文件脱机可用

当启用了"脱机文件"功能时，可按照以下步骤使网络文件成为脱机文件：

(1) 使用 Windows 资源管理器打开包含想要脱机使用的共享网络文件夹。

(2) 选择需要脱机使用的文件夹。

(3) 右击选中的任意文件夹，单击"始终脱机可用"。

Windows Vista 会同步脱机使用的文件夹。当初始同步时，Vista 显示"始终脱机可用"对话框。如果使用了大量脱机文件，同步需要很长时间。当发生这样的情况时，可以单击"关闭"按钮隐藏"始终脱机可用"对话框(可通过单击任务栏通知区域的"同步中心"图标重新显示该对话框)。

当初始同步完成后，可以断开网络连接并使用脱机文件。

提示：

快速断开连接的方式是打开设置为脱机使用的文件夹，然后在任务窗格中单击"脱机工作"。

23.4.3　脱机使用网络文件

Windows XP 通过创建特定的"脱机文件"文件夹处理脱机文件，该文件夹包括所有选择脱机使用的共享网络文件。Vista 处理脱机文件有些不同。确切地说，有两种使用脱机文件的方式：

- 使用远程计算机的文件夹窗口适当地使用文件——脱机可用的对象会在其常规图标上添加显示脱机文件的图标。当选择脱机对象时，"详细信息"窗格会显示"脱机状态"为"脱机"(未连接)(如图 23-8 所示)。

脱机文件图标

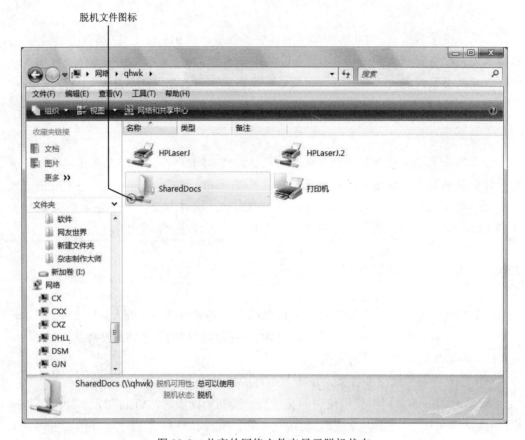

图 23-8　共享的网络文件夹显示脱机状态

提示:

通过选择"开始"|"网络"不能导航到远程计算机的文件夹，因为 Vista 会提示未连接到网络。当断开连接时保持远程计算机的文件夹窗口处于打开状态，或者在"运行"对话框或者资源管理器的"地址"栏中输入远程计算机的 UNC 路径。

- 通过"同步中心"使用文件——选择"开始"|"控制面板"|"网络和 Internet"|"同步中心"(或者双击通知区域的"同步中心"图标)。单击"查看同步合作关系"(尽管默认选中)，然后双击"脱机文件"，如图 23-9 所示。

可以像连接网络时那样打开和编辑文件。

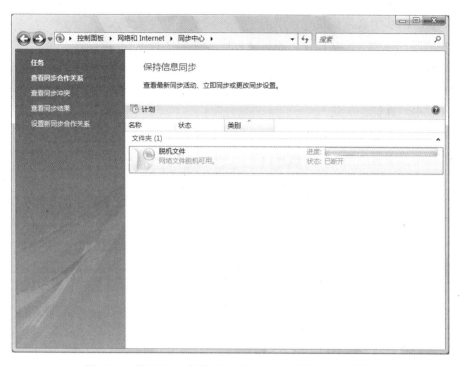

图 23-9　使用 Vista 新的"同步中心"保持脱机文件同步

23.4.4　同步脱机文件

当重新连接到网络时，Windows Vista 会自动地同步文件。这意味着 Windows Vista 将完成两个操作：首先，通过创建共享网络文件夹中的新文件或修改文件的副本来更新脱机文件夹的本地副本。其次，它会使用在脱机时你更改的文件更新共享网络文件夹。该同步操作会在登录到网络或从网络注销时自动进行。还可以手动同步脱机文件，有以下 4 种选择：

- 打开共享网络文件夹，单击任务窗格中的"同步"按钮。
- 打开"同步中心"，单击"查看同步合作关系"，双击"脱机文件"图标，选择脱机文件夹，单击"同步"按钮。
- 打开"同步中心"，单击"查看同步合作关系"，双击脱机文件，单击"全部同步"按钮。
- 右击通知区域的"同步中心"图标，单击"全部同步"。

还可以根据某个时间或者一个或多个事件设置同步计划，这将在以下两节中介绍。

1. 按时间计划同步

如果需要自动同步并且你知道同步发生的时间，则可以按照以下步骤设置基于时间的同步计划：

(1) 在"同步中心"窗口中，单击"查看同步合作关系"。

(2) 单击"计划"按钮打开"脱机文件同步计划"对话框。

(3) 如果已经创建过同步计划，单击"创建新的同步计划"，否则，跳至步骤(4)。

(4) 启用需要同步的每个文件夹旁的复选框，单击"下一步"按钮。

(5) 单击"在计划时间"。

(6) 使用"开始于"控件指定同步开始的日期和时间。

(7) 使用"重复间隔"控件指定同步之间所需的分钟数、小时数、天数、星期数或月数。

(8) 单击"更多选项"查看包含以下选项的"其他计划选项"对话框(完成后单击"确定"按钮)：

- 只有在符合以下条件时才启动同步：计算机处于被唤醒状态——启用此复选框保证只有在计算机不处于"待机"或"休眠"模式时才会进行同步。

- 只有在符合以下条件时才启动同步：计算机处于空闲时间超过 X 分钟/小时——启用此复选框会告诉 Vista 仅当计算机空闲时才开始同步。可以使用微调框设置同步开始前等待的总的空闲时间。

- 只有在符合以下条件时才启动同步：计算机使用外部电源运行——启用此复选框可以避免便携式计算机在使用电池时运行同步程序。

- 如果符合以下条件则停止同步：计算机从空闲状态唤醒——启用此复选框会在你开始使用计算机时让 Vista 放弃同步。

- 如果符合以下条件则停止同步：计算机不再使用外部电源运行——启用此复选框会在便携式计算机切换到电池电源时让 Vista 停止同步。

(9) 单击"下一步"按钮。

(10) 输入计划名称，并单击"保存计划"按钮。

2. 按事件计划同步

如果想要自动进行同步并且你知道同步启动的时间，则可以按照以下步骤设置基于事件的同步计划：

(1) 在"同步中心"窗口中，单击"查看同步合作关系"。

(2) 单击"计划"按钮打开"脱机文件同步计划"对话框。

(3) 如果已经创建同步计划，单击"创建新的同步计划"，否则，跳至步骤(4)。

(4) 启用需要同步的每个文件夹旁的复选框，单击"下一步"按钮。

(5) 单击"当事件或操作发生时"。

(6) 通过启用以下一个或多个复选框指定触发同步的事件或动作。

- 登录计算机——启用此复选框将在登录后启动同步。

- 计算机空闲时间超过 X 分钟/小时——启用此复选框将使计算机在指定的空闲状态 X 分钟或小时后开始同步。

- 锁定 Windows——启用此复选框将在锁定计算机后启动同步。

注意:

可以通过选择"开始"|"锁定",或按 Windows Logo+L 组合键锁定计算机。

- 解除锁定 Windows——启用此复选框将在解除锁定计算机后启动同步。

(7) 单击"更多选项"查看"其他计划选项"对话框(如前所述)。

(8) 单击"下一步"按钮。

(9) 输入计划名称并单击"保存计划"。

23.4.5 处理同步冲突

当 Windows Vista 同步脱机文件时,它可能会发现在网络共享和脱机计算机中都修改了此文件,在这种情况下,"同步中心"图标将显示"出现同步冲突"的消息。以下是解决步骤:

(1) 单击"出现同步冲突"的消息,打开"同步中心"。

(2) 单击"查看同步冲突","同步中心"将显示冲突列表。

(3) 选择需要解决的冲突。

(4) 单击"解决"按钮,Vista 将显示"Resolve Conflict"对话框,如图 23-10 所示。

图 23-10 使用"Resolve Conflict"对话框告诉 Vista 如何
处理同时在本地和脱机计算机修改的文件

(5) 单击想要保存的版本，或者单击"保存所有版本"将脱机文件的版本修改文件名后保存。

23.4.6 调整脱机文件使用的磁盘空间

Vista 会在系统中留出有限的磁盘空间用于存储脱机文件和临时脱机文件(后者是最近使用的网络文件的本地副本。Vista 将自动在缓存中保存这些文件，以便在需要时可以脱机使用)。Vista 为在系统上可以使用的两种脱机文件分配了有限的磁盘空间。此限制取决于%SystemDrive%的尺寸比率，驱动器空间越大，该比率就越高。例如，在 15GB 的驱动器中，Vista 为两种脱机文件设定大约 15%的磁盘空间(大约 2GB)；在 200GB 的驱动器中，Vista 为两种脱机文件设定大约 25%的磁盘空间(大约 50GB)。如果觉得限制太高或太低，可以按照以下步骤进行调整：

(1) 选择"开始" | "控制面板" | "网络和 Internet" | "脱机文件"，Vista 将打开"脱机文件"对话框。

(2) 显示"磁盘使用情况"选项卡，如图 23-11 所示，该选项卡说明当前用于脱机文件和脱机文件缓存的磁盘空间量，并显示两种类型的当前限制。

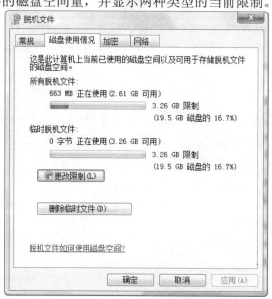

图 23-11 "磁盘使用情况"选项卡显示了脱机文件使用的磁盘空间以及磁盘空间的限制

(3) 单击"更改限制"按钮，并输入 UAC 证书，打开"脱机文件磁盘使用限制"对话框。

(4) 可以使用"所有脱机文件可以使用的最大空间"滑块设置脱机文件使用的磁盘空间的限制。

(5) 可以使用"临时脱机文件可以使用的最大空间"滑块设置脱机文件缓存使用的

磁盘空间的限制。

　　(6) 单击"确定"按钮返回"脱机文件"对话框。

　　(7) 单击"确定"按钮。

23.5　使用 Windows 会议室

　　在以前的 Windows 版本中，如果需要通过共享程序或者共同使用文档与其他用户进行远程合作，则可以选择 Microsoft NetMeeting 工具。Vista 全新的"Windows 会议室"程序取代了 NetMeeting。和 NetMeeting 一样，使用"Windows 会议室"能向任意数量的远程用户显示本地程序或文档，也可以与远程用户共享文档。"Windows 会议室"使用了一些 Vista 的新技术，包括"对等式网络"、"分布式文件系统复制(Distributed File System Replicator，简写 DFSR)"和"网络邻居(People Near Me)"。以下几节将介绍"Windows 会议室"工作的方式。

23.5.1　登录网络邻居

　　为了使用"Windows 会议室"，首先应登录到"网络邻居"。可以通过启动"Windows 会议室"(请参见本章后面的"启动 Windows 会议室")或直接通过控制面板(选择"开始"|"控制面板"|"网络和 Internet"|"网络邻居")完成该操作。

　　在打开的"网络邻居"对话框中，选择"登录"选项卡，启用"登录网络邻居"选项。在单击"确定"按钮前，可以查看"设置"选项卡，修改其他用户看到的名称和图片，并控制各种"网络邻居"选项，如图 23-12 所示。

图 23-12　使用"设置"选项卡配置"网络邻居"

当首次登录时，Vista 会显示"网络邻居"的隐私策略，声明"网络邻居"功能只显示用户名称、计算机名称和计算机的 IP 地址，单击"确定"按钮继续。

23.5.2 启动 Windows 会议室

当登录到"网络邻居"后，可以通过选择"开始"|"所有程序"|"Windows 会议室"启动程序。首次启动时，会打开"Windows 会议室设置"对话框，为了正常运行"Windows 会议室"，应允许数据通过"Windows 防火墙"(为了完成该操作，必须为"会议室基础"和 DFSR 创建"Windows 防火墙"的"例外")。如果单击"是"按钮，则继续设置"Windows 会议室"(输入 UAC 证书)，Vista 会自动地创建"例外"。

打开的"Windows 会议室"窗口如图 23-13 所示。在该窗口中可以选择开始新会议或加入已有的会议，以下小节将介绍。

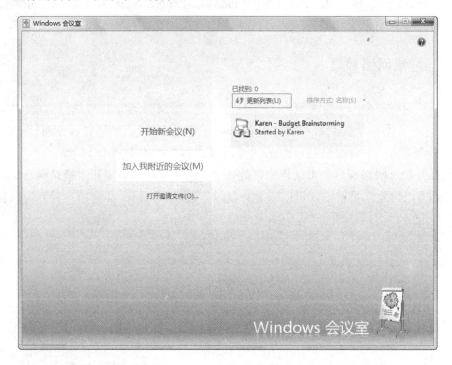

图 23-13　使用"Windows 会议室"窗口开始和加入合作会议

23.5.3 加入会议

如果知道其他用户正在举行会议，但你没有收到邀请，可以按照以下步骤加入会议：

(1) 如图 23-13 所示，在"Windows 会议室"窗口中，单击"加入我附近的会议"，"Windows 会议室"将显示正在进行的会议列表。

(2) 单击想要加入的会议，Windows 会议室提示输入会议的密码。

(3) 输入密码后按 Enter 键，Windows 会议室将验证密码，然后加入会议。

23.5.4　开始会议

如果想开始自己的合作会议，可按照以下步骤操作：

(1) 单击"开始新会议"。

(2) 输入会议名称。

(3) 输入会议密码。

(4) 按 Enter 键，"会议室"将开始新会议，如图 23-14 所示。

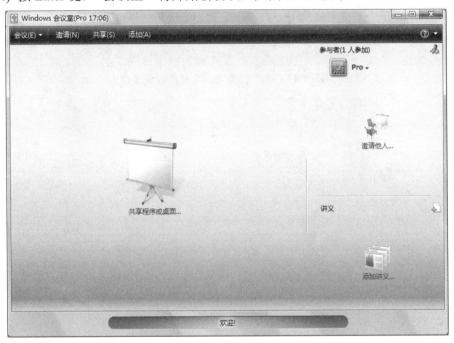

图 23-14　新会议准备开始

23.5.5　邀请用户加入会议

如果会议中没有其他用户，则你不能进行合作，所以下一步操作是向你希望参加会议的用户发送邀请，可按照以下步骤操作：

(1) 单击菜单栏中的"邀请"按钮，或单击"邀请他人"图标，显示"邀请他人"对话框。

(2) 启用想要邀请的每个用户旁边的复选框。

(3) 单击"发送邀请"按钮。

> **注意:**
> "邀请他人"对话框中看到的用户列表都来自于登录到网络上的"网络邻居"用户,如果想让其他用户参加,则可以给他们发送电子邮件。在"邀请用户"对话框中,单击"邀请他人"按钮,然后单击"以电子邮件形式发送邀请"。

收到邀请的用户首先会看到如图 23-15 所示的通知。单击"查看"(或稍等片刻),将看到如图 23-16 所示的"邀请详细信息"对话框。单击"接受"按钮加入会议(将会在用户计算机上加载"Windows 会议室"程序,并需要输入会议密码);单击"拒绝"按钮拒绝邀请或单击"解除"按钮不进行任何操作。

图 23-15 当会议邀请到达时将看到通知

图 23-16 邀请到达后将打开此对话框

当用户接受邀请后,他们的"网络邻居"的名称将显示在"Windows 会议室参与者"列表中。

23.5.6 共享讲义

在会议演示之前,你可能有一些希望与参与者共享的笔记、说明、背景材料,或者其他类型的讲义。可以按照以下步骤操作:

(1) 单击菜单栏中的"添加"按钮或单击"添加讲义"图标。"会议室"将告诉你所有的讲义都将被复制到每台计算机上。

(2) 单击"确定"按钮。

(3) 选择文件，然后单击"打开"按钮。文件会立即出现在"讲义"区域，而且会显示文件名和添加者的名称。

注意：

可以共享任意类型的文件作为讲义，但是请记住：只有当远程用户安装了与讲义的文件类型相关的应用程序后，才能查看和使用讲义文件。

23.5.7　启动共享会话

当所有参与者都已加入会议并已共享讲义后，就可以开始共享会话。在"会议室"中，共享会话包括某位参与者在他或她的计算机上执行某种操作，其他参与者能在他们的会议窗口中看到这些操作的结果。你可以执行 3 种基本的操作：

- 演示指定的程序——这包括在计算机上运行程序以便会议中的其他用户能看到操作的内容。
- 文档合作——这包括运行程序和打开文档。最初开始共享会话的用户能控制该文档，但也可以将控制权传给其他参与者。
- 演示任何动作——这包括共享桌面，并意味着其他参与者可以看到你在计算机上执行的任何操作。

可按照以下步骤启动共享会话：

(1) 如果要演示指定的程序或进行文档合作，启动程序或打开文档。

(2) 单击菜单栏的"共享"按钮，"会议室"将询问是否想让其他参与者查看桌面。

(3) 单击"确定"按钮，打开"开始共享会话"的对话框。

(4) 你将有 3 个选择：

- 为了共享程序，从正在运行的应用程序列表中选择程序。
- 为了共享文档，选择"浏览要打开和共享的文件"。
- 为了共享桌面，选择"桌面"。

(5) 单击"共享"按钮。

(6) 如果正在共享文档，则会显示"打开"对话框。选择文档，然后选择"打开"。

注意：

如果某个参与的计算机不支持当前的颜色主题，Vista 将自动地切换到不同的颜色主题。例如，如果运行的是 Aero 主题，而参与者的计算机只支持 Vista Basic 主题，Vista 将自动切换到 Basic。

提示：

若要显示讲义，右击讲义，单击"共享到会议"。

23

23.5.8 控制共享会话

当开始共享会话后,"会议室"窗口将显示"正在共享 X"的消息(其中 X 是指共享的对象)并能看到两个链接:

- 显示共享会话在其他计算机上的外观——单击此链接可以从远程计算机的角度查看共享会话。
- 停止共享——单击此链接关闭共享对话。

Vista 还会在桌面顶部的标题栏中显示"你正在共享"的消息和会议的标题,如图23-17 所示,可以按照以下方式使用此栏中的控件:

- 单击"暂停"按钮可临时停止共享对话。
- 单击"进行控制",然后单击参与者的名称赋予其共享会话的控制权。
- 单击"进行控制"|"获取控制"(或按 Windows Logo+Esc 键)恢复共享会话的控制。
- 单击"选项"|"显示 Windows 会议室窗口"可以切换到"Windows 会议室"窗口。
- 单击"停止"按钮停止共享会话。

图 23-17 当开始共享会话后,会在桌面的顶部显示此标题栏

图 23-18 显示了在远程计算机上所看到的共享会话。

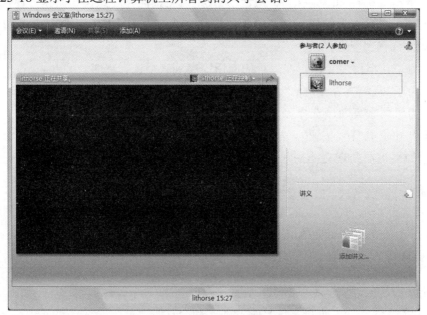

图 23-18 远程计算机上看到的演示

23.5.9　结束共享会话

当共享会话结束时，在"会议室"窗口中单击"停止共享"链接或在会话的标题栏中单击"停止共享"按钮。如果不想再共享任何内容，选择"会议"|"离开会议"命令，或者关闭"会议室"窗口。

23.6　相关内容

以下是在本书中与本章主题相关的章节列表：

- 有关通过网络共享媒体的内容，请参阅第 7 章"使用数字媒体"中的"媒体共享"一节。
- 有关连接网络和使用连接的方式，请参阅第 22 章"建立小型网络"。
- 有关远程访问网络的信息，请参阅第 24 章"建立远程网络连接"。

23

第 24 章

建立远程网络连接

到目前为止介绍的网络技术都假定在计算机之间存在某种类型的物理或无线连接。在标准的对等式和客户/服务器网络中，计算机通过网络集线器或者路由器使用网卡/网线或者无线网卡来直接或间接地相互连接。但是当本地连接无法使用时，应如何连接呢？例如，假设在路途中使用笔记本电脑且需要访问网络服务器上的文件，或者假设在家中工作并需要将文件发送到办公室的电脑中，附近没有网络连接时该如何访问网络？解决这种远程困境的答案是：可以连接到网络并像使用本地连接那样使用其资源(尽管大多数情况下会比较慢)。

Windows Vista 提供了两种解决方案："远程桌面"和"虚拟专用网络"。本章将带你详细地了解、配置和使用这些技术。

24.1 连接远程桌面

Windows Vista 的"远程桌面"功能可以连接到工作组计算机的桌面，就好像坐在这台计算机的对面一样。当你不能离开座位但是需要排除远程计算机的问题时，使用该功能将很方便。或者，如果在家中有网络，则可以使用"远程桌面"利用房间中的其他计算机操作主机。

本章主要内容

▶ **连接远程桌面**
▶ **使用虚拟专用网络连接**

24.1.1 准备设置远程计算机为主机

Vista Business   Vista Enterprise   Vista Ultimate Edition

"远程桌面"很容易配置和使用，但需要少量的准备工作来保证无故障操作。首先介绍远程计算机，也称作主机(注意，在 Vista Business、Vista Enterprise、Vista Ultimate 版本中才有主机软件)。

默认情况下，当前登录到主机上的用户拥有远程连接主机的权限。其他默认拥有远程连接权限的用户是主机的 Administrator 和 Remote Desktop User 组中的成员(在所有情况下，只有拥有密码保护帐户的用户才能使用"远程桌面")。如果需要远程连接主机，首先应设置从客户端连接的帐户的用户名(同样，需要指定该帐户的密码)。

可按照以下步骤让远程计算机成为"远程桌面"的主机：

(1) 选择"开始"，右击"计算机"，然后单击"属性"打开"系统"窗口。

(2) 单击"远程设置"链接，输入 UAC 证书。Vista 将打开"系统属性"对话框并显示"远程"选项卡。

提示：

另一种打开"系统属性"对话框并显示"远程"选项卡的方式是按下 Windows Logo+R 组合键(或者选择"开始"|"所有程序"|"附件"|"运行")，输入 systempropertiesremote，单击"确定"按钮，输入 UAC 证书。

---

(3) 在"远程桌面"组中，提供了两个选项：

- 允许运行任意版本远程桌面的计算机连接——如果允许运行以前版本的"远程桌面"的计算机访问主机，则启用此选项。
- 只允许运行带网络级身份验证的远程桌面的计算机连接——如果仅需要最安全的远程桌面访问，则启用此选项。这种情况下，Vista 检查客户端计算机以查看其"远程桌面"的版本是否支持"网络层身份验证(Network Level Authentication，NLA)"。NLA 是身份验证协议，在建立"远程桌面"连接前对用户进行身份验证。

(4) 如果以前没有添加更多的用户，则跳至步骤(7)。否则单击"选择用户"按钮显示"远程桌面用户"对话框。

(5) 单击"添加"显示"选择用户"对话框，输入用户名，单击"确定"按钮(重复此步骤添加其他用户)。

(6) 单击"确定"按钮返回"系统属性"对话框。

(7) 单击"确定"按钮。

准备使用 Windows XP 的客户端计算机

必须在计算机上安装"远程桌面连接"软件才能初始化连接(这称为客户端)。在 Windows Vista 的所有版本中都已安装该软件。但是如果客户端运行的是 Windows 的早期版本，则需要从 Windows XP 的光盘(如果有)中安装"远程桌面连接"软件。

(1) 插入 Windows XP 光盘，等待显示"欢迎使用 Microsoft Windows XP"屏幕。

(2) 单击"执行其他任务"。

(3) 单击"安装远程桌面连接"。

也可以从 Microsoft 的网站下载最新的客户端软件：

www.microsoft.com/windowsxp/downloads/tools/rdclientdl.mspx。

同样注意，Microsoft 也提供 Mac OS X 系统下运行的客户端。具体访问：

www.microsoft.com/downloads and search for Remote Desktop Mac。

24.1.2　建立远程桌面连接

在客户端计算机中，现在就可以连接到主机的桌面，可以按照以下步骤操作：

(1) 选择"开始"|"所有程序"|"附件"|"远程桌面连接"，打开"远程桌面连接"对话框。

(2) 在"计算机"文本框中输入远程计算机的名称或 IP 地址。

(3) 如果不想自定义"远程桌面"，跳至步骤(10)。否则，单击"选项"按钮展开对话框，如图 24-1 所示。

图 24-1　单击"选项"按钮展开对话框，从而可以自定义"远程桌面"

(4) "常规"选项卡提供以下的附加选项：

● 计算机——远程计算机的名称或者 IP 地址。

● 保存——单击此按钮使 Vista 记住当前设置，以便在下次连接时不需要再次输入，这适用于始终连接相同主机的情况。

● 另存为——单击此按钮将连接设置保存为"远程桌面"(.rdp)文件供以后使用，这适用于经常连接不同主机的情况。

● 打开——单击此按钮打开保存为.rdp 类型的文件。

(5) 如图 24-2 所示的"显示"选项卡提供 3 个选项控制"远程桌面"窗口的外观。

图 24-2 使用"显示"选项卡设置"远程桌面"的大小和颜色

● 远程桌面大小——拖动滑动块设置"远程桌面"的分辨率，向左一直拖动到底是 640×480 的屏幕大小；向右拖到底是让远程桌面全屏显示，而不管主机当前使用的分辨率是多少。

● 颜色——使用列表设置"远程桌面"显示所用的颜色数。注意，如果主机或者客户端的颜色数低于在颜色列表中的所选值，则 Windows Vista 将使用较低的颜色值。

● 全屏显示时显示连接栏——当启用此复选框时，假设"远程桌面大小"设置选择"全屏"，则"远程桌面连接"客户端将在"远程桌面"窗口顶部显示连接栏。可以使用连接栏最小化、还原和关闭"远程桌面"窗口。如果发现连接栏碍事，可以取消此复选框阻止其显示。

(6) 如图 24-3 所示的"本地资源"选项卡提供 3 个选项来控制客户端和主机间的交互。

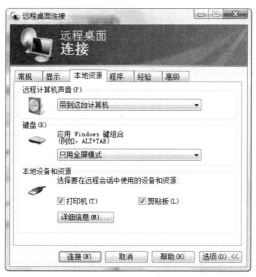

图 24-3　使用"本地资源"选项卡自定义"远程桌面"处理主机
声音、Windows 组合键和客户端本地设备的方式

- 远程计算机声音——使用此列表确定 Windows Vista 在哪台计算机上播放主机
  产生的声音。可以在客户端播放声音(如果想听到主机上的操作),也可以在主
  机上播放声音(如果想让主机用户听到声音)或不播放声音(如果连接速度很慢)。
- 键盘——使用此列表确定哪台计算机发送了特别的 Windows 组合键——例如,
  在客户端键盘上按下 **Alt+Tab** 和 **Ctrl+Esc** 组合键。可以把组合键发送给客户、
  主机或者仅在全屏模式中运行"远程桌面"窗口的主机。如果正向某台计算机
  发送组合键并需要在其他计算机上使用某个特殊的组合键,将发生什么情况
  呢?对于这些情况,"远程桌面"提供了一些等价的键,如下表所示:

Windows 组合键	远程桌面的等价键
Alt+Tab	Alt+Page Up
Alt+Shift+Tab	Alt+Page Down
Alt+Esc	Alt+Insert
Ctrl+Esc 或 Windows Logo	Alt+Home
Print Screen	Ctrl+Alt+–(数字键区)
Alt+Print Screen	Ctrl+Alt++(数字键区)

提示:

这里还有其他 3 个可以在客户端计算机上按下的有用快捷键,Windows Vista 会将
此组合键发送到主机上:

Ctrl+Alt+End　　　　　　　显示"Windows 任务管理器"(在对等式计算机中)或

24

	"Windows 安全"(在计算机域中),这等同于按下 Ctrl+Alt+Delete 键,Windows Vista 始终会将其应用到客户端计算机上。
Alt+Delete	显示活动窗口的"控制"菜单。
Ctrl+Alt+Break	控制"远程桌面"窗口在全屏模式和常规窗口之间的切换。

- 本地设备和资源——启用"打印机"复选框能在主机的"打印机和传真"窗口中显示客户端的打印机。客户端的打印机显示为:Printer(来自 COMPUTER),其中 Printer 是打印机的名称,而 COMPUTER 是客户端计算机的网络名称。启用"剪贴板"复选框可以在远程会话期间使用客户端的"剪贴板"。

(7) 单击"详细信息"可以看到如图 24-4 所示的"远程桌面连接"对话框,启用以下复选框可以配置主机上更多的客户端设备和资源(完成后单击"确定"按钮):

- 智能卡——启用此复选框可以访问主机上客户端的智能卡。
- 串行口——启用此复选框可以在使用主机时启用任何连接到客户端串行口的设备(例如条形码扫描仪)。
- 驱动器——启用此复选框可以在主机的"计算机"窗口显示客户端的硬盘分区和映射的网络驱动器(还可以打开其分支以启用特定驱动器的复选框)。如图 24-5 所示,客户端的驱动器出现在"计算机"窗口的"其他"组中,语法是:D on Computer,其中 D 是驱动器盘符,Computer 是客户端计算机的网络名称(例如,图 24-5 所示的计算机 PaulsPC)。
- 支持的即插即用设备——启用此复选框可以在主机上启用一些客户端的"即插即用"设备,例如媒体播放器和数码相机(还可以打开其分支启用特定设备的复选框)。

图 24-4　使用此对话框自定义"远程桌面"处理更多客户端的本地设备和资源的方式

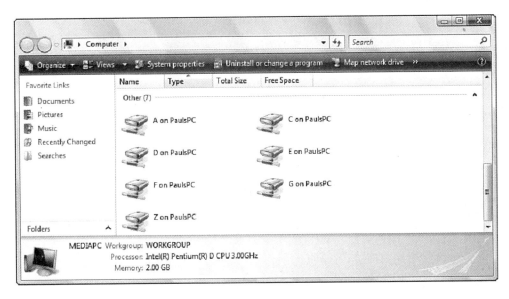

图 24-5　如果选择在主机上显示客户端的硬盘驱动器，它们

将出现在"Computer"窗口的"Other"组中

(8) 使用"程序"选项卡可以指定连接时运行的程序。启用"连接时启动以下程序"复选框，然后使用"程序路径和文件名"文本框指定运行的程序。完成连接后，用户仅能运行此程序，当退出程序后，会话也就结束了。

(9) 使用如图 24-6 所示的"经验"选项卡可以设置连接的性能选项。使用"选择连接速度来优化性能"下拉列表设置合适的连接速度。如果正通过网络进行连接，则可以选择"局域网(10Mbps 或更高)"选项。根据选择的连接速度，启用以下一个或多个复选框(速度越快，Windows Vista 启用的复选框也越多)。

24

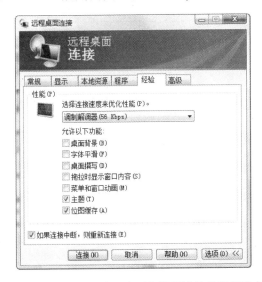

图 24-6　使用"经验"选项卡设置连接的性能选项

- 桌面背景——控制主机桌面背景的开关。
- 字体平滑——控制主机字体平滑的开关。
- 桌面撰写——控制主机桌面撰写引擎的开关。
- 拖拉时显示窗口内容——当使用鼠标拖动主机窗口时控制窗口内容的显示。
- 菜单和窗口动画——控制当下拉菜单或最小化和最大化窗口时 Windows Vista 通常使用的动画的开关。
- 主题——控制主机当前可视化主题的开关。
- 位图缓存——启用此复选框通过不在客户端计算机上存储经常使用的主机图像来改进性能。

(10) 单击"连接"按钮，Vista 提示输入安全证书。

(11) 输入"用户名"和"密码"，然后单击"确定"按钮。

(12) 如果在"本地资源"选项卡中启用"磁盘驱动器"或"串行口"复选框，则会出现安全警告对话框。如果确定这些可用的资源对于远程计算机是安全的，则启用"请不要再提示我连接到此远程计算机"复选框，单击"确定"按钮。

(13) 如果已经有用户使用不同的用户名登录到远程计算机，Windows Vista 会提示你将断开此用户的连接，这可能会造成数据丢失。只有当你确定可以断开当前用户的连接时，才单击"是"按钮。

注意:

远程用户有取消登录尝试的选项。当启动登录时，远程用户可以看到"远程桌面连接"对话框，提示正在进行远程连接，可以单击"取消"按钮阻止登录。否则将在 30 秒后(或当远程用户单击"确定"按钮后)自动登录。

然后远程桌面将显示在计算机上。如果选择使用全屏模式，将能在屏幕顶部看到连接栏，如图 24-7 所示。

如果不想一直显示连接栏，单击"固定"按钮。当移开鼠标时，连接栏会从屏幕中消失。如果想要重新看到连接栏，可以将鼠标移到屏幕的顶端。

如果需要使用自己的桌面，可以有两个选择:

- 单击连接栏的"最小化"按钮将远程桌面窗口最小化。
- 单击连接栏的"还原"按钮显示"远程桌面"窗口。

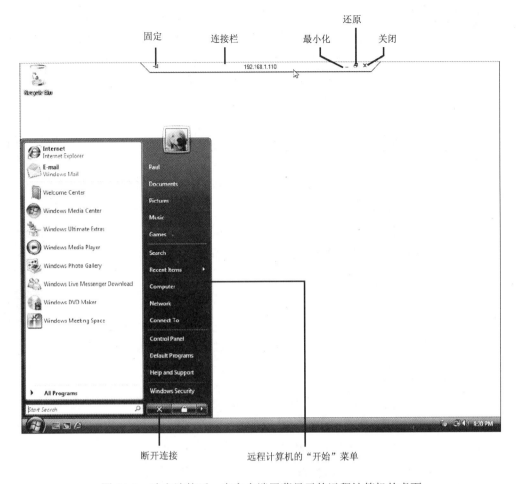

图 24-7　建立连接后，在客户端屏幕显示的远程计算机的桌面

24.1.3　断开远程桌面连接

当结束"远程桌面"会话时，可以有两种方式断开连接：

- 使用主机的桌面，选择"开始" | "断开连接"(请参见图 24-7)。
- 在连接栏中单击"关闭"按钮，Windows Vista 将显示对话框，提示远程会话将断开连接，单击"确定"按钮。

24.1.4　通过 Internet 连接远程桌面

通过局域网可以轻松而快捷地设置连接到"远程桌面"的主机，但环境不会总是在本地局域网中。如果你正在旅行，需要连接自己的或网络上某台计算机的桌面，应如何处理？这可以实现，但是需要注意确保计算机或网络未对 Internet 上的黑客开放。

注意：

除了本节所述的安全预防外，还应为帐户设置强密码，如第 6 章 "发挥用户帐户的最大效用" 中的 "创建强密码" 所述。在 Internet 上使用 "远程桌面" 意味着打开网络上的一个小窗口，该窗口对于网络上的其他用户都可见。为了确保其他 Internet 用户不能利用这个漏洞，则必须设置强密码。

可按照以下步骤(将在后面详细介绍每个步骤)设置系统允许通过 Internet 连接远程桌面：

(1) 配置 "远程桌面" 使用除默认端口以外的监听端口。

(2) 配置 "Windows 防火墙" 允许通过步骤(1)中指定的端口进行 TCP 连接。

(3) 确定 "远程桌面" 主机或网络中网关的 IP 地址。

(4) 配置网络网关(如果有网络网关)，以便发送到步骤(1)指定的端口的数据转发到 "远程桌面" 主机。

(5) 使用步骤(3)中的 IP 地址和步骤(1)中指定的端口号通过 Internet 连接远程桌面主机。

1. 更改监听端口

当前首要任务是修改主机上的 "远程桌面" 软件，以便使用除了 3389 以外的其他监听端口，3389 是其默认端口号。这样做很有效，因为 Internet 上的黑客会使用**端口扫描器**(port scanners)检测 Internet 连接上打开的端口(尤其是宽带连接)。如果黑客发现 3389 端口打开，则他们会认为是 "远程桌面" 连接的端口，因此会试图通过 "远程桌面" 连接到主机。尽管仍需要授权的用户名和密码才能登录，但获悉连接类型对黑客们意味着已经清除了很大的障碍。

为了修改 "远程桌面" 的监听端口，打开 "注册表编辑器"，然后导航到以下键：

```
HKLM\System\CurrentControlSet\Control\TerminalServer\WinStations\
RDP-Tcp
```

打开 PortNumber 设置，将已有的值十六进制数 D3D 或十进制数 3389 替换为 1024~65536(十进制)之间的其他数字。重启计算机使新端口设置生效。

2. 配置 Windows 防火墙

下面需要配置 "Windows 防火墙" 以允许数据通过上一节指定的端口，可按照以下步骤操作：

(1) 在 "远程桌面" 主机上，选择 "开始" | "控制面板"。

(2) 在 "安全" 图标下，单击 "允许程序通过 Windows 防火墙" 链接并输入 UAC 证书。Vista 将显示 "Windows 防火墙设置" 对话框并打开 "例外" 选项卡。

(3) 单击 "添加端口" 按钮，显示 "添加端口" 对话框。

(4) 使用"名称"文本框输入解除阻止端口的名称(例如 Remote Desktop Alternate)。

(5) 在"端口号"文本框中，输入前一节指定的端口号。

(6) 确保启用 TCP 选项。

(7) 在所有打开的对话框中单击"确定"按钮。

3. 确定主机 IP 地址

为了通过 Internet 连接远程桌面，必须指定 IP 地址来代替计算机名称。使用的 IP 地址取决于 Internet 设置：

- 如果"远程桌面"主机直接连接到 Internet 并且 ISP 提供静态 IP 地址，则使用该地址连接。

- 如果主机直接连接到 Internet，但 ISP 在每次连接时提供动态 IP 地址，则使用 IPCONFIG 实用程序确定当前的 IP 地址(也就是说，选择"开始"|"所有程序" |"附件"|"命令提示符"进入命令行，输入 ipconfig，然后按下 Enter 键)。记录由 IPCONFIG 返回的"IPV4 地址"值(可能需要向上滚动输出信息以便查看)并使用此地址连接"远程桌面"主机。

提示：

如果需要定期通过 Internet 使用"远程桌面"，则经常监视动态 IP 地址是件令人痛苦的差事，尤其是在前往办公室前忘记检测地址的时候。一种有用的解决方案是注册动态 DNS 服务来提供静态的域名。服务将在计算机中安装程序以监视 IP 地址并更新服务的动态 DNS 服务器，从而将域名指向 IP 地址。以下是一些可以用来检测的动态 DNS 服务：

TZO (www.tzo.com)

No-IP.com (www.no-ip.com)

DynDNS (www.dyndns.org)

24

- 如果网络使用了网关，则需要确定网关的 IP 地址。通常需要登录到网关的设置页面并查看一些状态页面。图 24-8 给出了一个示例。当设置"远程桌面"连接后，则可以连接到网关，然后通过网关可以将连接转发(下一节将介绍)到远程桌面主机。

提示：

另一种确定网关 IP 地址的方式是导航到任意可以用于确定当前 IP 的免费服务，如下面两个服务：

WhatISMyIP (www.whatismyip.com)

DynDNS (checkip.dyndns.org)

图 24-8 登录到网关设备以查看其当前 IP 地址

4. 设置端口转发

如果网络使用路由器、网关或其他硬件防火墙，则需要配置这些设备，从而将发送到步骤(1)指定的端口的数据转发到"远程桌面"主机，这称为端口转发，操作的步骤取决于设备。图 24-9 显示了本系统路由器的"端口转发"页面。在本例中，防火墙将接收的数据转发到地址为 192.168.1.110 的"远程桌面"主机的 1234 端口。请参阅设备文档以了解设置端口转发的方式。

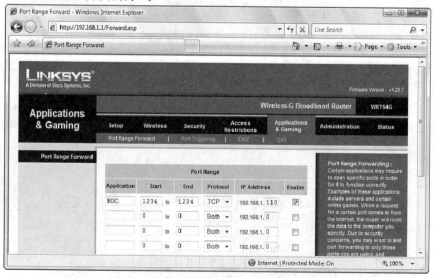

图 24-9 在硬件防火墙中，转发新端口到"远程桌面"主机

5. 使用 IP 地址和新端口进行连接

现在可以通过 Internet 准备连接"远程桌面"主机，可按照以下步骤操作：

(1) 连接到 Internet。

(2) 选择"开始"|"所有程序"|"附件"|"远程桌面连接"，打开"远程桌面连接"对话框。

(3) 在"计算机"文本框中，输入远程计算机的名称或 IP 地址以及在步骤(1)中指定的备用端口，用冒号隔开，以下是使用 IP 地址 123.45.67.8 和端口号 1234 的示例：

```
123.45.67.8:1234
```

(4) 设置所需的其他"远程桌面"选项。例如，单击"选项"，显示"经验"选项卡，然后选择适当的连接速度，如"调制解调器(28.8Kbps)"、"调制解调器(56Kbps)"或"宽带(128Kbps - 1.5Mbps)"。

(5) 单击"连接"按钮。

24.2　使用虚拟专用网络连接

到目前为止所介绍的远程连接中，大部分连接点都很安全。也就是说，可以设置用户名和强密码，如果没有输入正确的登录信息，则不允许访问拨号或"远程桌面"连接。这很有效，但是它对在主机和客户端之间传送的实际数据却没有太大效果。恶意的黑客可能不会直接访问你的系统，但是会使用数据包嗅探器或类似的技术来访问接收或发送的数据。因为这些数据未加密，黑客能很容易地读取数据包里的内容。

如果想传输如金融信息或个人文件这类的安全数据，但又喜欢简单的拨号连接，该怎么办呢？这里需要借助一种经过实践证明的称为**虚拟专用网络**(virtual private networking，VPN)的技术，该技术提供通过公用连接(如 Internet 或电话线)安全地访问专用网络的方式。VPN 之所以安全是因为其使用了**隧道**(tunneling)技术，在两台计算机间——**VPN 服务器**(VPN server)和 **VPN 客户端**(VPN client)——使用特定的端口(例如端口 1723)建立连接。通过在两台计算机间来回发送控制连接的数据包来维持连接(即保持隧道打开)。

当需要发送实际的网络数据——有时称为有效负载(payload)时，则需要对每个网络数据包进行加密，然后封装在常规的 IP 数据包中经隧道传送。黑客能看到这种 IP 数据包在 Internet 上传送，但即使他截获了数据包并进行检查，也不会有损害，因为数据包的内容(即实际数据)都已经过加密。当 IP 数据包到达隧道的另一头时，VPN 会对网络数据包进行解封(decapsulates)，然后经过解密后显示其有效负载。

Windows Vista 支持内建的 VPN 客户端并使用两种隧道协议：

24

- 点对点隧道协议(Point-to-Point Tunneling Protocol,简写 PPTP)——此协议广泛用于设置 VPN,由 Microsoft 开发,与 Internet 上最常用的传送 IP 数据包的"点对点协议(Point-to-Point,PPP)"相关。一个单独的协议——**Microsoft 点对点加密协议**(Microsoft Point-to-Point Encryption,MPPE)——用于对网络数据包(IP、IPX、NetBEUI 或其他)加密。PPTP 建立隧道并在 IP 数据包中封装加密的网络数据包以便通过隧道传输。
- IP 安全协议(IP Security,IPSec)——此协议加密有效负载(仅 IP 数据包)、设置隧道,并在 IP 数据包中封装加密的网络数据包以便通过隧道传输。

注意:

第三个流行的 VPN 协议是"第二层隧道协议(Layer 2 Tunneling Protocol,L2TP)",其胜过 PPTP 协议,因为它允许通过除 Internet 外的其他网络进行 VPN 连接(例如基于 X.25、ATM 或"帧中继"技术的网络)。L2TP 使用 IPSec 的加密方法加密网络数据包。

主要有以下两种使用 VPN 的方式:

- 通过 Internet——这种情况下,首先使用基于 PPP 的拨号或宽带连接与 Internet 连接,然后连接到 VPN 服务器,在 Internet 上建立 VPN 隧道。
- 通过拨号连接——这种情况下,首先使用常规的拨号连接来连接到主机,然后连接 VPN 服务器,通过电话网络建立 VPN 隧道。

24.2.1 配置 VPN 网关

使用 VPN 最好的方式是当客户端拥有宽带 Internet 连接并且服务器有公用的 IP 地址或域名时。这允许使用快速 Internet 连接直接访问服务器。但是如果设置为 VPN 服务器的 Windows Vista 计算机处于网关或防火墙后而用户只能使用内部 IP 地址(192.168.1.*),应当如何处理?

通过设置网络网关以允许 VPN 数据包通过并转发到 VPN 服务器可以解决这个问题(注意,某些宽带路由器带有内置的 VPN 功能,因此可以自动地处理接收的 VPN 连接)。

具体的细节取决于设备,但通常第一步是启用网关对 **VPN 穿透**(VPN passthrough)的支持,从而允许网络计算机通过一个或多个 VPN 协议进行通信(例如 PPTP 和 IPSec)。图 24-10 给出了网关设置应用程序的一个示例页面。可支持 IPSec、PPTP 和 L2TP 协议的穿透。

在某些情况下,需要做的仅仅是启用 VPN 穿透并使其可以通过网关运行。如果 VPN 连接不能工作或网关不支持 VPN 穿透,则必须打开正在使用的 VPN 协议的端口,然后使数据通过该端口转发到 VPN 服务器(这类似于前面所述用于"远程桌面"连接的端口转发)。转发的端口取决于协议:

PPTP	转发 TCP 至端口 1723
IPSec	转发 UPD 至端口 500

图 24-11 给出了端口转发的一个示例。

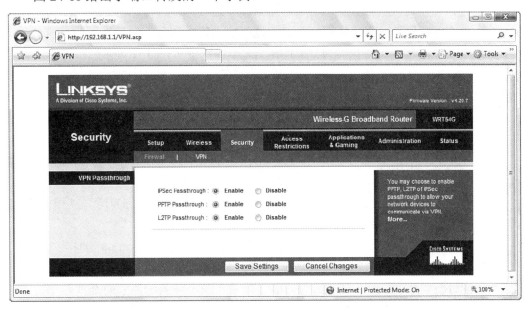

图 24-10　在网关设置应用程序中，为所用协议启用 VPN 穿透

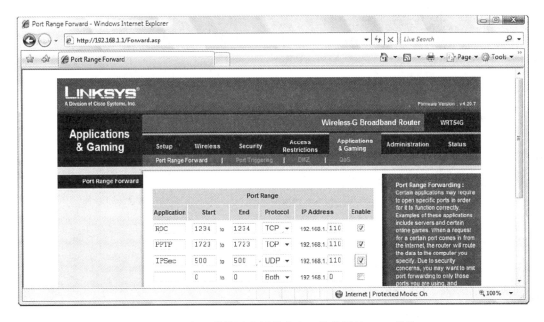

图 24-11　在网关设置应用程序中，将使用的 VPN 协议
的端口转发到网络 VPN 服务器的 IP 地址

24.2.2   配置 VPN 客户端

现在需要配置远程计算机为 VPN 客户端，可按照以下步骤操作：

(1) 选择"开始"|"连接到"，Vista 将显示"连接网络"对话框。

(2) 单击"设置连接网络"链接打开"选择一个连接选项"对话框。

(3) 单击"连接到工作区"，然后单击"下一步"按钮，打开"你想如何连接？"对话框。

(4) 单击以下两种选择之一：

- 使用我的 Internet 连接——如果想通过 Internet 进行 VPN 连接，则单击此选项。
- 直接拨号——单击此选项以使用拨号 VPN 连接。

(5) 在下一个对话框中(图 24-12 显示 Internet 连接的版本)，配置以下控制选项(完成后单击"下一步"按钮)。

- Internet 地址——如果使用 Internet 连接，则输入 VPN 服务器的域名或 IP 地址(或转发连接到 VPN 服务器的网关)。
- 电话号码——如果使用拨号连接，则输入 VPN 服务器使用的电话号码。
- 目标名称——输入 VPN 连接的名称。
- 使用智能卡——如果 VPN 服务器需要在系统中插入智能卡安全设备作为服务器身份验证处理的一部分，则启用此复选框。

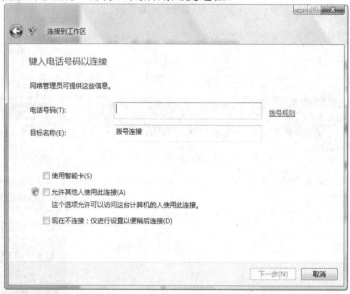

图 24-12   使用此对话框指定网络 VPN 服务器的位置和其他连接选项

- 允许其他人使用此连接——启用此复选框将使连接对计算机上的其他用户帐户可用。
- 现在不连接——启用此复选框阻止 Vista 立即连接到 VPN 服务器。如果只是设置连接供以后使用，则该选项有效。

(6) 输入 VPN 登录数据：用户名、密码和域(如果可用)。

(7) 单击"创建"按钮。Vista 创建连接并启动连接(除非启用步骤(5)中"现在不连接"复选框)。

(8) 单击"关闭"按钮。

Windows Vista 在"网络连接"文件夹中添加"虚拟专用网络"组，并在组中放置一个在步骤(5)指定的名称的图标。

24.2.3　建立 VPN 连接

配置好 VPN 客户端后，现在可以使用客户端建立 VPN 连接。可以在 VPN 客户端计算机上按照以下步骤操作：

(1) 如果需要在连接到 VPN 服务器之前建立到 Internet 的拨号连接，则立即建立该连接。

提示:

可以配置 VPN 连接以便自动拨号连接到 Internet。单击"开始"|"连接到"|"打开网络和共享中心"链接。在"网络和共享中心"窗口中，单击"管理网络连接"链接。右击 VPN 连接的图标，然后单击"属性"打开其属性表。在"常规"选项卡中，启用"先拨另一个连接"复选框，然后使用关联的列表框选择需要拨号的拨号连接。单击"确定"按钮。

(2) 选择"开始"|"连接到"。

(3) 滚动"拨号和 VPN"组中的内容。

(4) 单击 VPN 连接，然后单击"连接"，将打开用于 VPN 连接的"连接"对话框。输入用户名、密码和域(如果可用)。

(5) 如果想让 Windows Vista 保存登录数据，启用"为下面用户保存用户名和密码"复选框，然后启用"只是我"或"任何使用此计算机的人"选项。

(6) 单击"连接"按钮，Windows Vista 将建立 VPN 连接。

24.3　相关内容

以下是相关信息的章节列表：

- 有关共享网络媒体的内容，请参阅第 7 章"使用数字媒体"中的"媒体共享"小节。
- 有关连接网络和使用连接的方式，请参阅第 22 章"建立小型网络"。
- 有关查看网络资源、共享计算机资源以及与其他用户合作的方式，请参阅第 23 章"访问和使用网络"。

第 VI 部分

附　　录

附录 A

Window Vista 键盘
快捷键

在 Windows Vista 设计中时刻不忘使用鼠标，所以大多数常用任务都设计成使用标准的鼠标移动来完成。但是，这并不意味着在没有输入时可以忽略键盘。Windows Vista 加载键盘快捷键和键盘技术，可以替代和增强鼠标单击和拖拉的功能。这些快捷键(如表 A-1 到 A-13 所示)通常是较快的操作方式，因为不需要将手在键盘和鼠标间来回倒换。同样，Windows Vista 键盘技术可以用于在鼠标出现问题或必须依靠键盘来完成操作时的情况。

表 A-1 常用的 Windows Vista 快捷键

按 键	操 作 结 果
Ctrl+Esc	打开"开始"菜单
Windows Logo	打开"开始"菜单
Ctrl+Alt+Delete	显示"Windows 安全"窗口
Print Screen	复制整个屏幕图像到 Windows 剪贴板
Alt+Print Seen	复制激活窗口的图像到 Windows 剪贴板
Alt+双击	显示选中对象的属性表
Alt+Enter	显示选中对象的属性表
Shift	阻止插入的光盘运行"自动播放"程序(插入光盘时按住 Shift)
Shift+F10	显示选中对象的快捷菜单(等同于右击对象)
Shift+右击	显示选中对象带有选择命令的快捷菜单

表 A-2 处理程序窗口的快捷键

按 键	操 作 结 果
Alt	启用或禁用程序的菜单栏
Alt+Esc	循环切换打开的程序窗口
Alt+F4	关闭当前活动的程序窗口
Alt+空格键	显示当前活动的程序窗口上的系统菜单
Alt+Tab	在运行的程序图标间循环切换
Windows Logo+Tab	启动 Flip 3D，循环切换运行程序窗口的 3D 堆栈
F1	显示上下文相关的帮助
F10	启用应用程序的菜单栏

表 A-3 处理文档的快捷键

按 键	操 作 结 果
Alt+-(连字符)	显示当前活动的文档窗口的系统菜单
Alt+Print Screen	复制当前活动的窗口图像到"剪贴板"
Ctrl+F4	关闭当前活动的文档窗口
Ctrl+F6	循环切换应用程序打开的文档
Ctrl+N	创建新文档
Ctrl+O	显示"打开"对话框
Ctrl+P	显示"打印"对话框
Ctrl+S	保存当前文件。如果是新文件，显示"另存为"对话框

表 A-4   处理数据的快捷键

按 键	操 作 结 果
Backspace	删除插入点左侧的字符
Ctrl+C	将选中的数据复制到内存
Ctrl+F	显示"查找"对话框
Ctrl+H	显示"替换"对话框
Ctrl+X	将选中的数据剪切到内存
Ctrl+V	从内存中粘贴最近剪切或复制的数据
Ctrl+Z	撤消最近的动作
Delete	删除选中的数据
F3	重复最近的查找操作

表 A-5   移动插入点的快捷键

按 键	操 作 结 果
Ctrl+End	移动插入点到文档的结尾
Ctrl+Home	移动插入点到文档的开始
Ctrl+左箭头	移动插入点到左边的下一个单词
Ctrl+右箭头	移动插入点到右边的下一个单词
Ctrl+下箭头	移动插入点到下一个段落的开头
Ctrl+上箭头	移动插入点到段落的开头

表 A-6   选择文本的快捷键

按 键	操 作 结 果
Ctrl+A	选择当前文档中的所有文本
Ctrl+Shift+End	选中从插入点到文档结尾的文本
Ctrl+Shift+Home	选中从插入点到文档开始的文本
Ctrl+Shift+左箭头	向左选中下一个单词
Ctrl+Shift+右箭头	向右选中下一个单词
Ctrl+Shift+下箭头	选中从插入点到段落结尾的文本
Ctrl+Shift+上箭头	选中从插入点到段落开头的文本
Shift+End	选中从插入点到本行结尾的文本
Shift+Home	选中从插入点到本行开始的文本
Shift+左箭头	向左选中下一个字符

A

(续表)

按 键	操 作 结 果
Shift+右箭头	向右选中下一个字符
Shift+下箭头	选中到下面一行
Shift+上箭头	选中到上面一行

表 A-7 处理对话框的快捷键

按 键	操 作 结 果
Alt+下箭头	显示下拉列表框的列表
Alt+下划线字符	选择控件
Ctrl+Shift+Tab	移动到对话框后面的选项卡
Ctrl+Tab	移动到对话框前面的选项卡
Enter	选择默认的命令按钮或启用当前活动的命令按钮
空格键	控制复选框的开关；选择当前活动的选项按钮或命令按钮
Esc	不进行任何更改关闭对话框
F1	显示焦点所在控件的帮助文本
F4	显示下拉列表框的列表
Backspace	在"打开"和"另存为"的对话框中，当焦点在文件夹列表中时，移动到父文件夹
Shift+Tab	向后移动对话框控件
Tab	向前移动对话框控件

表 A-8 拖动和释放操作的快捷键

按 键	操 作 结 果
Ctrl	复制拖动的对象
Ctrl+Shift	释放向左拖动的对象后显示其快捷菜单
Esc	取消当前拖动
Shift	移动拖动的对象

表 A-9　处理文件夹窗口的快捷键

按　键	操　作　结　果
Alt	显示"经典"菜单
Alt+D	在地址栏中显示当前文件夹的路径名
Alt+左箭头	后退到之前显示的文件夹
Alt+右箭头	向前定位到之前显示的文件夹
Backspace	定位到当前文件夹的父文件夹
Ctrl+A	选择当前文件夹的所有对象
Ctrl+C	复制选中的对象
Ctrl+V	粘贴最近剪切或复制的对象
Ctrl+X	剪切选中的对象
Ctrl+Z	撤消最近的动作
Ctrl+E	启动"立即搜索"框
Delete	删除选中的对象
F2	重命名选中的对象
F3	显示"搜索"窗口
F5	刷新文件夹内容
Shift+Delete	不发送到回收站，直接删除当前选中的对象

表 A-10　处理 Internet Explorer 的快捷键

按　键	操　作　结　果
Alt	显示"经典"菜单
Alt+Home	定位到主页
Alt+左箭头	后退到之前显示的网页
Alt+右箭头	前进到之前显示的网页
Ctrl+A	选择整个网页
Alt+C	显示"收藏中心"
Ctrl+B	显示"整理收藏夹"的对话框
Ctrl+D	将当前页面添加到"收藏夹"列表
Ctrl+E	启动"立即搜索"框
Ctrl+F	显示"查找"对话框
Ctrl+H	显示"历史记录"列表
Ctrl+Shift+H	固定"历史记录"列表
Ctrl+I	显示"收藏夹"列表

A

(续表)

按　　键	操　作　结　果
Ctrl+Shift+I	固定"收藏夹"列表
Ctrl+J	显示"源"列表
Ctrl+Shift+J	固定"源"列表
Ctrl+N	打开新的窗口
Ctrl+T	打开新的选项卡
Ctrl+W	关闭当前选项卡
Ctrl+Q	显示"快速"选项卡
Ctrl+O	显示"打开"对话框
Ctrl+P	显示"打印"对话框
Ctrl+Tab	在打开的选项卡间循环向前切换
Ctrl+Shift+Tab	在打开的选项卡间循环向后切换
Ctrl++	放大当前的网页
Ctrl+-	缩小当前的网页
Esc	停止下载当前网页
F4	打开地址工具栏的下拉列表
F5	刷新网页
F11	在全屏模式和常规模式间切换
空格键	向下滚动一页屏幕
Shift+空格键	向上滚动一页屏幕
Shift+Tab	在"地址"工具栏和网页链接间循环向后切换
Tab	在网页链接和"地址"工具栏间循环向前切换

表 A-11　处理 Windows Media Player 的快捷键

按　　键	操　作　结　果
Ctrl+O	打开媒体文件
Ctrl+U	打开媒体 URL
Ctrl+P	播放或暂停当前媒体文件
Ctrl+S	停止当前媒体文件
Ctrl+B	转到前一个曲目
Ctrl+Shift+B	返回媒体的开始部分
Ctrl+F	转向下一个曲目
Ctrl+Shift+F	快进到媒体的结尾

(续表)

按　键	操　作　结　果
Ctrl+H	启用无序播放
Ctrl+T	启用重复播放
Ctrl+M	显示菜单栏
Ctrl+Shift+M	自动隐藏菜单栏
Ctrl+N	创建新的播放列表
Ctrl+1	切换至"全屏模式"
Ctrl+2	切换至"外观模式"
Alt+1	显示 50%的视频大小
Alt+2	显示 100%的视频大小
Alt+3	显示 200%的视频大小
Alt+Enter	切换到"全屏模式"
F3	显示"添加到媒体库"的对话框
F7	静音
F8	调低音量
F9	调高音量

表 A-12　DOSKEY 的快捷键

按　键	操　作　结　果
命令调用键	
Alt+F7	删除调用列表中所有的命令
箭头键	循环切换调用列表中的命令
F7	显示整个调用列表
F8	调用以你在命令行中输入的字符开始的命令
F9	显示"输入命令号码："的提示，然后输入需要的命令号码(见 F7 中的说明)
Page Down	调用列表中最近使用的命令
Page Up	调用列表中最早使用的命令
命令行编辑键	
Backspace	删除光标左侧的字符
Ctrl+End	删除从光标处到命令行结束的字符
Ctrl+Home	删除从光标处到命令行开始的字符
Ctrl+左箭头	将光标向左移动一个单词
Ctrl+右箭头	将光标向右移动一个单词

A

(续表)

按　　键	操　作　结　果
Delete	删除光标处的字符
End	将光标移动到命令行的结尾
Home	将光标移动到命令行的开始
Insert	使 DOSKEY 在插入模式(输入的字符将插入到命令行中已有字符中间)和改写模式(输入的字符将替换命令行中已有的字符)间切换
左箭头	将光标向左移动一个字符
右箭头	将光标向右移动一个字符

表 A-13　Windows Logo 键的快捷键

按　　键	操　作　结　果
Windows Logo	打开"开始"菜单
Windows Logo+D	最小化所有打开的窗口，再次按 Windows Logo+D 组合键还原窗口
Windows Logo+E	打开"Windows 资源管理器"(计算机文件夹)
Windows Logo+F	显示"搜索"窗口
Windows Logo+Ctrl+F	查找计算机
Windows Logo+L	锁定计算机
Windows Logo+M	除了正打开的模式窗口外，最小化所有打开的窗口
Windows Logo+Shift+M	撤消所有的最小化
Windows Logo+R	显示"运行"对话框
Windows Logo+U	显示"轻松访问中心"
Windows Logo+F1	显示"Windows 帮助"
Windows Logo+Break	显示"系统"窗口
Windows Logo+空格键	向下滚动一页(只支持某些应用程序，例如 Internet Explorer)
Windows Logo+Shift+空格键	向上滚动一页(只支持某些应用程序，例如 Internet Explorer)
Windows Logo+Tab	循环切换运行程序窗口的 3D 堆叠

提示：

如果键盘上没有 Windows Logo 键，可以重新映射已有的键作为 Windows Logo 键。窍门在于让 Vista 取得已有键的内建扫描码，并转换成与 Windows Logo 键相关的扫描码。例如，当按下右边的 Alt 键时，将产生十六进制的扫描码 E038，而与右边的 Windows Logo 键相关联的扫描码是 E05C。因此需要告诉 Vista 只要在按下右边 Alt 键后检测到的扫描码是 E038，则应该立即向系统发送扫描码 E05C。这意味着按下右边的 Alt 键等同于按下 Windows Logo 键。

具体做法是打开"注册表编辑器"，定位到以下键：

```
HKLM\SYSTEM\CurrentControlSet\Control\Keyboard Layout
```

选择"编辑"|"新建"|"二进制值"，输入 Scancode Map，按 Enter 键。打开 Scancode Map 设置，设置以下值：

```
00 00 00 00 00 00 00 00 01 00 00 00 5C E0 38 E0
```

重新启动计算机使新的键映射生效。

A

附录 B

使用 Windows Vista 命
令提示符

在 Internet 圈子里，因价值观不同而引发的论战从未休
止过。人们都固执己见，没有谁愿意做出一丝一毫的让步。
常见的论战主题包括：自由主义对保守主义，主张堕胎合法
化对反对堕胎合法化，干净对邋遢。

操作系统也时常引发小规模论战。大多数的争论集中在
Macintosh 对 Windows，以及 Linux 对 Windows 之间，许多
年前(我意识到自己在怀古)，所有操作系统争论的源头是
DOS 对 Windows，记者们投入了大量时间和精力赞美一个系
统的优点，而详细描述另一个系统的缺点。当然现在没有人
再为 DOS 唱赞歌了，也很少有人因为其消亡而感到痛惜。

虽然 DOS 已经消亡，但"命令提示符(Command Prompt)"
仍然存在，命令提示符很好地调整其当前角色，蜕变为
Windows Vista 的附件。当然，在使用 Windows 的过程中，
你可能根本不需要使用"命令提示符"会话。但是如果需要
使用"命令提示符"，应了解一些知识以便最高效地使用命
令行会话。此附录介绍在 Windows Vista 下如何最充分且可
靠地运行和发挥其性能。

本附录主要内容

► 启动命令提示符
► 使用命令提示符
► 自定义命令行窗口

B.1 启动命令提示符

为利用"命令提示符"及其大量有用的命令，需要先启
动"命令提示符"会话。Windows Vista(通常)提供以下不同
的方式启动"命令提示符"：

- 依次选择"开始"|"所有程序"|"附件"|"命令提示符"。
- 按 Windows Logo+R 组合键(选择"开始"|"所有程序"|"附件"|"运行"),在 "运行"对话框中输入 cmd,然后单击"确定"按钮。
- 在桌面上创建目标为%SystemRoot%\system32\cmd.exe 的快捷方式(或在其他方 便的位置创建,例如"任务栏"的"快速启动栏"),然后启动快捷方式。
- 重启计算机,按 F8 键显示 Windows Vista 的"高级选项菜单",选择"带命令 提示符的安全模式"选项。

注意:

要更详细地了解"高级选项"菜单,请参见第 2 章"定制 Windows Vista 的启动以 及排除启动故障"的"使用高级选项菜单来定制启动"章节。

也可以配置 Windows Vista "文件夹"的文件类型,从而在"Windows 资源管理器" 的当前文件夹下打开"命令提示符"。具体方式请参见第 4 章"精通文件类型"中"示 例:在当前文件夹下打开命令提示符"一节的内容。

阻止命令提示符访问

要阻止用户访问"命令提示符",以该用户身份登录,按 Windows Logo+R 组合键(或 者选择"开始"|"所有程序"|"附件"|"运行"),输入 gpedit.msc,单击"确定"按 钮,输入 UAC 证书启动"组策略编辑器"。打开"用户配置"|"管理模板"|"系统" 分支,然后启用"阻止访问命令提示符"的策略。

B.1.1 使用 CMD.EXE 命令开关

在使用 CMD.EXE 可执行程序的方法中,可以在 CMD.EXE 文件名后指定额外的命 令开关。大多数的开关不是非常有用,现在介绍些最简单最常用的语法:

```
CMD [[/S] [/C | /K] command]
```

/S	若 command 中第一个字符是引号标记,那么将从 command 中 删除第一个和最后一个引号标记
/C	执行 command,然后终止
/K	执行 command,并保持运行
Command	运行的命令

例如,如果 ISP 提供了动态的 IP 地址,那么通常可以通过请求刷新 IP 地址解决某 些连接问题。因此可以在"命令提示符"中运行 ipconfig /renew 命令完成该操作。在这 种情况下,不需要"命令提示符"窗口一直打开,因此可以指定/C 开关在 IPCONFIG 程序结束后自动关闭"命令提示符"会话。

```
cmd /c ipconfig /renew
```

另一方面，你可能经常想要查看命令的结果，或想保持"命令提示符"窗口打开以便运行其他的命令。在这些情况下，可以使用/K 开关。例如，以下命令运行 SET 实用程序(显示 Windows Vista 环境变量的当前值)，然后保持"命令提示符"会话继续运行：

```
cmd /k set
```

以下是 CMD.EXE 的完整语法：

```
CMD [/A | /U] [/Q] [/D] [/T:bf] [/E:ON | /E:OFF] [/F:ON | /F:OFF]
➥[/V:ON | /V:OFF] [[/S] [/C | /K] command]
```

/Q	关闭回显。
/D	从注册表中禁用执行 AutoRun 命令。这些是当启动"命令提示符"会话时自动运行的命令，可以在此找到设置：

```
HKLM\Software\Microsoft\Command Processor\AutoRun
HKCU\Software\Microsoft\Command Processor\AutoRun
```

提示：

如果在一个或两个键中看到 AutoRun 设置，选择"键"|"文件"|"新建"|"字串值"，输入 AutoRun，然后按 Enter 键。

提示：

如果经常在"命令提示符"会话开始时运行特定的命令，则 AutoRun 注册表设置很有用。如果启动会话要运行多个命令，可以向任何一个的 AutoRun 设置添加这些命令。在这种情况下，必须使用命令分隔符&&分隔每个命令。例如，为在"命令提示符"会话启动时运行 IPCONFIG 和 SET 程序，可以更改 AutoRun 设置值为以下值：

```
ipconfig&&set
```

/A	将管道或文件的内部命令的输出转换成 ANSI 字符集。
/U	将管道或文件的内部命令的输出转换成 Unicode 字符集。
/T:bf	设置"命令提示符"窗口的前台和背景颜色，f 是前台颜色，b 是背景颜色。f 和 b 都是如下指定颜色十六进制数：

0	黑色	8	灰色
1	蓝色	9	淡蓝色
2	绿色	A	浅绿色
3	水绿色	B	浅水绿色
4	红色	C	浅红色
5	紫色	D	浅紫色

B

6	黄色	E	淡黄色
7	白色	F	亮白色

提示：

还可以在"命令提示符"会话期间使用 COLOR bf 命令设定前台和背景的颜色。b 和 f 是想要指定的颜色的十六进制数。要恢复到默认的"命令提示符"颜色，运行不带 bf 参数的 COLOR 命令。更多详细信息，请参见本附录后面部分"指定命令提示符颜色"。

/E:	启用命令扩展(command extensions)，即添加以下命令的附加功能(在"命令提示符"中，输入命令名，然后输入空格以及/?以查看扩展)：

ASSOC	IF
CALL	MD 或 MKDIR
CD 或 CHDIR	POPD
COLOR	PROMPT
DEL 或 ERASE	PUSHD
ENDLOCAL	SET
FOR	SETLOCAL
FTYPE	SHIFT
GOTO	START

/E:OFF	禁用命令扩展。
/F:ON	打开文件和目录名称完成，支持在文件列表或当前目录的子目录中使用专门的组合键滚动显示匹配输入字符的文件或子目录。例如，假设当前目录包含名为 budget2005.doc、budget2006.doc、budget2007.doc 的文件，如果在以/F:ON 启动的"命令提示符"会话中输入 start budget，按下 Ctrl+F 告诉 Windows Vista 显示当前目录中名称以 budget 开始的第一个文件(或子目录)，再次按下 Ctrl+F 显示下一个以 budget 开始的文件等。同样地，可以使用 Ctrl+D 对子目录名称进行同样的操作。

提示：

不需要启动带/F:ON 开关的"命令提示符"以使用文件和目录名称完成。"命令提示符"提供类似的功能，称为"自动完成(AutoComplete)"，会默认启用此功能。在提示符中，输入文件或子文件夹名的 1 个或 2 个字母，然后按下 Tab 键就能看到当前文件夹中匹配文本的第一个对象，继续按 Tab 键将看到其他匹配的对象。如果出于某些原因，想关闭"自动完成"，下拉"命令提示符"窗口的控制菜单(右击标题栏)，选择"默认值"，然后在"选项"的选项卡中取消"自动完成"复选框。

| /F:OFF | 关闭文件和目录名称完成。 |
| /V:ON | 将!作为定界符启动延缓环境变量扩展: !Var!, 其中 var 是环境变量。该开关通常用于在批处理文件中延缓环境变量的扩展。通常在读取批处理文件内容时, Windows Vista 扩展所有的环境变量到它们的当前值。当启用延缓扩展后, Windows Vista 只有在执行包括变量的语句时, 才会扩展批处理文件中的特定环境变量。 |

注意:

要查看在批处理文件中使用延缓环境变量扩展的示例, 请参见附录 C "使用批处理文件自动操作 Windows Vista" 中的 "使用延缓环境变量扩展" 一节的内容。

/V:OFF	禁用延缓的环境扩展。
/S	如果 command 中的第一个字符是引号标记, 则从 command 中删除第一个和最后一个引号标记。
/C	执行 command, 然后终止。
/K	执行 command 并保持运行。
Command	运行的命令。

B.1.2　运行命令

尽管很多 Windows Vista 附件几乎为所有命令都提供更强大而且更易于使用的功能, 但仍有一些命令在 Windows Vista 中没有对等的功能。这些命令包括 REN 命令和许多 "命令提示符" 上特定的命令, 如 CLS、DOSKEY 和 PROMPT。

运行命令的方式取决于是内部命令还是外部命令, 以及命令完成后想让 Windows Vista 执行的操作。在内部命令中, 有两个选择: 可以在 "命令提示符" 中输入命令或作为 CMD.EXE 命令的参数引用。如前面所述, 通过为 CMD.EXE 指定/C 开关或者/K 开关可以运行内部命令。如果使用/C 开关, 则命令执行后会关闭 "命令提示符" 会话。该开关适用于运行不需要查看结果的命令。例如想在文本文件 root.txt 中重定向驱动器 C 根文件夹的内容, 在 "运行" 对话框中(示例)输入以下命令:

```
cmd.exe /c dir c:\ > root.txt
```

另一方面, 可能想在 "命令提示符" 窗口关闭前检查命令的输出。在这种情况下, 需要使用/K 参数。以下命令是在 C 盘根目录下运行 DIR 命令, 然后从 "命令提示符" 中退出:

```
cmd.exe /k dir c:\
```

对于外部命令, 有 3 种选择: 在 "命令提示符" 中输入命令, 直接在 Windows Vista

B

中输入命令，或包含该命令作为 CMD.EXE 的参数。

> **注意：**
>
> 当使用"命令提示符"或"运行"对话框启动外部"命令提示符"命令时，不需要使用命令的完整路径。例如，mem.exe 的完整路径名是 %SystemRoot%\System32\mem.exe，但是为了运行这个命令，只需要输入 mem。原因是：对于每个"命令提示符"会话来说，%SystemRoot%\System32 子文件夹是 PATH 语句的一部分。

在 Windows Vista 中输入命令意味着在"资源管理器"中启动命令文件，在"运行"对话框中输入命令，或创建命令的快捷方式。在后两种方法中，可以通过添加参数和开关修饰命令。但这种方法的缺点是：当命令结束后，Windows Vista 会自动关闭"命令提示符"窗口。为了改变这种行为，可按照以下步骤操作：

(1) 在 %SystemRoot%\System32 文件夹下找到命令的可执行文件。

(2) 右击可执行文件，然后单击"属性"显示命令的属性表。

(3) 显示"程序"选项卡(注意，此选项卡并不在所有的命令中显示)。

(4) 取消"退出时关闭"的复选框。

(5) 单击"确定"按钮。

B.1.3 向命令提示符命令添加参数和开关

如果使用"命令提示符"或者"运行"对话框输入"命令提示符"命令，则可以轻松添加需要使用的额外参数或开关以修改命令。但是如果从"资源管理器"启动外部命令，则命令将不带任何选项运行。要修改外部命令的运行方式，可以按照以下步骤添加参数和开关：

> **注意：**
>
> 出于安全考虑，Vista 设置 %SystemRoot%\System32 文件夹为只读文件夹。这意味着不能修改文件夹里任何文件的属性，包括"命令提示符"中最基本的命令(如 MEM 和 EDIT)。如要修改这些程序的属性，则必须将其复制到用户配置的文件夹中。

(1) 使用"Windows 资源管理器"查找命令的可执行文件。

(2) 右击可执行文件，然后单击"属性"，显示命令的属性表。

(3) 显示"程序"选项卡。

(4) 在"命令行"文本框中，在命令后添加空格，然后添加参数和开关。图 B-1 给出了一个示例。

(5) 单击"确定"按钮。

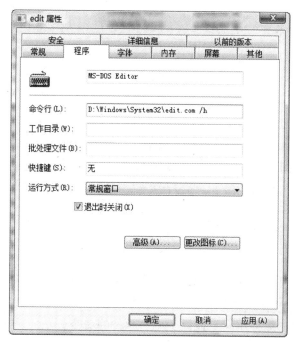

图 B-1　使用"命令行"文本框向外部命令添加额外的参数

程序信息文件

当修改完命令的属性表后，Windows Vista 将为命令创建 PIF 文件——程序信息文件(program information file)。这是一个单独的文件，与命令同名，但扩展名为.pif。遗憾的是，"Windows 资源管理器"始终隐藏.pif 扩展名。但是，如果以"详细信息"视图显示"资源管理器"，你可以识别 PIF：PIF 会在"类型"栏中显示 MS-DOS 程序的快捷方式。如果想要显示.pif 扩展名，找到以下注册表键：

```
HKCR\piffile
```

将 NeverShowExt 设置重命名为 AlwaysShowExt(或类似的名称)。当下次重启计算机时，Windows Vista 将显示.pif 扩展名。

如果想在每次运行命令时使用不同的参数,则在命令的结尾处添加空格和问号标记(?)，如下所示：

```
%UserProfile%\mem.exe ?
```

每次运行命令(通过"资源管理器"或"运行"对话框)时，Windows Vista 会显示类似于图 B-2 的对话框。使用文本框输入开关和选项，然后单击"OK"按钮。

B

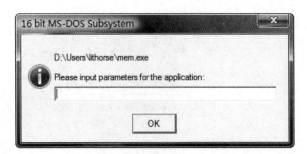

图 B-2　如果在命令的末尾添加问号标记(?)，则 Windows Vista
将在每次运行命令时显示类似于此图的对话框

B.2　使用命令提示符

当"命令提示符"会话启动和运行时，则可以运行命令和程序、创建和启动批处理文件和执行文件维护等。如果从 DOS 时代以来你从未使用过"命令提示符"，你将会发现 Windows Vista "命令提示符"提供了不少额外的命令行功能。下面几节将重点介绍这些有用的功能。

> **注意：**
>
> 当使用"命令提示符"时，需要注意的是：删除的任何文件不会发送到"回收站"，而是直接从系统中清除。

B.2.1　使用长文件名

不同于过去的 DOS 系统，在 Windows Vista 的"命令提示符"会话中可以使用长文件名。但是，如果想在命令中使用长文件名，则需要小心谨慎。如果长文件名包含空格或其他任何原本可以在 8.3 文件名中使用的非法字符，则需要用引号包含长文件名。例如，如果运行以下命令，Windows Vista 会提示"The syntax of the command is incorrect"：

```
copy Fiscal Year 2006.doc Fiscal Year 2007.doc
```

可以输入以下命令代替：

```
copy "Fiscal Year 2006.doc" "Fiscal Year 2007.doc"
```

当然，由于文件名较长，因此在"命令提示符"输入该文件会很麻烦。幸运的是，Windows Vista 提供了一些简化输入长文件名的方法：

- 在"资源管理器"中，将文件夹或文件拖动并释放到"命令提示符"窗口中。
  Windows Vista 将在提示符的末尾粘贴文件夹或文件的完整路径名称。

- 在"资源管理器"中，按住 Shift 键，右击文件夹或文件，然后单击"复制为路径"命令将对象的完整路径名复制到剪贴板中。使用本章后面部分"粘贴文本到命令提示符"中介绍的技术将路径名粘贴到"命令提示符"会话中。

- 如第 5 章"安装和运行应用程序"中的"创建应用程序特有的路径"一节所述，创建应用程序和文档特定的路径。

- 如果试图运行长名称文件夹下的程序，可以将文件夹添加到 PATH 中。该方法可以在不指定完整路径名的情况下运行文件夹中的程序(在下一节将具体介绍)。

- 使用 SUBST 命令将长路径名替换成虚拟驱动器盘符。例如，以下命令使用驱动器 Z 替换当前用户的"Accessories"文件夹：

```
subst z: "%UserProfile%\AppData\Roaming\Microsoft\Windows\Start
Menu\Programs\Accessories"
```

B.2.2　快速修改文件夹

你或许知道使用 CD(修改目录)命令能在当前驱动器下改变所在的目录。但是"命令提示符"提供了一些可以节省时间的简化形式。

你或许知道"命令提示符"和 Windows Vista 都使用圆点符号(.)来表示当前文件夹，双点符号(..)表示其父文件夹。因此可以结合 CD 命令和圆点符号以跳转到当前文件夹的父文件夹甚至更高的位置。

为了更具体地解释，假设当前文件夹是 C:\Animal\Mammal\Dolphin。表 B-1 演示了可以用于导航到文件夹的父、祖父(向上两层)和曾祖父(向上三层)文件夹的方法。

表 B-1　结合使用 CD 命令和圆点符号

当前文件夹	命　　令	新 文 件 夹
C:\Animal\Mammal\Dolphin	Cd..	C:\Animal\Mammal
C:\Animal\Mammal\Dolphin	Cd..\..	C:\Animal
C:\Animal\Mammal\Dolphin	Cd..\..\..	C:\
C:\Animal\Mammal\Dolphin	Cd..\Baboon	C:\Animal\Mammal\Baboon

B

提示：

如果想返回驱动器的根文件夹，输入 cd\，并按下 Enter 键。

B.2.3 利用 DOSKEY

当启动"命令提示符"会话时，Vista 会默认地加载 DOSKEY 实用程序，这个有用的小程序会给命令行的运行带来很多方便：

- 通过一两次按键就可以调用之前输入的命令。
- 可以在单独一行中输入多条命令。
- 可以编辑命令而不用重新输入。
- 可以使用 DOSKEY 宏创建自己的命令。

本节将重点介绍 DOSKEY 宏命令，但是首先将简要介绍 DOSKEY 的其他功能。

1. 调用命令行

最简单的 DOSKEY 功能是命令调用。DOSKEY 维护了一个"命令历史记录缓冲区 (command history buffer)"，其中保存了输入的命令列表。为了以倒序的形式滚动显示之前输入的命令，按"上箭头"键。当至少执行一次操作后，就可以改变方向并通过按"下箭头"键按输入顺序滚动显示命令。为了重新运行命令，使用箭头键找到该命令后按 Enter 键。

> **提示:**
>
> 如果不想从历史记录缓冲区输入任何命令，可以按 Esc 键清空命令行。

表 B-2 列举了可以使用的所有的命令调用键。

表 B-2　DOS 命令恢复键

按　　键	操　作　结　果
上箭头	调用缓冲区中的前一条命令
下箭头	调用缓冲区中的下一条命令
Page Up	调用缓冲区中最早输入的命令
Page Down	调用缓冲区中最后输入的命令
F7	显示整个命令缓冲区
Alt+F7	从缓冲区删除所有命令
F8	让 DOSKEY 调用以命令行上输入的第一个或前几个字母开头的命令
F9	DOSKEY 提示输入命令的列表编号(按 F7 键可以查看编号)。输入编号并按 Enter 键调用该命令

> **提示：**
>
> 命令历史记录缓冲区默认存放 50 条命令。如果需要更大的缓冲区，则可以使用 /LISTSIZE=buffers 开关运行 DOSKEY，其中 buffers 是想要存储的命令数目。例如，如果修改缓冲区大小为 100，则可以输入以下命令：

```
doskey /listsize=100 /reinstall
```

2. 在单行中输入多条命令

DOSKEY 支持在单独一行中运行多条命令。可以通过在命令间插入**&&**字符完成该操作。例如，一个常见的任务是：更改到不同的驱动器下，然后显示目录。通常，通过两条单独的命令可以完成该功能：

```
e:
```

```
dir
```

然而使用 DOSKEY，可以在一行中实现该功能，如下所示：

```
e:&&dir
```

> **提示：**
>
> 可以在一行中输入很多命令，但是要记住：行的总长度不能超过 8 191 个字符(应该够用！)。

3. 编辑命令行

除了要简单地重新运行之前输入的命令，还可能需要使用略微不同的开关或参数重新运行命令。不需要重新输入整条命令，DOSKEY 支持编辑任何调用的命令行。你可以使用不同的键将光标移动到要替换的字符上并替换字符。表 B-3 总结了 DOSKEY 的命令行编辑键。

表 B-3 DOSKEY 命令行编辑键

按　　键	操 作 结 果
左箭头	将光标向左移动一个字符
右箭头	将光标向右移动一个字符
Ctrl+左箭头	将光标向左移动一个单词
Ctrl+右箭头	将光标向右移动一个单词
Home	将光标移动到命令行的开始处
End	将光标移动到命令行的结尾处
Delete	删除光标所在的字符

B

(续表)

按　　键	操　作　结　果
Backspace	删除光标左边的字符
Ctrl+Home	删除从光标到命令行开始处的字符
Ctrl+End	删除从光标到命令行结尾处的字符
Insert	控制 DOSKEY 在插入模式(输入将插入到命令行中已有的字符间)和改写模式(输入将替换命令行中已有的字符)间的切换

4. 了解 DOSKEY 宏命令

DOSKEY 中最强大的功能可能是将一个或多个 DOS 命令结合成单个易于使用的命令，该命令称为宏(macro)。如果觉得宏类似于批处理文件，则说明这两个概念还是很接近的。虽然 DOSKEY 宏命令和批处理文件很类似，但在某些重要的方式上存在一些差异：

宏的优点：

- 宏命令存储在内存中，而批处理文件存储在磁盘上，这意味着宏命令执行要比批处理文件快很多。
- 批处理文件必须使用合法的文件名，但宏的名称可以包括以下在常规文件名中禁用的符号：

  * + [ ] : ; " , . ? /

- 可以使用宏命令替换已有的命令。

宏的缺点：

- 宏命令的长度不能超过 8 191 个字符，但批处理文件可以是任意长度。
- 没有命令和符号可以禁止命令的回显(即每条命令在执行前都能在屏幕上看到)。
- 在宏命令中，没有等价于批处理文件命令中的 GOTO 和 IF 的命令。
- 每次启动计算机后需要重新输入宏定义(但是可以通过使用宏库(macro library)自动实现，宏库是存储宏定义的批处理文件，这将在本节后面部分介绍)。

通常，应该使用宏命令替换复杂的命令或将两个及多个命令组成单独的一个命令，而批处理文件适用于更复杂的任务。

创建 DOSKEY 宏命令　为了创建 DOSKEY 宏命令，则可以输入以下形式的命令：

```
DOSKEY macroname=commands
```

这里，macroname 是宏的名称，commands 是需要宏执行的命令列表。

作为示例，先考虑以下命令：

```
dir /ogn /p
```

该命令显示了文件名按字母表顺序排列的目录列表，首先分组子目录，满屏后会暂停。如果不想每次都输入命令，可以定义名称为 SDIR 的宏。以下是执行的命令：

```
doskey sdir=dir /ogn /p
```

当定义宏后，可以像其他命令一样使用。对于本示例，只需在输入 sdir 后按 Enter 键，则"命令提示符"将显示排序的目录列表。

提示：

如果需要停止运行宏命令，按下 Ctrl+C 组合键。

当定义的宏包含多个命令时，需要小心使用。例如，假设想要创建名为 CDD 的宏，用于更改当前目录到驱动器 E 并显示 DIR 列表，则可能会很自然地输入以下命令：

doskey cdd=e: && dir

但是，当"命令提示符"看到命令分隔符后，则它会认为正在运行两个命令：一个用于定义 DOSKEY 的宏 CDD，另一个用于显示 DIR 列表。为避免产生这种混淆，在宏定义中使用$T (或 $t)代替&&，以下是修改后的命令：

```
DOSKEY cdd=a: $t dir
```

注意：

为使命令易读，在$T 符号前后引入空格。可以按照喜好在定义自己的宏时留出这些空格。

表 B-4 列出了所有可以使用的宏定义符号。

表 B-4　DOSKEY 宏定义符号

使　　用	替　　换
$B 或$b	管道符号 (|)
$G 或$g	重定向输出符号 (>)
GG 或gg	附加输出符号 (>>)
$L 或$l	重定向输入符号 (<)
$T 或$t	命令分隔符 (|)
$$	美元符号 ($)

B

> **提示:**
>
> 为了删除宏定义, 可以使用以下格式:
>
> ```
> DOSKEY macroname=
> ```

5. 在宏定义中使用可替换参数

在附录 C 的 "灵活使用批处理文件的参数" 一节中, 将介绍在批处理文件中使用可替换参数的方法。宏命令也可以使用可替换参数。宏命令中使用$1~9 的符号代替批处理文件中%1~9 这些可用的符号。

例如, 上一节介绍的宏 CDD 虽然可用, 但不够灵活。可以修改宏为以下形式:

```
doskey cdd=$1 $t dir
```

如果现在输入 cdd d:, DOSKEY 将用 d:替换 $1, 然后运行宏命令。

6. 宏的示例

本节将通过一些常用的 DOSKEY 宏来帮助你入门。

第一个示例使用前面所述的事实: Windows Vista 使用双圆点符号(..)表示当前目录的父目录。一种简单的方式是使用以下命令快速修改当前目录到父目录:

```
cd..
```

这很简练, 但这里想要使用名为 UP 的宏命令, 定义如下:

```
doskey up=cd..
```

一个类似的宏是 UP2, 用于需要向上移动两层目录的情况:

```
doskey up2=cd..\cd..
```

例如, 如果当前子目录是 Documents\Letters\Business, 输入 UP2 命令将直接定位到 Documents 目录下。

假设存在子目录 Documents\Letters\Personal, 如果想从 Business 子目录转到 Personal 子目录。通常的做法是使用以下命令:

```
cd Documents\Letters\Personal
```

但是 Business 和 Personal 子目录都有相同的父目录(Letters), 因此可以创建以下宏命令 OVER:

```
doskey over=cd..\$1
```

定义完这个宏后, 可以输入以下命令从 Business 子目录移动到 Personal 子目录:

```
over personal
```

> **提示:**
>
> 要查看当前所有定义的宏的列表，可以使用命令 DOSKEY /MACROS。

你是否在硬盘驱动器上丢失过文件？你可能知道该文件位于某处，但忘记了其位置。发生这种事情很正常，可以使用名为?的宏命令来帮助解决问题。定义如下:

```
doskey ?=dir \$1 /s /b
```

/S 开关将使"命令提示符"搜索所有的子目录，/B 开关将只显示找到的文件名。

最后一个宏定义将演示使用宏命令替换已有的命令(也称为命令别名(command aliasing))。例如，如果使用/P 开关("命令提示符"会在每次删除时确认)，则 DEL 命令将更安全。实际上可以使用以下定义创建宏 DEL:

```
doskey del=del $1 /p
```

宏比命令优先，所以每次使用 DEL 命令时，首先将执行宏，而不是命令(如果需要运行命令，可以在前面加上空格实现)。

> **提示:**
>
> 如果为新用户设置计算机，则可以使用宏命令替换如 FORMAT 或 RECOVER 这样危险的命令。代替运行命令，通过显示信息提示用户操作的危险性，如下所示:
>
> ```
> doskey format=ECHO Sorry, the FORMAT command is not available.
> ```

7. 创建宏库

使用宏命令的问题在于:只要关闭计算机，则会丢失宏的定义。解决方法是创建宏库(macro library)，即包含所有宏定义的批处理文件。可按照以下步骤创建宏库:

(1) 输入以下命令并按 Enter 键(如果没有 BATCH 目录，则可以使用存放批处理文件的目录代替该目录):

```
doskey /macros > macros.bat
```

(2) "命令提示符"会将命令的输出重定向到名为 macros.bat 的批处理文件中。在文本编辑器中加载 macros.bat。

(3) 对于每个宏定义，在每行的开始处添加 DOSKEY(务必在 DOSKEY 和定义之间留出一个空格)。

每次需要加载 DOSKEY 宏命令时，只需运行批处理文件 macros.bat 即可。

B

> **提示:**
>
> 可能经常需要修改宏库以删除不用的宏命令或添加新命令。为了简化这些操作，有另一个宏可以将宏库加载到 Notepad 中，并在完成后运行批处理文件:
>
> ```
> doskey editlib=start notepad macros.bat $t macros
> ```

注意，可能要包含 macros.bat 所在的路径以确保 Notepad 能找到该路径。此外，在定义宏 EDITLIB 后，需要立即再次运行 doskey /macros >macros.bat 命令以使 EDITLIB 添加到库中。

B.2.4　从命令提示符启动应用程序

"命令提示符"不仅用于运行命令，还可以用于启动应用程序，将在以下两节中介绍这两方面内容。

1. 启动 16 位应用程序

如果偶尔需要使用 16 位程序，则需要进入程序所在的驱动器和文件夹，然后输入可执行文件的主要名称或输入可执行文件在当前文件夹下的完整路径名。以下是不需要更改当前文件夹或使用完整路径名称的两种情况：

- 如果程序的可执行文件在当前文件夹下
- 如果程序可执行文件所在的目录是 PATH 语句的一部分

如果只输入可执行文件的主要名称，"命令提示符"首先搜索当前文件夹，查找将.com、.exe、.bat 或.cmd 扩展名与主要名称结合在一起的文件。如果没有找到该文件，将继续在 PATH 语句列出的文件夹中搜索。注意，PATH 语句是由一连串的文件名组成，文件名之间用分号(;)分隔。"命令提示符"会话的默认 PATH 是：

```
%SystemRoot%;%SystemRoot%\system32;%SystemRoot%\system32\Wbem
```

这储存在名为 PATH 的环境变量中，因此你可以轻松地从命令提示符中向 PATH 添加新的文件夹。例如，假设在 C:\Program Files\Dosapp 文件夹下有一个 DOS 程序。为了不通过更改文件夹或指定路径名启动程序，可以使用以下命令将文件夹添加到 PATH 语句中(%path%表示 PATH 环境变量)：

```
set path=%path%;"c:\program files\dosapp"
```

2. 启动 Windows 应用程序

同样可以使用"命令提示符"启动 Windows 应用程序、启动文档甚至打开文件夹窗口。就像 DOS 程序一样，通过输入其可执行文件的名称可以启动 Windows 应用程序。

如果可执行文件处于 Windows Vista 主文件夹下，则可以正常运行，因为这个文件夹是 PATH 的一部分。但是大多数 Windows Vista 应用程序(甚至某些 Windows Vista 附件)的文件都存放在单独的文件夹下，而且也没有修改 PATH 指向这些文件夹。在第 5 章曾介绍过，注册表有 AppPaths 键，用于告诉 Windows Vista 查找应用程序文件的位置。但是，"命令提示符"不能直接使用基于注册表的应用程序路径，但能使用 Windows Vista 命令。该命令是 START，语法如下：

```
START ["title"] [/Dpath] [/I] [/MIN] [/MAX] [/SEPARATE | /SHARED]
[/LOW | /NORMAL | /HIGH | /REALTIME | /ABOVENORMAL | /BELOWNORMAL]
[AFFINITY hex value] [/WAIT] [/B] [filename] [parameters]
```

"title"	指定在"命令提示符"窗口的标题栏中显示的标题。
Dpath	指定程序的启动文件夹。
/B	不通过创建新窗口启动程序。
/I	告诉 Windows Vista 新的"命令提示符"环境是传递给 cmd.exe 的原始环境变量,而不是当前的环境。
/MIN	最小化启动程序。
/MAX	最大化启动程序。
/SEPARATE	在单独的内存空间中启动 16 位 Windows 程序。
/SHARED	在共享内存空间中启动 16 位 Windows 程序。
/LOW	使用 IDLE 优先级类启动程序。
/NORMAL	使用 NORMAL 优先级类启动程序。
/HIGH	使用 HIGH 优先级类启动程序。
/REALTIME	使用 REALTIME 优先级类启动程序。
/ABOVENORMAL	使用 ABOVENORMAL 优先级类启动程序。
/BELOWNORMAL	使用 BELOWNORMAL 优先级类启动程序。
/AFFINITY	使用指定的以十六进制数表示的处理器关系掩码(affinity mask)启动程序(在多处理器系统中,关系掩码表示想要程序使用哪个处理器,这能阻止 Vista 将程序的执行线程从一个处理器转移到另一个处理器,从而避免降低性能)。
/WAIT	在返回命令提示符之前等待程序完成。
filename	指定可执行文件或文档的名称。如果输入文档名称,则应该确定包含了扩展名,这样 Windows Vista 能识别文件类型。
parameters	指定修改程序操作的选项和开关。

当使用 START 启动程序时,Windows Vista 不仅检查当前文件夹和 PATH,还会检查注册表。对于注册表,Windows Vista 会查找 AppPaths 设置或文件类型(如果输入文档名称)。例如,如果在"命令提示符"中输入 wordpad 并按 Enter 键,屏幕将显示"a Bad command or file name error"的错误(除非正好在 %Program Files%\Windows NT\Accessories 文件夹下)。但是如果输入 start wordpad,"写字板"将成功启动。

B

注意:

START 命令的/WAIT 开关在批处理文件中很有用。如果使用 START /WAIT 命令在批处理文件中启动程序,则当程序运行时批处理文件时会暂停。这可以支持在程序完成其工作后对某些条件(例如 ERRORLEVEL 代码)的测试。

B.2.5　在命令提示符和 Windows 应用程序之间共享数据

"命令提示符"会话(以及 16 位程序)并不能识别"剪贴板",所以不支持标准的剪切、复制和粘贴技术。但是可以使用一些方法在"命令提示符"(或 16 位程序)和 Windows 应用程序间共享数据。以下几节将介绍这些技术。

1. 从命令提示符中复制文本

从"命令提示符"或 16 位程序中复制文本的最好方式是高亮显示所需文本,然后复制该文本。可按照以下步骤实现该过程:

(1) 如果使用 16 位应用程序,按 Alt+Enter 组合键将其放置到窗口中(如果没有在窗口中)。

> **注意:**
>
> 如果使用带有图形模式的 16 位应用程序,复制部分屏幕意味着复制文本的图形图像,并非文本本身。如果只需要文本,应在继续操作前确定程序在字符模式下运行。

(2) 确定要复制的文本在屏幕上可见。

(3) 下拉窗口的控制菜单,选择"编辑"|"标记"命令使窗口进入"选择"模式(也可以右击标题栏,选择"编辑"|"标记")。

(4) 使用鼠标或键盘选择要复制的数据。

(5) 下拉窗口的控制菜单,选择"编辑"|"复制"命令将数据复制到剪贴板(还可以按下 Enter 键或右击标题栏,然后选择"编辑"|"复制"命令)。

(6) 切换到目标 Windows 应用程序中并将插入点定位于复制数据显示的位置。

(7) 选择"编辑"|"粘贴"命令。

> **提示:**
>
> 如果有大量文本需要复制,则启用 Windows Vista 的"快速编辑"选项会使操作更容易。"快速编辑"模式会使 16 位程序窗口永久处于"选择"模式下,这样可以随时选择所需的文本(但是,其缺点是不能再使用鼠标操作"命令提示符"程序)。为了支持"快速编辑",下拉窗口的控制菜单,选择"属性"命令打开程序的属性表。在"选项"选项卡中,启用"快速编辑模式"复选框。

2. 粘贴文本至命令提示符

如果已从 Windows 应用程序中将文本发送到剪贴板,则可以将这些文本复制到"命令提示符"会话或 16 位程序中。

首先将"命令提示符"的光标定位于粘贴文本显示的位置，然后下拉窗口的控制菜单，选择"编辑"|"粘贴"命令(或右击标题栏，选择"编辑"|"粘贴"命令)。

> **提示:**
>
> 有时从剪贴板复制文本到"命令提示符"程序中可能会出现问题。例如，可能会看到无用字符或某些字符可能会丢失。这可能意味着 Windows Vista 发送字符太快，"命令提示符"程序无法立即处理。为解决此问题，找到 16 位程序的可执行文件，右击文件，然后单击"属性"命令，显示"其他"选项卡，然后取消"快速粘贴"复选框。这将告诉 Windows Vista 以较慢的速度发送字符。

3. 在 16 位和 Windows 程序之间共享图形

不同于 Windows 和 Windows 之间的图形传输，在 16 位程序和 Windows 程序之间传输图形并没有明确的方法。

如果要将喜欢的 16 位图形放到剪贴板上，首先在窗口中显示程序，并调整窗口以使得图像可见，然后按 Alt+Print Screen 键。Windows Vista 将复制整个窗口的图像到剪贴板上。可以将其粘贴到图形处理程序中并删除多余的窗口元素。

遗憾的是，剪贴板不能处理 Windows 应用程序到 16 位程序间的图形传输。唯一的方法是将图像保存为 16 位应用程序支持的图形格式并在 16 位程序中打开此文件。

B.3　自定义命令行窗口

如果发现很多时间都需要使用"命令提示符"、16 位或命令行程序，则需要配置窗口以得到舒适的工作环境和显示方式。以下几节将介绍用于自定义"命令提示符"窗口以及外部命令行程序和 16 位应用程序使用的窗口的各种可用选项。

B.3.1　自定义命令提示符窗口

Windows Vista 的"命令提示符"实用程序有自己一套自定义选项和设置，因此首先讨论这些选项和设置。为查看这些选项，有 3 个选择:

- 如果想使更改应用到将来所有的"命令提示符"会话，则打开"命令提示符"窗口，下拉控制菜单，选择"默认值"，这将显示"控制台窗口属性"对话框。注意,在对话框中所做的修改不会应用到当前的"命令提示符"会话,但 Windows Vista 会将其应用到将来所有的会话。
- 如果想让更改只应用到特定的"命令提示符"快捷方式(例如"开始"|"所有程序"|"附件"|"命令提示符")，右击"命令提示符"快捷方式的图标，然后单击"属性"。

B

- 如果想让更改只应用到当前"命令提示符"会话，下拉控制菜单，选择"属性"
  选项。

在显示的属性表中有 4 个选项卡，提供特定于"命令提示符"的选项："选项"、"字体"、"布局"和"颜色"。

1. 设置命令提示符选项

如图 B-3 所示的"选项"选项卡提供了一系列设置，可以控制"命令提示符"窗口和操作的各个方面。

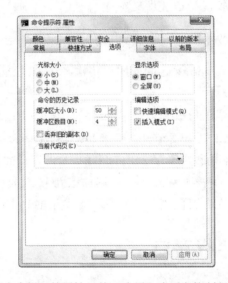

图 B-3　使用"命令提示符属性"的"选项"选项卡控制程序的外观和体验

- 光标大小——使用这些选项设定"命令提示符"使用光标的大小，光标用来指示输入的下个字符即将出现的位置。
- 显示选项(仅快捷方式的"属性"对话框)——"全屏显示"和"窗口"选项确定"命令提示符"是以全屏还是窗口的方式启动。
- 命令记录——这些选项控制"命令提示符"存储输入命令的方式：
  缓冲区大小——使用此微调框指定 DOSKEY 在命令记录缓冲区中存储的命令数量。
  缓冲区数量——使用此微调框设置可以保留命令记录缓冲区的"命令提示符"进程的最大数目。
  丢弃旧的副本——启用此复选框将使"命令提示符"自动从缓冲区中丢弃副本命令，这将支持在缓冲区中存储更多唯一的命令。但是，如果需要经常重新运行这些命令，则启用此选项将会导致会丢弃一些命令的问题。
- 快速编辑模式——当启用该复选框时，可以使用鼠标选择程序文本。本附录前面介绍过其工作方式。

- 插入模式——当启用该复选框时，DOSKEY 将以"插入"模式启动，输入将在光标处插入。如果取消此复选框，DOSKEY 将切换到"改写"模式。
- 自动完成(仅"控制台窗口属性"对话框)——当启用此复选框时，通过按下 Tab 键，"命令提示符"可以完成文件和文件夹名称。

2. 更改命令提示符字体

在"命令提示符"窗口中显示文本的字体大小并非一成不变。可以依据个人的喜好自由地放大或缩小字体。如图 B-4 所示，"字体"选项卡提供了以下选项：

- 大小——使用列表选择想要使用的字体大小(或"自动")。
- 字体——选择"点阵字体"或 Lucida Console。如果选择后者，则可以启用"粗体"复选框加粗字体。

图 B-4　使用"字体"选项卡选择在"命令提示符"窗口中使用的字体大小

当修改"字体"选项卡时，"窗口预览"区域将显示新的"命令提示符"窗口，"所选字体"预览区域显示字体的效果。

3. 自定义命令提示符的布局

还可以使用"布局"选项卡中的设置控制"命令提示符"窗口的大小、位置和屏幕缓冲区大小，如图 B-5 所示：

- 屏幕缓冲区大小——屏幕缓冲区是一块内存区域，储存"命令提示符"窗口中显示的和屏幕滚动以来的命令行。如果运行的命令显示的行数超过"命令提示符"窗口可以容纳的范围，则要用到屏幕缓冲区。可以使用垂直滚动条向上滚动查看错过的行。不需要修改默认的"宽度"值(80 字符)，但可以设定"高度"值到 9 999 行。

B

- 窗口大小——使用"宽度"和"高度"微调框设置窗口行数的大小。但是请注意，Windows Vista 调整的窗口大小不能超过屏幕容纳的大小。
- 窗口位置——使用"左"和"上"微调框设置"命令提示符"窗口的左上角位置(以像素表示)。必须取消"由系统定位窗口"复选框才能启用以上微调框。

图 B-5 使用"布局"选项卡自定义"命令提示符"

窗口的大小、位置和屏幕缓冲区大小

4. 指定命令提示符的颜色

前面介绍过，使用/T:fb 开关运行的 cmd.exe 命令可以控制"命令提示符"窗口的前景(文本)和背景颜色。当处于会话中时，还可以使用 COLOR 实用程序修改颜色。另一种方法是使用如图 B-6 所示的"颜色"选项卡。不仅可以设置屏幕的颜色，还可以设置弹出窗口文本和背景的颜色(当在命令行按 F7 键查看 DOSKEY 命令记录缓冲区中的命令列表时，显示的窗口即为弹出窗口的一个示例)。可以启用 4 个选项之一："屏幕文字"、"屏幕背景"、"弹出文字"或"弹出窗口背景"，然后使用以下任何一种方法设置颜色：

- 单击预置的颜色框。
- 使用"红"、"绿"和"蓝"微调框设置自定义的颜色。

图 B-6　使用"颜色"选项卡设置"命令提示符"屏幕和弹出窗口的前景和背景颜色

B.3.2　自定义其他命令行窗口

和 Windows Vista 对象一样，16 位或命令行程序也有各种用于操作和调整程序工作方式的属性。为了显示 16 位或命令行程序的属性表，有 3 种操作方式：

- 在"资源管理器"中，选择程序的可执行文件，选择"文件"|"属性"；或右击文件，选择"属性"。
- 如果已经打开程序的窗口，可以通过在键盘上按 Alt+空格键得到属性表，选择显示的控制菜单中的"属性"命令。

注意：

这里介绍的大多数属性仅影响在窗口中运行的命令行程序，如果程序全屏运行，按下 Alt+Enter 键切换到窗口模式。若要返回全屏模式，再次按下 Alt+Enter 键。

注意：

要了解属性表中"兼容性"选项卡的设置，请参见第 5 章中的"理解应用程序兼容性"一节。

1. 设置程序属性

图 B-7 所示的"Program"选项卡包含了各种用于控制程序启动和关闭的设置。对话框顶部的无标题文本框指定在程序窗口标题栏上显示的文本。

B

图 B-7 使用 "Program" 选项卡设置各种命令行程序启动的属性

以下是其他选项的概要：

● Cmd line——此文本框指定程序可执行文件的路径名。如前面所述，可以使用
该文本框添加修改程序启动方式的参数和开关。

● Working——使用此文本框设置应用程序的默认文件夹。

● Batch File——此文本框指定在启动程序前运行的批处理文件或命令。该文本框
对于复制文件、设置环境变量、修改 PATH 路径或加载常驻内存的程序很有效。

● Shortcut Key——使用此文本框为程序指定组合键。仅当在桌面创建了程序的快
捷方式，组合键才能正常用于启动程序。但是当程序运行时，可以使用组合键
快速地切换到程序。默认的组合键是 Ctrl+Alt+character，这里的 character 是当
文本框拥有焦点时按下的任意键盘字符。如果想要使用以 Ctrl+Shift 开头的组
合键，同时按住 Ctrl 和 Shift，然后按字符；对于 Ctrl+Alt+Shift 组合键，同时
按住 3 个键，再按字符。

● Run——此下拉列表确定应用程序窗口显示的方式，可以选择"常规窗口"、"最
小化"或"最大化"。

● Close on Exit——如果启用此复选框，程序完成后将关闭窗口。该复选框对于批
处理文件或其他程序在完成后仍在屏幕上保留"命令提示符"窗口很有效。

- Advanced——单击此按钮将显示一个对话框，可以指定程序使用的自定义 Autoexec.bat 和 Config.sys 文件的位置。

- Change Icon——使用此命令按钮为程序的 PIF(程序信息文件)指派不同的图标。单击此按钮显示"更改图标"对话框。

2. 调整内存属性

如图 B-8 所示的"Memory"选项卡支持操作各种与内存相关的设置。

图 B-8　使用"Memory"选项卡自定义命令行程序使用的内存

以下介绍可用的控制选项：

- Conventional Memory——"Total"下拉列表指定"Windows Vista 虚拟内存管理器(Virtual Memory Manager，VMM)"提供给程序虚拟机的常规内存大小(单位是千字节)。常规内存一般定义为内存最初的 640KB)。如果设置该值为"自动"，则 VMM 将自动处理内存需求。但通常这样做并不好，例如运行命令，VMM 会为"命令提示符"虚拟机划出完整的 640KB 内存。因为大部分命令远不需要这么大的内存，这样会浪费宝贵的物理内存或不必要的分页交换文件。因此可以指定较小的值(例如 160KB)以节约内存资源。在修改此值之前，检查程序的文档找到其所需的最小内存。

- Initial Environment——该下拉列表指定命令行环境的大小(字节数)。环境是存放环境变量的小型内存缓冲区。如果使用"批处理文件"文本框来运行 SET 语句

B

或向 PATH 添加文件夹，则需要增加环境的大小，但应该无需超过 1024 字节的值。

提示:

当处于命令行会话中时，为了查看环境变量的内容，可以运行 SET 命令。

- Protected——当程序运行时，系统内存区域为 Windows Vista 提供部分常驻区域。如果程序运行不正常，可能会意外地覆盖部分系统区域而导致 Windows Vista 变得不稳定。为预防此情况，启用此复选框对系统内存区域进行写保护。

- Expanded(EMS) Memory——"Total"下拉菜单列表指定提供给程序的扩充内存大小(用千字节表示)。如果知道程序不使用扩充内存，则可以将此值设为"None"。如果该值设为"Auto"，Windows Vista 将提供给程序所需的内存大小。如果想要限制程序使用的扩充内存，选择特定的值(1024KB 对大多数程序应该足够)。

注意:

为了理解扩充内存(Expanded memory)和扩展内存(Extended memory)的差异，在这里使用木匠坊打个比方。作为木匠，可以有两种方法增加工作空间：通过建立单独的房屋扩充总面积，或者在已有的工作区域内扩展额外空间。这就是扩充内存和扩展内存的主要差异。扩充内存通常以单独的设备(存储板)形式出现，需要安装。另一方面，扩展内存是通过将存储芯片直接插入计算机的主板上得到。那么额外内存如何辅助工作？当然以前的 DOS 应用程序必须驻留在最初的 640KB 内存中，但有些小型程序(称为内存管理器)能在常规内存区域和扩展或扩充内存间混合程序代码和数据文件。

例如，假设在木匠坊中需要车床，但没有空间。没问题，助手(内存管理器)知道车床在外面的单独房间中(扩充内存)或相邻的区域中(扩展内存)。于是将现在不需要的内容(例如带锯)放到扩充或扩展内存区域来交换车床，然后将车床放入木匠坊。

- Extended(XMS) Memory——如果程序要使用扩展内存，使用"Total"下拉列表指定 VMM 分配给程序的扩展内存大小(用千字节表示)。此外，可以使用"Auto"允许 VMM 自动分配扩展内存。但是 VMM 会映射虚拟内存为扩展内存，因此运行的程序可能会占用所有可用的虚拟内存！应设置限定来预防这种情况的发生，例如，可以设置限定为 1024KB。

- Uses HMA——此复选框决定程序是否访问"高内存区(High Memory Area，HMA)"。HMA 是扩展内存中最初的 64KB，程序使用该区域加载设备驱动程序。Windows Vista 默认情况下为 MS-DOS 使用 HMA，因此通常对其他程序不可用。

- MS-DOS Protected-Mode(DPMI) Memory——"Total"下拉列表指定了提供给程序的 DOS 保护模式内存的大小(用千字节表示)，使用"Auto"让 VMM 自动配置此类内存。

3. 设置屏幕属性

如图 B-9 所示，命令行程序的属性表也包括"Screcn"选项卡，可以控制程序显示的各个方面。

图 B-9　使用"Screcn"选项卡控制"命令提示符"程序的外观

选项如下:

- Usage——"全屏幕"和"窗口"选项确定程序是以全屏方式还是窗口方式启动。
- Restore Settings at Startup——当启用此复选框时，Windows Vista 将保存最近一次窗口的位置和大小，并在下次运行程序时还原。如果取消此复选框，Windows Vista 将在下次启动程序时使用原始设置；任何在当前会话中的调整都将忽略。
- Fast ROM Emulation——当启用此复选框时，Windows Vista 将使用视频显示 VxDs 再现(或仿真(emulate))视频服务(即在屏幕上写入文本)，这通常是 ROM BIOS 功能的一部分。基于 RAM 的 VxDs 比较快，因此程序整体的显示性能得到改进。但是如果程序需要使用非标准的 ROM 调用，将可能在屏幕上看到无用字符。如果发生这样的情况，应取消此复选框。
- Dynamic Memory Allocation——某些命令行程序能在文本和图形模式下运行，但后者需要更多的内存。如果启用此复选框，Windows Vista 根据程序当前模式所需的情况为程序分配内存。如果在图形模式下运行程序，Windows Vista 将为程序的虚拟机分配更多内存；如果切换程序到文本模式，Windows Vista 将减少

B

分配给虚拟机的内存，从而将更多的内容留给其他应用程序。如果发现切换到图形模式时程序挂起，则可能是 Windows Vista 不能分配足够的内存处理新的模式。在这种情况下，应该取消"动态内存分配"复选框，从而让 Windows Vista 总是提供充足的内存以便在图形模式下运行程序。

4．一些其他属性

为了完成对命令行程序自定义的介绍，最后将介绍程序属性表中的"Misc"选项卡，如图 B-10 所示。此选项卡包括许多其他相关属性的各种选项。

以下是对有助于"命令提示符"程序的每种控制的概述：

- Allow Screen Saver——如果启用此复选框，当使用命令行程序时(当程序处于前台时)，Windows Vista 也允许启动 Windows 屏幕保护程序。对于大多数命令行程序，这很安全，但如果发现屏幕保护程序导致程序中止或程序图形失真，那么应取消此复选框。如果使用终端仿真程序或通信程序，则也应明确地取消选中此复选框。

图 B-10　"其他"选项卡包括一些用于自定义"命令提示符"程序的控件

- QuickEdit——当启用此复选框时,可以使用鼠标选择程序文本(并非所有命令行程序支持此选项,所以该复选框可能是禁用的)。本附录前面已介绍过其工作方式。

- Exclusive Mode——如果启用此选项,Windows Vista 将让程序独占鼠标。这意味着仅当运行此程序时,鼠标才会工作;此时鼠标在 Windows Vista 中都不可用。仅当鼠标在程序中不进行其他操作时,才启用此复选框。

- Always Suspend——当启用此复选框时,Windows 不会为无焦点的运行中命令行程序分配 CPU 时间(即此程序处于后台)。如果你切换其他窗口时程序不会执行任何后台处理,则启用此复选框。这样可以改善其他应用程序的性能。对于后台命令行程序干扰前台应用程序的情况,这也是很好的解决方法(例如,某些 16 位游戏会妨碍到前台窗口的声音)。当使用 16 位程序下载文件、打印文档或运行其他后台程序时,应不启用"始终挂起"复选框。

- Warn If Still Active——对于最安全的操作来说,关闭"命令提示符"窗口前应当退出"命令提示符"程序,以确保不会丢失未保存的数据。如果启用此复选框,则当试图过早地关闭程序时,Windows Vista 会显示警告对话框。可以单击"End Now"按钮让 Windows Vista 强制关闭程序(例如,程序中止)。

- Idle Sensitivity——滑块将确定当程序空闲时 Windows Vista 用于命令行程序的 CPU 时间,具体请参见本附录最后部分"理解空闲灵敏度"。

- Fast Pasting——此复选框控制 Windows Vista 从剪贴板粘贴信息到程序的速度。本附录前面已介绍过粘贴数据到"命令提示符"窗口。

- Windows Shortcut Keys——这些复选框表示各种 Windows Vista 快捷键。例如,当使用"命令提示符"窗口时,按 Alt+Tab 组合键可以切换到另一个打开的应用程序。但命令行可以根据本身需要使用一个或多个组合键。为了允许程序使用任何快捷键,则应该禁用相应的复选框。

5. 理解空闲灵敏度

当运行多任务应用程序时,Windows Vista 为每个运行的进程分配固定大小的处理器周期,称为时间片(time slice)。理想状态下,活动的应用程序会获得更多的时间片,空闲的应用程序将获得较少时间片。Windows Vista 如何知道应用程序是否空闲呢?Windows 应用程序向指定它们当前状态的调度程序发送消息。例如,应用程序告诉调度程序正等待用户输入(按键或鼠标单击)。在这种情况下,Windows Vista 将减少应用程序的时间片数目,并重新分配时间片给其他在后台运行的进程。

命令行程序中有所不同。在大多数情况下,Windows Vista 不知道 16 位程序的当前状态(但是,许多新的命令行应用程序可以被 Windows 识别并能向调度程序发送消息)。当没有键盘输入时,Windows Vista 会在预置的空闲时间后假定程序处于空闲状态,然后将时间片分配给其他进程。而 Windows Vista 在声明"命令提示符"程序处于空闲前的等待时间就是空闲灵敏度(idle sensitivity)。

可以使用"Idle Sensitivity"滑块控制命令行程序的空闲灵敏度。滑块的范围可以处于"Low"和"High"之间。以下是使用滑块的方式：

- Low Idle Sensitivity——Windows Vista 在声明程序空闲前会等待较长的时间。使用"Low"设置会改善执行后台任务的 16 位程序的性能。这能确保在没有键盘输入时，这些任务依然能分配到所需的时间片。

- High Idle Sensitivity—— Windows Vista 在等待较少的时间后声明 16 位应用程序处于空闲。如果知道程序在后台没有任何操作，则使用"High"空闲灵敏度将会改善其他运行程序的性能，因为调度程序会很快地重新分配时间片。

附录 C

使用批处理文件自动操作 Windows Vista

如附录 B "使用 Windows Vista 命令提示符" 所述，命令行通常依然有用，有些时候还是必不可少的，大多数高级用户都会在"命令提示符"窗口中完成一些操作。这包括编写简短的批处理文件程序以自动执行日常程序，例如，执行简单的文件备份和删除不需要的文件。如果你能掌握 8 个增强批处理文件功能的 Windows Vista 命令，就能完成更多有趣且有用的事情。这就是本附录介绍的内容：批处理文件的定义、工作方式及可用的命令。

C.1 批处理文件：背景知识

附录 B 介绍了"命令提示符"使用 cmd.exe 程序处理在提示符中的输入内容。"命令提示符"有一些内置的命令，如 COPY、DIR 和 DEL(这些也称为**内部**命令)。

对于大多数其他的命令，包括软件应用程序和**外部**命令，如 FORMAT，CHKDSK 和 FC，"命令提示符"会调用单独的程序。"命令提示符"执行命令或程序，然后返回到提示符以等待更多的命令。

然而，如果通知"命令提示符"执行批处理文件，则情况会稍有不同。"命令提示符"将进入**批处理模式**(batch mode)，取得批处理文件中的每一行内容作为输入。这些命令行(大多数情况下)是由自己手工输入。"命令提示符"会重复以下 4 个步骤,直到处理完批处理文件中的每一行命令为止。

(1) 从批处理文件中读取一行。

(2) 关闭批处理文件。

(3) 执行命令。

(4) 重新打开批处理文件,读取下一行。

"批处理"模式的主要优势是可以在单独的批处理文件中集中一些命令,而且只要简单地在命令提示符中输入批处理文件名就可以执行。这对于自动执行一些日常任务(如备份注册表文件或在启动时删除扩展名为 .tmp 的文件)很有效。

C.2 创建批处理文件

在开始介绍具体的批处理文件示例前,首先应了解创建批处理文件的方式,以下是注意事项:

- 批处理文件是简单的文本文件,因此"记事本"(或其他一些文本编辑器)可能就是最佳的选择。

- 如果决定使用"写字板"或其他字处理程序,则应确保创建的文件是文本文件。

- 使用.bat 扩展名保存批处理文件。

- 当命名批处理文件时,不要使用与"命令提示符"命令相同的名称。例如,如果创建用于删除某些文件的批处理文件,则不要命名为 Del.bat。如果这样命名,那么批处理文件永远不会运行。因为当在提示符中输入命令时,Cmd.exe 首先会检查命令是否是内部命令。如果不是,Cmd.exe 将(按顺序)检查名称匹配的.com、.exe、.bat 或 .cmd 的文件。由于所有的外部命令使用.com 或.exe 扩展名,则 Cmd.exe 不会去检查是否存在该名称的批处理文件。

当创建好批处理文件后,剩下的操作就很简单。只需像在"命令提示符"那样输入命令(有一些差异,将在后面介绍)并包含所需的批处理指令即可。

C.3 创建存放批处理文件的文件夹

如果发现已经创建和使用了大量批处理文件,但文件都分散在硬盘的各个位置,则情况会很混乱。为避免出现这种情况,应创建新文件夹用于保存所有的批处理文件。

然而为了使这种策略更有效,必须告诉"命令提示符"在批处理文件夹中查找这些文件。可以按以下通用的形式使用 PATH 命令完成该操作:

```
PATH dir1;dir2;…
```

这里,dir1、dir2 等是指文件夹名称。该命令可以有效地告诉"命令提示符":"无论何时运行命令，如果不能在当前文件夹中找到适当的文件，就会查找 PATH 语句中列出的文件夹。"假设在"Documents"文件夹中创建名为 batch 的文件夹，则应把 %USERPROFILE%\Documents\batch 添加到 PATH 中。

与其每次在命令提示符中进行同样的操作，不如按以下步骤永久地修改 PATH 环境变量：

(1) 选择"开始"菜单，右击"计算机"，然后选择"属性"命令打开"系统"窗口。

(2) 单击"高级系统设置"链接，然后输入UAC证书，打开"系统属性"对话框并显示"高级"选项卡。

(3) 单击"环境变量"按钮以显示"环境变量"对话框。

(4) 在"系统变量"列表中选择 Path。

(5) 单击"编辑"按钮打开"编辑系统变量"对话框。

(6) 在"变量值"文本框中，在已有值的最后添加一个分号及批处理文件的文件夹路径。图 C-1 显示了"编辑系统变量"对话框，并在 PATH 值中添加了 %UserProfile%\Documents\batch 路径。

图 C-1　向 PATH 值中添加存放批处理文件的文件夹

(7) 单击"确定"按钮返回到"系统属性"对话框。

(8) 单击"确定"按钮。

C.4　批处理文件特有的命令

首先将介绍一些只能在批处理文件中使用的命令，以下几节内容将介绍 REM、ECHO 和 PAUSE 命令。

C.4.1　REM：最简单的批处理文件命令

第一个介绍的特定批处理文件命令是 REM(表示 remark，中文意思是"注释")。这个简单的命令告诉"命令提示符"忽略当前行的所有内容。批处理文件的专家几乎完全依靠它在文件中添加简短的注释：

```
REM This batch file changes to the Windows Vista
```

```
REM folder and starts CHKDSK in automatic mode.
CD %SystemRoot%
CHKDSK /F
```

为什么需要添加注释？因为对于简短而易于理解的批处理文件可能没有这个必要，但是本附录后面的一些更为复杂的程序可能不容易理解。一些简单的 REM 语句有助于理解(不仅对其他用户有用，而且对已经几个月没有看过该文件的你也很有用)。

> **注意:**
>
> 最好不要滥用 REM 语句。使用太多 REM 语句会减慢批处理文件的运行速度。只需要在文件开始处使用一些 REM 语句描述文件用途以及使用一两个这样的语句简要地解释每个比较晦涩的命令。

C.4.2 ECHO：批处理文件的回显

当处理批处理文件时，Windows Vista 通常会在执行命令前显示将要运行的每条命令。有必要这么做，但是如果能包含更多补充性的描述，特别是当其他用户使用批处理文件时，则效果会更好。ECHO 批处理文件命令可以实现该功能。

例如，以下是一个简单批处理文件的示例，用于删除当前用户的 cookie 和 Recent 文件夹中的所有文本文件，同时告诉用户将要执行的操作:

```
ECHO This batch file will now delete all your cookie text files
DEL "%UserProfile%\Roaming\Microsoft\Windows\Cookies\*.txt"
ECHO This batch file will now delete your Recent Items list
DEL "%UserProfile%\Roaming\Microsoft\Windows\Recent\*.lnk"
```

当 Windows Vista 碰到 ECHO 命令时，它会简单地在屏幕上显示本行的剩余内容。看起相当简单，不是吗？以下是运行批处理文件的输出内容:

```
C:\>ECHO This batch file will now delete all your cookie text files
This batch file will now delete all your cookie text files
C:\>DEL "%UserProfile%\Cookies\*.txt"
C:\>ECHO This batch file will now delete your Recent Items list
This batch file will now delete your Recent Items list
C:\>DEL "%UserProfile%\Recent\*.lnk"
```

显示的内容很混乱。问题在于 Windows Vista 显示了命令及命令行的回显。幸运的是，Windows Vista 提供两种解决方案:

为了阻止 Windows Vista 显示执行的命令，在命令前使用@符号:

```
@ECHO This batch file will now delete all your cookie text files
```

为了阻止 Windows Vista 显示任何命令，将以下命令放在批处理文件的开始处:

```
@ECHO OFF
```

以下是带有隐藏命令的输出:

```
This batch file will now delete all your cookie text files
This batch file will now delete your Recent Items list
```

提示:

你或许认为通过使用 ECHO 命令本身可以简单地显示空白行。虽然听起来不错,但不会有任何效果(Windows Vista 只会显示 ECHO 的当前状态: on 或 off),而应使用 ECHO.(ECHO 后面跟一个圆点)来代替。

C.4.3 PAUSE 命令

有时想要在命令继续运行前查看批处理文件显示的内容(例如 DIR 命令产生的文件夹列表)。或者想要警告用户一些重要的信息,使他们考虑可能的后果(如果不确定时则中断)。在这两种情况下,都可以使用 PAUSE 命令暂时地中断批处理文件的执行。当 Windows Vista 在批处理文件中遇到 PAUSE 命令时,则会显示以下内容:

```
Press any key to continue …
```

要继续处理批处理文件的其余部分,则按任意键。如果不想继续,可以按下 Ctrl+C 或 Ctrl+Break 组合键取消操作。Windows Vista 会确认请求:

```
Terminate batch job (Y/N)?
```

可以按下 Y 键返回提示符或按下 N 键继续执行批处理文件。

C.5 灵活使用批处理文件的参数

大多数命令行实用程序需要额外的信息,如文件名(例如,当使用 COPY 或 DEL 命令时)或文件夹路径(例如当使用 CD 或 MD 命令时)。这些附加的信息称为**参数**—— 提供了指定命令工作方式的灵活性。还可以向批处理文件添加相同级别的灵活性。要理解其工作原理,首先查看以下示例:

```
@ECHO OFF
ECHO.
ECHO The first parameter is %1
ECHO The second parameter is %2
ECHO The third parameter is %3
```

可以看到,该批处理文件只是通过 ECHO 命令在屏幕上回显 4 行内容(第一行只是空白行)。但是,可以发现每个 ECHO 命令都是以百分号符号(%)和数字结束。输入并保存该批处理文件为 PARAMETERS.BAT。然后,为了查看这些不寻常符号的含义,可

C

以在 Windows Vista 的"命令提示符"中输入以下命令：

```
parameters Tinkers Evers Chance
```

产生的输出如下：

```
C:\>parameters Tinkers Evers Chance

The first parameter is Tinkers
The second parameter is Evers
The third parameter is Chance
```

在 PARAMETERS.BAT 中接下来的 ECHO 命令将产生第一行的输出(在空白行后)：

```
ECHO The first parameter is %1
```

当 Windows Vista 在批处理文件中遇到%1 符号时，它会检查原始命令并查找批处理文件名后的第一个词，然后用这个词替换%1。在本例中，parameters 后的第一个词是Tinkers，所以 Windows Vista 将使用它替换%1(这就是批处理文件编程人员通常将%1 称为可替换参数(replaceable parameter)的原因)。仅当完成该操作后才能在屏幕上执行ECHO 命令行。

可替换参数%2 的情况也类似，只是在这种情况下，Windows Vista 会查找批处理文件名后的第二个词(如本例中的 Evers)。

注意：

如果批处理文件命令的参数数量超过批处理文件查找的参数，则它会忽略多余的参数。例如，向 parameters 命令行添加第四个参数将不会对文件操作有任何影响。注意，批处理文件中的可替换参数不能多于 9 个(从%1 到%9)，然而存在第 10 个可替换参数(%0)，它用于保存批处理文件本身的名称。

提示：

如果可替换参数是含有一个或多个空格的字符串，则应该使用引号包含该参数(例如"%1")。

现在介绍一个现实生活中的例子，考虑下面这个具有一定的实用价值但灵活性很差的批处理文件 NEWFOLDER.BAT：

```
@ECHO OFF
CLS
MD \batch
CD \batch
```

该批处理文件会在当前文件夹下创建名为batch 的新文件夹，然后进入该文件夹中。你可能会惊讶地发现你经常需要这样操作，所以尝试自动执行整个过程很有意义。

遗憾的是，这并非最好的运行方式。每次要创建和进入文件夹时都需要设置批处理文件，但是你不应该浪费时间在该操作上，而是可以使用替换参数给 NEWFOLDER.BAT 增加灵活性：

```
@ECHO OFF
CLS
MD %1
CD %1
```

现在，如果想创建和进入新的批处理文件夹，可以输入以下命令：

newfolder \batch

Vista 会将 NEWFOLDER.BAT 中的每个%1 替换成\batch(newfolder 后面的第一个词)，因此批处理文件仍像以前一样运行。当然这里的区别在于，还可以将其用于其他文件夹。例如，为了创建名为 scripts 的新文件夹并进入该文件夹，可以使用如下命令：

```
newfolder \scripts
```

注意：

如果在"运行"对话框中运行 NEWFOLDER.BAT 批处理文件，Vista 会在保存批处理文件的文件夹中创建新文件夹。

改进命令行实用程序

因为批处理文件的可替换参数可以像命令行实用程序中的参数那样使用，所以不难创建批处理文件用于模仿甚至改进标准的"命令提示符"。

1. 使 DEL 命令更安全

当使用通配符删除多个文件时，大概会有 99.9%的概率会发生命令行删除意外。在错误的位置使用问号或在错误的文件夹中使用*.*将导致灾难。

注意：

符号*和?都是通配符。使用?匹配单个字符，使用*匹配任意长度的字符。

如果能看到将要删除的文件列表，然后在出现问题时也有取消删除的选项，则会很有帮助。当然，最简单的方式是通过 DEL 所使用的相同文件说明来运行 DIR 命令。但是每次输入两个命令并确保?s 和*s 是否处于正确的位置是件很麻烦的事情。这里可以使用批处理文件，如下(SAFEDEL.BAT)所示：

```
@ECHO OFF
CLS
ECHO %0 %1
```

C

```
ECHO.
ECHO Here is a list of the files that will be deleted:
REM Display a wide DIR list in alphabetical order
DIR %1 /ON /W
ECHO.
ECHO To cancel the deletion, press Ctrl+C. Otherwise,
PAUSE
DEL %1
```

可以像 DEL 命令那样使用 SAFEDEL.BAT。例如，为了在当前文件夹中删除所有的.bak 文件，可以输入以下命令：

safedel *.bak

以下列表是操作的概要：

- 命令 ECHO %0 %1 简单地显示了批处理文件名(%0)和用于引用的文件说明(%1)。
- DIR %1 /ON /W 命令用于显示按字母顺序排列的将要删除的文件列表(采用宽格式，这样可以看到更多的文件)。
- 然后批处理文件运行 PAUSE 命令，这样就可以检查文件。
- 如果确定继续(按任意键)，DEL %1 命令将开始执行。

注意:

百分号(%)是在文件名中非常有用的字符，但是如果试图引用已命名的文件，例如 PERCNT%.XLS，则会导致问题。因为当"命令提示符"处理批处理文件时，它会盲目删除任何单独出现作为替换参数一部分的%符号，因此 PERCNT%.XLS 将变成 PERCNT.XLS，从而导致问题。为修复这个问题，当在批处理命令中引用文件时，应使用双百分号(如 PERCNT%%.XLS)。

2. 使用一个步骤更改文件夹和驱动器

如果需要更改当前目录到其他驱动器的文件夹上，则可以使用 CD 命令。先更改到驱动器，然后运行 CD 命令。使用 CDD.BAT 可以在一条命令中完成该功能：

```
@ECHO OFF
%1:
CD \%2
```

例如，要进入驱动器 G 的 BACKUP 文件夹，只要简单地使用如下命令：

cdd g backup

如果不想输入反斜杠符号，则可以通过添加一些额外的 CD 命令避免输入：

```
@ECHO OFF
%1:
CD \%2
CD %3
CD %4
```

现在，为了进入驱动器 G 的\BACKUP\123\DATA 文件夹，则可以输入以下命令：

cdd g backup 123 data

3. 从 Copy 命令中排除文件

通配符用于在单条命令中包括多个文件。但是，如何排除某些文件？例如，在 WP\DOCS 文件夹中有各种不同扩展名(如.doc、.txt 和.wp 等)的文件。如果想复制除扩展名为.txt 的所有文件到驱动器 A，应如何操作？一种解决方案是：为每个需要的扩展名使用单独的 XCOPY 命令，但工作量很大(而且可能还会遗漏某种扩展名)。应该使用以下批处理文件代替(名为 DONTCOPY.BAT)：

```
@ECHO OFF
CLS
ATTRIB +H %1
ECHO.
ECHO Copying all files to %2 except %1:
ECHO.
XCOPY *.* %2
ATTRIB -H %1
```

为了使用该批处理文件将当前文件夹中的除扩展名为.txt 外的所有文件复制到驱动器 G，可以使用以下命令：

```
dontcopy *.txt g:
```

这里的秘密是 DOS 不会复制隐藏文件，因此 DONTCOPY.BAT 使用 ATTRIB 命令隐藏要忽略的文件。第一个命令 ATTRIB +H %1 就是用于实现隐藏。现在只需使用 XCOPY 命令复制所有非隐藏文件(使用*.*)到目标文件夹(%2)。当完成复制后，DONTCOPY.BAT 使用另一个 ATTRIB 命令取消隐藏文件。

注意:

出于安全考虑，DONTCOPY.BAT 应当检查并确保输入了目标参数(%2)。这需要通过本附录后面将要介绍的批处理文件命令 IF 和 GOTO 来完成。

注意:

可以用同样的思路使用其他命令排除文件。例如，"命令提示符"不会删除或重命名隐藏文件，因此不难创建合适的 DONTDEL.BAT 和 DONTREN.BAT 批处理文件。

C

C.6　SHIFT：使用参数的另一种方法

尽管要到本附录后面才使用,但应该知道在批处理文件中还存在另一种处理参数的方式：SHIFT 命令。为了了解其工作方式,重写 PARAMETERS.BAT 文件得到 PARAMETERS2.BAT:

```
@ECHO OFF
ECHO.
ECHO The first parameter is %1
SHIFT
ECHO The second parameter is %1
SHIFT
ECHO The third parameter is %1
```

如果输入命令 parameters2 Tinkers Evers Chance,将得到和以前一样的输出：

```
C:\BATCH>parameters2 Tinkers Evers Chance

The first parameter is Tinkers
The second parameter is Evers
The third parameter is Chance
```

其工作原理是：每个 SHIFT 命令会将参数向下移动一个位置。特别地,%2 将移动到%1,因此以下命令实际上显示了第二个参数：

```
ECHO The second parameter is %1
```

当然,其他参数也一样改变：%3 移动到%2,%1 移动到%0,%0 将被删除掉。

这种行为可以很容易地处理以下两种情况：

- 要求超过 10 个参数的批处理文件—— 不会有太多的时候需要这么多参数,但至少知道在需要更多参数时可以这样处理。
- 使用不同数量参数的批处理文件—— 这是一种更为常见的情况,稍后将看到一些示例。

注意,这里不急于介绍 SHIFT 示例,因为要适当地使用 SHIFT 命令,需要 IF 命令测试是否还有更多参数需要移动,这将在本附录后面的 IF 命令中介绍(请参见"IF：处理批处理文件的条件")。

C.7　使用 FOR 命令完成循环

FOR 无疑是所有"命令提示符"命令中运用最不充分和被人误解最深的命令。这是个不好的消息,因为 FOR 命令是命令行中功能非常强大并且不容忽视的利器。问题可能出于 FOR 命令中一些比较奇怪的语法,因而使得初次接触时可能倍感不适。因此在介绍之前先了解其背景知识。

C.7.1 循环：基础知识

如果要指导某人学习每天着装的方式，则可能需要以按部就班的方法开始：

(1) 穿内衣

(2) 穿袜子

(3) 穿裤子

(4) 穿衬衫

这样虽好，但是通过创建列表，即内衣、袜子、裤子、衬衫，然后告诉用户按照列表上出现的顺序依次穿戴，问题将变得更简单。现在使用简单的循环代替线性方法：用户首先查看列表，穿上第一个项，再查看列表，穿上第二个项，依此类推。

现在，将指令表达成一条精练的语句：

```
for each item X in the set (underwear, socks, pants, shirt), put on X
```

编程人员通常像这样使用循环使程序变得更加通用。无需编写入大量不同的指令，只要编写一条简单通用的指令(像 put on X 那样)，然后循环多次，每次都提供不同的输入(内衣、袜子等)。

C.7.2 理解 FOR 命令的语法

FOR 命令是在批处理文件中循环使用指令的一种方式：

```
FOR %%parameter IN (set) DO command
```

看上似乎很难理解，但如果将穿衣指令放入后的效果如下：

```
FOR %%X IN (underwear, socks, pants, shirt) DO put on %%X
```

这可能比较容易理解，因此这里分解 FOR 命令做更详细的介绍：

%%parameter	这是在循环中每次要更改的参数(本例中的%%X)。可以在两个 %后使用任意单个字符(除了 0~9)，前面已经介绍了这里使用两个%的原因，即 DOS 在执行批处理文件时会删除单个%符号。
IN (set)	这是%%X(在示例中是内衣、袜子等)的选择列表(称为集合)。可以使用空格、逗号或分号分隔集合中的选项，必须用圆括号包含选项。
DO command	对于集合中的每一项，批处理文件将执行由 command(如 put on %%X)提供的任何指令。参数%%X 通常可以在 command 中找到。

C

C.7.3　简单的批处理文件示例

以下是一个在简单批处理文件中使用 FOR 命令的示例,可以有助于理解 FOR 命令:

```
@ECHO OFF
FOR %%B IN (Tinkers Evers Chance) DO ECHO %%B
```

该批处理文件(称为 PARAMETERS3.BAT)将产生以下输出:

```
C:\BATCH>parameters3
Tinkers
Evers
Chance
```

其功能就是循环执行集合(Tinkers、Evers 和 Chance)中的三个项目并在命令 ECHO %%B 中替换每个%%B。换句话说,FOR 循环在这里等同于以下 3 条 ECHO 命令:

```
ECHO Tinkers
ECHO Evers
ECHO Chance
```

C.7.4　不同文件的不同集合

FOR 命令中的集合不只是存放简单字符串,例如 Tinkers 和 Evers。当使用文件格式、命令名称甚至可替换参数作为集合的一部分时,FOR 命令的真正威力才得以显现。

例如,你是否曾经将一批文件复制到错误的文件夹?这可能偶然会发生,但通常清除会很麻烦,因为这些文件和文件夹里已有的文件混在一起。在你感到万分恼火之前,先查看以下批处理文件(命名为 CLEANUP.BAT):

```
@ECHO OFF
FOR %%F IN (*.*) DO DEL C:\WRONGDIR\%%F
```

该批处理文件假定从当前文件夹复制所有的文件到 WRONGDIR 文件夹。在这种情况下,集合要写成*.*的文件格式。FOR 命令在当前文件夹中循环处理每个文件,并且在 WRONGDIR 文件夹中删除每个文件。

为了查看在集合中使用命令名称的方式,可以重写之前创建的批处理文件 NEWFOLDER.BAT。以下是 NEWFOLDER2.BAT:

```
@ECHO OFF
CLS
FOR %%C IN (MD CD) DO %%C %1
```

可以看到,集合包含两个命令:MD 和 CD。他们在每次循环时替换%%C,因此这条简单的 FOR 命令等价于 NEWFOLDER.BAT 中的两条命令:

```
MD %1
CD %1
```

如果在集合中使用可替换参数，则 FOR 命令的功能会更强大。这种有效组合的最常见用法是创建可以接受多个参数的命令。例如，以下是一个可以立即删除 9 种文件格式的批处理文件(命名为 SUPERDELETE.BAT)。

```
@ECHO OFF
ECHO.
ECHO About to delete the following files:
ECHO %1 %2 %3 %4 %5 %6 %7 %8 %9
ECHO.
ECHO Press Ctrl+C to cancel. Otherwise,
PAUSE
FOR %%F IN (%1 %2 %3 %4 %5 %6 %7 %8 %9) DO DEL %%F
```

例如，为使用该文件删除当前文件夹下所有扩展名为.bak、.tmp 和.$$$的文件，使用以下命令：

```
superdelete *.bak *.tmp *.$$$
```

Windows Vista 在处理 SUPERDEL.BAT 中的 FOR 命令时完成两个操作。首先，替换集合中的参数以使得命令变成如下形式：

```
FOR %%F IN (*.bak *.tmp *.$$$) DO DEL %%F
```

然后在集合中循环删除每种文件格式。最后，该语句等同于以下 3 条 DEL 命令：

```
DEL *.bak
DEL *.tmp
DEL *.$$$
```

C.7.5　使用延缓环境变量扩展

对于理解在附录 B 中介绍的延缓环境变量扩展，FOR 命令是一个很完美的工具。当要刷新内存时，如果使用/V:ON 开关启动 cmd.exe 命令，则将启用延缓环境变量扩展，这意味着 Windows Vista 直到其执行包含特定环境变量的语句时才会在批处理文件中展开该变量。

例如，假设要使用 FOR 命令在当前文件夹中显示子文件夹和文件的列表。你可能会认为应该在文件夹中循环所有项并将每个项存储到自定义的环境变量中，以下是第一步：

```
@ECHO OFF
SET FileList=
FOR %%F IN (*.*) DO SET FileList=%FileList% %%F
ECHO %FileList%
```

此代码首先初始化名为 FileList 的环境变量,然后 FOR 在当前文件夹下(*.*)循环每个项并将每个项的名称添加到%FileList%中,最后批处理文件显示%FileList%的当前值。

遗憾的是,如果这样运行批处理文件,则%FileList% 的最终值就是文件夹中最后一个文件的名称。问题在于"命令提示符"会在批处理文件的开始扩展%FileList%值。由于变量的初始值是空值,所有 FOR 循环都只是将其子文件夹名或文件名添加到空值后面。

为修正这种情况,必须使用延缓环境变量扩展(/V:ON)的方式启动 cmd.exe,然后在 FOR 循环中修改%FileList% 为!FileList!,如下所示:

```
@ECHO OFF
SET FileList=
FOR %%F IN (*.*) DO SET FileList=!FileList! %%F
ECHO %FileList%
```

这将支持"命令提示符"在每次循环时保留 FileList 中的内容,这样就能得到正确的子文件夹和文件列表。

C.8 GOTO:告诉批处理文件跳转的位置

基本的批处理文件主要以简单、线性的特点出现。处理完第一个命令后,然后处理第二个、第三个命令直到文件的结束。虽然这很枯燥,但这也是大多数情况下所需要的过程。

但是也有批处理文件的一个命令接着另一个命令运行的方法不适用的情况。例如,根据前面命令的参数或结果,可能需要跳过一两行命令。应当如何实现?可以使用 GOTO 命令:

```
...
... (the opening batch commands)
...
GOTO NEXT
...
... (the batch commands that get skipped)
...
:NEXT
...
... (the rest of the batch commands)
...
```

这里 GOTO 命令告诉批处理文件查找以冒号和 NEXT(称为标签)开始的行,并忽略中间的任何命令。

当需要根据参数来处理不同批处理命令时,GOTO 命令很有用。以下是简单的示例:

```
@ECHO OFF
CLS
GOTO %1
:A
ECHO This part of the batch file runs if A is the parameter.
GOTO END
:B
ECHO This part of the batch file runs if B is the parameter.
:END
```

假设此文件名为 GOTOTEST.BAT，然后输入以下命令：

gototest a

在此批处理文件中，命令行 GOTO %1 变成 GOTO A。这使批处理文件跳转到后面的:A 标签处，然后运行命令(在本示例中是 ECHO 语句)，然后跳转到:END 以忽略其他批处理文件命令。

当需要向批处理文件添加大量的注释时，可以轻松使用 GOTO 命令。通常使用 REM 添加批处理文件注释。Windows Vista 不会执行这些命令行，但仍需要读取它们，这样会降低处理速度。以下是使用 GOTO 命令解决的方法(字面上！)：

```
@ECHO OFF
GOTO START
You place your batch file comments here. Notice how
I'm not using the REM command at all. This not only
saves typing (a constant goal for some of us) but it
certainly looks a lot nicer, don't you think?
:START
...
... (Batch file commands)
...
```

可以发现，GOTO 跳过注释直接到:START 标签。Windows Vista 甚至不知道注释的存在。

C.9 IF：处理批处理文件中的条件

我们一直都在做决定。有些决定很复杂并且需要复杂的逻辑水平来回答(应该结婚吗？该开个农场吗？)。其他决定比较简单，只需要根据已有的条件来决定(谚语中道路的岔口)：

- 如果在下雨，我将呆在家里工作。否则去海滩。
- 如果牛奶闻起来正常，我将喝一点牛奶。否则将倒掉牛奶。

没有什么批处理文件(当然也没有开发的软件)能复杂到可以处理生活中的复杂问题，但是解决简单的基于条件的决定则没有问题。以下是一些批处理文件可以决定的示例：

- 如果参数%2 等于/Q，跳转到 QuickFormat(快速格式化)部分。否则执行常规的格式化。
- 如果用户忘记输入参数，则取消程序。否则继续执行批处理文件。
- 如果用户想移动的文件已经存在于新文件夹中，则显示警告。否则继续移动该文件。
- 如果最后一个命令失败，显示错误消息并取消程序。否则继续。

对于这些类型的决定，需要使用 IF 批处理命令。IF 具有以下通用形式：

```
IF condition command
```

condition　　　这是结果为"是"或"否"答案的测试("用户是否忘记了参数？")。
command　　　如果 condition 产生正确回应所要执行的命令（"取消批处理文件"）。

以下几节将介绍在批处理条件中使用 IF 命令的不同方式。

C.9.1　使用 IF 测试参数

IF 命令最常见的用法就是检查用户输入的参数并进行相应地处理。前一节中使用 GOTO 命令的那个简单批处理文件可以用 IF 重写如下：

```
@ECHO OFF
CLS
IF "%1"=="A" ECHO This part of the batch file runs if A is the parameter.
IF "%1"=="B" ECHO This part of the batch file runs if B is the parameter.
```

IF 语句的条件部分有点欺骗性。先查看第一句："%1" == "A"。记住，条件始终是个答案为"是"或"否"的问题。在这种情况下，问题等同于以下语句：

```
Is the first parameter (%1) equal to A?
```

双等号(==)看上去有些怪异，但这是在批处理文件中比较两个字符串的方法。如果判断结果为"是"，则执行此命令。如果结果为"否"，批处理文件将移动到下一个 IF 命令，检查参数是否为 B。

注意：

严格地说，不需要使用引号标记(")。使用%1==A 可以完成相同的功能。但是这里推荐使用引号有两个原因：首先可以清楚地看到 IF 条件正在比较字符串；其次，引号标记可以检查用户是否忘记输入参数，下一节将会介绍。

注意:

批处理文件有一些严重的缺点,会妨碍其在某些条件下运行。特别地,如果使用小写字母a或b作为参数,将不会发生任何操作。因为对于IF命令,a不同于A。解决方案是添加额外的IF命令处理这种情况:

```
IF "%1"=="a" ECHO This part of the batch file runs if a is the
parameter
```

C.9.2 检查缺少的参数

正确的批处理文件技术不仅需要检查参数,而且还应检查该参数是否存在。这很重要,因为缺少参数会导致批处理文件冲突和崩溃。例如,之前介绍的批处理文件DONTCOPY 用于将当前文件夹中除了指定文件格式(第一个参数指定)之外的所有文件复制到新的目标位置(第二个参数指定)。以下是刷新内存的列表:

```
@ECHO OFF
CLS
ATTRIB +H %1
ECHO.
ECHO Copying all files to %2 except %1:
ECHO.
XCOPY *.* %2
ATTRIB -H %1
```

如果用户忘记添加目标位置参数(%2),将会发生什么呢?XCOPY 命令变成XCOPY *.*,并终止批处理文件的运行,显示以下错误:

```
File cannot be copied onto itself
```

解决方案是添加IF命令检查%2 是否存在:

```
@ECHO OFF
CLS
IF "%2"=="" GOTO ERROR
ATTRIB +H %1
ECHO.
ECHO Copying all files to %2 except %1:
ECHO.
XCOPY32 *.* %2
ATTRIB -H %1
GOTO END
:ERROR
ECHO You didn't enter a destination!
ECHO Please try again…
:END
```

C

条件"%2"==""字面上意思是比较%2 和空值("")。如果结果为真，则程序跳转到(使用 GOTO 命令):ERROR 标签并显示消息警告用户。注意，如果　切正常(也就是说，用户输入了第二个参数)，则批处理文件将正常地执行并跳转到:END 标签，从而避免显示错误消息。

C.9.3　回顾 SHIFT 命令

现在已经了解 IF 的工作方式了，这里将介绍之前引入的 SHIFT 命令的使用方法。记住，SHIFT 操作将批处理文件的参数下移一个位置，所以 1%变成 0%，2%成为 1%等。这些看起来奇怪的操作最常用于处理参数数目未知的批处理文件。作为示例，这里重写 SUPERDELETE.BAT 批处理文件以删除任何数目的文件格式。

```
@ECHO OFF
IF "%1"=="" GOTO NO_FILES
:START
ECHO Now deleting %1 …
DEL %1
SHIFT
IF "%1"=="" GOTO DONE
GOTO START
:NO_FILES
ECHO You didn't enter a file spec!
:DONE
```

第一个 IF 命令很熟悉——　仅用于查找缺少的参数，如果结果为真，将跳至:NO_FILES 标签并显示消息。否则，程序将删除第一种文件格式，然后将所有参数通过 SHIFT 下移。%2 现在变成%1，因此这里需要第二个 IF 命令检查新的%1。如果是空值，这意味着用户没有输入任何文件格式，程序跳到:DONE 标签。否则回退到:START 标签循环运行。

注意:

从之前的示例可以看出，使用 GOTO 命令可以在文件中向后跳转并创建循环。这通常比 FOR 循环好，因为可以处理任意数量的命令而不仅限于单条命令。但是应当要小心使用，不然会陷入无止境的死循环。应始终包含 IF 命令，从而在满足某些条件(如用完参数)后跳出循环。

C.9.4　使用 IF 命令检查是否存在文件

另一个 IF 的变化是 IF EXIST 命令，用于检查文件是否存在。此命令很简单，例如当使用 COPY 或 MOVE 命令时。首先应检查要复制或者移动的文件是否存在，其次检查在目标文件夹中是否存在同名文件(注意，如果文件被另一个同名的文件复制覆盖后不可能恢复)。以下是名为 SAFEMOVE.BAT 的批处理文件,其使用 MOVE 命令移动文件,不过首先要检查文件,然后检查目标文件夹。

```
@ECHO OFF
CLS
IF EXIST %1 GOTO SO_FAR_SO_GOOD
ECHO The file %1 doesn't exist!
GOTO END
:SO_FAR_SO_GOOD
IF NOT EXIST %2 GOTO MOVE_IT
ECHO The file %1 exists on the target folder!
ECHO Press Ctrl+C to bail out or, to keep going,
PAUSE
:MOVE_IT
MOVE %1 %2
:END
```

为了解释发生的操作,这里将使用样本命令:

```
safemove moveme.txt "%userprofile%\documents\moveme.txt"
```

第一个 IF 命令是检查%1(本例中的 MOVEME.TXT)是否存在。如果有此文件,程序将跳转到:SO_FAR_SO_GOOD 标签。否则告诉用户文件不存在,然后跳至:END标签。

第二个 IF 命令稍微有些不同。在这种情况下,只有在当前用户的"我的文档"文件夹中不存在 MOVEME.TXT 时,才继续执行,所以在条件中添加 NOT(可以在任何 IF 条件中包含 NOT)。如果条件为真(也就是说,%2 指定的文件不存在),则文件跳转到:MOVE_IT 标签并执行移动操作。否则,将警告用户并提供取消的机会。

C.9.5 检查命令错误

良好的批处理文件(特别是给其他用户使用)始终会假设发生问题的情况。目前为止,已经看到 IF 命令处理丢失参数和文件的问题的方法,不过还有更多更麻烦的问题。例如,如果批处理文件试图使用 XCOPY 命令但没有足够的内存,或用户在格式化或复制时按下 Ctrl+C 组合键,这些应当如何处理?似乎不可能检查出这些错误,但实际上不仅可能而且还很容易。

当完成某些命令时,始终会生成关于操作过程的报告文件。该报告(或称为退出代码)是告诉 DOS 执行过程的数字。例如,表 C-1 列出 XCOPY 命令使用的退出代码。

表 C-1 XCOPY 退出代码

退 出 代 码	含 义
0	一切正常；文件成功复制
1	因为没有找到要复制的文件，所以不执行任何操作
2	用户按 Ctrl+C 组合键中止复制
4	因为没有足够的内存或磁盘空间，或因为命令语法有错误，所以命令失败
5	因为出现磁盘错误，所以命令失败

以上代码对于批处理文件有什么含义呢？可以将 IF 命令的另一种变化—— IF ERRORLEVEL—— 用于测试这些退出代码。例如，以下是名为 CHECKCOPY.BAT 的批处理文件，使用一些 XCOPY 的退出代码检查错误：

```
@ECHO OFF
XCOPY %1 %2
IF ERRORLEVEL 4 GOTO ERROR
IF ERRORLEVEL 2 GOTO CTRL+C
IF ERRORLEVEL 1 GOTO NO_FILES
GOTO DONE
:ERROR
ECHO Bad news! The copy failed because there wasn't
ECHO enough memory or disk space or because there was
ECHO something wrong with your file specs …
GOTO DONE
:CTRL+C
ECHO Hey, what gives? You pressed Ctrl+C to abort …
GOTO DONE
:NO_FILES
ECHO Bad news! No files were found to copy …
:DONE
```

可以看到，ERRORLEVEL 条件检查每个退出代码，然后使用 GOTO 命令跳转到适当的标签处。

注意：

批处理文件如何知道命令的退出代码？当 Windows Vista 得到命令的退出代码时，会存储到为退出代码信息专门留出的数据区域。当 Windows Vista 在批处理文件中遇到 IF ERRORLEVEL 命令时，会从数据区域检索退出代码，从而与 IF 条件中的数字进行比较。

注意：

表 C-2 中列出了 CHKDSK 可能产生的退出代码。

超过屏幕范围，则以下命令通过将 BIGFILE.TXT 的内容发送到 MORE 命令来解决该问题：

```
more < bigfile.txt
```

当运行此命令时，首先将显示文本的第一页屏幕，下一行显示在屏幕的底部：

```
-- More --
```

只要按任何键，MORE 命令将显示下一页屏幕(不管怎样，不能在使用 MORE 命令时弄错<和>。命令 more > bigfile.txt 会清除 BIGFILE.TXT！)。MORE 命令是 filter(筛选器)命令的示例。筛选器用于处理所有通过其发送的文本。其他 Windows Vista 的筛选器是 SORT 和 FIND，稍后将会讨论。

输入重定向的另一个方便的用法是发送按键到 Windows Vista 命令行。例如，创建名为 ENTER.TXT 的文本文件(其中包括单独的 Enter 键)，然后尝试使用该命令：

```
date < enter.txt
```

Windows Vista 读取 ENTER.TXT 内容并使用单个回车键作为输入而显示当前日期，而不是等待用户输入新的日期或按下 Enter 键(有关更容易地输入 Enter 键到命令的方式，将在下一节介绍)。

提示：

可以发送按键到任何等待输入的 Windows Vista 命令，甚至还可以发送多个按键。例如，典型的 FORMAT 命令有 3 个提示：一个是插入磁盘，一个是卷标签，另一个是格式化另一个磁盘。如果对这些提示的通常响应是 Enter、Enter、N 和 Enter 键，则可以将这些键包含在名为 INFORMAT.TXT 的文本文件中，然后使用以下命令运行 FORMAT 命令：

```
format a: < informat.txt
```

重定向输入的通用接收者是 SORT 命令。顾名思义，SORT 命令可以对数据进行排序，然后在屏幕上显示结果。以下是对文件 JUMBLED.TXT 排序的方法的示例：

```
sort < jumbled.txt
```

可以使用>符号将其重定向到另一个文件，而不仅仅在屏幕上显示排序的结果。

提示：

SORT 通常从第一列开始运行。为了从其他列开始，则可以使用/+n 开关，其中 n 是要使用的列的编号。为了以相反的顺序排列文件，则使用/R 开关。

C.11 管道命令

管道是结合输入和输出重定向的技术。使用管道运算符(|)，可以捕获命令的输出并作为另一个命令的输入发送。例如，使用带/C 或/D 开关的 MEM 命令会导致数据超过整个屏幕。虽然 MEM 可以使用/P 开关暂停输出，但可以使用 MORE 命令在管道中输出：

```
mem /c | more
```

管道运算符可以捕获 MEM 的输出并将其作为输入发送到 MORE 命令，然后每次显示一个屏幕的内容。

> **注意：**
> 管道首先通过将命令输出重定向到临时文件，然后将临时文件作为输入重定向到第二条命令。MEM /C | MOR 命令大致等价于以下两条命令：
>
> ```
> MEM /C > tempfile
> tempfile < MORE
> ```

前面章节已经介绍了使用输入重定向将按键发送到 Windows Vista 命令的方式。但是如果只发送单独的键，管道提供了更好的解决方案。秘诀在于使用 ECHO 命令显示所需的字符，并通过管道发送给 Windows Vista 命令。

例如，如果使用命令 DEL *.*，Vista 始终会询问是否确定删除当前目录的所有文件。这是很好的警告，但是如果按管道方式的话可以重写成以下形式：

```
echo y | del *.*
```

这里，将通常在屏幕上回显的"y"发送到 DEL 命令作为输入，并作为命令提示的响应来解释执行。这是批处理文件中很方便的技术，可以用于减少甚至消除用户交互。

> **提示：**
> 甚至可以使用此技术发送 Enter 键到命令。命令 ECHO.(即 ECHO 后面跟圆点)等同于按 Enter 键。因此作为示例，可以在批处理文件中使用以下命令，在用户不执行输入的情况下显示时间：
>
> ```
> ECHO. | TIME
> ```

通常在管道运算中用到的命令是 FIND 筛选器。FIND 可以在输入中搜索指定的字符串，如果查到匹配，将显示含有该字符串的行。例如，DIR 列表的最后一行显示当前驱动器可用的字节数。与其费力地通过整个 DIR 的输出获得此信息，不如使用以下命令代替：

```
dir | find "free"
```

可以看到如下的显示:

```
2 Dir(s) 28,903,331,184 bytes free
```

FIND 遍历管道中的 DIR 列表并查找单词 free。可以使用该技术在 CHKDSK 报告中显示特定的行。例如，搜索 bad 可以在磁盘中找到坏扇区的数目。

C